# 蔡东藩中华史

## 前汉

现代白话版

蔡东藩◎著　丰君才◎译释

北京联合出版公司
Beijing United Publishing Co.,Ltd.

# 序言 PREFACE

　　一批年轻的文化人，为了让更多读者体会蔡东藩《中国历朝通俗演义》的魅力，经过艰苦努力，以专业的精神和严谨的态度，将蔡著的"旧白话"——这种"白话"今天已经不大读得懂了——重新译为今人能够轻松理解的当代白话。毫无疑问，这是让蔡著得到传承的最好方式。他们的工作"活化"了蔡著，既是对于原著的一次致敬，也是一种新的可能性的展开。翻译整理后的作品，为普通读者提供了方便，无论任何人，都可以轻松地进入中国历史的深处。

　　蔡东藩的《中国历朝通俗演义》是一部让我印象深刻的书，少年时代曾经激起过我的强烈兴趣。那是二十世纪七十年代中期，可以读的书少得可怜，但一个少年求知的兴致是极高的，阅读的兴趣极强，加上当时的课业没有什么压力，因此可以读现在的青少年未必有时间去读的"杂书"。当时中华书局出版的蔡东藩的《民国通俗演义》就是让我爱不释手的"杂书"，它把民国时期纷乱的历史讲得有条有理，还饶有兴味。虽然一些大段引用当时文件的部分比较枯燥，看的时候跳过了，但这部书还是深深吸引了我。后来就要求母亲将《中国历朝通俗演义》都借来看。通过这部书，我对历史产生了兴趣。历史的复杂、深刻，实在超出一个少年人的想象，看到那些征战杀伐、宫闱纷争之中人性的难测，确实感到真正的历史与那种黑白分明的历史观大不相同。当时，我们的历史知识都是从"儒法斗争"的框架里来的，历史在那个框架里是那么单纯、苍白；而蔡东藩所给予我的，却是一个丰富和芜杂得多的历史。在这部书里，王朝的治乱兴衰，人生的枯荣沉浮，都让人感慨万千，不得不去思考在渺远的时间深处的人的命运。可以说，我对于中国历史的真正了解，就是从这部历史演义开始的。

　　三十多年前的印象一直延续到今天。不得不承认，这部从秦朝一直叙述到民国的煌煌巨著，确实是了解中国历史的最佳读本。这是一部难得的线索清楚、故事完整、细节生动的作品。它以通俗小说"演义"历史，以历史知识"丰富"通俗小说，既可信又可读。

蔡东藩一生穷愁潦倒，他的经历是一个普通中国人的经历，他对于历史的描述是从普通人的视角出发的。他不是一个鲁迅式的启蒙者，但他无疑具有一种另类的现代性，一种与五四新文学不同的表达策略。蔡东藩并不高调激越，他的现代性不是启蒙性的，不是高高在上的"我启你蒙"，而是讲述历史，延续传统。他的作品具有现代的想象力，表现了现代市民文化的价值观。

　　在《清史通俗演义》结尾，蔡东藩对于自己做了一番评价，足以表现一个落寞文人的自信："录一代之兴亡，作后人之借鉴，是固可与列代史策，并传不朽云。"他自信自己的这部著作，足以与司马迁以来的史学名著"并传不朽"。

　　蔡著的不可替代之处，不仅在于他准确地挑出了历史的大线索，更重要之处在于，他关注了历史深处的人的命运。有些历史叙述者，过于追求所谓"历史理性"，结果常常忘记历史是鲜活生命的延展。在这些人笔下，历史变成了一种刻板和单调的表达。而蔡著不同，他的历史有血液、有温度，是可以触摸的。他的历史是关于人性的故事。

　　从蔡著中，我们可以感受到活的历史，体验到个人命运与国家、文化之间密不可分的关联。冯友兰先生在《西南联大纪念碑》的碑文中这样阐释中国文明的命运："我国家以世界之古国，居东亚之天府，本应绍汉唐之遗烈，作并世之先进。将来建国完成，必于世界历史，居独特之地位。盖并世列强，虽新而不古；希腊罗马，有古而无今。惟我国家，亘古亘今，亦新亦旧，斯所谓'周虽旧邦，其命维新'者也。"今天，中国文化所具有的历史连续性和不断更新的魅力正在焕发光芒，冯先生对于中国未来的期许正在成为现实。

　　在这样的时机，蔡著《中国历朝通俗演义》的新译，就更显其价值。我们期望读者能够从中获得阅读的乐趣，并从历史中得到启示，走向更好的未来。

　　让我们和读者一起进入这个丰富的世界。

　　是为序。

<br>

张颐武

---

张颐武：著名评论家、学者，北京大学中文系教授，博士生导师。

# 目 录

## 巨商吕不韦

"皇帝"二字，并不是功德造就，实在是腥血铸成。

自从嬴政称帝以来，君权专制，君主对待百姓就好像牛马一般。生杀予夺，为所欲为，以为这样百姓就会服帖，从此皇帝的位子便可以子孙万代地传下去。谁知专权未成，却惹得天怒人怨。嬴政刚一死，宫廷里面就闹得一塌糊涂。于是楚、汉逐鹿，刘、项争雄。项羽虽然力大无比，但是有勇无谋，最终被刘邦除掉。刘邦为人豁达大度，而且入关约法，废除各种苛捐杂税，所以深得百姓拥戴，扫秦灭项，只用了五年时间。

汉朝的制度，多半沿袭秦制，并没有进行一番大的改革。所立的法典，仍旧是厉行专制，尊君抑民。依此来看，秦、汉两代大致相同，不过汉代严酷的刑法，算是比暴秦轻了一些。汉高祖死后，吕后专权，险些步亡秦的后尘。经过文、景二帝的休养生息，才使汉代元气大增。传至汉武帝，他与先祖的恭俭全然不同，简直是好大喜功，和秦始皇不相上下：秦始皇好征伐，汉武帝也好征伐；秦始皇好巡游，汉武帝也好巡游；秦始皇好兴土木，汉武帝也好兴土木；秦始皇好神仙，汉武帝也好神仙；秦始皇好财色，汉武帝也好财色。因此，后人常把秦始皇与汉武帝并称，认为他们征战四方，开拓了国家边疆，也算是两朝雄主。实际上，秦朝的灭亡是从秦始皇开始的，汉朝的灭亡也是从汉武帝开始的。文、景二帝四十多年的积蓄，被汉武帝挥霍一空，从此以后，汉代国库空虚，人民生活困顿。昭、宣二朝励精图治，勉强维持了过去。传到元、成时代，外戚乘隙而入，把持大权。平帝昏庸无能，终使得王莽有机可乘，夺去了汉室江山。

秦朝的第一个皇帝嬴政，身世迷离，传闻颇多。相传孝文王有个儿子名叫异人，在赵国做人质。商人吕不韦路过赵都邯郸，见了异人，与之结交。异人作为人质居住在赵国，举目无亲，不免抑郁寡欢。此时意外碰着了良友，自然相谈甚欢，于是把羁旅苦衷和平生愿望一一倾吐。

原来，异人到赵国做人质时，昭襄王还在位，孝文王柱当时还是太子。昭襄王有个宠妃叫华阳夫人，一直没有生下男孩。异人乃是夏姬所生，有兄弟二十多人。吕不韦替他想出一条妙计，让他取悦华阳夫人，作为华阳夫人的嫡嗣，将来方可继承王位。吕不韦又自愿拿出千金赠与异人作为活动经费。异人自然感激万分，于是与吕不韦订下密约：如果计谋得逞，他们二人共享江山。几经周折，异人于终被立为嗣子，从此异人与吕不韦的交情更深了。

吕不韦心怀鬼胎，到处访觅美人儿，凑巧赵都有一歌姬，生得楚楚动人，于是他不惜重金，纳为小妾。交欢数次，居然种下了一点灵犀。吕不韦预先窥测，料是男胎，便去邀请异人，设宴款待。酒到半酣，赵姬盛装出来，从旁劝酒。异人不瞧还好，一瞧那花容月貌，便如痴如醉，魂不守舍。偏那赵姬转动一双秋波与他对视，想必是吕不韦已经授意，惹得异人心痒难熬，蠢蠢欲动。吕不韦在席间假装睡觉，鼾声渐起。

异人色胆包天，赵姬若嗔若喜，半推半就。正要做出不堪的勾当，猛听到座上"啪"的一声，接下来便听到吕不韦的呵斥声："你竟敢调戏我的姬人？"异人慌忙回头，见吕不韦已站在座前，面有怒容。异人顿时吓得魂飞天外，只好在吕不韦面前做了矮人，长跪求饶。吕不韦冷笑道："我与你交好多年，你不应这般戏弄我。如果你喜欢我的姬人，可以直言相告，何必鬼鬼祟祟，做出这样的事呢？"异人听了，转惊为喜，忙向吕不韦叩头道："蒙你恩惠，感激不尽，此后若得富贵，誓必图报。"吕不韦答道："交友贵在有始有终，我便将此姬赠给你，但有两个条件必须依我。"异人说道："除死以外，无所不从。"吕不韦说："一是须纳此姬为正室；二是此姬如果生子，应立为嫡嗣。"异人满口答应。这时赵姬已经有两个月的身孕。又过八个月，到了分娩的时候，偏偏这个异种安然不动。延迟了两个月，赵姬才生下一个男孩。

说也奇怪，那天刚巧是正月初一，异人就给他取名为政，暂且姓赵。异人总以为十月怀胎生下的儿子一定是自己的骨肉，哪能猜得出是吕氏种下的暗胎。

三年之后，秦、赵失和，邯郸被围。赵国本想将异人杀害，多亏吕不韦贿赂守吏，才将异人救出。吕不韦帮助异人逃脱后，又将他的妻儿一起送到咸阳，让他们一家团聚。异人回国后，马上取悦华阳夫人，得知她是楚女，自己还特地穿上楚服。华阳夫人果然被异人打动，认异人做了儿子，并给他改名为楚。从此，楚唯唯听命，格外殷勤，就是赵姬母子见了华阳夫人也是毕恭毕敬，不敢有丝毫怠慢。没过多久，昭襄王病逝，孝文王即位，立楚为太子。哪知三天之后孝文王也去世了。太子楚堂堂正正地继承大统，成为秦王。

秦王楚当即尊华阳夫人为华阳太后，生母夏姬为夏太后，立赵姬为王后，儿子政为嗣子，晋封吕不韦为相国，封文信侯，封给他河南洛阳十万户。一场大交易，就此成功。

转眼又是四年，秦王楚春秋正盛，坐享荣华，一心要与那正宫王后白头偕老，海枯石烂。谁知天有不测风云，不到两天秦王楚便病入膏肓，呜呼哀哉了，享年三十六岁。儿子政刚满十三岁便继承大位，追谥父王楚为庄襄王，尊母亲为太后，名义上是以子承父，实际上则是以吕易嬴。

政因年龄太小，不能亲政，国事全都委任于吕不韦，并称吕不韦为仲父。吕不韦大权在握，常常出入宫廷，与秦王母子叙谈。庄襄太后本来就是个送旧迎新的歌女，如今未满三十便做了寡妇，怎么耐得住深宫寂寂，孤帐沉沉？空守了几个月，终于忍耐不住，与吕不韦再续前欢，演起那颠鸾倒凤的老戏文。宫娥彩女都是太后的心腹，个个守口如瓶。秦王政终究年少，识不破个中情景，所以庄襄太后和吕不韦暗地往来，俨然一对伉俪。

一年年过去了，秦王政已经长大，吕不韦也日渐衰老。可是庄襄太后淫兴未衰，时常宣召吕不韦入宫同梦。吕不韦不免愁烦：一是怕精力不支；二是怕被少主瞧破机关。于是想出一个办法，准备向庄襄太后推荐一个人代替自己。凑巧有个叫嫪毐的浪子，阳道壮伟，吕不韦听说后，立即将他召为舍人，并向庄襄太后极力推荐。太后暗自欣喜，想亲自一试。吕不韦一面令人诬告嫪毐有罪，应置以宫刑；一面贿赂刑吏，让嫪毐做了个假阉人，入宫服侍庄襄太后。庄襄太后如获至宝，朝朝暮暮，卿卿我我，居然有了身孕。当时恰逢夏太后病逝，嫪毐于是和庄襄太后密商，买通卜卦的人，谎称宫中对太后不利，应该迁居避祸。秦王政不知有诈，就请母后迁往雍宫。嫪毐自然跟从前往，并被封为长信侯，不久以后加封为太原郡国。

## 千秋万代始皇帝

嫪毐被封为长信侯，权威日盛。他私下与庄襄太后密谋，等秦王政死后，让他们的私生子继承王位。一日，嫪毐与其他大臣饮酒，喝得酩酊大醉，忘形之下竟口出狂言，自称是秦王政的义父。当时，秦王政已在位九年，血气方刚，听到这种丑事，愤怒异常，立即密令手下调查。真相大白后，秦王命人前去抓捕嫪毐。嫪毐得知这个消息，不甘坐以待毙，便假造御玺，调兵遣将，抗拒官军。经过一番打斗，嫪毐身边的数百个亲信支撑不住，相继逃跑，嫪毐也逃窜而去。

秦王政下令悬赏缉拿嫪毐，最终捉住了这个淫贼。秦刑本来就很严酷，再加上嫪毐犯了重罪，当然要处以极刑，并诛其三族：父族、母族、妻族。嫪毐与庄襄太后的两个私生子无一幸免，庄襄太后也被赶到嫚阳宫，失去了自由，真可谓乐极生悲。吕不韦引嫪毐入宫，本应受到牵连，但是秦王政念在他侍奉先王有功的分上，功罪相抵，只把吕不韦贬到河南。

大臣们议论纷纷，说秦王背母忘恩，不免有些过分。有几个官吏甚至上疏直谏，请秦王迎回庄襄太后。秦王政本来就是个刻薄少恩的人，一看谏书，怒上加怒，索性杀掉了那几个敢于直谏的官吏，以此警示朝堂。还有几个不怕死的，又去上疏，终落得身首异处。其余大臣从此不敢再言，唯独一个叫茅焦的大臣毫不畏缩，直谏秦王："陛下车裂义父，幽禁母后，杀死弟弟，残戮谏士，比夏桀、商纣有过之而无不及。如果这些事传扬出去，天下人心离散，秦国必定灭亡，陛下的王位就岌岌可危了。臣不忍缄默，情愿直谏，视死如归！"说着，便解去外衣，准备自尽，秦王政赶忙下座拦住茅焦，当面谢罪。秦王政得以统一中原，想必就是由此而起。他把茅焦拜为上卿，随同自己前往嫚阳宫迎回母后。

吕不韦在河南住了一年多，山东各国大多派人前去问候。秦王政为防他变乱，命他率领家属迁至蜀中，不能再逗留在河南。吕不韦本想上疏申辩，但想起从前种种情事，未免过于暧昧，不便明言。思前想后，总觉得自己将来不会有好结果，不如就此了断。主意打定后，便服毒自杀了。庄襄太后在悲哀中过了七八年，与华阳太后相继病亡。秦王政总算举哀成服，发丧引柩，把庄襄太后与庄襄王合葬。

秦王政独揽大权，雷厉风行。当时东部各国均已衰落，秦国于是陆续出兵，鲸吞蚕食，荡平六国，一统中原。此时的秦王踌躇满志，想干出一番空前绝后的大事业。他首先下令群臣商议帝号，让群臣尊称自己为皇帝，并追尊庄襄王为太上皇，称自己为始皇，意在首定天下，使江山能够千秋不灭，子孙万代地流传下去。然后命李斯规划疆土，费了许多心力，才划分停当，把天下分为三十六郡。

秦始皇令行禁止，梦想太平，自以为天下可以从此无事，乐得寻些快乐，安享天年。于是在咸阳北开辟出一块旷地修筑王宫，殿宇、楼阁、台榭，环环相连，层接不穷。落成以后，将六国的妃嫔安置在里面，宫中无一处没有美人，无一室没有音乐。那些被俘的娇娃，哪里还记得什么亡国之辱，只知道殷勤伺候始皇，希望能讨得他的欢心。一遇召幸，好似登仙一般，巴不得亲承雨露，仰沐皇恩。

仅过了一年，始皇就嫌宫宇狭小，便在渭南添造宫室，叫做信宫，后又改名为"极庙"。从极庙通到骊山，又造了一座极大的殿屋，叫做甘泉前殿。始皇修筑这么多宫殿，也算是穷奢极欲，快乐无比了。偏偏他是个好动不好静的人，天天在宫中游宴，久了就觉得味同嚼蜡，没什么兴趣。于是又想出一法，令天下遍筑驰道，准备御驾巡游。

## 巡游求仙逸事

秦始皇准备出外巡游，特令天下遍筑驰道。始皇二十七年秋季，始皇下诏西巡，文武百官护驾同行，场面极为壮观。当时正是深秋季节，草木凋零，没有什么景色。只是辛苦了地方官吏，奔走供应，迎来送往，费了许多金银，还不见始皇欢喜。始皇兴致尽了，就顺着原路返回咸阳。

时光流逝，渐渐地冬尽春来，日光和煦。始皇又有了出游的兴致，命文武百官随他向东游玩。所经之处早已经修好了大路，两旁的青松饶有生意，欣欣向荣，始皇也兴致盎然。走了一程又一程，到了齐鲁故地，望见前面峰峦叠嶂，木石参差，询问手下才知是邹峄山。始皇登山向东眺望，看到有一座大山与邹峄山遥相对峙，但比邹峄山更为高峻，不由得观望了很久，然后指着那座山问手下人："那就是东岳泰山吗？"手下连声说是。始皇又问道："朕听说古时候三皇五帝多半巡幸东岳，举办封禅大典，具体怎么办现在还有记载吗？"手下都答不上来，只说是年代久远，无从查考。始皇说："此处为齐鲁故地，是孔、孟二人的故乡，儒风盛行，定有一些读书人知道封禅的遗制。你等派人召唤数十个读书人在泰山下接驾，朕问他们便是了。"手下奉命，立刻派人去办。始皇对大臣们说："朕既然来到此地，不能不刻石留铭，遗传后世！你等去为朕写一篇文章来。"群臣齐声遵旨。始皇一面说，一面命令手下整理銮驾返回行宫。当晚李斯等人咬文嚼字，写成一篇铭文，呈给始皇。铭文句句歌功颂德，始皇大为欢喜，命令李斯赶快派人把它刻在邹峄山上。

第二天，始皇来到泰山脚下。早有七十个儒生在那里候着，看到始皇到来，忙上前迎驾，始皇便问他们封禅仪制。秦朝距离周朝有七八百年的历史，多年不行此礼，他们也无言可对。其中有一个长者，仗着自己德高望重，贸然进言："古时封禅，不过以扫地为祭；天子登山，恐怕会伤到土石草木，不如用蒲轮①开道，以昭示仁爱。"始皇听了很不高兴。有几个乖巧的儒生立即改变了说法来讨好，可谁都不合始皇的心思。始皇索性叫他们都回去了。

始皇命令手下斩木削草，开道上山。到达山顶后，令群臣对天祈祷，立石作志。之后慢慢从山北面下来。走到半山腰，忽然刮起一阵大风，把旗帜都吹乱了。接着又是几阵旋风，吹得飞沙走石，天昏地暗。不一会儿大雨如注，害得巡行众人通通拖泥带水，狼狈不堪。幸好山腰中有五株大松树，亭亭如盖，可避风雨。虽然树枝中不免有雨水滴下，终究比在空地好许多。始皇非常高兴，认为这几棵松树护驾有功，当即把它们封为五大夫。风平雨停之后，始皇返入行辕，又命臣子撰写颂词夸耀他的功德。

始皇游兴未泯，又沿渤海东行，所经之处，通通立石记功。后来南登琅玡山，看见有一处古台遗址，年久失修，始皇问是何人所造。有几个人知道这台的来历，告知了始皇。原来这台是越王勾践所筑。勾践称霸时，曾在琅玡建了一座高台，用来眺望东海，号召秦、晋、齐、楚在台上歃血为盟。这座高台距秦吞并六国已有数百年，怪不得已经毁坏了。

始皇得知原委，便说："越王勾践争霸中原尚且修筑一座琅玡台，朕现在并吞六国，拥有天下，难道还比不上一个勾践吗?"说罢立即命令手下快速削平旧台，另建新台，规模必须比勾践所造的大数倍。手下认为建台的工程浩大，短时间内不能完成，始皇很不高兴地说："一座高台，也需用几个月吗? 朕留在这儿亲自督造，何愁短期不能建成?"手下不敢再说，立即命令当地官吏广招劳力，日夜建造。一万人不够，再加一万人，两万人不足，又加一万。三万人一齐动手，日夜赶工，还是没有在规定的时间内完成。始皇连日催促，劳工苦不堪言。无奈之下，只得拼命赶筑，用了三个月的时间终于建好。始皇亲自察看，逐层游览，果然造得雄壮威武，甚合己意。随后又令群臣派人把自己的功德刻在石头上。

俗语"做了皇帝想成仙"，说的就是秦始皇。始皇督造琅玡台，一住就是三个月。常在山上眺望，远远看见东海中间，隐隐约约地有楼阁耸起，灿烂庄严，偶尔又有人影往来，好像集市一样，仔细辨认时又觉得

---

① 蒲轮：用蒲草裹轮，使车行不震，是一种礼敬的表示。

半明半灭，转眼间什么都没有了。始皇非常惊奇，连称怪事，手下有人乘机进言说："这可能是海上三座神山：蓬莱、方丈、瀛洲。"始皇猛然醒悟道："是了！是了！朕记得从前有燕人入海成仙，他对徒弟们说海上有三座神山，众仙云集，并且有不死之药。齐威王、齐宣王、燕昭王都曾派人入海访求，可惜都没有找到。相传神山本在渤海中，但是船一靠近便被风吹回，朕现在亲眼看见，才知道传闻属实。可惜朕不能亲自前往，无法求得不死之药。纵使贵为天子，总难免生老病死，怎能与神仙相比？"说完长叹了好几声。手下也没办法劝解，只好听他自言自叹。等到琅玡台筑成，始皇再到海边眺望神山。有时见到的景象仍与前次所见相同，沉思很久，总舍不得离开。

碰巧这个时候徐福等人上疏，说斋戒沐浴之后，带领童男童女乘船前往，就可抵达神山。始皇听说之后非常高兴，立即命他们雇佣船只，率领几千个童男童女航海东去。过了一两天，也不见有好消息传来。又过一两天，仍然没有音讯。始皇忍不住焦躁起来，于是亲自出来查看，恰逢其中的几只船回来，始皇以为是徐福等人求到了仙药，急忙传问。船上的人都摇头，说是风太大了，虽然靠近了神山，但又都被风吹回了，没能上岸。一席话浇灭了始皇的希望之火，只好命徐福等人继续寻求仙药，得到仙药之后立即报告，自己起程西归了。

路过彭城时，始皇又突发奇想，要在泗水中寻觅周鼎，便招来当地熟习水性的人捞取。周鼎原来共有九个，秦昭王移鼎经过泗水时，突然有一个鼎掉入水中，于是只有八个鼎被送入咸阳。始皇这次路过泗水，正好顺道搜寻。结果，费了好大的力气还是没有找到。始皇又讨了一场没趣，只得继续西去。

到湘山祠时，突然水上刮起了狂风。这风一阵接着一阵，比在泰山上面还要危险十倍，吓得始皇魂飞魄散，随从人等也惊恐万状。多亏船身坚固，才没有翻船。

始皇屡次失意，非常懊恼，等船一停稳便上岸远眺。只见正前方有一座高山，山中露出红墙，便问手下："那就是湘山祠吗？"手下点头说是。始皇又问祠中供奉着什么神仙，手下人告诉他说是湘君。始皇又问湘君来历，一个博学的人禀告说："湘君是尧的两个女儿，后来嫁给舜，舜死后，他的两个妻子也先后自杀了，后人立祠祭奠，把祠堂取名为湘君。"始皇听了，勃然大怒："皇帝出巡，百神开道。什么湘君，敢来惊扰朕？速速把山上的树木砍光，以泄朕心头之恨！"手下接到命令，忙传唤地方官吏，调拨囚犯三千人，把山上所有树木一律砍倒，又放了一把火，烧得满山光秃秃的，然后才回来报告始皇。始皇出了胸中的恶气才起驾还朝。

好不容易又是一年。天下百姓虽受秦始皇的专制，不过比七国战乱的时代要好一些，四面八方没有战事，也算是太平盛世。所以始皇两次出游，只有风、雨二神同他演了场恶作剧。东巡还都以后，始皇在咸阳宫中，尽情享受。六国的珍宝任他玩弄，六国的美女娇娃供他颠鸾倒凤。哪知他乐游不疲，没过几个月，又想出去游行。文武百官不敢进言，只好遵从旨意。一切仪仗，比前次还要齐备，随从武士，也较前次加倍。前呼后拥，浩浩荡荡，又出了咸阳城，向东进发。一路行来，始皇心旷神怡。途经博浪沙时，突然听到一声怪响，只见一个大铁锤飞来，恰好从御驾前擦过，投进了始皇旁边的车子。

## 张良拜师

博浪沙在今河南省阳武县境内，一路没有崇山峻岭，早已遍设驰道，车马畅行。又有许多卫队拥着始皇，远近行人早已避开，哪个敢投掷铁锤呢？

始皇听到响声大吃一惊，然后所有随驾人员都跑到始皇前面保护，车前顿时一片喧哗。始皇定了定神，喝住喧哗声，早有卫士拾起铁锤上前呈报。始皇瞧着铁锤，勃然大怒，立即命令武士搜捕刺客。武士们四处缉拿，始终不见刺客的踪影，只好前来复命。始皇瞪着眼说："这锤难道是天上飞来的吗？想是你等一齐来保护朕时，他乘机溜走了。他肯定没有走远，朕定要拿住凶手，将他碎尸万段！"说着，就传令当地的官吏赶紧捉拿。官吏不敢怠慢，立即调遣兵将，就近搜查，害得家家不宁，人人不安，最终还是没有抓到刺客。始皇索性下令，限时十天，在全国范围内大肆封锁抓捕，一定要捉到掷锤之人，严加惩办。十天的限期转眼就过去了，刺客仍然没有抓到。

始皇没有办法，只好作罢，继续向东出游，再次来到海上。他一面命臣子们撰写歌功颂德的文辞刻在石头上，一面传问寻找仙药的方士，得知仍没有求到不死药，怅然而归。这次始皇不愿再顺着来时的路回去，便从上党进入关中。

其实，投锤的是一个力士，幕后主使是一位大名鼎鼎的人物，他姓张名良，字子房。后来报韩兴汉，号称人杰。张良是韩国人。祖父名叫开地，父亲名叫张平，都是韩国的丞相，共侍奉过韩国的五位君主。秦灭韩时，张良还是一个少年。秦灭韩后，他一心一意想为韩国报仇，把所有家财拿出来寻求敢刺秦皇之人。当时，秦始皇威名远震，百姓都俯首帖耳，不敢谈论国事，有哪个敢与张良志同道合呢？纵使有几个力大如虎的勇士，也是保命要紧，怎敢到老虎头上搔痒、太岁头上动土？所以张良虽蓄志多年，终没能如愿以偿。

　　他想，四海之大，何患无人？不如出游远方，或许可以找到一个人，帮自己完成心愿。于是张良借游学之名，前往淮阳。打听到仓海君门人众多，立即带重金前去求见。仓海君是一代豪侠，讲到秦始皇的暴虐无道，忍不住怒发冲冠。再加上张良从旁怂恿，仓海君的雄心被激起，于是为张良招了一个力士。张良见这个力士身材魁伟，相貌不凡，猜想他一定不是寻常人物，所以格外优待他。平时试验力士的技艺，果然矫健绝伦，无人能比。张良极力博得力士的好感，伺机与他谈论心中大事，求力士助自己一臂之力。力士不等张良说完，就满口答应下来。张良非常高兴，秘密铸成一个铁锤交给力士，重约一百二十斤。他们决定等待时机，依计行事。

　　张良听说始皇要二次东巡，急忙将这个消息告知力士。他们到了博浪沙，便在驰道旁分头埋伏，屏息静气，等待始皇率众前来。驰道中间高、两旁低，又有青松掩护，很方便藏身。力士身体矫捷，埋伏在近处，张良没什么技力，埋伏得较远。等到御驾临近，力士纵身一跃，拿铁锤向始皇扔去，没想到用力过猛，那铁锤从手中飞出后，投入了秦始皇旁边的车子。随从人员吓得不知所措，力士便放开脚步，风驰电掣一般飞奔而去。张良听到响声，料定力士已经下手，只盼望力士能一举成功。

　　他们分头逃脱后，没有再碰面。后来张良听说那一锤没有杀死秦王，不免有些惋惜，又听说始皇在全国进行抓捕，便隐姓埋名，逃到下邳去了。下邳濒临东海，是秦国的一个属县，距博浪沙几百里。张良投奔到这个地方，暗自庆幸腰间尚有一些积蓄可以购买衣食，不至于受冻挨饿。刚开始他不敢出门，后来听说始皇死了，才放胆出来。

　　有一次，张良正在桥上眺望景色。忽然有一位白发老人蹒跚登桥，走到张良身旁时，碰巧一只鞋掉在了河里，他毫不客气地对张良说："小子，你下去把我的鞋取回来！"张良听了十分生气，心中暗想，自己与此人素不相识，他凭什么叫我捡鞋？一气之下，就想伸手打他一掌。转身一看，见老人有七八十岁了，张良就改变了主意。心想老人行动不便，所以叫我拾鞋，说话虽然唐突，但那老态龙钟的样子也实在可怜。

于是按下心头怒火，拾起鞋子，上桥递给老人。

这时老人已在桥上坐下，伸出一只脚对张良说："你替我把鞋子穿上。"张良又好气又好笑，暗想，我已经替他取回鞋子了，索性好人做到底，替他穿上罢了。于是张良弯着一条腿跪在老人面前，替老人把鞋子穿上。老人看着张良替他穿鞋子，捋着胡子微笑。鞋子穿好后，老人从容起身，下桥离去。张良见老人并不道谢，不免诧异起来。心想算了，先看他到何处去，要做什么事。张良一面想，一面也下桥，远远地跟着老人。

走了一里多路，那老人似乎发现了张良，转身对他说："孺子可教！五天以后，天色微明时，你到此地与我相会！"张良本来就是个聪明的人，听了这话便知老人有些来历，当即下跪，应声说是。老人扬长而去，张良不再跟随，回住处去了。

时间过得飞快，转眼到了第五天。张良遵从与老人的约定，黎明起来，草草盥洗之后便赶往约定的地点。谁知张良到时，老人已经在那里等候了。老人生气地说："与老人约会，应该早到，为何到这时才来？你今天先回去，再过五天，早点来见我！"张良不敢多说，只好回去。

又过了五天，张良不敢贪睡，格外留心，一听到鸡叫，立即起床前去。哪知老人又已经先到了，把他责备一番后，再约五天后相会。张良又扫兴而回。

到了第五天，张良整夜都没有睡觉，天不亮就前去约会地点。到那之后，张良暗自庆幸老人还没有来到，就站在一旁，眼睁睁地望着。过了好一会儿老人才拄杖前来，见张良已经在那里等候，喜笑颜开，说道："要想听从教诲，理应如此！"说着，从袖中取出一本书交给张良，并且嘱咐他："你读了这本书，将来就可以成为帝王的老师！"张良听后满心欢喜，老人又说道："十年后辅佐帝王兴国；十三年后到济北谷城山下，如果看见黄石，那就是我。"说完就离开了。

此时夜色苍茫，空中虽有淡月，毕竟不能看清书中的字，于是张良把书揣在怀里，返回住处。睡了一小会儿，天刚蒙蒙亮，张良就急着起来读书。这本书共分三卷，卷首注明是《太公兵法》，张良非常欢喜。因为他知道太公就是姜子牙，此人熟谙韬略，是周文王的老师，这次老人将书传给他，想必隐寓玄机。随后，张良勤读不辍，把《太公兵法》念得滚瓜烂熟。

古谚有云：熟能生巧。张良既熟读此书，自然心领神会、温故知新，此后的兴汉谋略全是靠这《太公兵法》演化出来的。只是桥上的老人，究竟是何方人氏，不得而知。有的人怀疑他是黄石化身，非仙即怪，如果编入寻常小说，必定鬼话连篇。其实桥上的老人是黄石公，大约是周、秦时代的隐士，饱览兵书，参透玄妙，只因年事已高，所以把这本书传授给张良，希望他能成为帝王之师。后来，张良跟从汉高祖路过济北，果然看到谷城山下有一块黄石，于是把它取回去供奉。那时距离与桥上老人相见的时间，恰好十三年。

始皇从上党回都城后，因为博浪沙一事，不敢再出去远游，只在宫中享乐，一住就是三年。后来时过境迁，始皇又想出宫游玩。他以为京城一带向来是秦国的地盘，百姓一向安守本分，总可以任意游览，不生变故。但他还是担心有意外事情发生，于是故意扮作平民的样子，微服出宫，省得在途中惹人注目。随身带着的四名勇士，始皇让他们暗藏兵器，不露形迹，以便保护。

一天，始皇微服出行，忽然听到路边有几个人在唱歌。始皇听了一时不解，就向此地的老人询问歌中的语意，老人便把他平日听到的向始皇说了一通。原来，太原这地方有一个名叫茅盈的人，研究道术，号为真人。他的曾祖名濛，字初成，相传在华山得道成仙。这歌谣便是茅濛传下来的，后来流传乡里，这里人的都会吟唱。

始皇高兴地说："人如果得道，真的可以成仙吗？"老人不知他是皇帝，就随口答道，人如果有道心，就可以长生不老，既能长生不老，自然可以成仙。始皇听后不禁点头称是，与老人作别后回到宫中，依照歌中最后一句的意思，下诏称腊月为嘉平月，算是学仙的开始。又在咸阳东边，择地凿池，引入渭水，筑成一个长二百里、宽二十里的大池，名为兰池。在池中用石头筑造殿阁，取名蓬瀛，就是将蓬莱、瀛洲都包括在内的意思。竣工以后，始皇经常来到这个地方，把此地看做海上的神山，聊以自慰。

没想到仙境竟然变成盗贼的落脚点，有几个暴徒，亡命在兰池中，昼伏夜出，把这儿当成巢穴。始皇哪里知晓这些，仍然日日在此游玩。一天晚上，乘着月色，始皇带了四名贴身武士训练有素。刚到兰池，就有一群盗贼一拥而上，夹击始皇。始皇倒退数步，慌忙避开，吓作一团，四个武士拔出利刃与群盗拼命搏斗。盗贼们不肯退去，恶狠狠地拿着兵器抵抗。盗贼们毕竟是乌合之众，不像武士训练有素，杀了半晌，就被打倒了好几个。其余的盗贼自知打不过，大喊一声，伺机逃走了。

始皇经这一吓，早没有了游玩的兴致，急忙让武士护送他回宫。天明传出旨意，大肆抓捕盗贼。关中官吏当然派兵四处缉拿，抓了几个似盗非盗的人物，严刑拷打。结果没等犯人认罪就把人给打死了。官吏便奏报朝廷，说是已经抓到罪人，就地处决了。始皇一再斥责群臣防检不严，命令他们仔细缉拿，务必要将盗贼一网打尽。官吏不得不遵守命令，挨户稽查，骚扰了好几天才停止搜查。从此以后，始皇不再微服出行。

转眼又是一年，始皇对求仙一事仍然念念不忘。暗想如果求得仙术，不但长生不死，即使有意外之事也能预先推测，到那时还怕什么凶徒？打定主意后，不得不再次冒险东游，抵达碣石。这时有个名叫卢生的燕人，凭着一张利口，博得了始皇欢心，始皇就叫他航海东去，访求仙人。卢生应命前往，好几天不见音信，始皇于是停船海上，耐心守候。等了好多天，卢生才回来。卢生对始皇捏造了许多事情，虚无缥缈地夸说了一大篇，然后从怀中取出一书，双手捧着呈给始皇，说是仙药虽然没有取来，仙书却已抄来。始皇接过来一看，书中只有几百字，却都是些迷离恍惚、无从了解的东西。只有"秦将被胡人所灭"一句，映入始皇眼帘，令他暗暗生惊。胡是北狄的名称，占据北方，多次入侵中原，后来辗转改名为匈奴。始皇心想，现在匈奴尚存，部落如故，依据仙书中的意思，将来我大秦天下，必被胡人所取，这事还了得？我不如趁现在强盛灭了他，免得他贻害我子孙。想好以后，便收起仙书，一面令卢生随驾同行，向北行进，改从上郡出发；一面命令将军蒙恬，调兵三十万人，讨伐匈奴。

匈奴虽为强狄，但既没有城郭，也没有宫室，靠畜牧为生，选择有水草的地方作为居住地，待到水涸草尽，便迁往别处。即使是所推戴的酋长，也不过设帐为庐，披毛为衣，差不多与远古时代的人相似。匈奴人身材高大，体质强悍，但礼义廉耻全然不知，平时除畜牧外，只知跑马射箭。有时趁中原边境空虚，劫夺一番，所以中原很仇恨他们，说他们是犬羊贱种。唯独史家称匈奴人是夏后氏远孙淳维的后裔，究竟是否确实，也无从证明。听说在周代，燕、赵、秦三国都与匈奴相近，非常注重边防，筑城屯兵，所以匈奴不敢入犯，散居在塞外。

此次秦将军蒙恬带着大兵突然出境，匈奴没有任何防备，突然遇到大兵杀来，不知如何抵挡，只好分头逃窜，把塞外水草肥美的地方拱手让给了秦朝。这块地方就是后人所称的河套，在长城外西北方向。蒙恬在此划土分区，分置四十四县，然后将罪犯移居到这里；再乘胜追击匈奴，北过黄河取得阴山等地，分设三十四县。然后在河上筑城为塞，并把从前三国的故城一块修筑，西起临洮，东达辽东，越山跨谷，连绵一万多里，号称万里长城。以前的长城虽有旧址，但是断断续续，东西两端也没有这么长，经秦将军蒙恬监修之后，才有了这流传千古的长城。

## 阿房宫

蒙恬正在监筑长城，连日赶造，忽然接到始皇诏旨，命令他再度驱逐匈奴。当时蒙恬已经返回河南，不敢违抗圣命，再次渡河北上，取得高阙、陶山、北假等地。再往北去全部是沙地，不见行人。蒙恬于是停住人马，择取险要的地方，修筑亭障。仍然调犯人来此据守，然后派人奏报。

不久又有诏书到来，命他回驻上郡，于是蒙恬南归，到行宫朝见始皇。始皇当时正准备回都，匆匆与蒙恬话别，派他留守上郡，管制塞外，命他把九原到云阳的道路变成一条坦途。蒙恬唯唯应命，送别始皇，依旨办理。此时的万里长城，十成中还剩二三成没有筑好，几十万役夫正在辛苦修筑，现在又要开辟直道，百姓纷纷叫苦不迭。何况西北一带多是山地，想要一律平坦，谈何容易。怎奈这位蒙恬将军倚势作威，百姓无力反抗，不得不应征前去。今日堑山，明日填谷，性命丢了无数，直道最终也没有完工。秦朝十余年间，只听说长城筑就，没听说直道告成，枉自断送了许多性命，耗费了许多金银。

第二年是秦始皇三十三年，始皇平定了塞北，又想征服岭南。岭南是蛮人居住的地方，与北狄相似。只是地方潮湿，气候炎热，山高林密，热气熏蒸积成瘴雾，行人到此，重的丧生，轻的致病，更厉害的是毒蛇猛兽到处都是。始皇明知道路艰难，不便行军，却不管不顾，他把从前逃亡被抓回来的人犯全体释放，充作军人，让他们南征。人数不够，就抓民间入赘女婿一同前往。除赘婿以外，还用商人充数，共得了一二十万人，派大将统领，定期南行。可怜咸阳桥上，爷娘妻儿都来相送，依依惜别，哭声四起。那大将大发军威，告诉他们不准喧哗。赘婿、商人本来没有罪孽，为何把他们与罪犯并列，要他们共同出征呢？原来，依照秦朝旧制，凡入赘人家的女婿以及贩卖货物的商人都属贱奴，不与平民同等，所以此次南征，也要拉他们去当兵。这群赘婿、商人无奈之下辞过父母，别了妻子，忍悲含痛，向南行进。途中翻山越岭，极为艰苦，过了好多日才到南方。

南蛮人没有打过仗，而且在各处散居，势分力薄，忽然听到鼓声大震，号炮齐鸣，十分惊疑。登高遥望，只见大队人马从北方赶来，新簇簇的旗帜、亮晃晃的刀枪、雄赳赳的武夫、恶狠狠的将官，都是他们生平未曾见过的。看到这种情形，南蛮人心中一惊，掉头便跑，哪里还敢对敌？有几个蛮子蛮女，逃得稍慢一点，被秦兵上前捉住，关入了囚车。蛮人见逃脱不了，只好匍匐道旁，叩头乞怜，情愿充作奴仆，不敢抗命。其实秦兵也是一群乌合之众，所有的囚犯、赘婿、商人都没有经过训练，不过人数众多，阵势看起来可怕而已，没想到竟然能吓倒蛮人，长驱直入。不到几个月，岭南平定。秦廷颁下诏令，所得各地，分置桂林、南海、象郡，派官管制，所有岭南险要一概派兵驻守。秦王既然已经取得此地，便将南征的人留驻在五岭，镇压南蛮。后来又从中原调发百姓，无非是囚犯、赘婿、商人之类，叫他们到五岭守卫，起名叫做谪戍，共有五十万人。

始皇平定南北之后非常高兴，于是在咸阳宫大摆筵席，宴请群臣。青臣乘势阿谀道："秦国以前不过方圆千里，陛下神圣，平定海内，放逐蛮夷，日月所照，莫不臣服，人人安居乐业，将来千世万世传下去，还有什么后虑？臣想从古到今，帝王虽多，像陛下这样有威德的，实是见所未见、闻所未闻。"始皇生性爱听奉承话，听到他这样说，更加开怀。学者淳于越本来是齐国人，后来做了秦臣，听完这话竟冒冒失失地起座插嘴："臣听说殷、周两朝，传代久远，少的数百年，多的上千年，都会在开国以后大封自己的儿子、兄弟以及有功之臣为藩王。现在陛下拥有海内，却不封藩王，倘使将来有人作乱，如果没有亲藩大臣，还有何人相救？现在青臣只知谀媚陛下，怎能称做忠臣？还望陛下详察！"始皇听了，转喜为怒，但一时还忍耐着，问群臣对此有何看法。有一个大臣勃然而起，大声启奏道："治道无常，贵在变通，三皇五帝也是如此。如今陛下开创大业，建万世法，岂是这些愚蠢的儒生所能知道的？现在天下已定，百姓也守分安已，各司其职，为农的用心务农，为工的专心做工，为士的更应学习法令、懂得变通。现在你们这些人不思通今，却想学古，非议当世，愿陛下不要被他们迷惑！"始皇得了这番言语，又高兴起来，满饮了三大杯才散席而去。

这最后发言的大员正是李斯。李斯此时已由廷尉升任丞相，他是创立郡县、废除封地的提倡者，承蒙始皇重用，毅然改制，经过了六七年并没有发现什么弊病。偏偏淳于越起来反对，欲将已定的局面再行推翻，为此李斯极力驳斥。到了散席回府，李斯还是余恨未消，于是又想出数条严令，当下拟好奏章，第二天呈上朝堂。

这篇奏章呈进去后，始皇亲手批了一个"可"字。李斯当即号令四方，先将咸阳附近的书籍全部没收，把诗书全部烧毁，然后将此法依次推行到各郡县。官吏害怕始皇，百姓害怕官吏，怎么敢为了几部古书犯罪？

于是官吏、百姓一面将书籍陆续献出，一面把书籍陆续烧毁。只有曲阜县的孔氏后人，把数十部藏书偷着放进墙壁里面，才保存下来几部典籍。此外穷乡僻壤留藏了几册，天下书籍才不致被全部烧毁。只有皇宫所藏的书籍，没被毁去，但等到咸阳宫付之一炬时，所有书籍都烧得干干净净。

又过了一年，便是始皇三十五年。始皇喜新厌旧，又想大兴土木，广筑宫殿，临朝时对群臣说："近来咸阳城中，人口越来越多，房屋也在逐渐增造。朕作为一国之主，只有这几所宫殿，实在不够用。从前先王在时，不过据守一隅，所筑宫廷难免狭小。朕做了皇帝后，文武百官与前代多寡不同，不便再居住在以前的宫殿。朕听说丰、镐①间本是帝都，朕现在定居在这里，怎能不扩充规模，不知你们以为如何？"群臣当然连声称是。于是在渭南上林苑中，营建朝宫。始皇命工匠们先绘成图纸，要求规模一定要宏大，要震古烁今。

众匠役费尽心思，才制出一个样本，呈入御览。始皇按图批改，指明某处要增高、某处要加宽，费了好几天工夫，才将前殿图样斟酌完善，颁发出去，令他们照样赶筑。

殿阙建成后，紧接着修筑后宫，五步一楼，十步一阁，自不必说。役夫不足，就由监工大吏发配犯人一起做工建造。相传前殿规模东西五百步，南北五十丈，分作上下两层，上可坐万人，下可建五丈旗，四面都有回廊可以环绕，高车驷马都可以在这里驱驰。还从殿下筑了一条甬道，与南山相接。

监工人员和做工役夫累得筋疲力尽，前殿总算是营造完成。偏偏始皇又发诏令，说要按照天上星斗样式分布，天上有十七星，都在天极紫宫后面，穿过银河，直达营室。现在把咸阳宫当做天极紫宫，渭水是银河，如果从渭水上面架起一座长桥，就像天上十七星的轨道，称为阁道。因此始皇又下令加造横跨渭水的桥梁。渭水两岸，长约二百八十步，筑桥自然很费事，并且桥上还要通车马。这样巨大的工程，比修筑宫殿要难上几倍。始皇不管民力，不计工费，只要他想得出，工匠做得到，便算称他心意。筑桥需用木石，关中不足，就命令荆蜀的官吏随地采办，随时输运。另外还不断地加添工役，除工匠外，又调来七十多万囚徒。

后来，始皇又调出一部分修筑宫殿的役夫，前往骊山为他筑建陵墓，所以这座宫殿修筑数年，直到始皇死，也没有完全修好。这些宫殿互相

---

①丰、镐：丰和镐都是古地名，是西周的都城。

连接，照图纸计算，共有三百余所，加上关外的四百余所，连绵三百多里。其中一半已经筑就，只是装饰还欠缺。但最先建造的前殿早已告成，因为它四角有曲檐，人们便把它叫做阿房宫。始皇本想等到工程全部完成后，再取一美名，可宫殿没建成他就病死在沙邱，于是后人便用"阿房宫"三个字作为前殿的名字了。

始皇修筑阿房宫时，不等竣工，便将美人、乐器分置宫中，又是一番忙碌。恰在此时卢生进宫求见，又勾起始皇求仙的欲望，他对卢生说："朕贵为天子，想做什么就做什么，无所不能，只是不能亲眼见到仙人，求得不死药。"卢生信口答道："臣等奉诏去神山求见仙人，不知经受多少磨难，也没能遇到，想必是有鬼物作祟，暗加阻挠。臣听说要想求得仙术，必须隐蔽行踪、避除恶鬼，只要恶鬼远离，真人便来了。现在陛下居住的地方，群臣都知道，所以不能招来真人。仙人水淹不死，火烧不熔，乘云驾雾，无所不能，所以能与天地同寿、日月同辉。现在陛下日理万机，整日劳碌，虽然很想求见仙人，恐怕也难以实现。陛下所居住的宫殿，只要不要让外人知道，仙人就自会到来，如此，陛下便可以求得不死药。"这一席话，说得始皇不禁感叹说："怪不得仙人难到，仙药难求！原来其中有这样的阻碍。朕既然如此思慕真人，就应当自称真人，此后不再称朕，免得被恶鬼迷惑。"卢生顺势奉承说："陛下的圣明就像天赐一般，成仙指日可待。"说完就告退了。

始皇迷信邪言，于是下令咸阳附近已筑成的二百多座宫殿，都要添造复道、甬道，前后连接，左右遮蔽，免得游行时被人看见，瞧破行踪。始皇今日到这宫，明日到那宫，无论到哪，吃的也有，穿的也有，再加上这些吴姬赵女，都打扮得整整齐齐，袅袅婷婷，专等始皇到来。有几个侥幸仰受一点天子的雨露，总算不虚此生。但也不过一年一度，仿佛牛郎、织女七夕相会，还有一半晦气的美人，一生一世也盼不到御驾来临，徒落得深宫寂寂，良夜凄凄。

内多怨女，外多旷夫，一个兴盛的朝代，怎么能如此！然而始皇执迷不悟，整日微行宫中，不让他人知道行踪，并且命令侍从人员不得泄露，如有违命者立刻处死。侍从无不谨遵圣谕。不过始皇是开国君主，毕竟与庸人不同，所有内外奏牍，仍然照常批阅，令有功的修筑人员都迁居到骊县、云阳，免十年劳役。骊县境内，迁住三万家；云阳境内，迁住五万家。始皇以为皇威浩荡、帝德无涯，岂知百姓都愿意守在家乡，不想搬迁，虽说是免十年劳役，还是怨多感少，忍气吞声。始皇哪里会知道这些呢？只知道自己的命令没有人违抗，很是高兴。

一天，始皇游行到梁山宫，登山俯瞰。忽见一队人马经过山下，前呼后拥，不下千人，当中坐着一位宽袍大袖的人，华丽得很，可惜没有看到此人面目。始皇心中惊疑，便问手下说："什么人从这里经过，竟然这样威风？"手下人仔细查看，据实回答。

## 焚书坑儒

梁山下面经过的大员，是丞相李斯。手下人据实禀报后，始皇说道："丞相的车骑真的这样威风吗？"话中分明含有怒意，手下从旁窥透，便将这话转告李斯。李斯听说后，大吃一惊，此后出门时，便有意减少了很多车马。始皇知道后，便将在梁山宫时的所有侍从一律传到，问他们为何泄露自己的话。手下哪里敢承认，始皇怒不可遏，命武士进来，把他们一齐推出去，全部斩首，其他的人从此再也不敢乱说话了。

卢生屡次欺骗始皇，暗暗心虚，私下与韩客侯生商议说："始皇天性刚戾，统一六国后更是志骄意满，认为从古到今没有人能比得上他。纵有学者七千，也只是听命记录。丞相和大臣们惧怕皇帝，无人敢进言。我等现在虽然得宠，但秦朝的法律规定不准欺骗朝廷，否则只有死路一条。世上本没有不死之药，我们不如早点离开，免受祸殃。"侯生觉得卢生说得有道理，便和卢生一起逃走了。

始皇听说后，大发雷霆，立刻派人追捕他们，却没有抓到。始皇愤怒地说："朕召集熟读经典的儒生和方士来都城，无非是想使天下太平，炼求仙药。现在徐福等人费资上万，始终没有求得仙药，卢生等人一直享受着朝廷厚赐，反而妄加诽谤。方士尚且如此，其他人可想而知。现在咸阳的读书人不下数百，一定有人妖言惑众。朕已经派人探察，对此略知一二，这次一定要彻底清查。"然后颁布诏令，命御史审问儒生，快速呈报。御史奉旨把这几百个读书人聚集起来，问他们有没有做妖言惑众的事情，众儒生一齐说道："大人圣明，我等怎敢妄加非议？"话还没说完，只见那御史把惊堂木一拍，厉声呵斥道："不动大刑，你等必不肯老实交代！"说着，就命令手下取出许多刑具，把这些读书人按倒在地上，打得他们皮开肉烂，鲜血直喷。有几个哭着喊冤的，竟被问官另加重刑。这些读书人在重刑之下屈打成招，问官又把供词添油加醋一番呈报始皇，于是在读书人身上掀起了一场大灾难。

　　始皇不问实情，反夸御史们审案有功，给予重赏，并命人把这些被囚禁的读书人全部处死，以儆效尤，使天下人不敢再犯。可怜这些读书人遭此惨祸，一个个全部被狱卒捆绑着推出市曹。

　　碰巧始皇的长子扶苏进宫拜见父亲，看见市井上这一群罪犯，双手反捆，面带惨容，实在可怜，就告诉监刑官暂时停刑，等自己奏请皇上后，再行定夺。监刑官见是扶苏，自然不敢违抗，连声答应。扶苏匆忙跑入宫中，求见始皇，好不容易才找到。行礼之后，便替这些儒生求情，话还没说完，始皇大怒道："你知道什么，竟敢胡言乱语？这里用不着你，你去北方监督蒙恬，命他将长城、直道赶快修好，朕就要北巡了。"扶苏见始皇面带怒色，知道多说无益，便不再言语，只好奉谕出宫，命人报知监刑官继续行刑。监刑官索性将四百六十多个儒生全部活埋，一群读书士子，冤魂相接，全部枉死了。

　　扶苏听说这些读书人枉死，也为之泪下，只因父命在身，不敢逗留，只得匆匆北去。始皇处死咸阳的儒生还不解恨，又想斩草除根，把天下的读书人全部处死。但是，如果下诏命地方官杀尽文人，又担心会导致天下骚乱，况且始皇认为文人很狡猾，一听到消息就会望风而逃，像侯生、卢生一样，那时再抓他们就难了！辗转反侧，终于想出了一条妙计，于是下诏求才，令地方官把当地有名的儒生送京录用。地方官立即照办。仅几个月，各地名儒陆续被送往都城，等待始皇接见。始皇大喜，把他们一齐宣进宫中，约有七百名。他们有的精通经书，有的擅长作文，始皇异常温和地询问他们相关事宜。第二天就传出一道旨意，命这七百人都为郎官。七百人得到这样恩赐，喜不自胜，立即进宫谢恩。

　　转眼到了寒冬。一天，骊山守吏来报，说马谷地方有瓜成熟，果实累累。始皇便召集郎官，故意吃惊地问："严寒时候，其他地方都没了果实，为何马谷会结出瓜来？你等博学多闻，能说出原因吗？"各位郎官听说有这样的事，暗暗称奇，有的说是瑞兆，有的说是咎征，议论纷纷，莫衷一是。

　　始皇便拿定主意，叫他们一同去马谷看一看，再定灾祥。各位郎官也想亲眼瞧一瞧，辨明真假。他们一口气跑至马谷，果然看到谷中有瓜果数枚，新鲜得很。众人更加惊讶，互相猜疑，正在纷纷议论，忽然听到一阵爆裂声，不由得惊慌四顾。说来也奇怪，一声暴响后，便有许多土石从头上压下来。各位郎官忍痛四窜，慌乱中寻找出口，可是谷口外面已被木石塞住，不留一点缝隙。众人此时才翻然醒悟，原来是始皇设下毒计陷害他们。顿时马谷内的儒生哭作一团。

过了一会儿，众人都死在了谷中，这便是历史上有名的"马谷坑儒"冤案。冬天怎么会有瓜呢？原来骊山下有温泉直通马谷，谷中有热气，无论春夏秋冬，草木四季常青。始皇密令心腹到谷中撒下瓜种，自然就结出了果实。这些读书人被始皇骗到谷中时，谷外已设好埋伏。只要他们一进入谷中，便有人扳动机关，把谷口塞断，然后从上面抛石块，七百人一个不留，全部死了。

始皇三十六年，有流星坠于东郡，化成一块石头，石头上留有字迹。仔细辨认，是"始皇帝死而地分"七个字。这事虽然稀奇，但也无关紧要，好像不必上报朝廷。只是始皇曾经下令，世间无论何事地方官都得上报，不准隐瞒。东郡郡守自然不敢不报。始皇听说后，愤怒地说："什么怪石？大概是乱民咒朕，所以把字刻在石头上，一定要派人查明此事，严加惩处！"说着，就派御史去东郡办理此事。御史奉诏，立即出发，赶往东郡，传问住在石头旁边的人们，他们都说石头是从天空落下的，没有人刻字。御史严刑拷问多日，一无所获，便把结果上报给朝廷。谁知始皇大发雷霆，立即传令将石头附近的居民全部杀掉，并将怪石毁去。御史遵诏而行，事情一完成，御史便回去复命。始皇无所畏惧，单怕一个"死"字，虽然将石头毁了，心中仍觉不快。于是命学者写了很多咏仙诗，无非是长生不老之语。始皇吩咐乐人把诗谱入管弦，时常令他们弹唱，聊以自慰。

到了秋天，有使臣从关东来，经过华阴时，有人交给他一块璧，对他说："替我交给君主，告诉陛下'今年祖龙当死'。"使臣愕然不解，再想细问，那人忽然不见了。使臣大吃一惊，但手中的璧还在。使臣觉得此事不同寻常，入都报告始皇。始皇拿起璧，一面观看，一面摩挲，一面思量，也没发现什么怪异，过了很久，才开口说道："你在华阴遇见的定是华山脚下的山鬼，山鬼有何本领，不足为信！"使臣不敢多言，默然告退。始皇又自言自语道："'祖龙'二字，寄寓何意？这祖字应该作始字解；龙为君象，莫非真的应在朕身上不成？"继而又自己安慰道："'祖龙'是说我先人，我祖宗也曾为王，不过早已死去，这等荒诞无稽的话，理他做什么！"然后将这块璧交给御府①。府中守吏却认识这是御府的故物，说是始皇二十八年渡江时，曾将此璧投水祭神。始皇听了心

---

① 御府：帝王的府库。

神不宁，便召太卜虔诚卜卦，确认吉凶。太卜便向神祷告，然后告诉始皇云游、迁徙最好。始皇暗想，朕可游不可徙，民可徙不可游，不如朕游民徙，双方并作，自然能趋吉避凶。但又害怕山鬼所说的"今年当死"的话应在他身上，担心出游遭人暗算，便决定在年内徙民，年外出游，以解顾虑。于是颁诏出去，命令内地百姓三万家，分别迁到河北、榆中。百姓无奈之下，只得忍气吞声，背井离乡，扶老携幼，遵旨移徙。

秋去冬来，始皇深居简出，特别害怕自己会死，静养了好几个月，也没生过病，安稳过了一年。一出正月，始皇心宽体泰，消散了几个月的惊怕，下诏出巡。这次巡行，不按原来走过的路线，特意向东南出发。一切准备就绪，只留下右丞相冯去疾留守都中。始皇本来打算让小儿子胡亥与冯去疾一起留在都中，可胡亥年已弱冠，想跟从父亲出游，开阔眼界，恳请始皇携他同行。始皇本来就喜爱这个小儿子，便高兴地答应了。这次出游侍从人员不计其数，最有名的就是左丞相李斯及中车府令赵高。

赵高是一个太监，在宫中多年，生性极为刁猾，善于察言观色，凡是秦朝律令都能默诵。始皇过去披阅案牍，遇有刑律处分，稍有疑虑，一经赵高在旁参决，便豁然开朗、疑虑顿消。始皇因此常说他干练有才，渐渐宠信起他来，封他为中车府令，并且命他教导自己的小儿子胡亥如何依法审案。胡亥少不更事，又是皇帝的爱子，怎肯静心去研究法令？一切审判，都由赵高代办。赵高一面讨好始皇，依照始皇的性情办事，遇着刑案，总是把没什么大罪的犯人，说成死有余辜；一面奉承胡亥，教他淫乐。所以，始皇父子都称赵高为忠臣，赵高也更加横行无忌，开始揽权纳贿。不料东窗事发，始皇听说后就派参谋大臣蒙毅审讯赵高。蒙毅依罪定赵高死刑，可始皇却对他法外开恩，特意下了赦书，不但没有处死他，反而将他官复原职。

## 秦始皇去世

始皇出巡东南，路过九嶷山，听说山上有舜的坟墓，于是望山祈祷。接着又渡江南下，过丹阳，入钱塘。因为江上有大潮，便向西绕行。在会稽山上，始皇祭奠大禹，又遥望南海祈祷，仍不忘立石歌功颂德。

立石以后，始皇也不久留，马上起程北行，越过吴郡，又到海上，再至琅玡传问方士徐福。徐福借求取仙药之名，每年领取的费用不计其数，但他没有去寻找不死药，只是在海上逍遥。这次忽然被宣召，眼见就要无法复命，亏他能言善辩，见了始皇，说连年航海，好几次就要到蓬莱仙山，可海中有大鲛鱼兴风作浪，挡住海船，所以始终没有上山求得仙药。蓬莱仙药不是不可得，只是必须先除去鲛鱼。想要除掉鲛鱼，只有挑选弓弩手乘船同去。如果看见鲛鱼，便用弓箭射它，不怕鲛鱼不死。始皇听完，不但不责怪他，而且还按照他的提议，挑选了几百个擅长射箭的人，跟随御舟前去射鱼。

这虽是因为始皇求仙心切，容易受欺，但也有另外一个原因。始皇曾经梦见自己与海神交战，没有取胜，看见海神的形状，与常人相同。等到醒来后召问有学识的人，他们答称水中的确有神，时常化作大鱼、鲛龙现身。现在，他求仙心切，有恶神暗中作祟，当然应当设法除去。始皇当时还半信半疑，现在听了徐福的话，便迷信起来，所以带了数百名弓弩手，亲自前往，誓与海神一决雌雄。一行人由琅玡起程，北至荣成山，航行了几十里，也不见有大鱼、鲛龙之类的东西。再前行至芝罘，果然有大鱼扬鬐前来，若浮若沉，还能隐隐约约看到鱼身上巨大的鳞片。各弓弩手一齐站在船头各施技艺，向鱼射去。那大鱼受了许多箭伤，霎时间血水漂流，晃悠悠地沉下水去。弓弩手欢呼跳跃，禀报始皇。始皇见"恶神"已除，命令徐福再去寻求仙药。

徐福带着六千个童男童女和许多粮食物品，航海东去。此次东行，已含有避秦的想法，准备找一处安身之地作为巢窟。也是天从人愿，竟被他找到一座荒岛。岛中草木丛生，无人居住。徐福领着童男童女在岛上眺望多时，对大家说："秦皇要我等求取不死药，试想不死药从何而来？如果再空手回去，必定龙颜大怒，我等通通要被斩首。"众人听着，禁不住号啕大哭起来。徐福又说道："不要哭！不要哭！我已经替大家想出一条活路。这座荒岛虽然杂草丛生，倒也是一片沃野，如果我等数千人齐力开垦、种植，他日定有收获。舟中有种子、农具，只要努力耕作，定能衣食无忧。目前，我们的粮食足够半年食用，按照这个办法，我等均可以安居乐业，既不必输粮纳税，又不致犯法受刑，岂不是一举多得吗？"众人都认为这是个好主意，立即转悲为喜，听从徐福指挥。

徐福分派男女，边垦边耕，边耕边种。半年以后，竟获得丰收，把这座荒芜的海岛，变成了饶沃的田园。后来，他们又建筑了房屋，再加上徐福体察周到，索性将童男童女配为夫妇，使得他们双宿双栖。众人都有家室，安然度日，自然不想回去，便尊奉徐福为主子，安心在那里生活。

后来徐福老死，安葬岛上。相传现今日本境内，还留有徐福的古墓。

　　始皇把船停在海上等着徐福求得仙药，前来回报，谁料徐福一去不返，杳无音信，始皇不得不下令西去。渡河至平原津，始皇忽然觉得龙体不安，忽寒忽热，连饭都吃不下去。白天还能勉强支持，夜间便不得安眠，心神恍惚，好像见神遇鬼一样不省人事。随驾医官束手无策，给始皇吃了许多汤药，病情反而逐渐加重。左丞相李斯见始皇生命垂危，巴不得立刻赶回都城，一路上快马加鞭，不敢耽搁。到沙邱时，始皇已经气息奄奄，差不多要归天了。幸好沙邱有以前赵王的行宫，一行人暂时在这里住下。

　　李斯明知始皇快要死了，几次想问他如何安排后事，怎奈始皇生平最忌讳"死"字，李斯恐怕触犯忌讳，不敢贸然进言。始皇自知命不长久，就召见李斯、赵高托付后事，把皇位传于长子扶苏，并命扶苏赶快回咸阳举行丧葬。

　　李斯、赵高二人按照始皇的吩咐写下遗诏，呈给始皇复阅。始皇痰气上涌，睁着眼看着诏书，一动也不动。李斯以为他在留心察看遗诏，哪知他已经死去，只是双眼没有闭上。还是赵高乖巧，用手一试，知道始皇气息全无，奄然长逝，立即把诏书放在袖子里，然后才对李斯说皇帝驾崩。李斯张皇失措，急着筹办皇帝的后事，也没有工夫向赵高索取诏书了。始皇死时，整五十岁，一代暴主，就此了结一生。总计始皇在位共三十七年，从吞并六国、自称皇帝时算起，只有一十二年。

　　李斯筹划一番，恐怕始皇在出巡途中去世的消息传出后，引起内忧外患，便决定秘不发丧。于是将始皇棺椁放在一辆封闭的车中，对外谎称始皇还活着，一面命大队人马仍然像往常一样起行；一面催促赵高发出诏书，速召扶苏回咸阳。赵高心怀鬼胎，把诏书藏匿起来，暗地里对胡亥说："皇上驾崩，没有听说分封其他的皇子，唯独赐书给长子扶苏。长子一回来，就会继承王位，而你什么也没有，怎不令人忧虑呢？"胡亥回答："我明白'知臣莫若君，知子莫若父'的道理，父皇既然没有分封其他的儿子，作为儿子的理应遵守遗命，怎么能妄自非议呢？"赵高不高兴地说："公子错了！现在天下大权，全掌握在公子、赵高以及丞相三个人手中，希望公子早点为自己打算，不要错失良机！"

　　胡亥勃然大怒："废除兄长立自己为帝，便是不义；不遵守父亲的遗诏，便是不孝；明知自己没有才能，还要为了个人的虚荣去做，便是无能。这三种事都是违背道德的，如果一意孤行，必将会把自己和国家陷于危难之中，最终葬送江山社稷！"

赵高哑然失笑道："臣只听说汤武杀主，天下称义，没有人说他不忠；卫辄拒父，国人皆服，连孔子都赞许他，没有人说他不孝。从来做大事者不拘小节，做事贵在权衡变通，怎么能墨守成规呢？如果公子此时错失良机，必定后悔终生。还望公子依照臣的计策，果断决定，日后必能成就大事。"

听完这些话，胡亥有些心动，沉默许久，然后叹息道："现在皇帝的尸体还在车里，丧礼还没有举行，怎能为了这件事去求丞相呢？"

赵高见胡亥这样说，便接口道："时机稍纵即逝！臣自能说动丞相，公子不用费心。"说完起身离开，胡亥也不拦阻。

赵高别了胡亥，前去拜见李斯。

李斯见了他问道："皇帝的遗书发出去了吗？"

赵高回答说："遗书在胡亥手中，我正为了此事前来与你商议。现在皇上驾崩的消息，外人都不知道，就是留下的遗嘱，也只有我们二人知道。究竟立谁为太子，全凭我们决定，你觉得立谁比较好呢？"

李斯听完赵高的话，大吃一惊，说道："你这话是从哪里听来的？册立君王的大事，岂是身为臣子的能非议的？"

赵高接着说："君侯不必惊慌。赵高有五件事请教君侯。"

李斯说："你说来听听。"

赵高说："君侯不必问我，只需扪心自问：你的才能比得上蒙恬吗？你的功绩比得上蒙恬吗？你的谋略比得上蒙恬吗？你的声望比得上蒙恬吗？你与皇长子的情义，比得上蒙恬与皇长子的情义吗？"

李斯答："确实都比不上蒙恬。这与你有什么关系？你凭什么指责我呢？"

赵高说："赵高进秦宫做事二十多年，从没见过秦王封赏功臣。新皇继位后，一定会诛杀将相的后代。皇帝有二十多个儿子，都是你所熟悉的。长子武勇刚毅，如果得到王位，必定会封蒙恬为丞相，到那时，你还能保住官位、荣归乡里吗？我曾经奉命教胡亥刑律法典，见他慈仁宽厚，轻财重士，众公子没有一个能比得上，为什么不立他为君主，共成大事呢？"

李斯回答道："你不用再说了！我身受皇恩，便听天由命，得失利害，也顾不了那么多了。"

赵高又说道："你连安危都不能辨，又怎能称得上是明白事理呢？"

李斯生气地说："我本是一介平民，承蒙皇上宠信，升为丞相，官至通侯，子孙都食有俸禄，这是皇帝对李家的恩泽。如果把国家的安危存亡压在李斯身上，李斯怎么能担当得起呢？况且忠臣不避讳死亡，孝子不害怕劳碌，李斯只求自己恪尽职守！希望你不要再提这些事情，否则李斯就只好得罪了。"

赵高见李斯声色俱厉，不为自己的话所动，便威胁他说："自古以来，圣人无常道，无非是依从时务变通。现在皇帝的遗诏在胡亥手中，我已经决定听从胡亥的意旨，共谋大事。只是与你相识多年，关系非同一般，才把真相告诉你，你应该晓明利害。秋霜降，草花落，水摇动，万物作，一切皆有定数，你难道还不觉悟吗？"

李斯喟然道："有史为证，忤逆篡位的人最终都没有好下场，我又怎么能这样做呢？"

赵高听完，故意装作很生气的样子说："你如果还犹豫不决，赵高也不再多说，只是还有几句话留给你作为最后的忠告。如果你真心听从我的建议，就可永保相位；如果坚决不从，日后必会祸及子孙，也许用不了多久，就会有灾难降临。我实在是为君侯寒心，何去何从，请你自己定夺。"

说完，就要起身离去。李斯一想，这事关系重大。胡亥、赵高已经串通一气，非自己一人之力所能控制。如果不从，必有灾祸，可从了他又觉得违心，一时不知道该怎么办，禁不住仰天长叹，流着泪自言自语道："我生不逢时，又遇乱世，既不能死，又不知该怎么办！陛下不负臣，臣却要有负陛下了！"

赵高见他已有些动摇，欣然告辞，回来报告胡亥说："臣奉太子之命，前去丞相府劝说，丞相李斯愿意遵从公子。"胡亥听说李斯也愿意这样做，就与赵高密谋，假传诏旨，立自己为太子，另修书一封，给长子扶苏和将军蒙恬。他们拟好书信，盖上御玺，谎称是始皇的诏命，胡亥派遣自己的心腹，送往上郡。李斯听说了这件事，明知是赵高所为，悖逆天理，但为了自己的私利，不能不勉强与他们同流合污，好暂保富贵。所以赵高的一切密计，李斯无不赞同。赵高担心扶苏违背诏令，率先进入咸阳，沿途仍令膳夫像以前一样给皇上准备吃的，文武百官，照常奏事。始皇的卧车四面有窗帷遮蔽，外人无法看见，还以为始皇没死，都恭恭敬敬地伫立车旁。赵高等人坐在车内，随口乱说，文武百官都把他的话当做圣旨。好在途中没什么大事，所奏之事一概应允。百官看所奏之事被批准，都高兴得很，转身就去，何人敢来探察？因此赵高、李斯的诡计，始终没有被人看破。

当时正值秋季，天气寒暖无常，有时凉爽，有时炎热。始皇死后，天空一直红日高照，难免有股臭气。赵高想出一个办法，假传诏令，命令百官在车上各装一石鲍鱼。文武百官都不明白其中的含意，只因他们对始皇的专制已经习惯，无论什么命令，一律照做，这样才能保住性命。所以假令一传，百官无不照办。鲍鱼本来就有臭气，各车中都有，惹得人人掩鼻，怎能分辨出是鲍鱼的臭气，还是尸身的臭气呢？

赵高、李斯一路催赶车马，昼夜不停，越井陉，过九原，从蒙恬监筑的直道，直达咸阳。都中留守冯去疾等人出郊迎驾。赵高传旨，皇上病重免朝，冯去疾等也不知其中有诈，拥着卧车，驰入咸阳。碰巧这时胡亥的心腹从上郡回来，禀报说扶苏自杀，蒙恬被囚禁，胡亥、赵高、李斯三个人都很高兴。


## 兄弟相残

扶苏正在上郡监督蒙恬修筑直道，胡亥派遣心腹，拿着伪诏、御剑前去赐死扶苏。扶苏看到诏令、御剑，哭着进入内室，便要自杀。蒙恬慌忙进去，制止扶苏道："皇帝在外，未立太子，命臣率兵三十万在此守边，并派公子前来监督。这是天下重任，如果不是陛下器重，怎么会把这么重要的事交给你呢？现在只凭一个下人到此胡说一番，便想自杀，怎么行呢？这其中定有隐情，臣先派人去请命，如果情况属实，再死也不迟。"扶苏也有此疑虑，可使者连番催促，让他快点遵旨自尽，逼得扶苏一时失去了主张，又痛哭一场，然后对蒙恬说："父要子死，子不得不死。我死就是了，何必再去请命。"说着，取御剑割颈自杀，倒地身亡。蒙恬替他棺殓，草草下葬。使者又催促蒙恬自裁，蒙恬不肯应命，只是把兵符交给王离，自己进入阳周狱中，等候朝廷发落。使者无可奈何，匆匆回去禀报。

胡亥、赵高、李斯如愿后，才传出始皇的死讯，下令立即发丧，然后立胡亥为二世皇帝。文武百官以为是始皇遗命，自然没有异议，纷纷来朝道贺。礼成以后，丞相以下，仍担任以前的职务，只有赵高升为郎中令，格外得宠。赵高想杀死蒙氏兄弟，以报前仇，便将蒙恬拘押在阳周，传诏把蒙毅打入狱中。

这一年九月，始皇的棺木被安葬在骊山。骊山在骊县南境，离咸阳很近，山势雄峻，下面有温泉。始皇在世时，早已筑好陵墓，陵墓直达三泉，方圆五六里。修筑石墓时，花费了大量人力、物力、财力。内部的装饰无与伦比，上面按照天上星斗的样式，用绝大的珍珠当做日月星辰；下面按地理构造，取极贵的水银当做江河大海。宫中有用石头刻成的文武百官，按官位大小依次站立两旁，还有很多奇珍异宝，灿然杂陈。墓内设置了机关，如果有人挖掘，便有利箭射出。还从东海中觅取人鱼，把它的肉炸成油，作为灯烛的燃料放在墓穴中。人鱼产自东海，形状像人，长一尺左右，肉不能吃，把肉熬成油作为燃料，耐久不灭。像始皇这样穷奢极欲的人，古今罕见。自兴土建筑算起，十多年才竣工。

棺材要放入墓穴里了，二世皇帝胡亥带着宫眷以及文武官吏前去送葬，车马仪仗，繁丽绝伦。到了下葬的地点，便把棺材放入坟墓，这时胡亥却下达一命令："先帝后宫内没有留下孩子的一律殉葬。"宫眷等多半无子，此令一下，她们号啕大哭，声音响彻山谷。胡亥毫不心动，命有孩子的妃嫔走出墓外；其余的都留驻墓中，不准私自逃离。有几个撞死，有几个吓得昏死过去，还有一大半绝色娇娃，正在设法出去，工匠却关了墓门，用土封死。这些美人儿不是闷死，便是饿死，仙姿玉骨，全化作骷髅一片！工匠封闭好墓门，来到外面第一重墓门前。有人对胡亥说道："墓中宝藏甚多，虽设有机关，工匠们应该都知道，难保没有偷偷挖掘的事情发生，不如就此除掉这些工匠，以免留下后患。"胡亥询问赵高意见，只见赵高在二世耳边轻声说了几语，胡亥便下令，把外门掩住，再用土石填塞，不留一点儿空隙，工匠等无路可逃，全都死于非命。

把墓穴封好后，胡亥又命人在墓旁栽植草木，把墓地环绕得周周密密，郁郁苍苍。墓高已经五十多丈，草木长起来，参天蔽日，真是一座绝好的山林。谁知没过几年，墓地便被项羽发现，搜刮一空。后来有一个牧童到此放羊，为了寻找坠落在墓中的羊，便点燃火把进去寻觅，找到羊之后，扔下火把就走了，始皇坟墓被烧得干干净净，枯骨都化作了灰尘！

秦二世胡亥葬下父亲，回朝听政，准备释放蒙恬。赵高对蒙氏兄弟怀恨在心，一心想害死他们，不但要杀蒙恬，还要杀蒙毅，就向二世进谗道："臣听说先帝在世时，曾想找一个有才能的人立为储君，本想立陛下为太子，可是蒙恬多次向先帝进谏阻止，蒙毅也经常在先皇面前说陛下的坏话，所以先帝才有遗命立扶苏为太子。现在扶苏已死，陛下登基，蒙氏必将为扶苏报仇，臣担心陛下不能高枕无忧啊。"二世听完这些话，自然不能轻赦蒙氏兄弟，再经赵高日夜怂恿，二世也巴不得斩草除根。于是下诏在狱中处死蒙氏兄弟。

这时有一个少年进谏道："有史为证，听信小人，杀害忠良必定会陷国家社稷于危难之中。蒙氏兄弟是我秦朝的大臣谋士，有功于国家，陛下反而要将他们除去，臣以为万万不可！轻虑不可以治国，独智不可以存君。现在陛下诛杀忠臣，宠信小人，必定会使群臣自危，正士灰心，还请陛下审慎为是！"

二世一看，进谏的乃是兄长子婴。他不愿回答，叱令子婴退去，派御史曲宫奉诏前往，并命他谴责蒙毅说："先帝曾经想立当今圣上为太子，你竟然多次阻难，究竟是何意？现在丞相认为你对朝廷不忠，论罪当诛你九族，圣上颇不忍心，只赐你一死，你当体谅圣上的一番苦心，立即遵诏办理！"蒙毅跪答道："臣从小侍奉先帝，备受皇恩，先帝从不曾有过册立太子的想法，臣也不敢无故进谗言。况且太子随从先帝周游天下，臣又不在左右，怎么会有这样的罪名呢？臣不是贪生怕死，只是担心有佞臣蛊惑皇上，反累先帝英明，所以臣不能不说！从前秦穆杀三良，楚平杀伍奢，吴王夫差杀伍子胥，昭襄王杀武安君白起，四君所为，都被后人嘲笑。圣帝明王不杀无罪、不罚无辜，希望大人能够明察！"曲宫已受赵高密嘱，怎肯容情？没等蒙毅说完，就拔出剑来，顺手一挥，蒙毅人头落地。曲宫看也不看，转身就走，还都复旨。

二世又派人到阳周，赐给蒙恬一封书信，要他立刻自尽。蒙恬愤然道："自我祖父以来，三代人为秦朝立功无数。现在我带兵三十多万，虽然身陷囚室，可势力足可以背叛朝廷，之所以不这样做，无非是不忘先主、不辱先人，现在知道自己必死无疑，不敢苟且偷生。我即使死也要进言，只恳请陛下不要误信小人、杀害忠良，还请大夫把话带到。"朝使回答说："我只知按照皇上的命令执法，不敢把将军所说的话上报朝廷。"蒙恬望天长叹道："我因何得罪上天，竟让我无过而死？"然后又叹息道，"我知道了！以前从临洮到辽东城，穿凿一万多里，难保不掘断地脉，这乃是我的罪过，死也应该了！"于是服药自杀。朝使立即回去禀报。天下人都为蒙恬叫冤，只有赵高发泄了心头之恨，很是欣慰。

又过了一年，秦二世下诏改元，尊始皇庙为祖庙。二世自称朕，并与赵高商议说："朕尚在少年，继承大统，百姓未必畏服。朕经常想到先帝巡行郡县，表示威德，制伏海内，现在朕如果不外出巡行，岂不是在向人示弱，怎能统治天下呢？"赵高满口极力奉承迎合，二世游兴更浓，立即准备銮驾，指日起程。赵高当然随行，丞相李斯一同前往。此外文武官吏，除部分留守在咸阳城内，其余的全部跟随，一切仪制，都仿照始皇。

走了一个多月才到碣石，碣石在东海岸边，始皇曾来过两次，立石记功。二世命人在旧石旁边，立一块新石，也让臣子们题词，把先帝的创业历程、大兴土木的功德一股脑儿全写上去。文章写成后，照原来的样子刻在石头上。二世一行人，再从碣石沿过海滨，南抵会稽。凡始皇所立碑文，统由二世复查，他嫌所刻各辞未能完全表现始皇的盛德，便在各处续立石碑，先将先帝的恩威表扬一番，再将始皇挑选有才能的皇子立为太子一事也写在里面。然后他们才转往辽东游历一番，最后起驾还都。

二世再申法令，所有始皇遗下的制度，非但没改，反而变本加厉。国内吏民虽然不敢反抗，但是也免不了心怀怨恨。而且二世的位置，是从长兄处篡夺得来。天下之事，若要人不知，除非己莫为。其他的皇子多多少少听到一些风声，暗地里猜疑，时常交头接耳、窃窃私语。

有人把这些情形上报给二世，二世很是担忧，于是与赵高密谋道："朕即位以后，大臣不服，官吏势力强大，其他的众皇子还想着和我争夺王位，真不知该如何是好！"这数语正中赵高下怀，赵高却故意踌躇，欲言又止。二世又惊问数次，赵高才说道："臣早就想说，只因他们是陛下的兄弟，所以才未敢直说，缄默至今。"赵高说完这些，回顾两旁。二世心领神会，立即退去左右，侧耳静听。赵高接着说："现在朝上的大臣，多半是有功劳之人。只有赵高出身低贱，承蒙陛下提拔，管理内政。各位大臣虽然表面上听从陛下的安排，心中却快快不乐，阴谋变乱。如果不及早提防，设法除掉他们，陛下未必能够久安。如果陛下想除掉这些祸患，须雷厉风行，将所有宗室勋旧全部除去，另外重用一些新人。这些人必定感恩图报，誓死为陛下尽忠，陛下就可以高枕无忧了！"二世听完，翻然醒悟，高兴地说："你说得太对了，朕就这么办！"赵高又补充道："也不能无端就杀掉他们，须先给他们加上罪名，才名正言顺。"二世点头会意。

才过了几天，便构成大狱。二世下诏将皇子十二人、公主十人，一并下狱，并将以前的大臣、始皇的贴身侍卫，也拘押了很多，听候审问。问官是谁呢？就是郎中令赵高。赵高受二世委任，一朝大权在手，哪管什么金枝玉叶，故老遗臣？下令把犯人提到阶前，硬给这些人加上谋逆的罪名，喝令他们把谋逆的经过详细地供出来。众皇子也只是怀疑二世篡位，并没有做谋逆之事，甚至平时在谈论时，也没有大加诽谤，无缘无故地做了犯人，叫他从何供起？当然全体喊冤。赵高不为所动，施以重刑，把众皇子打得死去活来。诸公子熬受不住，只好随口承认。赵高说一句，他们认一句，赵高说两句，他们认两句，此外赵高又给他们捏造了许多新的罪状，这些罪状连皇子自己都不知道。至于其他被冤枉的官吏，见皇子尚且被打成这样，心想不如拼着一死，承认自己谋逆，省得受皮肉之苦。赵高于是牵藤摘瓜，穷追不舍，不论他是皇亲国戚，还是普通官吏，只要与自己有些过节，一股脑儿全扯入案中，定成死罪。有几个与赵高没有仇怨，不过赵高怕他们将来升官，地位在自己之上，也趁机把他们一网打尽。然后上奏二世，二世立即批准，下旨将十二位皇子全部斩首，陪死的官吏，自然数不胜数。十位公主不便在大庭审问，索性将她们赶到杜陵，二世亲自前去审问，赵高在旁执法。十位公主都生长在深宫，娇怯得很，禁锢了好几天，已是狼狈不堪。再经胡亥、赵高二人逞凶恫吓，不是气死，就是吓倒，连半句话儿都说不出来。赵高还说她们不肯招认，便命人动刑，鞭挞声相随而下，公主们雪白的嫩皮肤怎禁得住这一番折磨？霎时间香消玉殒。

公子将闾等兄弟三人，秉性忠厚，向来本分，不惹是非，不话闲言，至此也被株连，囚禁在内宫，还没有定罪。二世既然把十位公主都打死了，还怜惜什么将闾兄弟，就派遣使臣对他们说："公子没有尽到做臣子的本分，按罪理应处死！"将闾叫屈道："平时我恪尽职守，该做的事全都做了，从不曾有失礼的行为，也没有非议过朝廷，为什么说我没有尽到臣子的本分，为什么要杀死我呢？"使者答道："臣等奉诏行事，不敢非议。"将闾于是仰天大呼，连叫三声苍天，痛哭流涕地说："我确实无罪！"兄弟二人拔剑自杀。还有一个公子高未曾被定罪，他料想自己将来必定难免一死，便想逃走，但转念一想，自己或许能幸免于难，但全家必受牵连。三思之后，公子高想出一条舍身保家的方法，含泪修成一书，看了又看，最后打定主意，决意呈给二世。二世看完后，喜出望外，自言自语道："我正为他苦恼，现在他却自己前来送死，这样也好，省得让我费心，这真可谓知情识意。"一会儿又自忖道，"莫非他另有诡计，假意试我？我要防着他，免得被他算计！"打定主意后，就召赵高进来，把公子高的书信拿给赵高看。等赵高看罢，二世便问赵高说："你看此书是否可信？朕担心其中有诈，他会不会是因急生变呢？"赵高笑着答道："陛下多虑了，他现在正为自己的死而担忧，还能有什么谋变呢?"二世于是下诏批准,说他孝思可嘉,当即赐钱十万作为丧葬的费用。诏令下传后,公子高便与家人诀别,服药自尽,二世又下令将他安葬在始皇墓地。总计始皇子女共三四十人,都被二世杀完,并且没收了他们的家产,只有公子高拼了一己的性命,保全了家人。

## 大泽乡起义

秦二世屠戮宗室,差不多将手足和有功之臣全部杀掉。他得意扬扬,以为从此可以高枕无忧、尽情享受。于是效仿始皇,再兴土木,想将阿房宫赶快修成,好做终生的安乐窝。

诏令下达后,阿房宫内无数役夫日夜修筑,忙个不停。二世担心臣子有异心,便号令四方,募选才勇兼备的武士进宫把守,共募得武士五万人。二世在宫内畜狗马、豢禽兽,命内外官吏随时贡献这些东西,官吏无不遵从。但宫内的妇女仆从本来就多,再加上筑宫的匠役、卫宫的武人以及狗马禽兽,怎不需要大量粮食?二世便想出一个妙计,令天下各郡县筹办食料,随时运入咸阳,不得间断。各郡县接到诏令,不得不遵旨办理。但官吏怎有多余的钱财去购买粮草?无非是额外加征,从民间索取。百姓屡遭暴虐,已经困苦不堪。这次又要加添负担,逼得十室九空,家徒四壁,甚至卖儿卖女。这真是普天愁怨、遍地哀鸣。二世安处深宫,怎么能知道民间的疾苦呢?他还要效仿始皇,调发民夫出塞防胡。这道诏令一下,终于导致叛乱四起,天下骚乱。

阳城县有一个农夫,姓陈名胜字涉,小时候家境贫寒,为谋生计,不得已做了一个耕田的佣夫。他虽然寄人篱下,志向却与众不同。一天,陈胜等人在田间耕作,日落时,已有些筋疲力乏,便放下犁、耙,在垄上望天慨叹。与他一起劳作的人见他这副模样,还以为他是染了病症,禁不住担心起来。陈胜说道:"你不必为我担心,有朝一日,我定能飞黄腾达、有所作为。到那时,一定要你等同去享受荣华富贵,绝不相忘!"那人听了,不觉冷笑道:"你身为替别人耕田的佣工,和我等一样贫贱,又哪来的富贵呢?"陈胜长叹道:"唉!燕雀怎么能知道鸿鹄的远大志向呢?"说着,又叹了数声。看看太阳已经下山,就收拾犁、耙,牵牛回家。

二世元年七月,有诏令下达阳城,派闾左贫民戍守渔阳。依照秦朝的法律,富人在右,贫民在左,贫民没有钱上贡朝廷,所以不能免役,只有冒死应命。阳城县内，由地方官奉诏调发闾左贫民九百人，作为戍卒。陈胜也在这九百人之内，地方官按名查验，见陈胜身材高大，气宇轩昂，便暗加赏识，提拔他为屯长。还有一个叫吴广的阳夏人，身材气度与陈胜相似，便让他和陈胜一起做屯长，带领众人前往渔阳。此外还约定了期限，以免他们在途中逗留。陈、吴二人当然应命，地方官又怕他们难以管制众人，就派了两个将尉，一路监督同行。

走了好几天才到大泽乡，距渔阳城还有几千里。当时天降大雨，沿途受阻。江南本是水乡，大泽更是低洼，又怎么能过去呢？无奈之下，他们就地驻扎，想待到天色晴霁再起程。偏偏雨不肯停，连绵数日，一群戍卒，进退两难，互相抱怨。

陈胜与吴广原来并不认识，现在做了屯长，患难与共，志趣相投。于是他们密议道："现在前往渔阳，路途遥远，非一两个月不能到达。朝廷给的期限快到了，屈指计算，肯定会误了期限。秦法规定，误了期限要杀头，难道我等就甘心受死吗？"吴广跳起来说道："反正都是死，不如逃走吧！"陈胜摇摇头说："逃走不是最好的办法。试想，你我二人同在异地，何处可以投奔？就是有路可逃，最终也会遭到官吏毒手。走是死，不走也是死。倒不如另图大事，或许可以死里求生，求得富贵。"吴广茫然问道："我等无权无势，怎么举大事呢？"陈胜回答说："天下受苦于秦朝的统治已经很久了，只恨无力起兵。我听说二世是始皇的小儿子，本不应该做皇帝的。公子扶苏不但是长子，并且贤能。从前因屡次上谏，触怒了始皇，被始皇迁调出去，监领北军。二世篡位，杀死兄长，这件事百姓不一定都知道其中的内情，百姓只听说扶苏贤明，并不知道扶苏已被杀死。还有楚将项燕，曾立有战功，爱惜士卒，楚人至今把他牢记在心，有的说他已经死了，有的说他逃跑了。我等如果起事，最好借公子扶苏以及楚将项燕的名号，号召百姓起义。此地本是楚境，人们都对秦皇痛恨在心，定会闻风响应，这样大事就可以办成。"

吴广也赞成这样做，只因事关重大，不好冒昧从事，于是决定向卜人占问吉凶。占卜的人见陈胜、吴广面色匆匆，料想他们必有隐衷，于是详问来意。陈胜、吴广不便明说，就含糊了几句。卜人焚香布卦，掐指盘算，对二人说："你们同心做事，定可成功。只是后来会有险阻，恐怕要费些周折，足下还应当借助于鬼神之力。"陈胜、吴广不再多问，便匆匆告别。途中他们说道："卜人要我等借助鬼神，是让我们去祈祷吗？"还是陈胜比较聪明，想了一会儿，对吴广说："是啊！是啊！楚人迷信鬼神，必先假借鬼神的名义，才能威服众人，卜人定是这个意思。"吴广接着说："该怎么办呢？"陈胜便耳语了几句，约他分头行事。

第二天上午，陈胜命令手下买鱼做饭，士卒奉命购买了好几条大鱼回去。其中有一条鱼最大，腹部膨胀，士卒用刀剖开，看见腹中藏着一张布条，非常惊异。打开一看，布条上写的竟是"陈胜王"三个字，扔下刀大喊怪事。众人闻声赶来，争相传阅，果然是这三个字，都很惊讶。立即有人将这件事报告给陈胜，陈胜呵斥道："鱼肚子里怎么会有布条呢？你等胆敢口出狂言，不知道朝廷的法律吗？"士卒退去，继续烹鱼做饭。此事过后，士卒们暗暗议论，半信半疑。夜里，他们虽然躺在床上，却并未入睡，还在谈论鱼肚子里的布条，猜测不已。忽然听到有声音从外面传来，仿佛是狐嗥一般，众人觉得奇怪，静悄悄地听着。起初听不太清楚，凝神细听，觉得这一声声叫喊像是有人在说话，声音依稀可辨。第一声是"大楚兴"，第二声是"陈胜王"。众人已辨出声音，仗着人多势众，起身出去探望，想看个明白。营外是一片荒郊野地，只有西北角古木阴浓，有古祠数间被大树遮住。那声音就是从古祠中传出的，顺风吹来，确是"大楚兴"、"陈胜王"两句话。更奇怪的是，丛林中间隐约露出火光，似灯非灯、似火非火，一会儿移到那边，一会儿又移到这边，变幻离奇。过了半晌，光渐渐灭了，声音也渐停了。众人本想前去探察，无奈当时正是半夜，天色阴沉得很，路上又泥滑难行，再加上营中有规定，不准夜间私自出去，只好回营再睡。士卒越想越奇，又惊又恐，索性都不说话，然后就睡着了。

这"鱼书狐嗥"便是陈胜、吴广两人的诡计。陈胜先写好帛书，夜里偷偷走出营门，找到渔人家里。看到渔网里面有几条大鱼，料想第二天要出售，便将帛书塞进鱼嘴里，等到鱼把它吸到肚子里，再悄悄回营。大泽乡本来集市就少，自从戍卒留驻在这里，渔人捕了鱼虾，都来营中贩卖，所以这鱼就被营兵买着，众人才中了陈胜的计。至于狐嗥一节，也是陈胜的计划。他嘱令吴广乘夜偷偷出去，带着灯笼到古祠中学狐叫，迷惑众人。古祠在西北角，连日天雨，西北风正吹得起劲，声音自然传入营中，士卒们也就容易听见。后人把疑神见鬼等事情，说做篝火狐鸣，便是引用陈胜、吴广的故事。

这两件事发生后，士卒多在背地窃窃私语，以讹传讹，有的说鱼将变成龙，所以才有此变故；有的说狐已成仙，所以能预知未来。陈胜、吴广二人听后，相视而笑，暗自庆幸他们的计谋得逞。好在营中的监督大员将尉二人，因为天降大雨，无法行军，便拿杯中物作为消遣。整日喝得酩酊大醉，倒头就睡，醒来后又饮，醉了再睡，无论什么事情，一概不管，只命令两个屯长去办理。陈胜、吴广二人自然很高兴，偷偷在营中买动人心，二人衣食住行都与部卒相同，一点也不搞特殊，所以部卒们都愿意听从他们的调遣。再加上鱼书、狐鸣种种怪异事件，更加令众人心悦诚服。

陈胜见时机成熟，趁将尉二人酒醉时，闯入营帐，将他们杀死。然后出帐召集众人，大声对他们说："诸位到此，为雨所阻，一住多天。等到天晴，就算日夜赶路，也不能如期到达渔阳。按照秦法，没有按时到达就要杀头，即使侥幸遇赦，也未必能活下去。北方天气寒冷，冰天雪地，谁能经受得起？况且胡人喜欢劫掠，难保不乘隙犯边。我等既受风寒，又要打仗，还有什么活路？大丈夫不死便罢，死就要死得有名有望，能够冒死举事，才算不虚度这一生。王侯将相难道就是天生的吗？"众人见他语言激昂慷慨，无不激动，但都以为二尉还活着，只是向帐内探望，好像有所顾虑。陈胜、吴广二人已经窥透众人的心理，便向众人直说道："我们二人不甘心送死，也不愿让你们枉死，所以决定起事，已经将二尉杀死了。"众人此时才齐声应道："愿意听从你的命令！"

陈胜、吴广非常欢喜，便领众人入帐，指着二尉的尸首给他们看，果然血肉模糊，身首异处。陈胜一面将二尉的人头悬挂起来；一面指挥众人，在营外辟地为坛。众人一起动手，没几天就完成了。然后将二尉头颅，做了祭旗的物品，旗上写了一个大大的"楚"字。陈胜为首，吴广为副首，其余人依次排列，对着大旗，拜了几拜，并用酒祭奠。祭奠完毕以后，将二尉头上的血滴入酒中，众人按次序喝过同心酒，对旗发誓，愿意拥立陈胜为主，一同造反。陈胜自称将军，吴广为都尉，定国号为大楚。再命众人都露出右臂作为记号，对外谎称公子扶苏和楚将项燕都已经在军中做主帅。

一切准备就绪，陈胜、吴广就率领众人攻占大泽乡。乡中官员听说陈胜造反，早已逃去。陈胜把大泽乡作为起事地点，让居民都离开。居民家中留下的犁头、铁耙之类的东西，都被士卒拿来当做兵器。器械还是不够，又向山里去取，忙碌了好几天。说也奇怪，老天竟放出太阳，扫除云翳，接连晴了半个月，水势早已退去，就是最低洼的地方，也滴水不留。众人以为是得到上天的帮助，个个精神抖擞，整装待发。

不久全国各地的亡命之徒，陆续聚集在这里。于是陈胜下令，起兵北进。大泽乡属蕲县管辖，陈胜既然出兵，自然先攻蕲县。蕲县地势原本就不险要，守兵寥寥无几，县吏更是无能，怎能守得住？一听说陈胜率领大队人马打过来，城内便一片惊慌，于是官逃民降。陈胜一行人，安安稳稳占住县城。再令符离人葛婴率领众人前去蕲东，声势大震。

然后陈胜大举进攻陈县，有车六七百辆，骑兵一千多人，步兵几万人，全部聚集城下。当时恰逢县令外出，只有县丞留守。县丞硬着头皮招集守兵，开城应战。陈胜等人一路顺风顺水，势如破竹。此次到了陈县，忽然看见陈县城门大开，竟拥出很多人马前来争锋。陈胜等人摩拳擦掌一拥而上。前面的人手持刀枪，乱砍乱戳，凶横得很；后面的人拿着木棍及犁头、铁耙之类的东西横扫过去。守兵本来就弱，不敢出战，只是被县丞所逼，无奈之下才出城迎敌。偏碰上了这帮暴徒，情形与猎犬相似。守兵略一失手，便被打翻，稍一退步，便被冲倒，数百兵马死的死，逃的逃。县丞见打不过，也逃跑了。哪知陈胜等人乘胜追击而来，守兵连城门都来不及关闭，县丞无路可奔，不得不转身拼命，毕竟势孤力竭，最终被陈胜杀死。

陈胜与吴广进城后，也想收买人心，所以下令禁止劫掠，并在各处张贴榜文，说是除残去暴。过了几天，又召集当地元老、豪杰共同议事。元老、豪杰前来拜会，陈胜温和地询问有关军队以后的事情。只听见众人齐声说："将军身披铠甲、手持锐器，伐无道、诛暴秦，又重立楚国，功劳无人能及，理应称王，这也是众望所归啊。"这几句话正说中陈胜的心意，只是一时不便应允，总要说几句谦让的话。元老、豪杰呼声一片，连声称颂，一再劝他称王。

陈胜正要答应，忽然听到外面有人禀报，说有大梁的两个勇士前来求见。陈胜问过姓名，心中暗想："我早就听说过这二人的大名，今天他们到此，称王之事必成。"说着便命令左右出去迎接，并且亲自起座，下阶恭候。

## 陈胜称王

前来拜见陈胜的是两个大梁人，一个叫张耳，一个叫陈余。张耳年长，陈余年少，所以陈余视张耳如父兄一般，张耳也像对待自己的儿子兄弟一样对待陈余。二人可谓是生死之交，当时的人称为刎颈交。张耳曾经是魏公子的门客，后来犯事出逃，避居外黄。外黄有一富家女，生得美貌如花，在当地颇为有名，偏偏嫁了一个庸奴，夫妻时常反目。一天，他们又为了一点小事而吵闹，富家女身材婀娜，怎禁得起丈夫的拳头？于是忍无可忍，逃出夫家，回娘家避祸。父亲见她泪流满面，楚楚可怜，于是对女儿说："如果与庸奴无法在一起生活，不妨另找贤夫。我倒是有一个中意的人，不知你是否愿意？"富家女当然心动，含糊答应。父亲让女儿在屏风后面站着，自己出去领来了一个俊俏郎君。父亲故意高声与这个郎君说话，让女儿在屏风后偷看。见这个年轻人温文尔雅，与前夫大不相同，已经芳心暗许。父亲把客人送走后，进来问女儿意下如何。女儿问来客姓名，才知道是大梁人张耳，恨不得立刻与他白首偕老，父亲自然希望他们能成就好事，便决定让女儿改嫁张耳。父亲本来就溺爱女儿，事已至此，甘愿出巨资给女儿的前夫，让他同女儿离婚。庸奴与富家女本来就不和，乐得拿些钱财，让富家女改嫁。俏佳人终遇有才郎，错姻缘幸得改正。不但富家女心满意足，亡命徒张耳得此意外奇遇，也是喜不自禁。张耳既得美妇，又得钱财，索性结交远客，于是声名远播。魏主竟然不计前嫌，仍然任用张耳为外黄令。

陈余从小爱好读书，喜欢四处游览。有一次走到赵国苦陉，得到富人乘氏赏识，愿招他为婿。女子的相貌也超凡脱俗，陈余当然答应，二人择日成婚。

后来魏被秦灭亡，张耳丢官后仍在外黄居住，陈余也带着妻子还乡。不料秦朝竟贴出告示，悬赏缉拿二人。他们不知道自己什么地方得罪了朝廷，情急之下，隐姓改名，避居陈县，充当里正监门。仔细探听，才知道秦朝下令缉拿他们，是因为他们有才，担心他们对抗秦朝，兴复魏室。张耳得到这个消息后，时常劝诫陈余，要谨慎小心，不得暴露真相，于是陈余格外小心。可是事不凑巧，陈余因为一点小事触怒里吏，里吏便将陈余治罪。陈余不肯忍耐，起身欲走，碰巧张耳在旁边，慌忙用脚踢陈余，让他受刑。里吏离开后，张耳领着陈余到桑树下面，悄悄说："我和你说过的话，你怎么忘了？区区小辱，不甘忍受，就想和里吏拼命，死何足惜！"陈余悔悟认错。张耳又想出一个办法，用监门名义，号令里中缉拿张耳、陈余。里人怎知有诈？个个贪念赏钱，四处寻找。其实张耳、陈余二人就在眼前，里人反被他们用计瞒过了。

陈胜、吴广进入陈县后，张耳、陈余前来求见。陈胜也听说过这两个人，知道他们遭到秦廷的忌恨，因此也很想见见他们，特地下阶等候，以表示自己对他们的敬意。

二人向陈胜行礼，陈胜忙把他们领到座前，分坐两旁，然后与他们一起商议军情，并谈及称王之事。张耳回答说："秦朝无道，灭人社稷，绝人后代，搜刮民脂民膏，将军为天下驱除残暴，真是天大的义举。如今才攻到陈县，将军不可急于称王，应赶快向西发兵，直指秦朝的都城。找寻六国后人，与他们结交，共同对抗秦朝，秦朝的敌人一多，力量自然就会分散。到时将军诛暴秦、据咸阳，号令诸侯，诸侯转亡为存，无不感恩戴德。将军再以德服众，帝业也就成了，到那时，还要称王何用？"说到这儿，见陈胜默默无语，好像有些不高兴。正想开言再劝，那陈余已接口道："将军不想平定四海倒也罢了，如有定国安邦之志，要早作打算。如果仅占据一块小地方，便准备称王，恐怕天下人都要怀疑将军有私心。如果将军失去人心，会一无所成，到那时后悔也就晚了！"陈胜沉默半天，才说出一句话："这事日后再议。"二人见话不投机，本想就此告辞，只因无路可走，不能不暂时安身，再作长远打算，于是他们留在了陈胜军中。陈胜后来自立为王，国号张楚，隐寓张大楚国的意思。

当时河南很多民众，苦于秦朝苛刻的律法，杀死官吏后响应陈胜。陈胜让吴广督促这些将士，向西攻打荥阳。吴广出发后，张耳、陈余也想乘机离开陈县，于是张耳暗中嘱咐陈余，让他向陈胜献计："大王举兵梁楚，志在西讨、入关建业，如果有意取得河北，我愿意请兵出征。我曾经到过赵地，熟悉河北的地势，并在那儿结交了很多豪杰。如果能攻下赵地，既可牵制秦军，又可安抚赵民，岂不是一举两得吗？"陈胜听了陈余的话，也觉得很有道理，只因他们刚来归附，难以深信。于是选派旧部武臣为将军，邵骚为护军，同张耳、陈余二人一起，领兵三千，前往赵地，而对张耳、陈余却不委以重任，只让他们作为武臣的帮手。二人别有隐衷，也不计较官职大小，欣然领命，渡河北去。

陈胜的大将葛婴，没有前往陈县，只率领部下攻占九江。走到东城，遇到楚室的后人襄疆，两人一见如故，葛婴竟置陈胜的命令于不顾，擅自拥立襄疆为楚王。后来收到陈胜的文书，内有"张楚王"的字样，才知道陈胜已经称王，不能另立襄疆，后悔自己一时鲁莽、自作主张。凑巧陈胜又命他领兵回陈县，他生怕陈胜动疑，竟将襄疆杀死，拿着襄疆的人头回来禀报。陈胜早已听说葛婴的所作所为，等葛婴到来后，立即传他进见，并喝令手下将他斩首。其他的人见葛婴惨死，不免有些寒心，私下里议论纷纷。陈胜并没有将此事放在心上，只是派遣邓宗攻打九江，魏人周市北征魏地。

陈胜接到吴广军报，说是进攻荥阳没有得胜，现由秦三川守将李由坚守荥阳城，要再调些士兵过去，否则难以攻下此城。陈胜于是召集谋士，商议攻秦的方法。上蔡人蔡赐本是房县长官，向陈胜建议派将西行，直入函谷关，捣取咸阳。陈胜一面依从他的建议，封他为上柱国；一面访求良将，得到陈人、周文二人。陈人、周文自述履历，称自己曾在黄歇手下做事，又曾在项燕军中，熟知军事。陈胜非常欢喜，于是封他为将军，命他西去攻秦。周文奉命上路，沿途招集壮士编入队伍，人数多达几十万，然后长驱直入函谷关。

关中守吏告急，谁知秦廷好像没事一般，任他如何报急，总没有将士出来援助。原来二世恣意淫乐，朝政由赵高把持。赵高把外面的奏报一律搁起，不告诉二世，所以陈胜起兵已经有几个月了，二世却全然不知。一天，有使臣面见二世，上奏说陈胜造反，郡县多数叛变，请陛下派兵镇压。二世以为他是妄言欺主，下令将他打入大牢。其他使臣回都后，二世问及乱事，使臣都答称不足为惧，已由各郡守尉将他们抓捕，很快就会荡平，劝陛下大可放心。二世很高兴，把乱事置之度外。朝廷得过且过，大臣上下相蒙。直到周文入关，秦廷还没有一点动静。

周文一路进兵，攻城略地，所向无敌，边前进边派人到陈县传送捷报。陈胜喜出望外，开始轻视秦廷，不设防备。孔鲋向陈胜、吴广进言说："现在大王不设防备，如果敌人突然来到，我军无法抵御，一有差错，全局瓦解，到那时后悔也迟了！"陈胜不肯听从他的建议，只等着各路传来捷报，自己好去做关中皇帝。怎料福为祸倚，乐极生悲，好消息没有等到，四面八方的警报却陆续传来。第一路警报，是出征赵地的武臣这边；第二路警报，是进攻秦都的周文那边。

武臣等率兵北去后，从白马津渡河，在所过各县召令豪杰。无非是说暴秦无道，荼毒百姓，现在陈王起义，天下响应，我等奉命北渡，前来招安，诸位豪士理应同心协力，共除暴秦等。各位豪杰正苦于秦朝的暴行，听了这番名正言顺的话，都愿意跟从，于是城中守吏多数被杀死。接连得了十几座城池，人也越聚越多，渡河时只有三千人，现在却多了好几万，他们便推选武臣为武信君。只有余城宁死不降，守令招集军民据守，武臣认为此城不重要，便率领部下向东北进军，攻打范阳。范阳县令徐公有志保城，召集士兵抵御。有一个名叫蒯彻的辩士，进城拜见徐公，先说出一个"吊"字，后说出一个"贺"字。徐公莫名其妙，不得不惊问原因。蒯彻说："我听说徐公快要死了，所以前来'吊'你；但是如果你能听我一句话，便有生路，所以又来'贺'你。"徐公说："你不要故弄玄虚，有话不妨直说。"蒯彻又说道："你做范阳县令已经十多年，杀人无数，百姓对你无不怀恨在心，只是害怕秦朝的法律，才不敢取你性命。现在天下大乱，秦法形同虚设，你还能保全性命吗？一旦敌人兵临城下，百姓必乘机报仇，取你人头，这岂不是可'吊'吗？幸亏蒯彻前来拜见你，为你出主意，在武信君到来之前，先由蒯彻去游说，劝他为你效力，使你转祸为福，这又便是可'贺'了！"徐公高兴地说："你说得太对了，请立刻为我前去说服武信君！"

蒯彻动身前去，武臣正招揽四方豪杰，当然召见蒯彻。蒯彻向武臣进言说："你到这里，想必是要攻城略地。蒯彻有一计，可以让你不战而胜，只需一纸书信，便足以制胜千里，不知你愿意听否？"武臣急忙说："如果真有这样的计策，当然愿听了！"蒯彻说："现在范阳县令听说你要攻城，正整顿兵马，守城拒敌，只是城中士卒不多，该县令怕死又贪恋禄位，目前还不肯归降的重要原因，是你攻下前十座城池后，见吏就杀。降是死，守也是死，所以不得不拼死求生。蒯彻为你想到一个办法，不如放了范阳县令，并封他做官。县令自愿开城出降，全城便唾手可得了。你再让该县令乘车巡游燕、赵，燕、赵人民必争先向你投降。你不攻而取，不战而服，岂不更好？"武臣点头称是，便令人刻好官印，让蒯彻转赐范阳县令。范阳县令见印，果然大喜过望，立即开城迎接武臣。武臣按照蒯彻的话，特意给徐公备好华丽的马车，让他前去燕、赵两地，燕、赵果然闻风响应。不到半个月，已平定了三十多座城池，并乘势攻入邯郸县。

这个时候从西面传来周文战败的消息，陈胜的部将多因谗言被杀。武臣听说后，不免疑惧。张耳、陈余本来就怨恨陈胜不听他们的劝告，又见只封他们做左右校尉，便乘机离间，向武臣进言说："陈王起兵蕲县，才占领陈地，便自称为王，不愿立六国后人，居心可知。现在将军率领三千人攻下几十座城池，功高盖主，恐怕很快就有危险了。将军不如南面称王，脱离陈王羁绊，机不可失，望将军速作决定！"武臣听了"称王"二字，岂有不高兴的道理，立即在邯郸城外，堂皇高坐，竟也称孤道寡起来。武臣自立为赵王，封陈余为大将军，张耳为右丞相，邵骚为左丞相，并派人把这件事报告给陈胜。

陈胜知道武臣称王后，怒不可遏，便想把武臣的家属抓来杀掉，然后发兵攻打武臣。上柱国蔡赐上谏道："秦还没有灭亡，如果杀掉武臣的家属，又增加一个与大王为敌的人，大王东西受敌，怎能成就大业？不如派遣使臣前去祝贺，并令他快速攻打秦朝，去支援周文，东边没有忧虑，向西进攻就更容易了。灭秦以后再杀武臣也不迟，何必着急呢？"陈胜于是转怒为喜，将武臣家属软禁起来，并封张耳为成都君，派人前去祝贺。张耳、陈余见了陈胜派来的使臣，早已瞧透陈胜的意图，表面上假装欢喜，背地里却对武臣说："大王据赵称尊，必为陈王所忌恨。现在陈胜派遣使臣来贺，明明是心怀诡计，让我们全力灭秦，然后再向北攻打我们。大王不如优待来使，等来使离开后，尽管北收燕代，南取河内。如果南北两方都归赵所有，楚虽然能战胜秦朝，也不敢前来攻打赵国，反而会与赵讲和。大王就能静观其变，坐定中原了。"武臣连称好计，盛情款待陈胜派来的使臣，并赠送厚礼让他们回去。然后命韩广攻燕，李良攻常山，张黡攻上党，三路兵马一齐出发，独独不发兵向西。

那时攻入秦关的周文，孤军无助，竟被秦将章邯击退，败出关外。章邯身任秦少府，智勇双全，听说周文攻入关中，直达戏地，异常愤激，便想把情况禀报给二世。恰在此时，各地警报雪片似的飞到咸阳，连赵高也很吃惊，不得不据实奏明。二世这才如梦初醒，急忙召集文武百官入朝议事，询问御敌的方法，百官面面相觑，没有一个人敢说话。只有章邯出列启奏道："贼人已经逼近，须快速征剿。征集将士已经来不及了，臣请求皇上赦免骊山囚犯，由臣统领前去，奋力一击，定能打退贼人。"二世焦急万分，只望有人解忧，章邯主动请战，他当然喜笑颜开，褒奖了章邯一番。二世颁诏大赦，任命章邯为将军，招集骊山役徒，把他们编制成军，出都退敌。章邯确实有些能力，他挑选身强力壮的人作为前锋，老弱之人在后队管理军用物资。快到战地时，又叮嘱这些人，打仗时须有进无退，进即重赏，退即斩首。兵役都是犯人出身，本来就不怕死，此次得了将令，都希望得到赏赐，于是拼命杀出，冲进周文营中。周文从东到西，沿途未遇到大敌，以为秦人无用，骄傲轻敌。不料章邯兵一到，势如潮涌，周文招架不住，只好退去。那秦兵占了便宜，更加厉害，杀得周军七零八落，东逃西散，周文束手无策，只好跑出函谷关去了。

秦兵大捷，关内总算暂时安定下来。偏在这时，东方出现异人与秦为难。真命天子应运而生。

## 真命天子降世

秦二世元年九月，江南沛县的丰乡阳里村，出了一位真命天子，此人就是汉高祖，他姓刘名邦字季，父亲名叫刘执嘉，母亲王氏名叫含始。刘执嘉生性敦厚，为里人所称颂，里人都称他为太公。王氏与太公年龄相当，便称她为刘媪。刘媪生了两个儿子，长子名叫刘伯，次子名叫刘仲。刘媪第三次怀孕时，与前两胎大不相同。相传刘媪有事外出，路过大泽，觉得过于劳累，便坐在堤上闭目养神。似睡非睡中，突然看见一个金甲神人从天而下，她顿时惊晕过去。

太公在家见妻子出去了很久也没有回来，十分挂念，就出去找寻。刚要出门，忽然天昏地黑，电闪雷鸣。太公更加着急，忙携带雨具，快步赶往大泽。

太公远远地看见堤上睡着一个人，好像是自己的妻子，只是半空中有云雾罩住，回环浮动，隐约露出鳞甲，像有蛟龙往来。太公惧怕，停住脚步不敢近前。一会儿，云开雾散，天空明亮起来，他才敢靠前观看，果然是妻子刘媪。只见她欠身欲起，睡眼蒙眬，刘媪似乎对刚才发生的事情一无所知，太公叫了数声，她才睁开眼睛。太公又问她是否受惊，刘媪答道："我在这里休息，忽然看见神人下降，于是惊晕过去。醒来才知是一场梦而已。"太公向她讲述雷电、蛟龙，刘媪全然不知。

不久刘媪竟然又怀孕了，后来生下了一个男孩。这个孩子长颈高鼻，左腿上有七十二颗黑痣。太公认为这个儿子非同寻常，就给他取名刘邦，因为他排行最小，就以季为字。太公家世代都是农民，刘伯、刘仲继承祖业，随父亲在田间劳作。刘邦长大后，却不喜欢耕田，只好四处游逛。太公多次劝诫，刘邦都不思悔改，太公也只好由他去。后来刘伯、刘仲相继娶妻。刘伯的妻子生性悭吝，见刘邦身长七尺八寸，正是一个壮丁，却好吃懒做，坐耗家产，便心生厌恨，口出怨言。太公听说后，就分了家产，让刘伯、刘仲带着妻子到别处居住。刘邦尚未娶妻，仍然跟着父母。

光阴易逝，转眼刘邦已到弱冠年华，他仍旧终日游荡，不务正业。又常常取出家财结交朋友，整日吃喝享乐。太公本来以为刘邦天资奇异，对他另眼相看，现在见他一事无成，就斥责他是无赖，连衣食都不愿周济。刘邦却不以为然，有时害怕父亲责骂，不敢回家，便到两个兄长家栖身。毕竟手足情深，两位兄长也让他一同吃住。

哪知刘伯忽然得病而死，刘伯的妻子本来就厌恨小叔，自然不愿继续供养他。刘邦不管她是不是憎恶自己，仍经常到长嫂家中吃饭。长嫂便找借口，十次有九次把他拒之门外。

一天，刘邦带了好多朋友来到长嫂家。正值晌午，长嫂见刘邦又来了，讨厌得很，再加上他又带了许多朋友，就不想给他们午饭吃。双眉一皱，计上心来，急忙跑进厨房，用瓢刮锅，暗示羹汤已经没有了。刘邦乘兴而来，忽然听到厨房传来刮锅的声音，后悔来得太迟，很是失望。友人倒也知趣，告别离去。刘邦送走朋友，回到长嫂厨内，见锅上蒸气正浓，羹汤还有大半锅，才知长嫂逞刁使诈，只好长叹一声，掉头就走。

从此刘邦再也不去长嫂家，而是到邻家两个酒店中厮混。有时是自己一个人前往，有时是邀请朋友共饮。这两家酒店都是妇人开设，一个是王媪，一个是武妇。二妇虽然是女流之辈，但因为刘邦年龄小，也不与他斤斤计较，而且刘邦每次来店中，就会招来很多客人聚集在这里，会比往日多赚数倍，二位主妇暗暗称奇。所以刘邦每次赊酒，她们一概应允。刘邦生平最喜欢喝酒，有时喝醉了，也懒得走，索性在座上鼾睡一夜。王媪、武妇本想叫醒他，谁知他头上竟现出金龙，光怪离奇。二妇料想刘邦日后必是贵人，所以每到年终结账，也不向刘邦追索，又见刘邦本来囊中羞涩，无钱偿还，索性将历年的账也一笔勾销了。

弱冠后，刘邦也想做些事情。幸好他交游广泛，有几个人替他谋划，教他学习吏事。他一学便能，不久便得到一个差事，当了泗上亭长。亭长掌判里人的一些官司，遇到大事，就得上报县令，因此常与一些县吏互相往来。其中交情最好的就是沛县功曹，此人姓萧名何，与刘邦同乡，熟谙法律。其次就是曹参、夏侯婴等人。萧何为县吏中的翘楚，对刘邦格外关照。刘邦有过错或失误的地方，必代为解决，使他化险为夷。

一次，刘邦奉了命令西赴咸阳，办完公事，就在都中闲逛。只见城中宫殿巍峨，车马华丽，顿时眼界一新，感慨油然而生。那时始皇还没逝世，坐着銮驾巡行都中，刘邦在旁遥观。御驾走后，刘邦喟然叹息道："大丈夫理当如此啊！"

又过了好几年，刘邦年近壮年，却还没有妻室。只因刘邦向来无赖，没有女子愿与他结婚。他原是好色之人，怎能忍耐得住？好在平时的俸禄除喝酒外，还有一些剩余，就向妓院中寻花问柳。所以也并不急于娶妻，过着随心所欲的日子。

有一次，萧何等人前来闲谈。说县中来了一位吕公，名父字叔平，与县令关系很好。这次为了躲避仇家，带着家眷到此地，县令顾及友谊，令他在城中居住，凡是该县的官员，都要出资相贺。刘邦说："贵客到来，应该重贺，刘邦定当前去。"说完，大笑不止。

第二天，刘邦依约进城，找到吕公住处，昂然进入。萧何已在厅中，替吕公收受贺仪，一见刘邦到来，便宣告说："贺礼不满千钱，须坐堂下！"刘邦听着，就写上贺钱一万。

下人将此事通报吕公。吕公见他贺礼如此丰厚，格外惊讶，便亲自出去迎接，请他上座。端详了好一会儿，见他与常人大不相同，格外优待。萧何知道刘邦缺钱，从旁揶揄道："刘季爱说大话，恐怕又是信口开河。"吕公明明听见，仍然邀请刘邦坐上位，刘邦也不推让。众人依次坐下后，刘邦举杯痛饮，兴致勃勃。到了酒终席散，客人纷纷告辞，吕公想单独留下刘邦，便对他举目示意。刘邦因吕公盛情挽留，安然坐着。客人走后，吕公对刘邦说："我小时候就会给人看相，从没见过你这样奇异的相貌。请问你娶妻了吗？"刘邦回答说没有。吕公又说道："我有个女儿，愿意侍奉在你左右，希望你不要嫌弃。"刘邦听了这话，连连点头，立即翻身下拜行礼，并约期迎亲，然后辞去。

吕公告诉妻子已将吕娥姁许配给刘季。吕娥姁即吕公的女儿，单名为雉。吕媪恼怒地说："君说女儿生有贵相，将来一定嫁给贵人，沛令来求婚尚且不允，为何无端许配给刘季？难道刘季便是贵人吗？"吕公说："这事不是女人所能知道的，我自有道理。"吕媪还是不同意，毕竟妇人威力不及丈夫，只好听从吕公的安排。

转眼吉期已到，刘邦穿着吉服，亲自前来迎娶。吕公令女儿装束齐整，跟随刘邦回去。刘邦见吕雉仪容秀丽，风采逼人，就拉着吕女的玉手回家去了。几年后，吕雉为刘邦生了一儿一女。

刘邦与吕女虽然相亲相爱，情意缠绵，但刘邦本是登徒子，怎能不寻花问柳？况且从前在酒色场中时常厮混，不免与那些女子藕断丝连。凑巧有一个小家碧玉，楚楚动人，询问姓氏，乃是曹家的女子。彼此叙谈数次，竟弄得郎有情、女有意，合成一场露水缘。曹女比吕女怀孕还要早几个月，分娩后，得一男孩。里人大多都知道曹女是刘邦的情妇，刘邦也不避讳，只是不让正妻吕雉知道。

刘邦作为亭长，除假日外，常住在亭中，吕氏则带着子女在家度日。有一天，一个老人经过刘邦家门口，环顾很久，然后向吕氏讨些水喝。老人喝完后，问起吕氏家世，吕氏略作叙述，老人说："我不料在此地见到夫人，夫人日后必当大贵。"吕氏忍不住笑了笑。老人又说道："夫人相貌不凡，定是贵人。"吕氏半信半疑，把儿子领到老人面前，请他相看，老人抚摩着小孩子的头，惊讶地说："夫人之所以富贵，就是因为这个儿子。"然后看了看她女儿道："这个女孩子也是一脸贵相。"说完就离开了。

不一会儿刘邦回家，吕氏将老人说的话转述一番，刘邦立即去追。没多久，果然看见有个老人在踯躅前行，便对老人说："老人善于相面，能不能为我看一看呢？"老人停住脚步，回头将刘邦上下打量一番，然后说："君相大贵，我所见的夫人、子女，想必是你的家人。"刘邦回答说是。老人又说道："夫人、子女都因你富贵，你更是贵不可言。"刘邦高兴地谢道："将来如果真像老人所说的那样，我绝不会忘记你！"刘邦称帝后，曾派人寻觅，但没有找到老人下落。

闲来无事，刘邦就设计出一种帽子，高七寸、宽三寸，上面像平板，刘邦称它为刘氏冠。这就是汉朝官帽的式样，是刘邦卑贱时创作出来的，后人称为鹊尾冠。

二世元年，秦廷颁诏，令各郡县遣送罪徒，到骊山修筑始皇陵墓。沛县令接到诏书，便发出罪犯若干名，由刘邦负责押送。哪知刚出县境，就逃走了好几名，往前走了几十里，又有好几个人不见了，晚间投宿旅店，第二天清晨起来，又丢失数人。刘邦孑然一身，既不便追赶，又禁压不住，异常烦闷。到了丰乡西面的大泽中，刘邦索性停止不前。泽中有亭，亭内有人卖酒，刘邦嗜酒如命，直喝到红日西沉，还没动身。

忽然，刘邦酒兴大发，抽身对众人说："你们到骊山必受苦役，最终难免一死，我现在把你们一概释放，给你们一条生路，怎么样？"众人巴不得有这一天，听了刘邦的话，均感激涕零，连连称谢。刘邦一一解开绳索，挥手让他们离去。众人恐怕刘邦出事，便问道："你不忍心送我等去死，此恩此德，誓死不忘。但你将如何回县交差呢？"刘邦大笑道："你们都走，我也只好远逃了，难道还去报告县令，自寻死路不成？"听完刘邦的话，有几十个壮士齐声对刘邦说："像刘公这样大仁大义之人，真是少有，我们情愿追随你。"其余人都向刘邦拜谢，然后就离开了。

刘邦乘着酒兴，戴月夜行，由于害怕被县令知道，不敢走大路。小路中既有荆棘，又有泥洼，再加上夜色昏黑，不方便走太快。刘邦醉眼模糊，慢慢儿地走着。忽然听到前面哗声大作，正要询问何事，前头的人已经掉头回来，说有大蛇挡路，长数丈，不如再原路返回，另选别路。

刘邦不等他说完，勃然大怒："去！壮士行路，岂能畏惧蛇兽？"说着，只身一人冒险往前走。才走几十步，果然看见有大蛇横架泽中，他拔出利剑，走近蛇旁，手起剑落，把蛇劈作两段。又走了几里，刘邦忽然觉得酒气上涌，就找一块僻静的地方坐下打盹。一觉醒来，已是黎明。

这时走来一个人，也是丰乡人氏，认识刘邦，他吃惊地说："怪事！怪事！"刘邦问道："何事奇怪？"那人说："我刚刚遇到一个老妇人在那里痛哭。我问她为何哭得这样悲惨，老妇人说有人杀了她的儿子。我又问她的儿子因何事被杀，老妇人用手指着路旁的死蛇，哭着说她儿子是白帝子，变成蛇挡在路中间，现在被赤帝子杀死了，说完又泪流不止。我想莫非老妇人疯癫，把死蛇当做儿子，正想说她几句，老妇人已经不见了。这岂不是一件怪事？"刘邦沉默不语，暗想：蛇是被我杀死的，为何会有白帝、赤帝这种说法呢？话虽近乎荒诞，总不会无缘无故，将来必有应验，莫非以后我真要做皇帝吗？想到这里，又惊又喜。来人还以为他酒醉未醒，便不再与他说话，掉头离开。刘邦也没有回乡，与十多名壮士，到芒、砀二山间避祸去了。

## 刘邦发迹

芒、砀二山本是偏僻的地方，刘邦与壮士十余人为避祸寄身此地，担心被人发现，随处迁移，行踪不定。偏偏有一个妇人，带着子女来寻找刘邦，好像很熟悉他的行踪，一下子就找到了。

刘邦一看，这妇人正是妻子吕氏。夫妻父子在此聚首，真是意想不到的事情。刘邦惊问原委，吕氏说："你背离父母、抛弃妻儿，藏身山谷，只能瞒过别人，怎能瞒过我呢？"刘邦听了大吃一惊，吕氏接着说："无论你逃到哪，上面总有云气盖着。我善望云气，所以知道你的下落，特地寻来。"刘邦欣然道："有这样的事吗？始皇常说东南有天子气，所以几次出巡想杀掉此人。莫非始皇死后东南王气还在，我刘邦能担此重任？"吕氏说："但现在是甘还没来，苦已经吃得够多了。"说着，两眼已蓄满泪水，刘邦急忙劝慰，并问起家里的情形。

原来刘邦西去后，县令等他回来禀报，等了好久也没有消息。派人出去打探，才知刘邦把罪犯放跑，自己逃走了。县令立即派人搜查刘邦家，也没找到什么线索。吕氏受丈夫连累，被县令监禁起来。秦朝的律法本来苛刻，再加上吕氏手头没钱，不能贿赂狱吏，又因吕氏姿色未衰，狱吏常常调戏、嘲笑她。吕氏举目无亲，只得忍垢蒙羞。碰巧有一个叫任敖的小吏，也在沛县中看管囚犯，平时与刘邦有些交情，一听说刘邦的妻子入狱，便有心照顾。虽然吕氏不归他看管，他却常来探视。

一天晚上，任敖又前来看望吕氏，没到狱门口，便听到哭泣声。他停住脚步，就听见狱吏的吆喝声、侮辱声，句句不堪入耳，顿时气冲脑门，大踏步跨入门内，抡起拳头就向狱吏打去。狱吏猝不及防，被他打了几拳，鼻青脸肿，两人便到县令那里评理。县令登堂审问，他们各执一词，县令见他二人各有理由，不好轻易作出判断，只好召入功曹萧何，令他秉公断理此案。

萧何认为狱吏知法犯法，应该严惩；任敖虽行为粗莽，却心地善良，应从宽发落。县令也认为这样断案很公正，于是按律责罚了狱吏。狱吏白挨了一顿打，还要加受罪名，俯首退下，连喊晦气。萧何想方设法为吕氏开脱，县令最终将吕氏释放回家。吕氏回到家中，便拖儿带女来找刘邦。刘邦见到妻儿后，也不挂念什么了，索性住在芒、砀山中。因此后世称芒、砀山中有皇藏峪。

陈胜起兵蕲州后，东南各郡县纷纷杀死守令，响应陈胜。沛县与蕲县相近，县令恐怕城池被陈胜攻破，也想举城投降。萧何、曹参献计说："你是秦朝的官吏，为何要降服于盗贼呢？这样做恐怕会人心不服，导致激变，不如招集逃亡的几百人，压制贼众，守住城池。"县令也同意这么做，于是派人四处招徕壮士。萧何又说刘邦具有豪气，如果将他赦罪召还，刘邦必当感激图报。县令认为这个主意可行，就命樊哙前去召回刘邦。樊哙也是沛县人，力大无比，靠杀狗生活，娶妻吕媭①。县令因他与刘邦有亲戚关系，所以叫他去召回刘邦。樊哙已经知道刘邦的住处，径直来到芒、砀山中与刘邦相见，转达沛令的意思。刘邦已在山中住了八九个月，壮士约有一百人。听说沛令相召，便带领家属众人，与樊哙一同回沛县。

走到半路，突然看见萧何、曹参狼狈前来。刘邦惊问起原因，萧何、曹参二人齐声说："以前请求县令召你回来，原希望等你回来后共同举事。不料县令忽然反悔，竟然怀疑我们召你前来另有他意，就下令关闭城门，抓捕我们两个。幸亏我二人事先得到了风声，现在只有赶快想办法保全我们的家眷了。"刘邦笑着说："承蒙二位多次关照，我怎能不思

---

① 吕媭：是吕公的小女儿，吕雉的胞妹。

045

回报呢？幸好我手下已有一百多人，我们先到城下察看形势，再从长计议。"于是萧何、曹参又与刘邦一块返回，来到沛县城下。城门还关着，无法进去。萧何献计道："城中的百姓未必都服从县令，不如先投递书函，叫他们杀死县令，免受暴秦统治。只可惜城门未开，无法投递，这该怎么办呢？"刘邦说："这不难，你快快写好书信，我自有办法。"萧何听了，急忙修书一封，递给刘邦。

刘邦大致看了一遍，说道："写得太好了！"便将书信收起来，自己带着弓箭来到城下，对守兵大喊："你们快看我的书信，可保住全城人的性命。"说完，就把书信系在箭上，"嗖"的一声，射到城上。城上守兵取过来一看，觉得句句在理，便下城与父老商量。父老一致赞成，一干人率领子弟们攻入县署，把县令杀死。然后大开城门，迎接刘邦进城。

刘邦召集众人，商议以后的事。众人都推举刘邦做沛令，背秦而立。刘邦慨然道："现在天下大乱，群雄并起。如果不能推选一个有才能的人来领导众人，必定一败涂地。我自知才疏学浅，不能保全父老子弟，还请另择贤能，才能成就大事。"众人又重新推选萧何、曹参，萧何、曹参都是文吏出身，害怕将来大事不成，祸及宗族，于是极力推荐刘邦。刘邦仍然推辞，众父老同声说道："听说刘季出生时与众不同，将来必定大贵。并且我们已问过卜人，他们都说你是最佳人选，希望你不要推辞！"刘邦还想推让，可见众人都不敢担当，只好答应下来。于是众人共立刘邦为沛公。这一年刘邦已经四十八岁了。

九月，刘邦担任沛公一职，特意制成红色的旗帜挂在城中。因为以前斩蛇时，老妇人哭诉有赤帝子斩白帝子的话，所将旗帜制成赤红色。封萧何为丞相，曹参为中涓，樊哙为舍人，夏侯婴为太仆，任敖等为门客。部署完之后，众人商议如何出兵。自从刘邦做了沛公，历史上便把"沛公"二字作为他的代名。沛公令萧何、曹参召集沛中子弟，攻打胡陵、方与，命樊哙、夏侯婴为统将。胡陵、方与二地的守令不敢出战，闭城自守。樊哙与夏侯婴正准备进攻，忽然接到沛公的命令。原来刘媪去世，要办理丧葬，不宜出兵，于是召二人回去守护丰乡。二人不能违命，只得率领众人回来。沛公到丰乡举办丧礼，暂时将军事搁起。

此时又出了项家叔侄，召集八千人，横行吴中。项梁本是下相县人，是楚将项燕的儿子。项燕被秦将王翦围困，兵败自杀，楚国也随后灭亡。项梁常常想起兵报仇，只因秦朝那时太强盛，自己手无寸铁，终究没能如愿。他有一个侄子名籍，字子羽，少年丧父，跟着他生活。项梁让项籍读书，不见起色；改让项籍学剑，仍旧没有起色。项梁非常恼怒，项籍说道："读书有什么用！不过是会记自己的姓名罢了；学剑虽能护身，也只能抵挡一个人。一人怎么能敌得过万人呢？项籍愿学力敌万人的本领！"项梁听了项籍的话，怒气渐平，对项籍说："你有这样的志向，我就教你兵法吧。"

项梁祖上世代为楚将，受封于项地，所以以"项"为姓。家中虽遭丧乱，但祖传的遗书还在，项梁于是一律取出，教项籍阅读。项籍生性粗莽，开始时虽很用心，后来渐渐倦怠起来，所以兵法大意，也只是略知一二。最终项籍一无所成，项梁知道他本性难移，就任他把岁月蹉跎过去。

不久项梁被仇家告发，囚禁在栎阳县中。幸好项梁与蕲县狱吏曹无咎认识，于是写信请他帮忙。曹无咎给狱吏司马欣修书一封，项梁才得以出狱回家。项梁是将门之后，怎肯遭人陷害？项梁找到仇人，与他理论，仇人不肯认错，项梁一气之下把仇人打死了。项梁害怕被官吏抓去，便带着项籍隐姓埋名逃到吴中。他时常见义勇为，渐渐取得了吴人的信任。吴人都愿意听项梁的指挥。

秦始皇东巡时，项梁与项籍随着众人来看銮驾。众人都称天子威严，只有项籍指着始皇对叔父说："他虽然是个皇帝，却可以由我取而代之！"项梁大吃一惊，忙用手捂住项籍的嘴，低声道："不要胡言乱语，如果被人听见，要罪及三族了！"项籍当时年已弱冠，身长八尺，力能扛鼎，气可拔山，吴地少年没有一人能与他比勇，个个都怕他。项梁见项籍资质过人，料他日后定有一番作为，因此偷偷养了几十个死士，并铸造兵器，静待时机。

陈胜叛乱后，项梁认为时机已到，正想起兵响应，忽然会稽郡守殷通差人过来，召项梁前去议事。项梁于是去拜见郡守，殷通下座相迎，把他领进密室，低声对他说："蕲县、陈县已经失守，江西也叛变了，看来是天意亡秦。俗话说：先发制人，后发制于人。我想乘机起事，你认为怎么样？"这一席话，正中项梁下怀，他当然极力赞成。殷通又说道："行军要先挑选将领。当今将才，非你莫属。勇士桓楚也是一条好汉，可惜他现在下落不明。"项梁回答说："我侄儿项籍知道他的住处，如果召桓楚前来，如虎添翼，大事一定能成！"殷通高兴地说："令侄既然知道桓楚的行踪，劳烦他请桓楚过来。"项梁道："明天我带项籍前来拜见，听从你的安排。"说完，起身回家，私下与项籍商议了很久。

第二天，项梁让项籍暗藏利剑，与他一同前往。来到郡衙，项梁嘱咐项籍静候门外，并再次叮嘱他一番，项籍连连点头。项梁进去拜见郡守殷通，项籍在门外等候，不一会儿，就有人领他进去。殷通见项籍身材雄伟，异常喜欢，对项梁说："好一位壮士，真不愧是你的侄子。"项梁微笑着说："一介蠢夫，不足过奖。"殷通命项籍前去召回桓楚，项梁在旁边对项籍说："好，行动了。"又向项籍瞟了一眼。项籍心领神会，立即从怀里拔出利剑，上前一步向殷通砍去，剑起头落，殷通倒地身亡。

项梁弯腰从殷通的尸体上取下官印，挂在腰间，又将殷通的人头提在手中，与项籍一同出来。才走几步，就有许多武夫，手拿兵器拦住他们。项籍有万夫不挡之勇，这几百个人，他全不放在眼里，只见他大喊一声，举剑四挥，剑光所到之处，人头纷纷落地。众人不敢接近项籍，一步步倒退。项籍靠着一柄宝剑，向前突围，又杀死了几十人，其余人吓得四散奔逃。府中文吏都躲了起来，不敢出头。项梁亲自去寻找，叫他们不要害怕，全部到外衙议事。众文吏陆续出来，战战兢兢地站到项梁面前。项梁婉言相劝，无非是说秦朝暴虐，改图大事等。众人惊慌不已，但又不敢说一个"不"字，只好连连答应，暂保眼前。项梁又召集城中父老，说明大意，父老不敢反抗，同声应命。

项梁自封将军，兼会稽郡守，项籍为副将。遍贴告示，招募士兵，把壮丁编入军籍，然后访求当地豪杰共谋大事。项梁命项籍带着几百人出去招安，共招来士兵八千人，都强壮无比。项籍年仅二十四岁，做了八千子弟的首领，更加威风。他本来字子羽，因为嫌双名不好听，便减去一个字，只留一个"羽"字，自称为项羽，后人也都叫他项羽。

项氏叔侄占领江东以后，又有几个草头王，陆续称霸一方。


## 李良入宫弑主

张楚王陈胜曾派遣魏人周市向北攻打魏地，周市率兵赶到狄城，狄城县令固守不降。已故齐王遗族田儋本是一名守卫，他与堂弟田荣、田横等密谋自立，于是想出了一个办法。田儋把家奴捆住，说他有通敌行为，亲自率人把他押解到县署，请县令杀死他。县令不知是计，贸然出来审讯，被田儋拔剑杀死。田儋便自称齐王，招募几千个士兵攻打周市。周市经过魏地，突然看见齐人奋勇杀来，料知不便轻敌，领兵后退。

田儋击退周市的军队后，威名远扬。齐人正因秦法暴虐，追怀故国，听说田儋称王，踊跃投奔。周市退回魏地，魏人也想推周市为王，周市慨然道："我本是魏人，如果要立王应该立魏王的后人，这样才算是忠臣啊。"听说魏公子咎投奔陈胜，立即派人前去迎接。陈胜不肯将公子咎放回。周市再三求请，陈胜才允许公子咎返回魏国。于是周市做了魏国的丞相，辅助公子咎处理政事。当时中原已有楚、赵、齐、魏四国。

当时还有一个燕王，燕王是谁呢？就是赵将韩广。赵王武臣派韩广攻打燕地。韩广一深入燕境，各城望风归附，燕地于是被平定。燕人推举韩广为王，韩广也想据燕称尊，只因家属还在赵国，况且还有老母在世，不忍让他们死于非命，所以不敢相从。燕人说："现在楚王最强大，还不敢加害赵王老母，赵王又怎么敢害将军的家人？将军尽管放心，不会有事。"韩广见燕人说得有理，便自称燕王。赵王武臣听说这件事，就与张耳、陈余商议。张、陈二人认为，杀一个老妇人没什么益处，不如让她回燕国，然后乘韩广不备，再攻打燕国。武臣也同意这么做，就派人护送韩广的母亲和妻子回燕国。韩广能与亲人相见，当然高兴，于是厚待赵使，并派人前去道谢。

赵王武臣想侵占燕国。于是亲自率领张耳、陈余等人，驻扎在燕、赵交界的地方。这事早有探子报知韩广，韩广担心赵兵入境，令边境戒严，增加士兵防守。张耳、陈余得知后，就请武臣南归，然后从长计议。武臣却志在得燕，不肯回去，张耳、陈余也无可奈何。

过了两天，武臣突发奇想，想偷偷潜入燕界，窥探虚实。他担心张耳、陈余二人反对，干脆不与他们商议，自己扮作平民模样，带着几名随从，偷入燕境。燕人日夜巡逻，遇到闲人出入，都要盘查仔细才肯放过。赵王武臣冒冒失失地闯了进去，被燕人拦住盘问，武臣回话支支吾吾，燕人觉得可疑，便七手八脚把武臣绑住了。剩余的仆从多半被拘禁，有两三个较为刁猾的，转身逃回赵营，把这件事报告给张耳、陈余。

张耳、陈余听了大吃一惊，商议了很久，也没有想出一个好办法。便选派辩士，前去说服燕王韩广，表示愿意用金银珍宝赎回赵王。使臣回来说燕王索要赵国一半的土地，才肯放还赵王。张耳说："我国的土地，本来就不多，如果再割去一半，就国不成国了。怎么能答应呢？"陈余说："韩广本是赵王的臣子，没想到他如此无情，况且以前赵王曾送还他的家眷，他理应感恩才对。现在应当写封书信过去，让他反省。万不得已，也只好让出一两座城池，怎么能割去一半呢？"张耳踌躇一会，实在没有更好的办法，只得写好书信，派人送去。谁知等了几天，杳无音信，再派数人前去打探消息，仍不见回报。后来逃回一人，说燕王韩广贪虐得很，非但不答应，反把派去的使者杀死了。

张耳、陈余非常恼怒，恨不得立即率人杀入燕境，把韩广一刀劈成两段。但转念一想，如果与燕国开战，胜负难料，反会先送了赵王的性命。两人急得抓耳搔腮，终没有什么好的计策。正在此时，忽然听到帐外有人大声说："大王回来了！"张耳、陈余急忙出营探看。果然看见赵王武臣安然下车，后面还跟着一个人。二人似梦非梦，把赵王拥入营中，详问情况。武臣微笑着说："二位一问车夫便知。"车夫便将营救赵王的过程详细地讲述一番。

赶车的人原本是赵营里的一个小兵，在营中当伙夫，除烧火做饭外，没什么特长。听说赵王被抓，张耳、陈余束手无策，就换了一番装束，悄悄前往燕营。燕兵当即将他抓住，伙夫说："我有要事来禀报你们的将军，不得无礼！"燕兵不知他有何来历，也不敢放肆，只好领他入营。

伙夫一见燕将，作了一个长揖，开口问道："将军知道臣为什么来吗？"燕将反问道："你是什么人？"伙夫回答道："臣是赵国人。"燕将说："你既然是赵国人，无非是想把赵王迎回去。"伙夫反问将军道："将军知道张耳、陈余是什么人吗？"燕将说："这二人是有些名气，想必他们现在也束手无策了。"伙夫又问："将军知道他们的心愿吗？"燕将答道："不过是想迎回赵王。"伙夫哑然失笑。燕将愤怒地说："为什么笑？"伙夫回答说："我笑将军不知敌情。张耳、陈余与武臣并辔北行，唾手得赵国数十城，二人怎么会不想称王呢？只因论起年龄、资格应推武臣为王，好暂时稳定人心。现在赵国已经稳定，二人就想平分赵地，自立为王。碰巧赵王武臣被燕国抓住，这正是天赐良机。他们假装派遣使者要回赵王，心中却巴不得燕人立即把赵王杀死，他们好率兵攻燕。以报仇的名义，使人心振奋，何愁打不赢呢？将军如果再执迷不悟，中了他的诡计，燕国很快就会被赵国灭了！"燕将听了，频频点头，说道："你的意思，还是放还赵王为好。"伙夫说："放与不放，全凭燕国，臣怎么敢多嘴呢？只不过为了燕国的将来，不如放还赵王，一可打破张耳、陈余的诡计，二可使赵王心存感激。就算张耳、陈余逞刁，有赵王从中牵制，他们哪还有机会攻打燕国？"

燕将告知韩广，韩广也信以为真，于是放出赵王武臣，并让伙夫护送武臣回赵国。张耳、陈余听了惊叹不已。赵王武臣决定拔营南归，返回邯郸。

恰逢赵将李良回来说已经攻下常山，赵王便派李良前去攻打太原，进兵井陉。井陉是著名关塞，险要得很。李良率兵到了关下，正准备进攻，有秦使递来一封书信，却没有密封。李良顺手取出来，只见里面装的竟是秦二世的谕旨。

李良看完，不免心生疑惑。他以前做过秦朝的官员。此次二世来书许赐官爵，他究竟是事赵呢，还是事秦呢？其实这封书信并不是二世写的，乃是守关秦将假托二世谕旨，诱惑李良。故意不将书信封口，想令他与赵王彼此怀疑，这是反间计。李良不知是计，想了很久才打定主意。于是遣回秦使，自己率兵回邯郸，先到赵王那里申请增添兵马，再作打算。

离邯郸还有十多里时，遥见一簇人马吆喝前来，当中拥着銮舆，男女仆从，环绕两旁，很有些王者气象。李良暗想：这种仪仗，除赵王外还有何人呢？于是纵身下马，站在路边，那车马顷刻间已到李良面前。李良不敢抬头，嘴里说臣李良见驾。话还没说完，就听见车中传话，叫他免礼。李良这才敢抬起头来，谁知车中坐的并不是赵王，而是一个衣着华丽的妇人。正要开口询问，车马已经风驰电掣一般向前跑去。李良勃然大怒，询问手下："刚才车中究竟是什么人在里面？"有几个人认得是赵王的姐姐，便据实相答。李良羞惭满面，恼怒地说："赵王的姐姐也敢这样吗？"旁边有一个手下接口道："现在天下大乱，群雄四起。只要才能出众，便可称尊。将军威武盖世，赵王尚且优待将军，不敢怠慢，王姐乃一介女流，反不为将军下车。将军难道屈身妇人，不思雪耻吗？"这几句话激怒了李良，李良越想越觉恼怒，于是下令说："快追上前去！"说着，便纵身上马，向前追赶。

赶了几里，追上了王姐的车马。李良大声叫道："大胆妇人，赶快下车！"王姐车前的侍从不过摆个场面，狐假虎威。看见李良率兵赶来，料知他不怀好意，都吓得战战兢兢。有几个胆子稍大的，以为李良不认识王姐，于是扯开喉咙大声喊道："王姐在这里，你是什么人，敢来戏侮？"李良叱骂道："什么王姐不王姐？就是赵王在这，也不敢轻视我！"一面说，一面拔出佩剑，砍倒了好几个人，霎时间把王姐的侍从全部吓跑了。王姐喜欢喝酒，这次出游郊外，正是为了饮酒。她已喝得醉意醺醺，遇到李良，以为是平常小吏，就没有下车，偏偏弄成大错。侍从逃散后，只剩下她独自一人危坐车中，正想设法逃走。只见李良已跃身下马，伸出蒲扇一般的大手向她抓来。她身不由己，被李良摔在地上，跌得半死半活。头发也散了，泪珠儿也流下来了，索性拼着一死，痛骂李良。李良正在气头上，怎肯被她辱骂？便举剑一挥，了结了她的性命。

杀死王姐后，李良自知闯了大祸，便决定先发制人，乘赵王尚未知晓，一口气跑到邯郸。邯郸城内的守兵见是李良回来，当然放他进城。他赶到王宫，寻找赵王武臣。武臣没有防备，见李良率众进来，不知什么事，正要开口询问，李良已拔出利剑将他劈死。宫中卫士纷纷逃跑，李良又把赵王武臣的家眷全部杀死，然后派兵前去追杀赵国大臣。只有右丞相张耳、大将军陈余，得到消息后溜出城门，才免遭毒手。

二人一向威望甚高，所以从城中逃出的兵民，陆续归附他们。才过了一两天，就聚集了几万人，二人便想把这些兵民编成队伍，替赵王武臣报仇。张耳的门客献计说："你与陈将军都是梁人，赵人未必诚心归附。为你们的以后打算，不如寻访赵国的后人，立他为王，由你们二位辅佐，才能扫平乱贼，成就大业。"张耳觉得此计甚好，转告陈余，陈余也赞成。

后来找到已故赵王的后裔赵歇，张耳、陈余立赵歇为赵王，暂居信都。那时李良已占据邯郸，逼迫居民尊他为王，部署手下征募士兵，得了一两万人，准备前去攻打张耳、陈余。听说张耳、陈余立赵歇为王，料他们必来报复，便决定先发制人，攻打信都。

张耳、陈余正想攻击邯郸，恰巧李良前来挑战，便决定由张耳守城，陈余出去迎敌。陈余领兵两万，才走了几里就与李良相遇。两军对阵，交战不久，李良的部下已经多半离叛，四散奔逃。李良身为赵臣，无端生变，杀死赵王，并把赵王的家眷也全部杀死，这是大逆不道的行为，人人视李良为乱贼。不过当时邯郸城内的百姓，无力反抗，只好勉强顺从。如此倒行逆施，怎能不败？张耳、陈余本来就有些名声，此次出师，纯粹是为主报仇，光明正大。二人又拥立赵歇，不让赵国绝后，深得人心。因此众将士同心同德，一齐杀上去。李良抵挡不住，部下各自逃跑。陈余见李良败退，乘胜追击，杀得李良七零八落，人仰马翻。李良逃命要紧，于是奔回邯郸。因为担心陈余前来攻城，自己支撑不住，便决定依从秦二世的来书，投降了秦朝。

## 众叛亲离的陈胜

秦将章邯击退周文后，追出关外。周文营中，军心已散，连战连败，退到渑池县境内时，已经没几个手下了。章邯还不肯罢休，一心想赶尽杀绝。周文势穷力竭，无奈之下，拔剑自刎。

当时是秦二世二年，章邯派人上疏报捷。二世命令长史司马欣、都尉董翳领兵一万人，协助章邯攻打群贼。章邯于是率兵向荥阳进发。荥阳当时被吴广围攻，几个月也没有攻下来。等到周文战死、章邯进兵的消息陆续传来，部将田臧、李归等人私下谋议道："听说周文战败，秦兵很快就会打来，我军围攻荥阳，至今没有成功。如果再不改变计划，秦兵一到，内外夹攻，我们怎么能抵挡得住呢？不如现在留少数兵力牵制荥阳，其余的去与章邯决一死战。吴广不懂兵法，难以与他商议，看来只有除去他，才能成就大事。"田臧、李归二人于是一起动手将吴广杀死，还取下吴广的人头示众，说是奉命诛杀，与众人无关。众人都被瞒骗过去。

田臧刁滑得很，立即修书一封，诬陷吴广密谋叛乱，说得活灵活现。然后派人把吴广的人头和书信一起交给陈王。陈胜与吴广资历相当，本已暗暗猜疑吴广，得到田臧的禀报后，自然很高兴，哪还会去辨什么真假呢？立即遣回来使，并封田臧为上将。田臧喜气洋洋，一等使臣离去，便留李归等人围住荥阳，自己率领精兵与秦军作战。

到了敖仓，望见秦军旗帜鲜明，兵马雄壮，楚兵都有惧色。就是田臧也胆怯起来，无奈之下，只好排好队伍，硬着头皮迎敌。秦将章邯向来以强悍闻名，每次打仗，往往身先士卒。这次也是一马当先，冲锋陷阵。秦军踊跃跟上，立即将楚阵冲破，如虎入羊群，所向披靡。田臧见打不过敌军，便想逃走，恰巧与章邯打个照面，田臧措手不及，被章邯劈死马下。楚军失去了主帅，纷纷逃窜。章邯乘胜前进，直抵荥阳城下。李归等人听说田臧兵败战死，像被人摄去魂魄一般，六神无主，不得不出营迎战。秦军确实厉害，长枪大戟，无人敢挡，再加上章邯的一柄大刀盘旋飞舞，横扫千军。李归不管死活，挺枪作战，才打几个回合，就被章邯将头颅劈落地上。其余众人不是战死，就是投降。

章邯阵斩二将，解困荥阳，又分兵攻郏，赶跑守将邓说，然后率兵进击许城。许城守将伍徐战败逃跑，与邓说一同赶往陈县，拜见陈胜。陈胜听说了二人战败的情况，心里盘算着，伍徐寡不敌众，情有可原，而邓说不战即逃，有失职守。于是命人将邓说推出斩首，令上柱国蔡赐率兵抵御章邯的军队。上柱国蔡赐予章邯军交战一场，被章邯杀死。章邯长驱直入，抵达陈县。陈境西边，有楚将张贺把守，张贺听说秦军杀到，飞报陈胜，请他赶快派兵支援。陈胜这才惊慌起来，急忙调集人马前去支援。此时陈胜已众叛亲离，无人听命于他，只好亲自带领几千人前去援应张贺。

陈胜称王后，所有从前与他相识的人都想攀鳞附翼，博取荣华。于是结伴来到陈县，叩门求见。门吏见他们衣衫褴褛，很是讨厌，就将他们撵了出去。众人碰了一鼻子灰，还不死心，整日在王宫附近，等候陈胜出来。事有凑巧，陈王整驾出门，众人一齐上前，争相叫陈胜的表字。陈胜听了，低头一看，都是贫贱时的好朋友，倒也没有怠慢，带领众人一同入宫。众人进宫之后，大呼小叫，满口喧哗。有的说殿屋多么高大，有的说帷帐多么新奇，看到什么都觉得惊奇，赞不绝口。宫中的役吏实在瞧不过去，只因他们是陈王故人，不便发作，只得拿好酒好肉让这些人享用。众人吃得高兴，就胡言乱语起来，你一言，我一语，有几个人甚至将陈胜小时候的故事抖出来，作为笑料。这些话传入陈胜耳中，不禁恼羞成怒，将这几个人杀死了。众人没想到会有这样的祸事降临，都吓得魂飞魄散，于是陆续告辞。

从此，众人都知道陈胜为人刻薄，不肯为他效力。陈胜不以为然，命朱房为中正，胡武为司过主司，专察将吏的小缺点。将吏只要与朱房、胡武二人有过节，就被囚禁在狱中，大刑伺候。秦军入境后，将吏个个冷眼相看，没有谁愿意为陈胜拼命杀敌。陈胜后悔莫及，无奈大敌当前，只有亲自前去督战。才走到汝阴，已经有败兵逃回，说张贺阵亡，全军覆灭。陈胜一想，去也只会白白送死，不如逃回城中，从长计议。赶车的人名叫庄贾，听命返回，途中略一迟缓，便被陈胜厉声呵斥。庄贾心生怨恨，与其他人附耳密谈。陈胜又骂了几句，不料车夫竟手持利剑，没头没脑地向陈胜劈去。可怜陈胜刚做了六个月的陈楚王，竟被一个车夫砍成两段！庄贾丢下陈胜的尸体，跑入陈县，起草降书，派人送进秦营。派去的使臣还没有回来，将军吕臣已从新阳赶来，为陈胜报仇，杀死了庄贾。然后把陈胜的尸体葬在砀山。

陈县守令宋留，本来遵照陈胜的命令，率兵攻取南阳。陈胜被杀后，秦军又将南阳夺去，截住宋留的退路。宋留进退两难，只好投降。章邯认为宋留身为陈县守令，反而替陈胜攻打朝廷，罪无可恕。于是将宋留捆绑起来，押解进京。二世向来严酷，命人将许留处以极刑。各郡县官吏听到这个消息，都引以为戒，既然已经叛秦，不得不坚持到底。秦嘉等听说陈胜已死，就找到楚国的后人景驹，尊为楚王，然后率兵攻下定陶。并派遣公孙庆前往齐国，想与齐王田儋合兵抗秦。田儋还不知道陈胜已死，责问公孙庆："我听说陈王战败，生死未卜，怎能另立楚王？

况且为何不向我请命就擅自拥立？"孙庆不肯受屈，大声回答道："楚国首先起兵，诸侯应该服从楚国的命令，为何反要楚听齐的命令呢？"田儋勃然大怒，竟命人将公孙庆推出去斩首。

吕臣据守陈县，也借"楚"字为名，号令民众。秦将章邯派遣左、右校率兵攻打陈县。吕臣战败后，率兵东去。途中遇见一帮人马，为首的一员猛将，脸上有刺字，生得威风凛凛，相貌堂堂，部下的士兵都用青布包头，不像是秦军。吕臣料知他是江湖豪杰，乘乱与秦抗衡，立即拱手询问。来将倒也知礼，在马上欠身相答，彼此各通姓名，才知来将名叫黥布。吕臣从来没听说过黥姓，不禁有些惊讶，等黥布详细叙述一番，才知其中缘由。吕臣邀请黥布一起攻打秦军。黥布慨然答应，与吕臣一同北行。

原来，黥布是六县人，本来姓英，小时候遇到一个相士，说他将来定有一番作为，并对他说："当先受黥刑，然后才能称王。"黥布半信半疑，唯恐他日受黥刑之苦，特改称黥布，以求化解。谁知几年后，因触犯律法，被秦吏抓到狱中处以黥刑①，并发配到骊山。骊山的苦工不下数十万名，有几个技艺过人的，黥布就和他们结为至交，然后密谋逃亡，辗转做了一群亡命徒。陈胜起义时，他们也想起应，可寥寥三五十人怎能成事？听说番阳县令吴芮性情豪爽，喜欢结交宾客，黥布便只身前去拜见，劝他起兵。吴芮见他举止不凡，胆识过人，便把他留在门下。又见他精通拳棒，格外器重，愿招他为女婿，择日成礼。黥布与吴芮的女儿，一个是壮年俊杰，一个是仕女班头，两人做了并头莲，真是郎才女貌，无限欢娱。只是黥布胸怀大志，怎肯在温柔乡中消磨岁月？于是招引旧部，聚集番阳，又向吴芮借兵，攻占江北，不料碰到了楚将吕臣。

吕臣与黥布合兵攻打陈县。秦军战无不胜、攻无不克，偏偏遇到了这位黥布将军。只见他手持长矛，东扫西打，任谁也不敢靠前。黥布手下的士兵个个勇猛，把秦兵赶得一个不留。吕臣攻下陈县，与黥布摆酒庆功。欢宴了好几天，黥布不屑安居，便与吕臣告别，率领众人东去。当时，恰逢项梁叔侄渡江向西，声威远扬，黥布于是在项氏营中做了一名属将。

广平人召平，曾是陈胜的手下，被派去攻打广陵，几个月也没有攻下。召平接到陈胜死亡的消息，自知势孤力单，害怕秦军乘虚而入，就渡江东下，谎称陈王还活着，假传命令封项梁为上柱国，对项梁说："江东大局已定，请立即西向攻秦！"项梁信以为真，带了八千名子弟，

---

① 黥刑：古代的一种刑罚，在犯人脸上刺上记号或文字并涂上墨。

过江向西。沿途有许多难民，扶老携幼，向前逃奔。项梁不知道是什么原因，就上前询问，难民回答说："听说东阳县令被人杀死了，另立陈婴为县令。陈婴为人宽厚，体恤民情，我们都去求他保护，免得受苦遭殃。"项梁不禁惊叹道："东阳有这么有才能的县令吗？我应先找人通传，邀他同去攻秦。"说完，就放走难民，命人修书一封，招陈婴同去抗秦。

陈婴平日为人谨慎，避居家中，不问政事。后来东阳聚积了几千人，杀死县令，跑来陈婴门前要他统率众人。陈婴推辞不下，只得出任县令一职，并将前任县令的尸首埋葬。远近听说后，争先恐后前来投奔，短短数日，就来了两万人。这时恰好项梁派人到来，陈婴看过书信后，便召集手下商议道："项氏写信相召。我想项氏世代为楚将，威名远扬，项梁叔侄又都英武绝伦，不愧将门出身，我们非与他叔侄联合不能成就大事。"众人觉得陈婴的话很有道理，都无异议。陈婴写好回信，让来使返报，然后率领军队来到项梁营中。

项梁非常高兴，当即接纳了陈婴，仍然让陈婴统率自己的部下。只是出兵打仗，要遵从项梁的指示。项梁与陈婴、黥布的士兵加在一起已有四五万人。不久，又来了一位蒲将军，率领一两万部下投奔项梁。至此，项梁属下的士兵，有六七万。他们全部聚集在下邳，决定探听消息后，再行定夺。

忽然有探卒跑来报告，说秦嘉的军队驻扎在彭城，不容大军过去。项梁听说后，召集将士说："陈王首先起事，攻秦失利，还没有死，秦嘉就背叛陈王，擅自立楚王景驹，如此大逆不道，你们应与我一起诛杀此贼！"话未说完，各将士已齐声应命，争着向彭城杀去。

## 李斯与赵高

项梁带领部下杀向彭城，凭着一股锐气，冲入秦嘉营垒，杀的杀，砍的砍，厉害得很。秦嘉自起兵以来，从未经过大敌，忽然遇到项家军队，勇悍异常，只得弃营逃跑。项梁率兵一直追到胡陵，逼得秦嘉无路可逃，只好聚集败兵再战。毕竟强弱悬殊，秦嘉终落得兵败身亡。其余将士进退两难，纷纷弃械投降。秦嘉所立的楚王景驹，孤立无依，后来也死了。

项梁占据胡陵，又率兵向西进攻，恰在此时，秦将章邯率军南下。项梁听说后，就派朱鸡石、余樊君等人前去攻打秦军。余樊君战死，朱鸡石逃回。项梁一怒之下，杀死朱鸡石，亲自领兵攻入薛城。这时候沛公刘邦忽然前来搬兵，项梁与沛公本不认识，一番谈论后，见沛公豪爽，就借给他士兵五千人、将领十人。沛公谢过项梁，带兵离去。

沛公怎么会去借兵呢？原来沛公因母亲去世，按兵不动，偏逢秦泗川监来攻打丰乡，于是调兵作战，打败秦军。泗川监逃跑，沛公命同乡雍齿守护丰乡，自己率兵前去攻打泗川。泗川监军及泗川太守战败以后逃往薛地，又被沛公军追击，逃到戚县。沛公左司马曹无伤从后面赶去，杀死泗川太守，只有泗川监军落荒逃窜，下落不明。不料魏相周市派人诱惑雍齿。雍齿一向与沛公不和，就投降了魏国。沛公听说后，急忙率兵打攻雍齿，可雍齿筑垒固守，屡攻不下。丰乡是沛公故里，父老子弟本已畏服，竟被雍齿逼着反抗沛公，沛公怎能不气？于是撤兵向北，准备到秦嘉那里借兵。

走到下邳，恰巧与张良相遇。张良隐姓埋名多年，听说天下大乱，也想乘势出头，于是纠集一百多人，准备为楚王景驹效力。见沛公过境，便顺路求见。沛公问他有关行军打仗的事，张良都应对如流，沛公大加赏识，封他为大将。最奇怪的是，张良所说的话没有人赞同，唯独沛公能一一体会，句句投机。张良因此叹息道："沛公的才识，定是上天赐给的。我说的是太公兵法，别人都不知道，为何沛公能够领悟呢？"张良于是追随沛公。后来秦嘉被项梁所杀，景驹死去，沛公就到项梁营门中借兵攻打丰乡。得项军相助后，快速返回丰乡，再次攻打雍齿。雍齿守不住，出城投奔魏国去了。

沛公赶走雍齿，进入丰乡，把父老子弟训责一番，然后改丰乡为县邑，将从项梁处借来的兵送还项军。不久，沛公接到项梁来书，邀请他到薛城商议另立楚王之事。沛公为感谢他的恩情，就带张良等人来到薛城。恰逢项羽攻下襄城，将敌兵全部杀死，战胜回来。二人一见如故，刘、项之交便从这儿开始。

第二天，项氏属将全部聚齐。项梁对众人说："我听说陈王已死，楚国不可无主，究竟应该推立何人呢？"众人一时也不便发言，只好请项梁定夺。有几个乘机献媚的将吏，竟要项梁自立为楚王，项梁刚想答应，忽听帐外有人禀报，说是居鄛人范增前来求见。项梁立即传令范增入帐。只见一个老头儿伛偻进来，来到座前对项梁行礼，项梁也拱手相答，温和地对他说："老先生远道而来，必有见教，还望明示！"范增回答说："范增年事已高，不想谈论天下事，只是听说将军礼贤下士，所以特来敬献忠言。"项梁道："陈王已死，新王未立，现在正商议此事，还没有结果，老人如有高见，不妨直说！"范增说："我正为此事前来。试想陈胜本非望族，又没有大才，贸然称王，怎能不败？自从暴秦并吞六国，楚国最无辜，陈胜首先起事，不知求立楚国的后人，怎能不亡？将军起自江东，渡江前来，所以楚地豪杰争相投奔，无非是因为将军世代为楚将，一定会立楚国的后人，所以争相前来效力。将军若能顺应民意，扶植楚国的后代为王，天下豪杰都投奔到这里，关中便可拿下了。"项梁高兴地说："我也是这样想的，现在听老先生高论一番，更加确定，就这么做吧。"范增听他这样说，起身道谢。项梁留他共同议事，范增也不推辞。当时范增已经七十多岁，没有做过官，喜欢为人排忧解难，每次出的主意都很灵验。

项梁于是派人四处求访楚怀王的后代。碰巧民间有一个牧童，替人看羊，查问起来，确实是楚王的后代，单名一个心字。项梁率领众人在郊外迎接，一个牧童，不知从何处学得礼节，居然不亢不卑地与项梁相见。项梁于是领他进城，拥他高座，称他为楚怀王。指定盱眙为国都，命陈婴为上柱国，跟着怀王同往盱眙。项梁自称武信君，因黥布的功劳在众人之上，就封他为当阳君。黥布恢复原姓，仍称英布。

张良想趁此机会复兴韩国，于是对项梁说："现在齐、赵、燕、魏都已复国，唯独韩国无主，将来必有人拥立，你为何不寻求韩国的后代呢？名为韩，实际上仍听命于楚国，免得被别人占了先机与我国为敌。"项梁问道："韩国有后人吗？"张良回答说："韩公子成现在还活着，可立为韩王。"项梁依从张良的提议，派张良前去寻找韩公子成。张良告别项梁和沛公，找到韩成以后，将他立为韩王，招集士兵一千多人，攻下数座城池。从此六国复兴。

秦将章邯自恃勇力，转战南北，飘忽无常，后来领兵攻入魏境。魏相周市急忙向齐、楚求救，齐王田儋亲自率兵援魏，楚将项梁也命项它领兵前去支援魏国。田儋先到魏国，与周市共同抵御秦军，到了临济，彼此交战一场，不分胜负。哪知章邯狡黠得很，竟令手下趁夜劫营。齐、魏士兵无路可逃，多数被杀死，田儋、周市也死于战乱中。章邯踏平齐、魏各营，又率军直压魏城。魏王公子咎自知打不过秦军，为了不让百姓受屠，派遣使者去章邯军营，请章邯不要屠戮百姓，然后出城投降。章邯答应了魏王的请求，魏王公子咎心事已了，纵火自焚。弟弟魏豹弃城逃走，碰巧遇到楚将项它，给他讲述了国破君亡之事，项它知道已无力挽救，便和魏豹一同回去报告项梁。

项梁听说魏都被破，准备亲自前去与秦军一决高下。此时恰逢齐将

058

田荣差人来报，请求援助。项梁问明情况，才知田儋死后，齐人立已故齐王的弟弟田假为王，田角为相，田间为将。田儋的弟弟田荣不服田假，招集田儋剩余的士兵，亲自守在东阿。秦兵乘势攻齐，把东阿城围住，城中危急万分，特派遣使臣求救。项梁愤然道："我不救齐，何人救齐！"立即和齐国的使臣一起奔赴东阿。

　　秦将章邯率兵攻打东阿城，忽然听说楚军前来救齐，决定兵分两路，一路围攻东阿，另一路由自己亲率前去抵挡项梁。一经交锋，觉得项梁的兵力与各国大不相同，当即抖擞精神，率兵苦斗。可项军士兵都不怕死，一路杀来，无人敢挡。章邯持刀出去，迎头碰上一个楚将，几个回合下来，章邯杀得浑身是汗，败下阵来。这个英勇的楚将是谁呢？他就是力能扛鼎的项羽。章邯平生没有遇到过敌手，今日与项羽交锋，简直不堪一击。暗想，楚军中有这样的健将，怎能抵抗？于是带领众人奔回东阿，索性将攻城人马一律撤去，向西逃去。项梁不肯罢休，前去追击章邯。

　　没过多久，田假逃到楚国，自称被田荣追赶，想借兵讨伐田荣。项梁没有答应，只是催促田荣前来会师，一同攻打秦军。田荣刚刚赶走田假及田角、田间，另立兄长田儋的儿子田市为齐王，自己为齐相，弟弟田横为将，征讨齐地，无暇发兵攻秦。楚使到来，田荣对他说："听说田假逃入楚营，楚国理应将他除掉。田角、田间与田假同样可恶，现在都投奔赵国去了。如果楚国杀死田假，赵国杀死田角、田间，我自会领兵前去。"楚使见了项梁，向他转述了田荣的话，项梁道："田假已经称王，现在走投无路前来投奔，我怎能忍心杀他呢？田荣不肯前来相会，就由他去吧。"一面说，一面命沛公、项羽前去攻打城阳。项羽冒险登城，入城以后，又将军民全部杀死。沛公没有办法劝阻，只好等项羽屠完城后，一同回去。

　　项梁又率众向西追赶章邯，再次攻破秦军，章邯逃到濮阳。项梁不能攻克此城，决定移兵定陶。定陶城内有重兵把守。项梁一面驻扎在定陶城下指挥军事，一面命沛公、项羽向西进攻。刘、项二人走到雍邱，遇上秦三川守将李由。项羽一马当先，冲入秦阵，李由不知好歹，拿剑来迎，被项羽刺落马下，一命呜呼。秦兵失去了主将，方寸大乱，逃跑一半，死亡一半。李由是秦朝丞相李斯的长子，他战死沙场，本来是为秦尽忠，哪知秦廷反说他谋反，竟把李斯抓进狱中！李由死无对证，李斯蒙冤坐牢，说起来都是赵高一人的诡计。

　　秦二世宠信赵高，四面八方警报频频传来，不向赵高问罪，却去责怪丞相李斯。李斯是个贪恋禄位的佞臣，恐怕二世谴责，处处迎合上意，请二世动用大刑，说这样臣民就会畏惧，不敢叛乱。这话正合二世心意，于是大动刑罚，不论有罪无罪，是贵是贱，每天总要杀死几个。官民人人自危，各有戒心。

赵高平日依仗二世的宠信，公报私仇，滥杀无辜，恐怕李斯等人揭发，于是先发制人，对二世说："陛下贵为天子，知道天子称贵的原因吗？"二世茫然不解，转问赵高，赵高回答道："天子之所以称贵，无非是深居九重，只让臣下听到声音，不与臣下见面。从前先皇在位日久，群臣无不敬畏，所以可以每天接见群臣，群臣也不敢胡作非为，妄进邪说。现在陛下登基才两年，为何常常与群臣议事呢？如果言语有误，反而让臣非议，这岂不是有损神圣吗？希望陛下从今天开始，不再上朝，深居宫中，让我与两三个侍卫每天侍奉左右。一有奏报，便好从容裁决，不致误事。大臣见陛下处事有方，自然不敢妄生议论，陛下才不愧为圣主。"

二世听到这话非常高兴，正好在宫中享受安逸，恣意淫乱。从前还有临朝的日子，现在闭门不出，只与宦官、宫妾寻欢作乐，所有政事都由赵高处理。赵高前去拜访李斯，故意谈论关东乱事，李斯皱眉长叹，欷歔不已。赵高便进言说："关东群盗如毛，主上还恣意淫乐，不知反省。君侯位居丞相，怎么能坐视不理，忍心让国家危乱呢？"李斯道："不是我不愿进谏，实是因为主上深居宫中，连日不朝，叫我如何面奏？"赵高说："这有何难，待我探知主上有闲暇时，立即来报告君侯，君侯便能进谏了。"李斯听了，还以为赵高是个忠臣，欣然答应。

过了一两天，赵高果然派了一个阉人通知李斯前去进谏。李斯忙穿了朝服，匆匆赶到宫门外求见二世。二世正在宫中宴饮，左抱右拥，快乐无比。忽然看见内官进来，报称丞相李斯求见，不高兴地说："他会有什么事，竟敢败我酒兴？快叫他回去，让他明日再来。"内官出去，把二世的话传给李斯，李斯只好回去。第二天求见时，又被二世传旨叱回，李斯于是不敢再去了。可赵高又差人催促，说主上此时无事，不能再耽误了。李斯信以为真，急忙前去求见，不想又吃了一个闭门羹。李斯白跑三次倒也罢了，哪知二世动了肝火。赵高乘机诬陷，说沙邱假传圣旨，李斯是主谋，本想裂地封王，久不得志，就与长子李由私下谋反。近日多次前来求见，定是心存歹意，不可不防！二世听了，沉默不语，赵高又说道："陈胜等人都是丞相临县子弟，为什么这些人横行三川，李由为何不去反击？请陛下速速抓捕丞相，不要留下后患！"二世因案情重大，不好草率，便先派人巡察三川，再行问罪。赵高不敢再逼，只好听从二世的话派人去调查，但他已暗中贿赂使臣诬陷李斯父子。

李斯自知中计以后，就上疏弹劾赵高，陈述他的罪恶。二世看了李斯的书信后，对左右说："赵高为人清廉强干，下知人情，上合朕意，朕不重用赵高，还能任用谁呢？丞相自己心虚，还来诬告赵高，岂不可恨？"说着，便把原奏扔了下去。李斯见二世不肯听从，又去邀右丞相冯去疾、将军冯劫联名上疏，请求罢修阿房宫，减免徭役，并有隐斥赵高的意思。二世更加恼怒，加上赵高在一旁煽风点火，请求将三人罢官，下狱论罪。二世立即批准，于是赵高派出卫士，拿下李斯、冯去疾、冯劫，将他们囚禁狱中。

冯去疾与冯劫不甘受辱，愤然自杀。只有李斯还想求生，不肯立即受死。赵高奉旨审案，硬说他父子谋反，定要李斯从实招来。李斯怎肯依从？开口喊冤，被赵高喝令役隶棒打一千多下，打得李斯皮开肉烂，实在熬受不住，昏死过去。

## 项羽怒斩宋义

李斯受了大刑，昏迷不醒。赵高让左右取来冷水，泼在李斯的脸上，李斯才苏醒过来。赵高又从旁呵斥，李斯恐怕再动大刑，当堂认罪。回到狱中，他忍痛作书，讲述以前的功劳，希望二世从轻发落。写好后托狱吏呈进去。赵高听说后，责问狱吏："囚犯怎么能上疏呢？莫非你收他贿赂不成？"狱吏吓得魂不附体，慌忙说不敢。李斯写的书信当即被毁掉，别人无从知道。赵高又派心腹假扮狱卒，李斯一喊冤，便用棍棒狠打。后来二世派人复审，李斯认为只会白白挨打，便不再喊冤，俯首认罪。复审员禀报二世，二世高兴地说："如果不是赵高，朕差点被李斯出卖！"于是李斯被定为死罪。三川查办员还都后，赵高听说李由阵亡，死无对证，正好捏造反词，构成大狱。二世更加恼怒，令李斯受尽五刑之苦，并诛其三族。于是监刑官命人将李斯刺字、割鼻、砍下双脚、割下头颅，最后剁为肉泥。五刑用完，李斯早已去了地府。其余子弟族党全部被杀。总计李斯一门，除长子李由为三川太守外，众男多娶秦公主为妻，众女多嫁秦公子为夫，显贵无比。李斯也曾感叹物极必衰，终因贪恋禄位，倒行逆施，落得这般田地。

赵高害死李斯后，取代了李斯的位置，凡军国大事，都被他一人包揽，二世好像傀儡一般，毫无实权。赵高因祸乱日益严重，特写信给章邯，令他除去盗贼。章邯困守濮阳，也想出奇制胜，建立战功，每天都派遣侦骑，探听项梁的军情，以便乘机定计。项梁驻兵陶城，恰值阴雨连绵，不便进攻。沛公、项羽在雍邱围攻外黄，也被雨水阻住。项梁因多次打了胜仗，渐渐骄傲起来，既不将两军召回，也不加强守备，每天在营中饮酒消遣，将所有军规军纪抛在一边。全营将士，也乐得逍遥自在。秦兵探得知这个情形，立即禀报章邯。章邯担心兵力不足，不敢轻举妄动，便向各处征调兵马，要与项梁决一雌雄。

　　项梁军中有一个叫宋义的谋士，察知秦兵日益增多，忧虑重重，入帐对项梁说道："将军渡江到这里，多次打败秦军，威名日盛，但战胜以后，将容易骄傲，兵容易懒惰，骄兵必败，不如当初不胜。秦兵虽然战败，秦将章邯毕竟身经百战，不可轻视。现在听说他多次增添兵马，如果我军不先戒备，一旦被他袭击，怎能抵挡？为此，我日夜为将军担忧。"项梁说："你太多心了。章邯屡次败退，哪里还敢再来？就算他逐日添兵，也不过守着濮阳罢了。况且连日下雨，路上泥泞得很，他怎能攻打我军？等到天晴，我就立刻攻克这座城池，杀死章邯，看他能逃往何处？"说完，捋须大笑。

　　宋义还想再说，项梁先接口道："我以前打算征集齐国的军队，一同去攻秦，可田荣心怀私怨，忘记我对他的大恩。我本想派遣使臣前去责问，只因没有空闲，耽误了多天。现在如果担心章邯增兵与我军对抗，不如再召田荣率军前来。田荣如果仍然不到，我就要移兵攻齐了。"宋义见很难劝动项梁，眉头一皱，计上心来，就对项梁说："你如果想派人出使齐国，我愿意前往。"梁项欣然答应，宋义立即起身辞行，出营东去。

　　走到半路，遇到齐国的使臣高陵君显，两人互相交谈。宋义问显："你要去拜见武信君吗？"显回答说是。宋义对他说："我受武信君差遣出使贵国，一是为两国修和，二是为自己避祸，希望你放慢速度，免得遭受灾祸。"显不禁诧异，详问原因，宋义答道："武信君屡战屡胜，现在骄傲自满，士卒防备懈怠。但秦将章邯却连日增兵，志在报复。武信君轻视秦军，不接受我的建议，将来必被敌人乘虚而入，怎能不败呢？你现在前去，难免受到连累，还是慢慢走才能确保无事。我料想这个月内，武信君就要败了！"显半信半疑，与宋义拱手作别，他寻思道：宋义身为楚臣，有这样的关照，其中定有原因，还是慢行较为妥当。于是嘱咐车夫，慢慢前进。

果然，高陵君还没到楚营，武信君项梁已经败亡。只有几个命不该绝的士兵溜出营外，逃往外黄，将此事报告沛公、项羽。项羽不听犹可，一听叔父阵亡，不由得悲从中来，放声大哭。沛公也泪流不止，等到项羽停止哭泣，沛公与项羽商议说："武信君已死，军心不免动摇，不能再驻扎在这里了。我等只好东归，保卫怀王，抵御秦军。"项羽点头称是，于是撤出对外黄的包围，领兵东回。

　　到了陈县，又邀同吕臣的军队一同前往江左。吕臣军驻守彭城东，项羽军驻守彭城西，沛公军驻守砀郡，彼此列成掎角，互相支援。他们担心楚怀王居住在盱眙会被秦围攻，因此也请他移都彭城。怀王依从他们的建议迁都。到彭城后，命人将项羽、吕臣二军合为一军，自己做统帅；让沛公的军队仍然留在砀郡，封沛公做砀郡长，封为武安侯；封项羽为鲁公，封长安侯；封吕臣为司徒，并且封吕臣的父亲吕青为令尹。部署完毕，专等章邯到来。偏偏章邯不来攻楚，反去攻赵，他认为项梁已死，楚国不足为患，所以向北进军。楚怀王听说秦军北行，料知魏地空虚，就给魏豹一千兵马，命他即日出发。魏豹出师顺利，竟然攻占了二十多座城池。楚怀王于是任命魏豹为魏王。

　　齐使高陵君显在途中走了数日，果然得到项梁死亡的消息，很佩服宋义有先见之明，使自己避过灾难。只因使命尚未完成，不便回齐。后来听说楚怀王迁都彭城，刘邦、项羽等人同心辅佐，兵威大震，于是去彭城拜见楚怀王，传达使命。怀王依礼接见，显问起宋义出使齐国有没有回来，怀王答称还没有。显又讲述起与宋义在半路相遇的情景，楚怀王愕然道："宋义怎么知道项梁必败？"显回答说："宋义说武信君志骄气满，已露败象，后来果然如他所料。"怀王点头称是。

　　事又凑巧，宋义恰在此时回来，楚怀王立刻召见他，问起出使齐国的情形。宋义据实复陈，无非是说齐国愿意议和，只因国内未定，所以暂时不便出师等。怀王说到项梁败状，宋义道："我早就知道有这样的灾祸，武信君不肯听从我的建议，才导致败仗身亡。"楚怀王又与宋义商议抗秦的办法，宋义仍主张西进，说必须先择一位好的将领，围剿、安抚兼施，才能成功。楚怀王非常高兴，就把宋义留在自己左右，随时与他议事，然后遣回齐国的使臣。

　　齐使离开后，楚怀王召集众将商议攻秦的办法。楚怀王首先开口说："秦始皇暴虐人民，海内怨声四起。现在二世更加无道，武信君向西进攻，不幸中途失计，打了败仗。现在我准备除掉暴秦，谁敢当此重任呢?"说到这,环视两旁,见众将瞠目结舌,没有一人应命。怀王又大声说:"众位听着,今日无论何人,只要能领兵向西,首先入关,便立他为秦王。"话还没说完,就有一个人应声道:"我愿意前往!""往"字才说完,又有一个人大声说:"我也愿意前往!应当让我先去。"怀王一看,第一个应声的是沛公,第二个应声的是项羽。二人都要西行,反弄得怀王左右为难。项羽又进言说:"叔父项梁战死在定陶,大仇未报,我身为子侄,不甘就此罢休!现在愿领兵前去捣入秦关,复仇雪耻。就算沛公愿意前往,我也决定与他同行。"楚怀王听了,说道:"二将若能同心灭秦,我还有什么话说呢?你们立即部署兵马,择日出兵。"

沛公、项羽奉命出去。还有几个老将没有告退,向怀王进言:"项羽为人剽悍残忍。前次攻打襄城,一个多月才打赢,他因此对襄城人怀恨在心,把襄城百姓杀得一个不留。攻打城阳的时候,又将全城百姓任意残杀。此外,项羽所过之处,百姓叫苦连天,如此残暴的人,怎么能让他统军呢?现在既然决定攻秦,不应单靠武力,须任用忠厚长者仗义西行,沿途约束军士、慰问父老,不到万不得已,不能滥杀无辜。秦地百姓,苦于秦的统治已久,如果能派义师前去除暴救民,百姓自然愿意服从。所以大王决不能派遣项羽,宁可让沛公单独去!沛公为人宽厚,一定不会像项羽那样残暴。"怀王说:"我知道了!"怀王回到内室,不免踌躇起来:如果不派项羽,是出尔反尔;如果派遣项羽同往,必定大拂民意。想了很久,还是决定不派为好。

第二天升堂议事,沛公、项羽都来禀请出兵的日期。怀王让项羽暂时留在彭城,项羽不禁暴躁起来,正要与怀王辩论,碰巧外面有人禀报,说赵国使臣前来求见。怀王担心项羽多言,急命左右召赵使进来。赵使踉跄进来,行过礼之后,便将国书呈上。原来秦将章邯移兵攻赵,赵王派将军陈余出兵抵抗,吃了一个大败仗,退到巨鹿。赵相张耳奉命驻扎在巨鹿城,令陈余屯营城北,保护城池。章邯在城南扎寨,亲自督促兵士攻城,又下令修筑甬道,昼夜不停。城中危急万分,不得不派人出来找援兵。楚怀王将来信看完,传示众将。项羽雄心勃勃,又想去攻杀章邯,替叔叔报仇,当时就请命前去,怀王说道:"朕正要烦请你前往,但必须有人同去我才放心!"于是任命宋义为上将,加号卿子冠军。此次出兵,宋义为统帅,项羽为次将,范增为末将。

赵使先回,宋义等随后出发,兵马走到安阳后,停止不前。怀王相信宋义,也不干涉,任由他自行定夺。随后派遣沛公西行,沛公别过怀王，出都上路，遇着陈胜、项梁剩余的士兵，一并收到部下，大约有一万人。然后到砀郡招领旧部，共同向西进军。过了成阳、杠里，连破秦军数座城池，赶走秦将王离，向昌邑进发。当时是秦二世三年。

秦将王离逃到河北，投奔到章邯营中，章邯让他一同攻打巨鹿。巨鹿守兵更加畏惧，每天都盼望楚军前来支援。宋义却逗留在安阳不肯前进，赵使一再敦促，他仍然停止不前。一连住了四十六天，部将都莫名其妙。项羽实在忍耐不住，入帐对宋义说："秦兵围赵，形势危急。我军既然前来支援，就应该赶快渡过黄河，与秦交战，为什么要驻扎在这里？"宋义摇头说："你说错了！我们应从大处着手，才能立大功。现在秦兵攻赵，就算战胜，士兵也一定会疲惫。到那时我军趁机攻打，一定能战败秦军。如果秦兵不能战胜赵国，我军就向西进攻，直指秦关，还要去顾什么章邯？你不必性急，暂且住这里。总之，披坚执锐，我不如你，运筹决策，你不如我啊。"说完，拍手大笑。

项羽非常气愤地离开了，不一会儿就有军令传出："猛如虎，狠如羊，贪如狼，这样的人都应该处斩！"这几句话明明是针对项羽，气得项羽七窍生烟，恨不得手刃宋义，立即渡河。宋义全然不睬，只派遣儿子宋襄去做齐相，并亲自将他送到无盐。当时正值冬天，天气寒冷，大雪纷飞，士兵又冷又饿，可宋义却堂皇高坐，与众将大吃大喝，谈笑风生。

项羽虽然列席，心中却有说不出的烦躁，只得借酒浇愁。等到酒阑席散，宋襄东去，宋义归营。大约到了夜餐时候，士兵一齐会餐，项羽无心吃饭，出去巡行。听到士兵边吃边谈，怨声载道，便想乘机发作。等众人吃完，项羽就进营说道："我等冒寒前来，为的是救赵破秦，为何久留此地，停止不前？现在军营缺少粮草，士兵吃红薯，宋义却饮酒吃肉，不想率兵渡河前往赵地，反说要乘他疲惫再攻打。试想秦兵强悍，攻打一个新立的赵国，势如破竹。况且我国才打了败仗，主上坐立不安，把国内的士兵全部交给上将军。现在上将军不体恤士兵，只顾谋私，这还算是称职的将领吗？"众将士听了，虽然不敢高声响应，但已是全体赞成。项羽窥透众意，于是回去睡觉。宋义已经酒醉，回营便睡，一点也没有察觉。

第二天早晨，项羽借进见之名，大踏步走进宋义的营帐，拔出利剑，朝宋义刺去，宋义倒地身亡。

## 破釜沉舟

项羽杀死宋义后，提着宋义的人头走出营帐，号令军中："宋义与齐国私通，背叛楚国，我奉楚王之命，已把他斩首了。"众将士对宋义多有怨言，又见项羽高大勇猛，顿时人人生畏。几个将士应命道："现在将军诛乱有功，应该代任上将军，统率全营。"项羽接着说："这也须禀明我王，静候旨意。"将士又说道："军中不可无主，将军不妨暂代职务，再等候王命也不迟。"项羽就答应了，众人同声称项羽为上将军。

项羽想斩草除根，于是派遣心腹将士赶上宋襄，将他杀死。然后令属将桓楚禀报怀王，谎称宋义父子谋反，已被众军士杀死。怀王明知项羽有心夺权，但又不能制伏他，只好将错就错，派遣使臣传命，任项羽为上将军。一朝权在手，就把令来行。项羽派遣当阳君英布及蒲将军等，领兵两万，渡河前进，自己为后应。

赵将陈余自从被秦军打败，不敢与秦争锋，只是征集常山几万士兵，屯驻在巨鹿城北，虚张声势。秦兵得到王离相助，饷足兵多。巨鹿城内日夜不安，守兵逐日伤亡，粮草逐日减少。赵相张耳焦灼异常，多次派人偷偷出城，催促陈余前来相助，陈余畏战不前。张耳更加惶急，又命张黡、陈泽二将前去责备陈余："张耳与你本是刎颈之交，发誓同生共死。现在赵王与张耳困坐围城之中，朝不保夕，只指望你前来解困。你拥兵数万，却不肯相救，岂不是有负前盟？如果诚心践约，何不速速与秦军决一胜负？死中也许能求生，请你三思。"陈余喟然道："不是我不想营救，只是兵力不足，冒昧前进，有败无胜。陈余之所以不敢轻易冒死，实是想为赵王、张耳日后报仇啊。现在如果去与敌人交战，就像拿着肉去喂老虎，有什么好处？"张黡、陈泽道："事已至此，应该以死践约，后事也无暇顾及了。"陈余又接着说："依我之见，同死终归无益。你们如果想尽忠，何不先去试一试？"张黡、陈泽齐声道："你如果拨兵相助，那有什么不敢的？"陈余于是拨兵五千，随二人出战。张黡、陈泽虽嫌兵少，但最终没有开口。二将把生死置之度外，领着五千士兵向秦营杀去。秦军开城迎战，拥出千军万马，来打张黡、陈泽。张黡、陈泽虽然拼命抵抗，但秦兵越来越多，终落得全军覆灭，一命归天。

秦兵更加振奋，巨鹿更加危急。燕、齐各国因赵使一再求救，都派兵前去支援。但由于害怕秦兵，只是远远地驻扎，不敢轻举妄动。陈余也很担忧，听说楚兵已经出发，但过了这么久还没有来到，只好派人敦促。项羽正准备进兵，得到英布、蒲将军的报告，说前锋还算顺利，请后军接应等。项羽让赵使先回去禀报，随后带着大队人马渡河。刚到达对岸，项羽便下令沉船，只命令士兵带三天的口粮，与秦兵决一死战，不求生还。将士个个怀着必死的念头，向前奔去。

走了半天，就与英布、蒲将军相遇。秦将王离等人听说楚军远来，料他们有些胆力，所以不敢轻视。留一些将士继续围城，命苏角守住甬道，然后才放心大胆地去攻打楚军。离城有一里多时，碰到楚军前队，秦军慌忙布阵，哪知前队的统帅就是项羽，他将槊一扬，楚将楚兵便向秦阵拥来。项羽跃马入阵，王离率兵拦截，竟被杀退。项羽的一杆长槊使得神出鬼没，不可捉摸，秦阵里面，只见他一道槊影七上八下，戳倒人马无数。王离知道抵挡不住，骑马后退，项羽步步紧逼。这下激怒了王离，他仗着人多势众，翻身再战，可项羽的将士越战越勇，直杀得山摇地动，天日无光。王离三进三退，只好奔回本营。

章邯见王离战败，亲自前来支援秦军，与楚军决战。这时候各国援军，都在观战。遥见秦、楚将士渐渐接近。秦兵人马雄壮，差不多如泰山一般聚成一堆；楚军衣服简陋，三三五五，各自成队，也没有什么阵势便向秦垒中冲来。各国将士都以为楚军必败无疑，哪知项羽是杀星下凡，楚军也都拼着性命上前争杀，以一当十，以十当百，喊声动天地，怒气冲斗牛。不但秦兵挡不住，吓得胆战心惊，就是观战的将士，也目瞪口呆，不寒而栗。章邯本已在项羽手中打过败仗，此次见楚军更加厉害，连忙率兵退下，他的部下十成中已丧失了三五成。项羽见章邯退去，才令部众下回营休息，到了夜间，仍然严阵以待。

过了一夜，项羽令军士吃过干粮，再次进攻。项羽下令道："今天若不打败秦兵，粮食就要断绝了，是死是活，就在今天。众将士一定要努力！"众将士齐声说是，潮水一般从营中拥出，直奔秦军。秦将章邯硬着头皮出来迎战，无奈他的部下已经吓坏了，任章邯如何激励，总是不能抵挡楚军。章邯多次下令前进，部下进一步，退两步，进两步，退四步，直至溃不成军。

项羽直达巨鹿城下，与秦兵先后大战已有九次。秦兵屡战屡败，章邯逃回城南大营，王离、涉间勉强守住本寨，不敢出头。项羽命令英布、蒲将军堵住敌人甬道，自己率兵攻打王离、涉间。大军一到，秦军营门立破，王离想逃跑，却迎面碰到项羽，不到三个回合，就被活捉。涉间见王离被擒，自知死在眼前，索性放起火来，把营垒烧净，自己也葬身火海，变成一段黑炭。

项羽见秦营火起，吃了一惊，忙令军士后退。一会儿火势渐小，秦营已变成一片焦土，秦兵非死即降。各国军将这才陆续聚集，求见项羽，表示愿同去攻打章邯的军队。项羽笑着说："这时才来见我吗？"说完，命令各国军将在自己营前，等候传见。过了很久，项羽才召见各国军将。各军将正要入营，忽然看见有一队人马拥着两员大将踏步前来。其中一个大将手持长枪，枪上挑着一个血淋淋的首级，十分恐怖。

各国将领惊慌不已，问明楚军，才知进营的二将就是英布、蒲将军，所拿的人头是秦将苏角的。众将听了，更加恐慌，跪倒在营门，爬到项羽座前俯伏报名，不敢仰视。项羽令他们起身，各将叩头称谢，才慢慢站起。众人齐声说："上将神威，古今罕有，我等情愿听从指挥！"项羽也不谦让，回答说："承蒙各位将军厚爱，项羽恭敬不如从命，众位暂且回营，等有战事，自会通报你们。"各将一齐告退。过了一会儿，赵王及赵相张耳出城到项羽营中表明谢意。

张耳还在恼恨陈余，不等回城便前往陈余营中，责备他见死不救。又问起张黡、陈泽二人，陈余说："张黡、陈泽劝我出去应战，我认为这样做，只会白白送死，他二人定要出战。我于是调拨五千人随他们同去，结果全军覆灭，两人都死了，真是可惜！"张耳顿时变了脸色，怀疑道："恐怕不是这样吧。"陈余说："我与他们无冤无仇，绝不至于暗中加害他们，况且他们出战，众人都知道，也并非我一人可以捏造的，你不要怀疑。"张耳总是不相信，唠唠叨叨说个不停，陈余恼羞成怒，便把将印解下交给张耳，张耳不想与陈余决裂，没有接受。陈余把将印放在案上，出外如厕。张耳的随从私下对张耳说："古人有言，上天赐予的东西，如果不接受，反而会受到惩罚。现在陈将军把将印给你，你如果不接受，恐怕违反了天意，这是不祥之兆，你何必推辞呢？"张耳于是取过将印挂在自己身上。等到陈余回来，看见张耳居然拿了将印，更加恼怒，便率领几百人悻悻离去，散居在沿河一带，捕鱼猎兽，自寻生路。

陈余离开后，张耳身兼将、相二职，收揽陈余部下，仍奉赵王歇还居信都，自己带兵随从项羽一同攻秦。项羽逼近章邯，章邯在棘原固垒自守，部下还有二十多万。项羽又想率兵猛攻，老将范增说章邯粮草用尽，自然会退，这样省得多费兵力。项羽于是在漳南安营扎寨。章邯也不敢出战，派人到咸阳陈述败状，请二世定夺。

赵高独揽大权，竟将章邯的奏报搁置不顾，二世当然不知道。后来一群宦官宫妾交头接耳，谈论章邯战败的消息，被二世听到。二世便召来赵高，问起军事，赵高启奏道："现在朝廷兵马多归章邯一人调遣，章邯也没有什么军报。不过近日传来风声，说他损兵折将，臣正准备上奏，不料陛下已经全部知晓。臣想关东群盗，多是乌合之众，为何章邯手握重兵，却扫荡不平？请陛下下诏责罚。"二世听了，仍认为赵高对自己忠心不二，便派人颁诏出去。其实赵高是猜忌章邯，以为他暗通内线，禀明二世，所以将纵盗玩寇的罪名，全推在他身上。

章邯接读诏书，又恼又怕，只好派长史司马欣速回咸阳，面奏一切。司马欣不敢怠慢，星夜入都，求见二世。哪知二世已经很久不临朝了，殿内只有赵高做主，听说章邯差人到来，故意让他在外面等候。司马欣只好耐心待着，过了三天，仍不见二世召见。不得已贿赂门吏，探问情况。门吏才告知他缘由，无非是说丞相赵高忌恨章邯等。司马欣担心自己受到连累，从小路奔回棘原。赵高听说司马欣走了，便派人从官道赶去追捕，却杳无踪迹，白跑了几十里。司马欣奔回本营，向章邯禀明情况。章邯听到司马欣的话，更加忧愁，但一时又想不出办法，只能闷坐营中，嗟叹不已。

无奈之下，章邯派候官始成到项羽营中请和。项羽拍案大怒，喝令左右将始成赶出营门。始成跟跄回报，章邯愁上加愁。正在这时，突有探骑禀报说蒲将军带领楚兵要来攻营了。章邯忙说道："不要让他靠近我的营帐！"一面说，一面派兵出去堵截。才过半天，便有败兵跑进来报告："楚兵锐不可当，我军打他不过，只好退回，请主帅速派兵增援。"

章邯一想，项羽不来总还可以抵挡，不如自己亲去迎敌。于是披挂上马，率兵前进，在汗水岸旁与楚军打了一两个时辰，不分胜负。忽然听到楚军后面喊声震地，鼓角喧天，竟是项羽领着大队人马亲自杀到。章邯不禁心慌，秦兵越来越胆怯，纷纷倒退。说时迟、那时快，楚军已突过战线，冲破秦兵阵脚，秦兵顿时大乱，四散奔逃，章邯也掉头逃跑。好容易逃回大营，士兵已伤亡无数，幸好楚军只追赶了几里便退了回去。章邯收拾残兵，勉强防守。

章邯六神无主，都尉董翳劝章邯向楚乞降，章邯皱着眉头说："项羽记念前仇，不肯收纳，该怎么办呢？"董翳道："可以派司马欣前去。"章邯于是召来司马欣，司马欣也不推辞，拿着书信就去了。不久，便得到司马欣的回报，说项羽已不念旧仇了。原来，司马欣曾做过栎阳狱吏，救过项梁，与项氏本有交情。开始项羽不肯立即答应，后来经范增从旁劝解，项羽才答应司马欣的请求，与司马欣订约，决不加害章邯。于是章邯与司马欣、董翳等人，到洹水南岸等候项羽，解甲乞降。

## 指鹿为马

章邯等人走到洹南向项羽投降，项羽率领部下将士及各国军帅，昂然前来，很是威武。章邯等见项羽到来，慌忙下马，跪在路边。项羽传令免礼，章邯站起来说："章邯是秦朝的大臣，本应效忠秦室，无奈赵高独揽朝政，二世听信谗言，秦朝灭亡只在旦夕。如今仰慕将军神威，战无不克，除暴安良。入关称王，除将军外还能有什么人？章邯早想择明主追随，不过以前奋不顾私，触犯将军，自知有罪，不敢轻易投奔。现蒙将军宽宏大度，恩同再造，誓当竭力图效，以报深恩。"说到这，呜咽流涕。项羽安慰了他一番，然后任命司马欣为上将军，令他带领秦兵二十多万，封章邯为雍王。自己率领楚军及各国将士，约四十万人，继续前进。

这时候，沛公已经向西直入，一路顺风，直指秦关。说起来，也有一番事迹。沛公来到昌邑，守将据城固守，沛公只好派兵进攻。恰有昌邑人彭越带领部下来见沛公，沛公非常高兴，便令彭越和他一同攻城。城上硬箭、巨石纷纷落下，伤了几百名攻城的士兵，沛公只好下令暂停攻城。沛公见昌邑难以攻下，便想改道前行，与彭越商议，彭越认为应改道高阳。沛公就与彭越告别，亲自率兵赶往高阳。

高阳有一个老儒生，家贫落魄，无以为生，当了乡里的监门吏，他姓郦名食其。项梁等起兵楚中，曾派遣将吏来高阳，先后派了几十人。郦食其问明姓氏，以为他们都是龌龊小才，不足以成就大事，就背地揶揄他们。旁人笑他满口狂言，因此称他为狂生。后来沛公到高阳，有个部下和郦食其是同乡，与郦食其素来认识，彼此相见，当然有一番交谈。当郦食其得知沛公的为人后，也想投奔沛公，那人摇头说道："沛公最不喜欢儒生，你还是不要去见了。"郦食其说："你试试为我进言，我想沛公一定不会拒绝我。"

那部下也想试试郦食其的胆识，于是就向沛公推举了郦食其。沛公也不多说，就令部下前去召见。郦食其进见时，沛公正在驿馆中坐着，有两名女子为他洗脚。郦食其瞧见后，故意慢慢进去，从容来到沛公跟前。沛公仍然不动，好像没有看见他一样。郦食其大声说："你领兵到此，想要帮秦攻打各国呢，还是与各国一起攻秦呢？"沛公见他一身儒生的打扮，已觉得厌烦，又看他举止粗俗，语言唐突，便怒恼起来，开口骂道："迂腐！到现在你还不知道天下苦于秦的统治已久吗？诸侯都想灭秦，难道我会助秦不成？"郦食其接口道："你如果真想讨伐暴秦，为何这样对待长者？试想军中不可无谋士，像你这样，还有何人再来献计呢？"

沛公听了，这才整衣而起，请他上座。郦食其详细地叙述六国成败，口若悬河，滔滔不绝。沛公非常佩服，便与他商量伐秦的计策。郦食其说："你手下的士兵不到一万，要想直接攻入强秦，无异于羊入虎口。依我之见，不如先占据陈留。陈留是天下要塞，四通八达，进可攻，退可守，并且城中粮草甚多，我与陈留县令相识多年，愿前去招降。如果县令不从，请足下率兵趁夜进攻，我为内应，便可占领该城。得到陈留之后，再招集人马，攻破关中，这才是上策。"沛公非常高兴，请郦食其先行，自己率精兵紧随其后。

郦食见了陈留县令，说了几句客套话，便将利害得失说了一遍，可县令不为所动，情愿与城池共存亡。郦食其于是改变论调，假装与县令商议守城的办法，一直谈到日落。县令非常高兴，设宴相待。郦食其本是酒徒，百杯不醉，那县令才饮了几杯，就已经烂醉如泥，睡觉去了。郦食其等到半夜，悄悄地混出县署，开了城门，把沛公的军队放进来。大军拥进来之后，县署中的几个卫队全都逃之夭夭。县令还没睡醒，就被军士乱刀砍死。然后大开城门，迎进沛公，贴榜安民。城中百姓都很服帖，毫无异言。沛公检查粮仓，果然贮粟甚多，更加佩服郦食其，立即封他为广野君。

郦食其有一个弟弟，名叫郦商，智勇双全。沛公把他召为副将，派他招募士卒，得了四千多人。沛公令他统领这些人向西进发，围攻开封，但打了好几天，也没有攻下。忽然听说秦将杨熊前来救应开封，沛公索性下令撤围，前去拦截杨熊。正杀得难解难分，忽有一支生力军赶到，竟向杨熊阵内横扫过去，把杨熊的军队冲成两段。杨熊军前后被截断，方寸大乱！再经沛公乘势厮杀，哪里还支撑得住？杨熊逃入荥阳，手下各军丧失殆尽。此次交兵，幸亏有人夹攻杨熊，沛公正要派人道谢，来将已走到面前，定睛一看，原来是韩司徒张良。故人重聚，格外欢喜，便择地安营，共叙旧情。张良说自拜别以后，与韩王成一起攻占韩地，取得数城。可恨秦兵多次来骚扰，这些城池，一会儿得到，一会儿失去，

071

不得已便在颍川左右出没。听说沛公路过此地，特来相助。沛公说："你来助我，我也应当助君取下颍川，再攻荥阳。"说完，便指挥人马，向南攻打颍川。

颍川守兵奋力抵御，高声辱骂。沛公极为恼怒，亲自督兵进攻，好几天才把城攻破，将守兵全部杀死，然后又商议进兵荥阳。忽然有探骑前来禀报，说秦将杨熊已被秦廷处死。沛公高兴地说："杨熊已死，这个地方就没有什么顾虑了，我等且把韩地夺回，再作计较。"张良点头赞同。

恰在此时，听说赵将司马卬也想渡河入关，沛公恐怕自己落后，就向轘辕进军。轘辕乃是山名，山路崎岖，须要盘旋环行，所以取名轘辕。秦人认为此处地势险要，不必派兵把守，所以沛公畅行无阻。一过轘辕，沛公势如破竹，接连攻下韩地十多座城池。恰逢韩王成前来求见沛公，沛公令他据守在阳翟。自己与张良等人向南进攻阳城，夺来一千多匹马，充实马队，然后继续前进，直向南阳进发。南阳郡守名叫齮，不得已开城投降。沛公又招集宛城人马，一起西去。沿途城邑无不投降。经丹水，出胡阳，下析郦，一路行来，沛公严申军纪，不得骚扰民众，秦民都很欢喜。沛公直抵武关，关上并非没有守将，沛公兵长驱直入，忽然到来，急得守将惊慌失措，来不及征兵，只好纠集老弱残兵数千人开关迎敌。这些人哪是沛公的对手，刚一开战，守将就抱头窜去，把一座关城让与沛公。沛公安然入关，咸阳讹言四起，人们纷纷逃亡。赵高此时也急起来。

赵高威权日重，已把二世骗入宫中，好像软禁一般，不得过问政事。赵高担心朝上大臣对他不满，便心生一计，禀报二世说自己得了一匹好马。二世道："丞相献上的一定是好马，快快牵上来。"赵高于是命令从吏把马牵进来。二世一看，并不是马，而是一只鹿。便笑道："丞相错了！为何指鹿为马?"赵高还说是马，二世不信，顾问左右，左右面面相觑，不敢出声。再经二世责问，才有几个大胆的侍臣，直称是鹿。不料赵高脸色一沉，拂袖离去。过了几天，赵高便将说鹿的侍臣全部拿住，硬给他们一个死罪，将他们全部杀死。二世对此不闻不问，任由赵高横行不法。宫内的近侍，宫外的大臣，从此更加畏惧赵高。沛公攻入武关，派人告诉赵高，叫他赶紧投降，赵高这才着急。可是一时也想不出方法，只好诈称有病，连日不上朝。

二世平日全仗赵高出谋划策，赵高连日不来，二世如同失去了左右两手，不免惊慌。白天心乱，夜里当然多梦。朦朦胧胧，见有一只白虎奔到驾前，竟将他銮舆左边的马咬死，还跳跃起来，吓得二世狂叫一声，顿时醒来，心还在突突乱跳，才知是一个噩梦。第二天起来，二世越想越慌，于是召太卜入宫，令他占卜梦兆。太卜说是泾水作祟，须由御驾亲自祭祀水神，才可免灾。二世信以为真，于是到泾水岸边的望夷宫斋戒三日，然后亲自祭祀水神。赵高不在，总不免有左右侍臣向二世禀报外面的乱事，并说楚军已入武关。二世大吃一惊，忙派人责问赵高，叫他赶紧调兵，消灭盗贼。

赵高不懂文墨，不通兵法，靠刁计独揽大权，此次叫他调兵遣将，平定战乱，他自然无法办到。况且敌军逼近，大势已去，无论他如何智勇，也难以支撑。赵高为了保全自身性命，就想出一条卖主求荣的办法，准备杀死二世，与楚军讲和。打定主意后，立即召弟弟赵成及女婿阎乐秘密商议。赵成为郎中令，阎乐为咸阳令，是赵高最亲密的心腹。阎乐听了赵高的计划，迟疑地说："宫中也有卫兵，怎么进去杀二世呢？"赵高回答说："就说宫中有变，率兵抓捕盗贼，便能闯进宫门了。"阎乐与赵成听命而去。赵高担心阎乐变心，又令家奴到阎乐家，劫来阎乐的母亲，将她关在密室作为人质。阎乐秘密召集吏卒一千多人，直抵望夷宫。

宫门里面，有卫令、仆射把守，忽然看见阎乐领兵到来，急忙问是什么事。阎乐竟命令左右先将他二人捆绑，然后开口叱责道："宫中有贼，你等竟敢假装不知吗？"卫令说："宫外都有卫队驻扎，日夜巡逻，哪里有盗贼进入王宫？"阎乐恼怒地说："你还敢狡辩吗？"说着，便顺手一刀，将卫令的人头砍下，然后昂然直入，命令吏卒射箭，边射边进。宫里的侍卫、郎官、阉人及仆役惊慌逃窜，只剩下几个胆力稍壮的卫士上前抵御，毕竟寡不敌众，都被杀死。赵成从里面招呼阎乐进入内殿，直入二世帐中。二世惊慌失措，急忙叫左右护驾，左右反而向外逃去，吓得二世魂飞魄散，转身跑进卧室。回顾左右，只有一个太监追随，二世问道："你为什么不早点告诉我，现在还能有什么办法呢？"太监说："正因为臣不敢说，才得以偷生到今天，否则早就死了！"

话未说完，阎乐已经追进来，大声对二世说："你骄恣不仁、滥杀无辜，致使天下大乱，死有余辜！"二世问："你是何人派来的？"阎乐答出"丞相"二字。二世又问："我能见一见丞相吗？"阎乐连说不可。二世乞求道："丞相的意思肯定是让我退位，我愿做一郡之主，不再称皇帝了，行吗？"阎乐不答应。二世又说道："既然不许我为王，做一个万户侯总可以吧？"阎乐又不应允。二世呜咽道："希望丞相放我一条生路，我愿意做一个平民。"阎乐瞪着眼说："臣奉丞相之命，为天下百姓杀死你，你多说无用。"说着，令手下上前杀死二世。二世料想自己必死无疑，便横着心肠，拔剑自刎。二世在位三年，死时年仅二十三岁。

阎乐杀死二世后，立即回去禀报赵高。

## 秦朝灭亡

赵高听说二世已死，立即走进宫中，将传国御玺挂在身上。他本想自己篡位，又担心内外不服，便先将公子婴①抬了上去，等与楚军议和之后，再作打算。主意打定后，就召集朝臣及宗室公子，当众说道："二世无道，恣行暴虐，人人怨愤，现在已经自刎了。公子婴为人仁厚，理应继承帝位。我大秦本是一个小国，自始皇统一天下，才称皇帝。现在六国复兴，海内分裂，不应空沿帝号，仍应称王。"众臣听了，心里都很反对，只因惧怕赵高淫威，才不敢有异议，只好勉强作答，听凭赵高裁夺。赵高一面令公子婴斋戒，选择吉日接受御玺；一面收拾二世尸首，把他当做平常百姓草草棺殓，葬在杜南宜春苑中。

公子婴被推立为王，暗想赵高弑主，大逆不道，如果不设法将他除去，将来必定篡位，而大臣公子又没有一个可以商量的，便把自己的两个儿子召来密商。正在密议，忽然有一个人踉跄走进来："赵高派人前往楚营求和，将要大杀宗室，自称为王，与楚军平分关中了。"公子婴一瞧，乃是心腹太监韩谈，便低声嘱咐道："我原料他不怀好意，让我斋戒数日，入庙祭祖，明明是想在庙中杀死我。我就托病不去，以免遭他毒手。"韩谈说："公子只说有病，还不是上策。"公子婴又说："我如果不去，赵高必会亲自来请，你与我的两个儿子事先埋伏在两旁，将他刺死，便可永除后患了。"韩谈欣然领命，与公子婴的两个儿子事先做好准备，专等赵高进来，一同下手。

赵高派人拿着降书拜见沛公，想与他平分关中，沛公不肯答应，叱回赵高派来的使臣。赵高见此计不成，担心人心涣散，就急着要公子婴斋戒继位，稳定大局。于是定了日期，派人报知公子婴，公子婴也不推辞。祭祖这一天，赵高先到庙中，等了很久，也不见公子婴到来。一再差人催促，下人回报说公子有病，不能亲自到来。赵高又急又气，就匆匆赶往王

① 公子婴：据考证是秦始皇的异母弟长安君成蟜子的儿子。

宫。进了宫门，遥见公子婴趴在案上，赵高便大声叫道："公子如今已经为王，理应入庙祭祖，为何不去？"话未说完，两旁突然跑出三个人，手执兵器跳到赵高的面前，喝道："弑君乱贼，还敢胡言！"赵高来不及回答，韩谈手起刀落，将他砍倒在地上，公子婴的两个儿子双刃并举，连下两刀，赵高立即送命。公子婴见赵高已除，召集群臣入宫，指着赵高的尸首，历数他的罪恶。群臣争相赞颂公子婴英明，都说赵高死不足惜，还应诛他三族。公子婴点头称是，便令卫队捕捉赵高家属，并把赵成、阎乐一并拿获，处以死刑。然后祭祀祖庙，登大位，调兵遣将，把守崤关。

探报到沛公的军营，向他详细地说明宫中的情况，沛公准备率兵进攻，张良说道："秦兵还很强大，不能轻易进攻。听说守关的秦将是一个屠户的儿子，必定贪图小利。希望沛公派人拿着金银珠宝前去贿赂秦将，然后在崤关四周，登山张旗。秦将内贪贿赂，外怯强兵，定会投降！"沛公依从他的建议，命郦食其拿着财物入关，招诱秦将，又调拨部兵几千人，悄悄上山，遍列旗帜。秦将登关东望，只见山中高低上下全是楚旗，不禁胆战心惊。恰在此时，郦食其叩关求见，送上金银珠宝，秦将心花怒放，看一样，爱一样，当即答应与沛公联合，一同攻打咸阳。

郦食其告别秦将，回来禀报沛公。沛公很高兴，又令郦食其入关订约，旁边有一人出言阻止道："不可！不可！"沛公回头一看，说这话的就是前日献计的张良。张良接着说："这不过是秦将一人贪利答应，他的部下未必都同意。我们如果突然与他们联合，万一他的士兵发生变故，偷袭我军，那就危险了！最好是乘他不备，立刻攻击，定能获胜。"沛公连声称好，便令周勃率步兵偷偷地越过黄山，绕到崤关后面袭击秦营。秦将认为郦食其离去后还会来续约，所以安心等着。猛然间听到一声呐喊，有许多敌兵从营后杀来，秦兵茫无头绪，秦将不知何因，亲自到营后察看，不防一个大将拿着刀突然进来，将他的头颅劈开。

杀死秦将的人正是周勃。周勃是沛县的一个平民，小时候学织蚕箔赚钱糊口。后来渐渐长大，身强力壮，学得一身好本领。沛令听说他技勇超人，便封他为中涓。沛公起兵入城，周勃就投效麾下，每次打仗必做先驱，功劳很大。后来沛公做了砀郡长，封周勃为虎贲令。这次周勃又杀死秦将，踏平秦营，功劳更大了。关上守兵纷纷逃离。沛公领兵入关，接应周勃，追杀秦兵。从此沛公的军队沿途无阻，直抵霸上。

这一年秦王公子婴沿秦旧例，正准备改元，不料战败将士陆续逃回，报称沛公军已逼近都下。公子婴惊慌失措，忙召集大臣商议。过了很久才过来三五个人，都束手无策，不敢发言。公子婴更加焦灼，这时忽然有军书递进来，取过一看，是沛公写的招降书。公子婴想了一会儿，既不能战，又不能守，只好出去投降。沛公来到公子婴面前，公子婴不得不屈膝下跪，俯首请降。沛公接过御玺，命他起身，一同进入咸阳。公子婴称王只有四十六天，便把秦室江山双手奉献。这并非公子婴误国，实因始皇、二世造孽太深，所以才有此惨象。

沛公入殿后，吩咐众人休息，将士们趁机打开府库，拿出金银财宝，分了起来。只有萧何一人独自前往丞相府，特别寻找秦朝图籍一并收藏，好方便日后查看，诸如关塞险要、户口多寡等，都可按图寻索，一目了然。沛公也趁着闲暇入宫探视，只见雕楼画栋，曲榭回廊，一步步引人入胜，一层层换样生新，内外宫殿，确实规模宏丽、做工精细，所有花花色色的帷帐，奇奇怪怪的珍玩，罗列四围，应接不暇。最可怜的是宫中的这一群美人儿，娇怯怯地前来迎接：有的是娥眉半蹙，有的是粉脸生红，有的是海棠带雨、盈盈欲泪，有的是迎风杨柳、袅袅生姿。沛公左顾右盼，不禁惹动那好色心肠，一面传谕免礼，一面步入正寝，好久也不见出来。

突然有一个将领进来说："沛公是想拥有天下呢，还是做个富家翁便心满意足呢？"沛公看是樊哙，默然不答，只呆呆地坐着。樊哙又说："难道沛公一入秦宫就受到迷惑不成？试看秦宫，正因为如此奢丽，所以才导致秦朝灭亡，沛公怎么会需要这些东西？请速还军霸上，不要留在宫中！"沛公仍然不动，慢慢答道："我觉得有些困倦，今晚就在此住一夜吧！"樊哙很气愤，又担心出言唐突会触怒沛公，便转身走出，寻找智士张良。

碰巧张良进来，樊哙就把里面的情形告诉他，要他劝阻沛公。张良点头进去，对沛公说："秦朝无道，所以沛公才能到这里，为天下除残去暴，天下无不拍手称快。现在沛公才入秦都，便想在此作乐，恐怕昨日秦朝亡，明日沛公亡啊。何苦为了一时安逸，弄得功败垂成呢？古人有言：良药苦口利于病，忠言逆耳利于行。希望你听樊哙之言，不要自取灭亡啊。"

沛公听了张良的话，翻然醒悟，立即起身走出。下令封府库、闭宫室，然后回到霸上，传令三军，不得骚扰居民，违令者立斩不赦。又派人会同秦吏安抚郡县，秦民欢欣鼓舞，巴不得沛公做秦王。沛公安排好一切，就在霸上驻扎，听候项羽的消息。

项羽自收服章邯以后，由东入西走到新安，忽然听说秦兵要谋变，又惹出项羽的杀心。原来秦朝兴盛时，各地吏卒征调入都，往往被秦兵虐待，此次秦将章邯联同项羽屡战屡胜，那些投降的秦兵反而成了降虏，自然受到报复，被他人凌辱。秦兵于是私下商量说："章将军无端投靠楚军，让我等一同归降，我等被他哄骗，自投罗网，充作各国奴隶。如果楚军能够乘胜入关，我等能够与骨肉相见，死也甘心。否则，各国吏卒把我等掳掠，秦必定杀死我们的父母妻子，到那时我们又能怎么样呢？"这种议论，渐渐地传到各国军中，各国军将便去告诉项羽。项羽就召英布、蒲将军进帐商议一番，然后令他们分头行动。结果秦兵全部被杀死，只留下章邯、司马欣、董翳三个人。

项羽这才放心拔营西去，途中已没有秦垒，项羽等人如入无人之境，一口气跑到函谷关。关门却紧闭着，上面站着的守兵也是楚军，只是随风荡漾的旗帜上面都写着"刘"字。项羽在途中，已听到一些沛公入关的音信，现在见有刘字旗帜，心中慌乱，便抬头对守兵说："你等替何人守关？"守兵回答道："奉沛公之命，在此守着。"项羽又问道："沛公已经攻入咸阳了吗？"守兵又答道："沛公早就攻破了咸阳，现在霸上驻扎。"项羽急忙说："我率大军前来，你等快快开关，让我进去见沛公。"守兵说："沛公有命，无论是谁的军队，都不准放进来！"项羽十分恼怒："刘季无礼，竟敢抗拒我吗？"便令英布等人努力攻关，自己在后面监督，退后者立斩。守兵不过数千，顾左失右，顾右失左，怎么能守得住？不到一天，英布等人就跃登关上，杀掉守兵，然后开关迎入项羽，逼近戏地。

当时天色已晚，项羽就在戏地西边扎下营盘。这地方叫做鸿门，项羽在营中设宴，犒劳士兵，并且与将佐商议如何对付沛公。有主张决裂的，有主张议和的，项羽犹豫不决。这时，忽然来了一个使人，说有机密禀报。项羽立即召他入帐，那人上前跪禀，称自己是由曹无伤派来的。

项羽问他来这儿的原因，那人说道："沛公想在关中称王，用秦朝的公子婴为相，把秦宫府中的一切珍宝据为己有。"项羽不禁拍案大骂道："刘邦实在可恨，竟然目中无人，我明天定要灭他！"范增在旁边进言道："沛公居住在山东时，贪财好色。现在进入秦关，听说他不取财物，不接近妇人，与先前判若两人。此人定心怀大志，不可小觑！并且我已令人遥观他的军营，相士都说他营上有天子之气。如果此时不除，后患无穷！请将军号令将士前去攻打沛公！"项羽悍然道："我打败一个刘邦，如同摧毁朽木，有何难处？今日宴饮，并且天色已晚，就让他再活一夜，明天早晨进攻。"说完，遣回来使，嘱咐他回去禀报曹无伤，明日出兵，让他做内应，来使应声离去。

项羽拥兵四十万，号称百万，气焰嚣张无比。沛公只有十万人，无法与项羽相比。并且鸿门、霸上相距仅四十里，又没有什么险阻，项羽的大军一发即至，如何阻拦？眼见一强一弱，一众一寡，沛公生死就在旦夕。哪知人算不如天算，天意已属沛公，当然有救星出现，使他化险为夷。

## 鸿门宴

项羽有个叔父叫项伯，是楚国的左尹。在秦朝时犯了杀人罪，自知死罪难免，就逃往下邳，幸亏遇到了张良。张良与他同病相怜，就将他救下。项伯常常想着报答张良，当时他正在项羽营中，听了范增的计策，不免为张良担忧。于是乘夜出营，快马加鞭，到沛公营前求见张良。

张良听说项伯前来相会，料知有急事，急忙出来迎接。项伯见到张良，小声对他说："快走！快走！明天就要有祸事降临了！"张良惊问原因，项伯便把项羽的打算陈述一番。张良说道："我不能就这么走掉！"项伯说："你同沛公一起死又有什么用呢，不如跟我走吧！"张良又说道："我替韩王护送沛公，沛公现在有难，我却私自逃走，这便是不义。你先坐在这儿，待我将此事禀明沛公再行定夺。"说着，抽身离去，项伯阻止不住，又不便擅自回去，只好等着。

张良匆匆进入沛公军营，恰巧沛公还没有睡觉，张良就把事情的经过对沛公说了一遍。沛公十分着急地说："你快把项伯叫来，如果他能代为周旋，我决不忘记他的恩情！"

刚开始项伯推辞不去，经张良苦苦相劝，无奈之下，只好随同张良进去拜见沛公。沛公忙出来迎接，请他上座，并命令手下摆出酒肴款待项伯，自己和张良陪坐一旁。酒至数巡，沛公开口说："我入关以后，封府库、录吏民，专等项将军到来。只因盗贼未被清除，我担心他们擅自出入，所以才派遣士兵守住关口，不敢疏忽，怎么是拒阻将军呢？希望你代为转告，说我日夜盼望项将军到来，决无二心。"项伯说道："既然这样，如果能够进言，我自会替你转达。"

张良见项伯支支吾吾，又想出一个办法。他问项伯有几个儿子、几个女儿，项伯一一作答。张良乘机说："沛公也有几个子女，可以与你结为姻亲。"沛公心领神会，连忙应承下来。项伯迟疑不决，借口说不敢高攀，张良笑着说："刘、项两家，情同兄弟。曾相约一同伐秦，如今天下已定，结为姻亲，理所应当，不必推辞！"沛公听到这些话，突然起来，倒一杯酒递给项伯，项伯只好喝下去。项伯喝完后，也倒酒给沛公。张良等沛公将杯里面的酒喝完，在旁边笑着说："杯酒为盟，一言为定，他日张良定要喝杯喜酒。"项伯、沛公欢喜异常，彼此又喝了数杯。项伯起身说："夜已深了，项伯先行告退。"沛公再次恳求他周旋，项伯说："我回去立即转告，只是明天早上你一定要前来相见！"沛公答应之后，亲自送项伯出营。

项伯回到营内，有三四更了。营中之人多半已经睡了，走到中军时，见项羽还没睡，就前去进见。项伯对项羽说道："我有一个老朋友叫张良，以前曾救我性命，现在投奔了刘季。我恐怕明日攻打刘季，张良难以自保，因此今夜前去劝他投降。"项羽本来就是个急性子，瞪眼问道："张良已经来了吗？"项伯说："张良不是不想投降，只因沛公入关，不曾有负将军，现在将军反而要攻打他，张良认为将军的行为不合情理，所以不敢轻易投降。将军这一举动，恐怕会失去人心啊。"项羽愤然道："刘季守关拒我，怎么能说没有负我？"项伯答道："沛公如果不先入关，将军也不能这么快进来，现在他立了大功，将军反而要攻打他，岂非不义？况且沛公守关，全为防备盗贼。他财物不敢取，妇女不敢要，府库、宫室一律封锁，专等将军入关，共同商议处理的办法，就是降王公子婴，也不曾擅自发落。如此厚意，还要遭到攻击，岂不令人心寒吗？"项羽迟疑半晌，才开口说道："依叔父之见，还是不攻为好吗？"项伯回答说："明日沛公会前来谢罪，不妨好好款待，借此笼络人心。"项羽点头称是。项伯才退出一会儿，天就亮了。

营中将士都已经起来了，吃过早饭，专等项羽下令，前去攻打沛公。不料项羽军令未下，沛公却带了张良、樊哙等人乘车前来。到了营前，众人下车站住，先派人通报求见。守营的士兵进去通报，项羽传令相见。沛公等走入营门，感觉营中一股杀气，不由得忐忑不安。张良却神色自若，领着沛公慢慢进去。

一直来到中军营帐，张良才让沛公在前面走。樊哙守候在帐外，张良跟随沛公进去。项羽高坐帐中，左边是项伯，右边是范增，等沛公来到座前，项羽才把身子动了动，算是迎客的礼仪。沛公身入虎穴，不能不格外谦恭，于是向项羽下拜道："刘邦不知将军入关，有失远迎，今天特来登门谢罪。"项羽冷笑道："沛公也知道自己有罪吗？"沛公说："刘邦与将军相约一同攻打秦国，将军转战河北，刘邦转战河南，虽然分兵两路，却遥仗将军虎威，才有幸先入关中。想到秦法残酷，民不聊生，就废除苛禁，此外毫无更改，静待将军前来主持大局。将军不先告诉我入关的时间，我怎么能知道呢？只好派兵守住关口，严防盗贼。今天有幸见到将军，让我表明心迹，哪里还会有什么怨恨？恐怕是小人挑拨离间，让将军与我结怨，还请将军明察！"

项羽为人粗犷，胸无城府。一听沛公句句有理，与项伯所说的大致相同，反觉得自己薄情，错怪了沛公。立即起身下座，握住沛公的手，和颜悦色地说："这是沛公的左司马曹无伤派人告诉我的，否则我怎么会错怪你？"沛公又婉言辩白，说得项羽喜出望外，请沛公入座。张良拜过项羽后，站在沛公身旁。

项羽坐上主位后，命人置办酒席。过了一会儿，酒宴准备完毕，项羽邀请沛公入席。沛公向来喜欢饮酒，今天却提心吊胆，不敢多喝。范增想加害沛公，多次举起身上的玉佩暗示项羽。一连三次，项羽全然不睬，只顾喝酒。范增非常着急，找了一个借口出去，召来项羽的弟弟项庄，私下对他说："项将军看似刚强，实则内心柔弱。沛公自己前来送死，将军却不忍心杀他，我已三举玉佩，他毫不理会。如果放虎归山，将后患无穷。你一会儿进去敬酒，借舞剑之名刺杀沛公。"

项庄听了，大步走到席前。先给沛公斟酒，然后说道："军中乐曲疏陋，项庄愿意亲自舞剑助兴。"项羽也不阻拦，任项庄自舞。张良见项庄拿着剑逼近沛公，慌忙暗示项伯。项伯心领神会，起身说道："剑要两个人对舞才好。"说着，拔出佩剑，与项庄对舞，一个是要害死沛公，一个是要保护沛公。沛公全仗项伯保护，才没有受伤。但沛公已经非常惊慌，面色一会儿红一会儿白。张良也替沛公着急，于是找了一个借口走出帐外。见樊哙正在探望，便对他说："项庄在席间舞剑，他其实是想害死沛公啊。"樊哙一听，跳了起来，着急地说："我进去救人吧！"张良点头同意。

樊哙左手拿盾，右手拿剑，闯了进去。帐前卫士见樊哙这样，还以为他要动武，出来将他拦住。樊哙本来力大无比，再加上此时心里着急，所以就拼出性命向前乱撞乱推，不多时便打倒几个卫士，来到席前。项庄、项伯见有壮士突然到来，都收住剑，呆呆地望着他。项羽也大吃一惊，开口询问："你是什么人？"樊哙正要回答，张良已抢先一步，替樊哙答道："这是沛公的参乘樊哙。"项羽称赞道："好一个壮士！快赐给他酒肉。"左右取来好酒一斗，生猪蹄一只，递给樊哙。樊哙将酒接过来，一饮而尽，又用佩剑切肉，边切边吃，不一会儿就吃完了。然后向项羽拱手称谢。项羽又问道："还能再喝吗？"樊哙大声答道："臣死都不怕，更别说喝酒了！"项羽又问道："谁会让你死呢？"樊哙朗声道："暴秦无道，诸侯相继叛乱，怀王与众将有约，先入秦关的人便可以称王。现在沛公先入咸阳，却没有称王，只是在霸上驻扎，风餐露宿，等待将军。将军不知内情，反而听信小人之言，要杀死功臣，这与暴秦有什么不同？臣擅自闯入，虽为沛公诉苦而来，毕竟是违背了禁令，还请将军见谅！"项羽无言可答，只好默然不语。

张良向沛公使了个眼色。沛公慢慢起身，假装去厕所，并假意把樊哙骂出去。才走到帐外，张良也跟出来了，他劝沛公赶快回霸上，不要再停留在项羽军中。沛公说："我没有辞别，怎能突然离去？"张良说道："项羽已有醉意，来不及思考，你此时不走，还要等到什么时候？张良愿替你向他告辞。你将随身所带的礼物取出几件留作礼品吧。"沛公于是取出白璧一双，玉斗一双，交给张良，自己带了樊哙及随员三人，改从小道逃走。

过了好一会儿，张良才进营拜见项羽。项羽仍坐在席上，只觉得醉眼蒙眬，似睡非睡，好一会儿才问道："沛公到哪里去了？为何这么长时间还不回来？"张良故意不回答。项羽于是派遣都尉陈平出去寻找沛公。一会儿陈平回来禀报，说沛公的车子还在，只是沛公本人不见了。项羽于是询问张良："沛公人呢？"张良答道："沛公不胜酒力，未能当面告辞，让我奉上白璧一双，恭献将军，还有玉斗一双，敬献范将军！"说着，就将白璧、玉斗取出来，分别献上。

项羽看这一双白璧确实晶莹夺目，毫无瑕疵，便爱不释手，取来放在桌上，又问张良："沛公现在何处？"张良直说道："沛公担心酒后失态，已经离开，此时应该抵达军营了。"项羽惊愕地问道："为何不辞而别？"张良又说："将军与沛公情同兄弟，肯定不会加害沛公。只是将军的部下或许与沛公有些过节，想杀害沛公，嫁祸给将军。将军现在刚入咸阳，正应笼络人心，为何还要猜忌沛公，设计陷害呢？沛公如果死了，天下必会讥讽将军，诸侯正好独立。沛公不便明说，只好脱身避祸。将军英明神武，自会理解沛公的一番苦心。"

项羽生性多疑，听了张良的话，反而怀疑范增居心不良，便向范增望去。范增因计谋没有得逞，已有说不出的懊恼，又看见项羽投来怀疑的目光，禁不住怒上加怒，气上加气，当即取过玉斗，扔在地上，拔剑将它砍破，恨恨地说："唉！将来夺项王天下的，一定是沛公。"项羽见范增动怒，也不跟他计较，起身离去。范增等人随后走出，只有项伯、张良相顾微笑，慢慢离开。

到了营外，张良谢过项伯，召集随从人员回去。当时沛公早已回到霸上，叫来左司马曹无伤，责备他卖主求荣，并下令将他正法。等张良回营，沛公喜惧交加，暂且驻扎在霸上，从长计议。

过了几天，项羽从鸿门入咸阳，屠杀当地居民，并处死公子婴及秦室宗族，将秦库钱财全部取出来，自己留下一半，其余的分给将士。项羽还将咸阳宫付之一炬，无论是信宫极庙，还是三百多里的阿房宫，都葬于火海。今日烧这处，明日烧那处，一直烧了三个月才烧完。可怜秦朝数十年的经营，数万人的心血，数万万的费用，都成了眼前泡影、梦里空花！项羽又令三十万士兵到骊山挖掘始皇坟墓，盗取墓内宝物，运到都城，足足搬了一个月，墓内只剩下一堆枯骨。

咸阳四周本来很富庶，经秦祖秦宗用心经营，极其繁盛。此次来了一个项羽，竟把好好一个咸阳弄得生灵涂炭、满目疮痍。项羽为了一时欢快，任意妄行，后来见咸阳已变成废墟，也觉得没趣，不愿在此久居，便领着部下东归。当时恰有韩生求见，劝项羽留在关中，项羽不但不答应，还将韩生处死了。

项羽杀死韩生之后，便想起程回去，转念一想，沛公还在霸上，自己如果走了，他就名正言顺地做了秦王。想到这里，便派人秘密请示怀王，不要履行以前的誓言。使者回来后，说怀王不肯食言，如约封沛公为秦王。项羽非常恼怒，召集众将商议道："天下大乱，四方兵起，我项家世代为楚将，所以推立楚后，仗义讨伐秦朝。怀王只不过是一个牧童，毫无功业，由我叔父拥立，怎么能听任他去分封王侯？现在我不废除怀王，已经仁至义尽了。众位披坚执锐，劳苦三年，怎能不论功行赏，分封土地呢？你们同意我的说法吗？"众人一来畏惧项羽，二来都有封王称侯的念头，当然齐声答应。项羽又说道："怀王毕竟是我的主子，应该尊他为帝，我等才可称王称侯。"众人又同声说是。项羽于是决定称怀王为义帝，另外将有功的将士，依次加封。

## 胯下之辱

项羽想分封诸将，想了很久，也没能定下来，只好请范增前来商议。范增虽然为了鸿门一事，有些懊恼，但总不忍离去，仍在为项氏效忠。

听说项羽召请，便进帐相见。项羽便与范增商议将刘邦分到何处，范增回答说："不如封他为蜀王，蜀地易进难出，秦朝时常常把罪犯发配到蜀中，便是这个道理。并且蜀也属于关中，让他做蜀王，也算是依照旧约了。"项羽点头称是。范增又说："章邯、司马欣、董翳三人都是秦朝投降的将领，最好令他们在关中为王，挡住蜀道，他们必感恩图报，堵截刘季，将军也可无后顾之忧。"项羽高兴地说："此计甚妙，就这么办。"说完，又与范增商议各将封地及所属名称。

沛公派人到项伯那里探信。项伯已经知道了项羽封沛公为蜀王，便将这个消息告诉来使。来人立即禀报沛公，沛公十分恼怒，要与项羽决一死战。樊哙、周勃、灌婴等人也都摩拳擦掌，只有萧何阻止说："不能这么做！蜀地虽然地势险要，总还可以求生，不至于这么快灭亡。"沛公说道："难道去攻打项羽就会灭亡吗？"萧何回答说："敌众我寡，百战百败，怎能不死？如果现在我们能先占据蜀地，养精蓄锐，然后再从长计议也不迟。"沛公听了，怒气稍平，又转问张良。张良也赞成萧何的主张，恳请沛公贿赂项伯，让他向项羽求取汉中的土地。沛公于是取出金币，派人送给项伯，请他暗中帮助。项羽竟依从了项伯，把汉中土地加封给沛公，并且改封沛公为汉王。然后颁发分封诸王的命令。

项羽自称西楚霸王，准备还都彭城，占据梁楚九郡。又派遣将士逼迫义帝迁往长沙，定都郴地。另调拨部兵三万，借口护送沛公，让沛公赶快向西撤去。

沛公既然做了汉王，人们就以汉王相称。汉王从霸上出发，到了褒中，张良想回韩国，便向汉王说明，汉王答应让张良东归。两人告别，依依不舍。张良又请汉王退去手下，然后献上一计，告辞离去，汉王仍然西进。不料后队人马，都喧嚷起来。问起原因，有军吏禀报说："后面起火，听说栈道都被烧断了！"汉王头也不回，催促部下西行，说是到了南郑再作打算。

后来得知栈道是被张良所烧，众人不免咒骂张良，说他断绝后路，太过残忍。张良烧毁栈道，却是另有打算：一是做做样子给项羽看，表示不再东归，好让他放心安胆，不作准备；二是防御各国，让他们知难而退，不敢侵犯。拜别汉王时，张良给汉王献上的就是这条计策。汉王已经事先知道，自然不会惊慌，一心一意地赶往南郑去了。来到南郑，便封萧何为丞相，其他的将士也都被封官。

张良告别汉王，转身东行，过一路，烧一路，将栈道烧完，才向阳翟进发，等候韩王回国。原来项羽入关时，韩王未曾相随，项羽驻扎在鸿门，号令诸王，韩王才前来求见。项羽虽然嫌他没有立功，也不得不给他一些封地，只有一句话嘱咐他，叫他召回张良。等到韩王与张良接洽，张良才知是项羽忌妒，不让他为汉王效力。当时张良答应韩王，等送汉王出境后就回韩国，韩王也答应了。项羽以此为借口责备韩王，说他违抗命令纵容张良，将他留下，随军东行。韩王无勇无谋，怎能拗得过项羽，只好跟着他的军队一起出发。到了彭城，项羽又将韩王贬爵，改封为侯。过了几个月，索性把他杀死了。

燕王韩广，不愿迁往辽东，被臧荼率兵杀死。有人将此事报告给项羽，项羽不仅不追究臧荼擅自杀人的罪过，反说臧荼讨伐韩广有功，令他在辽东做王。齐王田市本由齐将田荣拥立，田荣以前不愿跟随项羽攻打秦国，项羽记恨在心，所以只改封田都、田安，独将田荣搁起不提。田荣秉性倔强，不愿服从项羽的命令，等田都快到临淄时，竟发兵袭击田都，田都逃往彭城。田市听说田都战败，担心田都向项羽求救，又来攻打齐国，就逃往胶东。田荣恨他私自逃跑，亲自领兵追杀田市，再向西袭击济北，刺死田安，然后自称齐王。这时彭越还在巨野，有部下一万多人，田荣给他将军的官印，派他攻取梁地。彭越从此为田荣效力，攻下数座城池。

赵将陈余自从离官后，居住在南皮，但仍然留意外事，常常想着出山。他本来与张耳齐名，项羽封张耳为常山王，却只将南皮附近的三县封赏给他。陈余很恼怒，于是命张同、夏说前去拜见田荣，将他的意思转述一番："项羽因私忘公，何人肯服？现在大王乘机崛起，首先抗拒项羽，必能威名远震，众望所归。赵国与齐国接壤，一向为邻国。现在赵王被别人取代，我本是赵国旧将，希望大王拨兵相助，前去攻打常山。如果能将常山攻破，迎接赵王回国，赵国将世代做齐国藩属，永不违约！"田荣听了，立即答应，于是派兵帮助陈余。陈余率兵前去，攻打常山。张耳未曾防备，败阵逃走。陈余迎接赵王歇回国，并遣还齐兵。赵王封陈余为成安君，兼封他为代王。陈余因赵王刚刚回国，不便离去，仍然留下辅助赵王，命夏说为代地丞相，前去守代地。

汉王刘邦到了南郑，大军休养了一两个月。将士们都想东归，不愿意在西边居住。汉王部下有一个已故韩襄王的孙子，单名为信，此人与后来的淮阴侯韩信同名。沛公正在与他谈论军事，忽然有士兵进来禀报，说丞相萧何不知去向。汉王大吃一惊，立即派人去追萧何。一连两天，都不见萧何回来，汉王坐立不安，如同失去了左膀右臂。正想加派兵力，再去追寻，却有一人跟跄进来，向汉王行礼，定睛一看，正是消失了两天的萧何。

汉王心中又喜又怒，假意骂道："你怎么能背着我逃走呢？"

萧何答道："臣不敢逃，只是去追回逃跑之人！"

汉王问："你追的是谁呢？"

萧何回答说："臣去追都尉韩信！"

汉王又骂道："我从关中出发，一直赶到这里，沿途逃亡很多人，就是最近也有人逃走，并未见你去追，现在却去追一个韩信，这明明是在骗我。"

萧何说道："前时逃失的人无关紧要，去留都无所谓，可韩信当世无双，怎能让他离去呢？大王若想一直居住在汉中，自然用不着韩信；如果要争夺天下，除韩信以外，无人能助你成就大业，所以臣特意前去将他追回。"

汉王将信将疑地问："韩信真有这样的才干吗？你既然认为此人可用，我就任用他为将领吧。"

萧何又说道："只让他做一般的将领，恐怕还留不住他。"

汉王于是说："那我就任用他为大将，怎么样？"

萧何连说了几个好字，汉王又说："你把韩信叫来，我任命他为大将。"

萧何严肃地说道："大王用人，一向缺少礼节。现在封大将，又像传叫小孩一样，所以韩信才不愿在此久留，乘机逃去。"

汉王问："封大将应该用什么礼节呢？"

萧何回答说："必须先挑选吉日，然后斋戒、筑坛、行礼，这才是封将的礼节。"

汉王笑道："请一个大将，需要这样郑重吗？我听你的话，你为我按照礼节安排就是了。"萧何这才退出，办理此事。

韩信是淮阴人，少年丧父，家境贫寒，常常寄人篱下。后来他只身一人来到淮阴城下，临水钓鱼，以此为生，有时鱼不上钩，只好忍饥挨饿。附近有很多老婆婆常到这儿漂洗衣物，大家见他落魄，也不闻不问。只有一个人，独具慧眼，怜惜韩信，常把自己的午饭分给他。韩信饥不择食，正好吃上一顿饱饭。哪知那位老人慷慨得很，今日分饭给韩信，明日又分饭给韩信，接连几十天，天天如此。

韩信非常感激，向老人谢道："承蒙老人家如此厚待，韩信如果他日得志，一定报答你的恩情。"话未说完，老婆婆竟叱责道："大丈夫不能谋生，才在此受困。我看你也是堂堂七尺男儿，好像一个王孙公子，所以不忍心看你挨饿，给你饭吃，何尝希望你报答？"说完，就拿着衣物离开了。韩信呆望一会儿，觉得很奇怪，但心中总是念念不忘，暗想，等到日后发迹时，定要重重谢她，才能报答她的恩德。

无奈福星未临，命途多舛，韩信只好得过且过，将就度日。他虽然身无分文，但还有一把宝剑随身挂在腰间。一天，韩信闲来无事，在街头徘徊。一个屠夫的儿子走到他面前，当面揶揄道："韩信，你平时出来都带着宝剑，究竟有什么用？你身强力壮，为何这般怯弱？"韩信闭口不答，这时已经有很多人在旁边观看。屠夫之子又当着众人嘲笑道："你如果不怕死，不妨用剑刺我，否则就从我胯下走过去！"说完，便撑开两脚，站在路中间。韩信端详一会儿，就将身子匍匐，从他胯下爬过。众人捧腹大笑，韩信却从容地起身离去。

韩信听说项梁渡淮后，便投到他的军中。后来项梁战败而死，军队由项羽统领，项羽让他做了郎中。韩信屡次献计，都不被采用，于是投奔汉王，跟着军队来到蜀地。汉王对他也很淡漠，只给了一个平常的官职，叫做连敖①。韩信仍不得志，不免有些牢骚，有一次与同僚十三人饮酒谈心，酒后忘情，竟口出狂言，大有独立为王的志向。有人将这些话报告给汉王，汉王怀疑他想从中作乱，便命人把这十三个人和韩信都抓起来，令夏侯婴监斩。夏侯婴将众犯押到法场，依次砍头，转眼已有十三个头颅滚落地上。突然听见一人大声叫道："汉王不是想得到天下吗？为何杀死壮士！"夏侯婴不禁诧异，下令停斩，并命人把那人带到面前。见他状貌魁梧，动了怜才的念头，便问他有什么谋略。韩信将平生所学一一吐露出来，夏侯婴大为赞赏，然后去禀报汉王，极力夸赞韩信的才干。汉王认为他是个可有可无的人物，听到夏侯婴的话，就赦免韩信的死罪，任命他为治粟都尉。治粟都尉一官，只比连敖升了一级。

丞相萧何留意人才，听说夏侯婴器重韩信，也召来韩信叙谈。果然见韩信经纶满腹，应对如流，才知夏侯婴所言不假，也认为此人有大将之才。韩信得到萧何的赞许后，认为相臣位高权重，定能将自己保荐上去，不致长期屈居人下。偏偏待了数月还是毫无动静，心中暗想，汉王不重用自己，不如见机离去，另寻出路。于是收拾行装，孑身出走，也不向丞相署内禀报。有人见韩信离去，告诉了萧何，萧何如失至宝，急

---

① 连敖是楚官名，大约与军中司马相类似。

忙找了一匹快马，纵身跃上，去追韩信，差不多跑了一百多里才追上。韩信不愿意再回来，萧何极力敦劝，并说自己尚未将他保荐上去，所以才迟迟没有起用。韩信见他情真意切，才原路返回。

汉王斋戒三日，才到吉期。清晨起来，丞相萧何带领文武百官齐集王宫，等候汉王出来举行封将大典。

## 明修栈道，暗度陈仓

封将大典结束后，汉王命韩信在旁边落座，开口询问当前的形势。

韩信应声道："项羽生性暴躁，众人都害怕，只是他不能任用良将，徒有匹夫之勇，不足以成就大事。而且项王自领兵以来，所过之地，无不屠戮，天下人怨恨不已，百姓也不拥戴他。不过论起眼前的势力，还数他最强，所以人们畏惧他，不敢反叛。将来各国势力逐渐强大，还有谁肯再服从他？现在大王如果能遵道而行，与他相反，专任天下谋臣勇将，何敌不摧？把得到的城池，都分封给有功之臣，何人不服？率领东归将士，仗义东征，何地不克？三个投降的秦将，表面上看好像扼住了我军要塞，但他们都是秦朝旧将，带领秦朝士兵数年，部下死得不计其数，到了山穷水尽才归降项王。项羽又起了杀心，除掉秦朝降兵二十多万，只剩章邯、司马欣、董翳三人。秦民都怨恨这三个人，恨不得将三人食肉寝皮，现在项王反而立这三个人为王，秦民当然不服，怎肯诚心归附？大王第一个进驻武关，废除秦朝苛刻的刑法，与秦民约法三章，秦民无不想让大王做秦王。况且义帝的信约无人不知，大王被迫西行，不但大王怨恨项王，就是秦民也无不愤慨！大王如果东入三秦，将三秦拿下后，便好进图天下了！"

汉王听完这番话，满心欢喜，对韩信说："寡人后悔没有早点任用将军！听完你的话，真是茅塞顿开啊！"韩信又说道："将非练不勇，兵非练不精。项羽虽有败象，终究是身经百战，不可轻视。现在必须部署众将，校阅士兵，几个月之后才能东行。"汉王连连说好。

第二天，韩信升帐阅兵，定出数条军规号令。大小将士因他兵权在手，只好遵照军规行事。韩信亲自操练，种种布阵之法，都是樊哙、周勃、灌婴等人不曾听说的，得到韩信训示后，才知韩信的才能非同寻常，于是心生敬畏，都愿听从他的命令。他又选择在汉王元年八月吉日出师东征。当时栈道已经烧毁，汉王早就听从张良的计策，明修栈道，暗度陈仓。汉王召入韩信，问他出路，韩信所言恰好与张良的计策一样。汉王拍手叫好，派了几百个士兵，假装去修筑栈道，自己与韩信率领三军，悄悄地从南郑出发。只让丞相萧何留下来守城，并征税收粮，接济军饷。

当时正值仲秋，天高气爽，将士们都愿意东归，于是日夜兼程，由故道直达陈仓。雍王章邯奉了项王的命令，堵住汉中，作为第一重门户，平时也派兵巡察，怕汉王出来。不过章邯算错了一步，他一直认为汉王出来必须经过栈道，栈道不曾修筑，纵有千军万马也难以通行，所以章邯一点儿不曾防备。后来探卒来报，说汉王派了几百人在修复栈道，章邯将汉王嘲笑了一番。不久又有人禀报章邯，说汉王已经封韩信为大将。章邯还不知韩信是什么人，又派人探明韩信履历，听说韩信屈身胯下，毫无志气，从此更加轻视汉王。

到了八月中旬，忽然有急报传来，说汉兵已经抵达陈仓。章邯怀疑有诈，就派人去探听明白。不久果然有陈仓逃兵回来报告，说汉王亲自率领大军占领陈仓，杀死守城将士，很快就要发动进攻了。章邯这才着急，于是率兵数万，直奔陈仓。

一路赶去，只见逃兵，不见难民。原来汉兵所经过的地方，丝毫没有劫掠，所以百姓不致流离失所。章邯将逃兵招集起来，急急忙忙赶到陈仓，正值汉兵整队东来。两军交战，汉兵积愤已深，奋不顾身，好似猛虎离山，无论什么刀兵水火，全都不怕，只管向前杀去。章邯部下的兵士本就旧恨未消，怎肯为章邯拼命？战了没多久，士兵就向四处逃走。章邯只得撤回，逃往好畤，汉兵从后面追杀，不肯罢休。章邯毕竟身经百战，不愿为一次战败甘心收手。看部下还有一半，心想不如回头再战，出其不意，或许能转败为胜，因此号令军中，再与汉兵拼个死活。韩信早有防备，等到章邯回头拼命，汉兵毫不慌乱。章邯见汉兵还像以前一样，自知无法取胜，只好勉强支撑一阵。偏偏汉军又调出左右两翼呼应前锋，前锋是樊哙，左翼主将是灌婴，右翼主将是周勃。这三人都是有名的大将，章邯如何能抵挡得住，白白断送了许多士兵。章邯见大势不妙，急忙乘隙溜脱，派长子章平坚守好畤，自己率领败军逃到废邱。

汉军接连打了两次胜仗，士气大振，决定进攻好畤。章平已经听说了汉兵的厉害，只好召集士兵，在城内据守。汉将樊哙等率兵围城，竭力攻打。过了两天，见城上守兵稍有松懈，就令士兵架起云梯登城，城上的利箭、石块陆续扔下，兵士不敢硬上。这下惹恼了樊哙，只见他左拥盾，右执刀，首先登梯。快到城上时，他纵身一跃，用刀乱砍，砍落好几个头颅。汉兵于是蜂拥登城，杀散守兵，打开城门，放进其他士兵。章平忙从后门落荒窜去，县令、县丞来不及奔逃，都被杀死。城中百姓没有一人反抗，甘愿投降汉王。汉兵不杀一个降民，这场战乱很快就平息了。

韩信进城以后，把樊哙的功劳报知汉王。汉王加封樊哙为郎中骑将。樊哙与周勃、灌婴等人把下郿、槐里等地统统攻下，又乘势攻进咸阳，赶走守将赵贲。只有章邯所守的废邱，久攻不下。韩信得知这个消息，亲自到废邱城外察看地势，终于想出一个破城妙计，嘱咐他们分头办理。章邯因汉兵攻城，日夜防守。长子章平已从好畤逃到废邱，与父亲一起竭力抵御汉军。

一天夜里，忽然听到城中兵民大喊起来，章邯父子慌忙出来巡视。只见平地上面水深数尺，却不知这水是从何处涌来的。转眼间已涨到一丈多高，外面喊声大震，骇人听闻。章邯料定此城守不住，急忙同长子章平带领家小及所有将士，从北门水浅处冲出，奔往桃林。奇怪的是，章邯一走，城中水势立即退下了。原来废邱城两面环水，从西北流向东南，韩信令樊哙等人堵住下游，水无处可流，当然泛滥，涌入城中。樊哙等赶走章邯后，便将下游泄出，城中就滴水不留了。汉兵入城，安抚百姓，又去追击章邯。章邯父子无路可逃，屡战屡败，章平被擒，章邯自刎身亡。

雍地尽归汉有之后，韩信又移兵攻打翟、塞二王。翟王董翳、塞王司马欣本来是章邯手下的属将，勇武远不及章邯。章邯战败后，曾派人向二王求救，二王怕汉兵入境，不敢发兵相救。后来听说章邯败死，吓得胆战心惊，再加上百姓心里不服他们，一听说汉兵杀到，多半去投降了汉王。董翳自知打不过，便向汉请降，司马欣更加孤立，也只好低头臣服。不到一个月，三秦都归汉所有，项霸王的第一条计策，到此完全失败了。赵相张耳入关时，正值汉兵平定三秦，于是也投顺汉王，汉王的兵力更加强大。

项王听说齐、赵反叛，已经愤恨异常，又听说失去关中，更是怒火中烧，马上就要向西攻打汉王。项王一面命令郑昌为韩王，牵制汉兵，一面令萧公角率几千兵马攻打彭越。彭越打败了萧公角，项王更加恼怒，恰在这时来了一封书函，接过一看，署名竟是张良。他本来是忌恨张良的，可这次看了张良的书信，竟然要按照他的计策行事。张良书中说汉王确实不对，不过他收复三秦，就会按照与义帝的约定，不再东进。只是齐、梁蠢蠢欲动，连同赵国，想要消灭楚国等。这明明是张良在为汉军作打算，使项王向北攻打齐国，好让汉王乘机东来。项王有勇无谋，被张良一激，便先去打攻齐国。

项王亲自率领大军向齐国进攻，出发的时候，征召九江王英布一同会师。英布称病不来，只派遣了一个副将前往。项王也不责备他，另有一道密嘱寄给英布，叫他立即照办，不得再违抗命令。英布接到密令，明知事关重大，会遭受恶名，但也不好屡次违命，得罪项王，只好叫来心腹，让他按照项王的密令去做。心腹将士改扮装束，走了几百里后，望见前面有大小船只西行，料知要办的事就在眼前，便快速追赶几里。等到与前面的船只并行，天色已晚，夜色朦胧，一群改装的九江兵，竟跳上前面的船舱中，拔出利刃杀去。那些船上也有将士，一时来不及反抗，只好任他屠戮。有一位身穿龙袍的主子，无从逃避，落得一命呜呼，死得不明不白。究竟这个穿龙袍的人是谁呢？他就是前称怀王、后称义帝的楚王孙心。

项王前次回都彭城，逼着义帝迁徙，义帝不能不行。但群臣依恋故乡，不肯快速离去，今日行五十里，明日走三十里，因此出都多日，也没有到达郴地，最终竟被九江兵杀死。九江兵得手后，又将舟中的财物搬取一空，饱载而归。途中又遇着好几艘船只，是衡山王吴芮、临江王共敖派遣的士兵。他们也是受了项王密令刺杀义帝，见九江兵已经占先，就各自分头回去。九江兵回报英布，英布自然转达项王，项王暗喜。

## 陈平投奔汉王

汉王整顿兵马，志在东攻，又听说项羽攻打齐国，正好乘机出兵。于是与大将韩信等出关到陕郡。关外父老前来迎接，汉王下令抚慰，众人都拍手称颂。河南王申阳望风响应，投降汉王。不久，韩地传来佳音，韩信打败郑昌，郑昌走投无路，只好乞降。汉王就封韩信为韩王。郑昌做了韩王的手下，苟全性命。

当时已是隆冬季节，大雪纷飞，不便远征，汉王于是重还关中，暂时定都栎阳。等到春回大地，汉王又率兵向东进军，从临晋关渡过黄河直抵河内。河内由殷王司马卬留守，听说汉兵入境，不得不发兵迎敌。他们哪里打得过汉军，一场交战，白白损伤了好几千人，败回朝歌。汉将樊哙等逼近城下，率众围攻。司马卬一面严守，不敢松懈，一面派人禀报项王，乞求援兵。

项王攻入齐地，所向无敌。齐王田荣不懂打仗，只靠一股悍气想与项羽一决雌雄。毕竟强弱不同，田荣屡战屡败，连城阳都不能守住，只好带着几百个残兵败将逃入平原。平原百姓不曾受到田荣的恩惠，田荣反叫他们交纳粮草。所以田荣一逃到这里，就惹火了当地的百姓，众怒难犯，田荣最终被杀死。

项王乘势直入，毁城郭，坏庐舍，杀降兵，拘禁老弱妇孺，一点儿恩惠都没有，立田假为齐王。齐人不愿尊奉田假，情愿拥戴田荣的弟弟田横。田横收集余兵，共得一万多人，赶走田假，再次占据城阳。田假无奈之下逃到楚营，项王说他庸弱无才，不能自立，索性将他杀死，然后又亲自领兵猛扑城阳。项羽以为田横容易消灭，谁知田横深得人心，众人合力据守。齐人害怕项羽凶威，自知难免一死，都拼出性命坚持到底，因此楚兵虽强，最终也没有攻破城阳。项王不肯离去，总想把城阳荡平，以泄心头之恨。接连几个月，仍然相持不下。河内求救时，项羽只分拨少数将士作为援应，虚张声势，说楚军将移全军来援助朝歌。

司马卬得到这个消息，抖擞精神，全力拒敌。忽然看见汉兵逐渐撤围，一天一夜，竟撤得不留一人。他想汉兵无故退去，定是因为项王亲自到来所致，就率领城中将士开门追赶。跑了五六十里，未见动静，此时天色已晚，四面又全是山林，司马卬担心有埋伏，马上吩咐收兵。话还没说完，就听到林中传来一声炮响，随后闪出两员汉将，各自带领精兵，前来攻击司马卬。

司马卬不敢恋战，急忙往后退，部下一片慌乱，多半随司马卬逃回。好不容易才赶到城下，突然遇到一员猛将，大声呵斥说："司马卬往哪里走？快快下马投降，还可免你一死！"司马卬吓得魂飞天外，想窜避，又害怕后面追兵到来，没办法，只好硬着头皮再战，才打了三个回合，就被猛将捉住了。

这位猛将就是汉军的先锋樊哙，埋伏林中的二将则是周勃、灌婴，这三将分头埋伏，都是韩信事先安排好的。他料想司马卬战败以后，必向项王求救。如果援兵突然到来，里应外合，到时候防不胜防，因此用了诱敌的方法。司马卬果然贪功中计，被樊哙活捉，献到汉王面前。汉王下令松绑，又安慰几句，司马卬便跪在地上，自愿投降。汉王带领将士同司马卬一起入城，城中军民见司马卬已经归顺汉王，自然全部投降。

汉兵接着攻占修武。这时有一人前来投奔，军吏问过姓名，才知是楚国的都尉陈平。陈平自称是阳武县人，与汉王部将魏无知素来相识。立即有人将此事禀报魏无知，魏无知出营相迎。并为陈平设宴接风，私下问道："听说你已投奔项王，为何今天又投奔到这里呢？"陈平回答说："险些就看不到你了，多亏我有些小聪明，才脱险前来。"

魏无知惊问原因，陈平答道："前不久殷王司马卬谋叛项王，项王派我前去讨伐。我不想自相残杀，便与殷王说明其中的利害关系，劝殷王亲自前去谢罪。禀明项王后，项王赏赐给我一些钱财。近日汉王攻打殷王，项王命我调兵救应。走到半路，听说殷王已经投降汉王，我便折回去了。项王见救兵回营，勃然大怒，想加罪于我，我只好逃到这里了。"魏无知说："汉王豁达大度，知人善任，远近豪杰，相继归心。现在你弃暗投明，我自会举荐，让你有机会施展自己的才能！"

第二天早上，魏无知便去拜见汉王，举荐陈平。汉王于是召陈平前来，问他有何谋略，陈平进言说："大王如果真想伐楚，何不乘项王攻齐时，迅速东行，捣破他的巢穴？如果能得到彭城，拦住项羽的退路，楚军必定军心涣散，项王虽然勇猛，也无能为力了。"汉王很高兴，又问起进军的方法。陈平详细地指明路径，说得汉王眉飞色舞，问陈平在楚国时任什么官职，陈平回答说做都尉。汉王道："我也任用你为都尉怎么样？"陈平正要拜谢出去。汉王说："慢！我还要让你兼管护军。"陈平领命出去。

军中众将见陈平忽然做了大官，不禁哗然。你一言，我一语，无非说陈平初到这里，心迹未明等等。这种私议传入汉王耳中，汉王不以为然，一面更加优待陈平，一面整顿兵马，指日东行。众将故意探试陈平，向他行贿，陈平从来不拒绝。众将趁机攻击陈平，并推选周勃、灌婴出头对汉王说："陈平没有真本领。臣等听说他在家时与嫂子有染，现在掌管护军，又私受众将贿赂，实为不法乱臣。请大王不要被他迷惑！"汉王听了这些话，也不免疑心起来，于是召入魏无知，当面责备。魏无知说："我举荐陈平，只看重他的才干，大王责备他的品行，并不是当务之急。现在楚汉相争，正是用人之际，大王应先看陈平的计划是否可用，不必追究其他的事情。如果陈平确实没有本领，我甘愿领罪！"

汉王听了，仍是半信半疑，等魏无知退出去后，又将陈平召来责问。陈平直言答道："臣本是楚国的官吏，项王不重用我，所以才弃楚归汉。沿途受尽艰难，孑然一身来归顺大王，如果不收受金钱，就没有资本，怎么展示才华？大王如果认为臣的计策可用，不妨重用我，否则他们行贿的金子都在，我甘愿弃官受罚！"汉王从此更加优待陈平，并把他提升为护军中尉，监护众将，众将也就不敢再说什么了。

接受贿赂一事，陈平供认不讳，毋庸置疑。只是与嫂子关系暧昧一事，其实纯属子虚乌有。陈平少年丧失父母，与兄长居住在一起，兄长已经娶妻，是个农民。陈平喜欢读书，常常手不释卷。兄长见他诚心好学，就让他从师学习，自己情愿耕田持家。但嫂子是女流之辈，目光短浅，看到这种情况后，很不高兴。

一天，陈平在家，邻居见他面色丰腴，便戏弄他，说他一定吃了很多好东西。陈平还没来得及答话，他的嫂子突然出来说："我小叔能有什么好吃的，有这样的小叔子还不如没有呢！"说得陈平面红耳赤、无地自容。他的兄长听到这些话，立刻把妻子休回娘家。陈平慌忙劝解，兄长坚决不从，竟将他的妻子赶了出去。照此看来，嫂、叔二人不和，哪来的私通之事呢？况且陈平后来又娶了一个美妻，是同乡富翁张负的孙女。结婚之后，他们情投意合，卿卿我我，无论是谁，总夺不去两人的恩爱。就算兄长再娶后妻，也不过是乡村俗女，怎能与张女相比呢！由此可见，与嫂子有染一事，定是诬告。

自从陈平娶了张女，交游越来越广，乡人也对他另眼相看。后来陈胜起兵，命部将周市到魏地征兵，立魏无咎为魏王。陈平前去拜见魏王，做了太仆。后来陈平又投奔项羽，跟随项羽入关，官至都尉。现在又西归汉王，得以与汉家三杰并传不朽。

汉王招集人马，率兵东征，渡过平阴津，直抵洛阳。途中遇到一个龙钟老人，叩拜马前，汉王问明姓氏，乃是新城三老董公，已经八十二岁。汉王立刻命他起身，问他有什么事，董公说："臣听说顺德必昌，逆德必亡。师出无名，怎么令人信服？敢问大王出兵究竟要讨伐什么人呢？"汉王道："项王无道，所以前去讨伐。"董公又道："项羽确实不仁，伤天害理莫过于弑主一事。大王先前与项羽共立义帝，现在义帝被他杀死在江中，虽说江畔居民捞尸安葬，终究是死不瞑目。大王想讨伐项羽，何不先为义帝发丧？然后传令诸侯，让人人都知道义帝死亡的消息，把项羽的罪过公布于众，然后师出有名，定可获胜。"汉王听了，觉得很有道理，于是对董公说："太好了！太好了！如果不是先生，寡人就听不到这么好的建议了。"汉王想留住董公，但董公自称年老多病，不想做官，告辞离去。汉王就为义帝举办丧事，令三军素服三日，又派人拿着书信，宣告各国。

　　书信传到各国，魏王回信请求跟从，汉王当然答应，叫他发兵相助。魏王如约而来。汉使来到赵国，赵相陈余却要汉王杀死张耳，自己才肯听命。来人回报汉王，汉王不忍杀掉张耳，就从士兵中找出一人，面貌与张耳相似，将这个士兵的首级割下，派人交给陈余。陈余提着头观看，此头已经血肉模糊，不能细辨，不过大致相似，就信以为真，因此也发兵跟随汉军。汉得塞、翟、韩、魏、殷、赵、河南各路大兵，共计五十六万人，浩浩荡荡杀向彭城。汉王又担心项羽乘虚袭击秦地，特意让韩信留驻河南，防守要塞，自己率领大兵向东行进。路过外黄，正值彭越觐见，报告说已杀败楚将，收回魏地十多座城池。汉王说："将军既然取得魏地，就应该立魏国的后人为王，魏王复位，将军就为魏相。"彭越领命离开，汉王直达彭城。

　　彭城里面，守兵寥寥无几，所有精兵猛将都随项王攻打齐国去了，只剩老弱数千人留守城中，怎么能抵挡汉王几十万大军？众人只好闻风逃走，任由汉兵进城。汉兵鱼贯而进，将彭城占住。汉王检查项王宫中，美人都在，珍宝杂陈，不由得故态复萌，就在宫中住下，朝饮醇酒，暮拥娇娃，享受那温柔滋味。就是部下将士也都欢呼畅饮，快活异常。汉王正在纵情享乐，不料项王回马杀来。

## 逃　亡

　　项羽听说彭城失守，暴跳如雷，留下众将攻打齐国，自己率领精骑三万人，回去支援。项王长驱直入，奔向彭城。汉王日夜沉湎于酒色，众将也昼夜享乐，不知早晚。忽然听说楚兵已来到城下，都吓得形色仓皇，心神慌乱。汉王擦开倦眼，出宫升帐，调齐大队人马，开城迎战。遥见项王跨着乌骓马，身穿铁甲，一马当先，挟怒前来。大吼一声，已令人胆战心寒，再加上楚兵楚将都凶悍得很，要来与汉军拼命，夺回家室。这股杀气无人可挡，汉将也晓得厉害，勉强向前争锋。战一回合，败一回合，战十回合，败十回合。项王又亲自动手，拿着一支火尖枪，左右乱挥，无人可挡。只见他突然冲入汉阵，挑落数将，竟向汉王马前狂杀过来。

　　樊哙等慌忙拦截，都不是项王对手，纷纷后退。汉王也心慌不已，害怕项王杀到，只好拍马逃奔。才走几步，回头一看，军旗已被项王用枪尖拨倒。军旗是全军的耳目，它一倒，士兵自然乱窜，汉王无暇顾及，只好落荒奔去，没命乱跑。众将也各走各的路，无心保护汉王。项王从后面追击，杀得昏天黑地，日色无光。汉兵都从谷、泗二水旁逃跑，前面的自相践踏，后面的都遭到屠戮，惨死十万多人。还有三四十万人马，向南逃入山中，又被楚兵追上，杀死了好几万。其余众人到灵璧县东争着渡睢水，有十万多人淹死在水中。

汉王逃了一程，竟被楚兵追到，团团围住。汉王看了一下随从士兵，只有几百人，怎么可能冲出重围？汉王不禁仰天长叹："我今日要死在此地了！"话未说完，忽然天上狂风大作，飞沙走石，自西北吹向东南，天昏地暗，好像夜间一般。汉王乘机逃脱，跑了几里，后面又有楚兵追来，回头一看，与追来的楚将认识，便高声说道："贤人何必苦苦相逼，不如放我一条生路！"说完，又继续逃跑，后面的楚将听了，真的就掉头回去了。这位楚将名叫丁公，听汉王称己为贤人，索性卖个人情，收兵回营。

汉王心想离家不远，不如趁机回家，免得老父娇妻落入楚兵之手。于是赶到丰乡，走到家门口，只见双门紧闭，外面上锁，禁不住吃了一惊，慌忙询问邻居，都不知道他们的去处。汉王踌躇了好久，无从查找，只好离开。

又走了几十里，太阳已经西沉，汉王渐渐觉得饥寒交迫，疲乏不堪。本想下马休息，又害怕楚兵追来，只好垂头丧气向前再走。又过了好几里，远远地听见有狗叫声，料知前面有村落，抬头一望，果然看见一片树林，隐隐有村落出现。汉王立即策马前进，想到村中借宿。事有凑巧，恰好与村里的一个老人相遇，汉王不得不殷勤问候，借宿一夜。老人见汉王相貌不凡，就把他领到家中，请他上座，询问姓氏，汉王也不避讳，讲明实情。老人说道："老朽不知汉王驾到，有失远迎！今天因乡里有喜事，夜宴归来，竟得以与大王相遇，不胜荣幸。"说着，便向汉王下拜，并且身报家门，说自己姓戚。

汉王已经饥肠辘辘，便对老人说："这里能买到酒饭吗？"老人说："此地乃是穷乡僻壤，并没有集市，大王如果不嫌弃，寒舍倒有些薄酒粗肴可以上供。"汉王不等他说完，连忙说好，老人便叫他女儿准备酒饭。才过一会儿，便有一个二九佳人端着酒菜姗姗前来。汉王看她虽是衣衫简朴，却也体态轻盈，便称赞起来。老人命女儿放下酒肴，向汉王行礼。

汉王起身相答，戚女盈盈下拜，转身入内。老人便与汉王对饮，汉王连饮数杯，愁肠渐放，于是问戚女是否许配人家。老人说："小女还没有许配人家。以前有相士谈起，认为小女生有贵相，今日大王到此，莫非是前生注定，不知大王意下如何？"汉王说："寡人逃难到此，承蒙留宿，已感激不尽，怎好再委屈令媛为姬妾呢？"老人回答说："只怕小女不配侍奉，大王不必过谦！"汉王于是说："多谢老丈美意，我领情便是了。"立即解下玉带作为聘礼。老人又叫女儿出来拜见，女儿腼腆出来，含羞接了玉带。老人叫她斟酒献给汉王，汉王一饮而尽。到戚女斟第二杯时，汉王就命戚女共饮，戚女也不推辞，慢慢儿地将酒喝干，这就算喝交杯酒了。夜色已晚，老人也很知趣，便令女儿陪着汉王入室安寝。戚女已经成年，也略知云情雨意，所以就任由汉王宽衣解带，拥入衾中。两情缠绵，居然结下珠胎。

第二天早上，汉王出来拜见戚公，吃过早饭，就要辞行。戚公父女苦苦挽留，汉王说："我军战败，将士们不知在什么地方，我怎么能在这里久留呢？我先去召集余兵，等到有大城可以居住，立即前来迎接老丈父女，绝不失约！"戚公不好强留，只好送别汉王，戚女仅得了一夜恩爱，就要两地分离，怎能不伤心垂泪？此时，汉王也不免儿女情长，恋恋不舍起来。最后还是硬着心肠，道了一声珍重，出门上马，扬鞭离去。

走了好久，忽然看见几百个骑兵追来，他担心是楚兵，急忙躲到林中窥视。待来骑走近，才认得是自己的人马。走在前面的一员将领，不是别人，正是部将夏侯婴。当时夏侯婴已受封滕公，兼职太仆。彭城一战，夏侯婴也在场。只因战败以后，汉王舍车乘马仓皇逃脱，所以与夏侯婴失散。夏侯婴保护空车，突出重围，四处寻找汉王。

汉王见是夏侯婴，就放胆出来，夏侯婴立即下马拜见，并请汉王换马登车。沿途有难民纷纷奔走，其中有一个幼童，一个幼女，多次向车中张望。夏侯婴眼光敏锐，觉得这两个孩子似曾相识，便对汉王说："难民中有两个孩子，好像大王的子女，请大王鉴察！"汉王仔细一看，果然是自己的亲生子女，便命夏侯婴叫他们过来。夏侯婴下车招呼，把他们抱到车上。汉王问明情由，两个孩子说是与祖父、母亲等避难逃出来，寻访父亲，途中被乱兵冲散，现在祖父、母亲都已不知去向。汉王又惊又喜，问起昨夜情况，两个孩子答道："我们已离家两天，夜间都借宿别村。今天出门上路，偏偏撞着乱兵，与祖父失散，母亲又忽然不见了，幸亏遇到了父亲！"说到"亲"字时，泪流不止，汉王也为之动容。

正在叙谈，夏侯婴忽然禀报说："那边有旗帜飘扬，莫非是楚兵追来了？"汉王着急地说："快走吧！"夏侯婴也非常着急，亲自为汉王推车。后面果然有楚兵追来，首将叫季布，前来捉拿汉王。汉王走一程，季布追一程，眼看就要追上。汉王担心车子太重，走得慢，竟将子女推落车外。夏侯婴见了，便左提右挈，把两个孩子抱入车中。一会儿，汉王又将两个孩子推出去，夏侯婴再把他们抱到车上，接连有好几次，惹得汉王十分生气，呵斥夏侯婴："我等危急万分，难道还要管两个孩子，弄得自丧性命吗？"夏侯婴答道："这是大王的亲生骨肉，怎么能弃置不顾呢？"汉王更加懊恼，拔出剑来，要杀掉夏侯婴。夏侯婴闪过一旁，见两个孩子又被汉王踢下，索性让其他将领驾车，自己把两个孩子挟在腋下，一跃上马，随着汉王前去。楚将季布追赶不上，也只好领兵回去。

汉王见追兵远去，稍稍放心，夏侯婴也策马赶上，两人商议以后，决定向下邑投奔。下邑在砀县东，曾由汉王的妻兄吕泽带兵驻扎。吕泽正派兵查探，见了汉王，迎他进去，汉王这才得到一个安身的地方。

不久汉将听说汉王的行踪，陆续聚集，汉王势力渐大。这时才调查各路诸侯消息，殷王司马卬阵亡，塞王司马欣与翟王董翳再次投降楚国。韩、赵、河南各路残兵都已归来。至关紧要的是汉王的父亲太公及妻子吕氏等人，好多天都没有消息。仔细探听，才知他们已被楚军掳去了。

原来太公带领家眷逃难，除家人以外，还有舍人审食其相随。大家扮作难民，从偏僻的小路悄悄出去，前两天还算平安，只是稍微辛苦一些。第三天早上，才走了几里，就看见来了许多楚兵，他们慌忙避开。偏偏楚兵中有几个人认识太公及吕氏，一哄而上，把他们抓住。汉王仅找到了子女二人，所有兄弟亲族都下落不明，又听说老父、娇妻被敌人掳去，生死未卜，忍不住号啕大哭起来。经众将从旁解劝，才勉强收泪，率领众人来到砀县，再派侦骑打探太公、吕氏音信。后来接到确信，才知二人还在楚军营中，项羽只是把他们留作人质，想要汉王前去投降。汉王怎肯落入虎口，只得暂时将他们割舍，然后起程西去。

汉王到了梁地，听到楚军进攻的消息，又怕又气，于是召集将领，商议退敌方法。众将害怕战败，彼此面面相觑，一言不发。汉王勃然大怒："我情愿将关东分给豪杰，但不知何人肯为我效力，破楚立功？"话未说完，就有一人接口说："九江王英布与楚国有些仇怨，彭越帮助齐国占据梁地，二人都有才能，可以为我所用。如果说到大王部下，没有一人能比得上韩信，大王将关东土地，分给英布、彭越、韩信三人，他们必定感激不已,拼死效力。项羽虽强,但也容易破灭。"汉王见献计的人正是张良,便连声说好,并对手下人说:"何人能为我前去说服九江王,让他归顺于我?"随何挺身而出,自愿前往。汉王又亲自领兵到荥阳。荥阳是河右要塞,汉王等人不得不在此把守,阻止楚军向西进攻。

才过一夜,忽然来了一员大将,穿着丧衣丧服踉踉跄跄走进,拜倒在汉王座前,呜咽不止。汉王一见,是沛中故友王陵,立即离座将他扶起,请他落座。王陵边哭边说:"我与逆贼项羽不知有何冤仇,他竟逼得我母亲自杀,还将我母亲的遗体放在锅里煮。我痛不欲生,希望大王发兵相助,若不将项羽碎尸万段,誓不甘休!"汉王愕然道:"项羽竟然这么残忍吗?我与你是多年故交,理当替你出力。况且我的老父弱妻也都落入项羽手中,生死难料,怎能不前去救应?只恨我军刚刚战败,还须招募兵马,否则彼强我弱,彼众我寡,如果再战败,就不堪收拾了!"王陵仍然痛哭流涕,汉王又安慰一番,计划等韩信的兵马到来再出发。王陵无可奈何,只好含泪拜别。

王陵的母亲是个女中豪杰,何故自杀、何故被煮呢?原来,王陵的母亲被项羽掳去,项羽将她扣在军营,威胁她招降王陵。王陵的母亲不肯写招降书,项羽便派人赶到阳夏,假传王陵母亲的遗命,嘱咐王陵弃汉归楚。王陵料知其中有诈,当然不愿投降,于是遣回楚使,另派心腹去楚地探明虚实。王陵派的人到了彭城,无法与王陵的母亲相见。只好拜见项羽,转述王陵的话,希望见到陵母。项羽立即叫陵母出来相见,让她叫王陵即日来降,保全母亲的性命。陵母只得支吾应对,敷衍几句。等到使者辞别回去,陵母借送使者之名,走出辕门。直至使者将要登车,向陵母拜别,陵母才流泪对他说道:"麻烦你转告我儿王陵,叫他跟随汉王。汉王宽厚待民,将来必拥有天下,叫我儿切勿顾念老妇。话已至此,老妇就以死相送了。"使者还不知陵母已有死意,以为是一时气愤才说出这样的话,只说了"保重尊体"四个字,便匆匆上车。哪知陵母从袖中取出一把亮晃晃的匕首,向西叫了两声"陵儿",便割喉自尽。

使者来不及搭救,又担心自己受到连累,就赶快离开了。项羽差人出来探视陵母,见了陵母的举动也很惊愕。陵母死后,项羽十分恼怒,喝令左右把陵母的尸首放入鼎镬,用大火一烧,尸体顷刻煮烂,项羽这才泄愤。王陵听说后,更加痛恨项羽。

汉王等待韩信前来支援。不久,韩信果然率兵前来相会,丞相萧何也派遣关中守兵,无论老弱都聚集荥阳,人数多达十几万。汉王很高兴,于是命令韩信把汉军全部留下来抵挡楚军，自己领着子女回栎阳去了。

韩信擅长用兵，与楚兵连战三次，均打了胜仗。从此楚兵节节败退，不敢越过荥阳。汉王到了栎阳，连得韩信捷报，放心了一大半，便立儿子刘盈为太子，大赦罪犯，让他们去做士兵。太子刘盈那年只有五岁，由丞相萧何辅助他监守关中，立宗庙、置社稷，一切举措都委任萧何代理。萧何慨然受命，愿在关中转漕输粟，负责兵饷，并请汉王前往荥阳，督兵东讨。汉王听从了他的建议，于是与萧何告别，转到荥阳去了。


## 背水一战

汉王来到荥阳与韩信会师，众将都踊跃从命，希望雪洗前耻。只有魏王豹请假回去探望生病的母亲，汉王见他始终相随，以为他不会有二心，于是慨然答应。魏豹回到平阳后，马上将河口截断，设兵把守，叛汉联楚。有人将此事报知汉王，汉王虽然懊恼，但认为自己待魏豹不薄，魏豹不致动兵，于是命郦食其前去说服魏豹。郦食其欣然领命，日夜赶往平阳，求见魏豹。然后仗着他那三寸不烂之舌，晓谕利害，可魏豹毫不动情。

郦食其说不动魏豹，只得回来将此事禀报汉王。汉王非常恼怒，立即命韩信为左丞相，率领曹参、灌婴二将领兵讨伐魏国。韩信等人出发后，汉王又召问郦食其："魏豹竟敢背叛我，想必有恃无恐，究竟他令何人为大将？"郦食其说："听说叫柏直。"汉王将着胡须笑道："柏直乳臭未干，怎能挡住韩信，骑兵的将领是谁？"郦食其又回答说是冯敬。汉王道："冯敬是秦将冯无择的儿子，颇有贤名，但是缺少战略，不能抵挡我的灌婴，此外只有步兵将领了。"郦生接口道："叫做项它。"汉王高兴地说："这也不能挡住曹参，我没什么顾虑了！"于是放下愁肠，静待韩信军报。

韩信等人到了临晋津，望见对岸全是魏兵。于是择地安营，赶造船只，与魏兵隔河相望，暗中却派人探察上游形势。探报回来说，上游只有夏阳魏兵甚少，守备空虚。韩信听完，便已想到破敌之计。先召曹参入帐，令他领兵进山，采取木料，不论大小，都可使用，越快越好。然后又召来灌婴，叫他派遣士兵到集市上购买瓦罂[①]，每罂须容纳二石，大

---

①瓦罂：一种盛酒器皿，小口大腹。

约要购买一千具，不得拖延。灌婴听了，不禁惊讶起来，然而军令难违，只好照办。

才过两天，曹参与灌婴就先后复命，木料、瓦罂全部办齐。韩信又取出一个信函交给他们，命他们自己去看。二人走出帐外，拆开一看，竟是叫他们制造木罂。木罂的造法，是用木夹住罂底，四周捆成方格，再用绳绊住，一格一罂，两格两罂，数十格就是数十罂，然后把它们合为一排，数千罂分作数十排。灌婴说："渡河须用船只，现在船已渐渐备齐，为何要建造木罂呢？真是怪事！"曹参道："想必元帅自有妙用，我等只要监督士兵，依法制作就是了。"

曹参、灌婴命人日夜赶造，才几天就将木罂制好了，于是请令定夺。韩信亲自检验，待到黄昏，留下几千士兵，让灌婴带着，只准摇旗擂鼓，不能擅自渡河，违令者斩首。灌婴领命离去。韩信与曹参带领士兵搬运木罂，趁夜抵达夏阳，将木罂放入河中，每罂装载两三个士兵，却也四平八稳。士兵就在罂内，用器械划动。韩信与曹参也下马到罂中，一同渡河。

魏将柏直等人一心要守住临晋津，不让汉兵渡河，又听到汉兵的呐喊声，更加小心防守，一步也不敢离开，魏王豹也只注意临晋。夏阳平日向来没有船只，而且地势险要，魏王就没有过问。谁知韩信竟用木罂渡河，无阻无碍，直至东张才有魏兵营寨挡住大道。曹参拍马舞刀，直向魏营杀入，汉兵当然紧随其后。魏将孙遫仓促御敌，终被打败，向北逃去。曹参乘胜直入，进军安邑。守将王襄出城迎战，才几个回合，就被曹参活擒下马。曹参率兵将此城占住，韩信也进城犒赏将士，计划攻入魏都。

魏都就是平阳，魏王豹居住都中，连续接到东张、安邑战败的消息，十分惊慌，于是派人追回柏直等人，亲自率领士兵出都堵截汉军。到了曲阳，刚好遇到汉军杀来，立即摆开阵势与汉军交战。汉军已经深入，士兵自知有进无退，个个奋不顾身。俗语说得好，一夫拼命，万夫莫挡，况且汉兵不下数万，又有韩信、曹参两将前后指挥，任他魏军如何勇猛也不能抵挡。魏王豹既无韬略，又缺乏精兵强将，慌忙向北逃窜。汉兵用力追赶，在东垣将魏豹团团围住。魏豹冒死突围，韩信知道魏豹已经走到穷途末路，传话给魏兵，叫他们早点投降，还可以免去一死。魏兵都愿意投降。魏豹走投无路，也顾不上面子，只好下马跪在地上，束手就擒。

韩信把魏豹囚入槛车，直抵平阳城下，然后令曹参押魏豹出来，告诉守兵，叫他出降。守兵瞠目结舌，无心抵御，只得举城投降，保全性命。韩信、曹参依次入城，下令将军民全部赦免，只把魏豹家眷与魏豹一同拘禁起来。魏将柏直等人率兵回来支援魏都，半路听说汉军打来，接连攻破数城，并且魏王也被捉去，吓得不知所措。恰在这时韩信派人前去招降，指出一条生路，柏直等人无计可施，只得下跪投降。

韩信召来灌婴，令他与曹参分头攻占魏地，各处城邑无不归附，魏地全部归汉所有。韩信想乘机攻打赵国，所以没有返回荥阳，只将魏豹全家押去，听候汉王发落。自己又请汉王添兵三万，前去攻占赵国，并说从赵入燕，从燕入齐，东北便可以平定，然后才好专力击楚，南下会师。汉王答应了韩信的请求，一面调拨部兵三万让张耳带领前去，会同韩信等人一起攻赵，一面提来魏豹，拍案大骂，想把魏豹杀掉，慌得魏豹匍匐座前，磕头如捣蒜，乞求开恩。汉王转怒为喜，暂且饶他一命，魏豹又叩了几个响头才退出去。

汉王命人将魏豹家眷，除他老母年迈不能充役外，其余人全都入宫为奴。魏豹的小妾薄姬，容貌最美，发往织室做工，后来被汉王瞧见，又把她送入后宫。说起来，这个薄姬却与汉魏大有关系。薄姬的母亲本是魏国宗女，魏被秦灭后，流落他乡，与吴人薄氏私通，生下此女。长大后出落得袅袅婷婷、整整齐齐，后来入宫做了魏豹的小妾。

当时河内有一个老婆婆许氏，擅长相面，世人称她为许妇。魏豹听说许妇善于看相，特召她进来给家人看相。许妇看到薄女，不禁惊愕道："将来必生龙种，当为天子。"魏豹也惊喜道："真的吗？你看看我的面相如何？"许妇笑着说："大王原是贵相，现在已经为王，还能说什么呢？"魏豹听到这句话，料知自己不过是个王，但是能够生下一个儿子为帝，倒也欢喜得很，从此格外宠爱薄女。就是兴兵背汉，也为了许妇这一句话。他想能有一个儿子为帝，必须由自身先建立基业。如果一直依附汉王，怎能独立？所以才决定反叛汉王。

薄女也自觉薄命，身为罪人，充当贱役，居住在织室。后来进入汉宫，也不见有意外幸事，只得死心塌地做个白头宫人，了此一生。哪知过了一年多，她竟做了一个梦，梦见苍龙飞进她肚子里，薄女因此惊醒。到了第二天夜里，忽然听到内使宣她入侍，薄女不得不略微整妆，前去应命。薄女见过汉王，在旁侍立，汉王正在酣饮，一双醉眼，注视了她好几回，等到酒后撤肴，便将她拉入内寝。到了交欢的时候，薄女才将昨夜梦兆告知汉王。汉王说："这是贵征，我今夜就与你玉成了。"说也奇怪，薄女经过一番雨露，便怀孕了，十月之后，果然生下一个男孩，取名为刘恒，就是后来的汉文帝。

韩信住在平阳，筹备伐赵事宜，碰巧张耳带兵到来，与他会师。这次伐赵是由赵相陈余引起的。赵国本已出兵助汉，后来汉王被楚军打败，赵兵回报说张耳还活着。这下惹火了陈余，再次与汉失和。韩信以此为借口，责备赵国背汉，因此领兵攻代，直抵阏与。

代是陈余的封地，陈余留辅赵王，用夏说为代相，让他把守。夏说听说汉兵已到阏与，立即领兵出去迎敌。汉朝的先锋将是曹参，战了一二十个回合，曹参虚晃一刀，拍马就走，汉兵也反身一同离去。夏说领兵追赶，走了二十多里，忽然听到两面喊声震天，左有灌婴，右有张耳，再加上曹参引兵杀回，三面夹攻，代兵大败，夏说慌忙逃回。汉兵不肯罢手，从后面急追，将夏说生擒。曹参劝夏说投降，夏说反骂汉不守信用，曹参顿时被激怒，把夏说的头颅劈下，然后攻入代城。

这时恰有汉王的军令到来，要韩信调回将士，守护敖仓，韩信于是派曹参南回。韩信军中数曹参最强，智勇双全，曹参的部下也都英勇善战。曹参要南下，部下当然追随，韩信不得不再招募士兵，得了一万多人。韩信沿途探听赵兵消息，先后接到探报，说赵兵占据井陉口，差不多有二十万人。韩信知道井陉口地势险要，不能轻易进攻，便在距井陉口三十多里的地方停兵扎寨，派人前去打探敌情。

这时赵国已经得知代地失守，所以严加防范，阻挡汉军。谋士广武军、李左车对陈余说："韩信、张耳乘胜远征，锐不可当。不过听说敌军走了一千多里，缺少粮草，将士面有饥色，他敢到这里，定想速战速决。好在我国有门户井陉口，他若从这里进兵，很难兼运粮草，所有军用物资就都落在后面。希望给臣三万人，从小路出发，截取他们的粮草，城中只要挖沟筑垒就可以了。他们前不得战，后无退路，又没有食物，不出十天，定可斩下两将首级！"陈余本是书生出身，见识迂腐，没有采用他们的计策。

韩信听说这事后，暗自心喜，于是召来骑都尉靳歙、左骑将傅宽及常山太守张苍，令他们按照自己的话分头办理。韩信又挑选精兵一万人，渡过泜水，背着河岸列阵等待。赵军望见背水阵，不禁偷笑，汉将也都惊疑。只是韩信平日用兵，往往深不可测，所以都按照他的命令行事，不敢违背。韩信笑着对张耳说："赵兵据险立营，没看见我大军的气势，我与你亲自去攻打，挫伤敌军的锐气，他们自然就退去了。"张耳不以为然，只是勉强听从韩信的话。韩信又命军士高举旗帜，击鼓助威，接着大模大样地闯入井陉口。

早有赵兵将此事报告陈余，陈余大开营门，出来迎战。两下交战，赵兵仗着人多势众，一拥而上，围攻韩信、张耳。韩信叫张耳快走，并且命令军士抛去帅旗，扔下战鼓，奔回泜河。陈余等人得胜后，自然全力追击，据守在营内的赵兵，也想乘势邀功，竟把赵王都拥了出来，一干人扬扬得意，哗声如雷。

那时韩信的兵马已退到泜河，陈余也率兵追了上来。泜河上面，本有汉军站着，韩信立即下令军中，决一死战，退后者立斩不赦。汉军奋力抵抗，争先杀敌，从早晨打到中午，不分胜负。陈余担心部众饥饿不能再战，就收兵回去。不料走到半路，遥见营中旗帜都已变色，仔细辨认，竟是汉军的赤旗，顿时吓得魂飞魄散。

正在慌张的时候，突然又冒出一支军队，竟是汉左骑将傅宽领兵杀来。陈余急忙对敌，边战边走。这时，又有一路人马迎面而来，为首的是汉常山太守张苍。陈余不知所措，转身撤退。张苍、傅宽合兵赶杀，却故意不去夹击，想把陈余逼回泜水。陈余的部下不顾前后，只要有路就逃。陈余十分恼怒，命部下连杀逃兵数人，但赵兵越杀越逃，越逃越乱，连陈余也只好跟着逃去。快到泜水时，陈余心里更加着急，偏偏来了一个冤家，先将陈余砍翻，后将他团团围住。陈余没什么武力，怎能逃脱，被来兵杀死了。这兵中的主将究竟是谁呢？正是陈余的刎颈之交张耳！

陈余被杀后，赵兵除逃走的以外，全部投降。张耳回报韩信，并且请命前去捉拿赵王歇，韩信微笑道："你斩了陈余，已立大功，捉拿赵王的功劳就让给别人吧。"话未说完，靳歙的部下押到一个俘虏，张耳一瞧，这个俘虏正是赵王，顿时又喜又惊。韩信命人把赵王推到跟前问了几句，赵王歇默然不语，韩信喝令将其斩首，赵地被平定。

众将虽得大捷，但看韩信用兵神出鬼没一般，都大为不解。

## 随何传命招英布

韩信灭了赵国，诸将进来恭贺，乘机问这次取胜所用的计谋。韩信从头叙明，众人才知所派的三路人马，都寓有玄机。靳歙一路趁夜出发，绕到赵营后面，暗暗埋伏，等到赵兵倾城而出，便乘虚劫营，拔去赵旗，改竖汉旗。傅宽、张苍两路清晨出发，埋伏在赵营附近，等陈余战败逃回时，分头截杀，仍将他逼回泜上，好让张耳将他杀死。陈余果然中计，最终落得个身首异处。赵王被众人拥出，一听说营塞失陷，立即掉转马头，正巧遇到靳歙杀出，赵王走得稍慢，被勒歙活捉回来，也一命呜呼。韩信这一番布置，就像设下天罗地网，把赵国二十万人全部罩住，使他们无从摆脱。等到功成事就，韩信表白，众将才如梦初醒，无不佩服。

背水列阵乃是兵家大忌，韩信违法用兵，反得大捷。众将还是生疑，他们齐声问道："将军背水列阵，竟然能战胜赵国，究竟是什么原因呢？"韩信回答说："背水列阵何尝不是兵法呢？你们虽然也熟读兵书，但均未悟得其中的奥妙，所以才心生疑问。兵法中曾有两句，'陷之死地而后生，置之亡地而后存'。试想我军新旧夹杂，良莠难分，只有把他们置之死地，使他们勇气倍增，才能战胜敌人。"众将听了，都下拜道："将军神机妙算，无人可及，我等受教了。"韩信又说道："谋士李左车不知去向，此人不除，后患无穷，你们能为我将他活捉回来，定有重赏。"众将于是四处抓捕李左车。

过了几天，果然有人抓到李左车，把他押解到辕门。众将都认为会将他斩首。谁知李左车进来后，韩信忽然下座相迎，亲自为他松绑，并请他上座，仿佛弟子见到师傅一样，格外恭敬。

稍后，韩信和声问道："我想向北攻打燕国，向东讨伐齐国，怎样做才能成功呢？"

李左车紧皱眉头说："亡国大夫怎敢给你谋划呢！请将军另选高明。"

韩信说道："听说你曾向陈余献计，如果陈余能采用你的计策，恐怕我反要束手被擒了，这是用与不用、听与不听所造成的。现在我虚心求教，请你不要推辞。"

李左车这才说道："将军过西河、虏魏王、擒夏说、东下井陉。仅半天时间就攻破赵兵二十万，杀死成安君，击毙赵王，威震天下，这是将军的长处，恐怕当今世上找不到第二个。但汉军屡经战阵，将士疲劳。现在将军如果率兵攻燕，燕人依城固守，时间一长，粮草用尽。燕国不服，齐国称强，二国相持，刘、项胜负终难决定，这反变作将军的短处，岂不可惜？古来良将用兵，要用长击短，切不可用短击长。"

韩信听到这番话，忍不住接道："你说得太对了，现在究竟该怎么办呢？"

李左车回答道："将军不如先暂停进军，安抚赵民，暗中先派一位辩士，向燕王说明利害，燕国惧怕将军声威，一定不敢不从。燕国听命后，便好向东攻打齐国了！齐国被孤立，纵有智士，也不能力挽狂澜、扭转乾坤。"

韩信连声说妙，立即命人厚待李左车，并把他留在军中。又派一个说客，拿着书信到燕国。燕王臧荼当然畏威乞降，回书报信。韩信派人将此事报知汉王，并请求汉王封张耳为赵王。汉王听说燕、赵都被平定，当然欢喜，就封张耳为赵王，另命韩信领兵攻打齐国。韩信派来的人刚走，又接到随何的书报，说已将九江王英布说服，英布很快就来投降。

随何到了九江，九江王英布派太宰负责招待，把随何留居客馆。一连三天，都不曾见到英布，随何于是对太宰说："我奉命求见大王，现在已过了三天，还没有见到大王。我想大王无非是认为楚强汉弱，还在踌躇，但为什么不与我相见呢？如果我所说的合理，大王就听从，如果不合理，就可将我砍头示众，献给楚王，岂不省事？请你代为转达。"

英布这才召见随何。寒暄了一阵，随何开口说道："大王与楚王同为诸侯，现在听令楚国，想必是认为楚国强大。但楚国伐齐时，项王身先士卒，带兵亲自前去，大王理应率部下做楚国的先驱。而大王只拨了四千人，难道向人称臣，就这般敷衍塞责吗？况且汉王进入彭城时，项王还在齐地，一时来不及回来支援，大王离彭城较近，应该领兵营救，但大王却坐视不理，难道托身于他人，能这样袖手旁观吗？大王名为事楚，并无实际行动，将来项王动怒，定要归罪大王，前来声讨，不知大王将如何对待呢？"

英布听了，沉默不语，随何又说道："大王认为楚国强大，汉国较弱，其实楚兵虽强，但天下已心怀怨恨，不愿臣服。试想项王背弃盟约，杀死义帝，何等不仁！现在汉王仗义讨伐，召集诸侯，固守成皋、荥阳，转运蜀粟，深沟高垒，与楚相持，楚兵千里深入，进退两难，必定由强转弱。就算楚能够胜汉，诸侯必将团结一气，全力抗楚。众怒难犯，楚怎能不败？现在大王不肯联汉，反向外强中干、危在旦夕的楚国称臣，岂不是耽误自己？目前九江军马虽然未必能迅速灭楚，但如果大王背楚联汉，项王必定前来攻击，大王若能将项王羁绊数月，汉王便可稳取天下。那时汉王自然裂土分封，仍将九江归属大王，大王便可高枕无忧，否则恐怕楚还没亡，九江已先摇动，项王定会念着前仇，来与大王寻衅！"英布被他说动，就对随何说道："寡人自当遵从汉王的命令。"随何于是告辞离去。

消息传到彭城，气得项王怒目圆睁，火冒三丈。他马上命令亲将项声与悍将龙且率领精兵攻打九江。英布出兵对敌，连战数次，也只是杀个平手。后来楚兵逐渐增加，九江兵却逐渐减少，英布支撑不住，吃了一个大败仗，只好放弃九江，与随何一同到荥阳投奔汉王。

汉王令英布收集散卒，全力抗楚。英布受命退出，差人前往九江招揽旧部，并乘机迁出家眷。旧部有数千人同来，唯独不见了妻妾子女，问明底细，才知楚将项伯已进入九江，把他全家都杀死了。英布大为悲愤，立刻进见汉王，说明惨状，想亲自带兵为家人报仇。汉王说："项羽目前还很强大，不应轻易前往，听说将军部下不过几千人，怎能打败楚军呢？我会派出一万人马给你，等有机可乘时，你可以立即进军。"英布连忙道谢，准备行装，即日上路。

汉王派出英布后，便向关中催促军粮，要与楚兵决一死战。碰巧丞相萧何派了许多兄弟子侄，押着粮车运到荥阳。汉王一一传见，问及丞相的情况，大众齐声说："丞相托大王洪福，一切安好，只是挂念大王亲自指挥军事过于辛劳，恨不能分担劳苦。现在特派臣等前来服役，愿大王赐录，准许我等从军！"汉王非常欢喜，将萧氏兄弟子侄全部录用。

丞相萧何派遣兄弟子侄投效军前，其实另有原因。汉王离开荥阳后，时常派人入关慰问萧何，萧何也没往别处想。门客鲍生看破内情，说汉王在军中非常艰苦，派人慰问丞相，定怀有别意。丞相最好挑选亲族从军，才能释疑。萧何依计行事，果然讨得汉王欢喜，君臣相安无事。

关中粮饷艰难，不能随时接济，全靠敖仓的积粟作为军粮。韩信北征，敖仓由大将周勃留守，曹参协助。项羽多次想进攻荥阳，发兵数次，没有得手。又听说汉王招降英布，不禁怒发冲冠，计划率军亲征，踏破荥阳。范增献计说："汉王坚守荥阳，无非是靠敖仓运粮。现在要想攻打荥阳，必须拦截敖仓要道，敌军就能不战而败了。"项王听完，立即派钟离昧率兵拦截敖仓粮道。打了几仗，把汉兵输运的军粮抢去很多。周勃听到消息前去救时，已经来不及了，又被钟离昧袭击，吃了败仗。钟离昧飞书告捷，让项王进攻荥阳。

荥阳城内缺少粮食，刚要派兵救应敖仓，夹攻钟离昧，不料项王统率大军，亲自前来夺取荥阳。汉王寝食难安，忙召入郦食其询问计策。郦食其说道："项羽锐气正盛，不可硬拼。只有分封诸侯，牵制楚军，才能缓解灾患。现在大王如果分封六国后人，六国君民定会感恩戴德，全力拥护大王。大王得道多助，自可南面称霸。楚被孤立，必然失势，便不敢再与大王抗衡了。"汉王于是令有司打造官印，分封六国，并打算让郦食其前去办理此事。

恰在此时，张良前来进见，汉王瞧见张良，向他招呼道："子房来得正好，我正想与你商议一件事。"张良于是走到座前，汉王对他说："现在有人献计，请求分封六国后人，牵制楚军，此计是否可行？"张良忙答道："何人为大王出此下策？如果这样做，汉就危险了！"汉王不觉一惊，忙将郦食其所说的话转告给张良。张良说道："现在大王自问能置项羽于死地吗？现在天下豪杰，争相跟从大王，无非是为成就大事后能得到一些封地，如果立六国的后人为王，还有何地可分封众人？豪杰必定失望，大王还能靠何人共取天下？楚国如果不强倒也罢了，如果它像以前一样强盛，六国的王侯必折服于楚国，大王怎么令他们称臣？有此三害，岂不是大势尽去吗？"汉王没等张良说完，大骂郦食其，然后急忙命人传令将官印销毁。

过了几天，楚兵前锋逼到荥阳城下，城外守兵，陆续退入城中，汉王急忙命全体将领闭城坚守。恰在此时，陈平前来禀报军情，汉王便让他旁坐一边，商议破敌之事。


## 范增毙命

汉王正在忧虑不安，见了陈平，忙向他询问破敌之计。

陈平说道："大王所担心的无非是项王，我料想项王的部下，只有范增、钟离昧等人算是项氏忠臣。大王若肯拿出钱财贿赂楚人，让他们流言反间，使楚人自相猜疑，然后乘机进攻，破楚便容易了。"

汉王说："金银何足顾惜？只要能铲除敌人，我就安心了。"

说着，就命左右取出黄金四万两，让陈平去办理此事。陈平提出其中的一部分交给心腹小校，让他扮作楚兵混入楚营，贿赂项王手下，散布谣言。过了两三天，楚军中便纷纷传说，无非是诬陷钟离昧等，说他将要联汉灭楚。项王生性多疑，一听到这些话，不禁起了疑心，就不肯信任钟离昧等人了，但对待范增还像以前一样。范增请求项王快速攻打荥阳，不要让汉王逃走。项王于是亲自率领将士把荥阳城团团围住，四面猛扑，一点儿不肯放松。

汉王担心不能守住荥阳，暂且派人与楚讲和，愿以荥阳为界，东面归楚王，西面归汉王。项王不肯答应，不过趁汉使前来的机会，也派人入城递话，意在探察城中虚实。哪知被陈平逮着机会，事先摆好了圈套。楚使未曾防备，贸然直入，先向汉王报命。汉王在陈平的授意下假装喝醉，模模糊糊地对付几句。楚使不便多说，被陈平等领到客馆。

楚使坐了片刻，便有一群仆役抬着牛、羊、鸡、猪及美酒向厨房中走去。楚使心中暗想，莫非汉王格外优待于我，所以有许多物品扛抬进来。一会儿陈平又走进来问起范亚父的起居，并询问范亚父有没有手书，楚使说："我奉项王之命前来议和，并非是由范亚父派来的。"陈平听了，故意大惊失色："原来是项王派的人。"说着就离开了。不一会儿便有吏人跑入厨房，指令仆役将牲畜酒肴抬出，并听他厨下私语道："他不是范亚父派来的。"楚使不禁惊愕，等东西抬出去后，竟好长时间没有动静。

到了日影西斜，饥肠辘辘，才见有一两个人将酒饭端上。楚使一看，连鱼肉都没有，不由得怒气上冲。本想拒绝，只因饥饿难熬，胡乱吃了一点。不料菜蔬中带着臭味，不能下咽，酒是酸的，饭也是馊的。楚使越看越恼，放下碗筷大踏步走出客馆，只与门吏说了一声辞别，匆匆出城去了。

城中守吏，并不阻挡，任由他离去。他一口气跑回军营，把所见所闻一五一十地报告给项王，并说范亚父私通汉王，应该严加提防。项王恼怒道："我前几天已有耳闻，还以为他老成可靠，哪知他果然私通敌人？这个老东西，想是活得不耐烦了！"还是手下替范增排解，让项王不可操之过急，以免误中敌人诡计等。项王于是暂时忍耐，没有发作。

范增不知此事，一心想要为项王设法灭汉。他见项王为了议和之事，又把攻城的事情松懈，不禁暗暗着急，因此再次劝项王攻打荥阳。项王已怀疑范增，默默无言。范增着急地说："古人有言：当断不断，反受其乱。从前鸿门会宴时，我曾劝大王杀死刘季，大王不肯听从，因此留下后患。现在天赐良机，把他困在荥阳，如果再被他逃脱，就是纵虎归山了。一旦他卷土重来，必定难以抵挡，到那时才后悔就来不及了！"项王听完他的话，忍不住心中闷气，勃然大怒："你叫我速攻荥阳，我不是不想听你的话，只是担心荥阳还没有攻下，我的性命就要被你送掉了！"

范增摸不着头脑，只对着项王发愣。猜想项王肯定是听信了谗言，也忍耐不住，对项王大声说："希望大王好自为之，不要误中敌人的奸计！臣年老体弱，乞求回归故里。"说完，掉头出去，项王也不挽留。

范增非常绝望，将项王所封历阳侯的官印派人送还，自己草草整装，即日东归。一路走，一路想，自己近几年来，为项王夺取天下费尽心机，一心想让项王统一四海。偏偏项王听信谗言，弄得功败垂成，此后楚国江山，看来总要被刘氏夺去。一腔热血，付诸流水，岂不可叹？于是自嗟自怨，满腹牢骚，连茶饭都无心吃下，夜间投宿旅店，翻来覆去，也不能安睡。况且范增已年逾七十，于是忧郁成疾。起初还能勉强支持，后来背上奇痛难忍，竟起了一个恶疮。路途中本无良医，范增也不愿求生，只想回去见见家人，与他们永诀。

范增躺在车中，催促车夫快走。快到彭城时，恶疮越来越厉害，范增昏迷不醒。两天后，恶疮爆裂，血流不止，范增大叫一声，撒手人寰，享年七十一岁。当时是汉王三年四月。

从吏见范增已死，便买棺敛尸，运回居鄛，埋葬城东。后人因他忠事项王，被人诬陷，死得可怜，就为他立祠致祭，流传不绝，并称县廷中井为亚父井，留作纪念。

项王听说范增死在半路，很是伤感，不免起了悔心。暗想范增跟随自己多年，应该没有歹意，肯定是汉王设计陷害，心中暗暗发誓与刘季势不两立。然后项王召来钟离眛等好言抚慰，并嘱咐他们全力攻城，建功立业。钟离眛等人倒也心存感激，拼死进攻，四面围扑。

荥阳城内的将士，连日抵御，筋疲力尽，再加上粮道断绝，危急万分。汉王也异常焦灼，陈平、张良虽然智术过人，现在也没了办法。恰在此时，出现了一位替死将军，情愿粉骨碎身，代替汉王出城投降，以回报汉王的知遇之恩。这人就是汉将纪信。

汉王又召来陈平，给他讲明纪信替死的事情。陈平说："纪将军如果真肯替死，那还有什么话说！但也须再想一条计策，可保万无一失。"汉王问有何计策，陈平对汉王耳语几句，汉王连连称妙。便由陈平写了降书，派人交给项王。

项王看了降书，询问汉使："汉王何时出城投降？"

汉使说："今夜就会出来投降了。"

项王很高兴，叫汉使回去禀告汉王，不得误约，否则明日将屠城。汉使领命离去。项王便令钟离眛等领兵守候，等汉王一出来，就将他杀掉。

到了黄昏，还不见城中有动静。转眼间已是半夜，才见东门开启，出来很多人，前后并没有火炬，放眼望去，好像穿着铠甲。众将担心汉军诈降，忙将兵器举起来，将他们拦住。只听有人娇声高叫道："我等妇人无衣无食，只好趁着开门的时候出外求生，还望将军放一条生路。"

楚兵仔细一瞧，果然是妇人女子，老少不一，只是身上都披着破烂的铠甲，扭扭捏捏，好看得很，禁不住惊异起来。又问她们出城逃生为何这身打扮，妇女答道："我们没有衣穿，不得已将守兵丢弃的铠甲取来御寒，请不要见怪！"

楚兵听说后，虽然释去疑团，心中仍暗暗称奇。众将分别站在两旁，让开路，看她们过去，个个睁着馋眼，看见有姿色的娇娃，恨不能将她搂抱过来，图些快乐。更奇怪的是妇女们络绎不绝，过了一群又是一群，连连络络，鱼贯而出，一时传为奇观。甚至西、南、北三方的楚兵也聚到东门看热闹。楚将以为东门开启，汉王出来投降，只要守候在东门左右就行了。哪知汉王偷偷地打开西门，带着陈平、张良及夏侯婴、樊哙等人溜了出去，只留下御史大夫周苛、裨将枞公与前魏王豹一同守护荥阳。

楚兵聚集在东门，见妇女纷纷出来，过了很久才走完，有两三千人。天色已将近黎明，城中才有军队慢慢腾腾出来。又过了好一会儿，才来了一乘龙车，当中端坐一人，前遮后拥，面目模糊难辨。楚将楚兵，以为是汉王来降，都替项王欢喜，高呼万岁，喧声如雷。

项王亲自出营，那车内毫无动静，十分恼怒，喝令手下用火炬照亮车中。只见坐在车中的这位人物，衣服虽像汉王的，面貌却与汉王不同，项王大声叱问："你是什么人？敢来冒充汉王？"车中人这才回答说："我乃大汉将军纪信。"说了这一句话，便不再开口。

项王大骂不止，下令烧毁纪信乘坐的车子。纪信在车中大叫："逆贼项羽，你杀死义帝，又要焚烧忠臣，我死得其所，看你死后怎么办？"说到这，身上已经被火烧着，纪信仍然忍痛端坐，任他焚烧，霎时间皮焦骨烂，全车都化成灰烬。

项王急着入城，不料城门已经关闭，城上也站满了守兵。项王领兵再攻。城中士兵、粮草虽少，却靠着周苛、枞公二人誓死固守，振作士气。楚军攻扑数次，最终被击退。

周苛与枞公商议道："我等奉了王命留守此城。城存与存，城亡与亡，粮仓中还有积粟数十石，可以支撑一段时间。只是担心魏豹居心叵测，与楚兵勾通，做了内应，那时防不胜防，不如先把他杀死，杜绝内患。就算我王将来责怪我，我等只好据实答复。如果我王不肯赦免，我也宁可保全城池，情愿被杀头。"枞公也是一个忠臣，当然赞成。他们便借着商议军情的名义，召魏豹进来，将他杀死。

当时，魏豹的母亲已死，魏豹的小妾薄氏又被汉王带走，无人出来领尸。周苛索性把他的尸体留在军中，声称魏豹有异心，因此将他诛杀，

110

如有怯战通敌者，当与魏豹一同论罪。军吏等都不敢松懈，拼死抗敌，协力同心，将一座危城守住。周苛见万众一心，才将魏豹的尸首收殓埋葬。

项王不肯离去，还想全力破城。这时有侦骑跑来报告，汉王向关中征兵，出了武关，竟向宛洛进发。项王不知所措："刘邦诡计多端，我中他诈降计，让他逃脱，现在又移兵南下，莫非又去攻我彭城？我应赶快前往拦截。"随即传令将士，撤出包围，向南行军。

究竟汉王何故转出武关，说来也有原因。汉王用陈平的计策，在东门放妇女出城，掩人耳目，自己向成地奔去。后来听说纪信被烧死，又悲又恨，于是在关中招集兵马，准备解救荥阳，替纪信报仇。

这时，一个门客向汉王进言说："大王不必再往荥阳，只要出兵武关，向南去宛洛。项王定会以为大王去袭击彭城，撤兵拦阻，荥阳自可解围，成县也不致吃紧。大王遇到楚兵，不必交战，与他相持数月，一可使荥阳、成县暂时休息，二可等韩信、张耳平定东北，前来会师，然后大王再回荥阳，合兵与他作战。我逸彼劳，我盈彼竭，还怕不能破楚吗？"汉王说："你的话很有道理，我应当听从你的建议。"于是出师武关。到了宛城，果然听说项王领兵前来，连忙命士兵挖壕沟、立营垒，等到楚军逼近，已经预备妥当，好同他相持下去。

## 小儿大义救百姓

项王移兵到宛洛，见汉兵固垒坚守，好几次前去挑战，并不见汉兵出来迎敌。想攻打进去，又被壕栅拦住。项王正在烦躁，又接到探马急报，说是魏相国彭越渡过睢水，打败了下邳驻扎的楚军，杀死楚将薛公，气势很强盛。

项王气愤地说："彭越实在可恨，竟敢这样撒野，我先去杀了他，再来活捉刘邦。"说完，拔营去攻打彭越。楚军如狼似虎，彭越抵敌不住，只得退渡睢水，仍然向北逃去。项王追赶不上，又准备去攻打汉王，派人探知汉王的行踪。此时汉王已由宛城转入成县，与英布合兵驻守。英布扼守成县，项王接到确切消息，便领兵西进，顺道先攻破荥阳。

荥阳城内仍由周苛、枞公驻扎，两人原本赤胆忠心，为汉王坚守城池，但他们以为项王已经离去，一时不会突然到来，所以防备稍稍疏忽。哪知楚兵突然到来，比前次还要凶狠。周苛、枞公连忙登城御敌，已经来不及了。楚兵四面齐上，竟将荥阳城攻破，并把周苛、枞公擒住。项王见他们忠勇可加，进城以后，想要招抚他们，可他们誓死不从，相继被杀害。

项王逼近成县，警报传到成城内，汉王不免惊心。暗想荥阳已经失守，成县恐怕也难以守住，因此带着夏侯婴偷偷从北门逃出。等到众将知道，汉王已经走远，他们也陆续出城追去。英布独力难支，索性也弃城北逃，成县于是也被项王夺去。

项王听说汉王早已离开，料知来不及追赶，就在成县休养生息，慢慢再作打算。汉王离开成地，向北去往修武，准备找韩信、张耳。韩信本想伐齐，只因赵地未平，于是与张耳四处剿抚，驻扎在修武县中。汉王早已听说，所以日夜兼程渡河到修武。住了一夜，第二天清晨与夏侯婴出了驿站，直入韩信、张耳营中。

汉王坐拥修武大营，得了许多人马，又见成县众将陆续投奔，声势大振，准备再次攻击楚军。忽然有人从外面递入军书，报称项王从成县发兵，向西行军。汉王忙派遣得力将士前往巩县，堵住楚兵，然后与众人商议道："项王现在西去，无非是觊觎关中。关中乃我军重地，一定不能失去，我宁愿将成地东边全部抛弃，全力抵抗楚军，免得关中摇动，你们认为怎么样？"郦食其急忙应声道："臣以为不可！臣听说君以民为本，民以食为天，敖仓储粟甚多，现在楚兵攻打荥阳，却不知进据敖仓，这正是天意助汉，不想绝我民命啊。希望大王速速领兵收复荥阳，占据敖仓，控制太行山，守住白马津，凭借有利地势挡住敌人。敌人担心后路中断，一定不敢轻易向关中进军，关中便可无忧了。"汉王于是决定占领敖仓。

汉王又听从郑忠的计策，令部将卢绾、刘贾率领步兵二万，骑兵几百，渡过白马津，偷偷进入楚地，会同彭越，拦截楚国的粮草。彭越知道楚兵的军用物资囤积在燕西，就与卢绾、刘贾二将趁夜前去抢劫。楚兵未曾防备，被彭越等暗暗过去放起一把火，烧得满地皆红。楚兵从睡梦中惊醒，慌忙起身出来探察，彭越、卢绾、刘贾三将从三面杀入，闹得一塌糊涂，楚兵除被杀外，四处逃去，不一会儿就跑得精光，所有军用物资及粮草全部丢弃。彭越乘势夺回梁地，共取得睢阳、外黄等十七城。

项王还在成县愁烦，不防燕西粮饷又被彭越等焚掠一空。项王恼怒至极，要亲自攻打彭越，于是对大司马曹咎说："彭越劫我军粮，可恨至极！现在我亲自出征扫平此贼，留将军等守住成县，千万不要出去迎战，只要能挡住汉王不东来，便算有功。我料想打败彭越大约要十五天，我平定梁地后再来与将军相会。将军须要谨记我的话！"曹咎唯唯听命，项王还担心曹咎误事，又把司马欣留下，然后才率兵离去。

彭越不怕别人，就怕项王。偏偏项王亲自带兵前来，真是冤家碰着对头，彭越只好进入外黄城中，领兵把守。外黄在梁地西面，项王从成皋过来，第一关便是外黄城。项羽此时怒气冲冲，一见外黄城门紧闭，上面站着守兵，立即率领将士攻城。彭越自知难守，等到夜静更深的时候，开了北门，策马逃去。楚兵来不及追赶，仍然留在城下。城内已没有主帅，自然开门投降。

项王指挥三军，鱼贯入城，来到署中，查点百姓。项王认为正因为百姓投顺彭越，致使自己花了好几天才攻下此城，于是要将十五岁以上的男子全部处死，以泄心头之恨。号令传出来后，城内悲号声此起彼伏。

这时，有一个小孩子，挺身出来，前往楚军中求见项王。楚兵看他小小年纪，便问他到这儿做什么，小孩说道："我现在有要事前来禀报大王，烦请速速通报。"楚兵见他口齿伶俐，暗暗称奇，于是替他禀报项王。项王听说有小孩求见，也很诧异，令士兵领他进来。

小孩从容进去，行过跪拜礼后，站在一旁。项王见他面白唇红，眉清目秀，已有三分怜爱，便柔声问道："你小小年纪，也敢来见我吗？"

小孩说："大王是百姓的衣食父母，小臣就是大王的百姓，百姓爱慕父母，难道父母不许觐见吗？"

项王本来就喜欢听阿谀奉承之话，再加上小孩所言，入情入理，便欣然问道："你来这一定有事，不妨说来听听。"

小孩说："外黄百姓久仰大王威德，只因彭越逞强，突然来攻城。城中无兵无饷，只有一群穷苦百姓，不能抵敌，无奈只有向他投降。百姓的本意，仍然希望有大兵前来支援，好脱离苦厄。幸好大王驾临，赶去彭越，使百姓重见天日，百姓从此感恩不已。现在大王军中忽然有一种讹传，想把十五岁以上的壮丁全部杀死，小臣以为大王德同尧舜、威过汤武，断不忍将百姓全部屠戮。况且屠戮以后，对大王不但没有好处，反而会有坏处。所以小臣斗胆进来，请大王颁下明令，告诉众百姓，免得人人危疑。"

项王道："你说彭越挟制众百姓，也还有些道理，但我已领兵到此，百姓为何还帮助彭越抗拒我？我因此才不甘罢休。我要杀死众百姓，就算没有好处，又有什么坏处呢？你若能说出理由，我便下令放过他们，否则连你也难逃一死！"

113

小孩并不惊慌，回答道："彭越在城中的部兵甚多，听说大王亲征，害怕百姓作为内应，就将四面城门各派亲信把守。百姓手无寸铁，无法开关出来迎接，只好由他守着。只是心中总想方设法驱逐彭越，所有彭越的命令均不承认，彭越见人心不服，所以趁夜北逃。如果百姓甘心帮助他，定会拼死坚守，等到全城人都死了，大王才能进来。那样的话，最快也需五天、十天。现在彭越一走，百姓立即开城迎接，可见百姓并没有帮助彭越，实是归顺大王。大王不察民情，反而想杀死壮丁，百姓可能会没法抵抗，不得已才会束手就擒。但外黄以东，还有十多座城池，听说大王杀死百姓，还有什么人敢再归顺于你呢？降是死，不降也是死，始终抗命还有一线希望。试想彭越追随汉王，必定向汉王借军对付大王，大王处处受敌，就算处处得胜，也要费尽心力，照此看来，便是没有好处，反而有害处了。"

项王一想，这个小孩说得句句有理，况且与曹咎约好半个月便回成县，现在已过了数日，如果东面十多座城池，真像小孩所说的，坚守不降，多费心力倒也罢了，如果耽误时日，成县被汉兵夺去，后果就严重了。于是对小孩说道："我就依你，赦免全城百姓。"说完，又令左右取过白银数两赏赐给他，小孩拜谢出去。

项王传出军令，收回前命，将百姓全部免罪，并下令不准侵扰百姓。此令一下，百姓转哭为笑，转忧为喜。起初还以为是项王大发慈悲，相互称颂。后来知是一个小孩为民请命，众人才幸免于难，于是百姓把感念项王的情意全都移到这个小孩身上。

项王领兵出了外黄城，向东进发，沿途所过郡县都畏惧楚军声威，不敢对抗，况且听说外黄人民丝毫没有遭到伤害，于是争相开城相迎。彭越已向谷城奔去，之前占领的十七座城池，顷刻间又变为项王所有，项王唾手得来十几座城池。项王率军赶到睢阳时，差不多已有半个月了。

当时已是秋尽冬来，按照秦时旧制，该过年了。项王就在睢阳暂住，等新年过后再起程。转眼间新年来到，项王在行辕中升帐受贺。正在这时，忽然有人前来，说成县已失守，大司马曹咎阵亡。项王吃惊地说："我叫曹咎守成，为何被汉军夺去？"来报信的人说："曹咎违抗命令出去迎战，被汉兵截在汜水，无法退回，所以自尽身亡。"项王着急地问："司马欣呢？"那人又说："司马欣也殉难了。"项王慌忙起身，命左右撤去酒肴，立刻传令聚集三军，赶往成县。

114

## 郦生贪功遇难

曹咎与司马欣曾有恩于项梁，项王封曹咎为海春侯，叫他坚守成地，再派司马欣辅助，以为定会万无一失。曹咎也听命行事，不敢轻举妄动。可汉兵屡来挑战，一连几天也不见曹咎出兵，觉得索然无味，便回去禀报汉王。汉王与张良、陈平等人定下一计，一面派士兵前去引诱曹咎，一面派遣各将埋伏在汜水左右，专等曹咎出击，好让他入网受擒。

布置完后，就派士兵到城下，百般辱骂，句句不堪入耳。城中守兵争着向曹咎请战，曹咎生性刚暴，也想开城厮杀。司马欣极力劝阻。曹咎只得勉强忍耐，命令士兵静守，不准出战。

汉兵骂了一天，见城中没有动静，便退了回去。第二天早上又到城下喊闹，人数更多，骂声更高。到了正午，汉兵不免疲倦，就解衣坐下，取出怀中干粮饱餐一顿。精神焕发后，仍然叫骂不绝。直到暮色凄凉，才又收队回营。

第三天、第四天，汉兵手持白布，上面写着曹咎姓名，下面绘着猪狗畜生的图样。曹咎登城俯望，不由得怒气填胸，见汉兵有的坐着，有的站着，手中拿着兵器乱戳土石，齐声喧呼，当做剁杀曹咎一般。曹咎忍无可忍，一声令下，召集兵马杀出城来。司马欣来不及拦阻，只好跟了曹咎一同出城。

汉兵顿时丢盔弃甲，纷纷向北逃走。曹咎与司马欣从后面追赶，见汉兵到了汜水陆续凫水逃去。曹咎愤愤地说："我军也能凫水，难道怕你不成！"于是催动人马，走到水边，也不管前后左右有没有埋伏，就率兵渡过去。

才渡到一半，便见两岸汉兵摇旗呐喊，踊跃前来，左岸统将是樊哙，右岸统将是靳歙。楚兵队伍已乱，无法抗敌，曹咎在水中，司马欣在岸上，两人又无法相顾，慌张得不得了。司马欣心中埋怨曹咎，想收集岸上的人马返回成，可是汉兵已经杀到，只好拼命抵挡。曹咎进退两难，便想渡到对岸冒死一战，谁知对岸又来了许多兵马，竟是汉王带领众将亲自前来接应汉军。曹咎料想难以再渡过去，就令士兵往回游。忽然听到一阵鼓声，利箭纷纷射来。楚兵在水中，不能抬头，多半被淹死。曹咎身中数箭，受伤严重，慌忙登岸，又被汉兵拦住，无奈之下，只好拔出佩刀，自刎而亡。司马欣左冲右突，过了很久也不能脱身，手下残兵只有几十人，眼见得无力抵挡，索性也举枪自刺，断喉身亡。

汉王见前军打了胜仗，便下令停止放箭，渡过汜水，会同樊哙、靳歙两军直攻成地。成县已经没有守将，百姓开城迎接。项王留下的金银财宝也都归汉王所有。汉王取出一些分赏将士，将士们喜出望外，欢跃异常。休息了三天，汉王又下令向敖仓运粟，接济军粮。等到粮草运来，又率兵屯驻在广武。然后派人探听齐地，祈望齐地平定后调回韩信，共同对抗楚军。

汉王部下的郦食其志在邀功，自愿招降齐王。汉王于是派他到齐国去。当时的齐王是田荣的儿子田广，由田横拥立，田横为齐相，辅佐田广治理齐国。

齐经过城阳一战，严阵以待，全力抗拒楚兵。项王因为彭城失守，南下攻汉，然后专与汉王争战，无暇顾及攻齐，就是留攻城阳的楚将，也因齐地难以攻下，先后被调了回去，所以齐地已有一年多不受战乱之苦。齐都便是临淄城，韩信招募士兵攻打齐国的消息传入齐都，齐王田广与齐相田横从城阳还都，一听说韩信将要前来攻城，急忙派遣田解与部将华无伤等带重兵把守。

恰在此时郦食其前来求见齐王，齐王广便将他召进来。郦食其说道："汉、楚二王同受义帝差遣，分路攻打秦国，当时楚强汉弱，何人不知？汉王得以先入咸阳，明明是天意所归，可项王违抗天意，不遵守约定，只靠一时强大，迫使汉王到汉中，又将义帝杀死在郴地，天下之人无不痛恨。汉王仗义兴师，平定三秦，又为义帝发丧，讨伐乱贼，名正言顺。所过城邑，只要降顺，全部按照以前的官位封赏，所得的钱财货物全部分给士兵，所以豪杰俊才，都愿意投奔他。项王背约弑主，专用亲信之人，百姓背叛，贤才怨恨，怎能不败？怎能不亡？照此看来，便可见天下归汉，毋庸置疑。况且汉王起兵蜀汉，所向披靡，平三秦、涉西河、破北魏、出井陉、诛成安君，势如破竹，如果单靠个人力量，哪能这般神速？现在又占据敖仓、塞成，固守白马津、太行，地利人和，无往不胜，楚兵不久必败。各地诸侯王都臣服于汉王，只有齐国还没有归附。大王若能顺天行事，齐国便可以保全，否则大兵一旦到来，危亡就在眼前了！"

齐王田广于是说道："寡人如果归顺汉王，汉兵便可以不来吗？"

郦食其道："我来并非个人的主张，而是汉王顾惜齐民，不忍涂炭生灵。如果大王诚心归汉，免动兵戈，汉王自然心喜，就会让韩信不再进兵。尽请大王放心！"

田横在旁接口道："这也须由先生修书，先与韩信接洽才行。"

郦食其也不推辞，就取来了书笺，写明事情的经过，请韩信不必发兵攻齐。写好后，派下人和齐使一起禀报韩信。韩信正在招募赵兵，接到郦食其的书信，打开一看，就对来使说："郦食其既然说服了齐国，我理当撤师南下。"随即写了回信，交给来使。

郦食其接到复函，立即告诉齐国君相，齐王田广与齐相田横都看了来信，当然不会怀疑。于是款留郦食其数日，昼夜纵饮，不问外情。郦食其本是高阳酒鬼，见了这杯中物，也是恋恋不舍，今日不回去，明日也不回去，一连过了几天，仍然在齐国逗留。

韩信遣回齐使后，便准备领兵南下，与汉王会师，一同攻击楚王。忽然有一个人出来阻止道："不可！不可！"

韩信一瞧，竟是谋士蒯彻。蒯彻说道："将军奉命攻打齐国，费了若干心机。现在汉王派郦生说服齐王，行与不行，很难料定。况且汉王并未颁下明令给将军，将军怎么能单凭郦生的一纸书信仓促班师呢？郦食其是个儒生，凭三寸之舌拿下齐国七十多座城池，将军带兵数万，转战一年多，才平定赵国五十多座城池，试想为将数年反不如一个读书人，岂不是可愧可恨吗？将军不如乘齐不备，扫平齐地，所有的功劳便归将军了。"

韩信听到这话，也有些心动，沉默了好一会，才对蒯彻说："郦食其还在齐国，我若乘虚攻打齐地，齐王必将郦食其杀死，这事恐怕不行！"

蒯彻微笑道："将军不负郦食其，郦食其早已有负将军了。如果不是他想夺取功劳，蛊惑汉王，汉王原本派将军攻打齐国，为什么又派遣他呢？"

韩信勃然起座，即刻点齐人马，行过平原，突然向历下杀来。齐将田解、华无伤已接到齐王投降汉王的命令，所以毫无戒备，突然遇到汉兵，吓得不知所措，纷纷四散。韩信领兵追击，斩杀田解、捉住华无伤，一路顺利，来到临淄城下。

齐王田广得到消息，大吃一惊，盛怒之下，杀死了郦食其。然后齐国君臣登城据守，不到几天还是被韩信攻破。齐王田广开了东门率先逃走，留下田横断后。田横带领齐兵，又与汉军战了几个回合，最终被打败，落荒而逃。君臣离散后，田广奔向高密，田横逃到博阳。韩信进入齐都，安抚好民众，准备率兵向东追击齐王。齐王田广得知后，异常惊慌，只好派使西出，向项王求救。

项王自梁地还兵，命钟离眛做先锋赶到荥阳。汉王听说楚军到来，急命众将阻挡。众将跃马离去，随兵有好几万。到荥阳城东与钟离眛相遇，把钟离眛困在垓心。钟离眛寡不敌众，恐慌得很。碰巧项王从后面赶来，一声呐喊，杀入重围。汉兵慌忙退回，已伤亡了几百人，项王救出钟离眛，逼近广武。广武是山名，东连荥泽，西接汜水，形势险要。山中有一条涧水，两边各有一座山峰，汉王在西边筑垒，项王在东边筑垒，彼此不便进攻，各自驻守。汉军由敖仓运粟，源源接济，连日不绝，楚兵却没有这样便利的条件，粮食越来越少。项王很是担忧，再加上齐使来到军前，乞求发兵，更令项王心中踌躇不已。想了很久，还是决定发兵，好牵制韩信，免得他来与汉王会师。于是令大将龙且、副将周兰领兵二十万去援救齐国。然后又向汉王叫战，汉王就是不出来迎战。

项王想出一个办法，命人将汉王的父亲太公放在砧板上，推到涧旁，自己在后面押住，大声叫道："刘邦听着！你如果不肯出来投降，我就杀死你的父亲！"这几句话响震山谷，汉兵听到后，立即向汉王通报。

汉王大惊："这……这却如何是好？"

张良道："现在楚军里面，除项王外，要算项伯最有权力。项伯与大王已结姻亲，定会上谏阻止，不致将你父杀死。"

汉王于是派人回答说："我与项羽共同听命于义帝，情同兄弟，我的父亲就是你的父亲，如果真想烹杀父亲，请分我一杯羹！"

项王听到此话，怒不可遏，就命令手下将太公移到砧板下，准备鼎烹太公。忽然旁边闪出一人道："天下事难以预料，还望大王三思。况且想要争夺天下的人，往往不顾家族，现在你杀死他的父亲，又有什么用呢？只是多惹仇恨罢了。"项王于是命人将太公推回去，像以前一样软禁起来。这救护太公的楚人正是项伯。

项王又派人对汉王说："天下不得安宁，无非是你我二人相持不下。现在我愿与汉王亲自战上几个回合，我如果打不赢，就收兵回去，何苦这样长期争战，致使兵困民乏？"

汉王笑着对来使说："我愿斗智，不愿斗力。"

楚使回报项王，项王纵身上马，跑出营门，挑选壮士数十人作为先驱，在涧旁叫战。汉营中有一人叫楼烦，擅长骑射，汉王派他去夹涧放箭，只听嗖嗖地响了数声，对面便有好几个壮士倒下。这时涧东来了一匹乌骓马，上面坐着一位披甲持戟的大王。只见他眼似铜铃、须似铁帚，凶悍得令人生畏，再加上一声呵斥震响山谷，好似天空中霹雳一般，吓得楼烦双手颤抖，两脚也站立不住，不由得倒退数步，回头就跑。逃回营中，见了汉王，心还在怦怦乱跳，连话都说不清楚。汉王派人出去探视，是项王在涧旁叫汉王答话。

汉王听说后，虽然有些惊心，但又不能始终示弱，于是整队走出，与项王夹涧对谈。项王又说道："刘邦，你敢与我斗上三个回合吗？"汉王说："项羽休得逞强，你身负九大罪，还敢向我饶舌吗？你违背义帝旧约，令我在蜀汉称王，这是罪一；擅自杀人，目无主上，这是罪二；奉命救赵，不回禀义帝就强迫诸侯入关，这是罪三；烧秦宫室，挖掘始皇坟墓，劫取财宝，这是罪四；秦子婴已经投降，你还把他杀死，这是罪五；杀死秦朝降兵二十万，这是罪六；把部下爱将分封到好的地方，却将各国故主或迁徙或放逐，这是罪七；赶走义帝，自己定都彭城，又把韩梁故地多半占据，这是罪八；义帝曾经是你的主子，你竟派人扮作强盗，在江南将他杀害，这是罪九。你的行为神人共愤、天地不容，我为天下起义，联合诸侯，共诛残贼。"

项王并不答话，用戟向后一挥，便有无数弓弩手赶上来一阵乱射，防不胜防。汉王正想回马，胸部已中了一箭，险些坠落马下。幸亏旁边的将士上前救护，将马牵转，奔回营门。汉王疼痛难忍，趴在鞍上，暗暗叫苦。将士等都来问安，汉王故意用手摸着脚说："贼……贼箭射中我的脚了！"手下忙扶汉王下马，把他送到床前，然后立即传召医官，取出箭头，敷了疮药。多亏箭射得不深，不致丧命。


## 刘、项修和

项王回营以后，派人探听汉营动静，计划等汉王死后，乘机进攻。张良早已预料到，立即到帐内慰问汉王。汉王箭伤虽没有痊愈，但还可以勉强支持，张良便劝汉王巡视军中，镇定人心。汉王于是挣扎着起来，向各垒巡视一周。

将士们正在疑虑，忽然看见汉王乘车巡查，还像以前一样，都放下心来。汉王巡行之后，感觉疼痛难忍，索性吩咐手下不回原帐，竟驰返成地养病去了。项王得到探报，说汉王没死，仍在军中巡行，不禁暗暗叹惜。暗想现在进不能进，退不能退，长期屯留在这里，又担心粮尽兵疲，难以维持。

正在犹豫不决，忽然传来噩耗，大将龙且战败身亡。项王大惊失色：“韩信有这么厉害吗？他伤我大将龙且，定会乘胜前来，与刘邦合兵攻我，这该怎么办？”说完，又命人前去探明虚实，再作打算。

龙且领着大兵向东出发，走到齐地，就派人报知齐王，叫他前来会师。齐王田广听说楚军到来，当然心喜，急忙召集散兵，前去迎接楚军。两兵在潍水东岸相遇，彼此会谈以后，一同就地安营扎寨。韩信听说龙且领兵到来，知道他是个劲敌，就派人报知汉王，调集了曹参、灌婴二军。到了潍水西岸，遥见对面遍扎军营，气势很盛，于是对曹参、灌婴二将说：“龙且是有名的悍将，只可智取，不可力敌，我们就用计擒他。”曹参、灌婴二将同声应令。韩信命人退军三里，选择一处地势险要的地方立营扎寨，按兵不动。

楚将龙且还以为是韩信胆怯，不敢应战，正要渡河前去攻打他。副将周兰担心龙且太过轻敌，上前进谏道：“将军不可轻视韩信。韩信帮助汉王平定三秦、灭赵降燕，现在又攻破齐国，听说他足智多谋、高深莫测，还望将军三思。”

龙且笑道：“韩信所遇到的都是庸将，所以才侥幸成功，如果与我对打，定让他人头落地。”说完，便派人渡过潍水，投递战书。韩信在原书后面，批了“来日决战”四个字，将楚使遣回。

楚使离去后，韩信命军士赶办一万多个布囊。营中随身携带的布囊本来就不少，多半是贮存干粮的，只要将干粮取出便可使用，因此不到半日就办齐了。黄昏，韩信召来部将傅宽，对他说道：“你领着部下，带上布囊悄悄到潍水上流，在水边取泥沙装入囊中，然后选择河水浅、河面窄的地方，把布囊扔下去。等到明日交战时，楚军渡河，我军竖起红旗，再命士兵迅速捞起沙囊，仍将流水放下，便能取胜！”傅宽遵照命令，率兵离去。

第二天早上，韩信亲自带了几个人前去挑战，曹参、灌婴等人都留在西岸。潍水本来深广，不能走过去，但此时因傅宽壅住上流，水势突然变浅，只要提起衣服，便可以渡登对岸。

韩信到了东岸，摆成阵势，正值龙且率众前来，韩信便出阵大叫道：“龙且快来受死！”

龙且听了，跨马出营，大声呵斥道：“韩信！你原是楚臣，为何叛楚降汉？今日有我在此，还不下马受擒，更待何时？”

韩信笑着说：“项羽背约杀主，大逆不道，你还甘心跟着他，今天

120

便是你的死期。"

龙且非常恼怒,举刀冲过来,韩信退回阵中,众将杀出来挡住龙且。龙且抖擞精神,与众将大战一二十个回合,不分胜负,副将周兰也来助阵,汉将等渐渐退却。韩信拍马就跑,仍向潍水奔回。众将见韩信往回跑,也都退下,紧随韩信。

龙且大笑道:"韩信无能,不堪一战。"说着,率先追赶,周兰等从后面追随。龙且正追得起劲,哪管什么水势深浅,跃马向西渡去。周兰瞧着河水,心中生疑,见龙且已经下河,想上前谏阻,因此也下河西去。龙且跑得很快,转眼间已到对岸,周兰不便折回,只好纵马过河,部众都跟在后面。跟着龙且、周兰的不过两三千人,其余士兵有的渡到河中间,有的还在东岸。猛听得一声炮响,震动波流,水势忽然涨高了好几尺,澎湃汹涌,河中的楚兵无法立足,多半被水冲走。只留下东岸未渡的人马还在观望,不曾遇险。

那时汉兵中已竖起红旗,曹参、灌婴从两旁杀来,韩信也领着众将杀回。三路人马夹击龙且、周兰,龙且、周兰寡不敌众,结果龙且被斩,周兰被擒,两三千骑兵被杀得干干净净,一个不留。东岸的楚兵看到这个情景,不寒而栗,立即四散逃跑。齐王就像惊弓之鸟、漏网之鱼,立即弃寨逃回,才走到城阳附近,就被汉军活捉回来。韩信责怪他杀死郦食其,太过残忍,便令人将他推出去斩首。又命灌婴攻取博阳,曹参进军胶东。博阳由田横把守,他听说田广已死,就自立为齐王。灌婴率兵出击,杀得田横势穷力竭,只带了数十个骑兵,投靠彭越去了。这时曹参也拿了一个人头凯旋归来,这个人头便是胶东守将田既的。

韩信平定齐地,想做齐王,于是写了一封文书。汉王还没看完,便大怒道:"我困守在这里,日夜盼望他前来相助,他不来助我,还想做齐王吗?"

张良、陈平慌忙走近汉王,汉王停住咒骂,将原书拿给二人看。二人看完,小声对汉王说:"这种形势下,怎么能阻止韩信称王呢?现在不如就让他做齐王,以免节外生枝啊。"汉王便派遣张良拿着王印到齐国,封韩信为齐王。张良又转述汉王意见,劝韩信发兵攻楚,韩信满口应承。

韩信选择吉日称王,随后点齐兵马,准备攻打楚国。正在这时,有一人随他入内,韩信回头一瞧,原来是蒯彻。

蒯彻开口说:"我近日学习相术,看你的五官不过是封侯,看你的后背乃贵不可言。"

韩信觉得奇怪，料他必有其他的意思，就把蒯彻领到密室。蒯彻又说道："秦朝灭亡以后，楚汉相争，不顾百姓。项王起兵彭城，转战南北，威名远扬，但现在已经失势。汉王率领数十万人，占据巩洛，凭借山河，也多次被打败。我看现在大势，非有贤之人不能平息战争。足下乘时崛起，居于楚、汉之间，帮汉即汉胜，帮楚即楚胜，楚、汉二王的性命都悬在你的手中。我认为不如两不相助，三分鼎峙，静待时机。其实像你这样有才能的人，占据齐国，吞并燕、赵，然后向西行进，为民请命，何人不服、何国不从？将来宰割天下，分封诸侯，诸侯都向齐国称臣，岂不是霸王盛业吗？希望你深思熟虑！"

韩信道："汉王厚待于我，我怎么能见利背义呢？"

蒯彻又说道："从前常山王张耳与成安君陈余是刎颈之交，后来为了张黡、陈泽竟成仇敌，泜水一战，陈余丢了性命。你与汉王的交情与张、陈二人相比怎么样？我听说功高盖主，往往很危险；功盖天下，往往得不到封赏。到那时归汉，汉王必会惧怕你；归楚，楚王不信任你，你该怎么办呢？"

韩信也很矛盾，对蒯彻说："先生不要说了，此事关系重大，待我细思之后再决定。"

过了几天，韩信没有动静，于是蒯彻再次进见，请他速作决定，韩信最终不忍心背叛汉王。蒯彻恐怕会招来祸事，到别处去了。韩信听说蒯彻离开，也不派人挽留，只是心里忐忑不定，暂时将兵马停住，再听汉王消息。

汉王固守广武，天天盼望韩信到来，可等了几个月，韩信始终没来。于是册立英布为淮南王，让他到九江，拦截楚军后路。然后修书给彭越，让他到梁地断绝楚军粮道。布置好后，汉王担心项王走投无路时又拿太公要挟，或乘怒将太公杀死，便与张良、陈平商议救父的方法。二人齐声说："项王缺乏粮草，必定会退回，此时正好与他讲和，救回太公、吕后。"汉王说："项王性情暴戾，一句话不合，便会动怒。想要派人议和，必须选择妥当的人去才行啊。"话未说完，一人应声闪出："臣愿意前往。"汉王一看，乃是洛阳人侯公。此人从军已有多年，口才绝佳，于是汉王就准他所请，嘱令他小心行事。侯公就来到楚营求见项王。

项王见粮食将尽，很是愁烦，忽然听到汉营中派来使臣，就拿着剑高坐上面，传令他进见。侯公慢慢走进来，见了项王，毫无惧色，从容上前，向项王行礼，然后说道："大王是想战，还是想退？"

项王说："我愿意一战！"

侯公说："如果打起来，胜负难料，况且两军相持已久，士兵都疲惫不堪，我今天就是为停止战争而来的。"

项王不觉脱口道："你来这儿是想与我讲和吗？"

侯公说："汉王并不想与大王争锋，为了保国安民，恳请大王转战为和。"

项王心里稍微放心了一点，把剑放下，问起议和约款。侯公道："臣奉汉王之命，转达两点意见：一是楚汉两国划定疆界，彼此相安，不再侵犯；二是请放还汉王的父亲太公及妻子吕氏，让他骨肉团圆。"

项王捋须笑道："你主又来欺骗我吗？他想保全骨肉，所以令你假意求和。"

侯公道："大王知道汉王东出的意思吗？人人都会想念父母、妻子，汉王居住在蜀汉，离家很远，不免怀念亲人。前次悄悄去彭城，无非是想迁走家眷，后来汉王听说家人被大王抓走，一气之下，才与大王为敌，争战不休。现在大王无意言和，就不必说了，既然要议和，何不将两人释放？不但使汉王从此感恩戴德，发誓不再向东进军，就是天下诸侯，也都对大王歌颂不已。试想大王不杀人父，就是孝；不污人妻，就是义；已经抓住，又放回去，就是仁。三德俱备，声名远扬。如果汉王负约，就会失去人心，项王那时便可天下无敌，一个汉王自然不足为惧！"

项王最喜别人奉承，听了侯公一番话，心里高兴得很，于是召来项伯，与侯公商议国界。项伯本来就偏袒汉王，现在正好卖个人情。双方商议之后，决定以荥阳东南二十里外的鸿沟划分界限，沟东归楚国，沟西归汉国。项王派人与侯公一同禀报汉王，订定约章，各无异言。

所有迎还太公、吕后的重差，仍然要劳烦侯公。侯公再次与楚使同行，到楚营请求依约放还汉王的家人。项王毫不迟疑，放出太公、吕后，让他们与侯公一同回去。汉王听说后，当然出营迎接，父子、夫妇得以相见，真是悲喜交加。汉王嘉奖侯公，封他为平国君，这是汉四年九月的事。

## 十面埋伏

汉王正要退回关中，有两个人进来劝阻，这二人是谁呢？就是张良、陈平。汉王说："我与楚已经讲和，他已东归，我还留在这里做什么

123

呢?"张良、陈平齐声道:"臣等请大王议和,无非是为了太公、吕后。现在太公、吕后都已回来,正好与他交战。况且天下大势,我们已得了大半,四方诸侯,又多半归附,项王兵疲粮尽,众叛亲离,正是天意亡楚的时候。如果放他东去,岂不是养虎遗患吗?"

汉王于是改变主意,打算向东进攻。只因冬天已经到来,按照前秦旧制,又要过年。新年这一天,汉王先向太公行礼,然后在外帐接受文武百官的朝贺。贺礼一完,便与张良、陈平商议军事,决定令齐王韩信及魏相国彭越发兵攻打楚王。

过了一天,又派人护送太公、吕后入关,汉王亲率大队向东进发,一直抵达固陵。前驱早有侦骑派出,探知与楚兵相距不远,回来禀报汉王。汉王于是选择险要的地势安营扎寨,专待韩信、彭越二军到来,合兵攻打楚军。偏偏韩信、彭越二军杳无音信,项王已得到消息。他痛恨汉王负约,竟指挥兵马向汉营杀来。汉王恐怕楚兵踹营,就命众人出营接战。双方相遇,汉兵还没有排好阵势,项王已拍动乌骓马,向汉军冲来,要杀死汉王。汉将见项王到来,慌忙拦阻,怎禁得住项王一股怒气?汉军中诸多勇将,没有一个是他的对手。有几个倒霉的,不是被他刺死,就是被他戳伤,汉将都纷纷后退。汉王见无法抵挡,只好拍马奔回,避开危险。主帅一动,全军皆散,项王大杀一阵,然后收兵离去。

汉王狼狈回营,查点兵士,丧失了好几千人,将领也伤亡了好几十名,只好垂头丧气,闷坐帐中。碰巧张良进来,汉王便问他该怎么办,张良说:"楚兵虽然战胜了,不足为虑,只是韩、彭不来,令人担忧。臣料想韩信、彭越二人定是因为大王没给他们分地,所以观望不前。"汉王说:"我封韩信为齐王,封彭越为魏相国,怎么说是没有分地给他们呢?"张良回答道:"齐王韩信虽然受封,并非出自大王本意,韩信当然不安;彭越曾占据梁地,大王命他辅佐魏豹打仗,现在魏豹已死,彭越也希望能够封王,可大王却未曾加封,不免失望。现在如果把睢阳北边,直至谷城的土地封给彭越,再把陈以东,直至东海的土地封给韩信,二人便来了。"

汉王不得已,只好依从张良的提议,派人飞报韩信、彭越,果然,二人听说后即日发兵。淮南王英布与汉将刘贾进兵九江,招降守将楚大司马周殷,不动一兵一卒就得了九江许多人马,会同英布、刘贾接应汉王。三路大兵,陆续聚集,汉王自然放胆行军。

项王听说汉兵到来,自己军中粮草已尽,巴不得赶快回到彭城。因此虽然在固陵打了胜仗，仍然不愿久留，率军再往回退。一路上又担心汉兵追击，用了步步为营的兵法，依次退去。好容易到了垓下，听到后面鼓声、马声、呐喊声非常响亮。登高远望，见汉兵踊跃追来，不禁仰天长叹："这么多汉兵，我真后悔当初没有杀死刘邦，养成他这番气焰！"

话虽如此，项王仗着自己勇力，及手下十多万将士，倒也不怎么着急，就在垓下扎营。汉王已汇集三路兵马，人数不下三十万，又用韩信为大将，调度三军。韩信知道项王骁勇，无人敢挡，特将各军分作十队，分头埋伏，回环接应，自己亲率三万人挑战。

项王单靠勇力，不懂谋兵之道，一听说敌兵逼营，立即与汉军作战。楚兵也一齐出寨，随着项王奋勇向前。两军相接，交战了好几个回合，项王横戟一挥，部众都不管生死，向汉军杀入。韩信边战边走，诱使项王入网。项王平日所向无敌，全然不把韩信放在眼里，就算有人谏阻，他也定要向前杀去。

追了好几里，大约已进入汉军埋伏，韩信鸣放号炮，叫起伏兵。先有两路杀出，与项王交战，项王一点也不胆怯，战斗了很久，冲开汉军，还要追赶韩信。第二次炮声响起，又有两路伏兵杀出来，截住项王又是一番厮杀。项王杀得兴起，仍旧有进无退，炮声接连响起，伏兵不停到来。项王杀开一重又一重，杀到第七八重时候，部众已零落了，项王也觉得筋疲力尽，渐渐地退了下来。

韩信又放了一炮，十面埋伏一齐发出，都向项王马前围来。所有楚兵好似鸡犬一样，纷纷四窜，单靠项王一支画戟，毕竟挡不住这么多兵器，他后悔莫及，只得令钟离昧、季布等断后，自己当先开路。猛喝一声，足以吓退汉兵，再加上长戟纵横，一旦碰着，无不立即死去。因此汉兵左右避开，项王才得以走脱，退回垓下大营。

自从项王起兵以来，还没有经过这般挫败。此次碰到韩信，用这十面埋伏的计策杀败项王，把楚营十万精兵杀死了三四成，赶走了三四成，只剩得两三万残兵跟回营中。

项羽有一个宠姬叫虞氏，她秀外慧中，知书达理，每遇项王出兵打仗，都乘车追随，形影不离。此次也在营间，等候项王归来。项王战败回营，虞姬前来迎接，见他神色仓皇，觉得很惊异。等到项王坐定，喘息稍平，才问起战争情况。项王欷歔道："败了！败了！"虞姬劝慰道："胜负乃兵家常事，大王不必忧劳。"项王说："你们这些妇人不知利害，连我也不曾遇到过这样的恶战。"虞姬已嘱咐厨子准备酒肴，为项王接风。此时，项王已无心饮酒，只为了宠姬的一番情意，不便推却，就在席间坐下，让虞姬在旁边作陪。才喝了三五杯，就有人进来，说有汉兵围营。项王说："你去传谕将士小心坚守，不可轻举妄动，待我明日再与他决一死战！"来人应声退出。

当时天色已晚，项王又与虞姬共饮数杯。灯红酒绿，眉黛鬓青，平时对着这样的情景，何等惬意，但今日不同往常，越喝越愁，越愁越倦，顿时睡眼模糊。虞姬知情识意，请项王安躺在床上，休养精神。项王在床上睡下，虞姬坐守床前，心里好似小鹿乱撞，很不安宁。耳边又听到凄风飒飒，乐声呜呜，给人增加了无限烦闷。随后又有歌声传来，如怨如慕、如泣如诉，虞姬禁不住悲怀戚戚，泪光莹莹。再看项王，却已鼾声如雷，急得虞姬有口难言，悲哀欲绝。

究竟这歌声从何而来呢？是汉营中张良编出的一曲楚歌，派军士到楚营旁唱和，无句不哀、无字不惨。楚兵一听到这首曲子，不由得怀念乡关，陆续散去。钟离昧、季布等人虽然追随项王好几年，也忽然变卦走了。甚至项王季父项伯，也悄悄地投奔张良。只剩八百骑兵守住营门，不曾叛离。士兵们正想进去禀报项王，恰在此时项王酒意已消，猛然醒来。听到楚歌，不禁惊疑，出帐细听，那歌声是从汉营传出来的，更加诧异。正在这时，有人前来禀报，说将士都已逃散，只剩下八百人。项王吃惊地说："有这样的事吗？"接着反身入帐，见虞姬站立一旁，已变成一个泪人儿，也不由得泣下数行泪。看席上的菜肴还没有撤去，壶中还有一些酒，下令厨人将酒烫热，叫来虞姬共饮。项王喝了几杯，便张口作歌道：

力拔山兮气盖世！时不利兮骓不逝！骓不逝兮可奈何！虞兮虞兮奈若何！

项王生平的最爱：第一是乌骓马，第二是虞美人。这次被围垓下，已知死在眼前，只是心中实在不忍割舍美人、骏马。虞姬在旁边听着，已知项王歌中大意，也随口吟出一诗：

汉兵已略地，四面楚歌声。大王意气尽，贱妾何聊生！

虞姬吟罢，潸然泪下，项王也陪着她流了许多眼泪。就是左右侍臣都情不自禁，失声痛哭。忽然听到营中的更鼓敲了五下，项王就对虞姬说："天明以后，我会冒死突围，你怎么办呢？"虞姬道："妾蒙大王厚恩，追随至今，现在也应当随你而去，生死相依，如果能归葬故土，死也甘心！"项王说："你这么柔弱，怎能杀出重围？你可自寻生路，我就与你长别了。"虞姬突然站起，竖起双眉，大声对项王说道："贱妾生随大王，死也随大王，愿大王多多保重！"说完，从项王腰间拔出佩剑，向颈上一划，顿时血溅珠喉，香消玉殒。项王还想相救，已经来不及了，于是抚尸大哭一场，命左右挖了一个土坑，将尸体埋葬。现在安徽省定远县南六十里，还留有香冢，传为佳话。文人墨客，因虞姬贞节可嘉，谱入词曲，竟把"虞美人"三字作为曲名，流传千古。

项王骑着乌骓马，趁着天色不明，带着八百骑兵，向南逃去。汉兵得知后，急忙禀报韩信，当时已是鸡声报晓，晨光熹微了。韩信听说项王逃走，急令将军灌婴率领五千兵马，前去追赶。项王也提防汉兵追来，匆匆到淮水边寻船东渡，部下又散去大半，只剩下一二百人。逃到阴陵，见有两条路，不知哪一条路通往彭城，不免踌躇起来。这时恰有一老农在田间种作，项王于是向他问路，老农向来恨项王暴虐，用手向西指着说："向这边走！"项王信以为真，跑了好几里，忽然觉得寒风凛冽，前途流水潺潺，随风作响，仔细一看，是一个大湖拦住了去路。慌忙折回，再回到原处，重新向东行走。这一折腾浪费了许多时间，转眼被汉将灌婴追上，一阵冲杀，又丧失一百多人。幸亏项王座下的乌骓跑得快，率先逃脱，后面的部下陆续跟上。到了东城，项王回头察看，只有二十八个骑兵还追随着。项王自知难逃，来到一座山前，登上山冈，摆成圆阵，慨然对骑士说："我从起兵到现在，已经八年了。大小仗打了七十多场，所向披靡，不曾败过一次，因此称霸天下。现在被困在这里，想是天意要亡我，我已决心一死，愿为众位再打一仗，定要突出重围。"

话未说完，汉兵已从四面赶来，把山围住。项王于是分二十八骑为四队，与汉兵争斗。东边有一个汉将不知死活，领兵登上山冈，想来活捉项王。项王对骑士说："你等看我刺杀此将！"说着策马前奔，然后又回头说："你们从四面下去，到山下集合，再分成三队，冲出包围。"说完，就飞奔下去，一遇到汉将便猛力戳去。汉将躲闪不及，突然被刺落，咕噜噜滚下山去，立即死去。

汉兵见了，全都逃还，项王纵马下山。山下的汉将，仗着人多势众，团团围绕，都被项王杀退。汉将杨喜上前追赶，项王回头大叫一声，人马都受到了惊吓，倒退了一二里。项王部下的二十八骑也都聚集在这里，先与项王打个照面，然后兵分三路。汉兵又从后面赶来，不知项王所在，也分三路追围项王。项王左手持戟，右手拿剑，或劈或刺，斩死一个汉都尉，又剁毙汉兵上百人，随后杀出重围。部下重聚一处，检点数目，只少了两个骑兵。项王从山上杀下，一连打了九战，汉兵遇到项王无不散去，所以后人称此山为九头山。

项王脱围以后，走到乌江，正值乌江亭长泊船靠岸，请项王渡江过去。项王笑着对亭长说："天意亡我，我何必再过河呢？以前我与江东子弟八千人渡江西行，现在无一人生还，就算江东父老见我可怜，肯再拥立我为王，我又有何面目与他们相见？"正说着，后面尘土又起，料知汉兵已到，亭长又出言催促，项王喟然道："我知道你是忠厚长者，你的情意我自会铭记在心，无以为报。只有座下的乌骓马，追随我五年，日行千里，我不忍将它杀死，特意赐给你，见马犹如见我。"一面说，一面跳下马来，令部下把马牵给亭长，又命部下下马步行，各持短刀，转身等着汉兵。

汉兵一齐赶来，项王鼓勇再战，乱削乱劈，一连杀死汉兵几百人，自己也受了十多处刀伤。忽然又有数人到来，项王认得其中一人是吕马童，凄声对他说："你不是我的旧友吗？"吕马童不敢正视，只向项王望了一下，便对旁边的王翳说："这位就是项王。"项王说："我听说汉王悬赏捉拿我，得我首级者，赏赐千金，封邑万户。我今天就卖个人情给你吧！"说完，便拔剑自刎，终年三十一岁。


## 汉王称帝

项王自刎以后，汉将为争夺他的尸体，自相残杀，死了好几十人。结果王翳得了头颅，吕马童与杨喜、吕胜、杨武等四将各得一块，拿着向汉王报功。汉王立即分封五人，命吕马童为中水侯，王翳为杜衍侯，杨喜为赤泉侯，杨武为吴防侯，吕胜为涅阳侯。楚地望风归附，只有鲁城坚守不降，汉王很愤怒，率兵攻鲁。

不料到了城下，有一种声音悠扬入耳，汉王不禁转念道："鲁国一向注重礼节，现在为主人守节，情有可原，我不如设法招抚。"于是将项王的首级挑在竿上，给城上的守兵看，并且传令说降者免死，鲁城吏民开门迎降。先前楚怀王曾封项羽为鲁公，现在鲁国最后归降，汉王于是下令用鲁地的礼仪埋葬项王，亲自为他发丧。并命文吏写成一篇祭文，无非说以前情同兄弟，项王抓了太公不杀，捉了吕后不侵犯，留养三年等。等到临祭读文，汉王也不禁潸然泪下，将士等都为之动容。现在河南省河阳县还有项羽的坟墓，项羽自刎的地方，就是今日的乌江浦，在安徽省和县东北留有祠宇，名为西楚霸王庙。

汉王下令项氏宗亲一律免罪，又听说项伯已在张良营中，特别召见，封他为射阳侯，赐姓刘氏。项襄、项它等人也都封侯赐姓。只有临江王共敖的儿子共尉，还念于项王旧恩，不肯服从汉王。汉王便派遣刘贾等人率兵征讨，不久，共尉被擒，江陵也平定了。

汉王回到定陶，与张良、陈平二人商议很久，然后走进韩信营中。韩信急忙起身相迎，让汉王入座，汉王说："将军屡建大功，寡人始终念念不忘。现在国家安定，请将军缴还军符，仍回原镇吧！"韩信没有反对的理由，只好把将印取出交还汉王。汉王得了将印，又传出一条命令，说楚地已经平定，义帝无后，齐王韩信生长在楚地，习惯楚地的风俗，因此改封他为楚王，定都下邳。魏相国彭越，勤抚魏民，屡破楚军，现在将魏地加封，号称梁王，定都定陶。彭越是加授封爵，当然心喜；韩信变为楚王，明知是汉王记恨前嫌，但自思衣锦还乡，也足以显扬故土。于是交出齐王印，改领楚王印，然后动身离开。

到了下邳，韩信派人寻访那位洗衣服的老婆婆及让自己受辱于胯下的恶少年。婆婆先到，韩信下座慰问，赏赐千金，婆婆拜谢而去。恶少年到来后，面无人色，跪下请罪。韩信笑着说："睚眦必报，非大丈夫所为。你不必恐惧，我暂且封你做中尉官。"少年叩头道："小人愚蠢，曾误犯大王，现蒙你免罪不杀，恩同再造，怎敢再接受封赏？"韩信又说道："我愿封你为官，你不必推辞！"少年再次拜谢，起身退出。

韩信又与梁王彭越、淮南王英布、韩王韩信①、前衡山王吴芮、赵王张敖、燕王臧荼等联名上疏，尊汉王为皇帝。汉王看到众王的书信后，召集群臣说："寡人听说自古以来只有贤王才可以称帝，现在诸侯王推举寡人，寡人怎么敢当此尊号？"群臣都齐声说道："大王起自寒微，平定海内，功臣都得以裂土分封，可见大王本无私心。现在大王德加四海，实至名归，应居帝位！"汉王还要推让，内外臣僚一同请命，于是事情最终定了下来。汉王颁诏大赦，追尊母刘媪为昭灵夫人，立吕氏为皇后，刘盈为皇太子。随后，接连传了两道圣旨分封长沙、闽粤二王。

当时诸侯受地分封，共有八国，分别是楚、韩、淮南、梁、赵、燕及长沙、闽粤二王，此外仍为郡县，和秦朝制度相同。汉王命诸侯将所有的部下，除能授职的之外，都遣回家去，终身免交户赋。然后迁都洛阳，又派大臣去栎阳迎接太公、吕后及太子刘盈，另派人到沛县故里，

---

① 这个韩信是故韩襄王的孙子，与楚王韩信同名，前文曾提到过。

召入兄长刘仲及他的儿子刘信、同父异母的小弟刘交，此外还有曹氏和定陶人戚氏父女。曹女生的儿子名叫刘肥，戚女生的儿子名叫刘如意，几人都被带回了洛阳。汉帝后来庙号叫做高皇帝，因为他是汉朝始祖，所以又称汉高祖。

高祖平定四海以后，开始筹划如何治理国家，忙乱了好几个月。由春及夏，诸事都有了头绪，才有一点闲暇，于是在洛阳南宫大摆筵宴，召群臣一同宴饮。酒过数巡，高祖对众人说："诸位辅佐朕平定天下，今日君臣同聚，最好是有话直说，不必忌讳。朕有一个问题，朕为何会得到天下？项氏又为何失去天下？"立即有两人起座，同声答道："陛下平日待人侮慢，比不上项羽宽仁。但陛下派人攻城略地，每得一城，就作为封赏，能与天下共同分享，所以人人效命，才得到天下。项羽妒贤嫉能，多疑好猜，战胜不赏功、得地不分利，人心不齐，最终失去天下。"高祖听了，瞧着高起、王陵，笑说道："你们只知其一，不知其二，依我看来，得失的原因，须从用人上说起。试想运筹帷幄，决胜千里，我不如子房；镇定国家，安抚百姓、输运粮饷到军中，源源不绝，我不如萧何；统领百万兵士，战必胜，攻必取，我不如韩信。这三人都是当今豪杰，我能委心任用，所以才得到天下。项羽只有一个范增，还不能好好任用，当然被我所灭了！"群臣听到此话，纷纷下座跪拜。

过了几天，有人禀报高祖，说前齐王田横躲避在一座海岛上，有余党五百多人。高祖不免担忧，立即派朝臣拿着诏书前去招安。原来，田横被灌婴打败后，投奔彭越，后来听说彭越起兵归汉，恐怕自己遭灾，因此悄悄奔赴东海，找到一个岛屿作为落脚点。他本来疏财好士，广结豪侠，此次投奔海岛，有同时随行的，有闻风赶来的，人数多达五百个。

等到汉使到了岛中，交了诏书，田横看完后，对汉使说道："我以前曾杀死郦食其，现在虽蒙天子赦罪，但听说他的弟弟郦商现在为上将，定会为兄长报仇，因此不敢奉诏。"汉使听他这样说，立即告辞，回都复命。高祖于是召来卫尉郦商，当面嘱咐道："齐王田横将要投降，你不能为了给兄长报仇，私下陷害他！如果违命，罪当诛族。"郦商虽然心里不服，但未敢辩驳，只好应声退出。

高祖又派人去召田横，叫他不必担忧，并传言说："田横来后，大可封王，小可封侯，如果再违诏不来，朕将发兵过去！"这几句话传入田横耳中，田横不得已，只好跟随来使动身。手下五百多人请求同行，田横对他们说："我不是不愿意与众人同行，只是人数太多，反遭到猜忌，

130

不如留居此地，听候消息。我若入都受封，自当来召各位前去。"众人于是仍留在岛上。

田横与两个门客随同汉使航海登岸，骑马赶往都城。走到尸乡驿站，距洛阳还有三十里，田横对汉使道："入朝拜见天子，应该沐浴，以表诚心，幸好这里有驿舍，能让我在馆中洗沐吗？"汉使不知他有别意，当然答应，于是在驿站小憩。

田横避开汉使，秘密地把门客叫到跟前，悲伤地说："田横与汉王都南面称孤，本来地位相同，现在汉王得为天子，田横竟成了亡虏，要去北面朝见汉帝，岂不可耻？况且我曾杀死郦食其，以后又要与他的弟弟同朝称臣，就算郦商不敢害我，我难道就能安心吗？汉帝召我，无非是想见我一面，你们割下我的头，赶快去洛阳。这里离洛阳不过三十里，面目还可辨认，不致腐烂。我已国破家亡，死也无所谓了！"两个门客大吃一惊，刚要劝阻，哪知田横已拔剑在手，刎颈自杀。

汉使坐在外面并不知道，听到哭声，慌忙走过来一看，见两个门客摸着田横的尸体，正在悲声大哭。汉使也没有办法，只好将田横的头割下来，让二客捧着带入国都，禀报高祖。高祖下令召见二客，二客呈上田横的头颅，高祖一瞧，果然是田横，不禁叹息道："我知道了！田横兄弟三人，平民出身，相继称王，也算是当今贤士。现在他自杀身亡，不肯屈服，可惜可惜！"说完眼睛已经湿润。

二客还跪在座前，高祖就封他们为都尉。二客虽然道谢，却并不高兴，怏怏退出。高祖派人为田横修筑坟墓，用王礼将他安葬。二客把田横送到下葬的地方，大哭一场，然后拔剑自杀。立即有人把这件事上报，高祖很惊讶，派人到墓地把这二客的尸首找出来，妥善安葬。二人下葬后，差人前去复命，高祖说："田横自杀，二客一同殉难，确是一件奇事。听说海岛中还有五百多人，如果都像二客那样忠诚，为田横效死，岂不是一大隐患吗？"于是又派人前往海岛，谎称田横已受官封爵，特来相招。岛中五百多人信以为真，一齐出发，抵达洛阳。进了汉都才知田横及二客死亡的消息，免不得涕泪交横，一同到田横墓前，边拜边哭，然后竟相继自杀。至今河南省偃师县西十五里，还有田横的墓穴。

汉使与五百人同来，本打算领他们入朝，偏偏五百人都去田横墓前殉主，汉使不得不据实上奏。高祖又惊又喜，令吏役将他们一起掩埋。高祖暗想，田横门客尚且如此忠义，那项王手下的部将，保不住会暗中与我作对。仔细回忆，想到季布、钟离昧二人，又想到睢水战败时，季

131

布追赶甚急，自己险些遭他毒手，于是悬赏千金缉拿季布，如有藏匿不报者，罪及三族。这道命令发出后，哪一个不想得赏，哪一个还敢窝藏。

究竟季布逃往何处了呢？原来在濮阳周某家。周某与季布交好多年，所以将季布收留。听说汉廷悬赏缉拿，并有罪及三族的禁令，也着急起来。周某想出一个办法，让季布冒充监狱里出来的犯人，然后把他领到鲁人朱家处卖作奴仆。朱家是个著名的大侠，与周某相识，知道周某有意保全此人。季布阅人无数，见朱家英姿豪爽，与众不同，已料到是一位义士，可以救活自己，因此也吞吞吐吐，说了一番悲壮宛转的话。朱家不等他说明，便知此人就是季布，立即购买田舍，让他经营。自己扮作商人模样，前往洛阳，替季布设法开罪去了。

## 韩信被擒

朱家为救季布亲自到洛阳，暗想满朝公卿，只有滕公夏侯婴一人颇有义气，于是登门求见。彼此会谈一番，情投意合，相谈甚欢。夏侯婴于是将他留下，每天与他一块饮酒、谈心。朱家畅论时事，娓娓动人，令夏侯婴非常佩服，因此更加敬重他。

朱家趁机进言说："我听说朝廷缉拿季布，究竟季布犯了什么大罪，需这般严厉呢？"

夏侯婴道："季布以前帮着项羽，多次围困主上，所以主上一定要捕杀他。"

朱家又说："人臣各为其主，才算尽忠。季布以前身为楚将，就应该为项氏效力，现在项氏虽灭，留下的臣子却很多，难道能一一捕杀吗？况且主上刚得天下，便想报复私仇。季布无地容身，必将远离，不是北向奔胡，就是南向投粤，反而让敌国从中获利，你是朝廷心腹，为何不为国尽言呢？"

夏侯婴微笑道："你既有此美意，我当然愿意效劳。"

朱家很高兴，于是向夏侯婴告别，回到家中，静候消息。果然没过多久，朝廷便颁令赦免季布，叫季布进朝见驾。朱家这才与季布说明事情的经过。季布拜谢以后，就到洛阳拜见滕公夏侯婴，接着随夏侯婴入朝，跪在殿前，俯首请罪。

高祖对季布说道："你既知罪前来，朕也不再计较，就封你做郎中吧。"季布谢恩退出。

季布为官以后，他同母异父的弟弟听到这个消息，赶到洛阳来求取富贵。这个人就是楚将丁公。季布是楚人，丁公是薛人，两人本不相关，只因季布的父亲早死，母亲改嫁后，生下丁公，籍贯姓氏虽然不同，毕竟是一母所生，所以仍称他为季布的弟弟。丁公曾在彭城西边放走高祖，早准备进都求见，因为担心高祖不念旧情，所以不敢突然到来。听说季布遇赦并得官的消息后，匆匆赶到洛阳求见高祖，殿前卫士也知他对主上有恩，格外礼敬，等高祖临朝便替他通报。

高祖嘴里虽下令传见，心中却已暗暗筹划。见丁公走进来俯首称臣，勃然大怒，喝令左右把丁公捆起来，丁公连称自己无罪，高祖并不理睬。

丁公哭着说："陛下不记得彭城的事情了吗？"

高祖拍案怒叱道："我正为了这事加罪于你，那时你身为楚将，为何纵敌逃跑？"

接着令卫士将他推出殿门，斩首示众。

这时虞将军入殿，报称陇西戍卒娄敬求见。高祖有意求才，不问贵贱，且有虞将军举荐，料他必有才识，因此答应召见娄敬。娄敬穿着一身粗布衣服，拜见高祖。高祖命他站起，见娄敬衣服不华丽，面貌却很清秀，就询问来意，娄敬说："陛下起自沛县，卷蜀汉、定三秦，与项羽交战荥阳、成县，大战七十次，小战四十次，才取得天下。陛下试想关中何等险固，负山带河，四面可守，所以秦地一向被称为天府，号为雄国。陛下不如移都关中，万一山东有乱，秦地易守难攻，才可操纵自如啊。"听了这一席话，高祖心中起疑，不能突然作出决定，于是命娄敬暂且退下，另召群臣商议。群臣多是山东人氏，不愿再入关中，当即纷纷争议。

高祖更加没有把握，想了很久，还是去召那足智多谋的张子房商量定夺。原来张良辅佐汉朝成功，心愿已了，便功成身退，闭门不出，谢绝交游。高祖怎肯让他谢职？不过允许他休养，有事时仍要入朝。高祖便将娄敬所说的话以及群臣的议论转述一遍，命张良折中裁决。张良说："洛阳虽有险阻，但地方狭小，田地又很瘠薄，四面受敌，毕竟不是最佳的地方。关中左有崤函，右有陇蜀，三面据险，东临诸侯。诸侯安定，可由河渭运漕，西给京师；诸侯有变，顺流而下，运输也方便。娄敬所说的不是没有道理，请陛下决意施行。"高祖于是择日移都，命人整备行装，不得拖延。百官虽然不愿意，也只得遵旨办理。高祖带着太公及后妃太子等出宫上辇，向西进发，文武百官通通随行。

133

到了栎阳，丞相萧何前来接驾。高祖与萧何谈起迁都的事情，萧何说：“秦关牢固，形势最佳。只是项羽入关以后，咸阳宫都被毁掉，剩下的几间屋宇也残缺不完，陛下只好暂住栎阳，等臣前去修筑宫室，然后才好迁居。”高祖于是在栎阳住下。

　　这时有警报从北方传到，燕王臧荼公然造起反来。高祖非常恼怒，当即部署人马，日夜兼程，突入燕境。臧荼才商议好如何出兵，不料汉军已经来到，并且由高祖率军亲征，急得燕王手忙脚乱，魂飞魄散。燕地居民人人想安居乐业，不服臧荼。臧荼没法，只得冒险一战。双方才战几个回合，燕兵便已四散败逃，臧荼只好逃回。高祖率兵把蓟城团团围住。城中兵民无心再战，单靠着臧荼父子如何济事？勉强支持了三五天，就被汉兵攻入。臧荼来不及逃走，被高祖下令杀死。只有臧荼的儿子臧衍开了北门微服逃脱，投奔匈奴去了。

　　高祖另立燕王，命将相列侯公选一人，暗中却密嘱心腹告诉众人，叫他们保荐太尉卢绾。卢绾与高祖同乡，属于世交，又与高祖同日诞生，关系自然非同一般，就是萧何、曹参等人都不能与他相比。但卢绾才能平庸，从军多年也没有什么功绩，只与刘贾攻打江陵时，把共尉擒住，总算有点战功。此次高祖征讨臧荼，卢绾也跟随着，有了两番微劳，高祖便想假公济私，封他为王。只是表面上不得不令众将推举，众人明知卢绾不配封王，无奈主上偏爱，只好顺从。高祖就留卢绾守燕，自己率大军西归。

　　这时已是汉朝第六年，高祖回到洛阳宴集群臣，一派和平景象。有一天，高祖闲来无事，突然想起项氏遗臣还有一个钟离眜未被抓获，不由得担忧起来。于是再次下令通缉，务必将此人抓捕归案。

　　不久有人通风报信，说钟离眜避居下邳，由楚王韩信收留。高祖听到这话，大吃一惊，他本来就担心韩信叛乱，屡次加防，此次又添了一个钟离眜，怎能不惊心？钟离眜与韩信同为楚人，相识已久，此时钟离眜山穷水尽，韩信顾念旧情，令钟离眜居住在自己那里。等接到高祖诏书，韩信仍不忍将钟离眜献出，只谎称钟离眜未曾到此。使臣回去，把韩信说的话转述一番，高祖半信半疑，又派人偷偷地到下邳附近探察虚实。恰逢韩信出巡，车马喧闹，前后护卫不下三五千人，很是威风。探子以此为话柄，密奏高祖，说韩信已有反叛的意思。

　　高祖忙召集诸将，询问对付韩信的方法，诸将都摩拳擦掌，一齐向高祖进言道：“韩信胆敢造反，只要大军一到，便可将他生擒！”

　　高祖默然不答，诸将觉得扫兴，陆续退出。恰在此时，陈平进见，高祖便向他问计。陈平料知韩信没有反叛，只是不便替韩信辩护，开口问道："陛下是怎么知道韩信谋反的呢？"

高祖说："已有人秘密奏报，谋反属实。"

陈平又道："韩信知道有人上奏吗？"

高祖又答说没有。

陈平踌躇一会儿说道："古时候天子出巡，必召集诸侯。臣听说南方有云梦泽，奇珍异兽甚多，陛下不妨对外宣称出游云梦，召诸侯汇集陈地。陈与楚西边相接，韩信既为楚王，又听说陛下无事出游，定然前来拜见，趁他觐见的时候，只需要一两个武夫，便能将他拿下，这岂不是唾手可得吗？"

高祖连说妙计，立即派人向各国传诏，令诸侯汇集陈地。

韩信得了使命，心生疑虑，他被高祖两夺兵符，已晓得高祖多诈，所以遇事格外留心。此次皇帝驾游云梦，令诸侯汇集陈地，更让韩信觉得莫名其妙。将佐等见他闷闷不乐，便想替他排解忧愁，贸然进言道："大王没有过失就遭主上忌恨，现在又收留钟离昧，违抗圣命，事情就更难办了。如果将钟离昧的首级呈给主上，主上必定欢喜，还有什么可担忧的呢！"韩信觉得很有道理，便请来钟离昧，模模糊糊地说了几句。钟离昧听他话中有话，又看他对待自己不像从前那样，就出言试探："你莫非担心我留在此地，你会得罪汉帝吗？"韩信点了点头，钟离昧又说道："汉之所以不来攻打楚国，恐怕是在担心我与你联合，同心抗拒。如果把我献给汉朝，我今天死，你明天也就亡了！"一面说，一面注视韩信，见韩信仍在犹豫，于是起身骂道："你是反复小人，我不应误投到此！"说着，拔剑自杀。韩信见钟离昧已死，就割下他的首级，带了几个人，抵达陈地，等候高祖。

高祖派出使臣，不等这些人回来禀报，便从洛阳起程，直达陈地。韩信已守候多时，一见御驾前来，便跪在路边，呈上钟离昧的首级。只听高祖严厉地说："快给我拿下韩信！"话音未落，已有武士把韩信反捆起来。韩信不禁惊叫道："果如人言，狡兔死，走狗烹，高鸟尽，良弓藏，敌国破，谋臣亡，天下已定，我也难免一死了。"高祖听了，瞪着眼对韩信说："有人告你谋反，所以才抓捕你。"韩信也不辩白，任他将自己绑住放在后车里。高祖计谋得逞后，又颁诏四方，借口说韩信谋叛，无暇游览云梦，诸侯不必前来相会。此诏传出去后，就带着韩信，沿原路返回洛阳。

135

## 封侯定制

高祖用计抓住韩信，一回到洛阳后就颁发诏书，大赦天下。大夫田肯进言说："陛下抓了韩信，又治理秦地。秦地隔河阻山，地势险要，东临诸侯，譬如高屋建瓴，由上向下，所以秦地两万人可抵挡诸侯百万人；齐地濒临海滨，东有琅玡的富饶，南有泰山的保护，西有黄河的依靠，北有渤海的利益，方圆两千里，所以齐地两万人可挡诸侯十万人。这就是所谓的东西两秦。陛下迁都秦中后，更应注重齐地，如果不是亲子亲弟，不宜封为齐王，还望陛下三思！"高祖恍然大悟："你说得很对，朕自会依从。"田肯退下后，群臣都以为高祖会即日下令，封子弟为齐王。不料齐王的封诏并未颁下，赦免韩信的谕旨却传递出来。众人才知田肯所言，不只是请求分封子弟，并且寓有救免韩信的意思。韩信第一次的功劳，是平定三秦，第二次的功劳，是平定齐地，田肯不便明说，却先将韩信提出，再把齐、秦的地理优势说一遍，叫高祖自去细思。高祖暗想韩信功多过少，并未明露反叛的迹象，如果把他下狱论罪，必然遭来众人非议，因此决定将他降封为淮阴侯。

韩信被赦免后，不得不入朝谢恩，然后退回封地。后来常常怏怏不乐，托病不上朝。高祖已夺他权位，料他无力再反，因此也不再计较。只是功臣还没有封赏，诸将多半争功不休，高祖不得不选出数人，封为列侯。

张良、陈平运筹帷幄，功不可没，高祖特意将张良召来，让他自己选择齐地三万户。张良回答说："臣在下邳避难，听说陛下起兵，便到留邑相会，这是天意让臣为陛下效劳。陛下听用臣的谋略，臣才有幸立功，现在只要赐封留邑，臣余愿足矣。"高祖于是封张良为留侯。然后又召入陈平，因陈平为户牖乡人，就封他为户牖侯。陈平推辞："这不是臣的功劳，请陛下另封他人。"高祖说："我用了先生的计划，才得以取胜，为何不接受封赏呢？"陈平回答道："如果不是魏无知，臣怎么能替陛下分忧呢？"高祖于是传见魏无知，赏赐千金，并让陈平仍然受封。陈平与魏无知一同谢恩，然后退出。

一群有功的战将，看到张良、陈平得以封侯，心里已有些不服，但毕竟二人还有功劳，勉强还说得过去。唯独萧何安居关中，毫无战绩，反将他封为酂侯，究竟什么原因呢？于是大臣们一同觐见，向高祖质询，高祖说："众位知道田中狩猎的情景吗？追杀兽兔，是靠猎狗；发送指示，是靠猎夫。众位攻城克敌，与猎狗相似，只取得几只走兽罢了。萧何能发放指示，让猎狗追逐兽兔，就像猎夫一样。照此看来，诸君不过是有功的猎狗，萧何却是有功的猎人！况且萧何举族相随，多达几十人，试问诸君肯为我如此吗？希望众位不要多心！"

众将这才不敢再说，但心中仍不高兴。后来排置列侯位次，高祖又想把萧何放在第一位，众将慌忙阻止说："平阳侯曹参攻城略地，功劳最多，应居于首位。"高祖正想法答复，凑巧有一个名叫鄂千秋的人说道："平阳侯曹参虽有攻城略地的功劳，不过是一时的战绩。回忆主上与楚相争，先后共五年时间，其中多次战败，多亏萧何据守关中，输粮济困，才得以转危为安。臣以为少一百个曹参，汉朝不会有事，失去一个萧何，汉朝必定不能成就大业，怎么能用一时的战绩来掩盖万世的丰功？"高祖高兴地对左右说："像鄂君这样说才算公平。"于是命萧何位列第一，然后又加封鄂千秋为安平侯。众将拗不过高祖，纷纷告退。

众将虽不免私议，但毕竟与萧何无仇，倒也含忍过去。只有韩信例外，他曾做过大帅，许多战将都归他管制。不料世事变迁，先前的部将多被封侯，自己反要与他们称兄道弟，真是冤苦得很。一天，他闷坐无聊，就乘车出外消遣。一路行来，经过舞阳侯樊哙的宅门，本来是不想进去的，偏偏被樊哙听说，连忙出来迎接，仍然像以前那样向韩信跪拜。并对韩信说："大王肯下临臣家，臣真是荣幸极了！"韩信自觉难为情，不得不下车答礼，入门小坐。谈了片刻，便告辞出来。樊哙恭送韩信出门，等韩信上车，才返回去。韩信不禁失笑道："我竟要与樊哙等人为伍吗？"此后更是深居简出。

高祖封赏功臣，又想起田肯的建议，决定将子弟分封出去，镇抚四方。将军刘贾是高祖的堂兄，随战有功，应该首先加封。次兄刘仲与小弟刘交是同父所生，也应该列为藩王。于是把楚地分为二国，划淮为界，淮东为荆地，封刘贾为荆王；淮西仍旧称楚，封刘交为楚王。代地自陈余被杀，很久没有封王，于是将刘仲封为代王。齐有七十三县，比荆、楚、代地方大，特将长子刘肥封为齐王，命曹参为齐相，与刘肥同去。于是同姓诸王，共得四国。只有刘信没有得到分封，留居栎阳。后来太公说起此事，还怀疑是高祖忘记了，高祖愤然道："儿子并没有忘怀，只因刘信的母亲度量狭小，不愿分羹，儿还存有余恨呢。"高祖见父亲不高兴，于是封刘信为羹颉侯。随他从征的众将，岂止二三十人，萧何等得了侯封，无非是因为他们是多年的莫逆之交。此外未受封赏的数不胜数，众将免不得互生嗟怨，暗中怀恨。

一天，高祖在洛阳南宫徘徊，见有一群人聚集在水滨，身上全是武官打扮，交头接耳，不知在商量何事。高祖一时想不通，就去询问张良。张良不假思索地答道："这是相聚谋反！"高祖愕然道："为什么谋反？"张良解释说："陛下起身平民，与众将共取天下，现在所封的都是故人、亲朋，所杀的都是与你有些仇怨的，怎能不令人生疑？疑心一起，必定有很多顾虑，彼此患得患失，所以急不暇择，就相聚谋反了。"高祖询问解决的办法，张良半晌才答道："陛下平日最不喜欢哪位将领？"高祖说："我最恨的就是雍齿。"张良又说道："赶快封这个人为侯，才能免除后患。"高祖只好听从张良的提议。

第二天，高祖在南宫宴请群臣，散席以后，竟传出诏命，封雍齿为什邡侯。雍齿喜出望外，赶忙进去谢恩，未被封侯的将吏也都欢喜地说："雍齿都被封侯了，我们还有什么顾虑呢？"从此众人相安无事，不再生有二心。

转眼间已是夏季，高祖居住在洛阳多日，想念家眷，就起程回到栎阳，看望太公。太公是农民出身，见了高祖，无非是谈些家常琐事。高祖奉守孝道，每次见到父亲，必下拜问安，且商定五日一拜，从不曾失约。

有一个侍奉太公的家奴见高祖即位已久，太公还没有尊号，就想出一个办法，他对太公说道："皇帝虽是太公的儿子，毕竟是人主。太公虽是皇帝的父亲，毕竟是人臣，为何令人主拜见人臣呢？"太公闻所未闻，惊问家奴须用什么礼仪，家奴教他拿着扫帚出来迎接。太公记在心中，等到高祖又来朝拜时，太公急忙拿着扫帚出来迎接。高祖非常诧异，慌忙下车扶住太公。太公说："皇帝乃是人主，天下共仰，为何要让我一个人乱了天下法度呢？"高祖猛然省悟，于是将太公扶进去，婉言盘问。太公为人朴实诚恳，就把家奴所说的话详细转述一遍。高祖也不多说，回宫之后，就命手下取出黄金五百斤赏给太公的家奴，然后又尊太公为太上皇，制定礼仪。

太公平生喜欢朴实，不喜欢奢华，爱动不爱静。从前在乡里无拘无束，倒还清闲自在，如今做了太上皇，受到许多束缚，反比不上在家乡时可以随便游行，因此常提起故乡，产生了东归的想法。高祖听说后，就命巧匠吴宽赶往丰邑，把故乡的田园屋舍绘成图样，带到洛阳，选择在栎阳附近的骊邑地方，按照图样建筑。又从丰邑召入许多父老乡亲散居在这里，然后请太上皇闲暇时去游览，与父老等人谈心，不必拘于礼节，太上皇这才转愁为乐。高祖又把骊邑改名为新丰，作为纪念。

高祖安顿了太上皇，又想到一群功臣举止粗豪，全没有礼法。起初是嫉恨秦朝苛刻的禁令，就把那些繁文缛节改得简易一些，不料删繁就简反而生出许多弊端。有功诸将任意行动，入宫宴会时，在堂上大声喧哗，甚至醉后大喊大叫，拔剑砍柱，闹得不成样子。碰巧有个薛人叔孙通，是秦朝博士出身，辗转归顺汉朝，仍为博士，号稷嗣君。他乘机进言说："现在天下已定，朝仪不可不肃，臣愿前往鲁地征集儒生及臣所有的弟子前来商议朝仪。"高祖说："只恐怕礼节太烦琐，难以实行。"叔孙通说："臣听说五帝不同乐，三王不同礼，关键在于因时制宜。现在只需将古礼与前秦仪制折中而定，就不会繁缛了。"高祖说："你先去办理，务必要简单一些。"叔孙通领命而出，到鲁地招集了二三十个儒生，令他们随行入都，共定朝仪。各儒生乐得攀缘，情愿相随，然后又从薛地招呼一百多弟子，一同到栎阳。制定朝礼须实地练习，他们就在郊外旷地，挑选一个宽敞的场所，与众人演习。过了一个月，叔孙通入朝请高祖亲自出来观看。高祖来到之后，见众人演习的礼仪，尊君抑臣、上宽下严，便欣然对叔孙通道："我看可以这么做。"说完就回宫去了，稍后下诏群臣，让他们前去演礼场观看，准备第二年施行。

不久秋尽冬来，恰在此时萧何到来，说长乐宫已经建成。长乐宫就是秦朝的兴乐宫，萧何监工修筑已经竣工。高祖正好到长乐宫过年。

到了汉朝七年元旦，各国诸侯王与文武百官均到新宫朝贺。天色微明，便有谒者等候在那里，见了诸侯群臣，依次引入，让他们站立在东西两阶。殿中早陈列着仪仗，非常森严。卫官举着旗，郎中拿着戟，分别站在左右两边，大行①站在殿旁，共计有九人。高祖乘辇出来，卫官、郎中大声呼喊，纠集百官。高祖徐徐下辇，落座之后，由大行传呼诸侯王、丞相、列侯等逐批觐见。诸侯王、丞相、列侯等进殿后一一拜贺。高祖不过略略欠身，算是答礼。大行传话平身，众臣子才敢起身，仍站回原位。于是分排用宴，众人都屈身俯首，不敢失仪。酒至九巡，谒者便去请命散席，偶有人酒后忘情，略一欠身，便被御史领去，不准再坐下，因此全场肃静，与以前宴会时的情形大不相同。众臣告辞之后，高祖退入内廷，不由得欢喜地说："我今天才知道皇帝的尊贵啊！"

---

　　① 大行：官名，负责接待宾客。

## 白登山之围

叔孙通制定的朝仪符合皇上的意思，高祖特别奖赏他，将他提升为奉常，赐金五百斤。叔孙通入朝谢恩，并趁机进言："众位儒生及臣的弟子跟随臣已经很久了，共同商定朝仪，愿陛下看在他们辛劳，赏赐他们一官半职。"高祖于是把他们都封为郎官。叔孙通接到赏赐后走出来，见了众位儒生，便把金子全部分给大家。众位弟子都很高兴："叔孙通先生真是圣人，终于识时务了！"

原来，叔孙通归顺汉朝时，听说高祖不喜欢儒生，特意改穿短衣求见，果然博得高祖欢心。他的一百多个弟子想求师傅推荐，多次拜托他，叔孙通却一个也不举荐，反将乡曲武夫推荐上去，甚至盗贼也在他的保荐之内。弟子们私下议论道："我等跟随师傅多年，他不举荐我们，反而去抬举一群下流人物，这是什么意思？"叔孙通听到这话，就对弟子们说："汉王亲冒危险夺取天下，试问你们能跟随他战斗吗？我因此只举荐壮士，不举荐你们。你等暂且安心等着，他日如有机会，自当引荐，难道我会真的忘记你们吗？"众弟子这才不说话，耐心守候。等到制定朝仪时，弟子们都被封官，无不感念师恩，才知师傅所言不假，因此互相称颂。

长城北面的匈奴国，先前被秦将蒙恬赶走，迁徙到北方。后来秦朝衰灭，海内大乱，无暇顾及塞外，匈奴又逐渐南下，乘隙窥边。他们称国王为单于，王后为阏氏。当时的单于头曼非常勇悍，长子名叫冒顿，强悍超过他的父亲，被立为太子。后来头曼续立阏氏，又生一男，母子均得到头曼的宠爱。头曼想废去冒顿，改立小儿子做太子，于是派冒顿到月氏做人质。月氏在匈奴西边，有士兵十万多人，国势很强盛。头曼表面上同月氏修和，暗中却准备进攻，好让月氏杀死冒顿。因此冒顿西去后，头曼随后率兵攻打月氏。月氏听说头曼前来攻打，十分恼怒，就想杀死冒顿。冒顿早有防备，暗中偷了一匹马，连夜逃回。头曼见了冒顿，不禁惊讶，问明经过，却也佩服他智勇双全，便命他为骑将，统率一万人。随后头曼传令，收兵东回。

冒顿回到国中，自知父亲此举并非想战胜月氏，而是想让月氏将自己杀死，然后立弟弟为太子。现在自己有幸逃回，如果不先发制人，仍然难免日后被杀。冒顿日夜苦思，终于想出一个办法。他发明了一种箭，发射时会有响声，因此取名为鸣箭。他对部下说："你们看我的鸣箭射出后，就跟着一齐射，违令者立斩！"部下不知冒顿的用意，就一齐应命。冒顿怕他们阳奉阴违，于是常率部下射猎，鸣箭一发，万箭在后面紧跟，稍有迟疑者，立即被杀。部众都很害怕，不敢怠慢。冒顿认为这样还不够，竟将好马牵出，自己用鸣箭射去，左右也都竞相射去，冒顿喜笑颜开，给了他们很多奖励。

有一次冒顿见了自己的爱妻，也用鸣箭射去，部众不能不起疑心，只因有令在前，不得不射。有几个多心的没有动手，被冒顿查出，竟把他们一一杀死。从此部下再也不敢违命，只要鸣箭一响，无不接连放箭。

一次，冒顿请头曼出去狩猎，自己跟在马后，用鸣箭直射头曼，部下随后射去。可怜一位匈奴国王，竟死于乱箭之下！冒顿趁势返回内帐，杀死后母、少弟及头曼亲信的大臣，然后自立为单于。国人惧他强悍，都不敢反对。

东方有东胡国，听说冒顿弑父自立，前来寻衅滋事。先派部下到匈奴索要千里马，冒顿召问群臣，群臣齐声说："我国只有一匹千里马，乃是先王传下的，怎能轻易给东胡呢？"冒顿摇头说："我国与东胡是邻国，不能为了一匹马失去友谊，不妨送给他吧。"说着，就令手下牵出千里马，交给来使。

过了几个月，又来了一个东胡使者，说是要冒顿将他的宠姬送给东胡王为妾。冒顿询问左右，左右都愤怒地说："东胡国王这般无礼，连我国的阏氏都想要，这还了得！请大单于杀了来使，再商议进兵。"冒顿又摇头说："他既然喜欢我的阏氏，我就给他，又有何妨？否则，为一女子失去一个邻国，反要被人耻笑了！"立即把爱姬召出，交给来使带回。

又过了好几个月，东胡又派人到匈奴索两国交界的空地，冒顿仍然召问群臣。群臣有的说可以给，有的说不可以给，这时冒顿勃然起座说："土地乃国家之根本，怎能给人呢？"一面说，一面喝令手下把东胡来使以及说可以给的大臣，全部推出去杀掉。等手下献上首级，冒顿便披上戎服，宣告全国兵士，攻打东胡。匈奴人原本就出入无常，随地迁徙，一接到命令，立刻动身，浩浩荡荡地杀向东胡。

东胡国王得了匈奴的良马、美人，白天驰骋，夜间偎抱，非常快乐。认为冒顿畏惧他的势焰，不敢侵犯，所以逐日淫逸，毫无防备。忽然听说冒顿带兵入境，慌得不知所措，仓促召兵，出来迎敌。哪知冒顿已经深入，东胡连战连败，无路可奔，竟被冒顿率兵围住，将他杀死，东胡的人

141

畜都被掠去。冒顿饱载而归，威焰更高，又向西追逐月氏，南破楼烦、白羊，乘胜席卷，把蒙恬占领的土地，全部夺回，兵锋直达燕、代两地。

汉兵直到消灭楚国，才商议整顿边防，特使韩王信移兵太原，抵御匈奴。韩王信率兵北去，上表请求移都马邑。高祖当然允许，韩王于是由太原转迁到马邑，修城掘堑。还没有竣工，匈奴兵已蜂拥前来，将马邑城围住。韩王登城俯视，有一二十万胡骑，暗想：彼众我寡，怎能抵挡住敌人呢？只好上奏请求援兵。可是东西相距不下千里，就算高祖立刻发兵，也来不及了。冒顿率领众人猛扑，甚是厉害。韩王担心城池陷落，就派人到冒顿营中求和。和议虽未告成，风声却已四处传播。汉兵正奉命前去支援，走到半路，听到韩王求和消息，一时不敢前进，忙派人禀报高祖。高祖立刻派人前往马邑，责问韩王为何擅自向匈奴求和，韩王信害怕自己被高祖杀掉，索性把马邑城献给匈奴，愿为匈奴的臣属。冒顿收降韩王，让他做向导，向南越过勾注山，直攻太原。

警报传入关中，高祖下诏亲征。一时间，猛将如云、谋臣如雨，骑士、步兵共三十二万。先锋走到铜鞮，恰好与韩王信的士兵相遇，一场厮杀，把韩王信赶走。韩王奔回马邑，与部将曼邱臣、王黄等人商议救急方法。两人本是赵臣，说应当立赵国后人，笼络人心。韩王已走投无路，只得听从二人的建议，寻找赵氏子孙。接着找到了赵利，把他拥戴起来。然后报知冒顿，请他出兵援应。冒顿在上谷听说后，便令左、右贤王领兵与韩王信会合。左、右贤王的称号，乃是单于以下最大的官爵，与中国的亲王相似。两贤王带着铁骑万人与韩王信合兵，气势又强盛起来，再向太原进攻。到了晋阳，偏又撞到汉兵，两方交战，被汉兵杀败，仍然逃回。汉兵追到离石，得了许多牲畜。

那时恰值严寒天气，雨雪连绵，汉兵不习惯寒冷，都冻得皮开肉裂，手缩足僵。高祖在晋阳住下，听说前锋屡战屡胜，还想进兵，不过一时未敢冒险，先派侦骑前去打探虚实。

侦骑回报，都说冒顿部下多是老弱残兵，不足为虑，如果前去攻打，定能取胜。高祖于是亲率大军从晋阳出发，临行时又命奉春君刘敬再去探视，务必得到准确音信。刘敬原名娄敬，高祖因为他的建议较好，授官郎中，赐姓刘氏，封奉春君。刘敬奉了使命，当然前往。高祖率兵随后，沿途遇到匈奴兵马，只需呐喊一声，便把他们吓得四处乱窜，因此高祖一路顺利，越过了勾注山，直抵广武。刘敬回来复命，高祖忙问道："你去探察匈奴情形，结果怎么样？是不是可以进攻了？"

142

刘敬回答说："我认为不能轻易出征。两国相争，理应耀武扬威，我前去视探匈奴人马，见到的都是老弱瘦伤之人。如果冒顿的部下不过如此，怎能横行塞北？我料想其中必定有诈，外表羸弱，暗伏精锐，引诱我军深入。愿陛下慎重抉择，不要中了敌人的诡计！"

高祖正准备乘胜直入，不料刘敬前来拦阻，搅动军心，便开口大骂，然后令左右把刘敬拘禁在广武狱中，想等到打败匈奴后再发落。随后高祖亲自率领人马再进，骑兵居先，步兵居后，仍然畅行无阻。

高祖急着想打败匈奴，就命太仆夏侯婴添加快马，迅速前进。骑兵还能随行，步兵由于追赶不上，多半落在了后面。到了平城，突然听到一声呼哨，尘土四起，匈奴人马环集如蚁。高祖急命众将对敌，战了多时，一点儿也占不上便宜。匈奴单于冒顿又率大军杀到，兵马越多，气势越盛。汉兵已跑得筋疲力尽，再加上一场大战，更加疲劳，纷纷后退下来。高祖见形势不妙，忙领兵向东北角上的大山退去，然后扼住山口，全力抵御。匈奴兵进扑数次，汉军凭借地势险要，才得以守住。冒顿下令停止攻击，将部下分作四支，把山围住。山名为白登山，冒顿早已伏兵山谷，专待高祖到来，好让他陷入罗网。高祖正好中计，逃入山中。冒顿于是率兵包围，让他进退无路，内外不通，好一网打尽。

高祖被困在山上，无法脱身，援军又始终未到，无奈之下，只好鼓励将士下山突围，可又被胡骑杀退。高祖痛骂步兵，说他们逗留不前，哪知匈奴兵马共有四十万人之多，除围困白登山的之外，还有许多闲兵，分别驻扎重要的路口，截住汉兵。汉兵徒步赶来，看到胡兵遍地，怎能进来？高祖每天俯视，见四面八方都是胡骑：西方全是白马，东方全是青马，北方全是黑马，南方全是赤马，真是威武绝伦。

接连过了三五天，高祖仍想不出脱围的方法。加上寒气逼人，粮食又用完了，将士们又冷又饿，实在熬受不住。当时张良没有随行，军中谋士要数陈平最有智慧。高祖与他商议数次，他也没有救急良方，只劝高祖暂时忍耐，慢慢再作打算。

转眼间已是第六天了，高祖更加愁烦，心想陈平足智多谋，还没有办法，看来是要困死白登了，真后悔自己不听刘敬所言，轻易进军。正惶急间，陈平已想了一个办法，密报高祖，高祖忙下令照计行事。陈平派了一个有胆识的使臣，带着金银珠宝及图画一幅，乘雾下山，进入敌营。一路贿赂进去，只说要单独拜见阏氏，乞求通报。

原来，冒顿新得的阏氏很受宠爱，冒顿时常把她带在身旁，朝夕不离，这次也不例外。冒顿多次与阏氏一起出入，指挥兵士，恰被陈平瞧见，就决定从她身上用计，派人前去试上一试。果然在敌营里面，阏氏的权力不亚冒顿，平时自有心腹供她差遣，不必请示冒顿。因此汉使买通敌军士卒，得以进入内帐。碰巧冒顿喝醉了，正在鼾睡，阏氏听说有汉使到来，不知为了何事，就悄悄走出帐外，退去手下，召见汉使。汉使献上金银珠宝，说是由汉帝奉赠，并取出图画，请阏氏转达单于。她原是女流之辈，见了光闪闪的黄金、亮晃晃的珍珠，怎能不目眩心迷？她把这些黄金宝珠全部收下，然后展开图画，只见上面画着一个美艳绝伦的女子，不禁起了妒意，生气地问：“这幅美人图有什么用处？”汉使答道：“汉帝被单于围困，特别想罢兵修好，所以把金银珠宝奉送给您，求您代为化解。担心单于不答应，愿将国中第一美人献给单于。只是美人不在军中，所以先把画像呈上，现已派人去接，很快就会到来，还请阏氏代为转达。”阏氏说：“这倒不必，你们可以带回去。”汉使道：“汉帝也舍不得这个美人，只是事出无奈，只好这样办。如果能设法解救，当然不会进献美人，情愿再多送些金珠。”阏氏说：“我知道了！烦劳你回去禀报汉帝，让他尽管放心。”说着，就将图画交还汉使。

阏氏返入内帐，坐了片刻，暗想汉帝如果不能突出重围，又要来进献美人，应速速进言为是。恰在此时，冒顿翻身醒来，阏氏于是进言：“现在军中得了消息，汉朝援军前来救主，明天便到了。”冒顿：“有这样的事吗？”阏氏说：“两主不应相困，现在汉帝被困在山中，汉人怎肯善罢甘休？就算单于能杀败汉人，取得汉地，也会因水土不服不能久居；如果稍有闪失，我们便不能共享安乐了。”说完，就泣不成声。冒顿问：“你说应该怎么办呢？”阏氏说：“汉帝被困了六七天，军中并不惊慌，想是有神灵相助，能够帮他转危为安，单于何必逆天行事？不如放他出围，免生战祸。”冒顿说：“你说得也有道理，我明天见机行事吧。”于是阏氏放下愁怀，晚上与冒顿共寝，又重复白天说的话，凶悍的冒顿单于，也不得不依从她的话了。

## 假公主和亲

冒顿听了妻子的话，已经有些心动，又因韩王信及赵利等人还未到来，怀疑他与汉朝通谋，就在第二天早起下令把围兵撤开一角，放走汉兵。高祖自从接到使臣禀报，一夜没睡，眼巴巴地瞧着胡马。等到天大亮，才见山下凭空腾出一点缝隙，料知冒顿已听从阏氏，于是指挥众将士，立刻下山。

到了平城附近才与步兵会合，一齐入城。高祖经过七天苦楚，侥幸逃生，当然不愿再攻打匈奴，就率兵南还。路过广武，赦免刘敬，并当面向刘敬拜谢，又加封他为关内侯，食邑二千户，号为建信侯。加封夏侯婴食邑一千户。再向南行走，到曲逆县时，见城池高峻，屋宇连绵，不由赞叹道："此县真是壮观！我行遍天下，只有洛阳能与此城相比。"于是召来陈平，说他解围有功，便将全县的土地赏赐给他，并改封他为曲逆侯。陈平从征多年，屡次献计，概括起来：一是捐金反间计；二是用馒饭进给楚使吃的离间计；三是夜间让妇女出城，解困荥阳；四是请求册封韩信；五是让高祖假装游云梦逮捕韩信；六是救高祖于白登山，这便叫做六出奇计。

高祖来到曲逆县，稍稍休息，又下令回都。路过赵国，赵王张敖出郊迎接，特别恭敬。他与高祖是翁婿，吕后所生的女儿许配给了张敖，虽然不曾成婚，却已有口头约定，因此张敖格外殷勤，小心伺候。谁知高祖瞧不起他，发了一番脾气，便动身离去。

走到洛阳才住下，忽然看见刘仲狼狈回来，说是匈奴率兵攻打代地，他抵挡不住，只好奔回来。高祖发怒道："你只配守护田园，怪不得见敌就逃，连封土都不管了。"刘仲碰了一鼻子灰，叩头退出。高祖本想将他加罪，念及手足之情，便从宽发落，降刘仲为合阳侯。另封小儿子刘如意为代王，刘如意是戚姬所生，承蒙高祖宠爱，年仅八岁便被封王。高祖担心刘如意年幼不能治国，特命阳夏侯陈豨为代相，前去镇守。

不久，高祖接得萧何奏报，说咸阳宫殿大致告成，请御驾前去巡视。高祖到达咸阳后，萧何前来接驾，领着皇帝游览宫殿。最大的一处叫未央宫，周围二三十里，殿宇规模宏伟，极为壮丽。还有武库、太仓，分别在殿的两旁，气象巍峨。高祖还没有巡视完，就勃然动怒："天下饱受战乱之灾，人民生活困苦，成败还没有定论，你修建宫室，怎么能这样奢侈？"萧何不慌不忙，从容回答道："臣正因为天下未定，才不得不增高宫室。试想天子以四海为家，如果规模狭隘，如何示威？恐怕后世子孙，仍要改造，还不如一劳永逸。"说到"逸"字，只见高祖改怒为喜，和颜悦色地对他说："你说得有道理，我又错怪你了。"

以前修筑的长乐宫，不过是在旧殿的基础上重修，没怎么破费。而未央宫是新建的，萧何煞费苦心，经营两年才完成。但因为占地较少，对待工役较宽松，自然不致激成民变。萧何与高祖结识多年，岂会不知高祖性情？高祖责备他过于奢侈，实际上是假装恼怒，想让萧何代为解释，以免被人嘲笑。高祖又下令在未央宫四围添筑城垣，作为京邑，改称长安，然后带领文武官吏到栎阳迁出家眷。

高祖生性好动，过了一个多月，又去了洛阳，一住就是半年。到八年元月，听说韩王信的党羽出没边疆，于是领兵出击。到了东垣，贼寇早已退去，就南下回来。路过赵境，到柏人县寄宿。地方官早已设好行宫，里面陈设华丽，高祖走进去后，忽觉得心里不安，急忙问手下："此县叫什么名字？"左右答是柏人县，高祖愕然道："'柏'与'迫'声音相近，莫非要在这里出事不成？我不能在此留宿，快快走吧！"手下听到后，便整理銮驾，等高祖上车后，一拥而去。幸亏有此一走，高祖才免遭毒手。

高祖回到洛阳，又在那儿住下。光阴易逝，不久便是九年元旦。过了几天，接连收到北方警报，说匈奴犯边，几乎防不胜防。高祖异常烦闷，于是召入关内侯刘敬商议边防事宜。

刘敬说："天下刚刚稳定，士卒久经战乱，十分疲劳。如果再兴师远征，实在不是一件容易的事，看来这匈奴国不是武力所能征服的。"

高祖接口道："不用武，难道还用文吗？"

刘敬回答说："想要匈奴臣服，只有和亲。如果陛下肯割爱，把长公主下嫁单于，他必慕宠怀恩，立公主为阏氏。将来公主生男，一定会被立为太子，陛下时常问候他们，赐些珍奇物品，令他们感恩。现在冒顿在世，是陛下的女婿，冒顿死后，外孙被立为单于，更会畏服于汉朝。天下哪有做了外孙还敢与外王父对抗的呢？这才是长久之计。如果陛下爱惜长公主，不肯让她远嫁，或者让后宫女子冒充公主嫁过去，冒顿刁狡得很，只怕他察觉后，仍然达不到预期目的。"

高祖赞道："这个计策很好，我又怎么会不舍得呢？"

当天返入内寝，高祖告诉吕后想将长公主下嫁到匈奴。吕后吃惊地说："妾只有一子一女相依终身，为何要将女儿弃置塞外、配给匈奴？况且女儿已经许配给赵王，陛下身为天子，难道还要食言吗？妾不敢从命！"说到这儿，泪珠已莹莹坠下，弄得高祖说不下去，只好付诸一叹。

过了一夜，吕后害怕高祖改变计划，忙令太史选择吉日把长公主嫁给张敖。好在张敖因朝贺未回赵国，趁便做了新郎，迎娶公主。高祖理屈词穷，只好听任她去办这件事。这位长公主的封号为鲁元公主，一到赵国，当然为赵王后。只是高祖意在和亲，不能因此中止，就找了后宫的一个仆人所生的女儿，谎称是长公主，派刘敬前去与匈奴和亲。

刘敬往返用了几个月的时间，回来禀报说匈奴已经答应。但毕竟是以假充真，担心被冒顿察觉，仍须固守边防，免得被他乘虚而入。

刘敬又上言说："陛下定都关中，不但北边的匈奴要严防，就是山东一带的六国后裔及许多强族豪宗，也保不住会觊觎帝室，陛下真的可以高枕无忧吗？"

高祖问："那该如何预防呢？"

刘敬回答道："六国后人，只有齐地的田、怀二姓，楚地的屈、昭、景三族最强，现在可把他们迁入关中。就是燕、赵、韩、魏的后裔以及豪杰名家也都可酌情迁入关中，还请陛下采纳施行！"

高祖觉得这个办法好，立即颁诏下去。于是十万多人被朝廷逼迫，不得不扶老携幼，狼狈入关。

高祖还都才两个月，又赶赴洛阳，恰有赵相贯高的仇人上疏告变。高祖看完，非常恼怒，亲自写了一道诏书交给卫士，叫他前往赵国，速将赵王张敖及赵相贯高、赵午等人全部抓来。

这事得从高祖路过赵国、谩骂赵王说起。贯高、赵午二人年过六旬，本是赵王张敖的父辈，见张敖被高祖侮辱，看不过去，竟起了谋逆之心。于是一同进见张敖，退去左右，对张敖说："大王出郊迎驾，极其谦恭，也算是无可挑剔了。可皇帝却辱骂大王，难道做天子的就能这样吗？臣等愿为大王除去皇帝！"张敖非常害怕，指天发誓道："此事万万不可！从前先王失国，全仗皇帝威力，得以恢复故土，此恩此德世世不忘，你们怎么能有这样的想法？"二人见张敖不肯听从，私下商议道："看来我等弄错了，我王生性忠厚，不忍背叛汉王。只是我等不肯受辱，总要出这口恶气，事情办成了归功于大王，如果办不成我们自己去受罪。"二人于是暗地设法，加害高祖。

高祖匆匆过境，并没有长期逗留，贯高、赵午一时无从下手，只好作罢。后来听说高祖出兵东垣，回来时路过赵国，于是秘密派遣刺客监视高祖行踪，伺机行刺。当时高祖路过柏人，因嫌县名不好就立即动身离去，并不知道有刺客，其实刺客就藏在隔壁。

后来，贯高的仇家揭发他二人的密谋，于是一道诏令颁到赵国，赵王张敖什么都不知道，冤枉地担了罪名，束手就擒。赵午等人情急之下，全部自杀，贯高怒叱道："我王并未谋逆，事情是我等所为，现在连累我王，如果全部一死了事，我王的冤情何人替他申辩？"于是情愿被擒，随张敖同行。还有几个赤胆忠心的赵臣，也想跟着。可诏书说不准他们相从，并有罪及三族的禁令，这几个赵臣便想出一个办法，假充是赵王的家奴，随赵王去洛阳。高祖也不与张敖相见，只把他交给廷尉。廷尉因张敖曾是国王，且是高祖的女婿，当然另眼相待，唯独对贯高非常刻薄。贯高大声说："这都是我等所为，与我王没有关系。"廷尉以为他有意袒护赵王，不肯如实招供，便给贯高施以重刑。贯高咬牙忍受，绝无他言。

今天一审，明天二审，后天三审，贯高仍坚持为赵王喊冤，廷尉又喝令手下动用大刑，贯高不堪忍受，多次晕死过去，仍然不改前言。廷尉也没了办法，只好把贯高押在狱中。鲁元公主因为丈夫被抓，急忙来到长安拜见母后，哭着请她帮助。吕后到洛阳拜见高祖，全力为张敖辩解。高祖发怒道："张敖如果得了天下，难道还少你一个女儿吗？"

吕后见话不投机，不便再请，派人前去问廷尉。廷尉据实陈明，并将屡次审讯的情形，详细上奏给高祖。高祖不禁失声道："好一个壮士！始终不肯改口。"嘴里虽然这样说，心中还在怀疑，于是召问群臣，何人与贯高相识。中大夫泄公应声道："臣与贯高同县，也曾相识，贯高一向重名重义，确实是一个志士。"高祖说："你既然认识贯高，就到狱中探视，问明隐情，看赵王有没有同谋？"泄公应命拿着符节前去狱中探视贯高。

泄公走到竹床附近，见贯高躺在床上，遍体鳞伤，惨不忍睹。他轻轻叫了几声，贯高睁眼仰视道："你就是泄公？"泄公回答说是。贯高想坐起，无奈身子不能动弹。泄公叫他躺着，婉言慰问。说到谋逆一案，贯高瞪着眼说："人生在世，哪一个不爱父母、恋妻儿？现在我自认是主谋，必定连累三族，难道我会痴呆到这个地步吗，为了赵王一人甘送三族性命？不过赵王实在没有同谋，所以我宁愿灭族，也不愿诬陷我王。"泄公把他说的话禀报上去，高祖这才相信张敖无罪，让他出狱，对泄公说道："贯高到死也不肯诬陷赵王，的确难得。你再去狱中传报，说朕已将赵王释放，连他也可免罪了。"于是泄公又到狱中，转述高祖的旨意。贯高一跃而起："我王真的已经被释放了吗？"泄公说："皇上有命，不只释放张王，还说你忠信过人，也理当赦罪。"贯高长叹道："我之所以拼着一身老骨头，无非是想为赵王洗清冤屈。现在赵王已经出狱，我的责任也尽到了，死有何憾！况且我身为人臣，却有篡逆的恶名，还有何颜面再侍奉主上？就算主上可怜我，难道我就不知道羞愧吗？"说罢，扼喉而死。

148

## 周昌力保储君

高祖听说贯高自尽，觉得非常可惜。又听说有几个赵王家奴一同跟来，都是不怕死的好汉，就召见了他们。其中田叔、孟舒应对敏捷，说起赵王冤情，声随泪下。朝廷大臣有的从旁诘难，都被他二人据理申辩，驳得众人哑口无言。高祖见他二人辩辞滔滔，料定不是庸士，就把这二人封为国相，田叔、孟舒等谢恩离去。

高祖与吕后一同返回长安，连张敖也随行。来到都中，高祖降张敖为宣平侯，封代王刘如意为赵王，并将代地并入赵国，另任御史大夫周昌为赵相。周昌是沛县人，前御史大夫周苛的弟弟。周苛殉难荥阳，高祖下令周昌接任他兄长的职务，加封汾阴侯。周昌有口吃，不善言辞，不过为人正直，遇事敢言，就算争得面红耳赤，也要慢慢地讲明自己的意思，不肯含糊。萧何、曹参等人均视他为诤臣，连高祖也认为他为人正直，怕他三分。

一天，周昌有事禀报，走到内殿，听到有男女嬉笑声，凝神一瞧，见高祖在上面坐着，正与怀中的戚姬调情取乐。周昌连忙掉转了头，向外走去。不料已被高祖窥见，他撇下戚姬，赶出殿门，大声叫住周昌。周昌转身跪拜，高祖趁势展开两脚，骑在周昌的脖子上，低头问道："你来了又走，想必是不愿与朕讲话，你认为朕是什么样的君主？"周昌抬头看着高祖，嘴唇抖动片刻，激出一句话："陛下好似夏桀、商纣！"高祖听了，大笑不已，让他起来。周昌将事情奏完，扬长离去。

高祖溺爱戚姬已成癖性，虽然敬惮周昌，哪里肯把床笫情爱移减下去？况且戚姬貌赛西施、技同弄玉，能弹能唱、能歌能舞。当时有《出塞》、《入塞》等曲，一经戚姬唱出，抑扬婉转，令人销魂，这叫高祖怎能不爱？高祖常居住在洛阳，每次都让戚姬相随。

戚姬得了专宠，便想争位，日夜在高祖面前求立刘如意为太子。高祖不免动摇，加上太子刘盈秉性柔弱，不如刘如意聪明，就想将刘如意废掉，既可安慰爱姬，又可保全皇位。只是吕后随时防着，恐怕太子被废，视戚姬母子如眼中钉。吕后年老色衰，与高祖的感情日渐疏远，而戚姬却时常伴驾。吕后与太子刘盈留居长安，与高祖咫尺天涯，总敌不过戚姬的亲媚，所以储君位置暗暗动摇。这时又逢刘如意改封，年仅十岁，就要让他去代、赵二地就国，吓得戚姬神色仓皇，慌忙向高祖跪下，未语先泣。高祖窥透芳心，婉言对戚姬说："你莫非为了刘如意吗？我本想立他为太子，只是废长立幼，始终名不正、言不顺，只好从长计议！"哪知戚姬听了这句话，索性哭出声来，婉转娇啼，不胜悲楚。高祖又怜又悯，脱口说道："算了吧！我就立如意为太子。"

第二天上朝，高祖召集群臣，提出废立太子的问题。群臣惊骇不已，黑压压地跪了一地，同声力争，高祖不肯听从，命人起草诏书。忽然听见一声大叫："不可！不……不可！"高祖一瞧，乃是口吃的周昌，周昌越着急话越说不出，脸上忽青忽紫，好一会儿才挤出几句话："臣口不能言，但期期知不可行。陛下想废除太子，臣期期不奉诏。"

高祖看到周昌这样，忍不住大笑起来，就是满朝大臣，听他说出两个"期期"，也偷偷发笑。究竟"期期"二字是什么意思呢？楚人说"极"为"綦"，周昌又口吃，把"綦"读成"期"，并连说"期期"，反倒博得高祖欢心，笑了几声，于是不再议论此事。

高祖退朝以后，戚姬大失所望，免不得又来絮叨。高祖说："朝臣中没有一个人赞成，就算改立，刘如意也不能安宁，我劝你从长计议，就此罢休吧。"戚姬哭着说："妾并非一定要废长立幼，但妾母子的性命，都悬在皇后手中，希望陛下保全！"高祖说："我自当慢慢设法，绝不让你母子吃亏。"戚姬无奈，只好收住眼泪，耐心等着。高祖想了好几天，也没有想到好的办法，每当愁闷无聊时，就与戚姬相对悲歌。

掌玺御史赵尧，年少多智，窥透高祖隐情，趁机进言道："陛下何不为赵王选择一个好的丞相？这人须是皇后、太子及内外群臣都敬畏的大员，让他去保护赵王，陛下便可无忧了"

高祖说："我也曾这样想过，只是群臣之中有谁敢担此重任呢？"

赵尧又说道："御史大夫周昌。"

高祖连连称好，召周昌觐见，命他为赵相。周昌不得已，只好接受命令，前去侍奉赵王如意。御史大夫一缺，由赵尧接任。

汉高祖十年七月，太上皇病逝，安葬在栎阳北原。并在陵寝旁建了一座城池，取名万年，派人监守。王侯将相都来会葬，只有代相陈豨没有来。

丧事完了以后，赵相周昌乘便觐见高祖，说有秘事相商。高祖不知何因，忙把他召进来。周昌行了礼，启奏道："代相陈豨私交宾客，拥有强兵，臣担心他暗中谋变，所以特来据实奏报。"高祖愕然道："陈豨不来会葬，果然是想谋反吗？你速回赵国坚守，我差人密查此事。如果真有

150

此事，我立即领兵亲征！"周昌领命离去，高祖派人到代地查办此事。

陈豨与淮阴侯韩信关系非同一般，曾随韩信出征，二人结为至交。当他受命去代地时，曾到韩信那里辞行。韩信把他领到内廷，说道："你奉命去代地，代国兵强马壮，天下精兵都聚集在那里，你又是主上的宠臣，正好图谋大事。如果有人说你谋反，主上也未必相信，等有人多次向主上禀报，激怒主上，陛下必亲自为将，率兵北讨，我和你里应外合，取得天下也就不难了。"陈豨一向佩服韩信的才能，所以当面答应道："谨遵您的教诲。"韩信又嘱咐了几句，陈豨才起身告别。

陈豨到了代地，暗结党羽准备起事。一次，他有事路过赵国。周昌听说陈豨路过赵境，前去拜会，见他人多势盛，自然生疑。周昌与陈豨会谈片刻，等陈豨出境，正想上疏告密，恰逢太上皇驾崩，到都城会葬，见陈豨不曾到来，就拜见高祖，说明陈豨有谋变的情况。

高祖派人去代地，查到陈豨门客众多，也免不了心生怀疑。高祖还不想发兵，只是召陈豨入朝，陈豨公然抗命，潜谋作乱。韩王信当时离他较近，得知陈豨抗命的情形，便派部将王黄、曼邱臣引诱陈豨。陈豨正好与他联结，举兵叛汉，自称代王，胁迫赵、代各城守吏听从自己的命令。

高祖听说后，忙率将士出发，日夜兼程，直抵邯郸。周昌出城迎接，高祖升堂坐定，向周昌问道："陈豨的兵有没有来过？"周昌回答说没有，高祖欣然道："陈豨不知南据邯郸，只想凭借漳水，不敢贸然出兵。"周昌启奏道："常山郡共二十五城，现在已失去二十城，应把该郡守尉拿来治罪。"高祖说："守尉也都造反了吗？"周昌答称还没有。高祖道："既然还没有造反，怎么能将他们治罪？他们不过因兵力不足，以致失去二十城。如果不问情由就加罪责于他们，恐怕就会迫使他们造反了。"高祖颁出赦文，就是赵、代吏民，也准许他们归来，既往不咎。

高祖又探知陈豨部属多是商人，就对左右说："陈豨不难对付，我已经想到好办法了。"于是命人取来很多金子，四处收买陈豨的将士，然后悬赏千金，捉拿王黄、曼邱臣二人。虽然二人一时未被抓获，陈豨的手下却陆续来降。

高祖在邯郸城内过了年。十一年元月，诸路兵马奉命支援赵国，讨伐陈豨。陈豨正派遣部将张春渡河攻打聊城，王黄屯兵曲逆，侯敞带领游兵往来接应，自己与曼邱臣驻扎襄国。韩王信也进兵参合，赵利守住东垣，以为内外有备，可以持久。高祖兵分数路前去攻击：聊城一路，交给将军郭蒙及丞相曹参；曲逆一路交给灌婴；襄国一路交给樊哙；参合一路交给柴武；自己率领郦商、夏侯婴等人攻打东垣；另派绛侯周勃从太原袭击代郡。

除了柴武，数路兵马都大获全胜，只有高祖自己这一路，围攻了二三十天，数次招降，被守城兵士啰啰唆唆，叫骂不休。高祖非常恼怒，冒着硬箭、巨石亲自督促士兵猛攻，城中将士拼死守护，直至粮尽势穷，方才出降。高祖杀入城中，命人将叫骂的士卒全部斩首，只有没骂的才幸免一死。赵利逃窜，汉军追寻不到，也只好罢休。

当时，四路战胜的军队依次汇集，已将代地平定，王黄、曼邱臣被部下活捉，先后被杀。陈豨一败涂地，逃往匈奴去了。汉将柴武进攻参合，未得捷报，高祖不免担忧，正想派兵援应，碰巧露布赶来，说是参合已败，连韩王信也被杀死了。

高祖当然心喜，留周勃防御陈豨，自己率兵西归。途中想到赵、代二地不便合为一国，决定分封。于是到洛阳下诏，仍分代、赵为二国，并从子弟中选立代王。诸侯王及将相等三十八人，都说皇子中刘恒可做代王，高祖便封刘恒为代王，把晋阳作为代国的都城。代王刘恒是薄姬所生，后来高祖专宠戚姬，几乎对薄姬置之不理，薄姬却毫无怨言，将刘恒抚养成人。刘恒辞行去做代王，索性将母亲一同接去。高祖原本就视薄姬如路人，许他母子同行。薄姬反得跳出祸门，安享富贵去了。

高祖将代王刘恒母子打发出去后，忽然接到吕后密报，说已经处死韩信，并诛杀他三族，高祖又喜又惊。

## 吕后毒计害功臣

韩信自降封以后，怏怏不乐，所以与陈豨话别时，约定谋逆。陈豨谋反后，高祖领兵亲征，韩信借故不从，高祖也不让他追随。高祖消灭项王后，大功告成，便不想再重用韩信。可韩信还想夸功争胜，不甘退居人后，因此君臣相互猜忌，积怨越来越深。

一天，韩信入朝见驾，高祖与他谈论众将的才干，韩信对众人都不满意。高祖问：“你看我可以领多少兵马？”韩信回答说：“陛下不过能领十万人。”高祖说：“你自问能领多少？”韩信答道：“多多益善。”高祖笑道："既然是多多益善，为何被我捉住？"韩信半晌才说："陛下不善领兵，却善于驾驭将领，韩信因此被陛下抓住。且陛下所为，均是上天注定的，不是单靠人力。"高祖付诸一笑。待韩信退朝后，高祖心中又增添了一分疑忌。

高祖东征后，吕后想乘机揽权，做些惊天动地的事使人畏服。恰有韩信的手下栾说上疏，称韩信与陈豨通谋，已有密约，此次准备响应陈豨，释放狱中的囚犯，袭击皇太子。吕后知道后，便召入萧何，商议计策。派一名心腹假扮军人，悄悄绕出北方，再入长安，谎称是由高祖派来传递捷报的，说皇帝已将陈豨打败。朝臣不知有诈，相继来道贺，只韩信仍然称病，闭门不出。萧何借探病的名义，亲自前来探视韩信，韩信不好拒绝，只好出室相迎。

萧何握着韩信的手说："现在主上派人传报捷书，你应该入宫道贺，借此释疑，为何闭门不出呢？"韩信听了萧何的话，只好跟随萧何入宫。谁知宫里早已埋伏好武士，韩信一进门，这些人就一齐跳出，把他拿下。萧何早已避开，只有吕后带着怒容，坐在长乐殿中，娇声呵斥道："你为何与陈豨通谋做内应？"韩信答辩道："此话从何而来？"吕后说："现奉主上诏命，陈豨被捉，招供说由你主使，你的下人也写书信告发你，你还有何话说？"韩信还想申辩，吕后不容他再说，就令武士将他处以死刑。韩信仰天长叹："我不听蒯彻的话，反落得如此下场，难道这是天命吗？"话才说完，头已落地。

自从萧何把韩信追回来，登坛拜将，何等威风。垓下一战，如果不是韩信足智多谋，高祖也未必能得到天下。韩信的十大功劳，被一笔勾销，以前极力推荐韩信的萧丞相，反向吕后献计，将韩信处决，岂不可叹？后人为韩信悲吟：成也萧何，败也萧何。真是一句公论。尤其令人痛心的是，韩信的父族、母族、妻族全部被杀。

高祖接得此报，惊喜交集，立即去了长安。夫妻相见，高祖并没有责备吕后擅杀大臣，只问韩信死时有没有说什么话。吕后回答说韩信别无他言，只说后悔没有听从蒯彻的话。高祖于是立即派人前往齐国，传话给曹参，让他速将蒯彻捉来。没过多久，蒯彻被吏役押解进京，由高祖亲自审问。

高祖怒目责问道："你胆敢教淮阴侯造反吗？"

蒯彻直答道："我原劝他自立，可惜他不肯听从，才有今天诛族的灾难。如果他肯用臣的计谋，陛下怎能杀得了他？"

高祖极为愤怒，喝令左右将蒯彻杀掉，蒯彻呼天鸣冤。高祖怒问："你教韩信造反，罪过大于韩信，还有何冤？"

蒯彻大声说："犬只知一心为主，我当时也只知韩信，不知陛下。现在海内刚刚平定，也会有人暗地怀谋。试问陛下能一一杀尽吗？不杀别人，只杀我一人，臣当然要喊冤了！"

高祖听他这样说，不禁微笑道："你总算能言善辩，朕就赦免你！"

于是令手下将蒯彻释放，蒯彻拜谢而出，仍回齐国去了。

梁王彭越辅佐汉王灭楚，战功虽比不上韩信，却也相差不远，截楚粮道，烧楚粮仓，致使项王没有粮食，自刎乌江，这种功劳，也算是汉将中少有的。自韩信被擒，降王为侯后，彭越担心祸及自身，暗暗怀有戒心。后来陈豨造反，高祖亲征，曾派人召彭越前去会师，彭越托病不去。高祖非常恼怒，下诏责问。彭越更加害怕，准备亲自前去谢罪，部将扈辄阻止道："你以前不去，现在才去，到了之后必被抓起来。不如就此举事，乘虚西进，截住汉帝的归路，岂不更好？"彭越只听了扈辄的一半计策，仍然以生病为理由，不肯前去。但终究不敢造反，只是蹉跎度日。

这件事被梁太仆听说后，从此就瞧不起彭越，常常擅自行事。彭越想抓他治罪，他却先发制人，一溜烟地前去将此事告诉高祖。高祖信以为真，立即派遣将士拿着诏书到梁地，把彭越与扈辄二人一起拘拿到洛阳，令廷尉王恬开审问。王恬开审讯以后，知道彭越无心造反，但默默窥探高祖的心意后，决定从严定罪。说谋反计划出自扈辄，彭越如果真的效忠帝室，就应该杀掉扈辄，将此事上报朝廷，现在他却不杀扈辄，显然是有谋反之意，应该依法论罪。高祖因为韩信被诛一事，入都询问情形，因此将彭越一事悬搁数日。等再到洛阳，才下诏斩杀扈辄，将彭越贬为平民，并把他迁到蜀地青衣县居住。彭越无可奈何，只好依诏西去。走到郑地，却碰到一位女煞星，将彭越的性命催讨了去。这个女人是谁呢？正是擅杀韩信的吕雉。

吕后听说彭越下狱，暗暗高兴，以为高祖定会处死彭越。可高祖只把彭越贬为平民，迁徙蜀中。她一得到这个消息，立即动身，要和高祖面谈，请旨杀掉彭越。冤家路窄，竟让他们在半路相逢。彭越忙跪拜在路旁，哭着说自己无罪，乞求吕后为他说情，将他放回昌邑故里。吕后毫不推辞，一口答应，并命彭越从原路返回洛阳。

到洛阳后，吕后觐见高祖，让彭越在宫外等候，彭越眼巴巴地恭候佳音。差不多等了一天，宫中的卫士却将他横拖直拽，再次交到廷尉王恬开那里审讯。王恬开也暗暗惊奇，决定先派人探听宫里的消息，再给彭越定罪。不多时就得到确切消息，原来是吕后见了高祖，说把彭越迁入蜀中，仍是养虎为患，不如速速将他杀掉，所以特意把彭越截回来。然后又嘱令手下诬陷彭越暗中招集部兵，意图谋反，内煽外蛊，不由高祖不信。王恬开是个逢迎好手，所以不但要杀死彭越本人，还要灭他三族。彭越一错再错，后悔也来不及了。诏令一下，就被捆绑出去，在市曹斩首，彭越的亲族也都被杀掉。彭越被斩首示众后，王恬开又把他的尸身剁成肉酱，分赐给诸侯。并且在悬挂彭越头颅的地方写下诏书，如有人收起或祭祀彭越的头颅，罪过与彭越相同。

过了几天，忽然有一个人穿着丧服前来，手里拿着祭品，对着彭越的头颅边拜边哭。这件事被守吏听说后，便将那人抓住，送到高祖座前。高祖怒骂道："你是何人，敢来祭祀彭越？"那人说："臣是梁大夫栾布。"高祖生气地说："你难道没看见我的诏书吗？公然哭祭，想必是与彭越同谋，来人，快快将此人烹煮！"此时殿前正摆着汤镬，卫士等一接到命令，就将栾布提起，要向汤镬中扔去。栾布看着高祖大叫："请容臣说一句话，臣死也无憾了。"高祖说："尽管说来！"栾布说："陛下以前被困彭城，败走荥阳、成地之间，项王带领强兵向西逼近，如果不是彭王居住梁地，助汉击楚，项王早就入关了。当时彭王一动，关系重大，从楚即汉破，从汉即楚破。况且垓下一战，彭王不来，项王也未必会败。现在天下已定，彭王受封，怎么会不想将封地传于万世呢？只是陛下征用梁兵时，恰逢彭王有病，不能如期到达，陛下便怀疑他谋反，杀死彭王，灭他三族，甚至把他的头悬挂起来，将他的尸身剁成肉酱。臣担心从此以后，功臣人人自危，不反也被逼反了！现在彭王已死，臣敢违诏私祭，原是拼死前来，情愿一死。"高祖见他语言慷慨，语气激昂，也觉得自己做得有些过分，急命武士放下栾布，把栾布封为都尉，栾布向高祖拜了两拜，下殿离去。

栾布是彭越的好朋友，也是梁人，自幼家境贫寒，流落到齐国当了酒保。后来被人掠卖，到燕国做奴隶，燕将臧荼把他封为都尉。臧荼做了燕王后，栾布就做了燕将。后来臧荼起兵叛汉，最后败死，栾布也被汉军所掳。多亏梁王彭越顾念交情，将栾布赎出，封他做了梁大夫。彭越被捕时，栾布正去出使齐国，回梁地后，才听说彭越已经被杀，于是立即赶到洛阳，向彭越的头拜祭。

高祖杀死彭越后，把梁地一分为二，东北仍叫梁，封儿子刘恢为梁

155

王；西南叫淮阳，封儿子刘友为淮阳王，二子都是后宫姬妾所生。

过了一个多月，高祖忽然想起南方还未平定，于是派楚人陆贾带着官印，去封赵佗为南王，叫他安抚南边的少数民族。赵佗以前是龙川令，属南海郡尉任嚣管辖。任嚣见秦政失纲，中原大乱，也想乘时崛起，独霸一方。不料老病复发，卧床不起，临死时对赵佗说："天下已乱，陈胜、吴广以后，还有刘邦、项羽，不知何时才得安宁。南海地处蛮夷，我担心有乱兵侵入，想切断北道，重开新路，静看世事如何变化。不幸老病加剧，不能实现这个愿望，现在郡中长吏，只有你能继承我的遗志。此地靠山面海，东西相距数千里，又有中原人士来此居住，正好乘势立国。"赵佗唯唯领命。

没多久，任嚣就死了，赵佗为他发丧，继任南海尉，令各关守将严守边防。随后又陆续派兵捕戮秦朝派来的县令，另用亲党接替。等汉使陆贾到了南海，赵佗虽不拒绝，却也大模大样地坐在堂上，直到陆贾进来，仍是这种姿态。陆贾能言善辩，也不给他行礼，便开口大声说："你本是中原人，父母兄弟坟墓都在真定，现在你想用区区南越与天子抗衡，恐怕灾祸要到了！试想秦朝无道，豪杰并起。天子却能够先入关，据有咸阳，平定暴秦，项羽虽强，最终败亡，先后不过五年，海内就统一了，这乃天意使然。现在你冒用封号，天朝将相都想兴师问罪，只是天子怜惜百姓劳苦，志在休养生息，特意派遣使臣到此地册封你。你本应出郊相迎，不料你竟狂傲自大，违抗圣命。如果天子听说这件事，勃然大怒，掘毁你的祖坟，屠灭你的宗族，再派遣十万精兵来讨伐南越，你将怎么应对？就是南越吏民，也会埋怨你。你的性命，就在旦夕之间了！"赵佗听到这番话，赶快起身离座，害怕地说："我在这里待的时间太长了，以致失去礼仪，请你不要见怪！"陆贾说道："你知过能改，也算是一位贤王。"赵佗问道："我与萧何、曹参、韩信等人比起来，究竟谁贤明呢？"陆贾随口说道："你似乎高出一筹。"赵佗喜上眉梢，又进一步问道："我与皇帝相比呢？"陆贾回答说："皇帝起自沛县，讨暴秦、诛强楚，为天下兴利除害，德媲五帝、功同三王。统一天下，治理中原，中原人数有亿万之多，地方万里，自盘古开天辟地以来，哪个人也不曾这样！现在你不过拥有几万士兵，又居住在偏僻的蛮荒，山海崎岖，地方还没有汉朝一个郡大，你想能赛过皇帝吗？"赵佗大笑道："我不在中原起事，所以只在此地称王，如果我居于中原，未必不如汉帝！"

赵佗留陆贾居住在客馆中，连日与他对饮，谈论时事，陆贾应对如流，气氛融洽。陆贾因为与赵佗志趣相投，就多住数日，劝他诚心归汉。赵佗被陆贾感动，自愿称臣，并取出珍宝，作为临别时的赠礼。陆贾也将随身所带的宝物送给赵佗，而后才动身告别。

陆贾回去复命，高祖非常高兴，提升陆贾为大中大夫。陆贾得到皇帝的器重后，便时常进言，每次与高祖谈论，都爱引经据典，说得津津有味。高祖对此讨厌得很，对陆贾骂道："我是从马上得天下，要诗书有什么用？"陆贾答道："在马上得天下，难道也能在马上治天下吗？秦朝吞并六国后，滥用刑罚，不久就灭亡了。假如秦得天下之后，施行仁政，效法先王，陛下怎能灭秦为帝呢？"高祖听他这样说，暗自惭愧，禁不住面颊发红。停了半晌，才对陆贾说："你可将秦为何失去天下、我为何得到天下分条解释，编成一本书，以教育后世子孙。"陆贾奉命退出，费了好几天工夫，编成十二篇，上奏给高祖。高祖逐篇细看，不住点头称好，称陆贾的书为《新语》。

## 汉高祖荣归故里

南越臣服后，高祖又将假公主下嫁到匈奴，博得冒顿欢心，冒顿上疏道谢，国内一派和平景象。

可过了没多久，淮南中大夫贲赫，报称淮南王英布谋反，请兵征讨。高祖担心贲赫是诬告，就把贲赫暂押狱中，另派人去淮南调查。究竟英布有没有谋反呢？事情的经过是这样的：彭越被杀的消息传来，英布很吃惊，恐怕下一个就要轮到自己，便暗中派部将带兵守边，预防不测。

这时恰逢英布的爱姬得病，寻找医生诊治，医生家的对门，就是中大夫贲赫的宅第。此时王姬生病，贲赫便想乘机奉承，特意购买奇珍异宝作为礼物献上。等王姬的病渐渐痊愈，又备了一桌盛筵，恭请王姬，王姬不忍推却，就入席畅饮。

英布见王姬已经痊愈，心中欢喜。有一次追问王姬生病时的事情，王姬就称贲赫忠义两全。哪知英布陡然变色，迟疑半晌，才说出一句："你怎么知道贲赫忠义两全？"王姬被他一问，自知说错了话，追悔不及，只好将贲赫如何厚赠、如何盛请的事情说了一遍。项布不听还好，一听她说完，更加生气，严厉责问道："贲赫与你是什么关系？竟这样优待于你，莫非你与贲赫另有私情！"王姬又悔又惭，又急又恼，宁死不认。

英布不肯相信，竟想找贲赫对质，命人宣贲赫进来。

贲赫见了来使，还以为是王姬在淮南王面前代为吹嘘，非常高兴。可见来使说话支吾，于是殷勤款待，探问情由。使人便对他说明其中的缘由，贲赫才知自己弄巧成拙，于是不敢应召，谎称病重不能下床。等到使者离去后，贲赫害怕英布派兵来抓自己，立即乘车出门，飞奔而去。

果然，不到半天，英布就派卫兵将贲赫的家团团围住，进宅搜捕。四处寻找，就是不见贲赫的踪影，只得回去禀告英布。英布又命卫兵追赶，走了一二百里，也没有看见贲赫，只好退回去了。此时，贲赫已日夜兼程，入都告发英布叛乱。

英布没有追上贲赫，已料知他到长安告发去了。等朝使到来，虽然没有严诏，但见他逐事调查，自知贲赫已从中挑唆，索性一不做，二不休，将贲赫的家人全部杀死，并想拿住朝使，一刀劈成两段。朝使事先得到风声，提前逃脱，奔回长安，称英布已经起兵造反。

高祖听说后，就将贲赫从狱中放出，封他为将军，召集众将商议如何出兵讨伐。众将齐声说："英布有何本事？只要大兵一到，就能把他生擒回来。"高祖有些迟疑，一时不能决定。原来高祖病体刚刚痊愈，还没有完全复原，他想让太子统兵，攻打英布。太子有上宾四人，分别叫东园公、夏黄公、绮里季、用里先生。他们四人蛰居商山，号为商山四皓。高祖曾多次派人去请，他们都不愿前来。建成侯吕释之是吕后的兄长，奉吕后之命，问张良怎样才能保全太子。张良让他前去迎接四皓辅佐太子，吕释之不知他有何妙用，就依照张良的话，备了厚礼去聘请四人。四人见来者心诚，勉强答应出山，面见储君。

到了长安，太子刘盈格外厚待他们，情同师生，四人不好意思离去，只得住下。英布起兵谋反后，皇上要太子刘盈去监军的消息传来，四皓已窥透高祖的心意，对吕释之说："太子出去统兵，有功也不能加封，无功却难免遭祸，你何不请皇后在圣上面前哭诉，说英布为天下猛将，善于用兵，不可轻敌。现在朝廷诸将都是陛下的旧部，怎肯安受太子指挥？如果现在让太子担任将领，无异于让羊去统率狼，谁肯听命？英布定会乘机西来，中原一动，全局便会瓦解。看来只有陛下亲征，才能平乱。照此一说，太子便可无事了。"吕释之得到四皓教导，忙进宫禀报吕后。吕后记着这些话，乘机到高祖面前，呜呜咽咽哭述一番。高祖于是慨然道："我就知道这个孩子不能成事，我亲征就是了。"

当天，太祖就颁下诏命，准备亲征。汝阴侯夏侯婴，认为英布未必会反，于是召来门客薛公与他商议。薛公是前楚令尹，颇有才智，料事如神。见到夏侯婴，说起英布造反的事情，便认为此事肯定是真的。

夏侯婴问道："主上已划地封赏英布，英布得以南面称王，难道还要造反吗？"

薛公说："主上去年杀彭越，前年杀韩信，英布与韩信、彭越功劳相当，其中有两个已被杀死，英布怎能不惧怕呢？因为惧怕所以才想到造反，这有什么值得奇怪的？"

夏侯婴又问道："英布能成功吗？"

薛公道："未必！未必！"

夏侯婴很佩服薛公，于是觐见高祖，举荐薛公。高祖传见薛公，向他询问。

薛公说："英布造反不足深虑，他若出上策，山东恐怕就不归汉所有了；若出中策，胜负尚未可知；若出下策，陛下便可高枕无忧了！"

高祖道："上策是什么样的？"

薛公道："南取吴、西取楚、东并齐鲁、北收燕赵，坚壁固守，乃为上策，英布如果想出这个办法，山东就不归汉所有了！"

高祖又问及中策、下策。薛公道："东取吴、西取楚、并韩取魏、占据敖仓便是中策。若东取吴、西取下蔡，再去长沙，这乃所谓的下策啊。"

高祖道："你料英布将用何策？"

薛公道："英布原本是骊山的刑徒，遭遇乱世，才得以封王。其实没有什么远见和才识，只顾眼前，不顾日后，臣料他必出下策！"

高祖听了，高兴得连连说好，封薛公为关内侯，食邑一千户。并立赵姬所生的儿子刘长为淮南王，准备让刘长接替英布的位置。

时值深秋，御驾亲征，战将多半相从，只留下一部分大臣辅佐太子，但他们也都送驾出都，一同来到霸上。张良平时多病，现在也强打起精神出来相送。

临别时高祖嘱咐张良："你是朕的故交，现在虽然抱病，还请为朕辅佐太子，免得让朕挂念。"

张良答道："叔孙通已为太子太傅，他的才能足以胜任此职，请陛下放心。"

高祖说："叔孙通本是贤臣，但他一人还不足以济事，所以烦请子房相助，子房可屈居少傅，还望你不要推辞！"

张良于是受职回去。

此时，英布已出兵掠地，果然如薛公所料，出了下计。抵达蕲州属境会甄时，正值高祖亲率大队迤逦前来。高祖登高窥敌，见英布的军队甚是精锐，一切阵法，仿佛与项羽相似，心里很不高兴。但箭在弦上，不得不发，只好勉励众将，出营与英布作战。英布令前面的队伍射箭，万箭齐发，射入汉军，汉军虽不免受伤，仍然拼死直前，有进无退。高祖也冒着箭雨督战，毫无惧色。忽然有一支箭飞来，高祖还没有来得及躲避，箭已射中胸前，多亏身披铁甲，箭射得不深，痛楚还可以忍耐。高祖用手捂住胸口，怒气上冲，大喊杀贼。众将见高祖已经中箭，尚且舍命杀敌，于是从箭雨中杀出一条血路，一齐向英布的阵中杀去。英布的箭已用尽，而汉军气势未衰，顿时阵营大乱。汉兵横冲直撞，生龙活虎，英布的部下七零八落，纷纷四散。英布制止不住，只好带领残兵，回头退走。

高祖率军紧紧追赶，英布势尽力穷，不敢回都，便向江南逃窜。长沙王吴臣①给英布修书一封，叫他避难到长沙。英布看到书信后，自然很高兴，急忙改道前去。走到鄱阳，夜间投宿在驿站，不料驿舍里面早已埋伏着壮士。英布猝不及防，被他们杀死了。这些杀死英布的壮士，正是吴臣派来的。吴臣把英布的人头献给高祖，释嫌报功。

此时，高祖已顺道行至沛县，探视家乡父老，有衣锦还乡的意思。沛县官吏准备行宫，等到高祖到来，出城跪迎。百姓通通扶老携幼欢迎高祖，一时间香花满道、彩灯盈街。高祖瞧见后，非常高兴，一入行宫，就传诏父老子弟觐见，并且嘱咐他们不必多礼。沛中官吏早已备好筵席，高祖坐在上面，与父老子弟一同饮酒，又选得儿童二百二十人，命他们唱歌劝酒，儿童等满口乡音，咿咿呀呀地唱了一番，高祖满心欢喜。酒入欢肠，心情更加舒畅，于是张口作歌道：

大风起兮云飞扬，威加海内兮归故乡，安得猛士兮守四方！

唱完，就让儿童学习，同声唱和。儿童都伶俐得很，教了一遍，便能上口，并有抑扬顿挫之感，声音婉转悦耳。高祖喜笑颜开，走下座来，回旋舞动。舞了片刻，又回想到从前受苦的情景，不禁百感交集，流下数行老泪。父老子弟见高祖泪流满面，都惊愕起来。高祖瞧见后，便对众人说道："游子悲故乡，乃是人之常情。朕虽然定都关中，贵为皇帝，魂魄仍然依恋故土。朕起自沛县，才得以铲除暴逆，拥有天下，这里从此世世免除赋役。"众人听了，都跪在地上叩谢。

---

① 吴臣：即吴芮的儿子，当时吴芮已经病死。

160

高祖又让他们起身归座，续饮数巡，喝到很晚才散席。到了第二天，又派人召来武妇、王媪，以及其余亲朋来宴饮。妇女等不知礼节，高祖下令让大众免礼，依次入座。高祖与他们谈及往事，都欢喜得很，边笑边饮，又消磨了一天。

转眼间，高祖在沛县住了十多天，准备动身离去，父老等热情挽留。高祖说："我这次来人马众多，每天都需要很多粮草，如果再不离去，岂不是连累你们？我只好与你们告辞了！"于是下令上路。

父老等不忍相别，都置办酒席，到沛县西边饯行。高祖感念父老厚情，命人在沛县西边暂设行宫，与众共饮，不知不觉又过了三日，才决定与他们告别。父老又叩头请命："沛中有幸减免赋役，丰邑还没能享有这样的恩典，还望陛下垂爱！"高祖说："丰邑是我生长的地方，从不曾忘。只是从前雍齿背叛我，丰人竟然甘心帮助雍齿，负我太多，现在既有父老请命，我就一视同仁，免除他们的赋役吧。"父老等为丰人叩谢。高祖待他们谢过之后，拱手上车，向西离去。父老百姓回到沛县后，就在行宫前筑起一座高台，称为歌风台。


## 天子驾崩

高祖到了淮南，连续接到两次喜报：一是长沙王吴臣派人献上英布的首级；二是周勃传来捷报，已将陈豨刺死，现在代郡及雁门、云中等地已经平定，等候皇上的诏令。高祖下诏给周勃，叫他班师回朝。周勃留在代地，淮南已封给刘长，楚王刘交回归原镇，只有荆王刘贾死后，没有后代，特改荆地为吴国，封兄长刘仲的儿子刘濞为吴王。

刘濞本是沛侯，年已弱冠，体力过人。此次高祖征讨英布，刘濞随行，临战不惧，杀敌甚多。吴人强悍，须用壮士镇守，所以高祖就命刘濞为吴王。刘濞领命前去道谢，高祖见他面目犷悍，带有一股杀气，不禁懊悔起来，怅然对刘濞说："你生有反相，怎么办呢？"但又不便收回成命，犹豫不决。刘濞暗暗心惊，趴在地上，高祖用手抚摸着刘濞的背说："汉后五十年，东南有乱。莫非就应在你身上？你应当谨记天下同姓是一家，千万不能谋反。"刘濞连说不敢，高祖令他起来，又嘱咐几句，才让他退出。当时刘氏子弟分封，共有八国，分别是齐、楚、代、吴、赵、梁、淮阳、淮南，除楚王刘交、吴王刘濞外，其余都是高祖的亲生儿子。

161

高祖从淮南出发，途中箭伤复发，匆匆入关，还居长乐宫，卧床数日。戚姬朝夕在身旁侍候，见高祖不断呻吟，格外担忧，又求高祖保全她母子性命。高祖暗想，只有废立太子，才能保全他母子，因此旧事重提，决定废立。张良是太子少傅，自然不能坐视不理，他首先进谏，说了许多大道理，高祖坚决不从。张良暗想，平日进言，陛下多半听从，这次竟然这样，料想很难劝成，不如退隐。于是好几天闭门谢客，托病不出。

此事也惹恼了太子太傅叔孙通，他入宫强谏道："秦始皇不早立扶苏，以致秦朝灭亡，是陛下亲眼所见的。现在太子仁孝，天下共知，吕后与陛下同甘共苦，只生太子一人，为何无端背弃？现在陛下一定要废长立少，臣情愿先死。"说着，就拔出剑来，准备自刎。高祖慌忙摆手，叫他不要自尽，对他说道："我不过说句戏言，你怎么能当真呢？我就听从你的建议，不再改立太子了。"内外大臣也多上疏反对废除太子。高祖左右两难，既不便违背众人的意思，又不好拒绝爱姬，只好将此事拖延，以后再作打算。

不久，高祖箭伤痊愈，在宫中置酒，特意召太子刘盈侍宴。太子刘盈应召入宫，四皓也一同跟随。高祖看到四人相貌不凡，便问太子："这四老是什么人呢？"太子还没来得及回答，四皓已自报姓名。

高祖愕然问道："你们便是商山四皓吗？我请求你们出山已有多年，你们避而不到，现在为何到这里追随我的儿子呢？"

四皓齐声答道："陛下经常谩骂士人，臣等不甘受辱，所以违命不来。现在听说太子仁孝，天下都仰慕太子高义，愿意为他效劳。所以臣等才远道而来，辅佐太子。"

高祖又说道："你等肯来辅佐我儿，那我还说什么。希望你们能始终保护他。"

四皓唯唯听命，依次向高祖敬酒。高祖勉强接来饮下，又让四皓一同入座，共饮数杯。

过了一两个时辰，高祖郁郁寡欢，就命太子退去。太子起座，四皓也起身追随太子离去。高祖急忙召来戚姬，指着四皓对戚姬说："我本想改立太子，只是他已得到这四个人的辅佐，羽翼长成，很难再动了。"戚姬听到这话，又流下了几行泪。

当时萧何已升任相国，加封五千户。群臣都向萧何道贺，只有亡秦的东陵侯召平心有忧虑。召平自秦朝灭亡后，就在长安种瓜，他种的瓜味道甘美，世人称为东陵瓜。萧何入关后，听说召平有贤名，就把他招到幕下，经常与他谋议。

这次召平伤感地说："主上连年出征，亲冒硬箭、巨石的危险，只有你安守都中，不曾受战斗之苦。现在反而得以受封，名义上是重用你，实际上是怀疑你，试想淮阴侯身经百战尚且被杀，你的功劳比得上淮阴侯吗？"

萧何惶急道："你说得太对了，我该怎么办呢？"

召平回答说："你不如让出封赏，不要接受，把自己的钱财全部取出来，作为军费，这样才能免祸。"

萧何连连点头说好，于是只接受相国一职，并将家财献出来犒劳汉军。此举果然博得高祖欢心。

高祖讨伐英布时，萧何派人输运军粮，高祖曾多次问使臣相国在做什么。来使无非说他安抚百姓、筹办粮草等，高祖默然。来使返报萧何，萧何也不知道高祖的意思。有一次与幕客谈起此事，有一人说道："你不久便要被灭族了！"萧何大惊失色，连话都说不出来。

此人接着说道："你官至相国，功居第一，已不能再加封了。主上多次问你在做什么，实际上是担心你久居关中，深得民心，如果乘虚号召，据地称尊，主上岂不是前功尽弃吗？现在你不察上意，还要一心为民，增加主上的猜忌！猜忌越深，祸就越近，你何不多买田地，强迫百姓以低价出售，使民间对你稍有怨言？主上听说后，才能自安，你也可保全家族了。"萧何听从了此人的建议，按照他说的去做。

不久有人将此事报知高祖，高祖果然欣慰。淮南告平，高祖回都养病，百姓纷纷上疏，说萧何强买民田，高祖一点也不在意，安然入宫。后来萧何一再进宫问病，高祖才将这些告状的书信拿出来给萧何看，并叫他向百姓谢罪，萧何于是补足田价，或将田宅归还原主，这件事自然渐渐平息了。

过了几十天，萧何上了一道奏章，竟触怒龙颜。高祖指示卫吏，叫他们抓住萧何，交给廷尉。

萧何一连被囚禁了数日，朝臣都不知是什么原因，不敢营救。后来探知萧何奏折，乃是因为长安城中居民越来越多，田地不够耕种，所以才上疏请求将上苑的空地让给民众开垦、耕种。谁知高祖竟怀疑他讨好百姓，不记前功，命人将他治罪！

群臣虽然觉得萧何很冤枉，但都徘徊观望，不敢进言。有一个卫尉，替萧何感到不平，时时想着救他。一天，卫尉侍奉高祖，见高祖心情好，就乘机问高祖："相国有什么大罪，要被关进监狱？"高祖道："相国受

163

人贿赂，向我请求下放苑地，讨好百姓，我这才把他抓起来治罪。"卫尉说："臣听说京城百姓太多，土地不够用，相国为民兴利，请求开辟上苑，正是他应尽的职务，陛下为何怀疑他受贿呢？况且陛下与楚军交战数年，又出兵讨伐陈豨、英布，国家大事全委托相国代办。相国如果有异图，只要稍一活动，便可拥有关中，可相国不但效忠陛下，派子弟从军，还把自己的钱财拿出来作为军饷，可见他毫无私心，难道他会贪恋商人的贿赂吗？陛下未免太小看相国了！"高祖被他一驳，自觉说不过去，踌躇了好一会儿，才派人把萧何从监狱里放出来。从此以后，萧何更加恭谨，静默寡言。

周勃从代地归来，入朝复命，说陈豨的部将多半归降，并说燕王卢绾与陈豨曾有通谋之事。高祖认为卢绾一向忠心，不会这样做，就决定先召卢绾入朝，观察他的举止。卢绾做贼心虚，因为通谋是实情，只好借口生病不去应命。高祖还是不想讨伐卢绾，又派辟阳侯审食其及御史大夫赵尧一同去燕国，察看卢绾得病是真是假，顺便催促卢绾入朝。二使进入燕都后，卢绾更加惊慌，仍谎称有病不能出来见客，只留使臣在客馆中居住。二使住了几天，不免有些焦烦，多次与燕臣说起要到内室探病。燕臣把他们的话报告给卢绾，卢绾叹息道："从前异姓分封，共有七国，现在只有我和长沙王二人，其余的都被消灭了。诛韩信、烹彭越，均是吕后的主意。现在听说主上抱病不起，朝政由吕后把持。吕后阴险狡诈，专杀异姓功臣，我如果进京，明明是前去寻死，等到主上病愈，我再去谢罪，或许还能保全性命！"燕臣将卢绾的话转告给二使。赵尧还想给他解释，审食其听出卢绾似乎有不满吕后的意思，心中实在难受，便阻住赵尧，匆匆回去禀报。审食其袒护吕后，另有一段隐情。

二人复命后，高祖不禁大怒："卢绾果然造反了！"接着命樊哙率兵一万，前去征讨卢绾。樊哙领命离去。高祖因卢绾谋反，格外气愤，一番盛怒，导致箭疮迸裂，血流不止，用药搽敷，好容易才将血止住。高祖暗想，征讨英布时，本想让太子出战，是吕后从中谏阻，使我不得不亲自前去。临阵中箭，受伤甚重，这明明是吕后害我，岂不可恨？所以吕后、太子进来探病时，高祖便将他们痛骂一顿。吕后、太子不堪受责，常常避而不见。

有一个侍臣与樊哙不和，他趁左右无人，向高祖进谗道："樊哙是皇后的妹夫，与吕后结为死党，听说他暗地设谋，等主上驾崩后，就要杀死戚夫人、赵王刘如意等人，陛下不可不防！"高祖听后，立即召入陈平、周勃，在床上对他们说："樊哙党同吕后盼我速死，可恨至极，现在命你二人前往，速将樊哙斩首，不得有误！”二人听到命令后，面面相觑，不敢发言。高祖对陈平说：“你将樊哙的头取来，越快越好！”又对周勃说：“你代替樊哙，去讨伐燕地！”二人见高祖很生气，并且病情严重，不便为樊哙辩解，只好答应着退出来，整装起行。

在途中他们私下议论道：“樊哙是主上的故人，功劳很大，又是吕后的妹夫，关系非同一般。现在主上不知听信何人，命我等速去斩杀樊哙！我等此去只好折中行事，把樊哙拘捕回京，请主上自己杀他。”这话是陈平说的，周勃极力赞成。谁知二人还没到樊哙军中，高祖就已经归天了。

高祖一病数月，病情逐日加重。到十二年三月，高祖自知无法医救，不愿再接受治疗。他召集列侯群臣一同入宫见驾，让他们宣誓：“此后不是刘氏族人不能封王，不是有功之臣不能封侯。如违此约，天下共击之！”群臣散去后，高祖又派人告诉陈平，让他由燕地回来，不必进宫禀报，快去荥阳与灌婴一同驻守，免得各国乘丧作乱。布置完毕，又召吕后入宫，嘱咐后事。吕后问道：“陛下百年之后，萧相国如果死了，谁可以替代他呢？”高祖说：“曹参。”吕后道：“曹参也年纪大了，此后是何人？”高祖说：“王陵，但王陵稍微有些愚直，不能单独任用他，须用陈平协助他。陈平智识有余，厚重不足，最好兼任周勃。”吕后还要再问，高祖说：“后面的事恐怕也不是你能知道的了。”吕后于是不再说话。

几天之后，高祖在长乐宫中驾崩，享年五十三岁。高祖为汉王以后，五年称帝，又过八年去世，总计在位十二年。①


## “人彘”

高祖驾崩后，吕后想杀死众将，便将丧事搁起，只召来心腹入宫密商。这心腹就是辟阳侯审食其。审食其与高祖同里，本没有什么才干，不过面目文秀，口齿伶俐，善于迎合别人。高祖起兵以后，家中无人照应，就叫他代理家务。

高祖外出打仗，家事都由吕后主持，吕后怎样说，审食其便怎样做，唯唯诺诺，深得吕后喜欢。二人朝夕相处，渐渐眉来眼去，目逗心挑，太公已经年老，也不留心管这些闲事，一子一女又都年幼，怎晓得吕后

———————

① 称帝以五年为始，故合计只十二年。

165

的秘密情肠？于是二人互相勾搭，竟演了一出露水缘。

　　好在高祖由东入西，距离遥远，两人正好相亲相爱、双宿双飞。等高祖兵败彭城，家属被掳，审食其仍然追随，不肯离去，无非是为了吕后，情愿同生共死。吕后与太公被项羽关押三年，审食其朝夕不离，亏得项王不曾虐待，因此两人仍得以续欢，不怎么痛苦。到了鸿沟议约，项羽将他们释放，两人一同入关。高祖与项王角逐江淮，一点也不知道二人私通之事。两人感情越来越深，俨然一对患难夫妻，昼夜不舍。不久项氏破灭，高祖称帝，所有人依次加封，吕后从中怂恿，请求高祖封赏审食其。高祖认为他保护家属有功，因此封他为辟阳侯。

　　审食其喜出望外，感念吕后，几乎铭心刻骨，从此在深宫侍奉，比以前更加出力。吕后只避开了高祖一双眼睛，整日里偷寒送暖。高祖时常出征，又有戚夫人为伴，不嫌寂寞，只要吕后不去纠缠，已经如愿以偿。吕后安居宫中，巴不得高祖不来，好与审食其同梦。有几个宫娥采女，明知吕后暗通审食其，也不敢泄露半点消息，还帮二人隐瞒，好得些意外赏钱，所以高祖戴着绿巾，到死都不知道。

　　吕后淫妒成性，见高祖已死，便起了杀心，一是想保全太子，二是想保全情人。她想如果将前朝大臣杀完，自己便可以为所欲为。打定主意后，就召来审食其商议："主上已经归天，本应颁布遗诏，举行丧礼。但是我担心内外功臣各怀异志，如果知道主上崩逝，未必肯效忠于少主。我想暂且不举办丧礼，先谎称主上病重，召集功臣安排辅政之事，然后埋伏士兵把他们全部杀死，你认为这样做可以吗？"审食其听着，暗暗吃惊，但转念一想，杀死功臣对自己也有好处，因此极力赞成，只是劝吕后缜密行事。

　　吕后还是不放心，又召来自己的兄长吕释之前来商议。吕释之也与审食其的意思一样，不过，吕后一时不敢施行。转眼间已过了三天，朝臣都猜疑起来。曲周侯郦商的儿子郦寄予吕释之的儿子吕禄都爱好斗鸡走马，互相有往来，吕禄曾私下对郦寄谈起宫中秘事。郦寄回家报告他的父亲，郦商愕然惊起，匆匆到辟阳侯宅中拜见审食其，屏退下人，对审食其说："你祸在旦夕了！"审食其本来心怀鬼胎，听到这句话，慌忙询问原因。郦商低声说："主上已逝世四天，宫中秘不发表，并且想杀死众将。试问真的能把众将杀尽吗？现在灌婴领兵十万驻守荥阳，陈平又奉诏协助灌婴，樊哙死没死还不知道，周勃取代樊哙作为将领征讨燕、代，这些人都是功臣。如果听说朝内诸将被诛杀的消息，必然合兵攻打关中。大臣内叛、众将外攻，皇后、太子能不灭亡吗？你一向参与宫中

166

谋议，何人不晓，在这危急存亡的时候不进谏，他人必怀疑你同谋，将与你拼命，你的家族还能保全吗?"审食其嗫嚅道："我……我实在没有听说过这件事！外面既然有这样的谣传，我禀明皇后便是了。"

郦商告别后，审食其忙进宫将此事禀告吕后。吕后一想，风声已泄露出去，此计不能再实施，只好作罢，并嘱咐审食其转告郦商，不要对外宣扬。郦商意在顾全内外，怎肯轻易说出去，便让审食其返报吕后，让吕后尽管放心。

吕后这才传令发丧，让大臣进宫哭灵，此时距高祖驾崩已经四天多了。棺殓以后，不到二十天，便下葬在长安城北，号为长陵。又过了两天，太子登基，年仅十七岁，尊吕后为皇太后，赏功赦罪，布德行仁，所以被称为惠帝。

燕王卢绾听说樊哙率兵攻打，本不想与汉兵交战，便率领宫眷家属、数千骑兵避居长城下，准备等高祖病愈后入朝谢罪。听到惠帝继位的消息，料知太子登基，吕后必定专政，何苦自去寻死，于是率众投奔匈奴，匈奴称他为东胡卢王。

樊哙到了燕地，卢绾已经逃走，燕人原不曾反叛，不用征讨，自然畏服。樊哙驻兵蓟南，正准备追击卢绾，忽然有一个使者到来，叫他临坛受诏。樊哙问坛在何处，使人回答说在数里外。走了几里，来到坛前，望见陈平登坛宣旨，不得不跪下听诏。才听一小半，突然出来数名武士把樊哙捆绑起来。樊哙正要喧嚷，陈平已读完圣旨，三脚两步走到坛下，将樊哙扶起，与他附耳说了几句，樊哙便不再说话。陈平指挥武士，把樊哙送入槛车。周勃与陈平告别后向北走去，陈平押着樊哙向西回都。

陈平押着樊哙正要入关，又接到高祖的第二道诏旨，命他前往荥阳帮助灌婴，樊哙的首级速派人送入都中。陈平与诏使认识，就与他秘密谈论，诏使佩服陈平的谋略，又知高祖病已垂危，劝陈平不要急着复命。过了两三天，果然听到高祖驾崩的消息。陈平一得到风声，就让诏使押着樊哙随后跟上，自己率先回都。诏使还想细问，哪知陈平已快马加鞭，风驰电掣一般赶入关中去了。

陈平不急于杀死樊哙，无非是为了吕后姐妹。但樊哙已受侮辱，樊哙的妻子吕媭如果从中诬陷，事情仍然不妙，所以他决定赶紧入宫，伺机防备。计划一定，刻不容缓，因此匆匆入都，到宫中向高祖灵前下跪，边拜边哭，泪如雨下。吕后一见陈平，急忙从里面出来询问樊哙的下落，陈平收泪答道："臣奉诏斩杀樊哙，可想到樊将军立有大功，不敢轻易

167

杀害，只将他押解来京，听候发落。"吕后听了，才转怒为喜道："还是你能顾全大局，樊哙现在何处？"陈平又答道："臣听说先帝驾崩，所以急着前来奔丧，樊哙随后就到了。"吕后非常欢喜，便令陈平出外休息。陈平又说道："现在宫中正在办丧事，臣愿留下来当宿卫。"吕后说："你一路跋涉，非常辛劳，不应再来值夜，暂时回去休息几天吧。"陈平再次请命说："储君新立，国事未定。臣受先帝厚恩，理应为储君效力，以报答先帝，怎敢害怕劳苦？"吕后听他口口声声顾念新君，心里很是感激，于是夸奖道："像你这样忠诚的人，世上少有。现在新君年少，需要有人随时指导，烦请你为郎中令，辅佐少主，为我解忧，便是不忘先帝了！"陈平受职谢恩，起身告退。

　　陈平才走出去，吕媭就来到吕后面前为樊哙哭诉，说陈平是杀死樊哙的主谋，应该加罪。吕后怫然道："你错怪了好人，他要杀樊哙，樊哙早就死了，为何把他押解进京？"吕媭说："他听说先帝驾崩，所以才改变计划。这正是他的狡猾之处，不能轻易相信。"吕后驳道："这里距燕国好几千里，往返须数十天。当时先帝还活着，命他立即斩杀樊哙，如果他真的斩了樊哙，也不能责怪他。为何说他听到先帝驾崩的消息后才改变主意呢？况且你我在都城都不能设法解救，多亏他才保全樊哙的性命，这样的大恩，理当感谢，怎么反而恩将仇报呢？"吕媭被驳得哑口无言，只好退出去。不久樊哙被押到，吕后下令将樊哙释放。

　　吕太后专权后，暗想宫中内政现由自己主持，自己平生最忌恨的，莫过于戚姬，定要让她没有活路。于是吩咐宫役，先将戚姬从严处置。可怜戚姬的万缕青丝，都被宫役拔去，又将她赶到永巷内圈禁起来，服春米的劳役。戚姬平时只知弹唱，一双玉手怎能禁得起一个米杵？可是太后的命令怎能不尊？只得勉强挣扎，拿着杵学习春米，春一回，哭一回。

　　吕太后又派人去赵国召赵王刘如意入朝。一次召见，赵王不到；二次召见，赵王仍然不到。吕太后更加恼怒，问明使臣，才知此事全由赵相周昌一人阻止。吕太后得知是周昌从中作梗，本想将他拿问，但念他以前保护太子有功，此次不得不顾全大局。于是想出一个调虎离山的办法，调周昌入都。周昌不能不来，太后见到周昌，怒叱道："你不知道我与戚氏有怨吗？为何不让赵王前来？"周昌答道："先帝把赵王托付给臣，臣在赵国一天，就应该保护赵王一天，况且赵王是皇帝的弟弟，深得先帝喜爱。臣以前承蒙先帝信任，先帝无非是希望臣保护赵王，免得他们兄弟相残。如果太后怀有私怨，臣怎敢干预？臣只知遵守先帝的遗命罢了！"吕太后无话可说，叫他退出，但不肯再让他回到赵国。吕后再次派人传召赵王，赵王已经失去周昌，无人做主，只得应命到来。

当时惠帝年纪虽小，却很仁厚，与吕后性情大不相同。他见戚夫人被罚去舂米，已觉得太后有些过分。料知赵王入京后，太后一定不会放过，就亲自出去迎接，省得太后暗中加害。太后见了赵王，恨不得亲手将他杀死，但有惠帝在旁边，不便发作，只得勉强敷衍了几句。惠帝知道母亲不高兴，就让赵王住在自己宫中。赵王想见一见生母，惠帝婉言劝慰，说慢慢设法让他们相见。太后时时想着害死赵王，但又不便与惠帝明说，惠帝也不好明谏太后，只能随时保护赵王。

俗语说得好，明枪易躲，暗箭难防，惠帝虽然爱护弟弟，但是百密也有一疏。光阴易逝，转眼已是惠帝元年十二月，惠帝趁着隆冬要去打猎，天气还早，见赵王没有醒来，就不忍将他唤醒，认为离开半天，也不会有事，就出去了。等到惠帝狩猎归来，见赵王已经七窍流血而死！抱着尸体大哭一场，又吩咐左右，用王礼殓葬，谥为隐王。

后来暗地调查，有的说是喝了毒酒而死，有的说是被人掐死，至于主谋想来是太后娘娘，做儿子的不能加罪于母亲，只好付诸一叹！查得助母为虐的，是东门外一个官奴，便密令官吏把他处斩，也是瞒着母后，秘密处治的。

哪知余哀未了，又起惊慌。宫里的太监奉太后之命来叫惠帝去看"人彘①"。惠帝从没听说过"人彘"一词，心中甚是稀奇，便跟着太监出宫观看。宫监一路曲曲折折，把惠帝领到永巷，走进一间厕所，指着一个东西对惠帝说："厕所里的就是'人彘'。"惠帝向厕内一望，只看到一个人身，既没有手，也没有脚，眼中又没有眼珠，只剩了两个血肉模糊的窟窿，身子还稍能活动，嘴张得很大，却听不见有什么声音。

惠帝看了一眼，又惊又怕，转身问宫监："这究竟是什么东西？"宫监不敢说明。直到惠帝回宫，硬要宫监直说，宫监才说出"戚夫人"三个字。话未说完，几乎把惠帝吓得晕死过去。他勉强定了定神，又问宫监"人彘"的含义，宫监说："这是太后的命令，奴才也不知道。"惠帝不禁失声道："好一位狠心的母后，竟令我先父的爱妃死得这般惨痛！"说完，眼中不知不觉垂下泪来。然后走进寝室，躺在床上，满腔悲感无处可抒，索性不饮不食，又哭又笑，患上了一种呆病。宫监见他神色有

①彘：猪。

异，不便再逗留，就回禀太后去了。

惠帝一连几天都不愿起床，太后听说后，亲自前来探视，见惠帝像傻子一样，急忙召来医官诊治。医官投了好几服安神解忧的药，惠帝才觉得有些清爽，想起赵王母子，又呜咽不止。吕太后再派宫监探问，惠帝对他说道："你为我转告太后，此事非人所为，臣作为太后的儿子，终不能治理天下，请太后自行裁决吧！"宫监返报太后，太后并不后悔杀死戚姬母子，只是后悔不该让惠帝去看"人彘"，所以把银牙一咬，决定照计划行事，也不顾及惠帝了。

## 单于戏太后

吕太后害死赵王母子，又任命淮南王刘友为赵王，把后宫妃嫔一律扫尽，才出了以前的恶气。赵相周昌听说赵王已死，恨自己无法将他保全，有负高祖委托，免不得郁郁寡欢，从此称病不上朝，不问外事。吕太后置之不问。

到了惠帝三年，周昌竟然病死了，他的儿子接任了他的位置。吕太后担心列侯有变，便增筑都城，先后征发丁夫多达二三十万，男子不够，就派妇女，好几年才造成。当时人们称它为斗城。

惠帝二年十月，齐王刘肥入朝。刘肥是高祖最大的儿子，比惠帝大好几岁，惠帝以兄礼相待，邀请他一同入宫进见太后。太后假装慰问，心中却动了杀机，想把齐王刘肥害死。碰巧惠帝为刘肥接风，请太后坐在上手，齐王刘肥坐在左侧，自己坐在右旁，行家人之礼。刘肥也不推辞，在左边坐下。太后更加愤恨，盯着齐王，心中暗骂他不顾君臣之礼，居然上座。太后眉头一皱，计上心来，借更衣之名，返入内寝，召来心腹内侍密嘱几句，然后再出来就席。

惠帝一团和气，与齐王共叙天伦，劝他畅饮。齐王也不提防，接连饮了好几杯。一会儿内侍献上酒，倒了两杯放在案上。太后让齐王喝下这两杯酒，齐王不敢擅自饮下，起身捧起酒杯向太后祝寿。太后自称量窄，仍然让齐王把它喝完，齐王还是不喝，转敬惠帝。惠帝起身，与齐王互相敬酒，好在席上共有两杯，于是将一杯给刘肥，另一杯接在手中，正要喝下去，太后突然伸出手来，将酒杯夺去，把酒倒在地上。惠帝不知是何原因，仔细一想，定是酒中有毒，愤懑得很。齐王见太后举动蹊跷，也把酒杯放下，谎称自己已醉，告辞离去。

回到住处，齐王心里又喜又怕，暗想虽然一时幸免于难，终究也不能脱身。辗转反思，也没有想出一个好的办法。无奈之下，只好召来随从人员密商，内史献计说："大王如果想回齐地，最好割土地献给鲁元公主。公主是太后的亲生女儿，她得到好处后，必博得太后欢心，太后一高兴，大王便好辞行了！"

齐王依计行事，上疏给太后，愿将城阳郡献给公主。不久，就得到太后褒奖的诏令。齐王于是辞行，可是没得到允许，急得齐王惊慌失措，再与内史等人商议，又想出一个办法，愿尊鲁元公主为王太后，对她行母礼。这篇书信呈递进去，果有奇效。才过一夜，便有许多宫监宫女拿着酒肴走进他的住所，报称太后、皇上及鲁元公主随后就到，为齐王饯行。齐王非常高兴，慌忙出去恭迎。吕太后缓缓下舆，带着惠帝姐弟二人登堂就座。齐王拜过太后，再向鲁元公主行了母子相见的新礼，吕太后笑容可掬，一行人顿时欢笑一堂，直喝到日落西山才散席离去。齐王送回銮驾，乘机辞行，连夜准备行装，第二天一早就离开了这个是非之地。

这一年春天，兰陵井中相传有两条龙现影，不久又听说陇西地震，持续了好几天。到了夏天，天又大旱。种种变异，想是因吕后擅权，要遭天谴。夏去秋来，萧何的病情越来越严重，没过多久就病死了，谥号为文终侯，萧何的儿子萧禄被封为酂侯。

齐相曹参听说萧何病逝，便令家奴整治行装。家奴问他到哪里去，曹参笑着说："我就要入都为相了。"家奴半信半疑，应命前去料理。待行装办齐，果然有朝使前来召曹参入都为相，家奴才知曹参有先见之明，惊叹不已。

当时朝臣私下议论，都说萧、曹二人同是沛吏出身，本来交往甚密，曹参立有战功，封赏反不及萧何，不免与萧何有些过节。现在曹参入朝为相，群臣料他定会极力推翻前政，因此互相戒备，唯恐有意外变故，丢了身家性命。相府属官也日夜不安，以为曹参接任，定有一番大的调动。谁知一连数日，一点儿动静也没有。又过了几天，曹参命人贴出文告，说一切都按照萧相国规定的制度办理，官吏等这才放下愁怀，夸赞曹参大度。曹参不动声色，过了几十天，才渐渐地鉴别属僚，见徇私舞弊的人员，除去数名，另选用各郡国文吏。此后便日夜饮酒，不理政务。

有几个朝中官吏，自负有才，要给他出谋划策。他也并不谢绝，见面以后，便邀他们共同宴饮，一杯未了，又是一杯。官吏谈及政事，就被他出言堵住，这几个人只得住口，醉后离去。古人有言，上行下效，曹参喜欢饮酒，属吏也无不效尤。曹参不但不去禁酒，就是属吏办事出现了小错误，也必会替他们掩护，属吏等都很感激。朝中大臣觉得奇怪，有时入宫说事，便将曹参平日的行为上奏朝廷。

惠帝因母后专政，多不惬意，也借这杯中物、房中乐作为消遣，聊解忧愁。听说曹参的行为与自己相似，不禁暗笑道："相国也来学我，莫非是瞧不起我？"正在怀疑，恰逢大中大夫曹窋①进来侍奉，惠帝便对他说："你回家时，替朕私下问你的父亲：'高祖刚刚驾崩，皇帝年纪还小，国家大事全仗相国维持。现在相国只知饮酒，无所事事，如何能治理天下？'你就这样说，看你父亲如何回答，回来禀报我。"曹窋应声退下，惠帝又说："你不能向你父亲说明这番话是我教你的。"曹窋奉命回家，把惠帝所说的话转述一遍，并遵照惠帝密嘱，没敢说出是皇上的命令。曹窋的问话还没完，曹参就起座说："你知道什么？敢来多事！"说着，就从座旁取来戒尺，打了曹窋二百多下，并叱令他进宫侍奉，不准再回来。曹窋无缘无故挨了一顿打，怅然入宫，禀告惠帝。

惠帝听说后，更加疑惑，第二天临朝，看见曹参后，便问他："你为何责打曹窋？曹窋说的实际上是朕的意思。"

曹参于是摘下官帽，跪在地上磕头谢罪，然后又抬头问惠帝："陛下认为自己的圣明英武比得上高皇帝吗？"

惠帝答："朕怎敢与先帝相比？"

曹参又问："陛下看臣的才能比得上前相萧何吗？"

惠帝道："似乎比不上萧相国。"

曹参再说道："陛下英明，所言甚是。从前高皇帝与萧相国平定天下，明定法令，已经初具规模。现在陛下处理朝政，臣等能守职奉法，遵循勿失，便算是继承了前人，难道还想胜过一筹吗？"

惠帝已有所悟，便对曹参说："我知道了，你暂且回去休息吧。"

曹参于是拜谢而出，仍然像以前一样。百姓经过大乱，只求平安。朝廷没有什么乱事，官府不增徭加税，就算是天下太平，安居乐业。所以曹参为相，两三年没作过什么大的变革，却让海内讴歌，交相称颂。后世史官，也称汉初贤相首推萧、曹。其实萧何不过为人恭慎，曹参更加荒怠，内有淫后、外有强胡，两边都不提防，终于酿成隐患。

---

① 曹窋：是曹参的儿子。

172

匈奴的冒顿单于自从与汉朝和亲以后，总算按兵不动，好几年不来犯边。高祖驾崩的噩耗传去后，冒顿派人入边侦察。探知惠帝仁柔及吕后淫悍等事，便藐视汉室，有意戏弄，写了几句戏谑的词句，当做国书，派人送到长安。惠帝纵情酒色，无心理政，来书上又写明要汉太后亲自阅览，当然由内侍递到宫中，交给吕后。

吕后看完来信，不禁火冒三丈，把信撕破，扔在地上，立即召集文武百官入宫议事。吕后愤怒地说："匈奴来书甚是无礼，我准备把他派来的人斩首，然后发兵征讨，不知你们是什么意思？"话音未落，一个将领开口说："臣愿带兵十万，远征匈奴！"众将见是舞阳侯樊哙，都纷纷响应，情愿从征。忽然有一个人大声说："樊哙大言不惭，应该斩首！"这一句话不但激怒樊哙，连吕太后也有些意外。定睛一看，说话的人是中郎将季布。季布不等太后发问，便继续说道："从前高皇帝北征，率兵多达三十万，尚且被困在平城七日。那时樊哙作为上将，不能解围，眼睁睁地看着皇帝被困。现在他又想摇动天下，妄言十万人可征服匈奴，岂不是自欺欺人吗？况且胡人性情野蛮，我们不必与他计较，臣以为不应轻易征讨。"吕太后听他这样一说，一腔怒火早吓跑了。樊哙想起了以前的事情，也觉得匈奴很可怕，不敢与季布争执。

于是吕后召来张释，让他写一封回信，并赠送给冒顿很多车马。冒顿见书中语气谦卑，也觉得前书太过唐突，心中非常不安。于是又派人到汉朝答谢，大意是说自己居于塞外，不知中国礼仪，还乞陛下赦罪等。此外又献上很多马匹，请求和亲。吕太后再挑选宗室中的女子假冒公主，嫁到匈奴。冒顿心中欢喜，于是不再生事。堂堂一位太后，被外夷如此侮弄，竟还要写信答谢，并送他车马，给他宗女，说起来无非是吕后行为不正惹的祸。她却不知悔改，仍然与审食其整日厮混，比高祖在世时还要恩爱。审食其恃宠生骄，联结党羽，势倾朝野，朝廷内外交相议论。渐渐地，此事传到惠帝耳中，惠帝又羞又愤，要与淫奴审食其算账。

## 惠帝成婚

惠帝听说母后与审食其暗地私通，恼羞成怒，要将审食其处死。但又不好将此事宣扬出去，只好另找罪名捕他入狱。审食其知道惠帝是有意寻衅，自知这次凶多吉少，只盼望多情多意的吕太后替他设法，让他脱离牢笼。吕太后得知此事，非常着急，想到惠帝面前说情，只是见了惠帝，一张老脸发红，最终也没能说出口。指望朝中大臣代为救免，偏偏群臣都忌恨审食其，巴不得将他一刀劈成两段，因此审食其被拘禁数日，仍没有一个人出来保救。审食其想找一条活路，免得身首异处，辗转反思，只有平原君朱建曾受过自己的厚惠，或许肯帮助自己，于是秘密派人到朱建家，邀朱建前去叙谈。

朱建生长在楚地，曾是淮南王英布的门客。英布谋反时，朱建极力劝阻。英布被杀以后，高祖听说朱建曾上谏阻止英布，便召他觐见，并且赐号平原君。朱建因此出名，迁居长安。长安的官员大多愿意与他交往，朱建谢绝不见，只与大中大夫陆贾结成至交。审食其也仰慕朱建的名声，曾让陆贾代为介绍，想结识朱建，可朱建不肯与审食其同流合污。虽然陆贾从旁极力劝说，朱建始终没有答应。

过了一段时间，朱建的母亲病死，朱建生平不取不义之财，所以囊底空空，连丧葬的费用都没有，不得不向亲朋去借。陆贾得到这个消息，忙到审食其家里道贺。审食其奇怪地问是什么事，陆贾说："平原君的母亲已经病死了。"审食其不等陆贾说完，便说道："平原君的母亲病死，与我有什么关系？"陆贾又说："君侯曾托我帮助结识平原君，平原君因老母在堂，不敢接受你的恩惠。现在他的母亲刚刚去世，连丧葬的费用都没有，你若能厚礼相赠，平原君必定感念你的恩情，将来你有什么事，他一定会出力。你因此得到了一个朋友，岂不可喜可贺？"

审食其非常欢喜，于是派人拿了一百斤黄金送给朱建。朱建正东借西借，为难万分，只好拿这份厚礼暂且应急，打算以后慢慢偿还。一群趋炎附势的朝臣听说审食其厚赠朱建，也都向朱家赠送财物，帮助朱建办理丧事，少则几金，多则几十金，加在一起差不多有五百金左右。朱建不能厚此薄彼，索性全部接收，把母亲的丧仪办得热热闹闹。丧事完毕，他亲自前去向各位恩公道谢，审食其这才得以与他相见。朱建虽然鄙视审食其，但也不能坚守初衷，只好与他往来。

审食其下狱后，派人邀请朱建，朱建对来人说："朝廷正严办此案，我不敢到狱中与他相见，烦请转报。"使者把这话回禀审食其。审食其以为朱建忘恩负义，悔恨交加，暗想自己已山穷水尽，只有等死了。

谁知审食其命不该死，在狱中待了几天，竟蒙皇恩大赦，将他释放出狱。审食其喜出望外，匆匆回家，心想能救自己的，除太后外还有何人？不料仔细探查，并不是太后救了自己的性命，而是惠帝宠爱的大臣闳孺替他求情，审食其惊讶异常。

　　原来，宫廷里面内侍甚多，常常有一两个少年媚态动人，姿色不比妇女差。汉高祖称帝以后，宠幸近臣籍孺，出出进进都让他陪着。惠帝继位后，因母后淫悍，无心处理朝政，整日在后宫玩乐。有一个小臣闳孺，面庞俊秀，性情狡慧，惠帝对他言听计从。此人与审食其虽然有些认识，彼此却没什么交往。审食其听说他出面解救自己，也暗暗称奇，不过此人既然保全了自己的性命，理应前去拜谢。见了闳孺，闳孺说明原因，才知自己的救命恩人，看似闳孺，实为朱建。

　　朱建回绝审食其派来的人后，暗想要救审食其，只有请惠帝宠爱的臣子帮他排解，于是亲自赶到闳孺的府上。闳孺也知朱建注重名声，很早以前就想与他结识，这次见他亲自求见，连忙出来迎接。

　　朱建与闳孺说了几句寒暄的客套话，就退去下人，低声说道："辟阳侯下狱，外人都说是你在皇上面前说了他的坏话，究竟有没有这回事呢？"

　　闳孺吃惊地说："我与辟阳侯向来无冤无仇，为什么要害他呢？此话究竟从何而来？"

　　朱建说："众口悠悠，本无定论。但你既然有这样的嫌疑，恐怕辟阳侯死后，你也难免一死了！"闳孺非常吃惊，顿时目瞪口呆。

　　朱建又说道："你深受惠帝宠爱，无人不知。辟阳侯深得太后喜欢，也几乎无人不晓。现在国家大权实由太后掌握，今天辟阳侯被诛，明天太后必会杀你。母子互相报复，你与辟阳侯成了替死鬼，岂不是都难免一死吗？"

　　闳孺非常着急地问："依君之见，必须是辟阳侯不死，然后我才能保全性命？"

　　朱建回答说："这个自然。你如果能为辟阳侯在皇帝面前说情，放他出狱，太后必定感激你。你因此可以讨得两主欢心，会比以前更加富贵。"

　　闳孺点头道："承蒙指教，我一定照做。"

　　第二天，惠帝便传出诏旨，将审食其释放。

　　审食其听了闳孺的话，立即与闳孺告别，前去拜谢朱建。朱建并不夸功，只向审食其道贺，这一贺一谢反使两人的交情又深了一步。

　　吕太后听说审食其出狱，当然欢喜，好几次召他进宫。审食其害怕重蹈覆辙，不敢前去，可又被那宫里的太监纠缠不休，无奈之下，只好硬着头皮悄悄地跟了进去。吕太后见了审食其，除续欢以外，又与食其密商善后的问题。毕竟老淫妇智谋过人，想出一条特别的妙策，好让惠帝与她两处分居，并有人从旁牵绊，免得他来管闲事。

惠帝十七岁继位，已经过了三年，现在刚刚二十岁。平常士大夫家，子弟弱冠就要结婚，天子为何即位三年没有册立皇后呢？因为吕太后另有一番打算。鲁元公主有一个女儿，模样儿齐整，情性温柔，吕后便想把她许配给惠帝，只可惜年纪太小，一时不便成礼。又过三年，那外孙女才十岁多一点，还未通人事，吕太后假公济私，迫不及待地命太史选取吉日，举行立后大礼。惠帝明知他们年纪相差近十岁，鲁元公主又是自己的亲姐姐，姐姐的女儿就是甥女，与舅舅配做夫妻，实属乱伦。可太后只顾私情，不管辈分，惠帝不好违背母亲的命令，只好将错就错，听任母后主持。

吕太后本来与惠帝都居住在长乐宫，这次筹办册后大典，偏偏命人在未央宫中举办。这样安排，一是使惠帝在别宫居住，自己好放心图欢，二是让外甥女看住惠帝，叫她暗中监察，省得惠帝轻信流言。此计外面无人知道，就是甥舅成婚，虽然名分有异，众臣也都认为是宫闱私事，不必多去争论，所以个个噤若寒蝉，各自备办厚礼送往张府。

吉日一到，群臣到张府贺喜，新皇后登上凤辇，被簇拥进宫。册后大礼完成后，龙凤偕欢。新皇后娇小玲珑，楚楚可爱，虽不能尽如皇帝的意思，但怀间偎抱，却也玉软香柔。然后朝廷大赦天下，免除赋役，并将以前未革除的苛禁，酌量删除。秦律曾禁止民间藏书，如有违反者，要被灭族。这时便准许民间储藏，使书籍稍稍得以流传。

惠帝居住在未央宫，与长乐宫相隔数里，每隔三五天朝见一次母后，确实费事。吕太后暗暗欢喜，巴不得他十天半个月不来。惠帝知道母后这样做的意思，于是更加殷勤前往。未央宫与长乐宫分别在都城的东西两面，中间隔着几条巷子，銮驾出入不太方便。惠帝于是下令修建一条复道，从武库南面修到长乐宫，使两宫可以朝夕来往，很是方便。

忽然叔孙通进谏说："陛下正在修筑的复道，是高皇帝游衣冠①的要路，为何把他截断、侮辱祖宗？"

惠帝道："现在该怎么办呢？"

叔孙通说道："陛下只有在渭北地方另建原庙，让高皇帝的衣冠出游渭北，省得每个月到这里。并且广建宗庙也是尽孝的根本，谁会出来

---

① 游衣冠：从前高祖的陵寝本在渭北，陵外有园，所有高祖留下的衣冠法物，都收藏在一间屋子里，只是按月取出衣冠，装进法驾中，由有司拥卫，出游高庙一次，这就叫做游衣冠。

批评呢？"

惠帝转惊为喜，令人增建原庙。等原庙将要竣工时，复道也修成了。惠帝经常到长乐宫，吕太后也无法阻止，只得由他去，不过自己更加小心行事罢了，免得露出马脚。

不过，两宫中经常发生火灾。总计从惠帝四年春季到秋季，宫内失火三次。长乐宫中的鸿台、未央宫中的凌室，先后被焚。织室也付之一炬，损失了不少钱财。此外还有种种怪象，如出着太阳却下雪，冬天桃树、梨树开花，枣树结枣，都是古今罕见的。

过了一年，相国曹参病亡，他的儿子曹窋袭爵平阳侯。吕太后追忆高祖遗言，想用王陵、陈平为相。踌躇了两三个月，已是惠帝六年，才决定分别任用二人，废去相国名号，特设左、右两个丞相，右丞相为王陵，左丞相为陈平，又用周勃为太尉，辅助两个丞相处理政务。

又过了一段时间，留侯张良也病终了。吕太后赏赐了很多财物，让他家人举办丧礼，并赐谥文成。张良曾跟从高祖到谷城，取得山下黄石，把它当做圯上老人的化身，一直供奉。临死时留下遗嘱，命人将黄石葬在自己墓中。长子张不疑照例袭封，次子张辟疆年仅十四岁，吕太后为了报答张良的功劳，封张良次子为侍中。

留侯张良丧礼才毕，舞阳侯樊哙又与世长辞。樊哙是吕太后的妹夫，又是高祖的得力遗臣，自然一切从优，赐谥为武，命儿子樊伉袭承爵位。

惠帝七年仲秋，惠帝患病不起，竟在未央宫撒手西去。文武百官都到寝宫哭灵，见吕太后坐在床边，虽貌似痛哭，嘴里念念有词，脸上却没有一点泪痕。陈平等人都很疑惑，太后只有惠帝这一个儿子，他年仅二十四岁，在位只有七年，如此短命，实在可悲。为何太后有声无泪、如此薄情呢？众人一时猜不出太后心事，等到棺殓后，陆续退出。

侍中张辟疆生性聪明，只有他能窥透吕太后的想法。张辟疆到左丞相陈平的住处，私下进言："太后只有惠帝一个儿子，现在惠帝去世，太后哭而不哀，难道这里面就没有深意吗？你知道原因吗？"陈平虽然一向足智多谋，但也不曾想到此事，一听张辟疆说起，惊诧起来，随口问道："究竟是什么原因？"张辟疆回答说："主上驾崩时没有留下子嗣，太后担心群臣另有其他计划，所以无心哭泣。你们一群大臣身居要职，却对太后哭而不哀表示怀疑，必定招来祸端。不如请太后立即册封吕台、吕产为将，让他们统领南、北二军，并将吕氏一族全部封官，那时太后心安，你等也能摆脱祸端了。"

陈平觉得张辟疆的话很有道理，便进宫上奏太后，请求封吕台、吕产为将军，分管南北禁兵。吕台与吕产都是吕太后的侄子，他们的父亲是周吕侯吕泽。南、北二军是宫廷卫队，南军护卫宫中，驻扎在城内；北军护卫京城，驻扎在城外。二军一向由太尉兼管，如果让吕台、吕产分别带领，就等于都中兵权全由吕氏把持。吕后只顾母族，不顾夫家，陈平的话正中她的下怀，她立即准奏。然后才专心哭子，声泪俱下，与以前大不相同。

过了二十多天，吕后将惠帝出葬在长安城东北，与高祖陵墓相距五里，号为安陵。群臣奉上庙号，叫做孝惠皇帝。惠帝的皇后张氏毕竟年轻，还不曾生男育女。吕太后就想出一个办法，暗地里找来一个婴儿，抱入张后房中，谎称是张后所生，立婴儿为太子。又恐怕太子的生母将来泄露机密，索性把她杀死，断绝后患。惠帝安葬以后，便将假太子立为皇帝，称为少帝。少帝年幼，吕太后临朝亲政。

## 阴盛阳衰

吕太后想封吕氏一族为王，当时有一位大臣首先反对道："高皇帝曾召集众臣，宰杀白马，歃血为盟，说如果不是刘氏，倘若称王，天下共击之。现在太后为何背约？"吕太后定睛一看，原来是右丞相王陵，就想出言反驳，却又找不出理由，急得青筋暴露，面颊青红。左丞相陈平与太尉周勃见太后变了脸色，齐声迎合道："高帝平定天下，曾封子弟为王，现在太后亲政，分封吕氏子弟有何不可？"吕太后听了这话，才转怒为喜。

退朝以后，王陵与陈平、周勃一同走出，对二人说："从前与高皇帝歃血为盟，两位也在其中。现在高帝驾崩不过几年，太后毕竟是女流之辈，想封吕氏一族为王，你等违背信约，将来有何面目到地下去见高帝呢？"陈平、周勃微笑道："今日在朝堂之上据理力争，我等不如你。他日安抚社稷，立刘氏后人，恐怕你就不如我等了。"王陵不肯相信，悻悻离去。

过了不久，太后颁召，令王陵为少帝太傅。王陵知道太后有意夺他相权，索性辞职归隐，后来在家中去世。王陵离任以后，陈平升任右丞相，左丞相一缺，由审食其补上。审食其本没有才能，仍在宫中厮混，名为监督宫僚，实是巴结太后。所有廷臣奏事，往往由他裁决，所以他的势力越来越大。

吕太后查知，御史大夫赵尧曾为赵王刘如意出谋划策，推荐周昌为赵相。现在吕太后大权在手，就诬陷赵尧渎职，另召上党郡守任敖入京做御史大夫。任敖以前是沛县狱吏，曾竭力保护吕后，因此破格升迁。吕太后又追尊生父吕公为宣王，长兄周吕侯吕泽为悼武王。吕后害怕别人心中不服，特封先朝旧臣郎中令冯无择等为列侯，再选取他们的儿子五人，强名为惠帝的儿子，赐侯封王。一个是刘彊，封为淮阳王；一个是刘不疑，封为恒山王；一个是刘山，封为襄城侯；一个是刘朝，封为轵侯；一个是刘武，封为壶关侯。

　　这时，恰逢鲁元公主病逝，吕太后就封公主的儿子张偃为鲁王，谥公主为鲁元太后。做完这些铺垫之后，就要封吕氏族人为王了。陈平等人被形势所迫，不得已上疏朝廷，请求割齐国的济南郡为吕国，将吕台封王。可吕台受封没多久就染病身亡了，吕太后很是悲哀，命吕台的儿子吕嘉袭封。此外封吕种释的儿子为沛侯，吕平为扶柳侯，吕禄为胡陵侯，吕他为俞侯，吕更始为赘其侯，吕忿为吕城侯，甚至吕太后妹妹吕嬃也被封为临光侯。吕氏子侄，威显无比。吕太后担心刘、吕不和，互相倾轧，又想出一条亲上加亲的计策。当时齐王刘肥已死，他的长子刘襄嗣封，吕太后把刘肥的次子刘章、三子刘兴居都召入京师做宿卫，将吕禄的女儿配给刘章，封刘章为朱虚侯，刘兴居也被封为东牟侯。赵王刘友与梁王刘恢已经成年，吕后代为撮合，把吕家女子嫁给二王为妻。

　　哪知外面尚未生事，内廷却已不安。吕太后所立的少帝，起初年幼无知，接连做了三四年傀儡后，略懂人事，后来得知吕后暗地掉包，杀死自己的生母，心中便有了怨恨。连张后平时的教训，他也全然不听，甚至任性地说："太后杀死我母亲，等我成年后，定要为母亲报仇！"这话传到吕太后那里，太后大吃一惊，便把少帝送到永巷，囚禁在暗室里，准备另立新君。还发出一道诏书，谎称少帝多病，迷惘昏乱，不能治理天下，令各大臣商议改立贤君。陈平等有意逢迎，带领僚属上言说："皇太后为天下百姓废暗立明，奠定宗庙社稷，臣等愿奉诏行事！"说着，又叩头请示。吕太后还是让群臣推选，叫他们将结果呈上。

　　众臣奉命退出，互相讨论，都不知太后中意何人，不敢擅自决定。陈平足智多谋，嘱托宫中内侍秘密向太后问明。太后确实心有所属，想立恒山王刘义为皇帝，义即前日的襄城侯刘山。刘山是恒山王刘不疑的弟弟，刘不疑夭逝后，刘山因嗣封改名为刘义。太后授意内侍，又由内侍转告群臣，群臣于是上疏立义，然后太后下诏立刘义为帝。又叫刘义改名为刘弘，并将囚禁在永巷中的少帝置于死地，改称刘弘为少帝。刘弘年龄还小，吕太后仍然临朝亲政，恒山王爵令轵侯刘朝接封。不久淮阳王刘强死了，壶关侯刘武继承兄长的爵位，称为淮阳王。

吕嘉骄恣不法，傲慢无礼，连太后都看不过去，于是想把吕嘉废掉，另立吕产为吕王。吕产是吕嘉的叔叔、吕台的胞弟。弟弟代任兄长的职位，是当时的惯例，可吕太后还想假托公道，要经大臣商议后再册封，所以延迟数日，不曾立定。这时恰好有一个名叫田子春的齐人来都城游玩，得知宫中之事，便巧为安排，一来是为吕氏效劳，二来是向刘氏报德。

高祖堂兄弟刘泽受封营陵侯，留居都中。田子春常到长安，有一次没钱了，就被人领到刘泽的家里，田子春与刘泽相谈甚欢。刘泽希望自己能被封为王，田子春答应为刘泽谋划，刘泽于是赠金三百斤，托他谋划。不料田子春得到厚赠，便回了齐国。刘泽大失所望，就把此事暂且放下。

转眼过了两年，仍然没有田子春的音信，刘泽于是派人到齐国寻访田子春，责备他忘恩负义。当时田子春正在置办产业，发家致富，见到来使，慌忙谢过，并遣回使者，约定时间入都。

使者回去后，田子春整备行装，带着儿子一同来到京城。到了长安，他并不急着与刘泽相见，而是另外租赁一座大宅住下，取出金银，托人把儿子介绍给张释。张释是阉人，很得吕后宠爱，正想招罗士人作为自己的爪牙，一听说有人推荐田子春的儿子，便慷慨答应收留。田子春的儿子按照父亲的计划，谄媚张释，讨得他的欢心，并伺机请张释到家中宴饮。张释也不推辞，欣然前往。

到了田子春租赁的房子，田子春早已做好准备，开门迎接。张释见他帷帐内器具华丽，与侯门相似，已经非常诧异。等到菜肴上陈时，又见件件精美，山珍海味，很是丰盛，乐得开怀畅饮。饮到半酣，田子春退去下人，对张释说："太后现在春秋已高，想多封母家子侄，但又担心大臣们不服，所以只立吕王一人。现在又听说吕嘉得罪太后，将要被废，太后必定另立吕氏，你侍候太后，难道不知太后的意思吗？"张释说："太后无非是想另立吕产。"田子春说："你既知太后的隐衷，何不转告大臣立刻奏请呢？吕产如果能封王，你就可以做万户侯了，否则你知情不说，必被太后忌恨，恐怕就要惹祸上身了！"张释惊喜道："不是你提醒，我就错失良机了。他日如果真像你说的那样，我定会报答。"田子春谦逊一番，又各自饮了好几杯，张释才告别离去。

没过几天，吕太后升殿对群臣说，决定废去吕嘉，改立他人。群臣已经得到张释的授意，便将吕产保荐上去，太后很是欢喜，下诏废掉吕嘉，另立吕产为王。退朝以后，太后取出黄金千斤赏给张释，张释不忘前言，分出一半转赠田子春。田子春坚决不接受，张释更加敬重他，把他当做至交，遇事就找他商议。田子春乘机进言："现在营陵侯刘泽虽官至大将军，毕竟未被封王，不免有些怨言。足下何不告诉太后，分出十多座县城，封刘泽为王？刘泽封王后，必然心喜，众大臣也没什么话说了，吕王的地位，也会更加牢固。"张释于是又去太后那里进言。

太后本不想加封刘氏，但听了张释的话，就改变了主意，况且刘泽的妻子是吕媭的女儿，于是封刘泽为琅玡王。田子春为刘泽活动成功后，才去拜见刘泽，向他道贺。刘泽已得知自己能封王，功在田子春，就下座相迎，然后设宴款待。田子春饮了数杯酒，便说道："你快快整装登程，不要再在京城逗留。我也随你一起走。"刘泽还想再问，田子春只催促他快快动身，不肯明说。刘泽于是趁夜将行装备好。

田子春回到住所，草草收拾一番，第二天一大早，又去催刘泽。刘泽入宫拜见太后，报告行期，太后也不多说话，刘泽叩头告退。一出宫门，见田子春已备好车马，二人就马不停蹄地奔出函谷关。刘泽还在疑惑，后来得知太后后悔，命人把刘泽追回来，走到函谷关，知道追不上了，才沿原路折回。刘泽从此更加敬重田子春。

太后后悔封刘泽为王，却难以收回成命。不久，赵王刘友的妻室入宫告密，说赵王将要谋变，气得太后倒竖双眉，立即派人召来赵王。究竟赵王有没有谋反呢？详查起来，实是子虚乌有，全是他妻室吕氏信口捏造，有意诬陷。吕女是赵王的妻子，仗着吕太后的势力欺凌赵王。赵王多次与她反目，另爱其他姬妾。吕氏又妒又怒，就来到长安对太后说赵王谋反。吕太后信以为真，等赵王一到，也不问明虚实，就把他囚禁在密室，活活将他饿死。他的遗体，只用民礼葬在长安。

吕太后令梁王刘恢为赵王，改封吕产为梁王，又将刘太封为济川王。吕产始终听不到让他赴国就任的消息，就留在京师做了少帝太傅。赵王刘恢的妻子，便是吕产的女儿。刘恢秉性懦弱，常被妻子欺侮。听到从梁地移封到赵地的消息后，不怎么情愿。因为以前赵地的官吏多半是吕氏，这次由梁地带去的随员也有很多吕姓的人，两处联合，刘恢事事受制，没有一点儿实权。那位母夜叉更加嚣张，竟将刘恢所宠爱的姬妾用药毒死。刘恢郁愤难平，辗转反思，觉得毫无生趣，于是撰成诗歌四章，令乐工谱入管弦。听来如怨如慕、如泣如诉，更令刘恢悲不自胜，索性服毒自尽。

赵臣奏报刘恢死去的消息，吕太后不但不责怪吕产的女儿，反说刘恢像一个妇人，有污孝道，不再册封他的后代。另派使臣到代地，令代王迁往赵国。代王刘恒情愿长守代边，不敢移封赵地，于是托朝使推辞。使臣返报吕太后，吕太后立吕禄为赵王，并且让吕禄仍留在都中。吕禄的父亲就是吕释之，当时吕释之已经去世，特追封为赵昭王。

不久又听说燕王刘建病死，留下一个儿子，乃是他的小妾所生。吕太后暗中派刺客到燕国杀死刘建的儿子，改封吕台的儿子吕通为燕王。高祖的八个儿子，仅存两个，一个是代王刘恒，一个是淮南王刘长。那时吕氏也有三王：梁王吕产，赵王吕禄，燕王吕通。与刘氏势力相当。而且吕产、吕禄虽然称王，仍然盘踞宫廷，手握兵马大权，势倾内外，不是刘氏这些王侯所能抵抗的。刘家天下，几乎变作吕家天下了！

流光易逝，一转眼就是八年。这八年都是吕太后专制，灾异横生，一会儿地震，一会儿山崩，一会儿水灾。吕太后也有些察觉，但终究是本性难移。少帝名为人主，吕太后却不让他参与政事，因此少帝简直与木偶没什么两样。内有临光侯吕媭、左丞相审食其、大谒者张释出谋划策；外有吕产、吕禄分别带领禁兵，护卫宫廷。右丞相陈平、太尉周勃，有位无权。只有一位刘家子孙，少年时便很有志气，在暗暗等待时机，欲做一番大事。


## 吕、刘之争

吕氏越来越强盛，刘氏越来越衰落，剩下几个高祖子孙人人自危，担心大祸临头。一位年少气盛的龙种，暗立大志，想把这汉家龙脉扶持起来。此人就是朱虚侯刘章。他奉吕太后之命，进宫做侍卫。当时，刘章只有二十岁，生得仪容俊美，气宇轩昂。娶了赵王吕禄的女儿为妻，小两口儿倒是很恩爱，与那两个赵王不同。吕太后见他们夫妇和睦，自然欢喜，就是吕禄也对他另眼相待。哪知刘章却别有用心，用这一副温存手段笼络妻房，让她转告母家，然后自己好伺机行事。

一天，刘章在宫中守卫，正值吕太后宴请同一宗族的亲属，一大半是吕氏王侯。刘章瞧在眼中，恼在心头，但脸上仍不露声色，静待太后命令。太后见刘章在旁边，就命他维持酒席秩序。刘章慨然道："臣是将门之后，奉命维持秩序，也请太后允许我用军法行事！"太后向来把刘章看做是小孩子，以为他是一句戏言，便答应了。

酒过数巡，刘章请来歌舞，唱了几曲巴里词，演了一回莱子戏，博得太后喜笑颜开，灌得众人醉意醺醺。有一个吕氏子弟不胜酒力，想偷偷逃开，偏偏被刘章瞧见。只见他走下台阶，拔剑追出，赶到那人背后，喝声道："你敢擅自逃离宴席吗？"那人忙回头谢罪。刘章瞪着眼说："我已请命用军法行事，你敢逃席，分明是藐视军法，休想再活了！"说着，手起剑落，竟将那人的头砍下，然后回报太后："刚才有一人逃离宴席，臣已经依照军法，将他处斩了！"这一句话令众人大惊失色。吕太后也不禁改容，但想到已经允许他依从军法行事，只好暂时忍耐。刘章却像没事一般，从容自若。

众人都恐慌不安，请命告退，太后于是下令罢酒，起身入内。众人都离席散去，刘章也安然走出。经过这次宴饮，吕氏族人才知刘章勇悍，都怕他三分。吕禄也有些忌恨刘章，但为了女儿的面子，不好计较，仍然像往常一样对待他。吕氏族人见吕禄尚且如此，自己怎能无故加害刘章，只好容忍。只有刘氏子弟暗暗欢喜，都希望刘章能够力挽狂澜，抑制吕氏。就是陈平、周勃等也从此把刘章视为奇才。

吕嬃与姐姐的性情相似，被封侯以后，手中有了权力，就喜欢探察别人的过失，伺机进谗言。她与陈平有些过节，屡次向太后进言，说陈平喝了酒就调戏妇人。太后知道吕嬃想替夫报仇，有心诬告，不肯轻易听从她，只是嘱咐近侍暗中观察陈平。陈平已探知吕嬃的谗言，索性就沉迷于酒色，这样做非但不被太后怀疑，反令太后非常欢喜。

陈平凡事都禀报吕后，不敢擅自做主，整天拥美姬、灌黄汤，看似一副麻木不仁的样子，其实心里也是忧愁得很，无事之时，也常七思八想，意在安刘。无奈吕氏势力一天比一天强盛，想要设法扭转局势，犹如螳臂当车，不自量力，所以陈平越来越忧虑。

大中大夫陆贾目睹吕氏一族专权，便借病辞官，选择一处地方隐居。当时他妻子已死，膝下有五个儿子，他又没什么家产，只是从前出使南越时，别人赠送过一些财物。陆贾把这些东西变卖成钱，分给他的五个孩子，让他们自谋生计。自己只要车一乘、马四匹、侍役十人、宝剑一把，随意闲游，四处逍遥。所需要的衣食，由五子轮流供奉，只求舒适，不要奢华。有时到了长安，与众位大臣饮酒谈天，彼此都是多年僚友，当然趣味相投。连左丞相府中他也时常进出，凡门吏仆役，没一个不认识他的，因而他能出入自由，不用通报。

一天，陆贾又去拜访陈平，门人见是熟客，就让他进去，只说丞相在内室中。陆贾熟门熟路，一直走到内室，见陈平独自闷坐，就开口问道："丞相有什么忧愁呢？"陈平被他一问，突然惊起，抬头细瞧，幸亏是个熟人，于是就请他入座，边笑边问："先生猜我有什么心事？"陆贾接口道："足下位居丞相，食邑三万户，也算是富贵至极。但却在这里忧愁，恐怕是为了吕氏专政吧？"陈平回答说："先生说得对极了。敢问有何妙策能转危为安？"陆贾慨然道："天下安，注意相；天下危，注意将。将相和睦，众心归附！现在社稷大计，就掌握在两个人手里，一个是你，一个是绛侯。你何不与绛侯结交，互相帮助呢？"陈平面露难色，陆贾又与陈平密谈几句，只见陈平一再点头。陆贾这才与陈平告别，出门离去。

原来陈平与周勃同朝为官，关系却不甚融洽。从前高祖在荥阳时，周勃曾说陈平私受贿赂，虽然事隔多年，但陈平总不能释怀。陆贾为陈平出谋划策，叫他与周勃结交。陈平于是邀请周勃过来饮酒。等周勃到来后，陈平不但盛情款待，还取出五百金为周勃上寿。周勃不肯接受，陈平便派人送到周勃家里，周勃道谢而去。

过了三五天，周勃也设宴相请，陈平自然前往。此后两人常相往来，不免谈起国事。周勃也暗恨吕氏一族，与陈平意气相投。陈平很佩服陆贾的才辩，特赠他奴婢百人、车马五十乘、钱五百万缗，让他联络公卿，将来可以联合起来消灭吕氏。陆贾于是到处结交，劝他人背吕助刘。朝臣多被他说动，吕氏的势力越来越弱，不过吕产、吕禄等人还不知道。

三月上旬，吕太后按照惯例亲临渭水，祭祀神灵。回去时，路过轵道，有一个形状像狗的动物突然跑来，咬了她一下。吕后疼痛难忍，失声大叫。卫士慌忙保护，却不知是什么原因，只听太后呜咽道："你等看见一只狗了吗？"卫士都说没看见。太后左右四顾，真的什么也没有，于是忍痛回宫，解开衣服仔细察看，被咬的地方已经青肿。吕后更加惊疑，立即召入太史，令他占卜吉凶。太史占卜后，称是赵王刘如意在作祟。太后半信半疑，命医官调治。哪知敷药无效，服药也无效，只好派遣内侍到赵王刘如意墓前代为祈祷，竟然也没有效果。幸亏她体质强壮，才不至于立即死亡，直至夏尽秋来，才将全身气血折磨殆尽。吕后自知离死不远，就命吕禄为上将，管领北军，吕产管领南军。嘱咐二人道："你们被封王，大臣多半不服，我如果死了，难免会有变动。你二人须领兵保卫皇宫，千万不要轻易出去，就是我出葬时，也不必亲自前去，免得被人控制！"吕产与吕禄唯唯受教。

又过了几天，吕太后病死在未央宫，遗诏令吕产为相国，审食其为太

184

傅，封吕禄的女儿为皇后。吕产在宫内守丧，吕禄在宫外巡行，防备得非常严密。太后灵枢出葬长陵时，二人遵照遗嘱不去送葬，只带着南北二军保卫宫廷，一步也不敢离开。陈平、周勃等人虽有心除灭吕氏，却无机可乘，只好耐心等着。朱虚侯刘章盘问妻室，才知吕产、吕禄谨守遗言，盘踞宫廷内外。刘章暗想朝内大臣都无力锄奸，只好从外面下手。于是密令亲吏到齐国让兄长刘襄向西发兵，自己在都中作为内应，若能诛灭吕氏，就尊兄长为帝。刘襄得报后，就与舅舅驷钧、郎中令祝午、中尉魏勃部署人马。此事被齐相召平听说，他立即派兵守住王宫，名为保卫齐王，实是控制局面。齐王刘襄被他牵制，不便行动，急忙与魏勃等人秘密商议。

魏勃足智多谋，前去拜见召平，低声对召平说："大王未见朝廷的虎符擅自发兵，这是造反。现在你派兵围困大王，实在令人佩服，魏勃愿为你效力，指挥兵士，禁止大王擅自行动，不知你肯用我吗？"召平听魏勃这样说，十分高兴，就将兵符交给魏勃，任魏勃为将，自己在相府中安居，一点防备也没有。忽然有人禀报说魏勃把士兵从王府四周撤掉，正移兵到相府。召平吓得手足无措，急令门吏关住大门，派人前后守护。不一会儿，门外的人声、马声已聚成一片，东冲西突，南号北呼，相府门第已被魏勃率人四面围住。召平不禁长叹道："道家有言，当断不断，反受其乱。我自己误信他们，现在后悔也晚了！"说完拔剑自杀。齐王刘襄令魏勃为将军，准备出兵，并任驷钧为丞相，祝午为内史，写好文告，号召四方。

此时距离齐地最近的是琅玡、济川及鲁三国。济川王是刘太，鲁王是鲁元公主的儿子张偃，两人为吕氏私党，不便联络。只有琅玡王刘泽辈分最长，又与吕氏关系不太近，齐王便派祝午前去拜见刘泽，相约起事。祝午怕刘泽不同意，就在齐王耳边说了几句话，然后起身离开。

祝午抵达琅玡，对刘泽说："听说最近吕氏作乱，朝廷危急。齐王刘襄想起兵西去，铲除乱贼，只是担心自己年纪小，没有威望，因此特派臣前来恭迎大王！大王善于作战布阵，威望甚高，齐王情愿举国听从，请大王速到临淄主持军务！即日联合两国兵马，进入关中，平定内乱。到那时，帝位除了大王，还有谁有能力继承呢？"刘泽本来就不服吕氏，听祝午这样说，心动不已，立即动身，到了临淄。齐王刘襄表面上欢迎，暗中却加以监制，又派祝午到琅玡假传刘泽的命令，发琅玡兵马向西攻打济南。济南本来是齐国的土地，由吕太后封给吕王，所以齐王发兵，首先攻打济南。然后又写明吕氏的罪行，通告各国。

消息传到长安，吕产、吕禄非常着急，于是派遣颍阴侯大将军灌婴领兵数万攻打齐兵。灌婴走到荥阳，逗留不前，内结绛侯，外联齐王，静候内外消息。齐王刘襄也屯兵西界。琅玡王刘泽被齐王困在临淄，自知受了欺骗，想出一个办法，对齐王刘襄说："悼惠王是高帝的长子，你是悼惠王的后人，就是高帝的嫡长孙，理应继承大统。现在听说大臣们在都中聚议，推立新主。我年龄最大，大臣都等我前去决定。你不如放我入关，与众大臣商议此事，管教你登上大位。"齐王刘襄被他说动，于是代备车马，送刘泽西去。刘泽出了齐境，逃脱齐王羁绊，便慢慢西进，静候都中消息。

都中却已另有变动，何人是主谋？正是左丞相陈平与太尉周勃。二人和好以后，常常密谈国事，决心除掉吕氏一族。只因吕产、吕禄二人手握兵权，不便发作。这次齐王发兵，有机可乘，便共同谋划，做了齐王的内应。灌婴屯兵荥阳也是陈平、周勃授意的。陈平又想到郦商父子与吕产、吕禄交情不一般，于是借议事之名把郦商扣押起来。然后召郦商的儿子郦寄前来密谋，让郦寄劝吕禄速去赵国做王。

郦寄不得已对吕禄说："高帝与吕后共定天下，刘氏共立九王，即吴、楚、齐、代、淮南、琅玡与恒山、淮阳、济川三国；吕氏立三王，即梁、赵、燕。这些都是经大臣商议的，众人都不反对。现在太后已经去世，皇帝年纪还小，你既有赵王官印，就应该前去任职，可你现在仍带兵留在京城，怎能不被人怀疑呢？现在齐国已经起事，各国必定响应，你何不让还将印，把兵事交给太尉，再请梁王也交出相印，与大臣立盟，表明心迹，即日前去赵国，齐兵必然撤回。你据地千里，南面称王，便可高枕无忧了！"

吕禄信以为真，让郦寄转告吕氏一族。吕氏父老有的说可行，有的说不可行，弄得吕禄犹豫不决。郦寄天天去打探消息，但又不便催促得太紧，只好伺机再劝。吕禄与郦寄关系很好，不知郦寄心怀鬼胎，反要他一同出去游猎。二人路过临光侯吕媭家，吕禄顺便进去拜访。吕媭是吕禄的姑姑，听说吕禄要让还将印，便怒叱道："你这蠢材！你身为上将，竟然弃军远去，眼见吕氏一族将无从安身了！"吕禄莫名其妙，支吾应对。吕媭更加生气，将家中所藏珠宝全部取出，扔在堂下，恨恨地说："家族将要灭亡，这些东西最终也会落入别人手中，我何必替他人守护呢？"吕禄惘然退回。郦寄守候在门外，见吕禄形色仓皇，与进去时大不相同，便问明原委。郦寄听了，大吃一惊，只淡淡地答了几句，说她老人家顾虑太多等。吕禄似信非信，别了郦寄，独自返回府中。郦寄派人禀报陈平、周勃，陈平、周勃担忧不已。

## 诛灭吕氏

平阳侯曹窋是前相国曹参的儿子，代任御史大夫一职。他正与相国吕产在朝房议事，郎中令贾寿由齐国出使归来，说灌婴屯兵荥阳，与齐国联合，并劝吕产赶紧入宫护卫。吕产听了贾寿的话，匆匆离去。曹窋慌忙前去告诉陈平、周勃。陈、周二人见事已至此，只好冒险行事，于是密召襄平侯纪通及典客刘揭一同到来。

纪通是前列侯纪成的儿子，掌管符节。陈平叫他随同周勃拿着符节去北军营中，假传诏命让周勃带兵。陈平担心吕禄不服，便派郦寄带着刘揭一同去，迫使吕禄赶快让出将印。周勃等人到了北军营门，先令纪通拿着符节传诏，再派郦寄、刘揭对吕禄说："主上有诏，命太尉周勃统率北军，你应赶快交出将印，离开京城，否则就大祸临头了！"吕禄本来就没什么才识，又因郦寄是他的好友，他就取出将印交给刘揭，然后匆匆出营。

刘揭与郦寄把将印交到周勃的手中，周勃握着将印召集北军，下令说："愿意效忠吕氏的祖露右臂，愿意效忠刘氏的祖露左臂！"北军都祖露左臂，表示愿意效忠刘氏。陈平让朱虚侯刘章前去帮助周勃，周勃让刘章监守军门，再派曹窋告诉殿中卫尉，不得放进吕产。吕产已进入未央宫，号召南军准备抵御。

曹窋见吕产虽然没有智慧，但南军都还听他指挥，于是不敢轻动。周勃也担心不能取胜，就令刘章入宫保护少帝。刘章说："一人怎么能成事呢？请调拨一千人协助我。"周勃于是拨给刘章一千多个步兵，随刘章进入未央宫。刘章走进宫门时，已是傍晚，见吕产还站在庭中，就命令步兵快速出击。于是千人一齐向吕产杀去，刘章也拔剑紧跟，大喊杀贼。吕产大惊失色，回头便跑。吕产手下的士兵想抵抗刘章，不料暴风骤起，吹得人们站不住脚。众人心慌意乱，再加上吕产平时没有什么恩德，于是南军四处奔逃。刘章率人分头抓捕吕产，吕产无法出宫，就逃到郎中府吏的厕所中缩作一团。后来被士兵找到，一剑刺死。

刘章回去禀报周勃，周勃跃然起座，向刘章贺道："我等只担心吕产，吕产既已被杀，天下就平定了！"说完，便派遣将士分头捕捉吕氏一族，将吕氏族人无论男女老幼全部抓到军中，吕禄、吕婴也没有逃掉。周勃命人把吕禄先推出去，一刀毙命。吕婴还想挣扎，信口胡说。周勃非常恼怒，命士兵将她按倒在地，用棍鞭笞，不到一百下，吕媭就断气了。剩下的吕氏族人全部被处斩，有几百人。那时吕通已经去了燕国，周勃派出一个朝使，谎称是皇帝下诏，令他自尽。周勃将鲁王张偃削夺官爵，贬为平民。左丞相审食其明明是吕氏私党，并且浊乱宫闱，拨弄朝政，理应将他治罪，偏有陆贾、朱建代为说情，审食其竟得以逃脱法网，仍任原职。

陈平、周勃扫清吕氏族人后，就将济川王刘太改封为梁王，并且派朱虚侯刘章到齐地，请齐王刘襄罢兵，然后又派人通知灌婴班师回朝。

琅玡王刘泽探知吕氏一族全部被杀，内外解严，才放胆上路，进入都城。碰巧这时朝内大臣正在密商以后的事，一听说刘泽到来，都认为刘氏宗室，刘泽年龄最大，不能不邀请他参议，免得日后落个欺上的罪名。刘泽从容入座，袖手旁观，不说一句话，只听陈平、周勃等人议道："以前吕太后所立的少帝，及济川、淮阳、恒山三王，其实都不是惠帝的后代，只是冒名入宫，滥受封爵。现在吕氏一族已被铲除，如果再立他姓为王，将来他们年纪长成，那就后患无穷了！不如在刘氏诸王中选择贤能之人，立为皇帝。"这话说出来，大众都很赞成，刘泽也毫无异议。

说到刘氏众王，就有人出来说，齐王刘襄是高帝的长孙，应该迎立刘襄。刘泽驳斥道："吕氏任人唯亲，致使外戚勾结，残害功臣，危害大汉社稷。现在齐王的舅舅驷钧行为暴戾，如果齐王得了皇位，驷钧必定专政，这不是去一个吕氏，又来一个吕氏吗？"陈平、周勃听到这些话，当然附和刘泽，不再拥立刘襄为帝。其实刘泽也不过是心怀旧恨，借机报复。众人又推选代王刘恒，并说出两个理由：一是高祖众儿子中，只剩两个王，代王年龄较长，又有仁孝之名，不愧为君；二是代王母家薄氏，从不曾参与政事，没有后患。陈平、周勃于是依从众人的意见，暗中派人前去拜见代王，迎他入京。

代王刘恒虽然觉得这是一件大喜事，但也不敢贸然动身，于是召集僚属前来商议。郎中令张武等上谏阻止："朝中大臣都是高帝的旧将，熟知兵法，擅长用计。高帝、吕后相继驾崩，现在他们杀死了吕氏一族，喋血京师，何必一定要迎立外藩？大王不应轻信来使，要静观事变。"话刚说完，就有一个人反驳道："一派胡言！大王得到这个机会，就该应命入都，何必多疑呢？"代王一看，乃是中尉宋昌，正想询问，宋昌接着说："臣想大王此去，一定没有后顾之忧！试想暴秦失政，豪杰并起，哪一个不想称尊？后来帝位终属刘家，天下不敢再存奢望，这是第一点；

188

高帝分封子弟为王，固若磐石，天下莫不畏惧，这是第二点；我朝兴盛以后，废除秦朝苛政，时常施以仁德，人心都已悦服，不会动摇，这是第三点；就是近来吕后专政，立吕氏三王，何等威严，太尉周勃奋臂一呼，士兵却都袒露左臂，助刘灭吕，可见天意归刘，并不是专靠人力的。况且朝中内有朱虚、东牟二侯，外有吴、楚、淮南、齐、代诸国互相制约，他们必定不敢轻举妄动。现在高帝子嗣，只存淮南王与大王二人，大王年长，又有贤圣仁孝的美名。所以众大臣顺情来迎接大王，大王尽可前去统治天下，何必多疑呢！"

　　代王刘恒生性谨慎，听了宋昌的话，还是有三分疑虑，又召来卜人，嘱令他们卜卦。占卜完以后，卜人向代王道贺，说是大吉。代王于是派遣舅舅薄昭先到都中问明太尉周勃，周勃说是诚意迎接齐王，绝无他意。薄昭立即回报代王，代王笑着对宋昌说："果然像你说的那样，我就不必再疑虑了！"随即备好车驾西行，随从人员只有宋昌、张武等六人。到了高陵，距长安不过几十里，代王还没完全放心，命宋昌先进京察看。宋昌走到渭桥，只见众大臣已守候在那里，就下车对他们说代王快到了。众大臣齐声说："我等已恭候多时了。"宋昌见群臣全体出迎，料是无事，于是又登车回到高陵，请代王安心前进。

　　代王到渭桥边，见众大臣都已跪伏在地，开口称臣，便下车答拜。等到众大臣起来，周勃抢前一步，说有事禀明代王，请代王退去左右。宋昌在旁边严肃地说："太尉有事，尽可直说。如果所说的是公事，就按公事处理；如果所说的是私事，你就该知道王者无私的道理！"周勃被宋昌一说，不觉面颊发红，仓促跪在地上，取出天子符玺，敬献代王。代王谦谢道："先回到住处再议此事也不迟。"周勃这才捧着御玺起来，请代王登车入都，自己作为前导，直抵代王住处。

　　周勃与陈平率领群僚，上疏劝代王称帝，代王推辞道："继承高帝宗庙，乃是大事，我无德无才，不能当此重任，希望请楚王到来再行商议，选立贤君。"群臣再次请求，都跪在地上不肯起来。代王东让西让，一再推辞。陈平、周勃等人齐声说："臣等几经商议，现在继承高帝宗庙，大王是最佳人选。天下列侯无不臣服，臣等为宗庙社稷着想，并非轻率行事，愿大王接受重任。"说着，周勃将御玺呈上，定要代王接受。代王这才答应道："既然大家决意推立我，我也不敢违背众意，勉强继承大统便是了！"群臣竞相称贺，尊代王为天子，号为文帝。

　　东牟侯刘兴居上奏道："此次诛灭吕氏，臣没有功劳，现在愿奉命

189

清宫。"文帝点头答应,命他和夏侯婴一同前往。二人抵达未央宫,对少帝说:"你本不是刘氏子孙,不应当做皇帝,请你立即让位!"一面说,一面让侍奉少帝的下人离开。少帝战栗道:"你想把我带到哪里去?"夏侯婴答道:"出去住在宫外!"接着,就命车驾离开。走到少府官邸,才令少帝下车。刘兴居又逼迫惠帝的皇后张氏移住北宫,然后备好法驾迎接文帝。当晚,文帝封宋昌为卫将军,镇抚南、北二军;封张武为郎中令,巡行殿中。

那天夜里,少帝暴死在少府官邸。常山王刘朝、淮阳王刘武、梁王刘太三人,当时虽被封王,但因年幼无知,没有去上任,仍然留居京城,也同时被杀。想必是陈平、周勃恐怕留下后患,所以斩草除根,文帝也置之不问。究竟少帝与三王是不是惠帝的儿子,也无从证实,不过这数人无辜被杀,终让人觉得可怜。推究祸根,还是吕太后造下的冤孽。

文帝登位后,便去高庙祭拜。礼毕回朝,下诏封赏功臣。然后尊母后薄氏为皇太后,派薄昭前往代地迎接薄氏。追谥刘友为幽王、刘恢为共王、刘建为灵王。共、灵二王无后,只有幽王刘友有两个儿子,长子名叫刘遂,文帝封他为赵王,改封琅玡王刘泽为燕王,所有以前被吕氏一族分割的齐、楚土地,全部归还齐、楚。

这时候右丞相陈平上疏称病,不能入朝,文帝就给了他几天的假期。等到假满,陈平进宫拜谢,却提出辞官。文帝问起原因,陈平上奏说:"高皇帝开国时,周勃的功劳不如我,现在诛灭吕氏一族,我的功劳不如周勃,只有将右丞相一职让给周勃,我才能安心。"文帝于是任命周勃为右丞相、陈平为左丞相,罢免审食其,提升灌婴为太尉。周勃领命后,退出朝门,一脸骄傲的神色,文帝对他格外尊敬,目送他出去。郎中袁盎从旁瞧见,出列启奏道:"陛下认为右丞相是什么样的人呢?"文帝道:"右丞相乃是社稷功臣!"袁盎道:"右丞相是功臣,但不能称为社稷功臣。古时社稷功臣必君存与存,君亡与亡。吕氏专权时,右丞相身为太尉却不能匡正,吕后死后,众大臣共谋讨逆,右丞相才乘机邀功。现在陛下即位,对右丞相礼敬有加,右丞相不但不知自省,反而呈现得意的神色,难道这就是社稷之臣的样子吗?"文帝听了,默然不答,此后见周勃进朝,辞色谨严。周勃也觉得有些奇怪,不敢再骄傲,对文帝渐渐地由骄横变为畏惧了。

## 文帝怀柔平蛮夷

过了一个月，文帝听说母后到来，便率领文武百官出郊恭迎。等候片刻，见薄太后驾到，众人一齐跪拜，就是文帝也向母亲下拜。薄太后安坐车中，笑容可掬，令车骑将军薄昭传令免礼。

文帝极其孝顺，在代郡时，文帝曾因母亲的病迟迟不好，亲自侍奉，日夜不息，饮食汤药，必先自己尝试。所以文帝向来以贤孝闻名，最终登上帝位。

说来也奇怪，薄太后的遭遇，仿佛一段传奇故事。文帝的继室窦氏，也是反祸为福，无意中得到奇缘。窦氏是赵地观津人，只有兄弟二人，兄长名叫窦建，字长君，弟弟名叫窦广国，字少君。他们早年丧失父母，那时少君很小，长君也尚年少，不能谋生，又遇上战乱，流离失所，窦氏与兄弟二人几乎不能生存。恰在此时，汉宫采选秀女，窦氏便去应选，得以入宫侍奉吕后。

不久，吕后发放宫人赐给众王，每王五人，窦氏也在其中。她因祖籍观津，自愿去赵国，好与家乡接近，便向主管太监陈述自己的意思。主管太监当时也答应了，不料在分配宫女时将此事忘记，竟把窦氏派入代国。等到窦氏得知此事向太监诘问时，他才想起来，但已不能再改，只得好言劝慰，敷衍一番。

窦氏洒了许多珠泪，自悲命薄，怅然出都。同去的还有四个宫女，途中虽然不至于寂寞，但总觉得无限凄凉。哪知到了代国，竟蒙代王特别赏识，春风几度，暗结珠胎。第一胎生下一女，取名为刘嫖，第二、三胎均是男孩，长子取名为刘启，次取名为刘武。当时代王已有四个儿子，刘启与刘武当然比不上正室所生。窦氏却也自安本分，尊敬王妃，并嘱咐自己的两个儿子听从兄长的命令。代王见她知书达理，格外宠爱。后来代王妃得病身亡，后宫虽有数人，要算窦氏隐隐有继妃的希望，不过当时还没有正名。后来代王入都为帝，前王妃所生的四个儿子接连夭逝，窦氏的两个儿子终得以崭露头角。

文帝元年春天，丞相等人联名上疏，请求册立太子。文帝再三谦让，说他日应推选贤王，不宜私立子嗣。群臣又多次上疏请求，说皇子刘启年龄最大，敦厚仁慈，理应立为太子，上承宗庙，下慰人心。文帝于是准他

191

们所请，封皇子刘启为太子。太子确定后，群臣又请求册立皇后。太子刘启既是窦氏所生，窦氏理应为后，还有何疑义？不过群臣未曾指名，让文帝独断罢了。文帝因上有太后，须要秉承命命。薄太后就下令册立太子的母亲窦氏为皇后，窦氏就成了文帝的继室，正位中宫。

窦氏被封为皇后，长女刘嫖受封为馆陶公主，次子刘武受封为淮阳王，就是窦后的父母，也由薄太后赐恩追封。原来，薄太后的父母也都早死，父亲葬在会稽，母亲葬在栎阳。文帝即位后，追封薄父为灵文侯，在会稽郡置园邑三百家，让他们奉命守祠；薄母为灵文夫人，在栎阳北添置园邑。薄太后认为自己的父母都受了封号，不能厚己薄彼，于是下诏追尊窦后的父亲为安成侯，母亲为安成夫人，在清河郡观津县中设置园邑二百家。车骑将军薄昭是薄太后的弟弟，当时已被封为轵侯。薄太后因此也给窦后的兄长厚赐田宅，让他移居长安。窦后心存感恩，叩头拜谢。等到窦长君奉旨到来，兄妹相见，当然忧喜交集。二人促膝长谈，谈到小弟窦少君，窦长君痛哭流涕，说是被人掠去，多年没有音信，生死未卜。窦后听完，也不禁泪水滂沱，等窦长君退出后，就派人到清河郡访觅窦少君，但一时也没有消息。

窦后正在惦念，一天，忽然由内侍递入一封书信。打开一看，原来是窦少君前来认亲。书中叙述了小时候的事情，说与姐姐同去采桑，曾失足堕地。窦后追忆起来，确有此事，便向文帝说明，召窦少君觐见。

窦少君与窦后阔别十多年，分别时只有四五岁，久别重逢，几乎都不认识对方了，窦后也不敢贸然认亲。文帝在座细问，少君仔细陈述。说他自从与姐姐分别后，被盗贼掠去，卖给人家为奴，后来又辗转卖了十多家，直至卖到宜阳，当时他已有十六七岁了。宜阳主人命他与众奴仆一起进山烧炭，夜里就在山下搭篷住宿。不料山忽然崩塌，一百多个奴仆全被压死，只有窦少君幸免于难。主人也很惊异，比以前更优待他。又过了几年，宜阳主人迁居长安，窦少君也随同前往。到了都中，正值文帝册立皇后，文武百官一齐道贺，很是热闹。当时都中人传说皇后姓窦，是观津人氏，从前不过是个宫奴。窦少君听了传言，回忆姐姐曾入宫备选，心想：难道今日的皇后就是我的姐姐不成？经多方探听，果然就是自己的姐姐，这才大胆上疏，将采桑一事列入，作为证据。

窦后还有疑虑，又盘问道：“你记得与姐姐告别时的情形吗？”

窦少君说：“姐姐西行时，我与兄长把她送到邮舍，姐姐可怜我年纪太小，曾向别人给我要一碗饭，又为我洗过头之后才动身。”说到这里，不禁哽咽起来。窦后听了，比窦少君还要悲痛，也顾不得文帝在座，便哭着起身道："你真是我小弟！可怜！可怜！现在你姐姐已沐皇恩，你也蒙上天保佑，前来与我相聚！"说到"聚"字，竟不能再说下去，只与窦少君两手相握，痛哭起来。窦少君也泪流满面，内侍等站立左右也都泪眼模糊。坐在上面的文帝，看到这个场面，也为之动容。姐弟两人哭了很久才停止，文帝又召来窦长君，让他们兄弟一叙。

文帝让他们兄弟住在一起，还赏赐了很多田宅。右丞相周勃、太尉灌婴听说了这件事，私下商议道："从前吕氏专权，我们有幸免去一死。现在窦后兄弟都聚集在都中，将来也有可能倚仗皇后干预朝政，我们的性命不是握在这二人手中了吗？况且他们出身寒微，不知礼义，一朝得志，必定效仿吕氏。现在应预先加以提防，才不会留下后患！"二人商议一番，就上奏请求选择正直的人与窦后兄弟结交。文帝准奏，就选择贤人与他们相处。窦氏兄弟果然退让有礼，不敢倚势欺人。文帝也惩前毖后，只让他们安居长安，不再封爵。直至景帝继位，尊窦后为皇太后，才加封两个舅舅。当时窦长君已死，有一个儿子叫窦彭祖，被封为南皮侯；窦少君还在，被封为章武侯。此外还有魏其侯窦婴，是窦后的侄子。

文帝励精图治，发政施仁，赈济贫民，赡养老人，派官吏巡行天下，察视郡县守令。海内大定，远近太平。于是封赏以前随驾的众臣，封宋昌为壮武侯，张武等六人为九卿，另封淮南王的舅舅赵兼为周阳侯，齐王的舅舅驷钧为靖郭侯，原常山丞相蔡兼为樊侯。又查得高祖时的功臣，如列侯、郡守共一百多人，都加以封赏。

过了半年多，文帝越来越明白治国之道，特意在临朝时问右丞相周勃："天下一年约发生多少起案件？"周勃回答说不知道。文帝又问每年谷物的收入是多少，周勃答不出，急得冷汗直流，背部都湿透了。

文帝见周勃说不出来，便转问陈平。陈平其实也不知道，但他急中生智，随口答道："这两件事各有专人负责，陛下可以问他们。"

文帝又问道："这事由何人专管？"

陈平又答道："陛下想知道牢狱之事，可问廷尉；谷物出入可问治粟内史！"

文帝生气地说："照此说来，你主管什么事？"

陈平跪地说道："陛下不知臣驽钝，封臣做宰相。身为宰相，理应上佐天子，下抚万民，外镇四夷诸侯，内使卿大夫各尽其职，关系很是重大。"

文帝听了，点头称是。周勃见陈平对答如流，觉得自己相形见绌，更加惭愧。等到文帝退朝，周勃与陈平一同走出来，周勃对陈平埋怨道："你为何不提前教我？"陈平笑着回答道："你官居相位，难道不知道自己的职务吗？假如主上问你长安还有几个盗贼，试问你将如何回答呢？"

周勃无话可说，默然退回，自知才能比不上陈平，就产生了辞官的想法。正巧这时有人对周勃说："你诛灭吕氏族人，立代王为帝，威震天下。古人有言，功高遭忌。如果再恋位不走，恐怕就大祸临头了！"周勃被他一吓，更加心寒，便上疏归还相印。文帝准奏，专任陈平为相，并与陈平商议南越之事。

南越王赵佗以前曾受高祖册封，臣服于汉朝。到吕后四年，赵佗背离汉朝，自称南越武帝，并且发兵攻打长沙。长沙王上报朝廷，请兵支援，吕后派遣隆虑侯周灶率兵征讨。当时正值酷暑，士兵遭遇瘟疫，多半病死在途中，不能前进。且南岭一带由赵佗派兵堵住，无路可进，周灶只得逗留在半路上。吕后病死后，周灶索性班师回京。赵佗因此更加横行无忌，致使闽越、西瓯成为南越的属国，共得东西一万多里的土地。

文帝见四方皆服，只有赵佗倔强得很，便决定采用以柔制刚的方法。他命令真定官吏在赵佗的父母坟旁设置守邑，每年祭拜，并对赵佗的兄弟和其他亲人，给予厚赐，然后选派使臣，南下劝赵佗归降。这种决定不能不与丞相商议，陈平于是将陆贾保荐上去，说他前次出使不辱君命，这次叫他再去，驾轻就熟，定能成功。文帝也认为这样做最好，就召陆贾入朝，让他带着诏书前去南越。陆贾奉命起程，过了好几天才到南越。赵佗听说是熟客，当然接见，陆贾于是取出诏书交给赵佗。

赵佗看完后，非常感动，握着陆贾的手说："汉天子真是明君。臣愿奉诏行事，归附汉朝，永为藩臣。"

陆贾指着御书说："这是天子的亲笔书信，大王既然愿意臣服天朝，见到天子的书信，就如同见到天子一般，应该恭敬对待。"

赵佗听了此话，就将御书悬挂在座上，自己在座前跪拜，叩头谢罪。然后二人促膝谈心，共叙旧情。陆贾逗留了好几天，准备回朝复命。赵佗写了一封回信，又取出许多财物，托陆贾上贡给朝廷，另外又赠给陆贾不少钱财。

陆贾告别赵佗，回去复命。见了文帝，呈上书信，文帝看了一遍，很是欣慰，就厚赏陆贾。从此南方无事，四海升平。不久，两次出使南越的陆大夫，安然寿终。

## 贤臣张释之

丞相陈平任职几个月后，忽然患病不起，不久与世长辞。文帝听到这个消息，下令厚葬陈平，并让他的长子陈贾袭封。陈平辅佐汉王开国，凭借自己的聪明才智安刘诛吕，功不可没。陈平死后，相位无人接替，文帝又记起绛侯周勃，仍令他为丞相，周勃也不推辞。不久发生日食，文帝根据天象，下诏求取良才，要众人直言进谏。颍阴侯贾山上疏建议，言辞恳切，被人们称颂。

当时还有一个英才，与贾山同姓不同宗，祖籍洛阳，单名一个"谊"字。贾谊少年时就卓越出众，气宇非凡。曾被河南太守吴公招到门下，备受器重。吴公声名远播，治理国事天下第一，文帝特召他为廷尉。吴公奉命入都，将贾谊推荐上去，说他博览群书，很有才华。文帝于是将贾谊召为博士。贾谊年仅弱冠，朝中大臣，贾谊虽然年龄最小，但每有政议，一经贾谊逐条分析，都能尽合人意，都中人都称赞贾谊有才。文帝也认为他很有才能，仅一年时间，就迁升他为大中大夫。

贾谊劝文帝改换服饰，大兴礼乐，并将这些写入列举纲要，文帝颇为叹赏，但因为事关重大，没有立即执行。文帝想升任贾谊为公卿，可丞相周勃、太尉灌婴及东阳侯张相如、御史大夫冯敬等人心怀妒忌，常到文帝座前，说贾谊意在专权，不能重用。文帝于是改变了本意，封贾谊为长沙王太傅。贾谊不能不去，但心中怏怏不乐。

贾谊离去后，周勃等人当然欣喜。不过周勃生性好嫉妒别人，大臣们也多记恨他，对他怨恨最深的就是朱虚侯刘章以及东牟侯刘兴居。吕氏族人被灭，刘章实际上立了头功，刘兴居的功劳虽然比不上刘章，但清宫迎驾，也算是一个功臣。周勃曾与二人私下约定，答应奏请封刘章为赵王、刘兴居为梁王。文帝继位后，周勃竟然背弃前言，没有替他们奏请，自己反而接受了第一等厚赏。因此刘章、刘兴居与周勃之间有了怨恨。文帝也知道刘章兄弟灭吕有功，只因刘章想立兄长为帝，所以不愿优待他们。

又过了两年，有人请立皇子为王，文帝下诏说："朕很怜悯赵幽王，以前已立幽王的儿子刘遂为赵王，还有刘遂的弟弟刘辟彊以及悼惠王的儿子朱虚侯刘章、东牟侯刘兴居没有得到封赏，他们对国家有功，均应封为王。"这诏一下，群臣揣合帝意，准备奏请封刘辟彊为河间王、朱虚侯刘章为城阳王、东牟侯刘兴居为济北王。文帝当然准奏，只是城阳、济北都是齐地，割封给刘章兄弟，分明是削弱齐王！这三王分封出去后，便将刘参封为太原王、刘揖封为梁王。梁、赵均是大国，刘章兄弟期望已久，现在终于绝望，他们便怀疑是周勃从中作祟，不免有些怨言。文帝对此略有所闻，索性免去周勃丞相一职。

文帝命灌婴为丞相，灌婴接任时，已是文帝三年。过了几个月，忽然听说匈奴右贤王入侵上郡，文帝急命灌婴调发八万人，抵御匈奴，自己率领众将到甘泉宫，作为援应。不久文帝接到灌婴的军报，称匈奴兵已经退去。文帝于是转赴太原，接见代国旧臣，各给赏赐，并免除代地百姓三年的徭役。

文帝在代地逗留了十多天，又有警报传来，说济北王刘兴居起兵造反，进攻荥阳。文帝立即任命棘蒲侯柴武为大将军，率兵征讨，然后令灌婴回朝，自己带领众将急忙赶回长安。刘兴居受封济北，与他的兄长刘章同时就国，刘章郁愤成病，不久便去世了。刘兴居听说兄长气愤身亡，更加怨恨，心生叛意。恰在此时，刘兴居听说文帝征讨匈奴，他认为关中空虚，于是突然起兵。哪知到了荥阳便与柴武相遇，大战了一场，被柴武杀得七零八落，士兵四散逃走了。柴武乘胜追赶，紧随不舍。刘兴居策马乱跑，马一脚踏空竟然跌倒了，把刘兴居掀翻在地。此时后面追兵已到，就把他抓住，带到柴武面前。柴武把他关进囚车，押解回京。刘兴居自知难逃一死，扼喉自杀。柴武回朝复命，文帝可怜刘兴居自取灭亡，就封悼惠王其余的儿子刘罢军等七人为列侯，只是将济北国撤销，不再列为封地。

干戈平息，朝廷又清闲起来。文帝政务不忙时，免不得要出宫游行。一天，文帝带着侍臣去上林苑观赏景色，只见林中草深林茂、鱼跃鸢飞，文帝的心情顿时无比舒畅。走到虎圈，见里面驯养的禽兽数不胜数，于是召来上林尉，询问禽兽的总数是多少。上林尉瞠目结舌，答不上来，监守虎圈的啬夫从容回答，一一详陈。文帝称赞道："好一个啬夫，这样才算是尽职！"说着，就命从官张释之封啬夫为上林令。

张释之字季，堵阳人氏，以前是骑郎，十年没有升迁，后来才晋升为谒者。文帝叫他谈论现在的形势，张释之便把秦汉的得失说了一番，文帝非常赏识，就给张释之加官为谒者仆射。每当车驾出游，就令张释之跟随。此时，张释之奉命，却半晌不说话，文帝又重复了一遍，张释之反问道："陛下认为绛侯周勃和东阳侯张相如的人品如何？"文帝道："都是忠厚的人。"张释之接着说："陛下既知两人性情忠厚，为何想重用啬夫呢？这二人平时论事，不善发言，怎比得上啬夫的一张利口喋喋不休？陛下可曾记得秦始皇吗？"文帝示意他说下去，张释之于是接着说："始皇喜欢任用主办文书的官吏，用烦琐苛刻来显示精明。后来这个不好的习惯就沿传了下来，众人都擅长辩论，谁都能为自己做过的错事开脱，最终闹得不可收拾。现在陛下认为啬夫口才好，便想让他升迁，臣担心步秦朝后尘！"文帝点头称是，就没有加封啬夫，而是加封张释之为官车令。

不久梁王入朝，与太子刘启同车进宫。走到司马门时，梁王和太子都没有下车，恰巧被张释之瞧见。张释之走过去拦住太子、梁王，并将此事写成奏章呈给皇上。汉初定有禁令，因为司马门极其重要，所以除天子外，无论何人经过都要下车。张释之认为太子、梁王时常出入，理应知道这些规定。现在竟敢乘车进司马门，是明知故犯，应以不敬罪论处。这道奏章呈进去后，文帝因为溺爱这两个孩子，且认为张释之所奏之事是平常小事，所以搁置不提。后来薄太后听说了这件事，召入文帝，责备他纵容儿子。文帝免冠叩谢，自称教子不严，请太后恕罪。薄太后派人传诏赦免太子、梁王，准他们进见。文帝毕竟是明君，并不怪张释之多事，反说张释之刚正不阿，理应升官。于是封张释之为中大夫，没多久又将他提升为中郎将。

文帝带着宠妃慎夫人出游霸陵，张释之也随驾同行。霸陵在长安东南七十里，依山面水，文帝在这里为自己修筑陵墓，所以称为霸陵。文帝眺览一番，又与慎夫人登高东望，用手指着一条路对慎夫人说："这就是邯郸要道。"慎夫人是邯郸人，听到这话，不禁产生了思乡情怀，神情凄然。文帝见她玉容暗淡，后悔自己失言，于是命左右取过瑟，让慎夫人弹瑟抒怀。邯郸是赵都，赵女以擅长弹瑟出名，再加上慎夫人心灵手巧，当然指法高超。慎夫人将瑟接到手中，便按弦依谱，顺指弹来。文帝听着，只觉得嘈嘈切切，暗寓悲情，顿时心动神移，也不禁忧从中来，慨然作歌。一弹一唱，余音缭绕。

文帝对随从的大臣说："人生短短几十年，到头来总有一死。我死以后，如果用北山石为外棺，再用纻絮杂漆涂封，定能坚固不破，试问有谁能动摇呢？"从臣都应了一个"是"字，只有张释之答道："臣认为皇陵中若藏有珍宝，就会使人垂涎，就算用北山石为外棺，也不免有隙可寻。倒不如不置任何珍宝，就算没有坚硬的外棺，也不必顾虑！"文帝听他说得有理，点头称是。当时天色已晚，文帝起驾回宫。后来又令张释之为廷尉。张释之清廉而有威望，都中的人都畏服他。

张释之从骑尉一步步升迁，多亏前任中郎将袁盎举荐。袁盎以前跟从文帝游览，也有好几次犯颜直谏，说别人不敢说的话。文帝曾宠信宦官赵谈，让他和自己同坐一车，袁盎因此进谏道："臣听说与天子共乘一车的，无不是天下豪俊。如今汉朝虽然缺乏良才，但也不能同一个太监共乘一车吧！"文帝于是令赵谈下车。过了几天，文帝与窦皇后、慎夫人同游上林，上林的官员预先作了安排。帝、后等入席休息，袁盎也跟了进去。帝、后分坐左右，慎夫人走到皇后旁边，准备坐下，袁盎用手一挥，不让慎夫人就座，却要她退到席的右边。慎夫人平日在宫中，仗着文帝宠爱，常与窦皇后并坐并行。窦后起自寒微，经过许多周折，才有幸做了皇后，所以遇事谦退，格外宽容。俗语说得好，习惯成自然，这次袁盎偏偏要慎夫人退居下手。慎夫人怎么能忍受？慎夫人站着不动，把两道柳叶眉微竖起来，想与袁盎争论。

文帝早已瞧见，他担心慎夫人与袁盎斗嘴，有失礼仪，因此勃然起座，匆匆走出。窦皇后当然随行，慎夫人无暇争执，一起跟着走了出去。文帝为了此事，失去了游览的兴致，就带着众人乘辇回宫。

袁盎跟在皇帝后面一同进宫，帝、后等下辇，他从容进谏道："臣听说尊卑有序，才能上下和睦。如今陛下既已册立皇后，皇后是六宫之主，无论妃姜嫔嫱，都不能与皇后相提并论。慎夫人是姜，怎能与皇后平坐？如果陛下宠爱慎夫人，大可另加赏赐，怎么能破坏秩序？如果由她骄恣妄为，陛下名为宠爱，实际上是在害她。前例并不遥远，陛下没听说过'人彘'吗？"文帝听到"人彘"二字，恍然大悟，怒气全消。当时慎夫人已经入内，文帝走进去把袁盎所说的话转述了一遍。慎夫人才知袁盎是为保全自己，后悔不该错怪好人，于是取出黄金五十斤赐给袁盎。

这时淮南王刘长入朝求见，文帝只有这一个弟弟，当然加倍宠爱。不料刘长在都数日，竟闯出了一桩大祸。文帝下诏赦免刘长，仍令他归国，激起袁盎的一片热肠，又要当面与文帝争执去了。

## 淮南王刘长

淮南王刘长是高祖的第五个儿子，是赵姬所生。赵姬本住在赵王张敖宫中，高祖从东垣到赵国，当时正讨伐韩王信。张敖让赵姬前去侍奉，高祖生性好色，见了娇滴滴的美人怎肯放过，便令她侍寝，一宵雨露，种下胚胎。高祖不过随地行乐，快活了一两天，便将赵姬撇下，回都去了。张敖听说赵姬得到高祖宠幸，并且已有身孕，就不敢再让她在宫中居住，特意为她在别处修筑了一座宫殿。

不久贯高等人谋反，东窗事发，张敖被一起抓捕。张氏家眷也都被拘禁在河内狱中，连赵姬也被囚禁起来。赵姬当时将要分娩，便对河内狱官陈述了高祖召幸之事，狱官也很吃惊，急忙报告郡守，郡守据实上奏。哪知事隔多日，毫无音信。赵姬有一个弟弟名叫赵兼，与审食其相识，立即筹资入都，叩门求见辟阳侯。审食其还算有情，召见了赵兼，问明来意。赵兼将事情的经过详细地说给审食其，并恳求审食其代为疏通。审食其就进宫把这件事告诉了吕后，吕后是个母夜叉，最恨高祖纳入姬妾，怎肯帮助赵姬，反将审食其骂了一顿。审食其碰了一鼻子灰，不敢再说。赵兼等了数日，没有得到确切的消息，准备再去审食其的住处问明。审食其却避而不见，赵兼白跑一趟，只得回到河内。

那时，赵姬已生下一个男孩，在狱中受尽苦痛，眼巴巴地盼望着皇恩大赦。可弟弟走进来时却满面愁惨，言语支吾。赵姬绝望至极，又悔又恨，哭了一天，竟自寻短见。等到狱吏发现时，赵姬已气绝身亡。只得给这个婴孩找一个奶妈，好生保护，静候朝中消息。

后来张敖遇赦，全家被释放，赵姬所生的儿子，由郡守派人同奶妈一起送到都城。高祖听说赵姬自尽，只有一个孩子被送来，不禁念起旧情，感叹起来。就命人将这个孩子抱进来，高祖见他与自己相似，心生怜惜，给他取名为刘长，交给吕后抚养，并令河内郡守把赵姬的棺材发往原籍真定，妥善安葬。吕后本不愿抚养刘长，只因高祖郑重叮嘱，也不好虐待刘长。好在刘长的母亲已死，对自己没有什么威胁，况且一切抚养之事自有奶妈，不用她劳心，因此吕后也不太在意。

过了几年，刘长已经五六岁了。他生性聪明，善于察言观色，吕后见他敏慧，居然把他当做自己亲生儿子一样，刘长这才得以存活下来。刘长被封为淮南王后，才知道自己的生母赵姬冤死狱中，舅舅赵兼留居真定，于是派人前去迎接舅舅。到了淮南，两人谈起赵姬，又添了一份怨恨，无非是因为审食其不肯上禀，致使赵姬身亡。刘长将此事记在心中，常常想杀掉审食其为母报仇，只是苦于无从下手，一直没有行动。

后来文帝即位，审食其失势，刘长就在文帝三年，借入都朝拜的名义来到长安。文帝听说刘长来朝，十分高兴，接见以后，留他在都城游玩数日。刘长此时年已逾冠，身强力壮，平时在淮南时就常有不听从朝廷的命令、独断专行之事。文帝因为自己只有这一个弟弟，所以格外宽容。这次文帝留他在都城，正合刘长的心意。

刘长与文帝同车去上苑打猎，在途中交谈时，往往不顾名分，直称文帝为兄长。文帝也不与他计较，仍像以前一样对他。刘长更加高兴，暗想：入京朝拜只是表象，本意是来杀审食其，替母报仇。主上待我这么好，就算我把审食其杀死，主上也不会定我重罪。此时不下手，更待何时？于是带领手下，去拜访审食其，暗中拿着铁锤。审食其听说淮南王来访，慌忙整肃衣冠，出门相迎。只见刘长跃身下车，走到审食其面前。审食其以为他是下来行礼的，赶忙先作揖，才低下头，突然脑袋上面遭到锤击，痛彻心扉，霎时间头晕目眩，跌倒在地上。刘长命令手下砍下审食其的头，然后上车离去。

之后，刘长来到宫门前求见文帝，文帝当然出来相见。刘长跪在殿阶旁谢罪，令文帝吃了一惊，忙问他因为什么事，刘长回答说："臣的母亲以前居住在赵国，与贯高谋反之事毫无关系。辟阳侯明知臣的母亲冤枉，并且他曾是吕后宠臣，竟不肯入宫禀报，致使臣的母亲含冤死去，这是第一条罪过；赵王刘如意母子无辜枉遭毒害，辟阳侯却不据理力争，这是第二条罪过；吕太后册封吕氏一族为王，危及刘氏，辟阳侯又缄口不言，这是第三条罪过。辟阳侯身受国恩，身负三罪，罪大恶极。臣为天下杀了此贼，上除国患、下报母仇！只是事前未曾请命，擅自将他杀死，也不能无罪，所前来认罪，甘愿受罚。"

文帝本来就不喜欢审食其，一听说他死了，倒也高兴，况且刘长为母报仇，情有可原，因此叫刘长退去，并不定罪。刘长的目的已经达到，便上疏辞行，昂然出都去了。中郎将袁盎入宫进谏道："淮南王擅自杀死审食其，陛下竟置之不问，令他回国，恐怕此后他更加骄纵，难以控制。望陛下依法处治，大则夺国、小则削地，才能防患于未然！"文帝不说话，袁盎只好退出。

过了几天，文帝非但不惩治淮南王，反追究起审食其的私党，命人捉拿朱建。朱建听到这个消息后，拔剑自刎。吏人回报文帝，文帝说："我并不想杀朱建，他何必这样！"于是召朱建的儿子入朝，封为中大夫。

第二年是文帝四年，丞相灌婴病逝，文帝升任御史大夫张苍为丞相。绛侯周勃自免相就国后，有一年多，每遇到河东守尉巡视各县，就心神不安，不但身披铠甲出去与守尉相见，两旁还有家丁保护着，手拿兵器，似乎在防备不测。有小人上疏诬告，竟说周勃意图谋反。文帝早已暗自猜疑，见了告变的密书，立即召来张释之，叫他派人将周勃押解进京。张释之只得派人会同河东守尉季布捉拿周勃。季布也知道周勃没有谋反，只因诏命难违，不得不带兵与朝廷派来的官员一块到绛邑拜见周勃。周勃仍然披甲出来迎接，一听说诏书到来，已觉得忐忑不宁，等到朝廷派来的官吏读罢诏书，吓得目瞪口呆，像木偶似的。季布叫周勃解下铠甲，然后又劝慰几句，才令朝吏带着他返回长安。

入都以后，周勃当然下狱，廷尉倒是廉明，只是狱吏总要索取一些钱财。周勃起初不肯出钱，被狱吏冷嘲热讽，受了许多窝囊气，无奈之下，只好取出一千金奉送他们。狱吏立即改变态度，小心侍奉。廷尉张释之召周勃对质，周勃不善申辩，张释之才审问几句，他便吓得说不出话来。多亏张释之是个好官，只让他回到狱中，并不急于定罪。狱吏收了周勃的贿赂，见周勃不能为自己申辩，便替他想出一个办法，只是不便明说，就在文牍背后写了五字，拿着给周勃看。周勃仔细一看，乃是"以公主为证"五个字，这才如梦初醒。等到家人前来探视，就对家人附耳说明。

原来周勃有好几个儿子，长子名叫周胜之，娶了文帝的女儿为妻。周勃被押解进京后，周胜之等人恐有不测，立即进京看望父亲，公主也一同前来。周胜之平日与公主不太和睦，常常反目，此时为了父亲，只得央求公主代为求情。公主还要摆些架子，直至周胜之百般恳求，才嫣然一笑，入宫求情去了。

张释之断案较为宽松，此次审问周勃，实际上是想为周勃免罪，无奈周勃口才不好，不能替自己辩明，张释之只好将此事转告袁盎。袁盎见张释之前来说情，就上疏说绛侯无罪。薄太后的弟弟薄昭，因为周勃曾让给他封邑，感念不忘，所以求太后为周勃申冤。公主已经恳请过薄太后，再加上薄昭据理力争，薄太后便召文帝前来。文帝应召进见，太后竟取下头上的帽巾向文帝扔去，生气地说："绛侯曾手握皇帝御玺，统率北军，那时没有造反，现在居住在一个小县城，反倒要造反吗？你听了何人的谗言，竟然加害功臣！"文帝听太后这样说，慌忙谢罪，说立即将周勃释放。好在张释之已详陈狱情，证明周勃并无反意，文帝便派人拿着符节到狱中将周勃释放。

周勃出狱后，听说薄昭、袁盎、张释之都为自己排解，就亲自前去答谢。袁盎与周勃追述往事，周勃笑着说："我以前错怪你了，现在才知道你原来是为我好！"然后与袁盎握手告别，出都去了。周勃回国后，文帝知道他没有反意，才放下心来。

201

淮南王刘长倚仗天子宠爱，日益骄恣，作威作福。文帝写信责问，刘长置之不理。文帝又令薄昭写信劝诫，刘长看到书信后毫不害怕，只担心朝廷前来查办，便想先发制人。他派遣七十人秘密进入关中，勾结棘蒲侯柴武的儿子柴奇同谋造反，约定在长安北方的谷口起事。

柴武派遣士伍①开章前去回报刘长，让刘长南联闽越、北通匈奴，率军造反。刘长很高兴，厚赐开章。开章升官发财后，自然留在淮南，只派下人去回报柴奇。不料用人不慎，竟被关吏搜出密书，奏报朝廷。文帝还是不忍缉拿刘长，只命长安尉抓捕开章。刘长与中尉简忌密商，将开章杀死，并悄悄地把他的尸首埋葬在肥陵，然后对长安尉说不知道开章的下落。又令人伪设坟墓，上写有"开章安葬此处"六个字。长安尉知道是他故意造假，就回京上奏此事。文帝派人召刘长进京，刘长还没部署好谋反的细节，只好跟着使臣进京。

丞相张苍、御史大夫冯敬以及宗正、廷尉等人审得刘长谋反属实，联名上奏，请求将刘长处死。文帝不忍杀死刘长，又派人前去复审，审讯结果同之前一样。文帝顾及手足之情，赦免刘长的死罪，只除去他的王爵，将他迁到蜀郡严道县邛邮，并允许刘长的家属一同前往。由严道县令替他建造住处、供给衣食。其余参与谋反的人，全部被诛杀。

刘长出都以后，袁盎进谏道："陛下曾纵容淮南王，不为他设置贤相，所以事情才发展到今天这个地步。淮南王生性刚暴，突然遭受这样的挫折，一定不能接受。倘若再有其他变故发生，陛下反而要背负杀死弟弟的恶名，岂不令人担忧？"文帝说："我不过暂时让他受一些苦，他如果知错能改，我还会让他回国的。"袁盎见文帝不听从自己的劝告，就告退出来。不料过了一个多月，竟接到急奏，说刘长自尽身亡，文帝禁不住痛哭起来。


## 缇萦救父

淮南王刘长被废，迁往蜀中。走到半路，他对手下说："谁说我不肯守法？实在是因为我平时骄纵，没有人指出我的过错，所以我才走到今天。现在后悔也晚了，不如就此自尽吧。"手下听他这样说，担心他自己寻死，所以格外提防。只是刘长已痛不欲生，任凭手下如何劝慰，就

---

① 士伍：汉律称有罪丢官的人为士伍。

是水米不沾，最终活活饿死。

　　手下在途中还没有发觉，到了雍县，县令揭开车上的封条，见刘长僵卧不动，才知他已经死了。县令大吃一惊，立即飞书上报。文帝听到这个消息，不禁失声痛哭。这时袁盎进来，文帝痛哭流涕："朕后悔不听你的话，致使淮南王饿死在途中。"袁盎劝慰道："淮南王已经去世，这是他咎由自取，陛下不必过于悲伤。"文帝说："朕只有这一个弟弟，还不能将他保全，总觉得于心不安。"袁盎接着说："陛下如果心里不安，只好将丞相、御史全部斩首，以谢天下。"文帝一想，此事与丞相、御史终究没什么关系，不能诛杀他们。只将所有护送的官吏、以及送饭的下人全部处死。并以列侯之礼安葬刘长，在雍县修筑坟墓。又封刘长的长子刘安为阜陵侯，次子刘勃为安阳侯，三子刘赐为周阳侯，四子刘良为东成侯。即便这样，民间还有歌谣说："一尺布，尚可缝，一斗粟，尚可舂，兄弟二人不相容。"文帝出游时听到这首歌，明知暗寓讽刺，只好长叹道："古时尧、舜放逐骨肉，天下称他们为圣人，无非是因他们大义灭亲，因公忘私。如今民间作歌讥讽我，莫非是怀疑我贪恋淮南土地吗？"于是追谥刘长为厉王，令刘长的大儿子刘安袭承爵位，仍为淮南王。然后将衡山郡封给刘勃，庐江郡封给刘赐，只有刘良早死，没有加封。

　　长沙王太傅贾谊得知此事，上疏谏阻道："淮南王悖逆无道，死在蜀中，天下称快。现在朝廷反尊奉罪人的后代，必会惹人非议。将来他的儿子长大，如果不知感恩，反想为父报仇，岂不令人忧虑？"文帝虽然表面上不肯听从，心中却对贾谊的话念念不忘，因此特意派人召贾谊前来。

　　贾谊应召到来，恰值文帝举行完祭神大礼，静坐在宣室中。等贾谊行了跪拜之礼，文帝便问及鬼神之事。贾谊原原本本地说出鬼神的形体、类别，这些文帝以前闻所未闻，不觉听得入神，竟忘记了疲倦。贾谊也越讲越长，滔滔不绝，直到夜色朦胧，还没讲完。文帝将身子移近前席，侧耳倾听。等贾谊讲完出宫，差不多是月上三更了。文帝退入内寝，自言自语说："我好久不见贾谊，还以为他不如我了，今日才知我不如他啊。"第二天颁出诏令，封贾谊为梁王太傅。

　　梁王刘揖是文帝的小儿子，爱好读书，文帝很喜欢他，所以特意让贾谊前去做梁王的太傅。贾谊以为此次被皇帝召见，必定受到重用，谁知又被调了出去，满腔抑郁无处排解，就将执政得失，写成了一篇治安策，有一万多字。文帝看了好几遍，见他满纸牢骚，似乎祸乱就在目前，但自观天下大势，一时不致发生什么变故，就把贾谊的奏折暂且搁起。

这时，匈奴派人报丧，说冒顿单于病死，儿子稽粥继位，号称老上单于。文帝意在束缚胡人，想与匈奴和亲，于是派遣宗室的翁主①嫁给稽粥做阏氏，另外派宦官中行说护送翁主前往匈奴。中行说不想远行，借故推辞。文帝已听说中行说是燕人，生长在北方，料想他一定知晓匈奴情形，所以不肯另遣别人，硬要他前去。中行说没有办法，怏怏起程，临行时曾对人说："朝廷中难道没有其他人可以派往匈奴吗？如今偏要派我前往，我也顾不得朝廷了。将来助胡害汉，不要怪我！"旁人听了，以为他是一时说的气话，况且一个太监能有什么能力成为汉朝的祸患？因此付诸一笑，由他北去。

中行说与翁主同到匈奴，稽粥单于见有中原美人到来，当然很高兴，便让中行说居住在客帐，自己领着翁主到后帐中解衣取乐。翁主为形势逼迫，无可奈何，只好任由他摆布。稽粥畅所欲为，格外满意，于是立翁主为阏氏，优待中行说，还经常与他宴饮。中行说索性投靠胡人，不愿回国，并替单于想出了许多强国的计策。

匈奴与汉和亲，把汉朝所送的许多物品视为至宝，上自单于下至贵族，都以锦衣玉食为荣。中行说向稽粥献计说："匈奴人数敌不过汉朝一个郡，现在仍能独霸一方，是因为平常衣食不必仰仗汉朝的缘故。现在听说单于得到一些汉物便喜不自胜，甘愿臣服，真是可悲。恐怕这只不过是汉朝十成中的一二成，难道就这么容易满足？"稽粥听到这话也惊愕，只是心中还迷恋着汉物，不肯将这些东西抛弃，就是单于手下的一群官员也半信半疑。

中行说将汉朝送来的丝绸穿在身上，在荆棘中转了一圈。丝绸碰到荆棘，自然破裂。中行说回到帐中，指着衣服对众人说："这些汉朝的东西真不中用！"说完，又换上匈奴人穿的毡裘在荆棘中跑了一圈，衣服并没有被损坏。于是单于和大臣们说："汉朝的衣服远比不上本地的，为何还要舍长取短？"众人都认为他说得很有道理，纷纷穿回本国的衣服，不愿听从汉朝。

中行说见匈奴已经不看重汉物，又教单于的手下学习书算，使他们懂得如何记录人口、牲畜等。不久，汉朝派使臣到匈奴慰问，见此地风俗野蛮，不免嘲笑，中行说就与汉使辩驳。汉使讥讽匈奴轻视老人，中行说答辩道："汉人奉命出征时，哪个父亲不是节衣缩食，把东西都送

---

① 翁主：汉朝称皇帝的女儿为公主，众王的女儿为翁主。

给儿子？况且匈奴经常打仗，老人不能战斗，专靠年轻力壮的人出战，只有优待年轻人，才能战胜沙场，保卫家室，怎么能说这是轻视老人？"汉使又说匈奴父子同睡帐中，父亲死了，儿子就娶自己的母亲为妻，兄长死了便娶兄弟的妻子为妻，逆理乱伦。中行说又答辩："丈夫死后，他们的妻子就会改嫁他人，既然如此，不如娶来给自己家的人做妻子，还可保全种族。如今中原大言不惭地谈伦理道德，反而让亲族的关系日益疏远，甚至互相残杀。这是有名无实，自欺欺人，根本不值得称颂！"汉使批驳他无礼无义，中行说反说中原的那些繁文缛节毫无益处。最后中行说理屈词穷，辩无可辩，索性恶毒地说："汉使不必多言，我现在就派人把汉廷送来的东西留心检点。如果真的没有一丝损坏，便算你们尽职，否则秋高马肥时，单于就要派遣铁骑南去践踏，到时休怪我背约！"汉使见他翻脸无情，就不再与他争执。

汉帝给匈奴的书简，长一尺一寸，上面先写着皇帝敬问匈奴大单于无恙，随后叙述所赠送的物件。以前匈奴的答书，没有一定的规则，现在中行说教匈奴制成复简，长一尺二寸，所加的封印都比汉朝还要大，内写天地所生、日月所养，匈奴大单于敬问汉皇帝无恙等。汉使带着匈奴的书简，回去禀报文帝，并且将中行说所说的话叙述一遍。文帝又悔又忧，多次与丞相等人议及此事。梁王太傅贾谊听说匈奴傲慢无礼，就上疏献计教文帝如何对待单于。但文帝认为贾谊年少浮躁，将他的奏折搁置不理。

转眼已是文帝十年了。文帝亲自去甘泉察看，留薄昭守护京城。薄昭得了重权，遇事专横，恰巧文帝派到的使臣与薄昭有仇，薄昭就将来使杀死。文帝听说后，忍无可忍，只好将薄昭依法惩治。只因贾谊在治安策中说大臣犯罪，不宜拘押，应当让他自裁等，于是令朝中大臣到薄昭家饮酒，劝他自尽。薄昭不肯死，文帝又命群臣穿着丧服前去哭祭。薄昭无可奈何，服毒自杀。

第二年是文帝十一年，梁王刘揖从梁地入朝，因为马跑得太快，在半路上坠地受伤，救治无效，最终逝世。太傅贾谊一向被梁王敬重，二人感情很好，听说梁王死了，就上奏请皇帝为梁王册立后代，并说淮阳地方太小，不足以立国，不如将它并入淮南，这样梁与淮南均能自我守护等。文帝准他所请，并封淮阳王刘武为梁王。刘武与刘揖是同父异母的兄弟，刘揖没有儿子，于是将刘武调迁到梁地，把刘武的儿子过继给刘揖。又命太原王刘参为代王，把刘武封为淮阳王、刘参封为太原王。

贾谊没有得志，又痛惜梁王，于是心灰意冷，郁郁寡欢。过了一年多，也染病身亡，年仅三十三岁。

匈奴国的稽粥单于对中行说言听计从，在中行说的劝说下，多次侵犯汉朝边境。文帝十一年十一月，稽粥又入侵狄道，抢走许多人畜。文帝写书信给匈奴单于，责备他背信失约，稽粥置之不理。边境戍军日夜戒严，无奈地方太大，有千余里，顾东失西，顾西失东，累得兵民交困。

当时有一个人，姓晁名错，精通律法、文学，先做太常掌故，后提升为太子舍人。太子刘启因他有才，格外优待他，称他是智囊。晁错见朝廷调兵征饷，抵御匈奴，就乘机上疏，说地势有高下之分，匈奴擅长在山地作战，中原擅长野战，须舍短用长；士卒有强弱的分别，只有选练精兵，严加操练他们，才不致失败；兵器有利钝之分，劲弩长戟对远击有利，坚甲铦刃对近击有利，贵在因时因地选择合适的武器。结尾又说对付匈奴要以夷攻夷，最好是重用投降汉朝的胡人，让他们作为前驱，与我军互为表里，然后可制伏匈奴。这篇奏折足有几千字，文帝大为赞赏，赐书褒奖晁错。晁错又进言说发兵去守边塞，往返会使人马劳顿，不如招募人民居住在塞下，才能长久坚守。文帝将他的策略多半采用，一时颇有成效，晁错也因此得宠。

晁错评论时政，常常引经据典，说起他的师傅，的确有些来头。晁错做太常掌故时，曾奉命去济南，到老儒伏生那里研习尚书。伏生精通尚书学，曾是秦朝博士，后来秦始皇下令将藏书全部烧毁，伏生不得不照做。《尚书》是伏生最喜欢的，他不忍心将这部书交出去，就把它藏在墙壁中。等到秦末天下大乱时，伏生早已丢官，四处避乱。直至汉朝兴起以后，才敢回到家中，取出藏在墙壁里的书。因为墙壁受潮，原书多半烂毁，仅存二十九篇，还破碎不全。

文帝即位，下诏求取遗留下来的经书，别的经书都有人收藏，并陆续献出，唯独缺少《尚书》一经。后来得知济南伏生用尚书教育齐、鲁两地的儒生，就派遣晁错前去学习。伏生年事已高，牙齿脱落，话也不能说清楚。加上晁错祖籍颍川，与济南相距很远，方言也不太通。幸亏伏生有一个女儿，名叫羲娥，以前受父亲的影响，也精通尚书。伏生讲授时，他的女儿就站在旁边，把父亲说的话逐句翻译，晁错才能领悟其中的大意。偶尔遇到不能体会的地方，就按照自己的理解记录。

其实伏生所传的二十九篇尚书，一半是凭借伏生的记忆，究竟有没有错误，也无从查证。到汉武帝时，鲁恭王得到了孔子旧宅墙壁中所藏的书经，字迹也多被腐蚀，不过在伏生所传的基础上又加入二十九篇，合成五十八篇，由孔子十二世孙孔安国考订笺注，流传后世。晁错在伏生这里学习经书，实际上是靠着伏生的女儿转授，所以有些后人就说他受教于伏生的女儿。此女因父亲而成名，流传千古，也算是女中豪杰了。

当时齐国境内，还有一个女子扬名不朽，说起来，乃是前汉时代的孝女，比伏生的女儿羲娥还要脍炙人口。她就是太仓令淳于意的小女儿缇萦。淳于意家居临淄，喜欢医术，经常到同郡元里公乘①阳庆那里学医。阳庆当时已经七十多岁，精通医理，但他没有儿子，淳于意拜他为师后，他就将黄帝、扁鹊的脉书及五色诊病的方法，全部传授给淳于意。淳于意潜心研究，三年之后，学成回家，为人治病。

他能预料病人生死，经他抓药医治的病人，全部痊愈，因此淳于意远近闻名，有很多病人去他那里求医，门庭若市。虽然淳于意医术高明，但一个人的精力毕竟有限，这么多求医的人有时也令他烦扰不堪，每每此时，他就会出门远游。

病人登门求医，有时碰到淳于意不在家中，就会非常失望，有的人甚至病重而死，病人的家属不免悲愤异常。生死本有定数，但病人家属不这么想，反说淳于意不肯医治，才导致病人死亡。怨气日积月累，最终酿成灾祸。到文帝十三年，一些有势力的宗族上告淳于意，说他轻视人命。地方官把他抓来，定以肉刑，因为淳于意曾做过县令，地方官不能不将此事上奏朝廷，不久朝廷下令把他押送长安。

淳于意没有儿子，只有五个女儿，临行时女儿们都去送父亲，大家相拥而泣。淳于意长叹道："生女终究不如生男，在危急时刻就没有办法了。"缇萦听了这两句话，就草草收拾行李，随父同行。到了长安，淳于意被囚禁在狱中，缇萦在外面拼死上疏。文帝听说淳于意的小女儿上疏，也很惊异，忙令左右取来一看。文帝看完后，动了恻隐之心，便赦免了淳于意，让他跟着女儿回家。

## 朝堂掀起迷信之风

文帝赦免淳于意，令他父女回家，又因缇萦书中的一句话，下诏废除肉刑。丞相张苍等奉诏后修改刑律，汉律规定的肉刑，大致分为三种：一为黥，就是在脸上刻字；二为劓，就是割鼻；三为断左右脚，就是把

---

① 公乘：是汉朝的官名。

脚截去。张苍等商议改制，将黥刑改为充苦工，罚犯人日夜守城；将劓刑改作杖责三百下；断脚刑改作杖责五百下。此后罪人受罚，就不必残毁身体了。

且说匈奴入侵狄道，抢了许多人畜，饱载而去。文帝用晁错的计策，移民输粟，加强边防，总算平安了两三年。到文帝十四年冬季，匈奴又大举入侵，入朝那、越萧关，杀死北地都尉孙卯，又分兵烧毁回中宫①。前锋抵达雍县、甘泉等地，警报雪花似的传入都中。文帝命中尉周舍、郎中令张武为将军，出兵渭北，保护长安。又封昌侯卢卿为上郡将军、宁侯魏遬为北地将军、隆虑侯周灶为陇西将军，兵分三路，向边疆进发。然后又调集人马，打算御驾亲征。群臣一再谏阻，文帝不听，直至薄太后极力阻止，文帝才顺从母命，取消亲征。另派东阳侯张相如为大将军，率领建成侯董赤和内史栾布，攻打匈奴。匈奴侵入塞内，骚扰一个多月，听说汉兵前来支援边境，才拔营回去。张相如等人一路疾驰，直达边境，却没有看见胡马，料知敌寇已经走远，便率兵南还，内外解严。

文帝觉得清闲，就乘辇巡行。路过郎署，见一老人在前面迎驾。这个老人名叫冯唐，他进谏道："臣听说上古明王，命将出师，非常郑重，临行时必先屈膝对他们说：在国内，听命于寡人；外出打仗，就听命于将军，军功的封赏惩罚，都归将军处置，可以先斩后奏。这并不是空谈，臣听说李牧为赵将时，边防的收支都由他支配，犒劳士卒，不必上报，皇上也不加以控制，所以李牧才竭尽所能，守边退敌。现在陛下能如此信任你的大将吗？近日魏尚为云中守，把军中的收入都发给士兵，并且还拿出自己的钱财，慰劳军吏舍人，因此将士都愿意效命于他，全力防边。匈奴每次入塞，都被魏尚率众截击，杀得他们抱头鼠窜，不敢再来。陛下却认为他报功不实，只不过差了敌人的六个首级，便将他罢官下狱，这不是赏太轻、罚太重吗？臣自知愚直，冒犯忌讳，死罪！死罪！"说完，就磕头谢罪。文帝听了很高兴，忙令左右将冯唐扶起，命他拿着符节到狱中赦免魏尚，仍令魏尚做云中守，又封冯唐为车骑都尉。魏尚再去镇边，匈奴果然畏惧，不敢靠近边塞。此外边防守将也由文帝酌量选用，北方一带又恢复了安宁。

自文帝继位以来的十四五年间，除匈奴入侵外，只有济北一场叛乱，但几十天就被平定了，就是匈奴为患，也不过骚扰边塞，并不曾深入内

---

① 中宫：此宫是秦时所建。

地。并且汉军一出，立即把他们击退，外无大变，内无大事。再加上文帝降租减税，勤政爱民，始终以恭俭为治，所以官吏奉公守法，百姓安居乐业，四海以内安然无事，也算是和平世界，浩荡乾坤。

但文帝一生抱定老子无为的宗旨，太后薄氏也是如此。母子性情相同，于是就有一两个旁门左道之人，邀宠求荣。鲁人公孙臣上疏说秦得水德，汉在秦后，当为土德，土是黄色，不久必有黄龙出现，请命将衣服一律改成黄色，以应天命。文帝读完奏折后，就与丞相张苍商议，张苍认为汉朝也得水德。文帝见两人各执一词，就将此事搁起不提。文帝十五年春天，陇西的成纪说有黄龙出现，地方官吏不曾亲见，只是根据一时传闻，将此事上奏给朝廷。文帝信以为真，就把公孙臣召为博士，说他能预知未来。从此公孙臣得蒙宠爱，丞相张苍反而被疏。

古人说得好：同声相应，同气相求。有了一个公孙臣，自然还会有第二个公孙臣。当时赵国有一个叫新垣平的人，生性乖巧，专爱欺骗别人。听说公孙臣深得皇上宠爱，便去学了几句术语，然后跑到长安求见皇上。文帝已堕入谜团，立即命令左右把他传进来。

新垣平信口胡诌道："臣望气前来，愿陛下万岁！"

文帝很惊讶："你望见什么气了？"

新垣平回答说："长安东北角上，最近有神气氤氲，结成五彩。臣听说东北是神明所居住的地方，现在有五彩会聚，分明是五帝在那里。陛下应当报答上天对大汉的厚爱，就地立庙，才能永远得到神的保佑。"

文帝点头称是，便令新垣平留在宫中，让他指示别人，在五彩聚集的地方筑造庙宇，供奉五帝。这些本是新垣平捏造出来，哪真有什么地点。不过既然有言在先，只好拣定宽敞的地基，命人修筑祠堂。祠堂中共设五殿，按东、南、西、北、中的位置，配成青、黄、黑、赤、白五种颜色，其中黄帝居中，也是附会公孙臣的话，主张汉为土德，由黄帝主持。

此庙造成时，已是文帝十六年。文帝按照旧例，亲自前往渭阳五帝庙内祭祀。祭祀时举起燎火，烟焰冲霄，差不多与云气相似。新垣平当时也跟着，看到这种情形，就指着烟气说是瑞气，文帝异常欣慰。祭祀完毕，便颁出一道诏令，封新垣平为上大夫。新垣平又联合公孙臣，请求皇上模仿古代的制度，举行巡狩封禅礼仪。文帝已被他们迷惑，就命博士商议此事，博士等酌古斟今，各费心机，不免需要一段时间。文帝也不来催促，只让他们慢慢定夺。

一天，文帝经过长门，忽然看见路北站着五个人，所穿衣服的颜色各不相同。正要留神细瞧，这五个人已不知去向。此时文帝已经出神，暗记五人衣服的颜色，好像是青、黄、黑、赤、白，莫非他们就是五帝不成。文帝立即召问新垣平，新垣平连声称是。文帝于是下令在长门亭畔筑起五座帝坛，用猪、牛、羊等物品祭祀。

新垣平见文帝容易哄骗，又上言说一天中太阳能两次直射大地。不料新垣平的瞎话，居然得到史官的附和，上报说确有此事。文帝信以为真，下诏改元，就以十七年为元年，汉史中叫做后元年。元日将到，新垣平又捏造妖言，对文帝说周鼎沉入泗水已有多年，他现在望见汾阴有金玉之气，想是周鼎又要出现。请文帝在汾阴建立祠堂，祭拜河神，便会有祥瑞降临。文帝又被说动，立即命人到汾阴建造庙宇。转眼间便到元年元日，文帝下诏天下大庆，与民同乐。

正在普天同庆的时候，忽然有人状告新垣平，说他欺君罔上，装神弄鬼。堕入谜团的文帝顿时如梦初醒，勃然大怒，下令把新垣平交给廷尉审问。廷尉张释之早知新垣平行为不正，此次落到自己手中，岂肯善罢甘休？新垣平被张释之一威吓，便将装神弄鬼的伎俩和盘托出，哭着求张释之保全生命。张释之怎肯容情，不但将他定成死罪，还将他的家族老小全部杀死。

文帝醒悟之后，很是扫兴，下令停止修建汾阴庙，就是渭阳五帝祠，也只令祠官致礼，不再亲自前去祭祀。封禅一事，从此便不再提了。丞相张苍自从被公孙臣夺宠，就称病不上朝，况且年龄已高达九十岁，老态龙钟，不能重用。于是文帝从旧臣中选出关内侯申屠嘉，先让他做御史大夫，然后再迁升到丞相的位置。张苍退归阳武原籍，活到一百多岁才去世。

申屠嘉是梁人，因随高祖征战有功，得以封侯。他年逾古稀，但与张苍相比还小二三十岁。申屠嘉平时刚正廉洁，不受贿赂，升为丞相后，更是疾恶如仇，不徇私情。一天入朝奏事，见文帝左边斜立着一个侍臣，形神怠慢，好像很疲倦的样子，就看不过去了。等公事一奏完，便指着这个侍臣对文帝说：“陛下如果宠爱侍臣，不妨赐他富贵。可是朝廷仪制，不可不肃，希望陛下不要纵容！”文帝向左一看，心知肚明，又恐怕申屠嘉指名道姓，连忙出言阻止：“你不必担心，我自会惩戒。”申屠嘉听完此话，非常气愤，只是当时勉强忍耐，退朝出去。文帝回到内廷后，并未惩戒侍臣。

这个侍臣名叫邓通，现任大中大夫。邓通是蜀郡南安人，没什么才能。后来辗转进入都城，得了一个黄头郎官衔。黄头郎便是御船水手，因为戴着黄帽，所以才有这样的称呼。邓通得到这个官职也算侥幸，本没可能升迁，偏偏他时来运转，吉星高照，一个小小的水手，竟能平步青云。原来，文帝曾做过一个梦，梦见自己腾空而起，与天界只相距咫尺，但因力气不够而未能上去。恰在此时来了一个黄头郎，用力一推，文帝才得以登上天界。文帝非常喜欢，俯瞰这个黄头郎，只看见他一个背影，衣服好像已经破裂，露出一个洞。正要叫他转身，看他长什么样，却被鸡叫声惊醒。文帝便想在黄头郎中留心观察，效仿那殷高宗应梦求贤故事，希望遇到奇人。

第二天早上，文帝上朝，中外无事，就令群臣退朝，自己前去渐台巡视御船。文帝吩咐左右将黄头郎全部召来，听候传问。黄头郎不明白皇帝的意思，只好战战兢兢前来见驾。文帝等他们参拜完毕，下令让他们站在左边，一个一个地向右走去。一群黄头郎遵旨慢慢向右走，邓通也一步一步地照式行走，才走到御座前，只听得一声"站住"，吓得邓通冷汗直流，站在一旁。

等到众人走完，又听文帝传令，召邓通前去问话。邓通只得上前几步，到御座前跪下，头也不敢抬。文帝问他姓名，邓通据实上报。后来听皇上说让他去做侍臣，并且皇上语气和蔼，邓通这才喜出望外，磕头谢恩。文帝起身回宫，叫他跟着，他急忙爬起，紧紧跟着御驾进入宫中。其余黄头郎远远望见，都很惊异，就是文帝左右的随员，也都莫名其妙，议论纷纷。其实没有别的原因，无非是邓通的衣服后面有一个小洞，正与文帝的梦境相合。又因邓①字左边是一个"登"字，于是文帝认为帮助自己登天的定是此人，所以平白无故地将他提升。后来见他庸碌无能，也不怪罪他，反而更加宠爱。邓通虽然没有特长，但能始终不违背文帝的意思，所以，不到两三年，竟升任为大中大夫。

丞相申屠嘉对此早已瞧不上眼，想除去邓通，凑巧见他怠慢失仪，便乘机状告他。没想到文帝出言回护，申屠嘉愤愤退回，索性一不做、二不休，派人召邓通到相府议事，好严加惩戒。邓通听说丞相召见他，料想不是好事，不肯前往。哪知接二连三地有人来传丞相的命令，称邓通不到，就请旨将他处斩。邓通惊慌失措，忙入宫将这件事告诉文帝，哭着求文帝救他一命。文帝说："你去吧，我一会儿派人把你叫回来。"邓通无可奈何，不得不去相府。他进了相府的正厅，只见申屠嘉高坐堂

---

① 邓：这里是说繁体字。

211

上，满脸带着杀气，好似一位活阎罗王。邓通进退两难，只好硬着头皮向前参拜，不料申屠嘉开口便说了一个"斩"字！

## 大将周亚夫

邓通见了申屠嘉，听他开口便是一个"斩"字，吓得三魂失去两魂，只是跪在地上磕头求饶。申屠嘉严厉地说："朝廷是皇帝的朝廷，一切礼仪，无论是谁都要遵守。你一个小小的侍臣，竟敢在殿上戏玩，应按大不敬罪论处，斩首示众！"说到这，便对手下连声喝道："斩！斩！"手下满口答应，不过一时没有动手，只是为申屠嘉助威，恫吓邓通。邓通已抖作一团，连连向申屠嘉磕头，如同捣蒜，心中只盼望皇帝能快点派人来解救他。

哪知邓通将额头磕得青肿，甚至血流如注，还不见有救命恩人前来解危。申屠嘉还是拍案大叫，定要将他推出去斩首。正要把他绑起来，忽听外面传报说有使臣到来。申屠嘉起座出门迎接使臣，使臣见了申屠嘉，立即传旨："邓通不过是皇上身边的一个侍臣，希望丞相饶他死罪。"申屠嘉奉旨将邓通释放，又吩咐邓通说："他日你如果再敢放肆，就算主上赦免你，我也不会饶你。"邓通唯唯受教，连声答应。

使臣辞别申屠嘉，带着邓通进宫。文帝见他满脸红肿，三分像人、七分像鬼，既好笑又可怜，便召御医替他敷治，并叫他此后不要冲撞丞相。邓通奉命行事，再不敢有失礼之处。文帝对他宠爱如初，并将他提升为上大夫。

汉朝相士很多，这些人多与公卿交往，每次谈论吉凶，都很灵验。文帝宠爱邓通，便召来一个有名的相士为他看相。相士直言不讳，说邓通将来难免贫穷，直至饿死。文帝很气愤，把相士斥退。然后下一道诏命，竟将蜀郡的严道铜山赏赐给邓通，并允许他自己铸钱。贾谊、贾山上疏谏阻，文帝不听。当时吴王刘濞管制东南，找到故鄣铜山，所铸的钱币畅行，富可敌国。现在邓通也可以在铜山铸钱，与吴王东西并峙。东南多吴钱，西北多邓钱，邓通也富贵得很。

邓通得到这样的恩赐，自然感激不尽，无论什么事，都心甘情愿替文帝去做。当时文帝长了一个毒疮，后来竟然溃烂，搅得文帝日夜不安。邓通想出一个办法，用嘴吮吸毒疮，这样能渐渐除去败脓，减少痛苦。

这毒疮中的脓血又臭又腐,可邓通却情愿做这样的事,并且一点也不厌恶,他的举动令文帝别生他感,触起愁肠。

一天晚上,邓通吸去脓血,漱过了口,站在一旁。文帝问邓通说:"朕拥有天下,依你看来,究竟是何人最爱朕呢?"邓通不知文帝的意思,随口答道:"人世间父子最亲,按道理来说,最爱陛下的莫过于太子了。"文帝沉默不语。

第二天,太子入宫探病,正值文帝脓血又流,他对太子说:"你为我吸去脓血!"太子听文帝这样说,不由得皱起眉头,但父命难违,只好屏住气向疮上吸了一口,然后慌忙吐去。此时太子已是不堪秽恶,几乎要把吃进去的饭吐出来,但又只能勉强忍住。文帝瞧着太子,长叹一声,叫他退去,仍召邓通进来吸去脓血。邓通像往常一样把脓血吸出来,一点儿也没有为难的神色,文帝更加感动,对他日益宠爱。

太子回到东宫还觉得恶心,然后密嘱心腹探听吮吸脓血一事是何人出的主意。不久得到回报,说邓通常入宫为主上吮吸脓血,太子又愧又恨,从此与邓通结怨。

齐王刘襄帮助陈平等人诛灭吕氏族人后,收兵回国,不久就病死了。刘襄的儿子刘则继位为王,到文帝十五年刘则也去世了,刘则后继无人,所以就绝封了。文帝追念刘襄前功,不忍撤除齐国,又想起贾谊遗言中曾有国小力弱的主张,就分齐地为六国,封惠王刘肥的六个儿子为王。长子刘将闾仍为齐王,次子刘志为济北王,三子刘贤为菑川王,四子刘雄渠为胶东王,五子刘卬为胶西王,六子刘辟光为济南王,六王同日受封。

吴王刘濞镇守东南已有多年,势力渐渐强大,又能在铜山铸钱,再加上煮海为盐在国内贩卖,所以日益富强。文帝在位已有十几年,吴王并没有入朝觐见过,只派遣儿子刘贤入朝一次,还与太子起了争执,被太子打死。从此,吴王刘濞心存怨恨,不守臣节,每遇朝使到来,就骄倨无礼。朝使回去禀报文帝,文帝也知他为了儿子的事心生怨恨,就原谅他三分。

后来,文帝派遣使臣召刘濞进京,想当面解除仇怨。可是刘濞却不愿应召,借口有病,遣回朝使。文帝又派人到吴国探问,使臣见刘濞并无病容,据实返报。文帝十分恼怒,见有吴国的使者进京,就令人将他们逮住,下狱论罪。不久,又有吴使西来,贿赂了前郎中令张武,才得以面见文帝。文帝开口责问,无非是说吴王谎称有病,不肯入朝。吴使从容答道:"吴王为儿子冤死一事,谎称有病不来,被陛下察觉,连累使臣。现在吴王也很害怕,唯恐被诛杀。如果陛下苦苦相逼,吴王就更

213

不敢入朝了。臣恳请陛下既往不咎，使他改过自新。吴王见陛下如此宽容，定会心悦诚服。"文帝觉得很有道理，就将关押的吴使全部放出来，又派人传话，说吴王年老，可以免朝。吴王刘濞从此不敢再生二心。

当时吴王不反，也亏有一人从中阻止。这个人就是以前的中郎将袁盎。袁盎屡次直谏，惹得文帝厌恶，便把他调任为陇西都尉，不久，就升为齐相，后来又由齐国迁入吴国。袁盎有一个侄子名叫袁种，他私下对袁盎说："刘濞做了多年的吴王，为人骄横。现在你去做吴相，若想依法纠治，必定会触怒他，他不是上疏弹劾你，就是将你杀害。你最好对一切不管不问。南方气候潮湿，正好借酒消遣，既可除病，又可免灾。只要劝导吴王，不让他造反，就可免遭祸殃了。"袁盎按照他说的去做，果然得到吴王的优待。后来袁盎入都，吴王才起了谋逆之心。

文帝自改元以后，国内太平，百姓和乐。就是匈奴，也主张修好。过了几年，老上单于病死，儿子军臣继位，派人到汉廷报告。文帝又派宗室翁女出嫁，重申和亲旧约，军臣单于得了汉女，也心满意足，没有妄想。偏偏中行说屡劝军臣单于伺机入侵，军臣单于起初不愿背约，可禁不住中行说再三怂恿，居然兴兵犯塞，与汉朝绝交。

文帝后六年冬天，匈奴兵分两路入侵，一路入侵上郡，一路入侵云中。防边将吏已多年不动兵戈，突然听说匈奴南来，慌忙举起烽火告急。文帝接到警报，急忙调出三路人马前去镇守：一路出兵飞狐，大将是中大夫令勉；一路出兵句注，大将是前楚相苏意；一路出兵北地，大将是前郎中令张武。这三路兵马同日出发，日夜兼程。文帝还不放心，又令河内太守周亚夫驻兵细柳、宗正刘礼驻兵霸上、祝兹侯徐厉驻兵棘门。内外戒严、缓急有备，文帝才稍稍放心。

过了几天，文帝亲自慰劳士兵，先到霸上，后到棘门。到这两处时直入营中，不用通报。刘礼、徐厉二将军深居帐内，直至銮驾入营，才率部将前去迎接文帝，面色慌张，深为事前没有高接远迎而局促不安。文帝也不怪罪他们，只随口抚慰数语，就离开了。到了细柳营，遥见营门外面，士兵们整齐排列，如临大敌一般。文帝见所未见，暗暗称奇，就派人传报。营兵站立不动，不让车驾进去："我等只听从将军的命令，不听从天子的诏令！"文帝于是取出符节交给随从的官员，让他进营通报。周亚夫这才接见来使，传令开门。到了营门里面，才见周亚夫从容出迎，身穿铠甲，手持佩剑，对文帝作了一个长揖，并说道："臣身穿铠甲，请允许臣以军礼接驾。希望陛下不要责怪！"文帝被他感动，将身子略俯，向周亚夫致敬，并派人宣谕："皇帝前来慰劳将军。"周亚夫带着军士站在两边，鞠躬道谢。文帝又亲嘱数语，然后才出营离去。周亚夫也不相送，等文帝一退出，仍然关闭营门，像之前一样严守。文帝回头对众人说道："这才是真将军啊！"回宫之后，还在称颂不已。

后来接到边防军奏报，称匈奴已经出塞，没有什么忧患了，文帝才将各路人马依次撤回，提升周亚夫为中尉。周亚夫是绛侯周勃的二儿子。周勃病逝后，长子周胜之袭爵，周亚夫为河内守。

许妇擅长相面，周亚夫听说她还活着，就特意把她请来为自己看相。许妇看了很久，对周亚夫说："你一脸富贵相，再过三年便会封侯，八年以后出将入相，人臣中也算是独一无二了。可惜结局欠佳！"

周亚夫说："莫非要犯罪遭刑吗？"

许妇道："还不至于如此。"

周亚夫十分着急："你不妨直言相告。"

许妇说："从你的面相来看，你将会饿死。"

周亚夫冷笑道："你说我将被封侯，已出乎我的意料。试想我的兄长刚刚承袭父亲的爵位，就算兄长活的年岁不长，自有他的儿子继任，也轮不到我身上，怎么能说我会封侯呢？如果真像你说的那样能封侯入相，为何还会饿死呢？此话令人难解，还请明示。"

许妇说："这倒不是老妇所能预知的了，老妇不过依你的面相谈论，才敢这样说。"

说也奇怪，三年以后，周亚夫的兄长周胜之犯了杀人罪，被夺去封赏。文帝因周勃有功，另选周勃的儿子继位受封，左右都推选周亚夫。周亚夫在细柳成名，后来进任中尉，任职郎中，就要入朝主持政事了。

大约过了一年，文帝忽然得了重病，性命垂危。太子刘启在床前侍奉，文帝安排后事，嘱咐太子说："周亚夫治军严整，军纪严明，将来如有变乱，尽可让他掌管兵权，不必多疑。"太子刘启哭着连连点头。当时是六月，文帝瞑目归天，享年四十六岁。总计文帝在位二十三年，宫室园林、车骑衣服之类的东西丝毫没有增添，始终爱民如子。他曾想建造一座露台，估计工费需要一百金，便慨然道："百金相当于十个中等家庭的产业，我奉承先帝的宫室，为什么还要筑造此台呢？"于是将露台之事搁置不提。文帝平时穿的衣服十分简朴，就是他所宠幸的慎夫人，帷帐内也没有文绣。建筑的霸陵都用瓦器，金银铜锡等物一概不用。一有水灾、旱灾，就赶快给百姓发粟救济。因此文帝在位期间，海内安宁，百姓安居乐业。

文帝驾崩后，太子刘启继位。

## 吴王刘濞叛乱

太子刘启受了遗命，即日继位，称为景帝。尊太后薄氏为太皇太后、皇后窦氏为皇太后，然后令群臣商议先帝的庙号。群臣商议后，称先帝庙号为孝文皇帝，丞相申屠嘉等人又说功莫大于高皇帝，德莫大于孝文皇帝，应尊高皇帝为太祖，孝文皇帝为太宗，景帝下诏恩准。然后奉文帝遗命，令臣民短丧，并匆匆把文帝下葬到霸陵。这年冬天改元，称为景帝元年。

廷尉张释之因景帝为太子时与梁王同车入朝，经过司马门时不下车，曾向文帝弹劾景帝，担心景帝记恨，很是不安，便向老隐士王生询问该怎么办。王生信仰道家，名盛一时，朝中大臣多数与他有些交往。张释之向他求救时，王生说不如当面向景帝谢罪，这样就没有事了。张释之按照他说的话去做，景帝却说他守公奉法，应该如此。只是虽然嘴上这样说，心中总不免怨恨。

才过半年，景帝便将张释之迁调出去，让他去做淮南相，另用张欧为廷尉。张欧曾是东宫侍臣，生性朴实、率诚。景帝又减轻杖刑，改五百为三百，三百为二百，也算是新政施仁。再加上廷尉张欧廉政公平，狱中久无冤案，所以海内对景帝讴歌不息。

转眼间已是二年，太皇太后薄氏去世，出葬南陵。薄太后的侄孙女，曾选入东宫，景帝不怎么宠爱她，只因有亲戚关系，不得已才立她为后。重立皇子刘德为河间王、刘阏为临江王、刘余为淮阳王、刘非为汝南王、刘彭祖为广州王、刘发为长沙王。长沙以前是吴氏封地，文帝末年，长沙王吴芮病死，无子可传，把长沙改封给小儿子。

太子家臣晁错，在文帝在位的后十五年间，已被升任为中大夫。景帝即位后，因为晁错以前是他的手下，就将他封为内史。他每次献计，景帝无不听从。朝廷一切法令，都被晁错作了变更，大臣们多半不喜欢他，连丞相申屠嘉也不例外。晁错不顾众人怨恨，依旧我行我素，甚至擅自在内史官署正门的旁边开辟一扇小门，穿过太上皇庙的短墙。申屠嘉得到这个机会，就令府吏写奏章弹劾晁错，说他蔑视太上皇，按律应将他诛族。这道奏章还没呈进去，已有人将这件事通报晁错，晁错大惊失色，慌忙乘夜入宫觐见。景帝本来就准许他随时入宫奏事，又听说他趁夜进来，还以为是有什么变故，立即把他传进来。晁错将事情的经过详细奏明，景帝笑道："这有何妨，你不用担心。"晁错得了这句话，好似遇到皇恩大赦一般，立即叩头告退。

申屠嘉并不知道晁错连夜进宫的消息，所以天一亮，便拿着奏章入朝。等文武百官行过常礼，申屠嘉就取出奏章双手捧上。景帝看完后，淡淡地说："晁错因为署门不便，另外开辟了一扇小门，只穿过了太上皇庙的外墙，并没有损坏庙宇，不能说他犯了死罪。况且这件事是朕让他这样做的，丞相不要多心。"申屠嘉碰了这个钉子，只好叩头谢罪，起身退回。

回到相府，申屠嘉就气得吐出血来。下人惊慌不已，忙扶他回内室休息，然后请医生开药调理。俗语说心病还须心药医，申屠嘉的病是由晁错引起的，不将晁错除去，他怎么会痊愈呢？眼见申屠嘉日日吐血，最终一病不起，直至死去。景帝听说申屠嘉去世，下令厚葬他，升御史大夫陶青为丞相，升晁错为御史大夫。晁错暗暗欢喜。

大中大夫邓通当时已被免官，他还怀疑是申屠嘉将他免去。等申屠嘉病死后，又想活动，希望官复原职。哪知景帝罢他的官是因为吸脓血一事，他却还想做官，岂不是自寻死路吗？景帝下了一道诏令，把他拘禁在狱中，派人审讯。

邓通还不知道是何原因，等到当堂对簿，才知有人告他在境外铸钱。这种罪名全是捕风捉影，所以邓通满口喊冤。偏偏主审官暗承上意，硬要邓通认罪。邓通贪生怕死，只好俯首认罪。主审官复奏上去，又得了一道命令，收回严道铜山，并将邓通家产全部抄没，还要令他交清官债。邓通已做了富翁，怎会欠债未还？这显然是在罗织罪名。邓通虽然得以出狱，但已家破人空，连住的地方都没有，更别说吃饭了。

馆陶长公主记着文帝遗言，为了不让他饿死，特派人给邓通一些钱物作为救济。后来长公主无暇顾及他，邓通到处乞讨，吃了上顿没下顿，终落个被饿死的下场。

晁错接连升官，气焰越来越嚣张，他给景帝献计，削减诸侯的封地，第一个便从吴国下手。吴王刘濞以前因吴太子与朝廷有些过节，谎称有病不上朝，按律应当把吴王灭族，文帝于心不忍，就赐他不用上朝的特权，令他改过自新。可吴王非但不肯改过，反而更加骄横，招集一些亡命之徒，潜谋作乱。

景帝平时也想削弱王侯的势力。现在晁错既然将此事提出来，就令大臣们上朝商议，众人都不敢反对。只有詹事窦婴说不可以这么做，景帝便将晁错的建议暂时搁起来。窦婴字王孙，是窦太后的侄子，官职很小，未列九卿，只因他是太后亲属，所以毫不畏惧晁错，放胆力争。晁错当然怨恨窦婴，只因窦婴有内援，所以晁错不敢强辩，只得暂时忍耐，以后慢慢做打算。

景帝三年十月，梁王刘武入朝觐见，刘武是窦太后的小儿子，由淮阳迁到梁地为王。梁国土地肥沃，收入颇丰，历年得到朝廷的赏赐不计其数，府库内的金钱、珠玉宝器比京城还要多。

因他是窦太后最喜爱的小儿子，景帝又只有这一个亲弟弟，自然格外优待。刘武到来之后，景帝下令为刘武开宴接风。一母两儿，欢聚一堂，共叙天伦乐事，喜气融融。景帝酒后忘情，对弟弟说："千秋万岁后，我将帝位传给你。"听了这句话，刘武又喜又惊。明知是一句醉话，不能当真，但皇帝既有此言，将来总好作为话柄，所以表面上虽然谦谢，心中却有说不出的欢喜。窦太后也十分高兴，正要说些让景帝签订密约的话，不料有一人走到席前说："天下乃是高皇帝的天下，父子相传，早已立有定例，皇上怎么能传位给梁王呢？"说着，就将酒杯捧到景帝面前，大声说道："陛下今日失言，请喝了这杯酒。"景帝定睛一看，乃是詹事窦婴，也自觉出言冒昧，理应受罚，便将酒接过来，一饮而尽。

梁王刘武瞪眼看着窦婴，脸上带着恼怒的神色，更着急的是窦太后，好好的一场美事，竟被自己的侄儿打断，当即下令撤掉酒席，怅然入内。景帝领着弟弟出宫，窦婴也退去了。第二天，窦婴上疏请辞，告病回家。窦太后余怒未消，就将窦婴的门籍①除去，让他永远不准入见。梁王刘武在京城住了几天，也辞行回国去了。

御史大夫晁错，前次因为窦婴反对，被迫停止削减王侯封地的举动。此次见窦婴被免职，心中暗喜，于是又提出原议。此事还没定下来，恰逢楚王刘戊入朝，晁错于是吹毛求疵。说楚王生性好色，薄太后丧葬时，仍然纵情享乐，依律当定成死罪，请景帝将他明正典刑。

楚王刘戊是景帝的堂弟，他的祖父是元王刘交，即高祖同父异母的弟弟。刘交在楚地称王二十多年，曾重用名士穆生、白生、申公为中大夫。穆生不喜欢喝酒，刘交与他饮酒时，特意设置甜酒，以示敬意。刘交死后，长子刘辟非已死，次子刘郢客受封。刘郢客继承先志，仍然优

---

① 门籍：就是出入殿门的户籍。

218

待三人。不久刘郢客也死了，他的儿子刘戊袭承爵位。

起初刘戊还能勉强效仿先人，后来渐渐沉迷于酒色，无意礼贤，就算有时召宴穆生，也不再特意设置甜酒。穆生退席长叹："不设甜酒，说明楚王已经不再敬重我，我如果再不离去，恐怕就会有祸事临头了。"于是称病不出门。申公、白生与穆生共事多年，听说他有病，两人就前去探望。到穆生家里，见穆生虽然睡着，脸上却没有病容，心里便明白了一二分，于是齐声劝解，穆生喟然道："先王对我们三人始终有礼，无非是为重道。如今楚王无礼，明明是已经忘道，我怎么还能长久地跟着他呢？我岂是为了区区甜酒？"申公、白生也叹息而出，后来，穆生辞官而去。

刘戊对于穆生的离去毫不在意，一意沉迷于女色，终日淫乐，所以薄太后去世的消息传来，刘戊并不悲哀，仍在后宫自图快活。太傅韦孟曾作诗讽谏，毫不见效，韦孟也辞官离去。刘戊以为距离都城遥远，朝廷未必会察觉，正好花天酒地，风流快活。哪知此事传到晁错耳朵里，趁刘戊入朝时，将这件事上报朝廷。景帝不忍严办，只削夺了楚国的东海郡。

晁错削楚成功以后，又商议削赵，刻意找出赵王的过失，把他的常山郡削去。又听说胶西王刘卬私下卖爵，便提出削去他的六县。这三国都对晁错有怨言，只是一时不敢妄动。晁错以为安然无事，就趁势削吴。

吴王刘濞听说楚、赵、胶西都被削地，已有些担心，这时又从都中传出消息，说晁错正在商议削吴。吴王暗想，束手待毙终不是好办法，不如先发制人，或许可以泄愤。只是独力恐怕难以成事，总须联络各国，才能起兵。各国诸王要算胶西王最有勇气，况且他曾被削地，必然怀恨在心，不妨约胶西王共同起事。计划一定，就令中大夫应高出使胶西。

胶西王刘卬听说有吴使到来，立即召见，询问来意。应高说："近日主上任用邪臣，听信谗言，削减诸侯封地。吴国与胶西都是有名的大国，今日削了封地，恐怕明日便要受到诛杀了。现在听说大王因封爵小事被削，罪轻罚重，后患更是无穷。不知大王有这样的顾虑吗？"

刘卬答道："我也为此担忧，你有什么好办法吗？"

应高答道："吴王之所以派臣前来，就是请大王起兵，拼出一条生路。"

刘卬不等应高说完，就惊叫起来："身为人臣，我怎么能这么做？"

应高接着说："御史大夫晁错蛊惑天子，侵夺诸侯封地，各国都心生叛意，事情愈演愈烈。现在又逢彗星出现，蝗虫并起，可见天意如此。吴王已做好了充分的准备，只要大王一句话，便能向西攻取函谷关，占领荥阳敖仓。等大王一到，两国共同进军长安，皇帝的宝座唾手可得，那时大王与楚王共分天下，岂不更好？"

刘卬听了这些话，禁不住高兴起来，连连拍手称快，然后与应高立约，让他回去禀报吴王。吴王刘濞担心刘卬中途变卦，又扮作使臣模样，亲自到胶西与刘卬当面订约。刘卬负责集合齐、菑川、胶东、济南等国，刘濞负责集合楚、赵等国，彼此说妥之后，刘濞就回吴国去了。胶西大臣中有几个见识高明的，料到此事难以成功，便上谏阻止，刘卬不肯听从他们的建议。

不久使臣回报，称齐国与菑川、胶东、济南各国都愿如约起兵。刘卬更加欢喜，马上派人将此事报知吴王。吴王也派遣使臣前去联合楚、赵两国。楚王刘戊早已回国，正在愤恨不平，还有什么不答应的？申公、白生劝刘戊不要这么做，反而触怒刘戊，先后被关押起来。楚相张尚、太傅赵夷吾，又上谏阻止，竟被刘戊下令处死。然后刘戊调动兵马，响应吴王。赵王刘遂也答应起兵，赵相建德、内史王悍苦谏赵王，赵王不听，反而将他们烧死。于是吴、楚、赵、胶西、胶东、菑川、济南七国同时起兵造反。

齐王刘将闾之前曾与胶西联谋，后来突然变计，拥兵自守。济北王刘志，本来答应听从胶西王的号召，可当时正在修复城池，况且又被郎中令等人约束，无法发兵。胶西王刘卬因齐国中途悔约，就与胶东、菑川、济南三国合兵攻齐，准备先把临淄攻下，然后再去与吴兵会合。赵王刘遂出兵西境，等候吴、楚士兵到来，一同西进，又派遣使臣到匈奴，请求匈奴援助。

吴王刘濞此时已得到六国响应，又遍征国中士卒，向广陵出发，并下令军中："寡人今年六十二岁，现在亲自带兵出征，小儿子年仅十四岁，也随我赶赴战场。将士等年龄不同，最大的大不过寡人，最小的小不过寡人的小儿子，应各自努力，争取建功领赏。"军人听到命令，并不完全赞成，但也不能不去，只好向西行进，差不多有二十万人。

刘濞又向闽越、东越各国请兵相助，闽越抱着观望的态度，东越却发兵一万人前来与吴军相会。吴军渡过淮水与楚王刘戊相会，声势越来越大。刘濞又写信给淮南各王，令他们出兵。淮南分为三国，淮南王刘安是厉王的长子，还记着父仇，看到刘濞的书信，便想发兵。可是中了淮南相的计谋，淮南相假装请兵出征，等兵权一到手，就不服从刘安的命令了。衡山王刘勃不愿听从吴国，谢绝吴使。江王刘赐还在观望，含糊答复。吴王刘濞见三国的兵马不到，又传令四方，借诛杀晁错的名义起兵造反。当时汉朝共分封二十二国，除楚、赵、胶西、胶东、菑川、济南与吴同谋外，其余的都观望不前。刘濞骑虎难下，也顾不得祸福利害，竟与楚王刘戊合兵攻打梁国。梁王刘武派人到都城请求援兵，景帝听到这个消息后，大吃一惊，急忙召集群臣商议征讨之事。


## 袁盎出谋斩御史

景帝听说七国叛乱，急得形色仓皇，忙召群臣商议。有一个人向景帝献计，请景帝亲自出征。此人正是主张削吴的晁错。景帝说："我如果亲征，都城由何人把守？"晁错说："臣愿留守都中。"景帝听了，很久没有说话。后来猛然想起文帝的遗言，见周亚夫正端立一旁，便召他来到案前，命他带兵讨伐。周亚夫直任不辞，景帝非常欢喜，于是提升周亚夫为太尉，命他率军征讨吴、楚，周亚夫接受命令之后就离开了。

景帝派出周亚夫后，正想退朝，又接到齐王请求支援的急报。踌躇多时，想到窦婴为人忠诚，可托付大任，就派使臣拿着符节召窦婴入朝。窦婴已罢官在家，使臣往返一趟自然需要一些时间。等窦婴与使臣来到，景帝正进见太后，陈述自己的想法。窦婴虽然违忤太后，被除去门籍，但此时是奉旨前来，门吏怎敢阻拦？景帝就任命窦婴为将领，让他率兵救齐。窦婴推辞说："臣没什么才能，近日又染病在身，还望陛下另派他人前往。"景帝知道窦婴还在记恨前事，不肯效力，就劝慰他几句，仍令他率兵前往。窦婴再三推辞，景帝生气地说："如今天下危急，你身为皇亲国戚，能袖手旁观吗？"窦婴见景帝言辞恳切，又见太后脸上带着三分愧色，这才领命下去。景帝任命窦婴为大将军，并赐给他一千斤黄金。窦婴认为齐国固然需要援助，但赵国也应派兵去讨伐，因此特向景帝举荐栾布、郦寄二人。景帝答应了他的请求，封栾布、郦寄为将军，派栾布率兵救齐，郦寄领兵攻赵，二人都归窦婴调遣。

窦婴领命而出，先在都中暂时驻扎，并将皇上赏赐的千金全部放在外面，然后招集将士分派军务，所需费用，令他们自己去取，部下都很感激，愿意为他效命。窦婴又日夜部署，准备立即向荥阳出发。

这时，吴相袁盎乘夜求见窦婴，窦婴立即把他请进来，商谈出兵的事情。袁盎说七国叛乱，都是由晁错造成的，只要主上肯听从他的话，他自有平乱妙计。窦婴前次与晁错相争，产生矛盾，此时听了袁盎的话，格外赞成。所以就把袁盎留在军中，自己将此事上奏朝廷，袁盎心中暗

221

喜。原来袁盎与晁错素不相容，虽然同朝为官，但一向不合。后来晁错升任御史大夫，主张削吴，袁盎才辞去吴相，回都复命。晁错却说袁盎私受吴王财物，应依法治罪，景帝下诏将袁盎贬为平民。吴、楚连兵攻梁，晁错又示意丞史将前案重提，想诛杀袁盎。还是丞史替袁盎辩说，才将这件事搁置不提。后来有人将此事告知袁盎，袁盎这才进见窦婴，想靠窦婴的势力，借机除掉晁错。

景帝听说袁盎有妙计退敌，立即召见。袁盎向景帝行完礼后，望见晁错也站在旁边，真是冤家相遇，因此格外留心。

只听景帝问道："吴、楚造反，你有什么办法呢？"

袁盎随口答道："陛下尽管放心，不必忧虑。"

景帝大为惊奇："吴王倚山铸钱、煮海为盐，招揽天下豪杰起兵谋反，如果没有万全之计，他岂肯轻易发兵？怎么能说不必忧虑？"

袁盎答道："吴王只有铜、盐，并无豪杰，不过招聚一些无赖子弟、亡命之徒，所以臣才说陛下不必忧虑。"

晁错急着向景帝上奏军饷一事，不能走开，只好站立一旁。听袁盎说了几句，心生厌倦，便从旁插嘴说："袁盎之言说得对极了，陛下只要准备好士兵所用的粮饷就可以了。"

景帝不肯听晁错的话，还要穷究到底，详问计策。袁盎答道："臣有一计，定能平乱，但不能让别人听到。"景帝于是命左右退去，只有晁错不肯离去，仍然站在那里。袁盎暗暗着急，又向景帝面请道："臣今天所说的话，无论何人，都不能听到。"景帝这才让晁错暂且退下。晁错不好违命，只好悻悻地走向东厢房。

袁盎见四下无人，才低声说道："臣听说吴、楚联谋，彼此常有书信往来，无非是说晁错擅作主张削减王侯的封地，想危及刘氏江山，所以众心不服，联兵西来。志在诛杀晁错，要回封地。如果陛下能将晁错处斩，赦免吴、楚各国，让他们回归各国，他们必定罢兵谢罪，欢然回国。"

景帝因为晁错让他亲征一事，已经动了疑心，此次又听了袁盎的话，更觉得晁错居心不良，煞是可恨。因此对袁盎说道："如果可以罢兵，我也不会怜惜晁错一个人，而致使天下大乱！"袁盎心里暗暗高兴，嘴上说道："我只是向陛下提出建议，希望陛下三思而后行。"景帝当即封袁盎为太常，让他秘密去吴国议和，袁盎领命离去。

晁错还在莫名其妙，等袁盎退出后，仍到景帝面前叙说军事。见景帝神情仍像他离去时一样，看不出什么端倪。又不便问袁盎说了些什么话，只好说完本意，怅然退回。大约过了十天，朝廷毫无动静。

哪知景帝已密嘱丞相陶青、廷尉张欧等人上奏弹劾晁错，让他们请命将晁错腰斩，并把他的家属斩首弃市①。景帝准他们所奏，即日行刑。

袁盎也知道去吴地议和未必有效，但听说朝廷已经将晁错诛族，不得不冒险一行。景帝又派遣吴王刘濞的侄子刘通与袁盎一同前去。袁盎到了吴军，先让刘通进去报告吴王。吴王知道晁错已被诛杀，也很高兴，不过罢兵一事，却不肯接受，索性将刘通留在军中，另派都尉率兵五百把袁盎围在营舍。袁盎多次求见，均被拒绝，吴王只派人招袁盎投降吴国，让他做大将。袁盎始终不为之所动，宁死不降。

一天夜里，袁盎正在睡觉，朦朦胧胧中听到有一人叫喊："快起！快走！"袁盎猛然间被惊醒，慌忙起来。从灯光下观察来人，似曾相识，只是一时叫不出姓名。

那人又催促道："吴王已经决定杀掉你，此时不走，就要死在此地了！"

袁盎惊疑道："你究竟是什么人，敢来救我？"

那人回答道："臣曾做过你的从史，后来偷了你的侍妾，承蒙大人宽恕，臣一直感恩不忘，所以特意前来救你。"

袁盎仔细辨认，果然不假。袁盎向他下拜，那人答礼后，便领着袁盎绕到帐后，用刀割开营帐，弯着腰钻出去。当时正值春寒雨湿，路上泥泞难行。那人将怀里揣着的一双木底鞋取出来，赠送给袁盎，又向前给袁盎指明去路，然后才告别。袁盎连忙赶路，幸亏路上还有一些微弱的光线，这才不致失足。但此处距敌营不远，总还令人担忧，他将怀中的符节解下包好，免得露出马脚。袁盎一口气跑了六七十里，天色已明，远远望见梁都，才放下心来，只是身体不堪疲乏，两脚又肿又痛，只好就地坐下。恰巧有一群马队走过来，袁盎料想必定是梁兵，便上前询问，果然不出所料。他从怀中取出符节，与他们说明事情的经过。梁军见是朝廷派来的使臣，不敢怠慢，便借给他一匹马。

景帝以为袁盎等人到吴国后，定能劝吴王息兵，所以派人到周亚夫军营，令他缓慢行军。哪知过了不久，袁盎却逃回来，说吴王不肯罢兵。景帝不免有些埋怨袁盎，但因袁盎曾有言在先，要他三思而行，所以诛杀晁错一事，景帝无从推诿。而且袁盎在吴营拼死不降，也算是一个忠诚之士。就不再加罪于他，让他仍任原来的职务。然后派人通报周亚夫伺机进兵。

---

① 弃市：古代在闹市执行死刑，并将尸体暴露街头示众。

使者刚离去，梁王刘武的告急书再次到来。景帝又派人催促周亚夫，令他速去解救梁国。周亚夫上疏说楚兵强悍敏捷，很难与之争锋，现在只有让梁国自己坚守，他去切断敌人的粮道，才能制伏楚国。楚兵溃散，吴国就没有能力再叛乱了。景帝信任周亚夫，准许他按自己的主张行事。

周亚夫当时还屯兵霸上，接到景帝诏令后，便准备奔赴荥阳。刚要动身，有一个人拦路进言："吴国富足，养了很多不怕死的勇士，此次听说将军出征，必定令敢死队预先做好埋伏，将军不可不防！而且兵贵神速，将军何不绕道右行，走蓝田、出武关、抵达雒阳、直入武库，趁敌不备，突然袭击，使诸侯闻风震惊。"

周亚夫连称妙计，问他姓名，才知是赵涉，于是留他同行。周亚夫依照赵涉所说的路线，顺利地到达雒阳。周亚夫高兴地说："七国造反，我竟能一路无阻来到此地，真是令人振奋！如今我若能占据荥阳，荥阳以东，就不足为虑了！"因此，周亚夫更加佩服赵涉有先见之明，推举他为护军。然后进入荥阳，会同各路人马，商议如何进军。

荥阳是东西要塞，左边是敖仓，右边是武库，既有粮食可取，又有兵器可用，以前刘、项相争，注重荥阳，便是为此。当时吴国也有智士，请吴王率先占领荥阳，不要落于人后，吴王不肯听，于是被周亚夫乘机占领。正是此举最终导致吴国败亡。

梁王刘武派兵守住棘壁，不料此地被吴、楚士兵攻陷，杀伤梁兵数万人。梁王派遣将士反击，又被打败。梁王非常害怕，固守睢阳，听说周亚夫已经到了荥阳，便派人到那里请求支援。哪知周亚夫按照以前的打算，不肯出兵相救，急得梁王像热锅上的蚂蚁，一天派三个使臣前去催促。周亚夫行军到淮阳后，仍然逗留不前。梁王见周亚夫这么长时间还不到，索性将周亚夫告到景帝那里。景帝得到梁王的奏章，见他似泣似诉，料知情急万分，不得不命周亚夫出兵解救。周亚夫却遣回诏使，故意退避三舍，驻扎在昌邑，坚守不出。

梁王苦于无人相救，只有靠自己，日夜激励士卒，誓死守城，又命中大夫韩安国及楚相张尚的弟弟张羽为将军。韩安国擅长守城。张羽因兄长被楚王杀死，一直耿耿于怀，立志复仇。所以他常常乘机出击，挫败吴兵，因此睢阳一城也勉强支持得住。吴、楚二王还想领兵再攻，踏破梁国的都城。不料有探马来报，说是周亚夫暗地里派遣将士截了粮道，粮草多被劫去。吴王刘濞吃惊地说："我兵不下数十万，怎么能没有粮草呢？这该怎么办啊！"楚王刘戊连声叫苦，却无计可施。

## 七国战乱平息

　　吴、楚二王听说粮道被断，都很惊慌，想冒险西进，又害怕被梁军截住，进退两难。这时吴王刘濞打定主意，决定移兵北行，攻打周亚夫。到了下邑，与周亚夫的军队相遇，两军扎定营盘，准备交战。周亚夫前次驻扎在昌邑，原是以退为进，暗派弓高侯韩颓当等人绕出淮泗，截击吴楚粮道，使吴、楚二军后无退路，只有向前进攻。然后自己移师下邑，以逸待劳。看到吴、楚士兵到来，周亚夫坚壁相持，只守不战。

　　吴王刘濞与楚王刘戊带着一腔怒气前来，恨不得将周亚夫的大营顷刻踏破，所以三番五次前来叫战。周亚夫号令士兵不准轻举妄动，只在四周布好弓箭手，见有敌兵猛扑，便用硬箭射去，把敌人射退就停止，好像那箭都十分宝贵似的，不肯多发一支。吴、楚士兵每次冲锋，都白白受一阵箭伤。吴、楚二王非常焦灼，日夜派遣人侦察，探视周亚夫的军营。

　　过了两天，吴兵竟乘夜劫营，直奔东南角，喊杀连天。周亚夫军纪严明，事前都做好了准备，所以也不惊慌。再加上周亚夫随机应变，料知敌人大喊着前来，定是声东击西的诡计，于是派遣将吏防御东南，自己领着精兵，在西北整装待敌。部将还以为他是避危就安，哪知吴、楚二王率领精兵强将竟悄悄地绕到西北，想乘虚踹营。距营不到一百步时，被周亚夫窥见，只听他大喊一声，营门大开，前面是弓弩手，连环射击，后面是刀矛手，严密加防，周亚夫亲自指挥。当时正值深夜，月色无光，吴、楚士兵是来偷袭的，未曾多带火炬。所以箭已射到，人还不知闪避，只落得皮开肉裂，疼痛难熬，伤重的立即倒毙，伤轻的也晕翻在地。人都有贪生怕死的本性，怎肯再往死路里钻？所以吴兵和楚兵争相逃跑。吴、楚二王本想攻其不备，不料周亚夫开营迎敌，在西北布满人马，并且飞箭如雨，很是厉害，只好乘兴而来，败兴而归。东南角上的吴兵，明明是虚张声势，不等吴王下令，早已退回营中。周亚夫也不追赶，关闭营门，检点士兵，竟然没有损伤一兵一卒。

　　又相持了几天，周亚夫探得吴、楚士兵将要绝粮，为了挫损敌人的锐气，于是派遣颍阴侯灌何等人率领几千兵马前去叫战。吴、楚士兵出营应战，双方战斗多时，仍然不分胜负。这下惹恼了汉军校尉灌孟，他舞动长槊，一马当先，冲进敌军。灌孟的儿子灌夫见老父身陷敌阵，忙

225

率部下一千多人，上前接应。可他的父亲只知向前，想一劳永逸，把吴王杀死。吴王左右都是历年豢养的敢死之士，看见灌孟杀来，慌忙并力迎战。灌孟虽然老健，终究众寡悬殊，所以身负重伤，危急万分。等到灌夫上前营救时，他的父亲已经翻倒马下。灌夫急忙指示部下将父亲救回，自己在马上杀开吴军，冲出一条血路。再看看自己的父亲，已经毫无鼻息了。灌夫悲痛欲绝，一心想为父报仇，回马向敌军杀去。灌何瞧见后，忙出来劝阻，然后招呼部下退回大营。

周亚夫听到这个消息后，也很悲伤，并依照汉朝定例，令灌夫回去安葬父亲。灌夫不肯从命，边哭边说："我定要取吴王和吴将的首级，为父亲报仇。"周亚夫也不勉强，就让他留在军营，只劝他不必操之过急。可灌夫报仇心切，从部队中挑选出几十名壮士，等到半夜，便带领着他们前去劫营。才走了几步，身后的壮士多数散去，只有两个人跟随。灌夫报仇心切，也不管人数多少，来到吴王大营前，策马冲进去。吴兵未曾预防，都吓得左逃右躲，任由灌夫闯进后帐。后帐是吴王住宿的地方，有很多人把守，这些人看到灌夫，急忙防守。灌夫毫不胆怯，挺戟乱刺，戳倒了好几人，但自己身上也受了好几处重伤，自知不能济事，随即大喝一声，拍马退走。吴兵从后面追赶，多亏两个壮士断住后路，灌夫才得以逃脱。

灌夫走出吴营，两个壮士战死一人，只有一人得以逃脱。灌何听说灌夫袭击敌营，急忙派士兵出去接应。士兵才走出营门，就与灌夫碰着，见他战袍上全是血痕，忙扶他下马入营。但灌夫能深入吴营，九死中博得一生，也算是身手不凡、亘古罕闻了！

吴王经他一吓，魂飞魄散，于是日夜不安。再加上粮食已尽，无奈之下，只好带着太子刘驹和几千人连夜向东逃去。蛇无头不行，兵无主自乱，二十多万饥饿的士兵看不到吴王，当然溃散。楚王刘戊孤掌难鸣，也想率众逃走，不料汉军此时杀来。楚兵都饿得浑身乏力，怎能上前迎战？一声惊叫，四面狂奔，只剩下楚王刘戊落在后面，被汉军团团围住。刘戊自知不能脱身，拔剑自刎。周亚夫指挥将士，荡平吴、楚大营，又下令招降敌军，说缴出兵器者可以免死。吴、楚士兵无路可归，争相投降。吴王父子过丹徒，走东越，沿途召集士兵，还有一万人。东越就是东瓯，惠帝三年，曾封东越君长摇为东海王，后来子孙相传，与吴国的交情很好。吴王起兵时，东越王曾拨兵相助，驻扎丹徒，作为吴国的后援。等吴王父子来奔，东越王见他势穷力尽，已有悔心。正在两难境地时，周亚夫派人前来，嘱令他杀死吴王，并承诺给予重赏。东越王乐得听命，便引诱吴王刘濞前来，暗中派人将刘濞杀死。只有吴太子刘驹侥幸逃脱，奔往闽越。

周亚夫讨伐吴、楚，先后不过三月，便凯旋班师，然后派遣弓高侯韩颓当带兵到齐国围攻胶西诸国。胶西王刘卬，让济南军守卫粮道，自己与胶东、菑川合兵，把齐城团团围住。齐王刘将闾曾派路中大夫入都告急，景帝已将此事委任窦婴，由窦婴调派将军栾布领兵东援。路中大夫再次觐见，景帝又派遣平阳侯曹襄前去帮助栾布，并令路中大夫回去告知齐王，让他坚守城池，等待援军。

路中大夫昼夜兼程赶往齐国，走到临淄时，却被敌人抓住，推着他去见三国主将。三国主将问他从哪里来，路中大夫直言不讳。三国主将对他说："齐王已派人乞降，近日将达成协议，你如今由都中回来，最好通报齐王，说汉兵被吴楚所破，齐国不如速速投降三国，免得受屠。如果你这样说，我将重赏于你，否则就别怪我们无情了！"路中大夫假装答应他们，然后从容走到城下，说有要事向齐王禀报。齐王登城向下问，路中大夫大声说道："汉朝已发兵百万，派太尉周亚夫攻击吴、楚军队，不久就会领兵前来支援。栾将军与平阳侯也快到了，请大王坚守数日，切不可与敌兵通和！"齐王才回答一声是，路中大夫的头颅已被敌兵削去。齐王触目生悲，恨得咬牙切齿，立刻命令将士固守城池。

不久，汉将栾布率兵杀到，与胶西、胶东、菑川三国人马大战一场，不分胜负。又过了几天，平阳侯曹襄也率兵抵达，与栾布两路夹攻，打败三国将士。齐王刘将闾乘势开城，率兵杀出，三路并进，把三国人马扫得精光。济南军不敢相救，逃回本国去了。

胶西王刘卬逃回高密，向王太后谢罪。王太后本叫他不要造反，如今看到儿子战败而回，忧愤交并，也无话可说。太子刘德从旁献计，想招集败兵，袭击汉军。刘卬摇头说道："将领害怕，士兵受伤，怎么能再用呢？"话未说完，外面已递入一书，是弓高侯韩颓当派人送来的。刘卬看完之后，痛哭流涕，随即拔剑自刎。刘卬的母亲和儿子见刘卬已死，相继自尽。胶东王雄渠、菑川王贤、济南王辟光得到胶西王自尽的消息，已是心惊肉跳，又听说汉兵逼近，自料难以抵敌，也相继自杀了。

七国已平定了六国，只有赵王刘遂守在邯郸。汉将郦寄率兵围攻，打了好几个月也没有取胜，于是写信给栾布，请他援应。栾布早就想班师回朝，只是查得齐王刘将闾曾与胶西各国通谋，所以上疏请求讨伐齐王，自己留在齐地待命。齐王刘将闾听到这个消息后，非常害怕，竟喝毒酒自尽

227

了。栾布接到郦寄的来信后，决定移兵赵国。赵王刘遂求救于匈奴，匈奴已探知吴、楚战败的消息，不肯发兵，赵国的局势越来越危险。郦寄、栾布二军合力攻打邯郸，赵王刘遂无路可走，只有一死。七国战乱就此平息。

济北王刘志，以前曾与胶西王相约起事，虽由郎中令设法阻挠，但也参与了谋划。后来听说齐王难免一死，就与妻子诀别，决定自尽。妻子悲声痛哭，一再劝阻，刘志对她说："我死了，或许还能保全你们的性命。"说完就取过毒药，准备喝下去。多亏僚属公孙玃从旁阻止，并恳请梁王向天子求情，济北王才得以保全。

各路将帅陆续回朝，景帝论功行赏，封窦婴为魏其侯、栾布为鄃侯。周亚夫、曹襄等人早已封侯，不再加封，仍任以前的职务，不过赏赐给他们很多财物。其余随征将士，也都有封赏。齐王服毒身亡，景帝说他是被人逼迫，罪不至死，于是赐谥刘将闾为孝王，命齐太子刘寿承袭爵位，然后准备册封吴、楚后人。

窦太后得知此事，对景帝说："吴王是造反的主谋，罪在不赦，怎么能封赏他的子孙呢？"景帝于是将此事搁置不提，只是封平陆侯刘礼为楚王。刘礼是楚元王刘交的二儿子，命刘礼袭封，是不忘元王的意思。景帝又把吴地分为鲁、江都二国，命淮阳王刘余为鲁王，汝南王刘非为江都王，二王都是景帝的儿子。立皇子刘端为胶西王、刘彻为胶东王、刘胜为中山王。封衡山王刘勃为济北王、江王赐为衡山王，不再设置济南国。

第二年，景帝立刘荣为皇太子。刘荣是景帝的爱姬栗氏所生，年纪很小，因为他的母亲得宠，所以他被立为储君，当时人们称他为栗太子。栗太子册立后，栗姬更加得势，暗中设法，想将薄皇后除去，好使自己正位中宫。薄皇后既无子嗣，又不讨景帝喜欢。皇上只是看在太皇太后薄氏的面子上，才将她册立为皇后。

薄皇后本来就是个宫中傀儡，有名无实，栗姬又从旁倾轧，怎能保得住中宫位置？景帝六年，景帝一道诏旨，将薄皇后废去。栗姬满心欢喜，以为皇后的位置唾手可得，就是六宫粉黛也以为景帝废后，无非是为了栗姬，虽然因羡生妒，但也无可奈何。谁知天有不测风云，人有旦夕祸福，栗姬始终没被立为皇后，连太子刘荣的地位都被动摇，贬为了藩王。可怜栗姬多年的苦心经营，付诸流水，最终忧愤成病，香消玉殒。

## 金屋藏娇

景帝的妃嫔不止栗姬一人，当时后宫里面，还有一对姐妹花，自幼生长在槐里，出落得娉娉婷婷。闺娃王氏，母亲名叫臧儿，本是已故燕王臧荼的孙女，嫁给同里王仲为妻，生下一男二女，男孩名叫王信，长女名叫王姝儿，次女名叫王息姁。不久王仲去世，臧儿带着子女转嫁到长陵田家，又生了两个儿子，长子名叫田蚡，幼子名叫田胜。王姝儿长大后，嫁给金王孙，生有一女。臧儿平日喜欢找人算命，她的长女回来探亲时，恰有一个相士姚翁路过，臧儿邀他入室给两个女儿看相。姚翁见了长女，不禁瞠目结舌："好一个贵人，将来当生天子，母仪天下！"又看了看次女，说她也是贵人，不过比姐姐稍逊一筹。臧儿听了疑惑不解，心想长女的丈夫是平民，怎么能生天子成为国母？因此心里始终怀疑。

事有凑巧，朝廷选取良家女子入宫，臧儿于是与长女密商，想把她送入宫中，博取富贵。然后又托人与金王孙离婚，金王孙不肯答应，辱骂臧儿。臧儿不管他肯与不肯，趁着长女探亲的机会，就把她装扮起来，送入宫中。

槐里与长安相距不过百里，朝发夕至。一入宫门，王姝儿就被拨去侍奉太子，太子就是未即位的景帝。太子壮年好色，喜得娇娃，自然格外高兴，王姝儿又会争宠，朝夕侍候在太子左右，惹得太子色魔缠身，情意缠绵。男欢女爱，卿卿我我，一朵残花居然压倒香国，不到一年，便已怀胎，可惜生了一个女孩。当时宫中已称她为王美人，或称王夫人。

王美人替妹妹说情，让她也来宫中。太子认为美人多多益善，就派了东宫的太监，拿着财物，向臧儿家聘选次女。臧儿自送长女入宫后，又与金王孙争执几次，金王孙毕竟是一介平民，自然不能与储君争夺，只好作罢。此次宫里的太监到来，传话说王美人如何得宠，更令臧儿满心欢喜。当听说要续聘次女时，也唯命是从，于是收了财物，把次女打扮得齐齐整整，跟着宫中来人出门上车。

到了东宫，姐姐早已等着，叮嘱几句，便把妹妹引见给太子。太子见她体态轻盈，与姐姐不相上下，自然称心合意。当夜开筵畅饮，令这一对姐妹花左右侍宴。大约喝了十来杯，酒酣兴至，王美人知情识趣，立即退去。太子与王息姁行云布雨，其乐可知。十个月之后，王息姁生下一男，取名为刘越，就是将来的广川王。

姐姐深得太子宠幸，再次怀孕，却只生女不生男。景帝即位这一年，梦见一头红猪从天而降，云雾迷离，直入崇芳阁中。梦醒后，起来游览崇芳阁，还觉得有赤云环绕，好像一条龙，便召来术士姚翁。姚翁称梦兆吉祥，陛下必生奇男，当为汉家盛主，景帝很高兴。过了几天，景帝又梦见神女捧日，授与王美人，王美人把它吞入口中。醒后将此梦告知王美人，巧的是王美人也做了相似的梦。景帝料想这是贵兆，便让王美人移居崇芳阁，改阁名为绮兰殿，凭着那龙马精神，与王美人日夕交欢，果然应了祥瑞。等到七夕佳期，王美人生了一个儿子。景帝曾梦见高祖，叫他生子为"彘"，又因以前梦见红猪下降，于是给王美人的儿子取名为彘。用彘作为名字，毕竟不雅，于是改名为彻。王美人生了刘彻以后，就不再怀孕，她妹妹却连生四男，除长男刘越以外，还有刘寄、刘乘、刘舜三人。

王美人生刘彻时，景帝已有好几个儿子，其中栗姬生子最多。景帝本来就爱恋栗姬，与她私下订约，等栗姬生了儿子，就立为储君。后来栗姬连生三子，长子名叫刘荣，次子名叫刘德，小儿子名叫刘阏。刘德已封为河间王，刘阏也被封为临江王，只有刘荣未被封王，明显是为了将来立他为储君。王家姐妹相继入宫，与栗姬明争暗斗，栗姬自然愤恨。王美人生下刘彻时，有许多瑞兆相应，栗姬恐怕皇上立刘彻为太子，所以格外献媚，力求景帝兑现以前的许诺。景帝既想立刘荣，又想立刘彻，犹豫不定。后来禁不住栗姬催促，况且舍长立幼，也不合情理，因此决定立刘荣为太子，只封刘彻为胶东王。

馆陶长公主刘嫖，是景帝的胞姐，嫁给堂邑侯陈午为妻，生有一女，芳名叫做阿娇。长公主想将阿娇许配给太子，派人向栗姬示意。栗姬不愿联姻，竟然回绝长公主。

长公主出入宫闱，与景帝是同胞姐弟，关系非同一般。所以后宫许多姬妾都奉承长公主，求她向皇上引荐自己，长公主不忍却情，常常代为荐引。栗姬听说长公主时常进献美人，心里愤愤不平，所以长公主有意将女儿许配给太子时，栗姬便不顾情谊，一口谢绝。

长公主恼羞成怒，与栗姬结下冤仇。王美人却趁此机会，联络长公主，努力巴结。二人相遇，往往整日叙谈，无话不说。长公主说起女儿的婚事，还是有些怨恨。王美人心中暗暗高兴，嘴上却说自己没福，没娶到这样的媳妇。长公主立即表示愿将爱女阿娇许配给刘彻，王美人巴不得长公主这样说，只是口中还谦虚说刘彻不是太子，配不上阿娇。

长公主边笑边恨恨地说："废立乃是常事，祸福难料，栗氏以为儿子被立为储君，自己将来定会成为皇太后，哪知还有我在，能让她儿子做不成储君！"

王美人听长公主这样说，忙接口道："立储君是国家大事，应该一成不变，请长公主不要多心！"

长公主愤然道："她既不识抬举，我也无暇多顾了！"

王美人暗暗欢喜，就与长公主订立婚约。王美人与景帝说起此事，景帝认为刘彻年龄太小，与阿娇相差好几岁，不太合适，所以不肯答应。王美人转喜为忧，又将此事向长公主说明。长公主索性带着女儿一同入宫，恰逢胶东王刘彻站在母亲旁边。长公主顺手把刘彻抱在腿上，抚摸着他的头问道："你愿意娶媳妇吗？"刘彻生性聪明，对着长公主嬉笑无言。长公主故意指着宫女问他是否合意，刘彻都摇头拒绝。长公主又指着自己的女儿说："阿娇好吗？"刘彻笑道："如果能娶阿娇为媳妇，我就把她藏在金屋里，真好！"长公主不禁大笑，王美人也喜笑颜开。长公主于是抱着刘彻去见景帝，笑着把刘彻说的话叙述一番。景帝当面问刘彻，刘彻自认不讳。景帝想他小小年纪，只喜欢阿娇一人，必定是前生注定的姻缘，就不再阻拦。

从此，长公主与王美人的感情更深了，两条心合作一条心，一个想报仇，一个想夺太子之位，都要把栗姬母子除去。栗姬也略有所闻，心想自己做了皇后就不怕他们了，所以几年来费尽心机把薄皇后挤落台下。正想自己登台，哪知长公主和王美人从旁摆布，不让她如愿。

景帝刚想立栗姬为后，长公主急忙求见，诬称栗姬崇信邪术，诅咒妃嫱，肚量如此狭窄，她若成为皇后，恐怕又要看见"人彘"的惨祸了！景帝听到"人彘"二字，不免有了想法，于是走到栗姬宫内，试探说："我百年之后，你要善待后宫里的姬妾，千万不要忘记。"一面说，一面瞧着栗姬的容颜，只见栗姬的脸色一会儿紫，一会儿青，半晌不说一句话。等了很久，栗姬仍然不说话，甚至将脸背转，景帝忍耐不住，起身便走。刚出宫门，就听到里面有哭骂声传来，隐约有"老狗"二字。景帝本想回身责问，转念一想，这样做反而有失尊严，只好忍气离去。从此以后，便对栗姬心生怨恨，不愿册立她为皇后。长公主又来与景帝谈心，说胶东王聪俊、孝顺。景帝也赞同，并记起以前的梦兆，心想如果把刘彻立为太子，必能继承大统。此念一起，太子刘荣的地位便动摇了。再加上王美人格外谦和，誉满六宫，相比之下景帝更加觉得栗姬母子相形见绌。

光阴似箭，转眼又是一年，大行官忽然前来奏请，说如今太子的母亲还没有位号，应把栗姬册立为皇后。景帝听完，不禁大怒："这事是你能说的吗？"说完，就命人将大行官拘押在狱中，并废太子刘荣为临江王。周亚夫、窦婴先后谏阻，景帝均不听从。窦婴一气之下，谎称有病，辞官回去了，周亚夫仍然在朝。不久丞相陶青病重，景帝就令周亚夫暂任丞相一职。

景帝之所以果断地废除太子，是怀疑大行官上奏之事是栗姬暗中主使。其实主使者根本不是栗姬，而是欲夺太子之位的王美人。王美人得知景帝怨恨栗姬，特意嘱咐大行官请求册立栗姬为皇后，这是反激计。后来王美人替大行官说情，大行官才被释放出来。栗姬从此失宠，不能再见景帝一面，深宫寂寂，长夜漫漫，叫她如何不愤，如何不病？不久又来了一道催命符，顿时将栗姬芳魂送入冥府！这道催命符便是皇上立刘彻为太子、王美人为皇后。

自太子刘荣被废，到立胶东王刘彻被立为太子，中间有两个多月。这段时间也发生了一些事情，几乎把长公主和王美人的密谋打断。多亏王氏母子命里多福，任凭他人如何觊觎，也没有将他们打倒。这个觊觎储位的人，就是景帝的胞弟——梁王刘武。

梁王刘武前次入朝，景帝曾有将来传位给他的戏言，被窦婴从旁谏阻，梁王扫兴回到梁地。后来七国叛乱，梁王刘武固守有功，得天子旌旗，开拓国都睢阳城约七十里，建筑东苑三百多里，招集四方宾客，如齐人羊胜、公孙诡、邹阳、吴人枚乘、严忌，蜀人司马相如等。这些人陆续聚集梁都，侍宴东苑，称盛一时。

公孙诡诡计多端，常为梁王谋划帝位，梁王对他倍加宠信，任命他为中尉。栗太子被废时，梁王似乎预先听到了风声，于是提前入朝，静观内变。果然，没多久，皇上册立了新的储君。梁王进见窦太后，婉言相请，想让太后替他做主，订一条兄长传位给弟弟的新约。太后怜爱小儿子，自然乐于听从，于是召来景帝，再开家宴。酒过数巡，太后对景帝说："我已经老了，还能在世间活几年呢？百年之后我就把梁王托付给你了。"景帝听太后这样说，慌忙下跪道："谨遵母命！"太后非常欢喜，就命景帝起来，接着畅饮。

景帝酒醒后，暗思太后说的话好像寓有深意，莫非是因我废去太子，想让梁王接替不成。于是召入群臣，与他们密议太后的意思。太常袁盎首先答道："臣料想太后是想立梁王为储君，但臣以为不能这么做！"景帝问起理由，袁盎回答道："陛下没有听说过宋宣公的故事吗？宋宣公死后，不立儿子殇公，而是让弟弟穆公继位。后来五世争国，祸乱不绝。自古以来帝位传子不传弟，就是为了避免战乱。"群臣齐声赞成，景帝也点头称是，随后将袁盎的话转告给太后。太后虽然不高兴，但无词可驳，只好作罢。

梁王刘武见自己的计谋没有得逞，很是懊恼，又上疏请求皇上赐给他一些土地。景帝将梁王的奏章颁示给群臣，袁盎又首先反对，极力驳斥。景帝依照群臣的意思拒绝梁王，并让梁王赶快回国。梁王听说两计都被袁盎打消，恨不得亲手将袁盎杀死。

王美人的妹妹王息姁，晋位为夫人，所生长子刘越与次子刘寄，很受景帝喜爱，均受封为王。到了景帝改元的第二年①，景帝改封刘越为广川王、刘寄为胶东王，刘乘、刘舜两个孩子，后来被封为清河、常山二王。

太子刘荣既失去储君之位，又丧失生母，只好辞行前去封地任职，不久便来到江陵。江陵是临江国都，本来是栗姬的小儿子刘阏的封地，当时刘阏已经夭折，刘荣被废，所以景帝就将临江封给了刘荣。

过了一年多，刘荣嫌王宫不够宽敞，便想增筑宫殿。可宫外没有空地，只有太宗文皇帝庙宇与王宫临近，刘荣也没多想后果，就命人占了一部分帝庙禁地。后来此事被人告发，说他侵占宗庙之地，景帝于是命他进京。刘荣登车上路时，忽然听到哗啦一声，车轴无故断开。江陵父老因为刘荣在这儿治理了一年多，仁厚爱民，所以多来相送。当他们看到刘荣的车轴断裂时，都痛哭流涕地悲叹："我王不会再回来了！"

刘荣别了江陵百姓，来到京城，不多时便有圣旨传出，令刘荣到中尉那里听审。真是冤冤相凑，竟让他碰着了中尉郅都。此人乃是有名的酷吏，绰号苍鹰。朝臣多半怨恨他，只有景帝说他不避权贵，对他委以重任。

郅都为人高傲，哪怕见了丞相周亚夫，也只是作揖而已。周亚夫也不与他计较。等临江王刘荣奉旨来到，郅都更想借此耍耍威风，装起一张黑铁面孔，好似阎罗王一般。刘荣毕竟是一个少年，没有经过这样的场面，见郅都这副面孔，吓得魂飞魄散。又想到母死弟亡，自己失去父爱，觉得活着也没趣，不如留下遗书，谢罪自杀。主意已定，刘荣就跟旁边的府吏借纸笔一用，哪知又被郅都喝令阻止。魏其侯窦婴听说这件事后，取

---

① 景帝三次改元，第一次共计七年，第二次共计六年，第三次共计三年，史称第二次为中元年，最后一次为后元年。

233

来纸笔给刘荣。刘荣写了一封绝命书，托狱吏转达景帝，然后悬梁自尽。狱吏报知郅都，郅都并不惊惶，只取来刘荣的遗书呈给景帝。景帝看完后，也没有觉得悲哀，只命人将刘荣用王礼殓葬。刘荣出葬蓝田时，竟有许多燕子替他衔泥放在坟上，人们看见后，无不惊叹，都为临江王呼冤。

窦婴听说后，也愤愤不平，便将此事禀报给了太后。


## 梁王害朝臣

窦婴进见太后，禀报了临江王冤死的情形。太后泪如雨下，召入景帝，让他将郅都斩首，替刘荣申冤。景帝含糊答应，退出外殿后，又不忍将郅都杀死，只下令将他罢官。不久景帝想出一个办法，偷偷地调郅都为雁门太守。雁门是北方要塞，调他出去，一是使他离开都城，免得被母后知道；二是派他镇守边疆，好令匈奴闻风而逃。

果然，郅都一到雁门，匈奴兵就不敢靠近。匈奴本与汉朝和亲，景帝五年，曾将宗室翁女充作公主下嫁匈奴，只是匈奴人总不安分，常常出没汉朝边塞。郅都出守雁门后，匈奴虽然不再那样猖獗了，心里却总是不甘。中行说等人定下一计，派人来汉朝，诬告郅都虐待番众，违背合约。景帝知道是匈奴逞刁，置之不理。谁知这事偏被窦太后得知，大发慈威，怒责景帝竟敢违抗母命，还纵容郅都虐待外族人。景帝见母后动怒，慌忙长跪谢罪，并向太后哀求道：“郅都确实是一个忠臣，外言不足轻信，还望母后饶他一死。”太后生气地说：“难道临江王就不是忠臣吗，为何死在郅都手中？你如果不杀郅都，我就死在你面前！”这几句怒话，说得景帝担当不起，只好遵从母命，派人传旨把郅都处以死刑。郅都居官廉正，不受贿赂，只是气太急、心太狠，终落得身首异处。

景帝得到使臣回报，正在哀叹，忽然听说太常袁盎被人刺死在安陵门外，一同遇害的还有几个大臣。景帝不待详查，便对左右说：“肯定是梁王所为，这被害的几个人，都是前次不肯赞成梁王做储君的。否则，袁盎有仇人，将袁盎一人杀死也就是了，为何牵连这么多人呢？”说完，就命人严捕刺客。

法司精心办理此案，查得袁盎尸体旁边有一把宝剑，此剑柄旧锋新，像是刚经过工匠磨洗的。于是派人拿着剑到集市上查问工匠，果然有一个工匠承认是他磨洗的，并说是梁国郎官让他做的。法司将这个消息转

234

达给景帝，景帝立即派田叔、吕季主到梁地缉拿罪犯。

　　田叔明知行刺袁盎的主谋是梁王，但梁王是太后最疼爱的儿子、皇上的亲弟弟，因此田叔把梁王撇到一边，只将梁王宠幸的大臣公孙诡、羊胜当做案中首犯，先派人火速赶往梁地，叫梁王交出公孙诡、羊胜二人。公孙诡、羊胜是梁王的左膀右臂，此次派人行刺，就是他二人的主意，梁王怎肯将他们交出？不但不交，还把他们两个藏在王宫。田叔听说梁王不肯交出罪犯，就拿着皇帝的诏令进入梁地，令梁相轩邱豹及内史韩安国等人速速缉拿公孙诡、羊胜。轩邱豹是个庸才，碌碌无能，哪能抓到两个罪犯？韩安国的才识远远超过轩邱豹，确实有些能耐。从前吴、楚攻打梁国，多亏韩安国守城，梁国才得以保全。

　　袁盎遇刺后，公孙诡、羊胜二人藏在王宫，韩安国不便进去抓捕，但又无法向上面交差。踌躇了几天，就进宫对梁王说：“臣听说主辱臣死，如今大王竟然遭到侮辱，臣情愿辞官领死！”说着，泪流不止。

　　梁王诧异地说：“你为何这样说？”

　　韩安国说道：“临江王无罪被废，在中尉府自杀。父子至亲，尚且如此，怎不令人感伤？俗语说，虽有亲父，安知不为虎？虽有亲兄，安知不为狼？如今大王列位封王，听信奸臣之言，违禁犯法。天子为了太后，不忍加罪于你。可大王不仅不交出公孙诡、羊胜二人，还极力袒护，不肯遵诏，恐怕天子一恼怒，太后也难挽回了。况且太后连日哭泣，只希望大王能改过自新，大王还不觉悟，一旦太后百年，大王将攀缘何人呢？”

　　梁王不等他说完，已经泪如雨下，于是进去嘱咐公孙诡、羊胜二人自图后路。公孙诡、羊胜只好服药自杀，梁王命人将他二人的尸首交给田叔、吕季主。田叔、吕季主不肯离去，还要探查案情，梁王不免担忧，想选派一人入都活动，免得自己受罪。想来想去，只有邹阳可派，于是嘱令邹阳入都，并取给他千金，作为活动费用。

　　邹阳为人忠直豪爽，他因公孙诡、羊胜不法，屡次谏诤，几乎被处死。多亏他才华敏捷，在狱中写成一书，托人呈给梁王。梁王见他言辞哀婉悱恻，也为之感动，就命人释放他出狱。邹阳不愿与公孙诡、羊胜为伍，主动辞官，从此不问国事。公孙诡、羊胜伏法后，梁王才知邹阳有先见之明，再三慰勉，命他入都周旋。邹阳无法推辞，只好勉强走一趟。抵达长安后，探得皇后的兄长王信蒙圣上宠爱，于是登门求见。

　　王信召来邹阳，不解地问：“你莫非是流落京城，想到我这里当差吗？”邹阳答道：“我知道你门人众多，不敢妄求。如今竭诚觐见，是想告诉你，你现在身处危险之中。"王信悚然起座："你有什么话相告,还请明示!"

邹阳又说道:"你能够得到皇上的宠爱,无非是因为妹妹做了皇后。但祸为福倚,福为祸伏,还请你三思。"

王信听了,暗暗生惊。原来王皇后很讨太后喜欢,太后因为喜爱皇后,所以想封王信为侯。丞相周亚夫坚决反对,说高祖有约,无功不得封侯,于是太后就将此事搁置不提。如今邹阳前来告密,莫非是有意外祸变,想到这儿,他急忙把邹阳领入内厅,仔细问明。

邹阳又说道:"袁盎被刺,此案必定连累梁王。梁王是太后最宠爱的儿子,如果不幸被诛,太后必然悲伤。因悲生愤,难免迁怒豪门。你虽然没有什么功劳可说,但一旦受到谴责,富贵恐怕就不保了。"

王信被他一吓,更加着急,皱着眉头询问解危的办法。邹阳向他献计说:"你若想保全禄位,最好是告诉主上,不要再追究袁盎被刺杀一事。梁王脱罪,太后感激你,会赐你富贵,何人再敢摇动你的地位呢?"

王信听了邹阳的话,顿时转忧为喜,邹阳告辞离开,他就去拜见景帝,为梁王求情。恰在此时,田叔、吕季主回京复命,得知窦太后为了梁案日夜忧虑、哭泣的消息。田叔竟将带回来的案卷一律取出,付诸一炬。吕季主很是惊疑,忙想抢取,田叔摇摇手说:"我自有办法,决不连累你!"吕季主只好作罢。

回到朝堂,田叔首先觐见,景帝急忙问:"梁地的事情已经办好了吗?"

田叔回答道:"公孙诡、羊胜确实是主谋,现已伏法。"

景帝又问:"梁王参与了吗?"

田叔又答道:"梁王确实难辞其咎,但请陛下不要穷究不舍。试想陛下只有这一个亲弟弟,弟弟又为太后所爱。如果定要认真办理,梁王难逃死罪。梁王一死,太后食不甘味,寝不安席,反倒有损陛下仁孝的圣名,所以臣认为可了就了,何必再留案册,牵连更多的人进来?"

景帝正为太后担忧,听了田叔所奏,不禁欣慰道:"我知道了。你们赶快将此事禀明太后,免得太后忧虑。"

景帝认为田叔能识大体,于是封他为鲁相。田叔东去上任时,梁王刘武谢罪西来。景帝很欢喜,出来见梁王,命他起身入内,拜见太后。太后如获至宝,喜极而泣,梁王也觉得羞惭,开口认错。景帝既往不咎,仍像以前一样待他。

梁王在京城一住多日,听邹阳说是王信代为求情,免不得亲自去道谢。两人一往一来,交谈数次,渐渐情投意合,经常畅叙心志。王信因为周亚夫阻止太后封侯于他，心存芥蒂；梁王刘武因为吴、楚一战，周亚夫见死不救，暗暗愤恨。二人都想把周亚夫除去，于是秘密约定同时进言。王信靠着皇后势力，从中诬告；梁王靠着太后威权，进说谗言。景帝哪里禁得住母亲、妻子、弟弟、国舅的轮番攻击，渐渐对周亚夫起了疑心。不过念着周亚夫的旧功，一时不便开口，又想梁王不知改过，仍在太后面前搬弄是非，总属不安本分，就算要将周亚夫免职，也须等梁王回去之后。梁王扳不倒周亚夫，见景帝对自己也没有以前热情，就辞行回梁国了。

这时匈奴部酋徐卢等六人入关投降，景帝一一收纳。其中有一个姓卢的人，是以前叛王卢绾的孙子，名叫卢它人。景帝为了招降，准备将六人封侯，这下子惹怒了丞相周亚夫。周亚夫入朝面谏道："卢它人是叛王的后代，怎能受封？况且他们叛主来降，不忠不义，陛下反封他们为侯，这是不可取的！"

景帝本来已经不喜欢周亚夫了，一听到这些话，顿时忍耐不住，勃然大怒。周亚夫自讨没趣，怅然退出。景帝封卢它人为恶谷侯，其余五人也都受封。第二天，周亚夫呈入奏章，称病辞官，景帝也不挽留，另用桃侯刘舍为丞相。刘舍本来姓项，他的父亲名叫项襄，与项伯同时投降汉朝，得以封侯，赐姓刘氏。刘舍其实并没有什么治国的才能，幸好逢上太平盛世，国家无事，他还算能敷衍过去。

转眼已是景帝改元后六年。刘舍闲暇之时，为迎合皇上的意思，想出一种更改官名的建议呈给景帝。景帝先是下令改郡守为太守，郡尉为都尉，又减去丞相的丞字，只称相。刘舍奏请改称廷尉为大理，奉常为太常，典客为大行，治粟内史为大农，将作少府为将作大匠，主爵中尉为都尉，长信詹事为长信少府，将行为大长秋，九行为行人。景帝准奏，不久又改称中大夫为卫尉。

梁王刘武听说周亚夫被罢官，还以为是景帝听信了自己的话，于是乘车进京。窦太后自然欢喜，只是景帝仍对他淡漠相待。梁王请求留在京城侍奉太后，被景帝驳斥，梁王不得不回国。回国数月，闷闷不乐，于是出去打猎消遣。有人献上一头牛，这牛形状怪异，背上长着脚，梁王大为惊诧。回宫后仍然惊魂未定，以致病魔缠身，一连发了六天高烧，服药无效，竟然逝世了。

噩耗传到长安，窦太后非常悲伤，边哭边说："皇帝果然杀死我儿子了！"景帝入宫探望母亲，一再劝慰。太后全然不睬，只是大声痛哭，并且责骂景帝，说他逼走梁王，才导致梁王毙命。景帝好似哑巴吃黄

237

连，有苦说不出，无奈之下，只好央求长公主代为劝解。长公主替景帝想出了一个办法，景帝依法照办，追封梁王刘武为孝王，并分梁地为五国，封给孝王的五个儿子，连孝王的五个女儿也都沐浴皇恩。太后听说后，才起来进食，后来境过情迁，自然渐渐忘记。梁王先受封代郡，继而迁到梁地，共做了三十五年的藩王。他生平很孝顺太后，就是在梁地的时候，每次听说太后生病，也都食不知味，闷闷不乐，接连派人前去请安。等到太后病愈，才恢复饮食。所以赐谥号为孝，并非是一句空话。

梁王死后，景帝再次改元，史称后元年。一天，景帝闲来无事，反倒记起梁王的遗言。梁王曾说过周亚夫的许多坏处，究竟周亚夫品行如何，很久不见他入朝，也无从知道。不妨先召他进官，加以试探，如果周亚夫的举止不像梁王所说的，当给予重任，让他做个顾命大臣；否则还是预先除去，免留后患。主意打定，景帝便令侍臣宣召周亚夫，然后密嘱御厨，为周亚夫准备食物。

周亚夫虽然被免相，但还住在都城，听到皇帝的诏令，立即进宫拜见景帝。景帝赐他旁座，问了几句，御厨便搬进酒菜，摆在席上。景帝命周亚夫吃饭，周亚夫不好推辞，不过席上并没有其他人，只有他们一君一臣。周亚夫暗暗惊异，又看看面前，只有一壶酒，并没有汤勺、筷子，所上的食物，也只有一块大肉，其他的什么也没有。周亚夫暗想这定是景帝有意戏弄，不觉怒意勃发，对尚席①说："快拿筷子来。"尚席已由景帝预先嘱咐，装聋作哑，站着不动。周亚夫正要再说，景帝笑着对他说："这还不能使你满意吗？"说得周亚夫又恨又愧，不得已起座下跪，俯首称谢。景帝才说了一个"起"字，周亚夫便站起身子，掉头离开。景帝目送周亚夫出门，喟然叹息道："此人心中不满，恐怕会留下后患！"周亚夫当时已经走出去，并没有听到景帝的这句话。

几天后，突然有朝廷派的使臣到来，叫周亚夫入廷对质。周亚夫不知何因，只好随来使入朝。

## 少年汉武帝

周亚夫来到宫中，景帝已派出问官，责令周亚夫对质，并取出一封告密信给周亚夫看。周亚夫看完后，全然没有头绪，无从对答。原来周

---

① 尚席：古代官名，掌管筵席。

238

亚夫的儿子见父亲年老，便预备父亲的后事，特向尚方①买来铠甲五百具，作为父亲死后的陪葬品。尚方所卖的器物，本有禁令。周亚夫的儿子贪图便宜，秘密托办，然后令佣工运到家中，却不给佣钱。佣工心怀怨恨，竟说周亚夫的儿子偷买禁物，图谋不轨，于是上疏告密。景帝本来就忌恨周亚夫，见了这封告密信，正好作为周亚夫的罪证。其实周亚夫的儿子没有将这件事禀告父亲，周亚夫毫不知情，不知如何辩说。问官还以为他负气，便禀明景帝。

景帝十分恼怒，命人将周亚夫移交法司审理。周亚夫的儿子听说后，慌忙过来探视父亲，将事情的经过详细告诉他。周亚夫没工夫责备他，只是付之一叹。审讯官升堂审讯，质问周亚夫："你为什么谋反？"周亚夫这才答辩道："我儿子所买的是下葬用的器物，怎么能说是谋反呢？"审讯官又讥笑道："就算你不想在地上造反，也会在地下造反，何必忌讳这句话呢？"周亚夫生性高傲，怎禁得住这般揶揄，索性闭上眼睛不再说话。返回狱中后，一连五天不进食，最终气竭而亡。

景帝听说周亚夫饿死，毫不动情，只改封周亚夫的弟弟周坚为平曲侯，使他继承绛侯周勃的爵位。皇后的兄长王信从此出头，居然受封为盖侯。丞相刘舍就职五年，滥竽充数，对朝廷没有什么贡献。景帝知他庸碌，于是将刘舍罢免，升任御史大夫卫绾为丞相。

卫绾是代地人，得宠于文帝，由郎官迁升为中郎将，为人谨慎有余、干练不足。御史大夫一职，就由南阳人直不疑接任。直不疑也做过郎官。郎官本没有规定的名额，职责是守卫宫中。因为郎官人数很多，退班时就几个人住在同一间房子里，称为同舍。有一次，同舍的郎官请假回家，误将别人的金钱拿走。丢钱的人，还以为是直不疑偷了他的钱。直不疑并不辩解，拿自己的钱偿还给他。后来同舍的那个郎官假满回来，将钱送还失主，失主很惭愧，忙向直不疑道歉。直不疑于是说明自己的想法，说宁可自己一个受到猜疑，也不想大家都成为被怀疑的对象。于是众人都称直不疑为长老。

直不疑因随军攻打吴、楚得封塞侯，兼官卫尉。卫绾升为丞相后，直不疑便补了御史大夫的空缺，二人都安守本分，不敢妄为。但是想要他们治国平天下，却差得多呢！

景帝任用宁成为中尉。宁成生性残酷，比郅都还要心狠手辣，曾做

---

① 尚书：是制造和掌管帝王所用刀剑等器物的部门。

过济南都尉，百姓都怕他，并且宁成的品行远不及郅都清廉。可是景帝很器重他，叫他掌管刑律。

过了几年，景帝突然得病，不久就驾崩了，享年四十八岁，在位十六年。

太子刘彻继承帝位，年仅十六岁。他就是好大喜功、可与秦皇相比的汉武帝。汉武帝尊皇太后窦氏为太皇太后，皇后王氏为皇太后，尊先帝庙号为孝景皇帝，奉葬阳陵。武帝没有即位时，已娶长公主的女儿陈阿娇为妃，此时尊为天子，当然立陈氏为皇后。又尊皇太后的母亲臧儿为平原君，连臧儿所生的儿子田蚡、田胜，也都给予封赏。田蚡为武安侯，田胜为周阳侯。所有丞相、御史等人仍暂任原来的职务。

新皇继位，应该在先帝驾崩后改元，以后便按次递增，之前本没有再三改元的事情。自从文帝误信新垣平，有了二次改元的先例。到了景帝，索性改元三次，史家称为前元、中元、后元。武帝即位一年，按照惯例改元，本不足为怪，只是他后来改元十多次，大臣们又阿庾奉承，都说改元要应天瑞，当用瑞名纪元，因此从武帝第一次改元开始，便年份与年号并用。元年年号叫做建元，这是在武帝元鼎三年时新创制出来的。后人称武帝第一年为建元元年。

武帝喜欢读书，注重文学，继位以后，便颁下一道诏书，命丞相、御史、列侯、郡守等人举荐为人正直、敢于进谏之士。于是广川人董仲舒、菑川人公孙弘、会稽人严助以及各地有名的儒生，都被选中，差不多有一百多人。武帝把他们全部召来，亲自考试。一群人凝神细思，执笔作文，大约用了三五个时辰，然后依次呈交，陆续退出。

武帝逐篇浏览，没什么合意的。看到董仲舒的试卷时，却大为赞赏。原来董仲舒阅读《春秋》颇有心得，景帝时他已列名为博士，又过了三年多，功夫精进，声名远扬，远近学子都把董仲舒奉为经师。这次武帝招贤，董仲舒正好可以把生平所学施展出来。果然压倒群儒，令武帝刮目相看。

武帝年少气盛、好高骛远，想要做一番大事业，震古烁今，碰巧董仲舒所言，正合武帝的意愿。武帝于是任命董仲舒为江都相，让他辅佐江都王刘非。丞相卫绾听说武帝嘉奖董仲舒，忙迎合旨意，上奏一本，说是各地所举贤良，学派杂乱，不仅不利于治国，反而会扰乱国政，应该让他们全部回去。武帝自然准奏，除公孙弘、严助等精通儒学的人之外，其他人均没有录用。卫绾还以为自己揣摩出了皇帝的心意，可以继续得宠，保全禄位，哪知武帝并不看重他，反而因他拾人牙慧，格外鄙夷他。过了几个月，就将卫绾罢免，改用窦婴为丞相。其实武帝也不是真的想让窦婴为相，他想重用的是田蚡。但田蚡资望尚浅，武帝恐怕众臣不服，且窦婴是太皇太后的侄子，田蚡是皇太后的弟弟，酌理斟情，也应先用窦婴后用田蚡，所以命窦婴为丞相、田蚡为太尉。太尉一官，以前时设时废。周勃父子两任太尉，等他们迁升为丞相后，朝廷就不再设置这一官职。武帝重设此官，明显是为了田蚡。田蚡虽然学习过书史，但才识很平常，只是性情乖巧，口才敏捷。自从武帝封他为武安侯后，他也自知才识不佳，所以广招宾客，预先为自己筹划。入朝时他便滔滔奏对，武帝堕入彀中，以为他才能出众，准备委以重任。

窦婴、田蚡手握大权，揣知武帝喜欢儒生，就访求名士，推举德高望重之人。这时恰逢御史大夫直不疑被罢官，于是共同举荐代地人赵绾继任，并推选兰陵人王臧，武帝授赵、王二人为郎中令。赵绾、王臧二人上任后，准备仿照古制，设置明堂辟雍。武帝也有此意，叫他们详细查找古制。二人又共同上奏一本，说他们的老师申公精通古制，博学多才，应该召他过来一同商议。这位申公是原来楚国的大臣，与白生同时进谏楚王，被罚作司春。楚王刘戊兵败自焚后，申公等免罪，各回原籍。申公是鲁国人，回家教学，门下弟子约一千多人。赵绾、王臧都曾在申公门下学习，知道老师饱读诗书，所以特别推荐。

申公当时已八十多岁，闭门不出，此次听说有朝使到来，只好出迎。朝使传述皇上的意思，申公见他礼貌殷勤，便应召入都，面见武帝。武帝见申公道貌高古，对他格外尊敬，立即传谕赐座，并询问治国之道，只听申公答道："治国不在于怎么说，只看如何行动。"说完这句便闭口不言。武帝等了半晌，也不见他再说话，大失所望，于是不想再问，只任命他为大中大夫，暂居鲁邸，妥议明堂辟雍及巡狩封禅等礼仪。

申公料到武帝年少气盛，所以开口说出这两句，等他有问再答。后来见武帝不再询问，也就起身拜谢，退出朝门。赵绾、王臧领着申公到鲁邸，请教明堂辟雍等古制，申公微笑着不说话。赵绾与王臧虽然诧异，但认为老师是远来辛苦了。于是不再追问，只请老师休息，以后慢慢再议。哪知宫廷里面发生了一件大事，不但议事不成，还害得二人失职亡身。

原来太皇太后窦氏喜欢道家，不喜欢儒术。曾召博士辕固谈论老子的书籍。辕固崇尚儒术，猝然答道："老子所言没什么道理。"太后出言讥讽儒教，辕固见自己与太后的意见不合，掉头退去。窦太后怒气难消，又因辕固不知谢罪，想要置他于死地，但找不到合适的罪名。转念一想，

241

不如把辕固放入兽圈，命他与野猪打斗，让他被野猪咬死，省得费事。多亏景帝提前知道了这件事，不忍心看着辕固无端死去，令左右借给辕固利器，这才将野猪刺死。太后无话可说，只得罢休。但每次听说皇帝重用儒生，就从中阻挠，所以景帝在位十六年，始终没有重用儒生。

武帝继位后，窦太后听说他喜欢儒术，便想出来干预。武帝不便违忤祖母，所有朝廷政事都随时向窦太后请教。窦太后对其他的事不怎么过问，独把明堂辟雍等制度批得一文不值。冒冒失失的赵绾，知道这种情况后，便上奏武帝："古礼有言，妇人不能干预朝政，陛下不必事事都请教东宫！"武帝听后，默然不答。赵绾所说的"东宫"是指长乐宫，是太皇太后居住的地方。长乐宫在汉朝都城东面，所以称为东宫。

赵绾的话被太皇太后听说，太皇太后非常恼怒，立即召武帝入内，责备他误用匪人。并说赵绾既崇尚儒术，又怎么能离间亲属呢？这分明是教导主子不孝，应该重惩。武帝替赵绾辩解，说丞相窦婴、太尉田蚡都夸赵绾有才能，赵绾与王臧是一同被推荐进来的，所以特别委以重任。窦太后不听犹可，一听这句话，怒不可遏，一定要将赵绾、王臧关入大狱，将窦婴、田蚡免官。武帝拗不过祖母，只好传旨出去，革去赵绾、王臧的官职。武帝本想等窦太后气消，再把他们释放出来。可窦太后硬要将他们诛杀不可，武帝正在左右为难，哪知赵绾与王臧已经在狱中自杀。


## 歌女卫子夫

窦婴、田蚡因为赵绾、王臧触怒太皇太后，自己受到连累，最终被罢官。申公早就料到武帝有始无终，但事情来得过于突然，对两个徒弟的死，也觉得意外，便辞行回去，关于明堂辟雍的事情，当然搁置不提。武帝于是任用至侯许昌为相，武疆侯庄青为御史大夫，将太尉一职取消。

河内人石奋，从小侍奉高祖，他有一个姐姐精通音乐，入宫为美人，石奋也得以任中涓一职，迁居长安。后来服侍了汉朝的好几个皇帝，官至太子太傅。

石奋年老时，仍食上大夫俸禄，每年入朝朝贺，守礼如前。石家家规威严，子孙虽然都出去为官，但回来后必穿着朝服相见。如有过失，石奋也不明责，只是不吃不喝，等子孙谢罪后，他才正常饮食。因此石氏一门，在郡国很有名气。

太皇太后窦氏示意武帝，说儒生崇尚做文章，空凭一张利嘴，还不如万石君，从小官起家，鞠躬尽瘁，远胜于那些迂腐的儒生。因此，武帝特令石奋的大儿子石建为郎中令，小儿子石庆为内史。

石建入朝为官后，在大庭广众下一般不发言，如果有必须详细奏明的事情，往往等武帝屏退左右后才肯说。武帝喜欢他的忠诚，对他另眼相看。一天，有奏牍呈入，经武帝批阅后发下来，由石建复阅，原奏内有个马[1]字少了一点，石建大惊道："马字下面有四点，如今缺少一点，倘若被主上察出，岂不要遭受谴责吗?"从此格外谨慎，不敢有丝毫的疏忽。

石奋的小儿子石庆，不拘小节。某天晚上，酒后忘情，回里门时竟然没有下车，一直赶到家中。他的父亲听说后，把家规拿出来，不吃饭也不说话。石庆瞧见父亲，酒都吓醒了，慌忙跪在地上，叩头请罪。当时石建也在家，见弟弟触怒父亲，就招集全家人，一齐跪在父亲面前，替弟弟求情。石奋才令他们退去，石庆从此也非常谨慎。

后来石庆由内史调任太仆。有一次武帝驾车出宫，问车中共有几匹马，石庆明知有六匹，但恐怕报错，又用鞭子指着数了数，才回答是六匹马。武帝不责备他迟慢，反而赞许他遇事小心，对他委以重任。石奋寿终后，石建哀伤过度，过了一年多也死了。

弓高侯韩颓当平息叛乱后，回朝复命，不久就病死了。他有一个孙子，从小聪明伶俐，眉清目秀，好像美女一样，因此取名为韩嫣，字王孙。武帝为胶东王时，曾与韩嫣同窗求学，两人关系很好，后来韩嫣就跟随武帝，不离左右。

武帝即位后，韩嫣仍在武帝身边，有时同床共枕，有人甚至说他是武帝的男姜。韩嫣既然如此得宠，也就不顾忌什么，无论什么话都对武帝说。韩嫣告诉武帝，王太后以前曾嫁给金氏，生有一个女儿。武帝愕然道："你为何不早说? 既然有这个姐姐，就应该迎她入宫。"说完，便派人到长陵暗中调查，果然找到了这个女孩。武帝于是带着韩嫣，领着随从，亲自把金女迎了回来。

当天晚上，武帝与王太后为金女接风洗尘。到了第二天，武帝又赐给她无数田宅、奴婢，还封她为修成君。金女喜出望外，在宫中住了几天就回去了。偏偏祸福相连，吉凶并至，金女才得到富贵，她的丈夫就

---

[1] 马：说的是繁体字。

染病身亡。幸好得到武帝的厚赐，才能领着一对儿女安闲度日。有时进宫拜见太后，又能得到太后的抚恤，金女更觉安心。

武帝迎回姐姐以后，竟起了游兴，时常出去游玩。建元二年三月，武帝亲自到霸上祭祀。路过平阳公主家，就顺便进去叙谈一番。平阳公主本叫阳信公主，因嫁给平阳侯曹寿为妻，所以也称平阳公主。公主见武帝到来，慌忙把他迎进去，开筵相待。喝了一会儿，公主召来十多个年轻女子劝酒。武帝左顾右盼，一一打量，觉得这些人都不过是寻常脂粉，没有一个中意的，索性只顾自己饮酒。平阳公主见武帝都瞧不上眼，就令这些女子退去，另召一群歌女进来弹唱。其中有一个女子娇喉婉转，曲调铿锵。武帝不由得凝神细看，只见她眉目清秀，脸颊泛红，顿时觉得她妩媚动人，可爱至极。更妙的是万缕青丝拢成蛇髻，黑油油的可鉴人影，光滑滑的不受尘蒙。端详了多时，还是目不转睛。那歌女早已察觉，斜着一双俏眼，屡向武帝偷看，口中又唱出一种柔弱的声音，暗暗挑逗，令武帝魂驰魄荡，意乱神迷。

平阳公主从旁打趣，故意向武帝问道："这个歌女怎么样呢？"

武帝将妙曲听完，才问公主说："她是哪个地方的人？叫什么名字？"

公主说她祖籍平阳，名叫卫子夫。武帝不禁失声道："好一个平阳卫子夫啊！"说着，谎称屋里太热，要起座更衣。公主心领神会，就命卫子夫跟随武帝去尚衣轩①，好一会儿也不见他们出来。

公主并不着急。过了半天，才见武帝出来，脸上微带倦容。又过了好一会儿，卫子夫才姗姗前来，两腮泛红，云鬟斜垂，娇怯的情态有笔难描。

平阳公主看到卫子夫出来，故意瞅了她一眼，卫子夫含羞俯首，默默无言。武帝看了卫子夫的情态，更觉销魂，因公主引见歌女有功，特地酬谢千金。公主谢过赏赐，说愿将卫子夫奉送入宫。武帝异常欢喜，准备带着她一同回去，公主令卫子夫入室整妆。等她打扮完毕，武帝已经登车，公主忙叫卫子夫出来同行。卫子夫拜别公主，公主笑着把她扶起来，并抚着她的背说："将来如果尊贵，不要相忘！"卫子夫连声答应，上车离去。

当时天色已晚，武帝带着卫子夫来到宫中，准备再续欢情，偏偏有一位贪酸吃醋的大贵人在宫里候着。巧的是，冤家碰着对头，竟与武帝相遇，她目光一斜，早已看见卫子夫。武帝见隐瞒不住，只好说是平阳

---

① 尚衣轩：公主更衣室的名字。

244

公主的家奴，入宫充作宫女。谁知她竖起柳眉，翻转桃腮，连说两个"好"字，就掉头走了。

此人正是皇后陈阿娇。武帝一想，皇后不是好惹的人物，自己能由胶东王当上太子，由太子当上皇帝，多亏长公主一力提携。况且幼年便有金屋藏娇的誓言，怎么能为了卫子夫，撇去好几年夫妻情分呢？于是把卫子夫安顿好以后，就亲自去中宫陪伴皇后。陈皇后装腔作态，故意叫武帝去陪伴新来的美人。武帝一再温存，陈皇后要武帝把卫子夫打入冷宫，不准他们私见一面。武帝恐怕伤了和气，勉强照行，从此卫子夫被锁在宫中，几乎有一年多没见过皇上。陈皇后渐渐疏于防范，不再查问，武帝也放下旧情，蹉跎过去。

因宫女过多，武帝想察视优劣，决定她们的去留。一群闷居深宫的女子，巴不得出宫回家，免得耽误终身，所以情愿见驾，希望被发放。卫子夫入宫以后，本想陪伴少年天子，专宠后宫，不料却被正宫嫉妒，不准她与皇帝相见。起初像罪犯下狱，出入都受人管束。后来虽稍得自由，但总觉得天高日远，毫无趣味，还不如乘机出宫，仍去做个歌女。于是也粗整乌云，薄施朱粉，出来随大众入殿，听候发落。

武帝亲自察看，按照宫人名册，一一点验，有的准令出去，有的仍然留下。当看到"卫子夫"三字时，不禁想起往事，留心看着。过了一会儿，只见她冉冉过来，俊秀依然，不过清瘦了好几分，只是秀发仍然漆黑生光。卫子夫拜倒在座前，呜呜咽咽地求皇上释放她出宫。武帝又惊又愧，又怜又爱，忙好言抚慰，让她留下。卫子夫不便违命，只好起来站在一旁。宫女验完后，离去的立即出宫，留下的仍返回原来的地方。

卫子夫奉命留下，只得随众退回，当晚仍不见有皇帝召见的消息。到了第二天夜里，才有内侍传旨召见，卫子夫应召觐见，婷婷下拜。武帝急忙拦阻，将她揽入怀里，重叙一年离绪。卫子夫故意说道："臣妾不应再靠近陛下，如果被中宫得知，妾死不足惜，恐怕陛下也有许多不便！"武帝说："这里与正宫相距颇远，我们在此相会，她不会知道的。况且我昨晚做了一个梦，见你住的地方，旁边有几棵梓树，'梓'与'子'同音，我现在还没有儿子，莫非将应在你身上，你应该替我生子？"说着，就与卫子夫携手入内，再图好事。一宵恩爱过后，十月欢苗就此种下。

卫子夫被宠幸以后，怀孕在身，不料被陈皇后知晓，又生出许多波折。

## 因祸得福的卫氏一族

卫子夫怀孕一事被陈皇后察觉，陈皇后愤恨异常，立即去与武帝争论。武帝不肯再妥协，反而责备说陈皇后没有孩子，才不得不另外宠幸卫氏。陈皇后无词可驳，愤愤离去。一面出钱求医，多次服药；一面想方设法陷害卫子夫。偏偏老天不肯作美，任她如何谋划，始终无效。武帝也恼恨皇后，既不愿在中宫就寝，又格外保护卫氏，因此卫子夫虽身处危险境地，却总能转危为安。陈皇后见不能如愿，就常与母亲窦太主①密商除去情敌。窦太主并非不爱女儿，但一时也想不出好的办法来。忽然听说建章宫中有一个小吏，名叫卫青，是卫子夫的弟弟，窦太主既然推不倒卫子夫，便想从她弟弟身上出气，于是派人抓捕卫青。

卫青与卫子夫同母不同父。他们的母亲本是平阳侯家的婢女，嫁给了卫氏，生有一男三女，长女名叫君孺，次女名叫少儿，三女就是卫子夫。丈夫死后，卫媪仍到平阳侯家做佣人，与家僮郑季暗中勾搭，生下一个男孩，取名为卫青。卫青的母亲独自将卫青抚养多年，其中的辛苦艰难自不必说。卫青长大后，便跟着郑季生活。妇人本来就心胸狭窄，郑季的妻子更是如此，况且家中已有几个儿子，还要他人的儿子何用？但郑季既然已经将卫青收留，也不好再让他到别处去，就令卫青放羊，把他当做奴仆一样任意呵斥。郑家的几个儿子，也不与卫青称兄道弟，一味虐待卫青。卫青寄人篱下，受了很多苦楚。

长大后，卫青不愿再受郑家奴役，就回到生母身旁，求她代为设法。卫媪就到平阳公主那里求情。公主召来卫青，见他是一个彪形大汉，相貌堂堂，于是就让他做骑奴。每当公主出行，卫青就骑马相随，虽未得到一官半职，总比在家里好许多。当时卫氏三女都已入都，长女嫁给太子舍人公孙贺，次女与平阳家吏霍仲孺偷情，生下一子，名叫霍去病。三女卫子夫，已选入宫中。卫青暗想，郑家兄弟无情无义，不如改从母姓，与郑氏断绝亲情，因此用卫姓，自取一个字，叫做仲卿。这"仲卿"二字的意思是，卫家已有长子，自己认作同宗，应该排行第二，所以取一"仲"字，"卿"字是志在求取荣耀。由此可见，卫青进入公主家后，

① 窦太主：就是馆陶长公主。

246

已经粗识文字，粗通音义了。

卫青做了一两年骑奴，认识了好几个朋友，如骑郎公孙敖等，后来有人替他引荐，转入建章宫当差。不料与窦太主做了对头，竟被窦太主派人绑去，险些人头落地。多亏公孙敖等人召集骑士，急忙前去营救，才将卫青的小命救回。武帝知道此事后，更加恼怒，索性召见卫青，加以任用，让他做建章监侍中。不久又封卫子夫为夫人，迁升卫青为大中大夫。就是卫青同母的兄弟姐妹，也都一并加恩。

至于卫青的兄长，史家没有留下他的真实姓名，当时人们因他贵为皇戚，排行最长，就称他为卫长君。因为妹妹显贵，他也得封侍中一职。卫媪的长女君孺嫁给公孙贺。公孙贺的父亲曾是陇西太守，被封为平曲侯，后来犯罪，被剥夺了受封的权利。公孙贺却得以侍奉武帝，曾为舍人，夫因妻贵，升官太仆。次女少儿与霍仲孺私通后，又看中了一个名叫陈掌的年轻人，两人私相往来。陈掌是前曲逆侯陈平的曾孙，上面有一个兄长名叫陈何，因擅夺人妻，被判死刑，封邑被削。陈掌寄寓都中，不过做个平常小吏，只因他面庞秀美，为少儿所喜爱。陈掌既得少妇，又沐皇恩，被封为詹事。就是挽救卫青的公孙敖，也获得奖赏，升任大中大夫。

窦太主本想杀死卫青，反而弄巧成拙，悔恨不迭，却无处诉苦。陈皇后更是闷闷不乐，天天想除掉卫子夫，偏偏卫子夫越来越受到皇帝的宠爱。龙颜咫尺，却似远隔天涯，陈皇后无从挽回局面，只是长锁娥眉，终日不展。

武帝本想废去陈皇后，因怕太皇太后窦氏出来阻挠，所以只有厚待卫氏姐弟，陈皇后母女也不敢再过问。但太皇太后已经不悦，每次武帝前来探望，便说些责备的话。武帝不便反抗，心里却很抑郁，常常与一群侍臣嘲风弄月、吟诗醉酒，消磨光阴。侍臣多来自远方，大都有一些技能，能讨主上喜爱。其中数辞章、滑稽两派最讨武帝欢心。滑稽派首推东方朔，辞章派首推司马相如，其他的如庄助枚、吾邱寿王、主父偃、朱买臣等人都颇得武帝欢心。迄今仍传有东方朔、司马相如的一些事情，脍炙人口，称道不衰。东方朔字曼倩，是平原厌次人，少年时便喜欢读书，语言诙谐。听说汉廷广求文士，他也想乘机光耀门楣，于是西入长安，上疏自荐。

如果是老成的皇帝，看了东方朔的自荐书，一定会认为他为人痴狂，弃之不问。可武帝却把东方朔当做奇人，有心留用，于是令他在公车令

247

处等待诏令。东方朔遵诏留下，可好久也不见有诏令下达，在公车令处领取的钱米，只够一日三餐，东方朔望眼欲穿，囊中羞涩。

有一次东方朔在都中游玩，见有一群侏儒经过，便吓唬他们："你们的死期就在眼前，难道还不知道吗？"侏儒惊问原因。东方朔说："我听说朝廷把你们召来，名为侍奉天子，实是设法除掉你们。试想你们一不能为官，二不能为农，三不能为兵，无益于国家，白白消耗衣食，如果一概处死，还能省许多财物。可朝廷又怕无故杀死你们会引起众怒，所以才把你们引诱进来，暗地加害。"侏儒听了这些话，都吓得脸色惨白，声泪俱下，齐声问东方朔有何妙计。东方朔回答说："你们等御驾一出来，就上前叩头请罪。如果天子问原因，你们就推到我东方朔身上，包管无事。"侏儒信以为真，第二天到宫门外等着，好容易才盼到皇帝的车驾到来。他们一拥而上，跪在路边叩头，请皇上免去自己的死罪。武帝惊问原因，大众齐声道："东方朔传话，我们将全部被杀，所以前来求皇上免去死罪。"武帝道："朕并没有这个意思，你等暂且退下，等朕问明东方朔再说。"

众人拜谢离去。武帝就命人前去召见东方朔。东方朔正愁无从见驾，所以才想了这个计策，忽然听到皇帝召见，立即欣然赶来。武帝忙问道："你妖言惑众，难道目无王法吗？"东方朔跪答道："侏儒身长三尺，每次领取一袋粮食，二百四十钱；臣身长九尺有余，也只能领取一袋粮食，二百四十钱。侏儒快撑死了，臣却快饿死了。臣以为陛下求才，可用即用，不可用就放回家去，否则到头来，饥饿难耐，难免一死！"

武帝听罢，不禁大笑，传令东方朔在金马门待诏。金马门在宫内，东方朔既然得以入宫，便容易见到皇帝了。不久，武帝召集术士猜谜。令左右取来一盂，把壁虎放在盂下，让人猜测。众术士屡猜不中，东方朔走过来说："臣曾研究易理，能猜到里面是什么东西。"武帝就令他去猜，东方朔用蓍草卜卦，依象推测，随后答出四句："臣以为里面的东西是龙又无角，是蛇又无足，擅长爬壁，不是壁虎就是蜥蜴。"

武帝见东方朔猜中，暗暗称奇，命左右赐帛十匹。东方朔又接连猜了好多次，无不猜中。郭舍人因射复①而得宠，口才极好，他见东方朔大出风头，不禁起了妒意，向武帝进言说："东方朔不过侥幸猜中，不足为奇。臣愿让东方朔再猜，若再能猜中，臣愿受杖刑一百下。否则就让东方朔受杖刑，臣领取皇上的赏赐。"说着，就秘密地向盂下放进一个东西，让

---

① 射复：中国古代的一种游戏，类似于今天的猜谜。

248

东方朔猜。东方朔卜完卦，含糊地说："这不过是个小东西啊。"郭舍人冷笑道："我就知道你猜不中，何必故弄玄虚？"话未说完，东方朔又补充一句："寄生虫。"郭舍人不禁大惊失色，揭开盂一看，果然是树上的寄生虫。

既然有言在先，郭舍人免不了要受皮肉之苦，所以他只得走出殿外受罚。随后喝打声与呼痛声一起传来，东方朔拍手大笑："哈！口无毛，声嗷嗷，屁股高！"郭舍人又痛又恨，等到受刑完毕，一瘸一拐地走上殿阶，哭着对武帝说："东方朔胆敢侮辱天子的侍从，皇上一定要治他死罪。"武帝问东方朔："你为何要侮辱他？"东方朔回答说："臣不敢侮辱他，只是给他说了一句隐语。"武帝问是什么隐语，东方朔作了解释："口无毛是指狗张开嘴，声嗷嗷是鸟待哺的声音，屁股高是鹤俯下身去啄食的状态，怎么能说是侮辱他呢？"郭舍人从旁应声道："东方朔有隐语，臣也有隐语。如果东方朔不知道答案，也应该受罚。"东方朔笑了笑："你说来听听。"郭舍人信口胡诌了一番，东方朔不假思索，侃侃而谈，竟说出了一番道理。郭舍人辩不过东方朔，只好自认倒霉。武帝因此更加重用东方朔，封他为郎官。东方朔常常陪伴在武帝左右，偶尔作些谐语，博得武帝欢颜，渐渐成了武帝的庞臣，就算有时言行有些过分，武帝也不责备他，且常称东方朔为先生。

东都进献一个矮人，矮人进来拜见武帝，见东方朔在旁边，很诧异地说："此人常偷王母的蟠桃，为何也在这里？"武帝问起原因，矮人回答说："西方有王母种的蟠桃，三千年才结一次果，此人行为不良，已经偷桃三次了。"武帝又问东方朔，东方朔笑而不答。其实东方朔并非仙人，不过略有异术，在当时小有名气！偷桃一说，也是他与矮人串通好的，所以东方朔毫不辩白。后世以讹传讹，竟把这件事当做实事来看，怀疑他有不死术，说他偷吃蟠桃，得以延年益寿，这更是无稽之谈。东方朔虽然好开玩笑，却也不是没有正经的时候，他也曾上谏劝阻武帝开辟林苑，可惜武帝不肯相信他。

武帝与众人谈笑度日，还觉得趣味有限。大中大夫吾邱寿王阿谀奉承，请旨拓造上林苑，与南山相接，预先估算价值，圈地赔偿百姓。武帝因国库充盈，毫不吝惜。东方朔请武帝收回开拓上林苑的旨意，武帝见他这样说，也连连称好，并迁升东方朔为大中大夫。但游猎一事，始终念念不忘，所以后来仍旧依从吾邱寿王的奏请，拓造上林苑。

拓造上林苑一事，还引出一篇《上林赋》来。《上林赋》是何人所作呢？就是上文所说的司马相如。

## 司马相如与卓文君

司马相如,字长卿,是蜀郡成都人,小时候就爱好读书,学过击剑。童年时,他非常仰慕战国时期赵国人蔺相如,因此自己改名为相如。当时蜀郡太守文翁,大兴教化,选择本郡士人进京学习,司马相如就在被选人员之中。学成回来后,文翁命司马相如为教授,在市中设立学堂,招集民间子弟前来学习。遇到有才能的学生,就把他们任命为郡县的官吏。

蜀地百姓本来野蛮,自从这位贤太守兴教劝学,风气大开,此后学校林立,变野蛮为文明。后来文翁在任职期间病死,百姓追怀他的功德,立祠祭祀,连文翁平日的讲台,都随时修葺,留做纪念,至今遗址尚存。

文翁死后,司马相如不愿再做教授,辗转来到长安,得了郎官一职。有一次,梁王刘武入都觐见景帝,他的从吏邹阳、枚乘等人见了司马相如,彼此相谈甚欢。司马相如于是有了投奔梁国的想法,后来索性托病辞官,来到睢阳,觐见梁王。梁王厚礼相待,司马相如得以与邹阳、枚乘等人谈古论今、饮酒逍遥,空闲时写了一篇《子虚赋》,传播出去,名扬一时。

不久梁王逝世,司马相如不得不回到成都。那时家徒四壁,父母早已亡故,就算有几个族人,也是无可依靠。司马相如穷途落魄,郁郁无聊,便想起了自己的好友临邛县令王吉,曾对自己说过不如意时可去投奔他。

王吉不忘旧约,听说司马相如到来,立即出去迎接,并问起近况。司马相如直言不讳,王吉也为他扼腕叹息,之后眉头一皱,计上心来,对司马相如附耳数语,司马相如欣然听从。用过酒饭,王吉就命手下将司马相如的行装搬到都亭,让他暂时住在亭舍,每日必亲自前去问候。司马相如开始还出来相见,后来却把王吉拒之门外,自己称病不出。王吉却仍然每天到都亭求见一次,从不间断。附近居民见县令风尘仆仆,每天都来都亭,不知里面是什么贵客,竟让县令这般优待。这个消息一时轰动全县,被传为奇闻。

临邛有很多富人,第一家要算卓王孙,其次是程郑,两家仆人均不下几百人。他们都做冶铁生意,当然情谊相投,结为至友。

一天,卓王孙与程郑闲谈,说到都亭中住有贵客,二人都认为应该设宴相邀。于是就将卓家作为宴客地点,然后宴请宾客。首先请的就是司马相如，其次为县令王吉，再次为地方绅富，大约有一百多人。

王吉听到这个消息后，暗喜计谋得逞，立即到都亭密告司马相如，如此这般地安排一番。司马相如非常高兴，依计行事，等王吉离去，才将行李中贵重的衣服取出来。最值钱的是一件鹔鹴裘，正好乘寒穿着，出些风头。其余如帽子、鞋子等也都更换一新，专等王吉来与他同行。不一会儿，县中派来车骑仆役充作随从，供司马相如使唤。又过了一会儿，卓家派来下人，催促司马相如前去赴席。司马相如借口有病，不肯前往。等到使者往返两次，才见王吉过来，边笑边谈，司马相如这才与王吉一同登车前去赴宴。

到了卓家门前，卓王孙、程郑与一群陪客都伫立在门外等候。见王吉下车，便一齐过来欢迎贵客。司马相如又故意拖延一会儿，直到卓王孙等人来车前迎接，才缓缓走下。

众人一见司马相如，果然是雍容文雅、风度翩翩，立即把他请入大厅。王吉在后面跟进来，对众人说："司马公是看在我的情面上，才肯到此。"司马相如即接口说："我向来多病，不习惯应酬，自到贵地以来，只探望过县令一次，此外未曾访友，还望诸位原谅。"卓王孙等满口恭维，无非是大驾光临使陋室蓬荜生辉等话。

众人入席，司马相如也不推辞，便坐了首位。王吉以下，顺次坐好，卓王孙、程郑二人在末座相陪，其余人等都在外厢。只见那大厅里面的筵席，真是山珍海味，美不胜收。

大约过了一两个时辰，宾主都有三分酒意，王吉对司马相如说："你擅长弹琴，何不谈奏一曲，让我们领教一二？"司马相如面露难色，卓王孙起身道："我这里倒有一架古琴，愿听司马公弹奏一曲。"王吉接口道："不必不必，司马公琴剑不离身，我看他车上有琴袋，可以命人取来。"左右听了，赶忙出去取琴。琴取来后，王吉亲自从下人手里接过来，双手捧着交给司马相如。

司马相如不再推辞，抚琴调弦，弹出声来。这琴名为绿绮琴，是相如所做，凭着多年造诣，自然雅韵铿锵，抑扬有致。众人齐声喝彩，无不称赏。正在弹奏，忽然听到屏后有环佩声传来。司马相如留心窥看，竟与一女子打了个照面，顿时目迷心醉，意荡神驰。究竟屏后站的是什么人呢？原来是卓王孙的女儿卓文君。卓文君年仅十七岁，生得聪明伶俐、美丽动人，琴棋书画，样样精通。不幸嫁了一夫，结婚不久丈夫就死了，二八红颜，怎经受得住如此惨剧，不得已回到母家度日。此时听说外堂有贵客，是一个华贵少年，不觉芳心摇动，悄悄地站在屏风后面，

251

恰被司马相如瞧见。司马相如觉得此女果然是个绝世尤物，与众不同，立即变动指法，弹成一曲凤求凰，借那弦上宫商，送去心中情意。卓文君是个善解风情之人，侧耳静听，那琴音里声声寄着深情，弹到末句，戛然而止，余音绕梁，着实令人难忘！

不久酒尽席散，客人都辞别离去，卓文君这才返入内房，不言不语，好似失去了魂魄一般。忽然有一个侍儿走进来，报称贵客名叫司马相如，曾在都中做过官，年轻俊美，才高八斗，至今尚无妻室。目前因告假回家，路经此地，游玩几天，不久就要回去了。

卓文君不禁失声道："他……他就要回去了吗？"侍儿已从司马相如的从人那里得了许多金银，所以按照司马相如的意思，出言探试。见卓文君语急情深，就进一步说："你这般才貌，若与那贵客订结丝萝，正是一对天成佳偶，希望小姐不要错过！"卓文君不但不恼怒，反而当侍儿是个知心人，便与她密商良法。侍儿替她设策，竟想出一个深夜私奔的法子。情魔一扰，卓文君也顾不得名节了，便草草收拾一番。到了晚上，带着侍儿，偷偷溜出后门，趁着夜间月色，直向都亭奔去。

都亭与卓家相距只有一里多，一会儿便走到了。司马相如还没睡觉，正在思念卓文君，忽然听到敲门声，就将灯光剔亮，亲自前去开门。双门一开，有两个女孩鱼贯进来，先进来的是侍儿，后进来的就是白天所见的美人。好事从天而降，真令司马相如大喜过望，忙到卓文君跟前，鞠躬行礼。

卓文君含羞答礼，走入内房。侍儿起身告辞，司马相如边向她道谢，边把她送出门外。然后转身将门掩住，与卓文君握手叙情。灯下端详，卓文君更加娇艳，只见她眉如远山、面似芙蓉、肤如凝脂、手如柔荑，真令人销魂。二人无暇多谈，立即走进帷帐，成就了一段姻缘。男欢女爱，彻夜绸缪。等到天明，二人起来梳洗，彼此密商。司马相如担心卓家听说后前来问罪，索性逃之夭夭，带着卓文君一同到成都去了。

卓王孙不见了女儿，四处寻找，始终没有下落。后来探知都亭贵客也不知去向，才想到女儿卓文君一定是跟着司马相如私奔了。家丑不可外扬，只好搁置不提。王吉听说司马相如不辞而别，也知他带着美人逃离，暗想自己已对得住故人，就由他去了，不再追寻。

卓文君跟着司马相如到了成都，原以为司马相如衣装华美，定有些财产，哪知他家徒四壁、穷困潦倒，只剩几间破屋可以容身。自己又仓猝夜逃，未曾多带些钱财，只靠随身金饰能换多少钱？事已至此，后悔也没用，卓文君只好把能换钱的东西卖出去，买些粮食度日。

敷衍了几个月，已将衣饰全部卖完。司马相如甚至将所穿的鹔鹴裘也押给酒家，换了一些酒饭，回来与卓文君对饮浇愁。卓文君得知酒饭是由鹔鹴裘抵押换来的，不禁流下了眼泪，无心吃饭。司马相如虽设法劝慰，也自觉无限凄凉。卓文君见司马相如因为自己又增添许多忧愁，就收泪说："你贫寒到这个地步，终非长久之事，不如再去临邛向我的兄弟借些钱财，自谋生计。"司马相如含糊答应。到了第二天，带着卓文君起程。

来到临邛后，二人先在旅店中暂住，打探卓王孙家的消息。旅店中的人与司马相如夫妇素不相识，便直言相告：卓女私奔，卓王孙几乎被气死。现在听说卓女穷苦得很。曾有人劝卓王孙，叫他拿些钱财去救济，可卓王孙余怒未消，不肯听从，说女儿不孝，不妨让她饿死，等等。司马相如听说后，暗想我已穷途末路也顾不上什么名誉了，索性与他女儿抛头露面，开一间小酒店，卓王孙自己看不过去，一定会情愿给我些钱财。主意打定，就与卓文君商量。卓文君到了此时，也毫无办法，只好依从司马相如，按他的计策行事。

司马相如于是将车马变卖，作为资本，租借房屋，备办器具，择日开店。还让卓文君淡妆浅抹，出来卖酒。顿时引来一群酒色朋友。其中，有几个人认识卓文君，背地里把她作为笑料闲聊。一传十，十传百，后来竟传入卓王孙耳中。卓王孙派人偷偷探视，果然是卓文君，顿时羞愧不堪，闭门不出。许多亲戚朋友劝慰卓王孙说："你只有一男二女，何苦令卓文君出丑，而不愿给她一些钱财？况且卓文君既已失身司马长卿，往事也不必再追究。司马长卿曾做过贵官，近日暂时落魄，家境虽然贫寒，确实一表人才，又是县令门客，怎么会一生埋没在此呢？你不缺钱财，如果肯救济他们，反倒会变辱为荣了！"卓王孙无奈，只好听从他们的建议，于是拨家童一百、钱一百万缗①，送到司马相如酒店中。司马相如于是将酒店关了，与卓文君饱载而归。县令王吉得知这个消息，料想必是司马相如的诡计，也不过问。司马相如也不曾前去拜会王吉，彼此心照不宣。

司马相如返回成都，居然做起富翁来，置田宅、辟园林，与卓文君弹琴消遣。只是醇酒伤肠，再加上司马相如身体本来就有病，怎禁得住酒色沉迷？因此旧病复发，不能起床，多亏名医调治，才渐渐痊愈。于是特意写了一篇《美人赋》，作为自箴。恰巧这时朝旨到来，令他入都，

① 缗：指成串的钱，一千钱为一缗。

253

司马相如暂别卓文君，整装北上。

没几天便到了长安，武帝见了司马相如，便问道："《子虚赋》是你写的吗?"司马相如回答说："《子虚赋》的确出自臣之手，但那是在梁地做官时的事情，不值一提。臣恳请为陛下作一篇《游猎赋》。"武帝听他这样说，就令尚书给他笔札①。司马相如接受笔札后，退下殿去，伏案构思，一会儿便写出了数千字，呈上殿去。武帝看了一遍，大为赞赏，就把司马相如当做奇才，封他为郎官。

当时与司马相如齐名的是枚皋，即吴王刘濞的郎中枚乘的儿子。枚乘曾谏阻吴王造反，所以吴王死后，枚乘没有受到连累。景帝将枚乘召入，任他为弘农都尉。枚乘不愿做一个郡吏，上任没多久，便托病辞官，前去梁地。梁王刘武好养食客，当然把他视为上宾，热情款待，梁地的文告多出于枚乘之手。

枚乘纳梁地民女为妾，生下枚皋。梁王病死后，枚乘要回淮阴原籍，妾不肯从行，枚乘恼怒不已，于是将她母子留下，只给他们留下几千钱。武帝素闻枚乘大名，即位后，就派遣使臣用大礼迎枚乘入都。枚乘当时年迈体衰，病死在路上。使臣回报武帝，武帝问枚乘的儿子能否做文章，派人调查，好久才找到枚皋。枚皋自称博览群书，能够做文章。

原来枚皋子承父业，小时候就能写诗作词。十七岁时曾上疏梁王刘买，被召为郎官。后来被从吏诬陷，逃亡别处，家产也被没收了。几经辗转，来到长安，遇上朝廷大赦，又听说武帝在找寻枚乘的儿子，于是放胆上疏，毛遂自荐。武帝见他少年儒雅，已料想他所言不假，再命他作《平乐馆赋》，枚皋立刻写成，比司马相如尤为敏捷，辞藻皆有可观之处，因此也授职为郎官。不过，司马相如做文章，虽然写得慢，但每篇都是佳作；枚皋虽能随手写来，片刻可成，但不及司马相如的工整。后人有语"马迟枚速"，便是出自此处。

## 朱买臣求官

吴人朱买臣，字翁子，爱好读书，蹉跎到四十多岁，却还是一个落魄儒生，缺吃少穿，困顿无聊。家中只有一个妻子，都不能养活。朱买臣只好与妻子同入山中，伐薪砍柴，挑到市中去卖，以此谋生。

---

① 笔札：古代写字用的木片。

一天，夫妻二人上山砍柴，朱买臣肩上挑柴，口中咿呀不绝。妻子在后面听着，却是一句也不懂，想他大约是在背诵古书。妻子不禁懊恼起来，叫他不要再念，可是朱买臣越读越响，声音响彻市中。妻子因家境越来越糟，往往有了上顿，却没有下顿，便对朱买臣说要离他而去。朱买臣劝道："我五十岁时将会富贵，如今已经四十多岁了，不久便会发迹了，你跟我吃苦，已有二十多年，难道这几年的光阴，竟忍耐不住吗？待我富贵后，必重重回报你。"话未说完，只听见一声娇斥："我跟随你多年，苦楚已尝遍了。你原本是个书生，弄到以砍柴为生，也应晓得读书无益，为何至今都不醒悟呢？我想你最终要饿死沟中，怎能得到富贵？不如放我一条生路，由我去吧！"朱买臣见妻子恼怒，还想劝解，哪知那妇人固执得很，索性大哭大闹。朱买臣于是答应，随即写了一封休书交给妻子，妻子也不留恋，出门离去。

此后，朱买臣仍操故业，读书卖柴。清明时节，春寒未尽，朱买臣上山砍柴，把柴捆成一担挑下来。走到半路，忽然遇到一阵风雨，淋湿了衣服，朱买臣只好找一个地方暂时躲避。好容易等到天晴，又饥肠辘辘，支撑不住。事有凑巧，这时一男一女前来祭墓，这个妇人正是朱买臣的前妻。朱买臣明明看见，却装作不认识一样，不去理睬。前妻瞧见朱买臣，见他瑟瑟发抖，就将祭祀后的酒饭分给朱买臣。朱买臣顾不得羞惭，饱餐一顿，把碗盏交还给那名男子，只说了一个"谢"字，也不问男子姓名。

转眼又过了几年，朱买臣已将近五十岁，他搭乘会稽郡吏的马车一起入京。到了长安，上疏自荐，多日没有消息。朱买臣身上并无银钱，多亏同行的吏人可怜他穷苦，给他一些吃的，才得以生存。碰巧同乡庄助自南方出使回来，朱买臣曾与他见过面，便登门求见。庄助顾全同乡之情，就替他禀报武帝。武帝这才把他召进去，当面询问学术。朱买臣说《春秋》、言《楚辞》，正合武帝的心意，被封为中大夫。不料朱买臣觐见以后，官运尚未亨通，却屡生波折，最终被罢官免职，仍在长安流浪。

当时武帝想平定越地，朱买臣乘机献策，取得官印，做了越地长官。朱买臣献的什么计呢？原来，从前东南一带，南越最大，其次为闽越，再次为东越。闽越王无诸受封最早，东越王摇和南越王赵佗受封较迟。三国子孙，相传不绝。自吴王刘濞战败，逃奔东越，被东越王杀死后，吴太子刘驹逃到闽越，天天想着为父报仇，常劝闽越王攻击东越。当时的闽越王郢于是发兵东侵，东越抵挡不住，派人向都中求救。武帝召问群臣，武安侯田蚡说越地面积小，离京城又远，不值得兴师动众。庄助却从旁驳议说，小国有急事，天子不救，如何安抚四方。武帝听了庄助的话，便派庄助拿着符节，到会稽郡调发士兵，救助东越。会稽郡守借故拖延不发兵，庄助斩了一个司马，并催促郡守发兵，郡守这才调拨士兵，从海路进军，陆续前去支援东越。走到半路，闽越兵已闻风退去。东越王多次受创，恐怕汉兵一回去，闽越军再来进攻，因此请求将东越国迁往中原，最终得到武帝应允。闽越王郢自恃兵强，赶走东越后，又想吞并南越。休养了三四年，大举攻入南越境内。南越王赵胡是赵佗的孙子，听说闽越犯边，就只守不战。然后派人上奏汉廷，说两越都为藩臣，不应互相攻击，如今闽越无故侵犯南越，自己不敢举兵，求皇上定夺。

武帝看完南越王的奏章，极力褒赏，说他遵守信约，就任命大行王恢、及大司农韩安国为将军，一个从豫章出兵，一个从会稽出兵，两路并进，讨伐闽越。淮南王韩安国上疏谏阻，武帝不从，只命两路兵马快速前进。闽越王郢调拨士兵，防御汉军。郢的弟弟余善同族人商议，打算杀死郢，然后到汉廷谢罪，族人多半赞成。余善怀揣利刃去见郢，把郢刺死，派人把郢的首级献给汉将军王恢。王恢刚刚率军到来，就得到余善送来的头颅，于是按兵不动。一面通告韩安国，一面将郢的头颅传送京师，等候诏旨。

武帝下诏罢兵，派遣中郎将传谕闽越，另立无诸的孙子繇君丑为王。可余善不服繇群丑，繇君丑派人到京城禀报。武帝认为余善杀死郢有功，不如让他做东越王，也好管束。于是特意派使臣前去册封，并告诉余善，要他划境自守，不准与繇王相争，余善总算受命。武帝又命庄助抚慰南越，南越王赵胡，叩头谢恩，愿派遣太子赵婴齐入宫做宿卫，庄助于是与赵婴齐同行。路过淮南，淮南王韩安国把庄助迎入都中，大献殷勤。庄助曾受武帝面嘱，顺道把武帝的意思传达给淮南王。淮南王韩安国自知前次谏阻有误，惶恐谢过，并用厚礼善待庄助，私下与他结交。庄助不便久留，与淮南王订约后告别离去。回到长安，武帝因庄助不辱使命，特别赐宴款待，并问起他在乡里时的事情，庄助回答说小时候家境贫穷，曾被富人侮辱。武帝听出他话中的寓意，就封庄助为会稽太守。谁知庄助上任不久，武帝就把他调回来了。

当时东越王余善屡召不到，触怒了武帝。武帝于是决定征讨余善，朱买臣乘机进言说："余善一向居于泉山，靠着险峻的山势坚守自固，一夫当关，万夫莫开。如今听说他南迁大泽，距离泉山约五百里，无险可恃，如果发兵浮海，直指泉山，破东越就不难了！"武帝很高兴，便将庄助调回，派朱买臣代任会稽太守。朱买臣受命辞行，武帝笑着说："富贵不归故乡，犹如锦衣夜行，现在你也算是衣锦荣归了！"朱买臣叩头拜谢，武帝又嘱咐道："此次到会稽郡，要多治楼船，储存粮草，铸造兵器。"朱买臣奉命离去。

先时朱买臣失官，曾在会稽守邸①中寄居，不免遭人白眼，忍受嘲弄。此次做了会稽太守，正是扬眉吐气的时候，他却藏着官印，仍穿了一件旧衣服，步行到守邸。邸中坐着一群郡吏，正酣饮狂呼，见朱买臣进去，也不邀他入席，只顾自己乱喝。

朱买臣也不说明，低头走入内室，与邸中当差人一同吃饭。等到吃完饭，朱买臣才从怀中露出绶带。有人在旁边瞧见，就走到朱买臣身旁，把绶带拉出。只见绶带那头挂着一个金章，细认篆文，是会稽郡太守的官印，慌忙向朱买臣问明。朱买臣淡淡地说："现在我受命管理本地，你等不必惊慌！"话虽如此，可早已有人跑出外厅报告郡吏。郡吏多半已经喝醉，都斥责他胡言乱语，报告人说："如果不信，可以进去看个明白。"当时，有一个朱买臣的老朋友，向来瞧不起朱买臣，于是起身进入内室。片刻走出来，拍手大叫："的确是真的，一点也不假！"

众人听了，无不骇然，急忙告诉守邸郡吏，整肃衣冠，到中庭排班站立，再由郡吏进去请朱买臣出庭受拜。朱买臣慢慢出来，走到中庭，众人担心酒后失仪，都格外谨慎，拜倒在地上，朱买臣这才答礼。等到众人起来，外面已赶来驷马高车，迎接朱买臣赴任。

朱买臣走到吴境，吏民夹道欢迎，聚集车前。就是吴中妇女，也都来观看新太守丰仪。朱买臣从人群中望去，远远看见了前妻，不禁触起旧情，便令左右叫她过来，停车细问。此时贵贱悬殊，前妻又羞又悔，到了车前，几乎呆若木鸡。她现在的丈夫正在郡中做工役，修筑道路。朱买臣问明情形，就腾出后园房屋，令他夫妻居住，给他们衣食。

朱买臣又召来故人宴饮，所有从前给过他恩惠的亲友，都得到了相应报偿，乡里人竞相称颂。只有前妻后悔不已，虽然衣食无忧，但毕竟没有得到锦衣美食。见朱买臣另娶的妻室享受现成富贵，自己曾跟着他

---

① 守邸：与现在的会馆相似。

257

受苦多年，只为了一时气愤，竟改嫁别人，将这一切平白地让与他人，如何能甘心？于是趁后夫外出，上吊自杀。朱买臣听说前妻自缢身亡，也叹息不已，于是取出钱财，令她后夫买棺殓葬。

朱买臣到任后，遵照武帝的意思，打造船只和兵器，专等朝廷出兵，讨伐东越。当时武帝误听王恢之言，诱击匈奴，无暇顾及南边，所以把东越之事暂且搁起，准备向北方进军。

汉朝自文景以来，屡用和亲政策笼络匈奴。匈奴总算与汉言和修好，不曾大举入边，不过，小的侵掠总是不断。朝廷也不敢放松防备，多次选用名臣猛将，镇守边疆。当时的上郡太守名叫李广，是陇西成纪人，骁勇绝伦。文帝时出击匈奴，杀死很多匈奴兵，被提升为武骑常侍。后来吴、楚叛乱，他也曾跟随周亚夫出征，立有大功，只因他私受梁印，于是功罪相抵，只调他为上谷太守。

上谷是出塞要道，每次匈奴的兵马杀来，李广必亲自迎敌，身先士卒。典属国①公孙昆邪，曾哭着对景帝说："李广才气无双，只可惜他总是轻敌，倘若有个闪失，恐怕汉朝将牺牲一员骁将，不如把他调到关内。"景帝于是调李广把守上郡。

上郡在雁门以内，距敌人较远，可李广生性好动，常常亲自出去巡边。一天，他出外探哨，突然遇到几千个匈奴士兵蜂拥前来，李广手下只有一百多人，战无可战，逃又来不及逃。手下正不知如何是好，只见李广竟从容下马，解鞍坐着。匈奴兵怀疑其中有诈，不敢贸然相逼。过了一会儿，有一个白马将军出阵刺探李广。李广竟一跃上马，只带十多个人，向前奔去。挨近白马将军时，李广张弓发箭，"嗖"的一声，就将白马将军射死，然后又回至原处，安闲坐着。匈奴兵始终怀疑，不敢近前。双方相持到日暮，于是都退回去了，从此李广的名声越来越大。

武帝素闻李广大名，特意把他调为未央宫卫尉，将边郡太守程不识也召回京师，任命他为长乐宫卫尉。李广豪放不羁，推崇宽松的用兵策略，不拘小节，让手下自我防卫，却也不曾遭到敌人的暗算。程不识推崇严格的用兵策略，部下都受到严格的军纪约束，敌人怕他严整，也不敢侵犯。两将都是防边能手，但士卒大多愿意跟从李广，不愿意跟从程不识。

到武帝元光元年②，武帝又任李广、程不识为将军，让他们出兵北方。

---

① 典属国：官名。

② 武帝于建元六年后，改称元光元年。

第二年，匈奴派遣使臣到汉朝和亲。大行王恢认为不如与匈奴绝交，伺机进兵。御史大夫韩安国主张和亲，免得兴师动众，消耗国家钱财。武帝又询问群臣，群臣多赞同韩安国的建议，于是武帝遣回使臣，答应和亲。

此时雁门郡马邑人聂壹，年老贪利，入都进见王恢，说匈奴始终是一个祸患，如今不如乘和亲之机，趁他不备，诱使匈奴人入塞，伏兵攻击，必能大获全胜。王恢本想邀功受赏，听了聂壹的话，兴致勃发，立刻上奏武帝。武帝年少气盛，被王恢说动，于是再召群臣商议。韩安国又出来反对，与王恢当庭争论，各执一词。

武帝觉得王恢诱敌入塞的计策可用，决定听从王恢的建议。于是命韩安国为护军将军、王恢为将屯将军、太仆公孙贺为轻车将军、卫尉李广为骁骑将军、大中大夫李息为材官将军，率领三十多万兵马，悄悄出发。随后，命聂壹出使匈奴。

聂壹出塞拜见军臣单于，说愿奉献马邑城。单于将信将疑，便问聂壹："你是商人，怎么能献城呢？"聂壹回答："我有志趣相投的几百人，如果混入马邑，斩了令丞，就可把全城夺下。只希望单于到时发兵接应，就不会有问题了！"单于向来贪利，听到这些话，自然很高兴，立即派遣部下随从聂壹先入马邑，等聂壹斩了守令，然后进兵。

聂壹返回马邑，先与马邑守令密谋，找来一名死囚，枭了首级，悬挂在城上，谎称是令丞的头颅，并让匈奴来使观看。来使信以为真，忙去回报军臣单于。单于便领兵十万亲自前去接应。

路过武州，距马邑还有一百多里时，单于看见沿途都是牲畜，却没有一个人在此放牧，便诧异起来。碰巧路旁有一座亭堡，他料想堡内定有亭尉，何不抓住他问明原委？于是指挥人马，把亭堡围住。亭内除尉史外，只有守兵一百多人，无非是瞭望敌情，通风报信的。此次亭尉得了军令，假装镇静，使敌人不产生怀疑，所以留在亭内。谁料竟被匈奴兵马团团围住，小小的孤亭，如何守得住？无奈之下，尉史只得出来投降，并将汉将的密谋告诉了单于。单于又惊又喜，慌忙退回到塞外，高兴地说："多亏这个尉史，实在是上天保佑！"一面说，一面召过尉史，把他封为天王。

当时王恢已从代郡出来，准备从背后袭击匈奴，截夺他们的军用物资。突然听到单于退回的消息，很是惊讶，暗想随从兵士不过两三万人，怎敌得过匈奴大军，不如放敌出塞，还能保全自己的性命。于是收兵不出，不久就回代郡去了。

韩安国等人带领大军，驻扎在马邑境内。等了好几天都不见动静，急忙改变计划，出去攻打。来到塞下，匈奴兵早已逃得无影无踪，只好空手回都。韩安国本不赞成王恢的建议，当然无罪，公孙贺等人也免遭谴责。只有主谋王恢因先前主张出兵，后来又轻易放走敌人，不仅无功而且有罪，应该受罚。

## 灌夫下狱

王恢回朝后，觐见武帝，武帝异常恼怒，要以军法处置他。王恢辩道："此次出兵，原准备前后夹攻，用计抓住单于。众将军分别埋伏在马邑，由臣抄袭敌人的后路，截获匈奴的军用物资。不幸亭尉泄密，单于逃回，臣所率领的部下只有三万人，不能拦阻单于。臣明知回朝复命不免被杀，但实在是想为给陛下保全这三万人马，还望陛下体谅臣的一片苦心！陛下如果开恩饶恕臣，臣愿日后将功赎罪，否则请陛下惩处便是了。"

武帝余怒未消，令左右把王恢关入狱中，依法定罪。廷尉商议后，认为王恢按律当斩，武帝就下令将王恢限期正法。王恢听说后非常害怕，慌忙让家人取出千金，献给武安侯田蚡，求他代为疏通。当时太皇太后窦氏早已驾崩，丞相许昌也已被免职。武安侯田蚡竟得以继任相位，内依太后、外冠群僚，自以为容易设法，所以将千金收受，然后进宫禀告王太后："王恢献计攻击匈奴，令军队埋伏在马邑，本是一条好计，偏偏被亭尉泄了密，才没有成功。虽然无功，但也罪不至死。如今若将王恢杀死，不是反为匈奴报仇、一错再错吗？"王太后点头不说话。等到武帝前来探视时，便将田蚡所说的话转述一遍。武帝回答道："出兵马邑，王恢是主谋，朝廷出兵三十万，本希望大获全胜，一举歼灭匈奴。纵使单于退回，不中我们的计策，但王恢已绕到敌后，为何不趁机袭击敌军，杀死一些敌人，借以宽慰人心？王恢贪生怕死，逗留不出，如果不按律诛灭他，如何向天下交代呢？"

王太后与王恢无亲无故，不过为了弟弟的情面，代为传话。见武帝义正词严，也不便多说，等武帝出宫，王太后就派人告诉田蚡挽救不了，田蚡也只好回绝王恢。王恢见已没有生路，索性在狱中自尽。

武帝宠幸韩嫣，常常给予他厚赏。韩嫣拥有无数资财，就任情挥霍，甚至用黄金作弹丸打鸟雀。长安城里的儿童，等韩嫣出去打猎时，就在后面紧紧跟随。弹丸坠落远处，韩嫣也不再寻回。一群儿童，高兴地奔去寻觅，运气好就能拾到一颗弹丸。当时有歌谣唱道："苦饥寒，逐金丸。"武帝也有耳闻，只因一向很宠幸他，不忍心责备。

江都王刘非入朝觐见，武帝约他到上林苑打猎，先命韩嫣前去探路。韩嫣奉命出宫，登车离去，从人就有一百多。江都王刘非正在宫外伺候，望见车骑如云，以为是天子出来，急忙喝退从人，自己在路旁跪着。不料车骑并未停住，一直向前奔去。刘非有些奇怪，起来询问从人，才知是韩嫣坐车路过，禁不住怒气冲顶，想将此事上奏武帝。可转念一想，武帝宠幸韩嫣，说了也没用，只好暂时忍耐。等到打完猎，进见王太后时，就哭诉韩嫣无礼。王太后也为之动容，虽然刘非不是自己的亲生儿子，但毕竟也是景帝的骨肉，于是好言抚慰，决定加罪韩嫣。也是韩嫣命里该绝，一经王太后留心调查，得知韩嫣与宫人有通奸的事情，两罪并罚，立即下令将韩嫣赐死。武帝替韩嫣求情，被王太后训斥了一顿，只好听任韩嫣服毒毙命。韩嫣的弟弟名叫韩说，曾由韩嫣推荐入宫，武帝怜惜韩嫣短命，就任命韩说为将，后来韩说立了军功，被封为案道侯。江都王刘非怅然回国，不久就死了，由他的儿子刘建袭封。

武帝失去韩嫣，总耿耿于怀。王太后的弟弟田蚡，喜欢阿谀奉承，颇得武帝信任。从前还有太皇太后与田蚡不合，现在太皇太后病逝了，所以田蚡得以跻身相位。小人的性情，向来是失志便谄媚，得志便猖狂。田蚡大权在握，又有王太后作后盾，就骄傲起来，开始作福作威。他每次入朝，意见多被采用，推荐的人往往被封为大吏或二千石。但他仍然贪得无厌，惹得武帝心烦不已。一天田蚡又面呈奏折，列出十多人，请求武帝任用。武帝看完后，忍不住生气地说："舅舅已举用了许多官吏，难道还不满意吗？以后须让我也挑选几个人。"田蚡于是起座走了出去。

不久田蚡增筑家园，想将考工①之地圈进去。于是入朝请示，武帝又怫然道："何不一直取到武库？"说得田蚡面红耳赤，谢罪退去。为这种种原因，所以王恢一案，武帝不肯放松，越是太后帮田蚡说情，越是要将王恢处死。

当时，前任丞相窦婴失职在家，境遇与田蚡相去甚远，不免有些感慨。以前窦婴是大将军，声势显赫，何等尊贵，田蚡不过是一个郎官，奔走在大将军门下，何等谦卑。即便后来窦婴为丞相，田蚡为太尉，名

---

① 考工：是少府属官。

义上几乎并肩，但田蚡还有些自知之明，一切政议都附和窦婴。谁知世事难料，窦婴跌落，田蚡竟得以高升，从此二人不再往来，形同陌路。连一群亲戚朋友，都改变了态度，只知奉承田氏，不再拜访窦门。窦婴相形见绌，更加愤愤不平。

只有前任太仆灌夫与窦婴志趣相投，关系一如从前，窦婴于是把灌夫视作知己。灌夫自平定吴、楚叛乱后，做了中郎将，后来任丞相一职。武帝初年，灌夫与长乐卫尉窦甫①饮酒，起了争执，就挥拳打了窦甫，窦甫当然不肯罢休，立即入宫将此事上禀。武帝可怜灌夫忠直，忙将他调出去做燕相。灌夫爱喝酒斗气，最终被罢官，仍然居住在长安。

灌夫是颍川人，家产颇丰，平时喜欢结交豪杰，食客有几十人。灌夫出外做官后，宗族宾客借助他的势力，鱼肉乡民。颍川人都有怨言，灌夫在外多年，无暇顾及家事，免官以后，仍不想退守家园，只在都中混迹。无事之时，就到窦婴家里叙饮。

一天，灌夫在都中游玩，路过相府，心想自己与丞相田蚡本是熟人，不妨进去看他怎样对待自己。主意已定，就走入相府求见。门吏立即通报，田蚡没有拒绝，把他迎进去。谈了几句，田蚡便问灌夫近日在忙些什么，灌夫直言答道："常到魏其侯家饮酒谈天。"田蚡随口接道："我也想过去拜访魏其侯，你愿意一同前往吗？"灌夫听到田蚡邀他同往，就应声道："丞相肯光临魏其侯家，我当然愿意随行。"田蚡不过是一句戏言，谁知灌夫竟当起真来。灌夫起身告别，出了相府，匆匆前去通知窦婴。

窦婴虽然未被夺去侯位，毕竟比不得从前一呼百应。听说田蚡要来，特意告诉妻室，赶紧预备，还嘱咐厨子多买些牛羊，连夜烹宰，并命仆役打扫房屋，足足忙了一夜。

第二天早晨，灌夫与窦婴一同等候贵客，好久也不见客人到来。看看太阳，已经晌午了。窦婴很焦急，对灌夫说道："莫非丞相忘了不成！"灌夫也愤然："岂有此理！我前去迎接他。"说着就赶往相府。问明门吏，才知田蚡还在睡觉。他勉强按着性子，等了一两个时辰，才见田蚡慢慢出来。

灌夫立即上前对他说："丞相昨天答应到魏其侯家，魏其侯夫妇安排酒席，等候多时了。"田蚡本来就不想去，现在只好假意答道："昨夜喝醉酒了，竟然把这件事忘记了，现在我与你同去就是了。"于是吩咐左

---

① 窦甫：是窦太后的兄弟。

262

右驾车，自己又走入内室。一直到太阳西斜，才出来叫灌夫。窦婴望眼欲穿，总算接着这位田丞相，把他请入大厅，开筵共饮。灌夫喝了几杯闷酒，觉得身体不适，于是离座起舞，舒展筋骨。舞完之后，对田蚡说："丞相也善舞吗？"田蚡假装没听到。灌夫又连问了几句，仍不见丞相回答。他索性移动座位，与田蚡挨着，说了许多讽刺的话。窦婴担心他惹来祸事，连忙起身扶着灌夫，让他到外厢休息。等灌夫出去后，窦婴又替灌夫赔罪。田蚡不动声色，谈笑自若。喝到半夜，才尽欢而归。

有了这番交情，田蚡就想出一个办法，令籍福到窦婴家里要他让出城南的田地。此田是窦婴的宝产，土地肥沃，怎肯让与田蚡？窦婴生气地对籍福说："老朽虽然无用，丞相也不应擅夺别人的田产！"籍福还没有说话，碰巧灌夫走进来，听说了这件事，竟把籍福痛斥一番。籍福颇有气度，回报田蚡时将这些情形置之不提，只向田蚡解释道："魏其侯年老将死，丞相再忍耐数日，便可唾手取来，何必多费口舌呢？"田蚡也赞成这样做，所以就将此事搁置不提。

偏偏有人前来讨好田蚡，竟将窦婴、灌夫的话一一告诉田蚡。田蚡不禁发怒道："窦婴的儿子曾经杀人，应判死罪，亏我替他求情，如今向他要几顷田地，他就这般吝惜吗？况且此事与灌夫有什么关系，他也来多嘴多舌，我倒不稀罕这一点田地，只想看他二人能活到几时？"于是上疏弹劾灌夫，说他的家属横行颍川，请皇上立即惩治灌夫。武帝答道："这本是丞相分内之事，何必奏请呢？"田蚡得了旨意，便想抓捕灌夫的家属。此时灌夫已得知此事，也想乘此告发田蚡，作为保全的方法。

原来田蚡做太尉时，正值淮南王韩安国入朝，田蚡在霸上迎接他，并秘密对韩安国说："主上没有太子，将来帝位应属大王。大王作为高皇帝的孙子，又有贤名，如果不是大王继立，此外还有何人？"韩安国听了这些话非常高兴，厚赠了田蚡许多金钱财物，托田蚡随时留意。两人订立的密约，被灌夫知道后当做把柄。此事关系很大。田蚡得到风声，自觉心虚，倒也不敢贸然下手。后来又有和事老出来调停，劝田蚡停息争执，此事才算过去。

元光四年，田蚡娶燕王刘嘉的女儿为夫人，王太后颁出诏令，令列侯宗室前去贺喜。窦婴还是列侯，理应前去道贺，就邀请灌夫一同前往。灌夫推辞不去，窦婴强迫灌夫与他同行，并对他说："前事已经有人调解，料想可以化解干戈。况且丞相今天有喜事，正好乘此机会与他修好，否则他会怀疑你仍有余恨。"

灌夫不得已，只好与窦婴同行。一入相门，真是有说不尽的热闹。二人一同走到大厅，田蚡亲自出来迎接，彼此作揖行礼，自然没有怒容。不久众人都入席就座，田蚡首先敬客，顺次捧杯劝饮，座上人避席①趴着，窦婴、灌夫也只得随着众人谦虚起来。然后由客人举酒酬谢田蚡，也是挨次轮流。

等到窦婴敬酒，只有故人避席，其余人都膝席。灌夫瞧在眼里，已觉众人势利，心生不悦。轮到灌夫敬酒时，到了田蚡面前，田蚡也膝席相答，并向灌夫说道："不能倒满杯！"灌夫忍不住调笑道："丞相原是当今贵人，就凭这个，也应该把杯中的酒喝完。"田蚡不肯依从，勉强喝了一半。

灌夫不便再争，就另敬他客。轮到临汝侯灌贤时，灌贤因刚与程不识密谈过，没有避席。灌夫正心怀怒意，便拿灌贤泄气，开口骂道："平日你尽说程不识一钱不值，今日长者敬酒，你为什么与他窃窃耳语？"灌贤还没来得及回答，田蚡从旁插嘴道："程、李曾并称东西两宫的卫尉，今天你当众侮辱程将军，就是不给李将军面子，未免欺人太甚！"

这句话明明是挑拨，因为灌夫一向推重李广。田蚡把程不识、李广一块提起，是想让灌夫与二人结怨。此时灌夫烦躁异常，不肯忍耐，竟瞪着眼大声说道："今天就是要斩头，我也不怕！还顾什么程将军、李将军？"座客见灌夫闹酒，大杀风景，就借口陆续散去。窦婴见灌夫已经惹祸，慌忙给灌夫打手势，让他出去。

田蚡大为懊恼，对众人宣言道："是我平时骄纵灌夫，让他得罪了座客，今日不能不稍加惩戒了！"说着，就令从骑追上灌夫，不准他出门。从骑奉命将灌夫留住。籍福当时也在座，出来为他们劝解，并让灌夫向田蚡赔罪。灌夫怎肯听从？籍福于是按住灌夫的脖子，迫使他下拜，灌夫更加恼怒，竟将籍福一把推开。田蚡忍无可忍，便命从骑绑住灌夫。众人不便在此逗留，纷纷散去，窦婴只好退回。田蚡召来长史说："今日奉诏开宴，灌夫竟敢来此谩骂，分明是违诏，对太后不敬。应该上奏朝廷，按罪论处！"长史前去办理，将此事上奏。田蚡一不做，二不休，索性追究前事，派人抓捕灌夫的族人，要把他们全部处死。然后把灌夫押到狱中，派人监守，让他断绝与外界往来。灌夫想告发田蚡，却找不到传话之人，只好束手待毙。

---

① 避席：古人常席地而坐，就是宾朋聚宴也是如此。膝席是膝跪在席上，聊表敬意，比不上避席谦恭。

窦婴回到家里，后悔不该邀灌夫同去，现在既然害他入狱，就应当挺身相救。于是修书一封，呈入朝堂。不多时，武帝就传令窦婴觐见。窦婴拜过武帝，就说灌夫醉后犯错，不应诛杀。武帝点头说道："明日到东朝辩明就是了。"窦婴拜谢退出。

到了第二天早晨，窦婴就遵照谕旨，前往东朝。东朝便是长乐宫，是王太后居住的地方。因为田蚡是王太后的弟弟，武帝想审问此案，不便擅自做主，所以召集大臣，一同到东朝。窦婴在东朝待了片刻，大臣们也陆续来到，田蚡也来了。不一会儿，武帝当面审讯，各大臣站在两旁，窦婴与田蚡一同走到御案前辩论。

## 夜郎自大

窦婴、田蚡为了灌夫在庭前争论。武帝见他二人辩论不休，便问群臣究竟孰是孰非，群臣多半面面相觑，不敢发言。

王太后早已留心探察，听说朝中大臣大多祖护窦婴，已经很不高兴。田蚡又派人前来添油加醋地说了一番，太后更加恼怒。当时正值武帝入宫陪她吃饭，太后把筷子一扔，对武帝说："我还在人世，就有人欺凌我弟弟，待我百年之后，恐怕我弟弟就要任人宰割了！"武帝忙上前谢罪："田蚡、窦婴都是皇戚，所以才须廷论，否则并不是大事，一个狱吏便能决断了。"王太后仍面带怒容，武帝只得劝她吃饭，说要重惩窦婴。

出宫以后，郎中令石建给武帝详细说了田蚡、窦婴之间的事情。武帝本来就明白，只因太后极力维护田蚡，所以不得不顺从太后的意思。于是派御史将窦婴拘押起来。窦婴自身难保，怎能再营救灌夫？法司秉承上旨，要将灌夫诛族。窦婴听说这个消息后，更加惊慌，猛然记起景帝曾有遗诏，允他有事可面圣辩白。此时走投无路，只好把遗诏写入奏章中，或许能再见到武帝，申辩是非。

武帝看完后，命尚书复查遗诏。尚书竟称查无实据，只有窦婴家藏有诏书，应当是窦婴捏造，按罪应将他处死。武帝知道是尚书有意诬陷窦婴，所以只将灌夫和他的族人诛死。计划到来年春天，大赦天下时，将窦婴释放。窦婴听说尚书弹劾他假传先皇的命令，自知越弄越糟，便想绝食自尽。后来又得知武帝未曾批准，还有一线生路，才正常饮食。田蚡担心窦婴不死，仍会威胁自己，于是暗中捏造谣言，诬陷窦婴在狱中口出怨言，诽谤朝廷。这些话被武帝听到后，很是恼怒，就下令将窦婴斩首，当时已是十二月。

元光五年春天，田蚡得意扬扬，快活异常。与群臣会聚朝堂，颐指气使，朝野上下，哪个敢不顺着他？偏偏两个冤鬼寻入相府，攻击田蚡，田蚡一声狂叫，扑倒在地上，接连喊了几声知罪，就晕死过去。妻妾仆从等慌忙上前抢救，然后请来医生诊治，闹得家里不得安宁。过了好久，田蚡才苏醒过来，口眼虽然能开能闭，身子却不能动弹。

家人把田蚡抬到床上，他昼夜呻吟，只说浑身疼痛，没有一点好地方。有时还胡言乱语，无非是满口求饶。家人虽看不见有鬼魅，料想也是鬼怪作祟，都代他祈祷，可始终无效。武帝亲自前去探病，也觉得他的病有些奇异，特意派遣术士前来查看，术士称有二鬼作祟：一个是窦婴，一个是灌夫。武帝叹息不已，就是王太后也追悔莫及。大约过了三五天，田蚡满身青肿、七窍流血，一命呜呼。武帝于是任命平棘侯薛泽为丞相。

武帝兄弟共有十三人，都已为王，临江王刘阏早死，袭封的是刘荣，后来刘荣自杀身亡。江都王刘非、广川王刘越、清河王刘乘也先后病亡。当时只有河间王刘德、鲁王刘余、胶西王刘端、赵王刘彭祖、中山王刘胜、长沙王刘发、胶东王刘寄、常山王刘舜安然无恙。其中要数河间王刘德最贤明。刘德爱好古学，常购求民间遗书，不吝惜金钱，因此古文经史以及先秦旧书，都从四方贡献过来，所存甚多。

元光五年，刘德入朝觐见武帝，很得武帝赏识。不久刘德辞别回国，得病身亡，中尉常丽入都报丧，武帝不免哀悼，且称刘德行为端正，应赐予美谥。根据谥法，称聪明睿智的人为献，所以赐河间王谥号为献王，令王子刘不害嗣封。

河间与鲁地相近，鲁人秉承礼义，依然有孔子遗风。而鲁王刘余自从淮阳迁到此地，不喜欢文学，只爱宫室犬马，甚至想将孔子的旧宅全部拆去，改造成自己的宫殿。摧毁墙壁时，见壁间有藏书几十卷，里面都是蝌蚪文，鲁王多半不认识，于是暗暗称奇。后来进入孔子庙堂，忽然听到钟磬声、琴瑟声同时传来，还以为是有人弹奏。进去搜寻一番，里面空无一人，吓得鲁王刘余毛发直立，慌忙命工役停工，并将坏壁修好，所有遗书，都还给孔子的后人，自己上车离去。

相传遗书是孔子第八代孙子孔襄所藏，分别是：《尚书》、《礼记》、《论语》、《孝经》等书。当时为躲避秦朝的搜索，将书藏入墙壁内，这

266

时才被发现，所以后人称这些经书为壁经。鲁王刘余经此一吓，再不敢藐视儒学。不过以前的一切嗜好，仍旧不改，费用不够时，往往从民间索取。多亏鲁相田叔上下逢源，使民众少了很多怨言。田叔刚到鲁地时，便有人拦车诉讼，告鲁王擅自夺取百姓的钱财，田叔假装发怒："鲁王不是你们的主子吗？怎么能状告鲁王呢？"说完，就将为首的二十多人，各打五十大板，把其余人都赶走。

鲁王刘余得知此事，也觉得惭愧，就将私财取出，交给田叔，让他偿还百姓。田叔说道："是你从民间取来的，应该由你亲自偿还。否则王受恶名、相得贤声，臣以为不能这样做！"鲁王依照他说的话，亲自偿还这些钱财，从此不再妄自从百姓那里索取财物。

鲁王每天游玩打猎，已成为一种习惯。田叔也不出言阻止，只是每次看见鲁王出去打猎，必然随行。他老态龙钟，一走路就喘气。鲁王刘余敬重他，就令他回去休息。他虽然当面答应，走出苑外，仍然坐着等待鲁王出来。有人进去将此事禀报鲁王，鲁王让他回去休息，终不见他离去。等到鲁王狩猎完毕，出来看见田叔，问他为何没回去，田叔答道："大王还在苑中，臣怎么敢回去休息呢？"鲁王自知惭愧，便同他一起回去，以后稍微收敛了一些。

武帝因郡国无事，内外安定，就准备平定蛮夷，特派遣郎官司马相如前去抚慰巴蜀。起先，王恢出征闽越时，曾派番阳令唐蒙慰藉南越。南越设席相待，菜肴中有一种枸酱，味道甘美。唐蒙问明出处，才知此物是由牂牁江运来的。牂牁江西达黔中，距南越不下千里，输运很艰难，怎么能得到此物呢？所以唐蒙虽然知道它的出处，还是有疑问。返回长安后，询问蜀中的商人，商人答道："枸酱出自蜀地，并非出自黔中，当地人贪利，往往偷带此物卖给夜郎国人。夜郎是黔中小国，地临牂牁江，常与南越由江往来，所以枸酱才得以送达。现在南越屡次拿出财物，想让夜郎做它的属国。不过要夜郎国甘心臣服，并非易事。"唐蒙听了这些话，便想拓地立功，于是立即写奏章呈上。

武帝看完后，立即批准，任唐蒙为中郎将，让他拜访夜郎。唐蒙带了很多缯帛，出都南下。沿途经过许多险阻，才到巴地的筰关，再从筰关出发，进入夜郎国境。夜郎国王以竹为姓，名叫多同。夜郎国因处在偏僻的南方，当时的人称它为南夷。南夷部落，约有十多个，其中要算夜郎最大。夜郎从来没与中原没通过音信。夜郎王坐井观天，还以为世上唯他独尊。后世所说的夜郎自大，便是为此。

等到唐蒙前去拜见，夜郎王竹多同目睹汉官的威仪，才自觉相形见绌。唐蒙开口夸赞说汉朝如何强盛、如何富饶，又把缯帛取来放到他们面前。夜郎王见所未见、闻所未闻，不禁瞠目结舌，甘愿听从指挥。唐蒙就叫他举国相投，说一定给他封侯。竹多同很高兴，召集附近各部落的酋长商议。各部酋长见了汉朝的缯帛都垂涎三尺，又因汉都距夜郎遥远，料想汉朝不会发兵进攻，因此都恿怂竹多同，请他依从唐蒙。竹多同于是与唐蒙订立约章，唐蒙将缯帛分给他们，然后回朝复命。武帝听说后，特置犍为郡，管辖南夷，又命唐蒙修筑道路，由僰道直达牂牁江。唐蒙再到巴蜀时，调拨士兵，督令他们修路，不得松懈，逃跑就杀头。地方百姓非常惶恐，以致讹言百出，议论纷纷。此事被武帝听说，不得不另派官员去安抚。武帝暗想司马相如是蜀人，应该熟悉当地情形，于是派司马相如前往蜀地，一面责备唐蒙，一面安抚人民。司马相如赶到蜀郡，凭着他那一双妙手，作了一篇檄文，晓谕各地，果然得到地方谅解，讹言渐渐平息。

碰巧西夷各部，听说南夷依附汉朝，得了很多赏赐，也情愿效仿，纷纷与蜀中官吏通信，表明诚意。官吏将此事上奏。武帝正准备派人调查，恰好司马相如由蜀地回朝，武帝便询问事情的原委。司马相如上奏道："西夷的邛莋、冉駹是大部落，靠近蜀郡，交通便利。秦朝时曾开通道路，设置官吏，现在还有当时遗留下来的路线。如今若恢复旧制，重新设置郡县，比征服南夷还要好啊。"武帝很欢喜，就封司马相如为中郎将，拿着符节出使西夷。

司马相如此次前往蜀郡，与前次情形不同。前次官职小，又不是朝廷特派的使臣，所以地方官虽然迎送，却并不殷勤。而此次出使，前呼后拥，声威显赫。一进蜀郡，太守等人都出郊远迎。路旁行人，无不羡慕。连临邛富翁卓王孙，也邀请程郑等人前去，争相呈献礼品。

司马相如高高在上，称有皇命在身，不肯轻易相见，卓王孙等只好恳求从吏。司马相如不便将礼品退回，就命从吏将礼品全部收受。卓王孙以为是司马相如有情，肯接受礼品，自觉无限光荣，对着同来的亲友叹息道："司马相如果然有今天！"众亲友齐声附和，都称卓文君有眼光。

卓王孙捋须自思，后悔自己以前目光短浅，不知招司马相如入赘，以致行为唐突，不但对不住司马相如，更对不住自己的女儿！卓王孙于是顺道去看望女儿，将卓文君接回临邛，并且分给她与儿子同样多的家财。司马相如也为妻子吐气扬眉，于是安心西行。

进入西夷境内，司马相如照着唐蒙的老办法，把车中所带的币物分给西夷。邛莋、冉駹各部落原是为了财帛才归附汉朝，此时既然如愿以偿，当然俯首称臣。于是开拓边关，扩大领域。西至沫若水，南至牂牁江，开山架桥，直达邛都。总共设置一个都尉、十个县令，归蜀郡管辖。安排完毕后，司马相如仍沿原路返回。

蜀中父老本来认为司马相如勾通西夷，没什么益处。经司马相如做文章诘难，蜀中父老才不敢多言。卓王孙听说司马相如回来，急忙将卓文君送到行辕，让他们夫妻相见。司马相如于是带着卓文君回到长安，自己到朝堂复命。武帝很高兴，慰劳了他一番，司马相如也沾沾自喜，渐露骄色。后来遭到同僚嫉妒，弹劾他出使时收受贿赂，竟被罢官。司马相如与卓文君于是居住在茂陵，不再回蜀郡。

后来武帝又封司马相如为郎官，偶尔带着他到长杨宫狩猎。武帝年轻气盛，血气方刚。有一次，他亲自追击熊、野猪和猛兽，司马相如上疏谏阻，颇合上意，武帝于是罢猎而回。路过宜春宫，就是秦二世被杀死的地方，司马相如又作赋凭吊，上奏武帝。武帝看完后，大为叹赏，于是任命司马相如为孝文园令。

武帝也想求仙，司马相如又呈入一篇《大人赋》。武帝很喜欢司马相如的文章，常常把他称为奇才。才子多半好色，司马相如以前结识卓文君，全是因为好色。后来卓文君容颜渐衰，他便想纳茂陵女为妾。直到看到卓文君写《白头吟》责备他薄情，司马相如才将纳妾之事放下。不久司马相如旧病复发，告假回家，好长时间没有入朝。一天，长门宫忽然派出内侍，带着黄金百斤，求司马相如代作一篇赋。司马相如问明原因后，当即挥毫落墨，瞬间写成。


## 老妻少夫

司马相如因病告假，在家静养。长门宫中忽然派人送来百金，求他写一篇赋，交给来使带回。这赋叫做《长门赋》。原来皇后被废后，仍想复位，打算借文人笔墨感动皇上，所以不惜重金求取一篇赋。皇后是谁呢？就是窦太主的女儿陈阿娇。

陈皇后没有生下男孩，又因与卫子夫争宠，遭到武帝的冷落，而卫子夫则更加得宠。陈皇后失势后，就召来女巫楚服替她设法祈祷，挽回武帝心意。楚服满口答应，并自夸精通法术，能使她心想事成。陈皇后是个女流之辈，不知楚服完全是为了骗取钱财，便真的叫她为自己祈祷。

楚服于是号召徒弟们设坛祷告，每天入宫一两次。武帝得知这个消息后，怒不可遏，立即将楚服拿下，命人审问她，一吓二骗，不由楚服不招。主审官依法定罪，说她大逆不道，按律处斩。此外她的一群徒弟，及宫中女使太监，也一概处死，共有三百多人。

陈皇后听说后，吓得魂不附体，几夜不曾合眼，结果皇后之位被废，自己被贬到长门宫。窦太主也觉得害怕，忙入宫到武帝面前谢罪。武帝追念旧情，起座答礼，并好言劝慰，说决不让陈阿娇吃苦，窦太主这才退出。

窦太主是武帝的姑母，并有拥立的功劳，本应该入宫谴责，为何如此谦卑、甘心屈膝？说来另有一段隐情。窦太主曾养了一个弄儿，叫做董偃。董偃的母亲以卖珠为业，后来进入窦太主家，有时带着董偃同去进见窦太主。太主见他面相英俊，齿白唇红，心生怜爱。询问年龄，得知只有十三岁，就向董偃的母亲说："我为你抚养这个小孩吧。"董偃的母亲听了这话，以为喜从天降，急忙应声答谢。

窦太主便把董偃留在家里，请人教他读书写字、骑马射箭。董偃秀外慧中，对于所教的东西，无不心领神会。光阴易过，又过了几年，窦太主的丈夫病死，一切丧葬的事宜，董偃都办理得井井有条。

窦太主年过五十，临老丧夫也是意料中的事情，算不上多苦。她自幼生长在皇家，享受华衣美食，所以看上去只有三十多岁，就是她的性情，也还似中年时候。碰巧董偃年已十八，出落得风流倜傥。自从陈午逝世，董偃穿房入户，毫不避嫌。窦太主由爱生情，居然降尊就卑，与他同床共寝。董偃虽然不太情愿，但主人有命，不敢违慢，只好勉强与她承欢。

老妇得了少夫，自然惬意，立即替他行了冠礼。窦太主担心董偃招来别人的诽谤，就让他广交宾客，笼络人心，所需钱财，可任意从她那儿取。董偃好似得了金藏一般，任情挥霍，结交朋友。连当时一些有名的士人和大臣也与他有些往来，都称他为董君。

安陵人袁叔①与董偃关系很好，两人无话不说。一天，他偷偷对董偃说："你私下侍奉太主，犯了死罪，倘若被人告发，该怎么办？"董偃于是皱着眉头向他讨教。袁叔说："顾城庙②旁边有一些田地，主上每年到

---

① 袁叔：是袁盎的侄子。

② 顾城庙：是汉文帝的庙宇。

这里，没有行宫可以休息。而窦太主的长门园与庙宇很近，你若能说动窦太主将此园献给主上，主上必定欢喜。如果知道这个主意是你出的，主上必然给你记功赦过，你就可以高枕无忧了。"董偃欣然受教，并将此事告诉窦太主。窦太主也乐于听从，上疏说愿献上长门园。武帝果然很高兴，然后改园为宫。袁叔从中取巧，得到了窦太主的赠金一百斤。

不久陈皇后被废，居住在长门宫，生死难料。窦太主为了女儿，也为了自己，无奈之下，只好婢颜奴膝，进宫去求武帝。袁叔又替董偃出谋划策，让窦太主装病。

武帝怎知真假？亲自前来探病，问她想要什么，窦太主故意边哭边谢："我蒙陛下厚恩、先帝遗德被列为公主，赏赐颇丰，无以为报。倘若遭遇不测，实在是有很多遗憾！私下有个心愿，希望陛下闲暇之时，能随时光临我的山林，使我有机会与陛下共饮，我虽死也无憾了！"武帝答道："太主何必忧虑，希望你的病早日痊愈，我自会常来宴饮、游玩，不过随从太多，不免要太主破费啊。"窦太主谢了又谢，武帝起驾回宫。

过了几天，窦太主自称病愈，觐见武帝。武帝一面命左右取钱给窦太主，一面设宴共饮。

又过了几天，武帝果然亲临窦太主家。窦太主听说御驾将到，急忙脱去华丽的衣服，改穿贱服，下身系一条破旧的围裙，与灶下奴婢一样，然后站在门口候着。武帝见她这副打扮，顿时明白了其中的意思，笑着对窦太主说："愿与主人翁一见！"窦太主听了，不禁赧颜，在堂跪下，自己卸下发簪和耳饰，叩头说："我自知有负陛下圣恩，按罪当诛，陛下不忍处罚，我甘愿叩头谢罪！"武帝微笑着说道："太主不必多礼，先请主人翁出来，我自有话说。"窦太主这才站起来，戴好发簪，到东厢房把董偃领出来觐见武帝。

董偃一身厨子的打扮，随窦太主来到堂前，惶恐跪下。窦太主代他致辞道："馆陶公主和厨子董偃，冒死拜见！"武帝笑着起座，让他们上堂宴饮。董偃再拜而起，进去换了衣服。窦太主吩咐左右开宴，董偃也出来敬酒。窦太主格外献媚，讨得武帝欢心，一直喝到日落西山才撤席。车驾起程时，窦太主又献出许多金银财宝，请武帝赏赐给将军列侯，武帝应声说好，就命随从搬运到车上。第二天传诏群臣领赏，众人得了财物，都感念窦太主的厚惠。窦太主向来贪财，平时的积蓄不计其数，窦太后去世后，留下的钱财也都归了窦太主，此次为了董偃，她毫不吝惜。

271

况且董偃得到皇帝的宠爱，连天子都叫他主人翁，还有何人再敢轻视他呢？远近听说后，都争着投奔董君门下。

窦太主既然已经将丑事公布于众，索性带着董偃公然入朝。武帝也喜爱董偃伶俐，允许他自由出入宫中。董偃从此得以出入禁宫，亲近天子，常随从武帝游玩于北宫。不久，窦太主又入宫朝拜，武帝特意为她在宣室置办酒席，并召董偃共饮。

这天，碰巧东方朔拿着戟侍立在殿旁，听说武帝派人召董偃，急忙放下戟上奏道："董偃犯了三条死罪，怎么能进来？"武帝询问原因，东方朔说道："董偃本是一个贱臣，竟私下侍奉太主，这便是第一条死罪；败坏古礼，违反皇室制度，这便是第二条死罪；陛下年轻气盛，正是浏览经书，留心政务的时候，董偃不仅不劝陛下勤学，反而蛊惑陛下，实在是死有余辜！陛下不但不责罚他，还要把他领进宣室，臣很为陛下担忧啊！"武帝默然不语，过了很久才答话："此次不妨暂且放他进来，以后让他改过。"东方朔义正词严："不可，不可！宣室是先帝的正殿，非正人不能入内。自古以来，篡逆大祸多是从淫乱开始。陛下若不预防，祸胎便从此种下了！"武帝听了这番话，毛骨悚然，立即点头称是。于是移宴北宫，命董偃从东司马门入宴，改称东司马门为东交门。

武帝天姿聪颖，一经旁人提醒，便知董偃不是好人，于是赏赐东方朔黄金三十斤，不再宠幸董偃。后来窦太主年逾六十，渐渐的头发白了，牙齿也掉了，而董偃才到壮年，怎肯再顾念老妇人，而不去寻花问柳？窦太主埋怨董偃薄情，多次出言责备他。武帝乘机找了一个罪名，把董偃杀死了。董偃终年三十岁，窦太主又活了三五年，最后病死。武帝竟将窦太主与董偃合葬在霸陵旁。

陈阿娇被废之后，并不死心，暗暗思量，母亲做出这种丑事，尚能巧计安排，自己若找人周旋，或许还能挽回局势。她听说武帝常赞赏司马相如，因此不惜重金，求他作赋。然后命宫人日日传诵，希望武帝听到后能顾念旧情。哪知此事与她母亲的事不同，她母亲的所作所为没有人从中作梗，自己却有一卫氏在宫中做生死对头，怎会令武帝再收容她？所以《长门赋》虽是佳作，却也挽转不回武帝的心意。窦太主死后，陈氏更加悲郁，不久也病死了。

陈皇后请巫师祈祷一案，本来不会株连这么多人，只因为侍御史张汤审判此案，所以才连累三百多人。张汤是杜陵人，性情最为刚强。他的父亲曾为长安丞，有一次因事外出，嘱咐张汤看家。张汤生性爱动，喜欢嬉戏。他父亲回来，见厨房里所藏的肉都被老鼠吃完了，不禁恼怒，打了张汤几下。张汤因为老鼠而挨打，很不甘心，于是熏穴寻鼠。果然有一只老鼠逃出来，张汤用铁网罩住它，然后又把鼠窝里剩余的肉取出来，将肉作为证据，写了一篇定罪文，判处老鼠死刑。父亲见了他的定罪文，竟与老狱吏的手笔相似，暗暗惊奇，立即让他学习刑律。久而久之，就培养出了一个法律家。后来张汤成为中尉宁成的下属。宁成是有名的酷吏，张汤效仿他，遇到案子就主张严办。

后来张汤被封为侍御史，审理巫师一案。他不管人家性命，一味罗织罪名，害及无辜。武帝还以为他是治狱能手，升他为大中大夫。当时，中大夫赵禹办案苛刻，与张汤是好朋友，张汤把赵禹当做兄长一样看待。武帝令他们同修律令，加添条例。二人于是创出见知法和故纵法来约束官僚。凡官吏见人犯法，应立即出头告发，否则与犯人同罪，这就是见知法；问官断案，宁可失入，不可失出，失出是故意纵容犯人，应该受到惩处，这叫做故纵法。这两法创立施行后，犯人急剧增多。张汤又巧为迎合，见武帝爱好文学，就附会古义，引作狱辞，还令博士弟子学习《尚书》、《春秋》。

《春秋》学得好的要算董仲舒。武帝即位，曾将他推为首要人才，在江都任相。江都王刘非，本来骄横不法，经董仲舒从旁匡正，才得以安分终生。哪知有功不赏，反而无罪受罚，董仲舒竟因别案牵连，被降为中大夫。

建元六年，辽东高庙及长陵高园殿两处失火，董仲舒援引《春秋》，推演义理。草稿才写成，恰逢主父偃过来拜访，见到此稿，竟乘机偷去，背地里上奏朝廷。武帝拿给儒生看，其中有一个儒生，名叫吕步舒，本是董仲舒的弟子，不知此稿出自老师之手，竟把它贬斥得一文不值。主父偃这才说出是董仲舒所作，并弹劾他文稿中多有讥刺。于是董仲舒被打入狱中，几乎被处死。幸亏武帝器重董仲舒，特别下诏赦罪，董仲舒才免去一死。不过中大夫一职，从此罢去。

菑川人公孙弘与董仲舒同时被选为博士，后来奉命出使匈奴，结果事情办得不合武帝的意思，公孙弘只好借病辞官。到元光五年，武帝又招集文学人才，菑川国再次推举公孙弘。公孙弘年近八十，精神矍铄，只是体力不行，况且他前次曾遭遇挫折，所以不愿入都。无奈国人一致推选，只好被迫上路，再到长安，到太常府中接受考评。太常先评甲乙，见他语意迂腐，就列为下等，仍将原卷呈入。可武帝特别欣赏他的文章，竟将他列为第一，然后当面测试。

公孙弘预先揣摩，所奏甚合上意，因此被封为博士，让他在金马门待诏。齐人辕固当时也来参选，已经九十多岁，比公孙弘的文采还要好。公孙弘心怀妒意，从不正眼看他。辕固本来与公孙弘相识，便开口训诫公孙弘，公孙弘假装没有听到，掉头离去。辕固前次惹怒窦太后，这次又被公孙弘等人排斥，索性辞官回去。公孙弘重入都门，曲意奉承，第一是逢迎主上，第二是结纳权豪。他见张汤很得皇上宠爱，多次前去拜访，又因主爵都尉汲黯被武帝敬重，也特意去结交。

汲黯祖籍濮阳，世代为官，推崇老子的学说。汲黯刚开始是谒者，不久迁升为中大夫，然后又出任东海太守，在任期间一直卧病不出，东海却得到很好的治理。武帝听说了他的大名，于是命他为主爵都尉，位列九卿。当时田蚡为丞相，威赫无比，官吏无不俯身下拜。汲黯不屑于奉承，见了丞相也不过是作一个长揖，田蚡也无可奈何。武帝曾与汲黯谈论治国之道，志在效仿唐虞①，汲黯竟然直答道："陛下内多私欲，外施仁义，为何还想仿效唐虞呢？"

武帝突然改变了脸色，下令退朝，对左右说道："汲黯真是一个憨人！"朝臣见武帝突然退朝，都说汲黯出言不逊，汲黯却面不改色："天子选出文武大臣，难道是叫他们来阿谀奉承、陷主上于不义的吗？身为臣子，既然拿了俸禄，就应该为主尽忠，如果只爱惜自己的身家性命，恐怕就要贻误朝廷了！"说完，就走了出去。

武帝却也不曾谴责他。唐蒙和司马相如收服西夷、南夷，开通道路，众人都拍手称快，只有汲黯说这样做徒劳无益。果然修了几年的路，死了很多士兵，外夷还是叛服无常。公孙弘奉命前去考察民情，回朝奏报，与汲黯的观点相同。可武帝不相信公孙弘的话，又召集群臣商议，汲黯也在其中。当时，他刚与公孙弘结交，又见公孙弘与自己的意见相同，于是事先约定，坚持到底。哪知武帝升殿，让众人议论，公孙弘竟然毁约，顿时惹恼了汲黯，他生气地对公孙弘说："齐人大多言而无信，才对我说不同意通夷，现在忽然又变卦，岂不是不忠！"武帝听完，便问公孙弘有没有食言，公孙弘答道："能明白我心意的人，说我忠诚；不明白我心意的人，便说我不忠！"武帝点头退朝，第二天便迁升公孙弘为左内史，不久又提升他为御史大夫。

---

① 唐虞：尧帝的封号。

274

## 飞将军李广

元光六年，匈奴兴兵犯边，烧杀掠夺，长驱直入，前锋已抵达上谷。边境守将将此事飞报京城，武帝任命卫青为车骑将军，命他带领骑兵一万人去上谷，又派骑将军公孙敖去代郡、轻车将军公孙贺去云中、骁骑将军李广去雁门。其中李广资格最老，雁门又是熟路，武帝以为一定能旗开得胜，马到成功。哪知匈奴早已探知这个消息，料到李广不好对付，竟调集大队，沿途埋伏。等李广带领骑兵前来，将他围住，生擒活捉了李广。

匈奴将士抓获李广后，非常欢喜，将李广捆在马上，押回去邀功。李广知道此去凶多吉少，于是闭目设法。大约行了数十里，只听胡人高唱凯歌，自鸣得意，偷眼一瞧，身边有个胡人坐着一匹好马。李广于是尽力一挣绷断绳索，腾身跳起，跃上胡人的马背，把这个胡人推落马下，夺得弓箭，加鞭南奔。胡兵见李广逃走，策马急追，却被李广用箭射死数人，李广得以逃脱。

代郡一路的公孙敖，遇到胡兵，吃了一个败仗，受伤的士兵多达七千人，公孙敖逃了回去。公孙贺走到云中，却不见一个敌人，驻扎了好几天，听说两路已经战败，立即收兵回来。只有卫青出兵上谷，直抵笼城，匈奴兵大多去了雁门，这里只留下几千人，卫青大杀一阵，斩获了几百人，还都报捷。

武帝听说四路兵马，两路战败，一路无功，只有卫青得胜，当然对卫青另眼相看，加封他为关内侯。公孙贺无功无过，武帝对他置之不问。李广与公孙敖理应处斩，经两人出钱赎罪，才被贬为平民。

事有凑巧，卫青的同母异父的姐姐卫子夫被选入宫中，接连生下三个女儿，这次弟弟打了胜仗，姐姐居然生下一个男孩。武帝已经壮年却没有儿子，这次专宠后房的卫夫人，竟生了一个儿子，可谓是如愿以偿，大为快慰。武帝给这个孩子取名为刘据，然后册立卫子夫为皇后。满朝文武，一再贺喜，有说不尽的热闹。随后下诏改元，称元光七年为元朔元年。

这一年秋天，匈奴又来犯边，武帝任命韩安国为材官将军，到渔阳守护。他的部下只有几千人，被胡兵团团围住，韩安国战败，险些全军覆灭。多亏燕兵前来救援，才得以突围东逃，移兵右北平。武帝派使臣前去责问，韩安国又惭又怕，吐血身亡。噩耗传到都城，武帝想了很久，决定再次起用李广。于是颁诏出去，封李广为右北平太守。

李广接到命令，受职上任，防备森严。匈奴不敢进犯，并送他一个美号，叫做飞将军。

右北平虎患严重，李广日日巡逻，一面御敌，一面打虎，凭着百步穿杨的绝技，射死了好几只老虎。一天，他巡逻到山脚，遥望草丛中间好像有一只老虎蹲着，急忙张弓搭箭射过去。他向来箭不虚发，当然一箭射中，从骑见他射中，立即过去查看。

谁知从骑走近草丛，仔细一瞧，射中的并不是老虎，而是一块大石头！最奇怪的是箭竟然穿入石头数寸，上面只露出箭尾。众兵士诧异不已，禀报李广。李广亲自上前观看，也暗暗称奇，再回到原处重射，箭到石头上就是不进去，反而把箭头折断了。

从此以后，李广的名声更大了，都说他能用箭把石头射穿，天生神力。试问还有何人再敢与他争锋？所以李广在任五年，右北平一直平安无事。后来郎中令石建病死，李广奉召入京，代任郎中令一职。

右北平一带匈奴不敢入侵，但是汉朝边境广袤，守将虽多，却并非个个都有李广那样的声望。匈奴既与汉朝失和，怎肯敛兵不动？于是时出时入，飘忽无常。武帝令车骑将军卫青率三万骑兵去雁门，派将军李息去代郡。卫青与匈奴兵交战一场，斩杀、俘虏几千人，得胜而回。卫青接连打了胜仗，更加被武帝器重，凡是卫青出的主意，武帝一般都照行。只是卫青极力推荐的齐人主父偃始终没受到重用。主父偃已在京城逗留了很长时间，钱财都用光了，又无处借贷，不得已写了一篇文章，大约有一千多字，托人呈给皇上。

这篇文章呈进去之后，武帝很欣赏，立即召见了他，封他为郎中。与主父偃同是临淄人的史严安，见主父偃得邀圣恩，也上疏武帝，无非是以秦朝为例，说了一些劝诫的话，武帝把他召进来，也封他为郎中。

主父偃擅长辩论，以前曾游说诸侯，但没有受到赏识。现在时来运转，被武帝器重，正好多说几句，所以他连连上疏。好在武帝并不厌烦，屡次采用他的建议，并且多次提升他。不到一年，竟迁升四次，真是平步青云，扶摇直上，最后坐上了中大夫的位置。史严安、徐乐都瞠目结舌。主父偃兴高采烈，此后遇事更是敢言敢说。梁王刘襄与城阳王刘延先后上疏，愿将属邑分封给子弟，主父偃又乘机献计，请武帝削弱列侯的势力。

276

武帝于是先将梁王、城阳王的奏章批准，然后下令诸侯分封子弟为列侯，因此远近藩属，势力均被削弱。元朔二年春天，匈奴发兵侵边，进入上谷、渔阳，武帝又派遣卫青、李息率兵讨伐。他们由云中直抵陇西，多次打败胡兵，击退白羊、楼烦二王，占领了河套以南的土地。捷报传到长安，武帝很高兴，立即派人犒劳二军。不久，使臣返报，把功劳都归于卫青。武帝于是下诏封卫青为长平侯，卫青属下的部将也都受到赏赐。校尉苏建被封为平陵侯，张次公被封为岸头侯。

主父偃又入朝献策，说河南土地肥沃，外有大河，秦朝时的大将蒙恬就曾在此地筑城，抵御匈奴；现在应修复城墙，设置郡县，这才是灭胡的根本，等等。武帝见他这样说，就让大臣们商议，众臣多不同意。御史大夫公孙弘极力反驳说："秦朝时曾发动三十万人修筑城北河，最终一无所成，如今为何还要重蹈覆辙呢？"武帝不同意公孙弘的说法，竟然听从主父偃的建议，派遣苏建调集壮丁绕河修城，设置朔方、五原二郡，迁徙十万人在那里居住。此次修城的花费不计其数，导致国库空虚，文景两朝的积蓄，至此一点不剩了。

燕王刘泽的孙子刘定国承袭封爵，荒淫无度。父亲刚死没多久，就与父亲的小妾通奸，生下一个男孩，还把弟媳强行霸占，作为自己的爱妾。后来连自己的三个女儿也逼来侍寝，轮流交欢。肥如令郢人上疏劝谏，反而触怒了他，要将郢人论罪。郢人准备入都告发，却被刘定国先下了毒手，将他杀死灭口。刘定国的妹妹是田蚡的夫人，田蚡得宠，刘定国也仗势横行。直至元朔二年，田蚡死去，郢人的兄弟才上奏诉冤，并托主父偃代为疏通。主父偃以前曾游说燕国，不被重用，正好假公济私，就说刘定国禽兽不如，不能不杀。武帝于是下诏赐死刘定国。刘定国自杀后，武帝把燕国改为郡。

朝臣见主父偃势力越来越大，一句话就能诛死燕王、除灭燕国，唯恐自己得罪他，招来灾难，所以格外奉承，不时奉送一些财物，希望能免除祸殃。主父偃毫不客气，一一收受。

齐王刘次昌与主父偃有些过节，又被主父偃揭发隐情。武帝便令主父偃为齐相，监督约束齐王。主父偃原籍临淄，得了这个美差，立即东行，衣锦还乡。哪知福为祸倚，乐极悲生，为了这个齐相，竟把身家性命丢掉了。

## 平步青云的卫青

　　齐王刘次昌是已故孝王刘将闾的孙子，元光五年被立为齐王，那时他还是一个翩翩少年，却已养成荒淫的恶习。母亲纪氏特意将弟弟的女儿许配给他。哪知刘次昌生性好色，见纪女姿貌平常，竟然白眼相待。二人名为夫妇，实为仇敌。纪女不讨丈夫的欢心，便在姑母面前哭诉，姑母就是齐王的母亲，也算是一个王太后，国内以纪太后相称。

　　纪太后顾恋侄女，便替她设法，令女儿纪翁主住在宫中劝诫刘次昌，暗地里管束刘次昌。纪翁主已经成人，年龄比刘次昌大，本是刘次昌的姐姐，因为是纪太后所生，所以称为纪翁主。

　　纪翁主的容貌性情，都与刘次昌相似。刘次昌被她管束，不能接近姬妾，索性就与姐姐调情，演出一场齐襄与文姜①的故事。

　　齐人徐甲受了阉刑，进入长乐宫当差。长乐宫是帝母王太后居住的地方。王太后见他口齿伶俐，头脑灵活，常叫他在旁边侍候。王太后的女儿修成君，是王太后的前夫所生，自从被武帝迎来，视同亲姐姐，疼爱多年。

　　修成君有一个女儿名叫娥，尚未婚配，王太后想将她配给一个君王，安享富贵。徐甲离开齐国已经很长时间了，不但没听说齐王与姐姐通奸的事，就连齐王纳后一事，也一无所知。他禀明太后，愿为修成君的女儿做媒，到齐国说亲。王太后很高兴地答应了。

　　主父偃也想将自己的女儿嫁给齐王，听说徐甲奉命到齐国，就托他顺便说合，就算做齐王的姬妾也心甘情愿。徐甲应声而去，见了齐王刘次昌，便将大意告诉他。齐王听说后，当然愿意娶修成君的女儿，却不愿意纳主父偃的女儿为妾。

　　这件事偏偏被纪太后知道了，纪太后勃然大怒，命令左右让徐甲速速返回长安。左右遵命，立即去报知徐甲。徐甲乘兴而来，怎能败兴而归？就留下来探听，才知齐王与姐姐通奸。徐甲自思有词可说，就回京去了。

　　徐甲对王太后说："齐王愿娶修成君的女儿为妻，只有一事是阻碍。齐王品性与燕王相似，臣不敢与他订下婚约。"这几句话，是有意挑起事端，想激怒太后、加罪齐王。太后不愿生事，随口答道："既然如此，

――――――――
　　① 齐襄与文姜：齐襄王与妹妹文姜私通。

278

就不必再提了！"

徐甲怅然走出，转报主父偃。主父偃最喜欢捕风捉影，侮弄他人。况且齐王不肯纳自己的女儿为妾，毫无情面，便想乘机将齐王与姐姐通奸的事上奏，给他一点教训。武帝于是任主父偃为齐相，嘱咐他教导齐王，使齐王能够改邪归正。

主父偃阳奉阴违，一到齐国，就要查究齐王的私事。一群兄弟朋友听说主父偃荣归故乡，都来迎接拜见。主父偃应接不暇，心生怨恨。想起以前贫贱时，曾受到他们奚落，此时正好报复，索性将他们一起召进来，然后取出五百金，按人数分配。说道："诸位原是我的兄弟朋友，但记得你们从前是怎样对待我的吗？我现在做了齐相，不劳诸位费心，诸位拿着金子离去吧，此后不要再来见我！"众人听了，又惭愧，又后悔，拿着金子纷纷离开了。

主父偃乐得清净，就召集侍臣，询问齐王与姐姐的奸情。侍臣不敢隐瞒，只好实话实说。主父偃将侍臣抓起来，扬言要把这件事上奏给武帝。主父偃本意是想让齐王向他乞怜，好把持一国大权。哪知齐王刘次昌年轻胆小，一遭到恐吓，便去寻死，一命归西了。主父偃不仅没有如愿，反而招惹祸事，也后悔不已，无奈之下，只得据实奏报。

武帝知道后，怨恨主父偃不遵从命令，反将齐王逼死。再加上赵王刘彭祖上疏弹劾主父偃，说他私受贿赂。武帝恨上加恨，就下令把主父偃打入狱中。赵王刘彭祖本来与主父偃没什么过节，只是因为主父偃曾到过赵国，他没有重用主父偃，担心自己重蹈燕国覆辙，所以等主父偃到齐国后，就出头告发。御史大夫公孙弘也想置主父偃于死地。武帝将主父偃拿下，并没有定主父偃的死罪，经公孙弘上前力争，武帝才下诏诛杀主父偃和他的全家。主父偃得意时，门客不下千人，现在都害怕受到连累，没一个人敢过问。只有淄县人孔车替他收尸，武帝听说后，说孔车是忠厚长者，并没有责罚他。

严安、徐乐虽然不及主父偃得宠，却安然无恙，保全自身。公孙弘除去主父偃后，受到专宠，武帝对他言听计从。汲黯为了筑城一事，见公孙弘出尔反尔，知道他是一个伪君子，便不愿与他结交。后来汲黯听说公孙弘为了显示自己俭约，睡觉竟用布被，于是觐见武帝说："公孙弘位列三公①，俸禄甚多，用布被假意显示俭约，这不是欺人之举吗？"

---

① 三公：丞相、太尉、御史大夫称为三公。

279

武帝于是召来公孙弘询问。公孙弘直言答道："确有此事。众大臣中，与我关系最好的莫过于汲黯。现在连汲黯都责备我，说明我真的有这个缺点。我身为御史大夫，竟与平常的小官一样，怪不得汲黯斥责我了。"武帝听他满口认过，更加认定他是一个贤士。汲黯也无法再弹劾他，只好退出。

公孙弘与董仲舒一起学习过《春秋》，只是他没有董仲舒学得好。董仲舒赋闲在家，武帝还时常提起他。公孙弘略有所闻，不免有些忌恨，又听说董仲舒常斥责自己阿谀奉承，因此越加恼恨，暗暗排挤。武帝没有洞悉此事，还以为公孙弘为人正直，始终信任他。

到了元朔五年，武帝竟将丞相薛泽免官，让公孙弘继任，并封他为平津侯。公孙弘被封侯拜相，名重一时，特开阁礼贤，商议国家大事。什么钦贤馆、翘材馆、接士馆等，每日接见宾客，格外谦恭。故人高贺前来拜见，公孙弘当然接待，并留他在府内吃住。不过每餐只有一份肉，吃的是粗茶淡饭，睡的是布被。高贺勉强住了几日，探知内情，就告辞离去。有人问高贺为何回来，高贺气愤地说："公孙弘内穿貂裘，外披麻布。他吃的是山珍海味，我吃的是粗茶淡饭，如此虚伪，怎么能令人信服呢？"自从高贺将此事说破，京城的士大夫才知公孙弘为人奸诈虚伪，他的假面目也渐渐被揭穿了。

汲黯与公孙弘有过节，公孙弘竟然举荐汲黯为右内史。右内史部中多是贵人宗室，很难管治。汲黯也知道公孙弘心怀鬼胎，故意这样做，不过既然皇上下了诏命，也只好前去上任。汲黯处处小心，时时谨慎，没有过错可供指责，倒也安然无事。

董仲舒闲居数年，不再入仕为官，偏偏公孙弘说胶西缺少一个丞相，将董仲舒推荐出去。董仲舒领了命令，前去上任。胶西王刘端是武帝同父异母的兄弟，阴险狠毒。他与众人不太一样，天生就有一种缺陷，每每接近妇人，便几月不能起来，所以后宫佳丽虽多，却形同虚设。有一个少年，狡黠得很，暗中与后宫轮流同寝。不料事情败露，被刘端支解。此外刘端对待国内官员也很残酷。

公孙弘无端推荐董仲舒，也是有心加害。偏偏刘端久仰董仲舒的大名，董仲舒到达胶西之后，刘端特别优待董仲舒，董仲舒的威望反而更高了。不过董仲舒也是一个识时务的人，在胶西待了一年多，见刘端拒绝接受别人的建议，不是一个明主，就向朝廷辞职，仍然回家著书，直至老死。他的《春秋大义》约有几十万字，流传后世。所著的《春秋繁露》一书，脍炙人口。

大中大夫张汤，平时常说仰慕董仲舒，只不过是表面上推崇，有名无实。他与公孙弘一样，擅长使诈。二人臭味相投，成为莫逆之交。公孙弘称张汤有才，张汤说公孙弘有学问，互相谄谀。武帝升任张汤为廷尉，张汤办案时，必先探察上意，上意从轻，就从轻发落，上意从重，就从重加罚。总之，让武帝没有话说，便算判决得当。

一天，他把所定的案件上奏朝廷，竟遭到斥责。张汤连忙召集属吏，连连修改，仍旧不合上意，又被武帝批驳下来，弄得张汤忐忑不安，莫名其妙。再和属吏商议，众吏面面相觑，不知是何原因。过了好几天，还没想到好的办法。这时，一个狱吏拿出一篇稿子让同僚们看。众人见了，无不叹赏，立即报知张汤。张汤也暗暗称奇，嘱咐狱吏把它交给写稿的人，让他写成奏章呈报上去，果然很合武帝的意思。

这文稿出自千乘人倪宽之手。倪宽少年时便学习《尚书》，投奔在欧阳生门下。欧阳生字和伯，是伏生的弟子，精通《尚书》。武帝曾设置五经博士，公孙弘为相，重新增添了博士弟子人员，令郡国选取青年学子入京。倪宽有幸被选中，来到都城。

武帝批准后，召来张汤询问："这次的奏章不是一般的狱吏所作，究竟出自何人之手呢？"张汤答称是倪宽。武帝又说道："我也听说过他勤学刻苦，你得到这个人，也算是一大幸事了。"张汤退回府中，忙将倪宽召进来，任命他为奏谳掾。倪宽口才不好，但文笔极佳，每次判案，往往有典有据。

汲黯见张汤更改法令，变宽为残，常常在廷前责备他。张汤知道汲黯性情刚直，也不与他争执。后来，汲黯又与张汤商议政务，张汤总是主张从严办理，吹毛求疵。汲黯生气地说："世人称刀笔吏不可做公卿，果然所言不虚！试看张汤这般言行，如果得志，天下只好侧目而视了！"说完就离去了。

不久觐见武帝，汲黯严肃地说："陛下任用群臣，好像积累木柴一样，后来的反而在上面，令臣不解。"武帝半晌说不出话来，但脸已变色。等汲黯退朝后，就对左右说："人不可不学习，汲黯现在比以前更憨了，这就是不学习造成的过失啊。"

汲黯始终刚正，不肯讨好别人。后来卫青被封为大将军，尊宠绝伦，他见到卫青仍然只作一个长揖，不屑下拜。有人说大将军功劳最大，应该特别敬重，汲黯便笑道："与大将军抗礼，就是使大将军成名，如果

281

他为此心生怨恨，便不能成为大将军了！"卫青听到汲黯的话，果然称汲黯为贤士，对他敬重有加。

卫青因何被升为大将军？追究原因，仍是因为他征虏有功，才得以提升。自从北方置郡，匈奴右贤王连年入侵，想将北方夺回。元朔五年，武帝特派车骑将军卫青率领三万骑兵，去高阙攻打匈奴。又令卫尉苏建为游击将军、左内史李沮为强弩将军、太仆公孙贺为骑将军、代相李蔡为轻车将军，他们都归卫青统率。武帝再命大行李息、岸头侯张次公为将军去右北平作为后援。共计人马十多万，先后北去。

匈奴右贤王探知汉兵大举来援，自知无法抵抗，只好退出塞外，据险驻扎。后来他令人查探，没听说有什么动静，就以为长安距北方路途遥远，汉军不会在短时间内到达，正好快乐几天。

不料汉将卫青率领大队前来，竟将营帐团团围住。胡人突然遇敌，慌忙进去禀报。右贤王正在与爱妾对饮，已有八九分醉意。忽然听说营帐被围，顿时酒醒了一半，急令营兵出寨御敌，自己抱妾上马，带了几百名骑兵，混到帐后。等到前面战鼓喧天，杀声不绝，右贤王才一溜烟似的逃出帐外，向北奔去。因为汉兵多在前面厮杀，所以让他逃脱了。前面的胡兵仓皇接战，一大半成了俘虏，逃脱的寥寥无几。汉兵攻破胡营，抓住了裨王①十多人，俘虏一万五千多人，牲畜全数截住，约有上百万，于是收兵南回。

这次出兵，总算是一场大捷。武帝喜出望外，立即派遣使臣前去慰劳卫青，传旨提升卫青为大将军，统领六师，加封卫青食邑八千七百户。卫青的三个儿子尚在襁褓之中，均被封为列侯。卫青上疏推辞，把功劳让给众将，武帝于是封公孙贺为南窌侯，李蔡为乐安侯，其余属将如公孙敖、韩说、李朔、赵不虞、公孙戎奴等也都被封侯。卫青率军回朝时，公卿等人都下拜马前，武帝也起座相迎，亲自赐御酒三杯，为卫青接风洗尘。


## 刘安造反

卫青得功受宠，享誉一时，有一位孀居公主竟自愿改嫁卫青。这位公主就是前时卫青的女主人平阳公主。平阳公主曾是平阳侯曹寿的妻子，

---

① 裨王：即小王。

此时曹寿已经病死，公主寡居，年近四十，耐不住寂寞，想找人再嫁，就召问仆从："现在各列侯中，何人最贤明？"仆从听公主这样问，料想公主有再嫁的意思，便齐呼"卫大将军"四个字。

平阳公主微笑着说："他是我家骑奴，曾跨马随我出入，这该怎么办呢？"仆从说道："今时不同往日！现在他身为大将军，姐姐又做了皇后，儿子都被封侯，除当今皇上外，还有谁比他尊贵呢！"平阳公主听了，暗想此言有理。况且卫青才到壮年，身材样貌很是壮美，与前夫曹寿大不相同，自己若能嫁给此人，也算是后半生的福气，只是苦于眼前无人做主。

左思右想，只有去求卫皇后代为撮合。此时皇太后王氏已经驾崩一年了，公主为夫守丧已毕、为母服丧已终，所以改穿艳服，乘车入宫。卫皇后见了公主的衣饰，已经瞧透三分，坐谈片刻，听她的口气，便明白公主的意思，索性将事情揭破，再撮合他们。

平阳公主也顾不得什么羞涩，干脆老实说明，卫皇后正好凑趣，满口应允。公主退回后，卫皇后一面召来卫青商议，一面恳请武帝成全。双方说妥后，就颁出一道诏书：令卫大将军迎娶平阳公主。

卫青自从娶了平阳公主以后，与武帝亲上加亲，更加受宠。满朝文武更加巴结卫青，只有汲黯还和以前一样。卫青生性宽和，再加上始终敬重汲黯，所以也毫不介意。最奇怪的是刚烈任性的武帝，见到汲黯就心生畏惧，平时未整衣冠，都不敢与他接近。

一天，武帝坐在御帐中，恰逢汲黯入朝奏事，被武帝远远地瞧见，暗想自己未戴皇冠，不便接见汲黯，慌忙躲入帷帐中，派人出来接奏章。不等左右将奏章呈上，便传旨准奏。等汲黯退出，才坐回原座。此外无论何人，武帝都随便接见，哪怕是丞相公孙弘觐见，也往往不戴皇冠。卫青更是第一贵戚、第一功臣，武帝往往踞床相对，衣冠更无暇顾及。

汲黯体弱多病，一再请假，假满身体还没好，就托同僚严助代为申请。武帝问严助："你看汲黯是怎么样的人呢？"严助立即答道："汲黯为官任职，未必胜过别人，若是寄孤托命，非他莫属。"武帝因此称汲黯为社稷之臣。不过汲黯推崇道家，与武帝志趣不同，并且常常直言上奏，不是武帝所能忍耐的，所以武帝虽然敬重他，但对他的建议往往不予采纳。北方有事，汲黯时常上谏劝阻用兵，武帝认为他胆小无能，从不把他的话放在心上。况且有卫青这样的大将，数次出塞，屡战屡胜，大汉正好乘此扬威，驱除强虏。

匈奴那时却也猖獗得很，入代地、攻雁门，掠夺定襄、上郡。于是元朔六年，武帝再次派大将军卫青出兵讨伐匈奴，并任命合骑侯公孙敖为中将军、太仆公孙贺为左将军、翕侯赵信为前将军、卫尉苏建为右将军、郎中令李广为后将军、左内史李沮为强弩将军。这六军都归大将军卫青统率。汉军浩浩荡荡，前往定襄。

卫青有一个外甥名叫霍去病，年仅十八岁，精通骑马射箭，官至侍中，这次自愿随军出征。卫青任命他为嫖姚校尉，选募壮士八百人，归霍去病带领。来到塞外，正好与匈奴兵相遇，汉军迎头痛击，斩杀了几千人。匈奴兵战败逃走，卫青收军回到定襄，休兵养马，以便下次决战。

大约过了一个多月，汉军整队出发，直入匈奴境内一百多里，攻破敌人的好几处堡垒，收获颇丰。各将士杀得高兴，于是分头行进。前将军赵信本是匈奴小王，后来投降汉朝，得以封侯，自恃熟悉路径，踊跃直前；右将军苏建也不肯落后，紧紧跟随；霍去病少年好胜，自己领着八百名骑士，独成一队，独走一方；其余众人也各自率领部下追杀胡人。卫青在后面驻扎，专等各路人马回来，决定下一步怎么办。

不一会儿，众将陆续回营，有的献上敌人的头颅，有的抓到许多俘虏。卫青将军士一一点验，汉军没有什么大的损失，只有赵信、苏建二位将军以及外甥霍去病没有回营，毫无音讯。卫青担心他们有什么闪失，忙派众将前去救应。

过了一天一夜，仍然没有消息。卫青正在忧愁，忽然看见一将跟跄闯入，长跪帐前，哭着请罪。卫青仔细一瞧，原来是右将军苏建，便开口问道："将军为何这般狼狈？"苏建答道："我与赵信深入敌境，突然被敌兵围住，杀了一天，部下伤亡过半，胡兵也死了很多人。我兵正想突围，不料赵信变心，竟带着八九百人投降匈奴。我与赵信本来只带了三千多骑兵，战死了一千多，投降了八九百，怎么能打得过敌人？我不得已突围南逃，又被敌人追上，余下的士兵全死了，只剩下我一人逃回，多亏大帅派人救应，才能到此。我自知冒失，所以前来请罪！"

卫青听完苏建的话，便召回军正闳、长史安以及议郎周霸商议道："苏建战败回来，失去部下，应该怎样治罪？"周霸说："大将军自出师以来，不曾斩过一员副将，如今苏建弃军逃回，按例当斩，以示军威。"闳、安二人齐声道："不可！不可！苏建以寡敌众，没有追随赵信反叛，只身一人拼死回来。如果将他斩首，后来的将士一旦战败，就会弃甲投降，不敢再回来了！"卫青想了一会儿说："周议郎所言原是有理，但试想卫青奉令统管六军，不愁无威，何必一定要斩杀属将？纵使他有罪该斩，也应请命天子，卫青不敢专权。"军吏齐声称是，于是将苏建放进槛车，派人押送进京。

霍去病最后才到，提着一颗血淋淋的人头入营报功。这人头是谁的？据说是单于的祖父行借若侯产的。接着又由部下绑进二人，分别是匈奴相国当户以及单于的叔叔罗姑。这二人是匈奴的头目，被霍去病活捉了回来。原来，霍去病带着八百名壮士向北深入，一路不见胡虏，一直走了好几百里才望见胡兵的营帐。趁胡兵不备，立即猛杀过去。胡兵想不到汉军会突然到来，顿时溃乱。霍去病乘机杀死首领一人，捉住头目两人，把敌营踏破，然后回营报功。

卫青非常高兴，率军还朝。武帝因此次北征，虽然杀死了一万多个敌人，汉军却也有两军覆没，功过相抵，不再封赏，只赏赐卫青一千金。霍去病战绩过人，授封他为冠军侯。校尉张骞曾出使西域，被匈奴截留十多年，颇熟悉匈奴的地形，正是因为他知道水草所在，才使兵马不至饥渴。卫青奏明张骞的战功，张骞被封为博望侯。苏建蒙武帝赦免，被贬为平民。

赵信投降匈奴，匈奴军臣单于早已病死，他的弟弟伊稚斜赶走了军臣的儿子，自己做单于已有多年。一听说赵信来降，立即将他召进来，好言抚慰，当面封他为自次王，并将自己的姐姐嫁给他。赵信感激不尽，况且他本来就是个胡人，索性留下来替单于出谋划策。赵信告诉单于只增加边防，不必入塞，等汉兵往来疲惫时出兵袭击，方可一举成功。伊稚斜单于按照他说的话去做，汉边才稍微平静一些。

自元光以后，武帝连年出兵，军队花费不计其数，因此国库空虚，粮草紧缺。只好令吏民出钱购买爵位。此后朝廷的官职几乎与市场的物品相似，只要有钱，不论其人品如何，都能入朝为官。

这一年冬天，武帝亲自到雍郊拜祭五畤①。忽然看到一只走兽在前面行走，头上只有一只角，全身长满白毛。卫士们赶过去将它拿住，仔细观看，竟然长着五只蹄子。手下们立即把它呈给武帝，武帝瞧着它好像麒麟一样，便问随从的官员："这只走兽是麒麟吗？"随从的官员齐声答是，并说陛下英明神武，所以上天特赐神兽，等等。武帝很欢喜，于是将这一角兽寄养在五畤。

回宫的路上又碰见一棵奇怪的树木，它的树枝从旁边长出，还附在

---

① 五畤：即五帝祠，称畤不称祠，因为畤义训止有神灵依止之意。

285

树木上，众臣又不禁称奇。武帝也诧异不已，返回宫廷，又召集群臣询问，给事中终军上奏说："野兽并角、众枝内附，这是外夷依附汉朝的瑞兆，陛下只要静坐等待就是了。"武帝更高兴了，令词臣作《白麟歌》，预贺升平。有人奏请趁这个瑞兆改元。每次改元，相隔六年，此时已是元朔六年初冬，本来就准备照例改元，如今喜获得白麟，更觉应该改元。元狩纪元，便是由此而来。

谁知外夷未曾归附，内乱却已发生。淮南王刘安及衡山王刘赐，串通谋反，居然想动摇江山。刘安与刘赐都是淮南王刘长的儿子，文帝可怜刘长自杀身亡，因此将淮南的土地分为三份，封刘长的儿子刘安、刘勃、刘赐为王。刘勃先被封为衡山王，后来移封济北，不久就死了。刘赐迁到衡山为王，与刘安虽是兄弟，却两不相容。

刘安爱好读书，擅长鼓琴，他想笼络民心，就招来很多文士。门下食客有几千人，其中以苏飞、李尚、左吴、田由、雷被、伍被、毛被、晋昌八人最有才，被世人称为淮南八公。刘安令这些食客著作内书二十一篇，外书三十三篇，就是古今相传的《淮南子》。武帝初年，刘安从淮南入朝献上内书，武帝看完之后极力赞赏，把它视作秘宝。武帝本来就喜爱文艺，见刘安博学能文，又是同宗，对他更加另眼相看。当时武安侯田蚡曾与刘安秘密订约，有将来推立刘安为皇帝的意思。刘安被田蚡迷惑，所以心生逆谋。

建元六年，天空中出现彗星。当时有人对刘安说吴、楚造反时，曾有彗星出现，光芒不过数尺，现在的彗星比那时的还长，正是起兵的好时候。刘安也赞成他的说法，于是修治兵器、积蓄金钱，为叛乱作准备。庄助抚慰南越时，刘安邀他逗留了几天，请他做内援。

种种准备完毕后，刘安还不满意，又密嘱女儿刘陵入都侦察内情。刘陵年轻貌美，口才又好，来到长安，借探视之名，出入宫闱，毫无阻碍。随身又带了许多金银财宝，仗着"财色"二字，结识众多朝廷重臣。最先巴结她的人叫鄂但，是已故安平侯鄂千秋的孙子，他们年纪相当，便做了通奸之事。第二个人是岸头侯张次公，壮年就被封侯，气宇不凡，也与刘陵秘密往来。刘陵把内外打通后，便写密信传报淮南。

淮南王后姓蓼名荼，是刘安的最爱。蓼荼生有一男，取名为刘迁。刘安的长子名叫刘不害，是姬妾所生，一向不讨刘安喜爱，没有被立为储君，而是册立刘迁为太子。刘迁渐渐长大，后来娶了王太后的外孙女为妃，就是修成君的女儿金娥。刘安本意是想靠王太后做护身符，偏偏王太后去世后，他无势可依，又担心太子妃知道他们的阴谋，便密嘱刘迁与太子妃反目，三个月不同床。刘安假装出面调停，迫使刘迁夜里去太子妃的卧室，私下却要刘迁始终不与她同寝。太子妃赌气要求离去，刘安就派人护送她入都，并上奏详情，把罪过都归于自己的儿子。武帝信以为真，就准许他们离婚。

刘迁少年时就爱好击剑，自以为无人能敌。听说郎中雷被精通剑术，就想与他一决高下。雷被屡次推辞，刘迁固执地要求比赛。后来二人比试时，刘迁被雷被划伤，他因此与雷被结下了仇怨。雷被自知得罪太子，已经惹祸上身，恰逢汉廷招募壮士从军，雷被就向刘安请求，说愿意到都中效劳。刘安已听了刘迁的讲述，料想他是有意逃避，就将雷被罢官。雷被索性偷偷跑到长安，上疏告发刘安。

武帝派遣中尉段宏前去查办，刘安父子本想将段宏刺死。可段宏命不该绝，到淮南之后，只是问了问雷被免官的事情，并未询问其他情况，而且辞色谦和。刘安料想不会有什么灾祸，就改变了主意，同段宏周旋起来，并托段宏在皇帝面前多讲些好话。段宏答应之后，就回都觐见武帝。武帝召问众位大臣，众人都说刘安违反诏令，不让雷被入都效力，罪当杀头。武帝不从，只削夺了刘安的两个小县。刘安异常气愤，日夜与左吴等查看地图，商议行军路径，准备起军叛乱。

他的长子刘不害有一个儿子，名叫刘建，他见自己的父亲失宠，常常愤愤不平，他暗中结交壮士，意图刺杀太子。可这事竟被太子刘迁听说了，他将刘建绑住，一再责打。刘建更加怨恨，就派心腹严正入都上禀："淮南王的孙子刘建才能甚高，王后蓼荼及太子刘迁多次想加害于他。刘建的父亲刘不害本来无辜，却被囚禁起来。刘安日夜会集宾客，潜谋作乱。刘建如今尚在，把他召来一问便知。免得养虎贻患，连累国家。"武帝于是令廷尉转命河南官吏，就近审问。辟阳侯审食其的孙子审卿，怨恨故淮南王刘长杀死自己的祖父，也想伺机复仇，便密查刘安的事情，然后告知丞相公孙弘。公孙弘又命河南官吏彻底查办。河南官吏连接君主和丞相的命令，不敢怠慢，立即将刘建传来详细审问。刘建将淮南的罪状，全部推到太子刘迁身上。刘安得知此事，加快了谋反的进程。

衡山王刘赐入朝觐见武帝，路过淮南时，刘安把他迎入府中，二人释嫌修好，共同商议谋反之事。刘赐原本就有反叛的意思，得知刘安想要叛乱，正好两国联合。于是退回衡山，托病不上朝。刘安的部下屡次劝刘安起兵，只有中郎伍被极力谏阻，刘安不但不听伍被的话，还将伍被的父母抓起来，逼伍被同谋，伍被哭着劝刘安不要反叛。刘建被传讯后，事情越来越急，刘安一再向伍被讨问计谋，伍被这才说道："如今诸侯忠于朝廷，没有二心，百姓也没有怨气，大王突然起兵，比吴、楚还要难以成功。如果真要起兵，最好是伪造丞相、御史的书信，迁徙郡国豪杰到北方，再伪造狱书逮捕诸侯的太子和宠臣，使民间心怀怨恨、诸侯心生疑虑。然后派人诱使他们叛乱，也许大事还有成功的希望，不过还请大王谨慎行事。"

刘安决意起兵造反，于是私铸皇帝御玺及丞相、御史大夫、将军的印信。又派人前去大将军卫青的住处，伺机行刺。并私下对属下说："汉廷大臣只有汲黯正直，还能守节死义，不为人所诱惑。像公孙弘等随势逢迎的人，我如果起事，他们不足为惧！"

就在刘安规划部署的时候，朝廷忽然派来了廷尉监<sup>①</sup>，会同淮南中尉，拿问太子刘迁。刘迁立刻召来淮南相与内史、中尉商议，准备即日起兵。可内史、中尉不肯应召，只有淮南相一人到来，且说话支支吾吾。刘迁料知不能成事，等淮南相退出后，准备自尽。他走入内室，拔出剑来去割脖子，由于心慌手颤，只割伤皮肤，反弄得不胜痛楚，倒地呻吟。外面的仆人闻声进来抢救，忙将他抬到床上，请医生救治。正在慌乱的时候，突然有一个人进来禀报说："不好了！不好了！朝廷派的使臣已经领着大军把王宫围住了！"

## 张骞出使西域

汉军突然将淮南王宫团团围住，淮南王刘安没有一点防备，只好出来迎接。使臣也不多说，立即指挥士兵四处搜寻，最终找出谋反的证据，就是那些私造的各种玺印。刘安见事情已经败露，吓得面如土色。

汉使将太子刘迁及王后蓼荼一并抓去，只留下刘安在宫中，然后派兵监守。刘安之前曾抓住伍被的父母，硬逼着伍被同谋。伍被虽然替刘安想出一个办法，但自知凶多吉少，于是在使臣到来时便前去自首。

使臣听说后，立即调遣士兵，进宫搜查证据，证据一到手，便能抓人了，然后派人将此事飞报朝廷，听候诏命。不久，宗正刘弃拿着符节

---

① 廷尉监：廷尉府中的监吏。

来到淮南，提审一群案犯。刘安那时已服毒自尽，其余犯人都被押解进京，交给廷尉张汤审办。张汤是有名的酷吏，怎肯从宽发落？他先给蓼荼、刘迁二人定了死罪，将他们推出去砍头。又查出庄助与刘安订立的密约，鄂但、张次公与刘安的女儿通奸之事，便将他们同时抓来审问。

刘安的女儿刘陵无处逃避，被就地正法。一群帮助刘安谋反的淮南官员都被诛族，连自首的伍被也被定成死罪。庄助本来可以被赦免，经张汤入朝争辩，也被判成死刑。鄂但、张次公死里逃生，只是被免去了官职。张汤又会同公卿，请旨逮捕衡山王刘赐，武帝批驳道："衡山王虽然与刘安是兄弟，毕竟没有同谋的确切证据，不应将他治罪。"刘赐因此才逃过一死。后来，武帝将淮南国改为九江郡，这件事才算结案。

哪知一波未平，一波又起，衡山王刘赐本来与刘安私下订约，等淮南起兵后，立即响应。后来听说淮南起兵失败，只好作罢。可是人心不轨，天地难容，他重蹈淮南王的覆辙，弄得骨肉相残，全家死于非命。

刘赐的王后乘舒，生下二子一女，长子名叫刘爽，被立为太子，少子名叫刘孝，女儿名叫刘无彩。乘舒病死后，宠姬徐来被继立为王后，生有儿女四人。除徐来外，刘赐还有一个厥姬，也很得宠。徐来和厥姬相互嫉妒，不肯相让。后来，王后的位置被徐来夺去，厥姬就向太子刘爽进谗，说太子的母亲乘舒是被徐来毒死的。太子刘爽信以为真，痛恨徐来。没过多久，徐来的兄长来到了衡山。刘爽假意与他宴饮，伺机行刺，但没能将他杀死，于是双方的怨恨越来越深。

刘赐的小儿子刘孝，童年丧母，归徐来抚养。徐来从来不曾喜爱过刘孝，只是假装仁慈，做做样子。刘孝的姐姐刘无彩已经出嫁，与丈夫不和，回到娘家。刘无彩年少思淫，怎肯守活寡？竟与家客通奸。此事被太子刘爽听说，多次呵斥她，刘无彩不知收敛，反而与她的兄长结仇。徐来故意厚待刘无彩，让她帮助自己。转眼间刘孝也长大成人，与徐来、刘无彩串通一气，诋毁太子。太子刘爽孤立无助，常常触怒父亲，遭到责骂。

不久徐来的奶娘被人刺伤，徐来硬说是太子所为。刘赐听信谗言，又将太子教训一番，父子积怨越来越深。刘赐生病时，太子刘爽也不去探望。徐来与刘孝正好乘机进言，说太子如何心喜，准备继位，听得刘赐非常懊恼，便想废掉刘爽，册立刘孝。徐来见刘赐有废立之意，又想出一条毒计，打算将刘孝一并陷害，好使自己的亲生儿子刘广继承王位。

徐来有一个侍女，能歌善舞，深得刘赐宠爱。徐来心里很生气，就特意让这个侍女陪伴刘孝。干柴碰着烈火，怎能不燃烧？太子刘爽听说刘孝与侍妾通奸，也垂涎三尺，心中暗想，弟弟能与王后的侍妾通奸，我为何不可与父亲的妻子私通呢？况且徐来多次用谗言陷害自己，若能与她私通，定能变恨为爱，不至成为仇敌。计划一定，刘爽便每天到徐来的住处请安。徐来不能不与他周旋，取酒共饮，温颜慰劝。刘爽捧着一杯酒，跪在徐来膝前，等徐来接过酒，便用两手捧住她的两膝，意欲求欢。徐来又惊又怒，忙将酒杯放下，起身离座，衣襟却被刘爽抓住，不肯放手。急得徐来破喉大呼，才得以逃脱。

刘爽没有得逞，起身便走，回到住处，正想法免祸，外面已有宫监进来，把刘爽拖了出去。刘爽见了刘赐，还能有什么好事？无非是吃了几十下毛竹板子。刘爽大声呼喊："刘孝与王后的侍女通奸，刘无彩与家奴通奸，你为何不过问？只知道责罚儿臣！儿臣要上疏天子，请求离去！"说着，竟像疯子一样，向外奔出。

刘赐已气得发昏，命令左右去追刘爽，刘爽怎肯回头。后来刘赐亲自出来，才将刘爽拉回去，囚禁宫中。刘爽失宠后，刘孝日益被宠爱，刘赐给他王印，封他为将军，让他招揽宾客，图谋大事。

江都人枚赫、陈喜先后投奔刘孝，为刘孝私造兵车弓箭，刻天子御玺及将相军吏的印章。陈喜本来在淮南王的手下做事，淮南王被处死后，就投奔了刘孝，为刘孝出谋划策。刘孝想做太子，就让自己的父亲上疏朝廷，废长立幼。太子刘爽虽然被囚禁，还不至于与外界隔绝，于是嘱咐心腹白嬴偷偷去长安，上疏告变，说刘孝和王后的侍妾通奸，并且与父谋逆造反。书信还没呈上，白嬴却被都吏抓住，问出刘孝接纳叛乱之人的事情，都吏于是给沛郡太守写信，令他速速捉拿陈喜。陈喜不曾预防，竟被捉住。刘孝知道已惹出祸事，想减轻罪刑，就去自首，并把罪过归咎于枚赫、陈喜等人。

武帝又命廷尉张汤前去查办，张汤怎肯放松，当然一网打尽，立即派遣中尉等人赶往衡山，围住王宫。刘赐惊惶自杀，王后徐来及太子刘爽、次子刘孝，与协同谋反的众人，全部被押到京城。徐来毒死前王后乘舒，刘爽上告父王实属不孝，刘孝与王后的侍妾通奸，几人通通被斩首。所有党羽，也全部被诛杀。于是衡山被改为郡。淮南、衡山两案，牵连好几万人，是汉朝开国以来绝无仅有的大案。

当时皇子刘据已经七岁，被册立为皇太子。储君是一国之本，武帝希望册立皇太子可以稳定人心。他还打算与西域建立往来关系，于是再次派遣博望侯张骞出使西域。张骞是汉中人，建元年间入都为郎。当时有匈奴人投降汉朝，说匈奴刚刚打败月氏，斩杀了月氏王，剩下的月氏人向西逃走，常想着报仇，只恨无人相助。武帝本想向北灭掉匈奴，听了这些话，便想向西联结月氏，以便日后夹击匈奴。月氏一向居住在河西，与汉人不通音信，此时又被匈奴打败，再次向西逃窜，距汉朝更远了。要想建立往来关系，必须派一个精明强干的人前往。于是武帝下诏招募人才，出使西域。朝廷大臣贪生怕死，无人敢去，只有张骞放胆应招，与胡人堂邑父等一同从陇西出发。陇西外面，便是匈奴的属地，张骞想向西去月氏，必须经过此地。张骞领着众人才走了几天，就被匈奴巡逻的骑兵抓住。匈奴人虽然不敢杀死张骞，却也派人严加监视，不肯把他放回去。

没想到张骞在胡地一住就是十多年，还娶了一个胡人的女儿为妻，并生有子女。张骞假意与胡人往来，装出一副乐不思蜀的样子。匈奴渐渐放松了防备，张骞与堂邑父等伺机西逃，奔入大宛国境。大宛在月氏北面，也是西域的一个国家，此地有很多好马，又盛产葡萄、苜蓿。张骞等人不认识路，乱闯到大宛，被大宛人截留。

大宛国王素闻汉朝富庶，只恨路远难通，一听说有汉使入境，就立即召见，询问来意。张骞自述姓名，说是奉汉朝皇帝之命，出使月氏，并请国王派人带他前去。如果能完成使命，回到汉朝后，必然感谢国王的恩情，重重酬谢。大宛王非常高兴，回答说从他们那儿去月氏，还须经过康居国，自会派人领张骞前去，一定让张骞如愿抵达，等等。张骞拜谢之后，就退了出去。随后，由大宛王派人为向导，把他们领到康居国。

康居国同在西域，与大宛毗邻，两国关系向来很好，于是张骞等最终到达了月氏国。月氏自前任国王阵亡，另立王子为主，王妃为辅，西入大夏，重新建了一大月氏国。大夏在妫水旁，土地肥沃，物产丰饶，月氏占据了此地，坐享安逸，把前时报仇的念头渐渐打消。张骞觐见国王，谈论多时，却没什么效果。

又住了一年多，始终没有说服他们，张骞等人只好告辞回去。路过匈奴境内时，再次被匈奴兵抓去，幸亏张骞在那里居住多年，且待人宽宏大量，为胡人所敬重，才没被处死。不久，匈奴换了主子，叔侄相争，国中混乱，张骞就带着妻子儿女乘机南奔，与堂邑父一同回到汉朝，拜见武帝。武帝封张骞为大中大夫、堂邑父为奉使君。

定襄一战，张骞熟悉胡地，因此得以积功封侯。他却雄心未灭，又想冒险西行，再去一试，于是入朝献计："臣以前在大夏时，见有邛地的竹杖、蜀地的布匹，他们称是从天竺买来的。臣查知天竺国在大夏东南，风俗与大夏相似，只是百姓喜欢骑着大象出战，国家濒临大川。依臣推测，大夏距中原一万二千里，天竺又在大夏东南几千里，该地有蜀地的物品，定是离蜀地不远。现在想要出使大夏，从北面走，必须经过匈奴所在地，不如从蜀地向西走，就不会有意外阻碍了。"

武帝很高兴地答应了他的提议，令张骞拿着符节去蜀地，到了犍为郡，分别派遣四路人马同时出发，一路去駹，一路去莋，一路去邛，一路去僰。駹、莋等部是西夷部落，已归附汉朝。但自元朔四年以来，这些部落又多不服从管束。此次汉使被中途拦阻，北路被莋、駹所截，南路被嶲及昆明所阻。昆明有不同的人种杂居，不设置君长，毫无法纪，见有外人入境，只知杀掠，不问是谁。汉使所携带的财物多被夺去，只好改道前行，进入滇越。

滇越又称滇国，这个地方有个滇池，约有三百多里，因此闻名。滇王当羌是楚将军庄蹻的后代。庄蹻曾占领滇地，后来楚被秦灭亡，他就留在滇地为王，传国数代，与中原隔绝多年，不通音信。见有汉使进入，当面询问，才知汉朝地广民稠，滇王就好意款待汉使。后来探知是昆明从中作梗，才导致无法疏通，就回复汉使，返报张骞。张骞回去将此事告诉武帝。

武帝十分恼怒，想派兵讨伐昆明，就在上林苑开凿一个水池，名为昆明池，让士兵做好木筏，练习水战，准备向西讨伐。然后提升霍去病为骠骑将军，令他带领一万骑兵，攻打匈奴。霍去病从陇西出发，连攻匈奴营垒。转战六天，越过焉支山，深入一千多里，杀死了楼兰王和卢侯王，捉住浑邪王子及相国都尉，斩获胡人八千九百多，凯旋回京。武帝论功奖赏霍去病，加封食邑二千户。

元狩二年的夏季，霍去病与合骑侯公孙敖率兵数万，再去北地，另派博望侯张骞、郎中令李广去右北平。李广率领骑兵四千人作为前驱，张骞率一万骑兵紧随其后，先后相距几十里。匈奴左贤王探知汉兵入境，急忙率领四万铁骑前来抵御。途中与李广相遇，李广只有四千兵马，被团团围住。

李广面不改色，让小儿子李敢带着几十个壮士突围，试探敌人。李敢挺身前去，左持长槊、右执短刀，跃马陷阵，杀开一条血路，冲出敌人的包围。然后又从原路杀回，来到李广面前，手下壮士只伤亡了三五人，其余的都安然无恙。士兵们见李敢出入自如，也胆大起来，又听李敢说："胡虏容易对付，不足为虑。"众人更加安心。李广令军士站成圆形，四面堵住，胡兵不敢逼近，只用强弓四射。李广的手下虽然镇定，但毕竟抵不过硬箭，多半伤亡。李广也令士兵回射，杀死几千个敌人。眼看箭就要用完了，李广就让士兵张弓不发，自己用有名的大黄箭，专射敌人的将领。箭不虚发，接连射死几个人。胡人素知李广擅长射箭，都畏缩不前，只从四面守住圈子，不肯撤围。

相持了一天一夜，李广的军队已疲乏不堪，士兵个个面无人色，只有李广仍旧精神抖擞，坚持不懈。胡兵仗着人多势众，始终不肯撤退。多亏张骞率领大队前来援应李广，才击退胡兵，然后汉军收兵南回。

骠骑将军霍去病与公孙敖奔出塞外，中途失散。霍去病自己率领部下渡居延泽，过小月氏，至祁连山，一路顺利，势如破竹，斩杀敌人三万多，虏获很多牛羊财物，随后到班师凯旋。武帝叙功罚罪，李广以寡敌众，士兵死了一半多，功罪相抵，不奖不罚。张骞、公孙敖延误军期，应叛死罪，武帝法外施恩，将他们贬为平民。霍去病接连打了三次胜仗，军功显赫，又加封五千户，连他部下的副将如赵破奴等人都得以封侯。

当时众将的部下都不如霍去病的精锐，霍去病又屡次得天助，深入无阻，匈奴也心生畏惧，不敢与他争锋。焉支、祁连二山被霍去病踏破，胡人就作了一首歌谣："亡我祁连山，使我六畜不兴旺！失我焉支山，使我妇女无颜色。"歌谣传入中原，霍去病的名声越来越大。

霍去病的父亲霍仲孺，以前在平阳侯家为吏，所以才能私通卫少儿。卫少儿另嫁陈掌，霍仲孺也回到平阳原籍。霍去病当初不知道父亲的名字，做官以后，才慢慢知晓。此次北征回来，路过河东，得知霍仲孺尚在，就派人前去迎接。霍仲孺已另娶一妇，生有一子，名叫霍光，当时霍光尚是少年，颇具才慧。霍去病把他当做亲弟弟，让他与自己同行，然后为霍仲孺购置田宅，让他安享晚年。霍光随兄长进京，做了郎官。大将军卫青见外甥地位显贵，也很欣慰。父子甥舅，出了五个侯爷，真是势倾朝堂，显赫绝伦。

当时都中人私下艳羡，认为卫氏得宠，全仗卫皇后一个人，因此将此事编成歌谣。卫青虽然偶有所闻，但也不曾责怪。无奈妇人得宠，全靠姿色，一到中年，容颜衰老，就会失宠。卫皇后生了一男三女，渐渐娇容改变，连满头的乌丝也脱落过半。武帝见她如老太婆一般，不免心生厌倦，就另去宠爱一位王夫人。这位王夫人出身赵地，色艺俱佳，自从入选宫中，被武帝宠幸，也生下一男，取名为刘闳。卫皇后不如以前得宠，卫氏一门很担心。当时有一个冷眼旁观的方士给大将军出主意，令卫青顿时如梦初醒。


## 李广自刭

大将军卫青声名远播，一门出了五个列侯，偏偏有人替他担忧，突然前来献计。此人就是齐人宁乘。当时武帝有意求仙，征召方士，宁乘入都待诏，好多天也不得觐见，直到后来囊中羞涩，衣履不全。

一天，他踯躅都门，正值卫青路过这里，他立刻迎上去，说有要事求见。卫青向来平易近人，停车询问。宁乘答说事情需要密谈，不能轻率直说，卫青就邀他入府，私下问明。宁乘说："大将军食邑万户，三个儿子都得以封侯，可谓一人之下、万人之上了。但物极必反，大将军可曾考虑过这个事情吗？"

卫青经他一提醒，就皱起了眉头。宁乘趁机说："大将军得此尊荣，并非全靠战功，还因为你是皇亲国戚。如今皇后原是无恙，可王夫人已被皇上宠幸，王夫人有老母在都城，还不曾受到封赏，大将军何不先赠送千金，讨得王夫人的欢心？多一个内援，就多一重保障。"

卫青高兴地说："承蒙指教，理当遵行。"于是留宁乘在府中居住，然后取出五百金赠送给王夫人的母亲。王夫人的母亲得了厚赠，自然告知王夫人。王夫人又转告武帝，武帝也很欢喜，只是在心中暗想，卫青为人老实，为何无故赠金呢？就趁卫青入朝时，向他问起，卫青答道："宁乘说王夫人的母亲还没有被封赏，难免会手头紧张，所以臣特意送去五百金，别无他意。"武帝又问道："宁乘现在何处？"卫青答称现在自己府中。武帝立即召见宁乘，封他为东海都尉。

这时候，匈奴属下的浑邪王入塞投降，大行李息据实上奏，武帝担心其中有诈，就命霍去病率兵前去迎接。这个浑邪王，本来居于匈奴西方，与休屠王是邻居。自从卫青、霍去病屡次北讨，浑邪、休屠二王连战连败，匈奴伊稚斜单于责怪他们连年战败，有损国威，要诛杀他们。

浑邪王才失去爱子，悲痛欲绝，又听说单于要诛杀他，就约同休屠王叛胡降汉。碰巧李息奉武帝之命，到河上修筑城池，浑邪王便派人乞降，恳求李息代他上奏。霍去病领兵出去迎接浑邪王，浑邪王前去招休屠王一同入塞，休屠王突然反悔，迟迟不到。浑邪王怒不可遏，率兵袭

294

击。他杀死休屠王，将休屠的部下尽归已有，并把休屠王的妻子拘禁起来，然后前去迎接汉军。

两军隔河相望，浑邪王手下的将士见汉兵人数众多，心生畏惧，相约要逃走。霍去病率军渡河，接见浑邪王，查出想逃走的将士，共计八千人，全部处死。剩有四万多名，一并归霍去病带领。霍去病让浑邪王先赶赴京城，自己率领投降的众人南回。浑邪王入都觐见武帝，被封为漯阴侯，食邑万户，裨王呼毒尼等人，也都被封侯。

汉朝规定，吏民不得持铁器出关卖给胡人。自浑邪王和他的部下来到京城，得到的赏赐高达上百万，便用钱财与百姓做交易。百姓不知律法，就把铁器卖给他们，被官府查出，将这些人抓到监狱，准备全部处死，人数多达五百。汲黯进谏说："匈奴拒绝和亲，屡次进攻边塞，我朝连年征讨，兴师动众不算，粮饷花去无数。臣以为陛下抓到胡人，应该将他们罚作奴婢，赐给将士。取得的财物，也应该赏给士兵和百姓，以犒劳天下、消除百姓的怨气。现在浑邪王率众来降，就算不把他当做俘虏，也不必优待。如今国库空虚，还给予他这么多的赏赐，把他奉若骄子。百姓怎么知道朝廷的律法，以为朝廷如此厚待他，就与他贸易，没想到竟犯下死罪。陛下为何对待夷人这样仁慈、对待百姓却这样残酷呢？重外轻内，庇护树叶伤及枝干，臣以为陛下这样做不可取啊！"武帝听了，默不做声。等汲黯退出后，就对左右说："我很久没听到汲黯说话，今天他又来胡说八道了。"话虽如此，但也下诏将五百人从轻发落。不久又遣散了投降的众人，让他们分别居住在陇西、北地、上郡、朔方、云中五郡，称为五属国。又将浑邪王的旧地改成武威、酒泉二郡。以后从金城河西直至盐泽，就没有胡人的踪迹了。

休屠王的太子日磾，由浑邪王押送到汉军，充作奴仆，年仅十四岁。他被派到黄门处养马，特别勤劳。后来武帝游玩，顺便查阅马匹，恰逢日磾牵马进来，被武帝瞧见。武帝便把这个相貌堂堂的美少年召到面前，问他姓名。日磾详细地陈述了自己的经历，武帝就封他为马监，不久又提升为侍中，赐姓金氏。

西北一带适合放牧，既然已归入汉朝，边境守将就陆续迁徙中原贫民，让他们到此开垦放牧。各地的罪犯，也往往被发配到此地当苦工。河南新野人暴利长，被罚到渥洼水滨当苦工。他见一群野马在那里饮水，其中有一匹非常雄骏。暴利长就想去抓捕，可才靠近岸边，马早已逃去，好几次都没抓到。后来他想出一个办法，塑起一个泥人，与自己身材相

295

似，放在水旁，并将络头绳索放在泥人手里，然后走到偏僻的地方，倚树遥望。起初这群马望见泥人，走走停停，后来见泥人毫无举动，仍到原处饮水。暴利长知道这群马中计了，就把泥人摆置在那儿几天，使马习惯看到它，不加防备。然后又将泥人搬走，自己装作泥人模样，手持络头绳索，站立在水旁。马儿毕竟是野兽，怎么知道暴利长的诡计？暴利长手脚未动，眼睛却早已锁定那匹好马，等它饮水时，大步向前，先用绳索绊住马脚，再用络头套住马头，任由马儿奔腾跳跃，就是不放手。其他的马看到这种情形纷纷逃散，只有这匹马被拴住，由暴利长牵了回来。后来在暴利长的精心驯养下，这匹马越来越壮。暴利长喜出望外，索性再耍些聪明，去骗地方官。他谎称这匹马出自水中，特意送来献上。地方官当面察看，果然是极品，就按照暴利长所言，上奏朝廷。武帝正调兵征饷，准备攻击匈奴，无暇顾及献马一事，只淡淡地批了一句，让他送马入都。

武帝南征北讨，消耗巨大，连年入不敷出，甚至减少日常开销，取出内府私钱作为弥补，还是不够。再加上时常发生水灾旱灾，东闹荒、西啼饥，国家财政更加紧张。元狩三年秋季，山东发大水，淹没百姓几千家，虽经地方官开仓赈济，却似杯水车薪，全不济事，再向富民贷粟救急，还是不够。无奈之下，朝廷就想出了移民政策，迁徙受灾百姓到关西去，约有七十多万，沿途费用，由官吏发给。然而到了关西，百姓仍然无法谋生，仍须官吏贷给他们钱财，因此花费越来越多，国家越来越穷。可是武帝不考虑这些，只求开拓疆土，整日召集群臣，商议敛财方法。丞相公孙弘当时已经病死，御史大夫李蔡被提升为丞相。李蔡本来就是一个庸才，滥竽充数而已。廷尉张汤得以升任御史大夫，费尽心机，定出几条新法，在国内施行。

为了新法，引进了三人做事。一个叫东郭咸阳，一个叫孔仅，都做了大农丞，管理盐铁。还有一个桑弘羊，工于心计，刚开始做大农中丞，后来迁升为治粟都尉。东郭咸阳是齐地盐商，孔仅是南阳铁商，桑弘羊是洛阳商人的儿子，三商当道，百姓遭殃。后来武帝又将右内史汲黯免官，调来南阳太守义纵继任。义纵是盗贼出身，他有一个姐姐名叫姁，精通医术，在宫中做事。王太后未死时，常让她诊治，问她有没有兄弟，是否做官。姁说只有一个无赖弟弟，不可入仕为官。可王太后不肯相信，竟与武帝说起这件事。武帝把义纵召为中郎，后来迁升为南阳太守。

穰人宁成曾做中尉，后来做了内史，以苛刻闻名，不久失职在家，但积资上万。穰邑属南阳管辖范围，义纵到任，就先从宁氏下手，罗织一些罪名，把他的家产没收了，南阳吏民非常害怕。后来武帝又把义纵调到定襄，义纵冤杀了四百多人，武帝反说他能干，就把他召为内史，同时又令河内太守王温舒为中尉。

王温舒刚开始是亭长，后来又迁升为都尉，因抓捕盗贼立功。王温舒升任河内守后，下令缉拿郡中强横狡猾而又不守法度的人，这些人有的被诛族，有的被处死，仅过一冬，流血十多里。转眼间便是春节，不宜处决囚犯，王温舒叹息道："可惜可惜！如果冬天再长一个月，那些人便被我除尽了。"武帝认为他有能力，调任他为中尉。当时张汤、赵禹还是依法而行，不敢胆大妄为。王温舒却一味好杀，恫吓吏民。总之，武帝用财无度，不得不征用酷吏，可怜一群百姓，只好卖儿卖女，筹钱上供。这与文景两朝百姓安居乐业、衣食无忧的境况相比，真是大不相同了。

河南人卜式以耕牧为生，常常进山放羊。十多年中，养羊一千多只，然后将这些羊贩卖，自己从中获利，购置田宅。他听说朝廷准备攻打匈奴，慨然上疏，愿捐出一半家财作为军用。武帝很惊异，派人问卜式："你是想做官吗？"卜式说自己从小放羊，不想做官。使者又问道："难道你家有冤，想借此上诉吗？"卜式又说没有冤情。使者问他究竟是什么意思，卜式说道："天子讨伐匈奴，我认为贤吏应立志战死，富民应自愿拿出钱财，这样才能消灭匈奴。我并不想索取封赏，只是心中有消灭匈奴的志向，才甘愿拿出自己的钱财作为军用，为天下昌盛作一点贡献。"使者听说后，就返报朝廷。当时丞相公孙弘还没有病死，说卜式的话不能深信，于是将此事搁置不报。公孙弘逝世后，卜式又拿出二十万钱交给河南太守，接济迁移的百姓。河南太守当然上报，武帝想起前事，特别嘉奖卜式，召卜式为中郎，赐爵左庶长。卜式入朝推辞，武帝说："你不必辞官，朕的上林苑中有羊，你到那里放牧吧。"卜式才领命到上林苑，勤劳放牧。大约过了一年多，武帝去上林苑游览，看到卜式所放的羊，连连称好。卜式在旁边进言道："牧羊如此，管理百姓也应如是，关键在于随时省察，去恶留善。"武帝听到这句话连连点头，等回宫后，便发出诏令，封卜式为缑氏令。卜式也不推辞，接过官印上任去了。

武帝因赋税收入足够兵饷，又商议兴师北征。元狩四年春，朝廷派遣大将军卫青、骠骑将军霍去病各自率骑兵五万，突击匈奴。郎中令李广主动请命前去，武帝因他年老，不愿让他去。李广一再请求，武帝才令他为前将军，命他与左将军公孙贺、右将军赵食其、后将军曹襄，全归大将军卫青统领。卫青入朝辞行，武帝当面嘱咐道："李广年老体衰，不要让他单独上阵。"卫青领命离去，率领大军向定襄出发。沿途抓来胡人审讯，他们说单于现在居住在东方，卫青派人报知武帝。武帝令霍去病去代郡，独当一面。霍去病于是与卫青分军，领着校尉李敢等人前去。

这次汉军出塞与前几次情形不同，除卫青、霍去病各领兵十万外，还有步兵几十万随后跟随，公、私马匹总共十四万，真是倾国远征，志在平虏。匈奴的侦骑飞报伊稚斜单于，单于惊慌不已，急忙准备迎敌。赵信给单于出主意，请他把军用物资运到漠北，严兵戒备，以逸待劳。单于称是妙计，按照他的话去做。

卫青连日进兵，并不见有大敌，后来听说单于移居漠北，便想领军深入，直捣胡人的老巢。又想到武帝的密嘱，就命李广与赵食其合兵东行，限期相会。向东绕路很远，加上那里缺乏水草，李广不想前往，就入帐请求道："李广受命为前将军，理应为先锋，我情愿当先杀敌，虽死不悔！"卫青不便说明，只是摇头不答。李广愤然走出，怏怏起程。卫青遣去李广后，就挥兵直入，又走了好几百里，才遇到匈奴大营。扎下营盘，用武刚车四面围住。武刚车有巾有盖，格外坚固，可以作为营壁，是古时行军的利器。把营寨扎好后，卫青就派遣精骑五千前去挑战，匈奴出兵接战。

当时天色已晚，忽然刮起大风，飞沙走石，两军虽然对阵，彼此却望不见对方。卫青乘机把大军分作两队，左右并进，包围匈奴大营。匈奴伊稚斜单于还在营中，听到外面喊声连天，气势汹汹，便偷偷地率领几百精骑，从帐后向西北逃去。其余的胡兵与汉军奋力作战，双方杀了半夜，彼此都有死伤。汉军左校抓捕到单于的几个亲信，一经审问，才知伊稚斜早就逃跑了，立即将此事禀明卫青。卫青急忙发兵追赶，已经来不及了。

等到天明，胡兵已四处逃散，卫青亲自率领大军继续挺进。走了二百多里，才接到前骑回报，说单于已经远逃，无从抓获。只是前面寘颜山上的赵信城里，粮草还没有运走。卫青于是直奔赵信城中，果然有粮草，正好接济兵马，饱餐一顿。这城属于赵信，所以就以他的名字命名。

汉军住了一天，卫青下令班师，全军出城后，索性放起火来，把城池毁去。走到漠南，才见李广、赵食其到来，卫青责备他们二人过了限定的期限，应该论罪，赵食其不敢抗议。李广本来就不想东行，此时迂回，在途中迷路，有罪无功，气得一言不发。卫青令长史催促李广到幕

298

府对簿，李广愤然对长史说："众校尉无罪，是我迷路了，我自己承担责任就是了！"说着，就走到幕府，痛哭流涕地对将士说："李广自从军以来，与匈奴大小打了七十多战，有进无退。现在跟随大将军出征匈奴，大将军令李广东行，李广却在途中迷路，岂非天命？李广今年已六十多岁，死不足惜，怎能再对刀笔吏乞怜求生？罢！罢！罢！李广今天就与众位长别了！"说完，就拔出佩刀，往脖子上一挥，立即倒地身亡。

## 公报私仇

李广自杀以后，将士们哀痛不已。远近居民听说李广自尽，也都纷纷落泪。李广生平对士兵恩威并施，行军又不侵犯民众，所以军民都对他心怀敬畏。

李广的弟弟李蔡，才能远在李广之下，反而被封为乐安侯，后来升任为丞相。李广身经百战，九死一生，却未被封侯。李广有三个儿子，长子名叫李当户，次子名叫李椒，三子名叫李敢，都是郎官。李当户早死，李椒为代郡太守，也在李广之前就病死了，只有李敢跟随骠骑将军霍去病，出发去了代郡。

霍去病出塞两千多里，与匈奴左贤王相遇，交战数次，都打了胜仗。抓住屯头王、韩王等三人，及胡将胡官等八十三人，俘获士兵不计其数，只可惜让左贤王逃跑了。武帝非常高兴，又加封霍去病食邑五千八百户，李敢也加封为关内侯，食邑二百户。卫青的功劳比不上霍去病，这次没有得到加封，只是特置大司马的官职，令卫青与霍去病二人兼任。

伊稚斜单于仓皇奔窜，与众人失散，右谷蠡王以为单于阵亡，就自立为单于。等到伊稚斜单于回来，才让还主位，自己仍为右谷蠡王。单于经此一战，元气大伤，迁居到漠北，从此漠南就没有王了。赵信劝单于停战议和，派遣使臣到汉朝，重新商议和亲。武帝令群臣商议，大臣们争论不休。

丞相长史任敞说："匈奴才被我军打败，正可让他作外臣，怎么能言和呢？"武帝于是令任敞和胡使一起去匈奴。过了好几个月也不见他们回来复命，武帝不免心怀忧虑，临朝时就谈起和亲的利弊。博士狄山极力主张和亲。武帝不以为然，转问御史大夫张汤。张汤知道武帝的意思，于是回答说："狄山的话不足为信！"狄山也不肯让步，便接口道："臣是很愚蠢，但还不失忠诚。御史大夫张汤只是假装忠诚！"武帝宠信张汤，听了狄山的话，忍不住生气地说："我让你管理一郡，你能不让胡虏入侵吗？"狄山回答说不能。武帝又问他能管一县吗？狄山又说不能。武帝又问一障①怎么样，狄山不好再推辞，就说了一个"能"字。武帝便派遣狄山去边境，守护一障。

才过了一个月，狄山竟然被杀，头颅也不知去向。当时人们都说是被匈奴所杀，其实是一个疑案，无从证明。朝臣见狄山枉送性命，当然惧怕，无人再敢多嘴。只因汉兵还没有恢复元气，暂时不能再去攻击匈奴。骠骑将军霍去病越来越受到武帝的宠信，封地俸禄几乎与大将军卫青相当。卫青自甘引退，也就不像以前那么受宠了。连原来的门人也往霍去病那里去了，只有荥阳人任安，紧随卫青，不肯离去。

不久丞相李蔡，占用孝景帝的园田被打入监狱，李蔡惶恐自杀。李敢见父亲与叔叔都已惨死，甚觉悲哀。他自受封为关内侯后，武帝令他承袭父亲的爵位，得为郎中令。他想父亲无罪而死，实在冤枉，常想为父报仇。李蔡自杀后，李敢更加恼怒，就去拜见大将军卫青。问起父亲的死因，二人言语不和，李敢出拳向卫青脸上打去。卫青连忙闪避，额头还是受了一点伤。左右拉开李敢，李敢愤愤而去。卫青却不动怒，只在家中调养，并且没有对外人说起这件事。霍去病来到卫青家，得知此事，就把它记在了心中。

不久，武帝到甘泉宫游猎，霍去病随行，李敢也在。就在追逐野兽的时候，霍去病趁李敢不防备，借射兽为名，竟向李敢猛力射去，不偏不倚，正中要害，李敢当即毙命。有人将此事报知武帝，武帝偏袒霍去病，说李敢是被鹿撞死的。君主专制，无人敢违，只好替李敢拔出箭头，将他抬回家。也许是天意，不到一年，霍去病竟然得病而死。武帝大为悲伤，赐谥号景桓侯，在茂陵旁赐葬，并让霍去病的儿子霍嬗袭封。霍嬗的儿子霍侯也为武帝所喜爱，任官奉车都尉，后来在去泰山的途中病死。父亲、儿子都英年早世，霍嬗从此无后，最终绝封。

御史大夫张汤见李蔡已死，以为自己能升任相位，偏偏武帝不让他为相，另命太子少傅庄青翟接任。张汤因为庄青翟不曾对他相让，暗暗恼怒，想方设法陷害庄青翟，只因一时无从下手，只好耐心等待时机。

当时张汤所制定的钱币，质轻价重，容易伪造，奸商便想从中牟利，

_____

① 障：即亭障。

往往私铸钱币。有关部门虽然奏请改造五铢钱，但私铸钱币的行为仍然不绝，楚地一带，私钱特别多。武帝特召前任内史汲黯入朝，封他为淮阳太守，前往楚地治理，汲黯也不推辞，应命前去。

临行前一群故友前来饯行，汲黯见大行李息也到来，不觉触动一桩心事，只因众人都在，不便对他明说。李息离去后，汲黯特意去李息家回访，屏退下人，对他说道："汲黯被迁徙外郡，不得参议朝政。御史大夫张汤为人奸诈，欺君罔上，暗结党羽，为非作歹。你位列九卿，如果不早点揭发，一旦张汤的事情败露，恐怕你也不免要同罪了！"

李息本是个胆小怕事的人，怎敢出头弹劾张汤？所以只是表面上唯唯答应。张汤独揽大权，大有顺我者昌、逆我者亡的气势。大农令颜异被张汤视为眼中钉、肉中刺。没过多久，便有人上疏告发，说颜异心怀不轨。武帝令张汤查办。张汤早想将颜异置于死地，得到这个机会，当然极力罗织罪名，无奈没有确凿的罪证，颜异只不过是有时与人谈起新法，有些不同的意见。张汤就将这些作为罪证上奏，说颜异位列九卿，见有诏令不便，不曾上奏，私下诽谤，应该处死。武帝不分青红皂白，居然准奏。

诽谤是秦朝的苛律，文帝时已将此条除去。谁知张汤不但恢复秦例，还要将"诽谤"二字指作颜异的罪行，平白地把他杀死。颜异冤死后，张汤又将"诽谤"加入刑律。试想当时满朝大臣，还有何人敢忤逆张汤？

御史中丞李文与张汤有些过节，张汤又想陷害李文。张汤喜爱的官吏鲁谒居，不等张汤嘱咐，竟派人上疏诬告李文。武帝怎知暗中情由，就要张汤查问。李文自然被处死。张汤正在得意，不料一天入朝，武帝竟问道："李文的案子，究竟是何人告发的？能查出来吗？"张汤早已知道告发李文的是府史鲁谒居，因不便实言相告，只得假装惊疑，半晌才答道："应该是李文的故人与李文有怨，所以才告发隐情。"武帝这才不再过问。

张汤回到府中，想召入鲁谒居密谈，可左右报告说鲁谒居有病，不能进见。张汤慌忙去探问，见鲁谒居病得不能起来，只在床上呻吟，直说两脚奇痛无比。张汤掀开被子一看，果然两脚红肿，便替他抚摩起来。无奈鲁谒居消受不起，过了一个月，竟一命呜呼。鲁谒居没有儿子，只有一个弟弟居住在长安，家中也没有什么积蓄，一切丧葬都由张汤出钱办理。

这时，忽然从赵国奏上一书，说张汤身为大臣，竟然替府史鲁谒居按摩双脚，如果与鲁谒居没有见不得人的事，怎么会这样亲昵呢？应严查此事。这道奏章出自赵王刘彭祖之手。刘彭祖做赵王已有多年，生性阴险，令人捉摸不透。主父偃受贿一事，也是由他弹劾。张汤建议设置铁官后，无论各郡各国，所有铁器，均归朝廷专卖。赵地产铁最多，常有一笔大税款进入刘彭祖自己的腰包，现在凭空失去这项收入，刘彭祖如何甘心？所以每次都与铁官争执。张汤曾派府史鲁谒居去赵国究查，迫使刘彭祖让出铁税。刘彭祖因此怨恨张汤，并恨及鲁谒居，暗中派人入都密探两人。碰巧鲁谒居生病，张汤为他按摩脚部，此事被赵王派来的人听说，立即报知赵王刘彭祖。

刘彭祖于是乘机弹劾张汤，武帝因为事情涉及张汤，不便让他知道，就将奏章交给廷尉。可鲁谒居那时已经死了，无从追问。廷尉就将鲁谒居的弟弟带来，鲁谒居的弟弟不肯实供，被拘押起来，案子一时没有定论。恰逢张汤到官署中调查其他的事情，鲁谒居的弟弟见张汤到来，连忙大声呼救。张汤想替他讲情，无奈自己是案中首犯，不便应声，只好假装不认识他，昂首离去。鲁谒居的弟弟以为张汤转脸无情，于是立即上疏，说张汤曾与鲁谒居同谋陷害李文。武帝也正在怀疑李文一案，一见此疏，就重新命御史中丞减宣前去查办。减宣也是个有名的酷吏，素与张汤不和，既然奉命究查，正好假公济私。

复奏还没有呈上，忽然又出了一桩盗窃案，孝文帝园陵中的所有钱财被人盗去。此事关系重大，丞相庄青翟有失察之过，只好邀同张汤入朝谢罪。张汤与庄青翟面和心不和，就想出一计，假装答应庄青翟，等见了武帝，却站立朝班，毫无举动。庄青翟瞅了张汤数眼，张汤假装没看见。庄青翟只好自行谢罪，武帝便令御史缉查盗犯，御史首领却是张汤。退朝以后，张汤暗地里召集御史，嘱咐他如何办案，如何定案。原来庄青翟既为丞相，就应该随时巡视园陵，钱财被盗，庄青翟却不知是何人所为，过失仅此而已。张汤不肯与他一同谢罪，一心想将盗钱一案全部推卸到庄青翟身上，将他罢免官职，自己好接代丞相的位置。

谁知御史接到张汤的命令后，竟然将消息泄露出去了，被相府内三位长史听说，慌忙将此事报知庄青翟，让他先发制人。三长史是谁呢？第一人是前会稽太守朱买臣，朱买臣受命出任太守，本来是要准备战具，以便攻打东越，可后来因武帝注重北征，无暇南顾，朱买臣就会同横海将军韩说出兵一次，俘斩东越兵几百人，上表献功。武帝立即召他为主爵都尉，位列九卿。

过了几年，朱买臣因为失职被免官，不久又做了丞相长史。从前朱买臣发迹，与庄助是好朋友。那时张汤不过是个小吏，在朱买臣手下做事。后来张汤升为廷尉，害死庄助，朱买臣失去好友，当然怨恨张汤。偏偏张汤官运亨通，被提升为御史大夫，受皇上宠信，每遇丞相调任或告假时，就由张汤代理丞相之事。朱买臣反而成了丞相门下的小吏，有时与张汤相见，只好低头参拜。张汤故意端坐堂上，态度极为冷淡，朱买臣因此更加恼恨他。

还有一个叫王朝，曾做过右内史；另处一个叫边通，做过济南相。他们都是丢官后又被起用的，暂任相府长史，被张汤怠慢过。三人串通一气，暗中观察张汤。这次听说张汤想加害庄青翟，便齐声禀告道："张汤与你定约，一同向皇上谢罪，后来负约。如今又想借园陵之事害你，你如果不早作打算，相位就会被张汤夺走了。为了你的将来，请立即揭发张汤，先治了张汤的罪，才能免除忧虑。"庄青翟志在保位，听了三位长史的话，当然应允，并令三人代为办理。

三人于是悄悄地命人前去捉拿商人田信等人。田信等人都是张汤的爪牙，与张汤狼狈为奸，牟取暴利，一经严刑逼供，只得如实招认。当时已有人将此事传入宫中，武帝略有所闻，便召来张汤问道："朝廷每次有举措，为何商人会预先得知？莫非是有人泄密不成？"张汤假装诧异地说："可能是有人泄密吧。"

武帝听到这话，面露恼怒的神色。张汤退下去后，御史中丞减宣已将鲁谒居一事调查清楚，立即乘机上奏。武帝更加愤怒，连连派遣使臣责备张汤，张汤还在抵赖，不肯承认。武帝令廷尉赵禹去诘问张汤，张汤仍然不服。赵禹微笑着说："试想你自问案以来，杀人多少？灭族多少？如今你被人揭发，事情皆有证据，天子不忍诛你家族，想让你为自己留条后路，你为何不承认？不如就此自尽，还可保全家族！"张汤自知死罪难免，只好拔剑自杀。

张汤的老母及兄弟子侄，围着张汤的尸体悲声痛哭，并想将张汤厚葬。张汤实在没有多余的钱财，家产不过五百金，都是平时所得的俸禄和赏赐，别无他物。张汤的母亲嘱咐家人草草棺殓，只用牛车一乘，载棺出葬。武帝得到赵禹的回报，心里有些后悔。后来听说张汤没有多少钱财，张汤的母亲不让厚葬，便叹息道："非此母不生此子！"说着，就命人逮捕三位长史抵罪。朱买臣、王朝、边通均被杀死，连丞相庄青翟也被打入狱中，服毒自杀。武帝另用太子太傅赵周为丞相，石庆为御史大夫，又把田信从狱中放出来，并让张汤的儿子张安世为郎官。同时期的酷吏义纵已经被处死，王温舒因为受贿，致使身死族灭，王温舒的两个弟弟及两妻家，也一并被杀。光禄勋徐自为感叹道："古时候诛灭三族，已算是极刑，王温舒五族被诛，岂不是更为凄惨？"至于御史中丞减宣也不得善终。只有赵禹下场好一点，总算保全性命，寿终而死。

那时武帝已改元五次，因为在汾水上得了一鼎，就改元为元鼎。元鼎二年，开通西域。


## 平定南越

匈奴西边有一个乌孙国，一向是匈奴的属国。当时乌孙国王叫昆莫，昆莫的父亲被月氏人杀害时，昆莫还很小，由遗臣布就救下。布就寻找食物时，把昆莫藏匿在草间，狼和乌鸦都赶来喂他，布就知道他不是凡人，就把昆莫抱到匈奴。

昆莫长大成人，匈奴已攻破月氏，斩杀月氏王，剩下的月氏人向西逃去。昆莫乘机复仇，借匈奴的势力，再将月氏人赶走。月氏迁往大夏，改建大月氏国。所有塞上故土都被昆莫占住。昆莫建立了乌孙国，募马招兵，渐渐强盛，不愿再臣服于匈奴。匈奴与汉朝连年交战，无暇西顾，后来被卫青、霍去病二军打败，势力更不如从前。非但乌孙国不愿臣服，就是西域一带，以前奉匈奴为共主的小国，也各有异心。

武帝探知此事，又想开道西域，于是命张骞为中郎将，让他西行。张骞入朝献计说："陛下派臣西去，最好是先联合乌孙国。若能厚待乌孙王，招他居住在浑邪王的故地，砍断匈奴右臂，再与他和亲，那么乌孙国以西，如大夏等国，定会闻风归附。"武帝好大喜功，只要夷人能称臣，无论子女还是玉帛，都在所不惜，听了张骞的话，当即准奏。

张骞到达乌孙后，乌孙王昆莫出来接见，张骞传达皇上的意思，并把所带的物品赐给他。张骞见昆莫不肯下拜，便对昆莫说："大王若肯归附汉朝，汉朝便会遣嫁公主与大王为妻，并与大王一同抗拒匈奴，岂不更好？"昆莫听了，犹豫不决，就留张骞暂居帐中，自己召集部下商议。部下不知汉朝强弱，担心与汉朝联合，会令匈奴愤恨，招来祸患，所以商议多日，仍无定论。其中还有一段隐情，更令昆莫左右为难。昆莫有十来个儿子，太子早死，临终时曾哭着请求昆莫立自己的儿子岑陬为嗣，昆莫垂怜太子，答应了他的请求。昆莫次子官至大禄，强健善战，在边防守卫。听说太子病死，便想父亲会立自己为太子。不料昆莫另立孙子继位，次子大失所望，于是招集亲属，计划攻打岑陬。昆莫得知此事，分派一万骑兵给岑陬，让他抵御，自己也召集一万多骑兵，以防不测。国中分作三部，如何治理？昆莫年老，精神委靡不振，也就姑息偷安。

张骞在乌孙国逗留了几天，并未得到昆莫确切的回信，就另派副使，分别去大宛、康居、月氏、大夏等国传谕汉朝威德。副使去了多日，也没来复命。乌孙国让张骞回国，特派使臣相送，并赠送良马数十匹。张骞同番使一同入朝，番使见了武帝，格外礼敬，所献的马都很雄壮。武帝见了，更觉欣慰，于是优待番使，封张骞为大行。张骞上任一年多就病死了。

又过一年，张骞派遣的副使才陆续还都，西域各国也各派使人随来，于是西域与汉朝建立关系。西域一带，地形广袤，东西六千多里，南北一千多里，东接玉门阳关，西至葱岭。葱岭以外，尚有几个国家。据史传记载，西域共有三十六国，后来分为五十多国，与汉朝往来的有四十多个国家。这些国家以前多臣服于匈奴，现在与汉建立关系。匈奴听说后，多次发兵拦截西域各国使者。汉廷于是又在酒泉、武威两郡外，增设张掖、敦煌二郡，并派人防守，严防匈奴。不料西北未平，东南忽然又生战乱，汉廷上下又要调兵征饷，平定东南。

南越王赵胡曾派遣太子婴齐入都为宿卫，一住几年。婴齐本来已有妻子儿女，只是未曾带到都城，于是准备另娶一妇。邯郸人樛氏的女儿，常与瀍陵人安国少季①私下往来。婴齐对她一见倾情，也不管她品性如何，立即请人说合。娶到樛女后，婴齐心满意足。不久樛女生下一个儿子，取名为兴。后来赵胡病重，遣使到京，请婴齐回去。武帝准许他回去探视，婴齐于是带领妻儿南归。不久赵胡死了，婴齐继承王位，上奏朝廷，请封樛女为王后、立兴为太子。武帝都准奏，并常派遣使臣让婴齐入朝。婴齐担心再被羁留，不肯应命，只派遣小儿子次公前去，自己与樛女整日淫乐，竟致中年毙命。太子兴继立为主，尊奉母亲樛氏为王太后。武帝听到这个消息，又召他们母子一同入朝。并在御殿选择使臣，谏大夫终军自愿前去。武帝见他年轻气盛，便令他与勇士魏臣等出使南越。后来查得安国少季曾与樛太后相识，也令他一同前往。

终军字子云，济南人，这次出使南越，见了南越王赵兴，凭着三寸不烂之舌，劝兴归附，兴也甘心臣服。南越相吕嘉做了三朝丞相，权高望重，极力阻止兴归附汉朝。兴犹豫不决，将此事禀告太后，请她定夺。

---

① 安国少季：安国为复姓，名为少季。

305

太后樛氏出殿召见汉使，两眼瞟去，早已瞧见那少年情夫，立即把他叫到座前，详问一番。安国少季将朝廷意旨转告一番，樛太后毫不辩驳，乐于从命。于是嘱咐兴上疏汉廷，愿和内地诸侯一样，三年朝拜一次。终军得到奏疏后，立即派人将此事飞报长安。

吕嘉始终不服，又听说安国少季出入宫禁，更加怀疑，于是借病不出，暗地图谋。安国少季与樛太后重续旧欢，非常亲昵，担心吕嘉从中捣乱，就劝樛太后带着儿子入朝，自己好随同北上。樛太后虽然下令整治行装，心中却想先除去吕嘉，然后起程，于是在宫中置酒，款待汉使，同时召丞相等人入宴。吕嘉不得不去，他的弟弟是将军，在宫外领兵保卫。

樛太后见吕嘉已经入席，便开口问道："南越归附汉朝，利国利民，只有丞相不赞成这样做，究竟是何意呢？"吕嘉听了这句话，料知太后是想激怒汉使与他作对，因此不敢发言。汉使也因为吕嘉的弟弟在外，不便发作，只好袖手旁观。樛太后不免有些着急，就离座取矛，向吕嘉刺去。南越王赵兴慌忙起身阻止太后，将吕嘉放走。吕嘉回到府中，便想造反，转念一想，大王兴并无歹意，倒也不忍起事。又过了几个月，忽然听说汉廷派前济北相韩千秋与樛太后的弟弟樛乐率兵前来南越，就急忙召来弟弟商议："汉兵远道而来，必是淫后串通汉使召兵入境，来灭我全家，我兄弟岂能束手就擒？"吕嘉的弟弟是一介武夫，听到这句话非常气愤，便劝吕嘉赶快行动。吕嘉也无暇多顾，马上与弟弟率兵入宫。宫中未曾防备，立即被攻入，樛太后与安国少季正坐在一起论事，吕嘉兄弟持刀进来，一刀一个，把他们杀了。二人再去搜寻南越王赵兴，兴也惨遭杀害。吕嘉索性前去攻打使馆，杀死汉使，可怜终军、魏臣等人，双手不敌四拳，一并殉难。

吕嘉立即在全国下令说："大王年少，太后与汉使淫乱，不顾赵氏社稷，所以特起兵除奸，另立君主，保我江山。"国人素来仰慕吕嘉，都愿意听从他的指挥。吕嘉于是迎立婴齐的长子术阳侯赵建德为王，自己仍为丞相，并派人通知苍梧王赵光。

苍梧为南越的大郡，赵光与吕嘉感情非同一般，当然赞成。吕嘉做好了一切准备，专等韩千秋到来，并下令边境将士，开道供食，诱敌深入。韩千秋请命南来，一进入南越边境，就与樛乐攻破好几座城池。后来见南越吏卒殷勤接待，自愿为向导，还以为他们害怕，所以才一路畅行无阻。谁知在距南越都城四十里时，突然看见南越士兵从四面杀来，将他们重重包围。韩千秋只有两千人马，前无去路，后无救兵，最终全军覆灭。

武帝极为恼怒，派兵前去讨伐南越。命卫尉路博德为伏波将军，由桂阳到湟水；主爵都尉杨仆为楼船将军，由豫章到横浦；还有二人同去零陵，这两个人一个叫严，为戈船将军，一个叫甲，为下濑将军；又派驰义侯遗，带领巴蜀罪人，从夜郎发兵，下牂牁江，在番禺会集。

番禺就是南越郡城，北边有石门等地，地势险要，但都被杨仆捣破，于是大军直逼番禺。路博德的部下沿途逃散，只有一千多人来到石门与杨仆会合。两军同路并进，到了番禺城下，杨仆攻击东南，路博德攻打西北。

杨仆想夺取头功，所以指挥部下奋力猛扑，越相吕嘉率兵死守。路博德却从容不迫，在西北角上，设置旗鼓，虚张声势。然后派人射劝降书入城，劝他们投降。城中已是非常危急，又听说路博德在西北立营，将要夹攻，急得守将仓皇失措，弃城夜出，投降路博德。路博德好言抚慰，并赏赐给他们官印，让他们回城劝降。

杨仆攻城不下，焦躁异常，令手下的士兵纵火烧城，东南一带，烟焰冲霄，西北的士兵和百姓，都吓得魂飞天外，听说投降可以免去一死，于是踊跃出城，争着向路博德投降。吕嘉及南越王赵建德也乘夜逃出，投奔到海岛。等杨仆破城直入，路博德早已从西北门进来，安坐府中。杨仆费了很大的气力，反让路博德先入，很不甘心，便想逮捕南越国的君主和丞相，再立大功。路博德却笑着对杨仆说："你连日攻城，士兵疲惫不堪，可稍稍休息！南越国的君主和丞相就快捉住了，你不用担忧。"杨仆半信半疑。

果不其然，过了一两天，越司马苏弘捉到建德，越郎都稽捉到吕嘉。路博德下令将他们处斩，然后上奏告捷，保举苏弘为海常侯，都稽为临蔡侯，并在奏章中详细地叙述了杨仆的功劳。杨仆这才知路博德善于抚慰投降的人，以夷制夷，智高一筹。戈船、下濑二位将军及驰义侯所发的夜郎士兵尚未赶到，南越已经平定。苍梧王赵光不等汉军前去讨伐，已经闻风丧胆，慌忙投诚，后来被封为随桃侯。

自从南越起事，朝廷急需军饷，不得不催收租税。倪宽当时正为左内史，待民宽厚，从不强迫，因而很多租税收不上来，遭到朝廷的谴责。百姓听说倪宽将被免职，竞相缴纳租税，不久便全部缴齐，所以倪宽仍然留任。输财助边的卜式，已由县令升任为齐相，主动请求让他们父子从军，前往南越。武帝虽然未曾准奏，却也下诏褒奖，封卜式为关内侯，赐金四十斤，田地十顷，公布天下，让百官效仿。

哪知除卜式外，竟无一人主动请求效力，致使武帝怀恨在心。恰逢秋祭在即，又行尝酎①礼，列侯按照惯例缴纳贡金。武帝想借此泄恨，特意嘱咐少府收验贡金，遇到有成色不足的，立即以不敬罪论处，夺去侯爵。大约一百人中有六人遭此祸殃。丞相赵周也被连累下狱，气极自杀。武帝另升御史大夫石庆为丞相，召齐相卜式为御史大夫。

不久武帝车驾东巡，前往缑氏。走到桐乡，正值南越捷报传来，武帝非常欣慰，便把桐乡改名为闻喜县。走至新乡中的汲县，又听说吕嘉被杀，就在新乡添置获嘉县。并传谕南军，把南越分为南海、苍梧、郁林、合浦、交趾、九真、日南、珠厓、儋耳九郡，命路博德等人班师回朝。

路博德被封为符离侯，杨仆封为将梁侯，此外，有功之人均得到封赏。驰义侯遗征兵赴越时，南夷且兰君抗命，杀死使者，背叛汉朝。遗奉诏回军，杀死且兰君，乘胜攻破邛、莋，连杀两位酋长，冉駹等国都不敢轻举妄动。遗将此事上奏朝廷，不久武帝又下诏，改且兰为牂牁郡、邛为越嶲郡、莋为沈黎郡、冉駹为汶山郡。此后夜郎及滇等地先后降附，西南平定。

说也奇怪，东越王余善竟不怕灭亡，造起反来了。余善曾打算征讨南越，于是上疏自荐，发兵八千，愿听楼船将军指挥。楼船将军杨仆到了番禺，并未见余善的军队到来，于是写信责问。余善只说是兵到揭阳时，为海中风波所阻。等到杨仆攻破番禺，询问投降的人，才知余善暗通南越。杨仆于是向朝廷请命，移兵东讨。武帝因士兵过于劳累，决定收兵，只命杨仆部下的校尉留在豫章，防备余善。余善担心被讨伐，索性先发制人，拒绝臣服汉朝，封将军驺力为吞汉将军，自称武帝。汉武帝于是再次派遣杨仆出兵，与横海将军韩说等人分道进入东越境内。

相持几个月后，繇王居股等人合谋杀死余善，率众归降，东越又被平定。武帝认为正因为闽地地势险要，易守难攻，东越王才叛服无常，不如把东越居民迁居到江淮。杨仆等人依诏办理，闽峤从此虚无人迹了。先零羌人是唐虞时三苗后裔，散居湟中，暗地里勾结匈奴，合兵十多万，侵掠令居、安故等县，进而围攻枹罕。武帝任用李息为将军，让他同郎中令徐自为一同率兵十万，攻打羌人，然后特置护羌校尉在那里整治。

武帝见万事顺手，自然欣慰，记起渥洼水旁曾有异马产出，就命人把马送入都城。暴利长奉命献马，到了都中，武帝亲自验看，见此马果然肥壮得很，与乌孙国所献的良马大致一样。武帝于是称它为神马，或

---

① 尝酎：秋祭称尝美酒为酎。

与乌孙马一样称为天马。

武帝下令营造柏梁台，高达几十丈，因此台用香柏为梁，故而取名为柏梁台。这台是供奉长陵神君的。长陵神君是谁呢？查考起来，实在不值一提。长陵有一位妇人，生了男孩，却年幼夭折，妇人悲郁而亡。后来姒娌宛若为她塑像，把她供奉起来，说是妇魂附身，能预知民间吉凶。一群愚夫愚妇都去拜祭，说是有求必应，连武帝的外祖母臧儿也曾前去祈祷，果然子女都成了贵人，于是臧儿供称长陵妇为神君。武帝曾听母亲提起过，就派人迎入神君像，供奉在碫氏观中。后来因为碫氏观规模狭小，特意筑柏梁台移供神像，并创作柏梁台诗体，与群臣互相唱和，谱入乐曲。又令司马相如等人编制歌诗，合成声律，称为乐府。

得了神马后，武帝也仿照乐府体裁，亲制一首《天马歌》。暴利长不但被免罪，而且得了很多赏赐。忽然河东太守有奏折呈上，称汾阴后土祠旁挖出大鼎，不敢藏匿，因此特意上报。汾阴的后土祠本是元鼎四年新建的，刚过几个月便有大鼎出现，分明是有人暗中作祟，哄骗朝廷。偏偏武帝很迷信，怀疑是后土神显灵，立即派人把鼎迎入甘泉宫。武帝率领群臣前去观看。这个鼎很大，上面只刻有花纹，并无款识。众人不识新旧，说是周物，都向武帝道贺。只有光禄大夫吾邱寿王说这个鼎是新造的。他的话被武帝听到，把他召来责问，吾邱寿王辩道："从前周朝兴盛，感应上天，鼎为周而出世，所以称为周鼎。如今汉朝自高祖以来，德威兼并，并且陛下又开拓祖业，天瑞并至，宝鼎自然就出来了。这乃汉宝，并非周宝，臣因此称它不是周鼎！"武帝转怒为喜，连声说是，群臣也高呼万岁。武帝赏赐给吾邱寿王黄金十斤，又亲自作了《宝鼎歌》。

## 封禅求仙

齐人公孙卿是一个方士，听说武帝新得宝鼎，也想乘机讨好，于是胡乱凑成一书，叫做《札》，寻了一条门路，把书献上。书中多是些荒诞之言，比如黄帝得宝鼎是辛巳朔旦冬至，今年汉得宝鼎，恰逢己酉朔旦冬至，古今相符，等等。

武帝看完后，立即召见公孙卿，问此书是何人所作。公卿随意捏造，说是申公所作，并称申公已死，只有此书留下。武帝信以为真，又问申公有没有别的话留下。公孙卿答道："申公曾说大汉兴盛，正与黄帝时代的运数相合。大约高皇帝以后，或许是他的孙子，或许是他的曾孙，代代相承，必有宝鼎出现。宝鼎一出，上与神通，应该封禅，就像黄帝时一样。如今宝鼎出世，可见申公所言不假了。"

武帝又问黄帝是如何封禅的，公孙卿胡乱说了一大篇，把当时的甘泉宫指为黄帝时代的明廷，称黄帝曾在明廷接见众位神仙。后来黄帝在首山采铜，在荆山铸鼎，鼎铸成后，龙垂下胡须迎接黄帝，黄帝乘龙须登天，带去后宫及大臣七十多人。有许多小臣，也想攀着胡须上去，结果胡须被扯断，众人纷纷坠下，连黄帝所带的弓衣也被震落，小臣无从再攀，只得相对哭泣。

这番话，武帝已听许多方士说起过，不过公孙卿说得更加娓娓动听。武帝于是不禁长叹道："朕如何能像黄帝一样，弃妻子儿女如同敝屣一般啊！"接着封公孙卿为郎官，让他到太室①等候神仙。不久，公孙卿入都觐见武帝，称缑氏城上有仙人的踪迹，请武帝亲自前去巡视。武帝担心受到欺骗，便对公孙卿说："你莫非想效仿文成、五利吗？"公孙卿答称人只有求神仙，而神仙是不会求人的，应该宽限年月，精诚感应，才能遇到仙人。这分明是不负责任的说法，比那文成、五利更为狡猾。所以文成、五利最终都被砍头，公孙卿却得食俸禄，逍遥了好几年。究竟文成、五利是谁呢？

原来武帝迎回长陵神君的神像后，方士李少君料知武帝迷信鬼神，于是入都献技。李少君不娶妻、不育子，又不肯说明自己的籍贯和年纪，只是凭借法术周游各地，语言怪异。他抵达长安后，便有人替他宣扬，武帝召见李少君，亲自面试，取出一个古铜器，令他说明是什么时代的。李少君也不用手抚摸，就立即答道："这是春秋时期齐国所制，齐桓公十年，曾陈设柏寝中。"武帝暗暗称奇。原来铜器下面，曾有文字标明，跟李少君所说的一样。再加上李少君容貌清奇，不同凡人，更令武帝肃然起敬，于是赐他旁座。

李少君又进言说："只要供奉灶神便可入化。入化之后可将丹砂化为黄金，可以延年益寿，还可见到蓬莱仙人。从前黄帝封禅遇仙，竟能不死，乘龙升天。臣之所以活了几百年，也多亏遨游海上，遇见仙人安期生，给臣吃了像瓜一样大的枣。"武帝听了，就亲自祭祀灶神，并派遣

---

① 太室：就是嵩岳其中的一座山峰。

方士入海，访寻蓬莱仙人。然后令李少君炼砂成金，金子还没有炼成，李少君却已死去。

武帝怀疑他尸解成仙，很是叹息。碰巧来了一个齐人名叫少翁，与李少君的说法一样，武帝正好继续与少翁说鬼谈仙。当时正值武帝的宠姬王夫人得病身亡，王夫人有一个儿子名叫刘闳，王夫人病重时，以子相托。那时武帝已把长子刘据册立为太子，刘闳当然不能再立为储君，只好答应封他为齐王。

王夫人死后，武帝追念不忘，少翁就说能招来鬼魂相见。武帝非常欢喜，便命少翁作法。少翁命人腾出净室，四周设置帷帐，并拿来王夫人生前的衣服，准备招魂。到了夜间，少翁在帷帐外点起灯烛，让武帝单独坐着，自己走入帷帐中，东喷水，西念咒。闹了两三个时辰，果然有一个美貌女子被他引来。武帝正向帷帐中痴痴望着，见了这般美妇人，不觉出神，目不转睛。这个女子的身材的确与王夫人一样，他想进入帷帐与她说话，却被少翁拦住，转眼一看，美人已经不见了。武帝特封少翁为文成将军。

少翁请求在甘泉宫中增筑台观，绘塑许多奇形怪状的人像，有的被称为天神，有的被称为地祇，有的被称为泰一神。武帝深信少翁，只要是少翁的主张，无不照办。无奈神仙杳远，始终不肯光临，武帝也不免怀疑起来。

一天，武帝到甘泉宫探问少翁，忽然有一个人牵来一头牛，少翁便指着它对武帝说："这牛肚子里应有书信。"武帝于是命左右将牛牵住，立刻宰杀。剖开牛肚子一看，果有帛书一幅，上面的话语非常怪异。武帝看了又看，猛然省悟，便将牵牛的人拿下审问。一番恐吓，牵牛的人老实招供，说少翁知道武帝要来，嘱咐他将帛书掺入草中，让牛吃下。少翁本想借此显示自己的神通，哪知书上的文字，却被武帝瞧破机关，知道是少翁亲笔书写，再加上供词确凿，少翁胆敢欺主，最终人头落地。

过了一年，武帝抱病鼎湖宫，好多天也不见痊愈，只好遍求天下巫医。有人说上郡有位巫医，能通神语，可预知吉凶。武帝立即派人把他迎来，问起自己的病情，巫医便传达神的话："天子不必担忧，过几日自会痊愈，那时可到甘泉宫与神人相会。"武帝便令巫医住在甘泉宫，说也奇怪，武帝竟渐渐痊愈了。于是亲自到甘泉宫谢神，还在北宫中重置寿宫，特设神座。

乐成侯丁义，迎合意旨，推荐方士栾大，说他与少翁同师，武帝立即派人去召。栾大是胶东王刘寄的家人，刘寄的王后是丁义的姐姐，所以丁义特别引荐栾大。等到栾大应召入都，武帝见他身长貌秀，彬彬有礼，已是另眼相看。当面询问平时所学的法术，栾大夸口道："臣常往来海中，遇见安期、羡门等仙人，就拜他们为师，学习法术。会炼金，能治水患，可以求得不死药，招来仙人。只因文成枉死，方士都闭口不谈，臣虽然蒙召，岂能轻易谈论方术啊？"武帝忙解释说："文成是吃马肝而死的，不要误听谗言！你如果真有这样的法术，尽可直说，我毫不吝惜钱财！"栾大答说陛下要想求仙，须先贵宠使臣，把他作为自己的亲属，才能令他通告神人。

武帝听了，担心栾大是说大话，没有真法术，不禁沉默起来。栾大窥破皇上的意思，于是让御前侍臣取来数百杆小旗，分别插在殿前，然后大喝一声，立即有微风徐徐吹来，再念上几句咒语，风势越来越大，把几百杆小旗卷入空中，互相碰触。顿时满朝文武，无不称奇，武帝见所未见，禁不住失声喝彩。不一会儿，风停了，小旗纷纷落在地下。武帝当即就封栾大为五利将军。栾大只说了一个"谢"字，扬长而去。

武帝见栾大面无表情，料知他心里不满足。当时国库空虚，急需金银，黄河决口，还未得到治理，河南屡有水患，听说栾大具有治水的法术，还吝惜什么官爵？一个官职不满足，就再给他几个，于是天士将军、地士将军、大通将军的官衔，连连加封。才过一个多月，栾大已有四个将军封号了。哪知栾大连日入朝，仍旧不高兴。武帝索性依从他的要求，加封他为乐通侯，食邑二千户，然后又将卫皇后所生的长公主嫁给他为妻。一介贱夫，平白地得此奇遇，一呼百应，颐指气使，又有娇滴滴的金枝玉叶任他拥抱取乐，真是快活无比！

武帝时常召栾大宴饮，有时还到他的府第喝酒叙谈，赏赐黄金多达十万斤，此外还有其他的物品，不计其数。总计栾大入都才几个月，却得了六个官印，名震天下。过了半年，武帝催促他前去迎接神仙，栾大支吾应付。后来实在无法拖延，只好整顿行装，亲自去了海上。武帝秘密派遣内侍扮作平民，一路跟着他。只见栾大到了泰山，辟地为席，跪拜、祈祷一番，并没有仙师出来与他说话。等祈祷完毕，就在海岸边游玩数日，然后折回长安。内侍见他这样，觉得既可笑又可恨，一入都门，不等栾大觐见，先把这些事禀报给武帝。武帝当然动怒，等栾大进来禀报时，就将他拘禁在狱中，按律叛处死罪。

武帝连杀文成、五利，为何又听信这公孙卿呢？原来武帝不信文成、五利，并非不信神仙，而是他认为文成、五利法术不高，所以神仙难至。如果真的有一个得道的术士，必定有效，因此公孙卿觐见以后，无非叫他再去一试。一切待遇都比不上五利、文成。公孙卿任职较低，不招人猜忌，再加上他手段圆滑，反而得以安身。还有，封禅一事只有公孙卿一人提出，最合武帝的心意。当时司马相如已经病死，他有遗书上奏，称颂功德，劝武帝东封泰山。武帝已为之所动，再经公孙卿一说，便决定举行。只是封禅大典，自秦朝以后不曾办理过，不知道仪式。左内史倪宽说封禅盛事，经史上没有详细的记载，请皇上自行定夺，规定礼仪。武帝于是亲自制定仪式，并与倪宽商议是否可行，还迁升倪宽为御史大夫。

封禅的礼仪定好后，武帝又想这般盛举，必先兴兵平定海内，然后才能施行。于是在元鼎六年秋天，亲自巡边。又派遣侍臣郭吉前去招匈奴臣服。当时伊稚斜单于已死，他的儿子乌维单于听了郭吉的话，不禁大怒，把郭吉抓住不放。

武帝等了数日，不见回音，就传令回京。路过上郡县桥山，见有黄帝遗墓，顿时怀疑道："我听说黄帝不死，为何留有遗墓？"公孙卿急忙答道："黄帝登天，群臣思慕不已，因此取来他的衣冠下葬。"武帝感叹一番后，下令返回长安。

转眼间便到了春天，武帝起驾东巡，齐地方士争着前来献书，都说海中居住着神仙。武帝便命人准备了很多船只，让方士一起航海，去寻找蓬莱仙人。并令公孙卿拿着符节先行，遇到仙人就回来禀报。公孙卿又称夜里到蓬莱见有高大的人，身高大约数丈，走近看时，什么也没有，只留下巨大的脚印。

武帝听他这样说，就亲自到蓬莱查视，足迹依稀可辨，只是形状类似兽蹄，不免起了疑心。可巧随从的大臣也来启奏，称途中遇到一个老翁，手里牵着一条狗，说想见巨人，说完就不见了。武帝这才信以为真，又命随行方士乘车四处寻找。在海上守候多日也不见回音，就回到泰山，举行封禅大礼。

第二天，群臣上奏说封禅的地方，夜里有祥光降临，凌晨又有白云簇拥，武帝喜笑颜开。群臣再一齐歌颂功德，武帝更加喜欢，于是下诏改称本年为元封元年，大赦天下。想起封禅的这一段时间，天气晴朗，应当是有天神护佑，或许能见到神仙，也未可知。于是又到海上探望，只见云水苍茫，并没有神仙的踪影。怅然站了很久，武帝终究没有死心，便想亲自航海，前去拜访蓬莱仙人。群臣都来阻止，后来东方朔说神仙不久将自己到来，不可急躁，才将武帝劝住，打消了航海的念头。

当时，霍子侯①偶感风寒，竟然病死了。武帝悲伤异常，下令厚葬，并命人护送灵柩回京。自己再沿海到碣石，始终没有见到仙人，于是转向西行，过九原，入甘泉。此次出行，总共用了五个月，行程一万八千里，用去的金钱上万。全亏治粟都尉桑弘羊，逐年搜刮。武帝因他理财有功，赐爵左庶长，赏黄金二百斤。

桑弘羊曾夸自己是理财能手，说无须给百姓增加赋税，国家自会富饶。卜式斥责他不务大体，专营小利。当时恰逢天气干旱，皇上下诏求雨，卜式私下对亲信说，如果杀死桑弘羊，自会有雨水降临，何必祈祷？武帝正重用桑弘羊，怎肯把他杀掉？

这年秋天，有孛星出现在天空，术士王朔反说它是德星，群臣依声附和。武帝非常欢喜，到雍地亲自祭祀五畤，又回甘泉祭祀泰一神。自从方士称泰一神最高贵以来，武帝特在甘泉设祠，号为泰畤，并且规定三年在国都近郊祭祀一次，各畤中要随时祭祀。

元封二年，公孙卿又上疏说山东蓬莱有神人想见天子，武帝于是再次东巡，在缑氏县封公孙卿为中大夫，让他作向导，直奔蓬莱。可是海山缥缈，云雾迷蒙，哪里有什么天神天仙？公孙卿无从解说，只好再拿野兽的脚印蒙混过去。

回去时路过泰山，又拜祀一番，再顺路去往瓠子口。瓠子河决口，已有二十多年，武帝曾派汲黯、郑当时治理，只是屡填屡决。又命汲黯的弟弟汲仁与郭昌等人修筑河堤，还是没有成功。此次武帝亲临决口的地方，先沉白马玉璧，祭祀河神，然后令随从的官员一齐抬木头，填塞决口。河旁有几万人在劳动，看见文武百官尚且这般辛苦，怎能不格外卖力？木材不够，又用竹石。好在天晴已久，河水低浅，竟然凭借众力，堵住了决口。又在那里修筑一座宫殿，取名为宣防。此举总算为民除患，但梁、楚一带受害已经二十多年了。

武帝回到长安，公孙卿担心徒劳车驾，仙人无从到来，将来必遭谴责，便托大将军卫青进言，说仙人喜欢居住在高楼里面，不如建造高楼，慢慢等待仙人到来。武帝于是下令在长安修筑蜚廉观，在甘泉修筑通天台，台、观都高达三四十丈。前殿建成以后，殿房中忽然长出一棵草，九茎连叶，众臣都称之为灵芝。武帝亲自前去查看，于是作《芝房歌》，

---

① 霍子侯：名嬗，是霍去病的儿子。

314

下诏大赦。不久武帝在汶河上修筑明堂，又出巡江汉，由南而东，增封泰山，在明堂上祭祀上天。

武帝正大兴土木，沉于迷信。辽东突然传来警报，于是兵戈又起。

## 东征西讨

辽东塞外有古朝鲜国，在黄海东北角。周朝时封殷族箕子为朝鲜主，传国四十一世。后来燕人卫满侵入，赶跑朝鲜王箕准，自立为王，建都王险城，又攻占附近小县，势力渐渐强大。传到孙右渠时，他诱招汉人，阻止汉使，武帝特派廷臣涉何前去责问孙右渠。孙右渠不肯奉命，只派遣副酋长送回涉何。涉何渡过浿水，进入中原境内后，杀死朝鲜副酋长，反而奏称朝鲜不服，自己斩将报功。武帝不问明情况，就令涉何为辽东东部都尉。涉何十分高兴，受诏上任，不料朝鲜出兵报复，攻入辽东，将涉何杀死。警报传到长安，武帝非常恼怒，令天下的死囚全部去充兵役，特派楼船将军杨仆及左将军荀彘，分别带领士兵讨伐朝鲜。

朝鲜王孙右渠听说汉兵大举东来，连忙调集人马，堵住险要的地方。杨仆从齐地出发，渡过渤海，进入朝鲜边境，前驱有七千人，直抵王险城下。孙右渠只防辽东陆路，未防水路，忽然听说汉兵攻城，心惊不已。幸亏城中也有预备，才能据城守御。后来探知汉兵人数不多，于是率军出战。两军争斗多时，毕竟众寡悬殊，汉兵溃败。

杨仆逃到山里，十多天才敢出头，他将剩余的士兵召集起来，等待荀彘。荀彘走到浿水，渡过西岸，与朝鲜兵戎相见，连战数次，均未获胜。这个消息传到了京城，武帝听说两将都没有取胜，又派遣使臣卫山劝降孙右渠。孙右渠也担心不能久持，于是叩头投降，令太子随同卫山到朝廷谢罪，并献上五千匹马，还派去不下一万的随行人员。

卫山见朝鲜兵很多，担心发生变故，与荀彘想出一个办法，转告朝鲜太子不得带兵。太子也担心汉兵有诈，于是率众赶回。卫山不便再去朝鲜，只好入朝复命。武帝问明原委，恨卫山失计，立即下令将他处斩，仍遣人催促两将进攻。荀彘于是率军挺进，连破数城，直抵王险城，围攻西、北两面，却屡次战败。杨仆招集后队，来到城南。荀彘的部下都是燕、代二地的壮士，骁勇善战。杨仆的部下多是齐人，听说前军战败，锐气已衰，因此不敢再斗。

315

荀彘日夜攻城，杨仆却按兵不动。孙右渠与荀彘决战，同时与杨仆讲和。相持几个月，王险城还是安然无恙。荀彘多次约杨仆夹攻，杨仆只是含糊答应，始终没有动手，致使二将不和。此事被武帝听说，急忙派遣前济南太守公孙遂前去督战，并让他见机行事。

公孙遂来到荀彘的军营，荀彘把责任归咎于杨仆，并与公孙遂定下一计，召杨仆前来议事。杨仆听说有朝使到来，不得不去。公孙遂一见到杨仆，竟喝令士兵将他拿下，并传谕杨仆的手下听从荀彘的指挥，然后匆匆回去复命。

荀彘合并二军，气势大增，将全城团团围住，四面猛扑。城中危急万分，朝鲜大臣路人韩阴与尼溪相参、将军王唊等，决定投降汉朝。偏偏孙右渠不肯同意，路人韩阴与王唊擅自开城投降。尼溪相参号召党羽刺杀了孙右渠，拿着他的头颅到汉营投降。荀彘正准备率军进城，不料城门再次关上，朝鲜将军成己据城严守。荀彘派投降的人告诉守兵，如再抵抗，全体屠戮。守兵惊惶不已，杀死成己，一齐出来投降，朝鲜被平定。

捷报传到京城，武帝下令将朝鲜分为四郡，分别叫做乐浪、临屯、玄菟、真蕃，召荀彘班师回朝。荀彘将杨仆囚入槛车，押回长安。荀彘一路非常得意，认为此次凯旋，定会受到重赏，哪知刚入都门，就得到公孙遂被诛杀的消息，不禁转喜为忧。等到入朝见驾，武帝不等他详细禀报，就说他与公孙遂同罪，擅自拘禁大臣，立即推出斩首。杨仆贻误军机，也应当伏法，武帝念他平越有功，准许将他贬为平民。

同时将军赵破奴与副将王恢[①]等人领兵西征，攻击楼兰、车师。楼兰、车师二国同为西域小国，暗地里受匈奴招诱，拦阻西行的汉使，武帝因此派将前去讨伐。赵破奴表面上称攻击车师，暗中却率轻骑七百人进入楼兰，将楼兰王抓住，然后才攻打车师。车师闻风丧胆，不战而败，被赵破奴攻破，于是两国认罪，情愿内附。赵破奴请旨定夺，武帝封赵破奴为浞野侯，王恢为浩侯，让他们暂且在那里镇抚，向乌孙、大宛各国示威。

乌孙以前曾派遣使臣向汉廷献马，随中郎将张骞一起入朝。不久，使臣回国，报称汉朝强大，乌孙王昆莫很后悔以前没听张骞的话。现在又听说汉兵连破楼兰、车师二国，急忙派遣使臣到汉朝，愿意遵从旧约。武帝封江都王刘建的女儿为公主，出嫁乌孙国。

江都王刘建是武帝的兄长刘非的儿子，刘非死后，刘建承袭王位。

---

① 此王恢与前王恢同名异人。

316

刘建荒淫无道，上奸下淫，甚至迫令宫女与犬羊共处。后来有人上疏告发，武帝派人前去问罪，刘建惶恐自尽，家破国除，子女居住在皇宫中。

刘建的女儿嫁给昆莫，昆莫立她为右夫人。匈奴也想招降乌孙国，也把女儿嫁给昆莫，昆莫一并收纳，立匈奴女为左夫人。江都公主远嫁乌孙国，丈夫年纪较大，自己又与他语言不通，穿的、吃的与从前大不相同，不得已自治一庐，孑身居住。有时愁闷至极，就作歌表达自己的悲伤之情。因为歌的末尾有"黄鹄"一词，于是给歌取名为《黄鹄歌》。歌词传到长安，武帝也颇可怜她，多次派人前去慰问，赐给锦绣帷帐之类的东西。昆莫自知精力不继，离死不远，就将公主让给岑陬。岑陬是昆莫的孙子，巴不得与公主结婚。只是公主自觉羞惭，不愿下嫁，就上疏武帝，恳求将自己召回。武帝想结好乌孙，共灭匈奴，竟回书劝她从俗下嫁。公主无奈之下，转嫁岑陬。昆莫病死后，岑陬继位，改王号为昆弥，与汉朝常通音讯。

武帝又出巡东岳，再次派遣方士入海求仙，仍然杳无音信，于是返入长安。这时柏梁台上突然起火，武帝惊慌不已。越人方士勇之，说越地有风俗，凡有火灾的地方，须赶快改造，比以前还要高大许多，才能除去灾难。武帝立即下令在未央宫的西边建造一座绝大的宫殿，里面说不尽的繁华靡丽。宫殿建成后，武帝求迎神仙，可仙人始终不来。于是采选良家女子进入宫中，相传有一万八千人，有几个得蒙召幸，总算列入妃嫱。

当时已是元封七年，依照旧例，每六年必须改元一次，大中大夫公孙卿联合太史令司马迁等人，上疏奏请废除旧历，武帝于是改元封七年为太初元年，诏令公孙卿等制造太初历。

正好有西使回来，报称大宛国有宝马，在贰师城。武帝以前就听说宛马有名，于是特意用金子铸成一匹马，另加千金，让车令等人拿着前往大宛，交换贰师城的宝马。可宛王不肯，车令等人一再恳求，终被拒绝。车令很恼怒，砸碎金马，拿着碎片回去。

谁知路过郁成时，竟被一千多个匈奴人拦住去路。车令等人与匈奴人拼死搏斗，所携带的金币全被夺去。武帝听到这个消息后，非常生气，立即命将出征。汉将首推卫青、霍去病，霍去病早死，卫青也已病亡。卫青的儿子卫伉等虽然袭爵，却不是将才，只选出了一个贵戚李广利，封他为贰师将军。

王夫人死后，后宫虽然有很多妃妾，却无一能及王夫人。中山伶人李延年入宫侍奉，颇得武帝欢心。李延年有一个妹妹，能歌善舞，又生得姿容秀媚，体态轻盈，平阳公主见她美丽，特意引荐。武帝立即下令召见，见她果真是天生尤物，与众不同。即刻同入阳台，畅施雨露，仗着几番化育，暗结珠胎。十个月之后，生下一个男孩，取名刘髆，后来封为昌邑王。李延年因妹妹入宫，被封为律都尉，妹妹也被加封为李夫人。这李夫人成了后宫专宠，几乎与王夫人一样。可她的命中寿数也与王夫人相同，儿子还很小，她就已经病危。武帝遍召天下名医，仍旧诊治无效。李夫人渐渐地容消骨瘦，一病不起，以致香消玉殒。武帝大为悲伤，以皇后之礼将她下葬，并下令在甘泉宫悬挂她的遗像。俗语说得好，日有所思，夜有所梦。武帝时常思念李夫人，在梦中就恍惚见到了李夫人，醒后还有李夫人的余香，历久不散，因此给卧室取名为遗芳梦室。

李夫人有两个兄长，除李延年外，还有一个叫李广利，他精通弓马，在宫廷做侍卫。武帝不能无故加封，于是趁大宛抗命的时机，让李广利为将军，称为贰师将军，发骑兵六千、步兵几万，都归贰师将军带领，且命浩侯王恢为向导。于是出玉门、经盐泽，沿途都是沙碛，无粮可食、无水可饮，所过小国都固守边界，不肯接济食物。汉兵忍不住饥渴，死了很多。等抵达郁成时，部下只剩几千人，随身携带的干粮又都吃完，只好冒险先攻郁成。郁成王杀死汉使，担心汉兵前来报复，早已严兵把守，等汉兵一进攻，立即出战。汉兵虽拼死战斗，毕竟食少势孤，又损伤了一半人马。李广利料想难以再坚持，只好收军，退到敦煌，奏请罢兵。武帝曾听姚定汉说大宛兵弱，三千人就可以荡平，因此特派李广利前去平定。谁知李广利不仅战败，而且请求罢兵，武帝十分恼怒，派人把住玉门关，并传令李广利的军队，如有一人敢入此关，立即斩首！李广利接到命令，只好留驻敦煌，静待后命。

武帝又想添兵征宛，偏偏来了匈奴密使，说由左大都尉所派，愿杀死单于，举国降汉，请汉廷发兵相助。原来匈奴乌维单于自从逃到漠北后，就用赵信的计策，暗地里准备军用物品，表面上请求与汉朝和亲。汉朝的使臣王乌、杨信相继到匈奴订立和约，乌维单于反复无常，不肯听命。武帝还以为二人威望太小，特派路充国前去议和，路充国反被匈奴抓住。武帝这才知道匈奴多诈，命将军郭昌领兵防边。此后又派遣郭昌出击昆明，斩杀了很多敌人，但一时不能回去镇守边疆，于是调浞野侯赵破奴代任。不久乌维单于病死，儿子詹师继位。詹师还是一个少年，人称儿单于。儿单于任性好杀，国人都不安心，匈奴左大都尉这才派遣使臣到汉朝请降。武帝得此机缘，当然欢喜，立即将来使遣回，命将军公孙敖带领士兵，到塞外修筑受降城。然后封赵破奴为浚稽将军，命令他赶赴浚稽山，迎接匈奴左大都尉。

赵破奴率兵二万，到了浚稽山下，等了很久也不见有人到来，便派人探听虚实，才知匈奴左大都尉因事情败露被诛，于是率军南还。忽然听到后面传来呐喊声，料是胡兵追来，连忙转身迎敌，杀死胡虏多人。此战过后，赵破奴以为匈奴没有后援部队，就放心南归。距受降城只有四百多里时，见天色已晚，便安营扎寨，想等待天明再行。才扎定营盘，匈奴兵就漫山遍野地杀过来，汉营大乱，汉军一半战死，一半投降，赵破奴也被胡人虏去。儿单于喜出望外，继续进兵攻打受降城，幸亏公孙敖听到消息，做好防备，据城固守。胡兵见攻打不下，只好退去。

公孙敖上奏，武帝转喜为忧，不得不聚众商议。群臣多数主张把攻打宛国的兵力撤回来，全力攻打胡人。武帝认为宛是一个小国，尚且不能攻下，怎么能征服匈奴？而且西域各国，也将因此轻视汉朝，于是决定向宛添兵，共发骑兵六万，步兵七万，接济贰师将军李广利。李广利得到这些士兵后，再次前往宛国。沿途小国，见汉兵这次比以前更为威猛，不免有些惊慌，纷纷拿出食物献给军队。只有轮台一城闭门拒绝，李广利挥兵屠城，乘势杀入宛国边境。宛王毋寡很惊慌，急忙派人向康居国求救。李广利打了四十多天，才将外城攻破，抓住宛国的将领煎靡。宛人失去外城，更加焦急，康居兵又没有到来，官员们于是杀死国王，向汉朝讲和。李广利与部将商议，部将也都主张修和，于是依从宛使，与他订立和约。宛使返入城中，将马匹一齐献出，令汉兵自行择取，并送来很多粮食。李广利令两个都尉物色良马几十匹，中等以下的马三千多匹。李广利又立昧蔡为宛王，然后退师回朝。

当时康居听说汉兵强盛，不敢支援宛。郁成王却很倔犟，不但不肯服从汉朝，反而截杀汉校尉王申生。李广利正想攻击郁成王，听了这个消息，怒不可遏，便令搜粟都尉上官桀率兵前去攻打。上官桀攻破城池后，郁成王乘乱逃出，投奔康居。上官桀追入康居境内，向康居国王要人，康居王听说汉军已攻破宛国，不敢违命，便将郁成王绑送汉军军前。上官桀担心途中发生意外，便砍下郁成王的首级，去禀报李广利。李广利这才班师东归。

这次出兵，虽然士兵不免阵亡，毕竟不到一半。因将吏贪取财物，虐待部下，才导致死亡人数增多。入玉门关时，人数不满两万，马不过一千多匹。武帝也不加以责备，良马到手，便已如愿，就封李广利为海西侯，食邑八千户。赵弟被封为新畤侯，上官桀等人也均有封赏。

武帝见宛马雄壮，比乌孙马更好，于是改称乌孙马为西极马，称宛马为天马。总计李广利出征大宛，先后劳兵十多万，历时四年，结果只不过得了几十匹良马而已。

大宛平定以后，西域各国不免震慑，多半派子进京。于是武帝想乘此军威，再伐匈奴。


## 苏武牧羊

武帝征服大宛后，又想北讨匈奴。当时已是太初四年冬季，天气严寒，不便用兵，于是武帝只令将吏准备军用物资，等待来年春天出兵。转眼间腊月快过完了，却连日无雨，河水干涸，武帝一再祈雨，并于次年岁首，改元天汉元年。

春光易逝，日暖草肥，武帝正要派军出征，忽然听说路充国自匈奴归来，请求觐见。武帝立即召入路充国，问明情况。路充国行过礼，就将匈奴国的事情上报：匈奴儿单于在位三年便病死了，他的儿子年幼，不能继位，国人立他叔叔右贤王呴犁湖为单于。才过一年，呴犁湖又死了，弟弟且鞮侯继位。且鞮侯担心汉朝发兵进攻，就将汉使路充国等人一律释放，并派人护送他们回国，想要求和。武帝取来书信看了一遍，就与丞相等商议，决定释怨修好。

丞相石庆已经寿终，葛绎侯公孙贺继任。公孙贺本是卫皇后的姐夫，多次出征，不愿为相，只因武帝所迫，勉强接受相印。每遇朝议，不敢多言，只知唯命是从。前时匈奴拘留汉使，汉廷也将匈奴使臣拘留。现在彼此既已言和，应该一律释放，于是武帝决定将匈奴使臣释放，特派中郎将苏武拿着符节送他们回去。

苏武字子卿，是已故平陵侯苏建的次子。苏建曾随从卫青讨伐匈奴，因赵信投降，受到连累，被贬为平民。后来苏建做了代郡太守，不久病死。苏武与兄弟一起入朝做了郎官。此次苏武受命出使，自知吉凶难料，特意与母亲、妻子以及亲友诀别，带着副中郎将张胜、属吏常惠和一百多名士兵出都北去，直抵匈奴。见了且鞮侯单于，传达上意，赠送金帛，且鞮侯单于并非真想与汉和好，不过是缓兵之计。他见汉朝中计，并且有金帛相赠，就傲慢起来。苏武不便指斥，就将使命交卸，等待匈奴让他们回去，偏偏又生出意外枝节。

苏武未曾出使时，曾有长水胡人的儿子卫律与协律都尉李延年关系很好。李延年把卫律推荐给武帝，武帝派卫律慰问匈奴。不久李延年犯罪，家属被囚禁，卫律在匈奴听说后，怕遭到连累，竟背汉降胡。匈奴正因中行说病死，缺乏像中行说这样的人，所以对卫律格外宠任，立即封他为丁灵王。卫律的从人虞常虽然追随卫律投降胡人，心中却甚是不愿意。浑邪王姐姐的儿子缑王，以前跟从浑邪王归汉，后来与赵破奴同入胡营，他与虞常心意相投，二人结为知己，打算谋杀卫律，劫走单于的母亲，一同归汉。

凑巧副中郎将张胜与虞常认识，虞常私下与张胜商议，请张胜用弓箭射死卫律。张胜志在邀功，也不告知苏武，竟擅自答应，彼此约定，伺机行事。正赶上且鞮侯单于出去打猎，缑王、虞常以为有机可乘，就招集党羽七十多人准备行动。

偏偏有一人出卖朋友，竟去报知单于的手下，单于手下的人立即兴师兜捕，缑王战死，虞常被抓。且鞮侯单于听说后赶回来，令卫律严审此案。张胜担心遭受祸事，这才将事情的经过详细地告诉苏武，苏武惊愕地说："事已至此，怎能不受到连累？我若与匈奴对质，怎能不辱国家？不如早点自尽！"说着，就要拔剑自杀。多亏张胜、常惠把剑夺下，苏武才安然无恙。

苏武一心希望虞常的供词不要提及张胜，哪知虞常一再遭到审讯，经不起严刑，竟将张胜供出。卫律将供词拿给单于，单于因此想杀掉汉使。左伊秩訾①劝阻说："苏武如果谋害单于，最多也不过判个死刑。现在苏武没有参与谋害单于一事，不如赦免苏武的死罪，迫使他们投降。"单于于是派卫律召苏武进来。苏武对常惠说："如果忍辱偷生，还有何脸面再回汉朝？"一面说，一面已将佩剑拔出，向脖子割去。卫律慌忙抢救，拉住苏武的手。可苏武的脖子已被剑划伤，血流满身，急得卫律紧抱不放，命左右赶快去召医生。等医生到来，苏武已经晕死过去。医生妙手回春，竟把苏武救活了。卫律让常惠好好照顾苏武，并嘱咐医生细心诊治，自己去回报且鞮侯单于。单于大为感动，朝夕派人问候苏武，只将张胜关在狱中。

苏武痊愈后，卫律奉单于之命，邀苏武座谈，并从狱中提出虞常、张胜，宣判虞常死罪，把他斩首。张胜贪生怕死，自愿投降。卫律冷笑几声，举剑向苏武刺去，苏武仍然不动，安然自若。卫律反把剑收回，

---

① 左伊秩訾：匈奴官名。

321

和颜悦色地说："苏武听着：卫律归降匈奴，受爵为王，拥兵数万、马畜满山。你如果今日投降，明日也与我一样富贵，何必要枉死他乡？"苏武摇头不答，卫律又大声说道："你若肯因为我而归降，我就与你做兄弟。如果不听我的话，恐怕以后就不能再见到我了！"苏武听了这几句话，大为恼怒，起身指着卫律说："卫律！你身为臣子，忘恩负义，甘心投降敌人，我也不屑于见你！并且单于让你断案，你不能做到公正，反想借此挑衅。你可以想想，南越杀死汉使，国家灭亡；宛王杀死汉使，不得善终；朝鲜杀死汉使，立刻被灭国；只有匈奴还没有这样做。你明知我不肯投降胡人，却一再逼我，我死不足惜，只怕匈奴从此惹祸，到时难道你还能幸存吗？"这一席话，骂得卫律哑口无言，卫律又不能直接杀死苏武，只好禀报单于。

　　单于很欣赏苏武，更加想劝他投降，竟将苏武幽禁在大窖中，不给食物。那时天上飘着大雪，苏武吃雪嚼毡，数日不死。单于怀疑他得到了天神的帮助，于是把苏武置于北海上，让他牧羝。羝是公羊，向来不产乳，单于却说羝羊用乳汁喂子之时，就是放苏武回去之日。还将常惠等人分别调往其他的地方，不让他们相见。可怜苏武只身一人，处在穷荒之地，只有羝羊做伴，苏武掘野鼠、觅草实，作为食物，将生死置之度外，一心一意要把符节保护好。一年又一年，他自己都不知道到底过了多少年。

　　武帝遣发苏武后，多日不见回报，料知匈奴必定变卦了，就命贰师将军李广利领兵三万，攻打匈奴。李广利领兵到酒泉时，与匈奴右贤王相遇，两下交战，李广利获胜，斩杀一万多敌人，撤军回去。右贤王不甘战败，又招集大队来追李广利，李广利走到半路，就被胡兵追上，四面围住。汉兵冲不出来，再加上粮草将尽，又饿又急，惶恐异常。

　　假司马赵充国气愤至极，率领壮士一百多人拼命突围，杀开一条血路。李广利趁机指挥士兵，随后杀出。这场恶战，汉兵伤亡过半，赵充国受伤二十多处，万幸没有丢掉性命。李广利回都奏报，武帝下令召见赵充国，亲自验视伤处，当时血迹都没干，武帝感叹多时，立即封他为中郎。

　　武帝因北伐无功，再次派遣因杆将军公孙敖出兵西河，与强弩都尉路博德在涿邪山相会，两军东西出击，也无所得。侍中李陵是李广的孙子、李当户的遗腹子，颇有名气。武帝说他很有祖风，封他为都尉，令他率领楚兵五千人，留在酒泉，准备抵御匈奴。李广利出兵酒泉时，武帝便诏令李陵监运军用物品，随军北上。李陵乘机入朝，叩头请示说：
"臣的部下都是荆楚兵，力大无比，箭不虚发，希望能自成一队，攻击匈
奴。"武帝生气地说："你不愿听命于贰师将军吗？我发兵已多，没有骑
兵再派给你。"李陵激动地说："臣愿以少击众，不需要骑兵，只要有步
兵五千人便可直入虏廷！"武帝于是准许李陵自募壮士，定期出发，并且
命路博德在半路接应。

　　路博德的资望本在李陵之上，不愿作为李陵的后援，于是上奏说现
在正值秋季，匈奴马肥，不可轻战，不如让李陵慢慢行进，等到明年春
天，再出兵不迟。武帝看完奏折，还以为是李陵后悔了，就将奏章搁起，
不肯听从。恰逢赵破奴从匈奴逃回，报称胡人入侵西河，武帝于是命令
路博德前去坚守西河要道，另派遣李陵赶到东浚稽山，侦察敌寇的行踪。
当时正值九月，塞外草衰，李陵率领步兵五千人，经过遮雾障，直至东
浚稽山，驻扎在龙勒水上。途中未曾遇到一个敌人，就将山川形势察看一
遍，绘图加以说明，并派骑士陈步乐上奏朝廷。陈步乐见了武帝，将图呈
上，武帝很高兴，立即封陈步乐为郎。不料过了一个月，竟有警耗传来。

　　先是边吏飞书上奏，说李陵不知下落。武帝以为李陵战死了，就召来
李陵的母亲及妻子，发现她们脸上并没有悲伤的表情。等到李陵投降的消
息传来，武帝极为恼怒，责问陈步乐。陈步乐惶恐自杀，李陵的母亲和妻
子被捕下狱。群臣多怪罪李陵不战死沙场，只有太史令司马迁为李陵辩
护。武帝十分生气，命卫士拿下司马迁，把他拘禁在狱中。廷尉杜周只知巴
结迎合，说李广利前次出师，李陵不肯相助，以至无功而返；此次李陵投
降匈奴，司马迁袒护李陵，分明是毁谤李广利，因此杜周认为不能从轻发
落，就将司马迁判处宫刑。司马迁是龙门人，是太史令司马谈的儿子，因
为家境贫穷，不能赎罪，所以平白地受诬遭刑，后来有《史记》一书传世。

　　武帝再次发兵北征，贰师将军李广利带领骑兵六万、步兵七万，从
朔方出发；强弩都尉路博德率领一万多人作为后应；游击将军韩说率领
步兵三万人从五原出发；因杆将军公孙敖率领骑兵一万人、步兵三万人
从雁门出发。各将奉命辞行，武帝只嘱咐公孙敖说："李陵战败投降，
有人说他有志回来。你能伺机深入，迎李陵还朝，便算不虚此行了！"公
孙敖遵命离去，三路兵马陆续出塞。单于把年老体弱的人以及军用物资
都迁往余吾水北，自己率领精骑十万，屯驻水南。

　　李广利的兵马一到，与匈奴交战数次，彼此都有死伤。李广利没有
占到便宜，担心粮食不够用，只好班师回朝。匈奴兵随后追来，恰逢路

博德领兵走到，接应李广利，胡兵这才退回。李广利不愿再进，与路博德一同南归。游击将军韩说到了塞外，不见胡人，也原路折回。因杆将军公孙敖出兵遇见匈奴左贤王，没有战胜，也慌忙带兵回去。公孙敖自知无法复命，就捏造谎言，上奏武帝，只说捕得胡虏，说李陵深受匈奴的喜爱，让他在那里抵御汉军。武帝本来追忆李陵，后悔不该轻易遣他出塞，此次听了公孙敖的话，信以为真，立即将李陵的母亲及妻子诛杀掉。

不久，且鞮侯单于病死，他的儿子狐鹿姑继位，派遣使臣到汉廷报丧。汉廷派人前去追悼，李陵那时已知道家属被杀，免不得诘问汉使。汉使就将公孙敖的话转述一遍，李陵生气地说："这是李绪所为，与我何干？"心中恨恨不已。李绪曾为汉朝塞外都尉，被虏所逼，弃汉出降，匈奴待遇颇厚，位居李陵之上。李陵恨李绪校阅胡兵，连累老母娇妻，便乘李绪不备，将他刺死。单于的母亲大阏氏因李陵擅杀李绪，便想处死李陵，幸亏单于爱惜李陵骁勇，嘱令他躲藏在北方。没过多久，大阏氏去世，单于召回李陵，并把自己的亲生女儿许配给他，封他为右校王。从此，李陵与卫律一心事胡。卫律居内，李陵居外，成为匈奴的辅佐功臣。

武帝没能征服匈奴，山东百姓却因为朝廷暴敛横征、严刑苛法，铤而走险做起了盗贼。


## 太子兵败被杀

汉廷连年用兵，赋税繁重，再加上历任刑官多是出名的酷吏，用刑严酷，不知体恤百姓。元封天汉年间，南阳人杜周被起用为廷尉，杜周效法张汤任意株连，导致民怨沸腾，盗贼群起。山东一带，劫掠之事时有发生。地方官吏不得不据实上奏，武帝就派光禄大夫范昆为直指使者，出巡山东，发兵缉捕。范昆等人依势作威，沿途滥杀无辜，虽然斩了几个真正的盗贼，但余党都逃进山中，依险抗拒。

武帝特别创出一种苛律，凡不能发觉盗贼，或已发觉不能杀尽，食俸二千石以下的官员全部判处死罪，此法叫做沈命法。直指使者暴胜之把责任归咎于官员抓捕不力，往往依照沈命法，滥杀无辜，借此示威。渤海郡人隽不疑，素有贤名，只身一人前去拜见暴胜之。暴胜之见他容貌端庄，义正词严，不禁对他肃然起敬，愿意听从教诲。从此改严为宽，回朝以后，上疏推荐隽不疑为青州刺史。绣衣御史王贺，也协助抓捕盗贼，他对别人说："我听说救活千人，子孙有封，我救活的人不下一万，我的后世子孙应当从此兴盛了！"

当时三辅也有盗贼。绣衣直指使者江充是赵王刘彭祖的门客，他因得罪赵国太子刘丹，逃入长安，向朝廷告发刘丹与姐妹通奸，淫乱不法。刘丹被逮，后来虽然被赦免，但终不能继位做赵王。武帝见江充容貌壮伟就把他封为直指使者，督察贵戚近臣。江充任情举报、弹劾，将贵戚近臣发配到北方当兵。贵戚入宫哀求，情愿以钱赎罪，武帝因而得了赎罪钱数千万缗。武帝认为江充为人忠直，常让他追随左右。

一次，江充随从御驾到甘泉宫，遇见太子家人坐着车马驰驶道中，立即上前喝住，把太子家人的车马扣留。太子刘据得知此事，慌忙派人前去说情，叫江充不要上奏。可江充置之不理，竟去报告武帝。武帝高兴地说："人臣应该如此！"于是提升江充为水衡都尉。

天汉五年，改元太始。太始五年，又改元征和。这几年间，武帝又东巡数次，始终不见有仙人，并且国内连年遭到旱灾。到征和元年冬天，武帝闲居建章宫，恍惚看见一男子，带着剑进来，忙喝令左右将他拿下。左右四处看，并没有男子的踪迹，都觉诧异得很。可武帝偏偏说自己看见了，于是怒责门吏失察，杀死数人。又派三辅骑士大搜上林苑，最终一无所获。甚至把都门关住，挨户稽查，闹得全城不安。过了十多天，始终拿不住真犯，只好罢休。武帝暗想如此搜索，尚无踪影，莫非那人是妖魔鬼怪不成，此念一生，就惹出一场命案，祸及深宫。

自从武帝宠信方士以来，不论男巫女巫，只要有门路可钻，便得以出入宫廷。皇亲国戚也与巫师多有往来，所以长安城几乎变成了鬼魅世界。丞相公孙贺的夫人是卫皇后的姐姐，她有一个儿子叫公孙敬声，官居太仆，自恃是皇后的外甥，骄淫无度。公孙贺初登相位，战战兢兢，唯恐犯法。过了三五年，诸事顺手，渐渐放开胆子，对公孙敬声的所作所为也无心过问。公孙敬声擅用北军一千九百万钱，被人告发，拘禁在狱中。公孙贺因为溺爱儿子，打算设法把他救出去。恰好阳陵侠客朱安世流落到都中，犯下案子，未曾被捕获。公孙贺上疏说愿缉捕朱安世为儿子赎罪，武帝准他所奏，公孙贺于是严命吏役四处查捕。吏役都认识朱安世，不过因朱安世仗义疏财，就任由他漏网。此次奉了丞相的命令，无奈之下，只好将他抓来，并与朱安世说及详情，请他不要见怪。朱安世笑着说："丞相想要害我，恐怕自己也要灭门了！"于是在狱中上疏，告发丞相公孙贺的儿子公孙敬声与阳石公主私通，并且他们让巫师在祠中祷告，诅咒宫廷，又在甘泉宫驰道旁埋下木偶等事。武帝看完后，非常愤怒，立即下令捉拿公孙贺，并累及阳石公主。廷尉杜周本来就是一个酷吏，接到圣旨后，就罗织罪名，牵连了很多人。

阳石公主是武帝的亲生女儿，与诸邑公主是姐妹。诸邑公主是卫皇后所生，与卫伉是表亲。卫青之子卫伉本来承袭父爵，后来因犯事被夺封，不免有些怨言。杜周将他们全部列入犯人名单，都判处死刑。公孙贺父子都死在狱中，卫伉被杀，甚至两位公主也没有逃脱一死。

武帝毫不惋惜，反认为此案办得好，丞相的空缺，就由涿郡太守刘屈氂补上。刘屈氂是中山王刘胜的儿子。刘胜是武帝的兄弟，嗜酒好色，相传有妾一百多人，有儿子一百二十个。当时刘胜已经病死，长子刘昌继承父位，刘屈氂是刘胜的小妾所生的儿子。武帝担心丞相权力过大，准备仿照高祖遗制，分设左右两相。右相一时无人胜任，就先命刘屈氂为左丞相，加封澎侯。

武帝已经年近七十，害怕不能延年益寿，时常引进方士，访问吐纳引导之法。又在宫中铸一铜像，高二十丈，用掌托盘，承接朝露，取名为仙人掌。得到朝露以后，用它和上玉屑服下，说可以长生不老。虽然有一半是谎言，但也不是没有一点好处。只是武帝生性好色，到老不改。陈皇后以后有卫皇后，卫皇后容颜衰老，便宠王、李二夫人。王、李二夫人病死，又有尹、邢两个美姬争宠后宫。尹姬为婕妤，邢姬为妸娥①，二人向来不见面。尹婕妤请示武帝，愿意与邢妸娥相见，一较优劣。武帝令宫女假扮妸娥，进来与尹婕妤相见，尹婕妤一眼瞧破。等邢妸娥真的奉召到来，服饰很是平常，但姿容却很秀媚，惊得尹婕妤目瞪口呆，半晌说不出话来，只有低头哭泣。邢妸娥微笑着离去。武帝窥透芳心，知道尹婕妤自惭比不上邢妸娥，立即曲意温存，才算止住尹婕妤的眼泪。但从此尹、邢二人不愿相见，后人称尹邢避面，便是为此。

此外还有一个钩弋夫人，是河间赵氏之女。相传武帝北巡过河，见有一股青紫之气，询问众术士，他们说此地必有奇女子。武帝便派人查访，果然有一个赵家少女，艳丽绝伦，只是两手生有怪病，伸展不开。武帝亲自前去查看，果然如此，命随从人员掰开她的双手，但没有一个人能做到。后来武帝亲自去掰，这个女子的手就伸开了，只见她的掌中握着玉钩，众人都很惊异。武帝把她带回宫，对她加倍宠幸，特意留出

---

① 妸娥：与婕妤都是女官名，是貌美之意。

一室让她居住，号为钩弋宫。从此，称赵女为钩弋夫人。

过了一年多，钩弋夫人怀孕，足足等了十四个月才生下一个男孩，取名为刘弗陵，武帝提升钩弋夫人为婕好。武帝听说尧的母亲怀孕十四个月才生下尧，钩弋的儿子也是如此，因此称钩弋的宫门为尧母门。到了征和改元，武帝染病上身，耳目不灵，精神不佳。前次见有男子入宫，全是昏迷所致，后来因公孙贺父子被处死，连累自己的两个女儿，更觉得心神不宁。有一次，武帝白天在宫中睡觉，梦见有无数个木头人，拿着木棍攻击他，顿时吓出了一身冷汗，突然惊醒。醒后还心惊肉跳，魂不守舍。

恰逢江充入宫问安，武帝便与他谈起梦里的情形，江充一口咬定有巫术作祟。武帝立即命令江充随时查办，江充于是借机诬告。任用了几个巫师，专到官民住处搜查，如果从地下挖出木偶，不论贵贱，一律抓来，斥令他们招供。官民一无所知，从何供起？江充便令左右烧红铁钳，烙他们的身体。其实从地里挖出的木偶，全是江充暗中让巫师事先埋好的，一群无辜的官民横遭陷害，先后被杀，人数多达一万。那时，太子刘据已长大成人，性情忠厚，平时遇到这样的事，往往代为平反，颇得民心。武帝起初很喜爱他，后来见他才能平庸，便心生嫌弃。况且卫皇后已经失宠，武帝就将她母子冷淡下去。不过卫后皇生性谨慎，多次劝诫太子秉承上意，太子才没有被废。后来江充弹劾太子家人，太子不免心生怨恨。现在听说巫师案牵连多人，更加讨厌江充。江充担心武帝驾崩，太子继位，自己难免被杀，就决定除去太子，免留后患。

黄门郎苏文与江充往来密切，二人一同诬陷太子。太子常拜见母后，往往要日落才离开。苏文就向武帝进谗道："太子终日在卫皇后宫中，想必是与宫人嬉戏呢！"武帝默然不答，特拨给皇后妇女二百人。太子心生疑虑，仔细探察，才知是苏文从中诬陷，因此更加愤怒。苏文还与小黄门常融、王弼等暗地里观察太子的过失，上奏武帝。卫皇后恨得咬牙切齿，多次嘱咐太子，要他上疏诉说冤情，请皇上诛杀谗贼。太子担心武帝烦扰，不想将此事上陈。

不久武帝生病，派常融前去请太子过来，常融被苏文收买，回来禀报，说太子面露喜色。可太子进来探视时，分明面带泪痕，武帝才知常融的话不可信，于是将常融推出去斩首。苏文没有得逞，反而断送了一个常融，又恨又怕，立即告知江充。江充就请武帝到甘泉宫养病，暗派巫师檀何上疏说宫中有妖气隐伏，若不除去，陛下的病难以痊愈。

武帝听了檀何的话，立即命江充入宫治理，并派按道侯韩说、御史章赣辅助他，黄门苏文及巫师檀何也跟随江充一同去。江充手持圣旨，率众入宫，到处搜挖。别处挖出的木偶有限，只有皇后、太子宫中挖出的木偶最多。从太子那里还发现了帛书，上面写着些悖逆的言论。江充把这些作为证据，扬言说要上奏主上。太子并没有埋藏木偶，凭空被挖出，又惊又怕，忙向少傅石德讨教。石德怕自己受到连累，便献计说："前丞相父子与两位公主、卫伉等人，都因此被诛杀。现在江充带同巫师，到东宫挖出木人，就算是他暗地里陷害，殿下也无法辨明。事到如今，不如逮捕江充，先发制人。"太子愕然道："江充是奉旨到来，怎能擅自逮捕？"石德说："皇上在甘泉养病，不能理事，奸臣才敢这般胆大妄为，如果不赶快行动，岂不是要重蹈秦公子扶苏的覆辙吗？"太子被他一逼，也顾不得什么好歹，便假传圣旨，征调武士，前去抓捕江充。江充不曾预防，竟被拿下，巫师檀何也一并被抓。按道侯韩说与武士打斗，毕竟寡不敌众，伤重而亡。苏文、章赣乘机逃往甘泉宫。

太子在东宫等待消息，没过多久，武士将江充、檀何抓来。太子见了江充，气得火冒金星，喝令左右将他斩首，并下令将檀何带到上林苑，用火烧死。然后派舍人无且、读若居拿着符节到未央宫通报卫皇后。苏文、章赣奔入甘泉宫，上奏说太子造反，擅自逮捕江充。武帝吃惊地说："太子宫内挖出木偶，定然迁怒于江充，所以才有这样的变故，我召他过来一问便明白了。"于是派侍臣前去召太子过来。侍臣临行时，苏文给他使了眼色，他已明白其中的意思，又担心被太子杀掉，就到别处藏了一会儿，才回来对武帝说："太子谋反属实，不肯前来，且想将臣斩首，臣只好逃回来了。"

武帝听到这些话，非常愤怒，马上令丞相刘屈氂前去抓捕太子。后来又有诏令传下，凡三辅附近的将士，都归丞相调遣。一朝权在手，便把令来行，刘屈氂立即调集人马，前去抓捕太子。

太子听说后，急不暇择，假传诏令把都城的囚徒全部放出来，让石德和宾客张光分别带领着囚犯抗敌。并宣告百官，说是皇上病危，奸臣作乱，应前去征讨。百官毫无头绪，也辨不清谁真谁假，只听得都城里面，喊杀声震天动地。太子与丞相领兵交战，杀了三天三夜，不分胜负。第四天有人传报说御驾已到建章宫，众人才知太子假传诏令。于是胆大的出来帮助丞相，一同讨伐太子。民间听说太子造反，也不敢追随。太子的部下死一个少一个，丞相的部下死一个反而多几个，长乐西阙下变成战场，血流成河。

太子渐渐不支，忙乘车到北军门外，令护军使者任安发兵相助。任安是前大将军卫青的门客，与太子本来熟识，当面不好反驳，只好勉强答应。等太子离开后，他竟然闭门不出。太子无法，抓来百姓充兵，又战了两昼夜，兵残将尽，一败涂地。石德、张光被杀，太子带着两个儿子，从复盎门南逃，可城门早已关闭，无路可出。碰巧司直田仁瞧见太子仓皇的情状，不忍加害，竟把他父子放出城门。刘屈氂追到城边，查知田仁擅自放走太子，便想将田仁处斩。暴胜之当时已为御史大夫，在刘屈氂的旁边，急忙对他说："司直与二千石平级，有罪应该上奏，不能擅自诛杀。"刘屈氂把情况详细地报告武帝。武帝十分恼怒，立即下令逮捕暴胜之、田仁，并派人责问暴胜之为何袒护田仁，暴胜之惊慌自杀。武帝又派遣宗正刘长、执金吾刘敢收取卫皇后的后印。卫皇后把后印交出，上吊自杀。卫氏家族全部被判处死刑，就是太子的妃妾也全部自尽。此外东宫属吏，随同太子起兵的，全部被诛族。甚至任安的事也被查知，被拘禁在狱中，与田仁同日腰斩。

太子逃到湖县，藏匿在泉鸠里，只有两个儿子相随。泉鸠里农家虽然留住太子，但因家境贫寒，只好昼夜编织草鞋，卖钱供养太子父子。太子觉得难为情，想起湖县有一个老朋友，家中富有，就写了一封亲笔信派人送去。不料，这一举动竟然走漏风声，被地方官吏听说。新安令李寿率人深夜前去抓捕太子父子，将太子居住的地方团团围住。太子无法逃走，闭门自杀。两个儿子都被杀害。

李寿飞书上报，武帝依从前诏，各有封赏。后来查得事实，太子确实是被江充所逼，不得已才出此下策，本意并不想谋反。高寝郎车田千秋又上疏为太子喊冤，武帝果然被他说动，立即召见田千秋。田千秋身长八尺，相貌堂堂，说起太子的冤情，声随泪下。武帝于是封田千秋为大鸿胪，并下诏诛灭江充全家，把苏文绑在横桥桥柱上，放火烧死。并在湖县修筑思子宫，表示哀悼。

太子死后，武帝的儿子们，都想登上太子之位，于是又惹出一场祸事来。


## 汉武帝之死

武帝年过七十，有六个儿子。除长子刘据外，还有齐王刘闳、昌邑王刘髆、钩弋子刘弗陵、燕王刘旦、广陵王刘胥。刘旦、刘胥与刘闳同时封王，并在宗庙中受册。燕王刘旦是武帝的第三个儿子，两个兄长都死了，按照顺序自然有希望继位，于是上疏请求入宫做宿卫，可武帝不肯答应。贰师将军李广利想立自己的外甥昌邑王刘髆为太子，多次与丞相刘屈氂商议，刘屈氂的儿子娶了李广利的女儿为妻，彼此是儿女亲家，当然答应此事。

征和三年，匈奴兵入侵五原、酒泉，汉廷接到报告后，武帝派遣李广利率兵七万去五原、重合侯马通率兵四万去酒泉、秅侯商邱成率兵二万去西河。李广利辞别登程时，刘屈氂把他送到渭桥，李广利私下对刘屈氂说："你若能早立昌邑王为太子，富贵定可长久。"刘屈氂答应着和他告别。

李广利领兵出塞，到了夫羊句山，与匈奴右大都尉等人相遇，拼杀一阵，匈奴兵败逃，李广利乘胜赶到范夫人城[①]。马通的军队来到天山时，匈奴大将偃渠率兵袭击，远远望见汉军强盛，不战而退，马通追赶不及，只好退回去。商邱成奔入胡境，没有看见胡人，就收兵回去。才走了几十里，看见匈奴大将与李陵率兵从后面追来，不得已转身作战，击退胡兵，然后继续南行。

两路兵已经凯旋，只有李广利没有回来。武帝正在挂念，忽然内官郭穰报告说丞相刘屈氂与贰师将军密约，欲立昌邑王为帝，丞相夫人命女巫诅咒圣上。武帝勃然大怒，立即抓刘屈氂下狱，审讯之后，定罪为大逆不道，命人将刘屈氂在东市腰斩，他的妻子也在华阳街被杀头。李广利的妻子也受到牵连，被拘禁起来。

李广利的家人到军中禀报此事，李广利大惊失色。属吏胡亚夫进言道："将军若能立大功，或许可以入朝赎罪，保全全家。否则匆匆回国，只会一同受罪。"李广利于是冒险再进，走到郅居水上，打败匈奴左贤王，杀死匈奴左大将，还要长驱直入，誓死消灭匈奴。军中长史见李广利急于立功，料知他必败无疑，计划捆住李广利，送他回国。不料此事被李广利听说，立即命人将长史处斩。李广利知道军心不服，下令班师。走到燕然山时，胡骑前来报复，绕到燕然山南边，截住汉军去路。汉军已经疲乏，禁不住与胡虏再战，只好扎下营寨，休息一夜，再与敌人对决。

到了半夜，营后忽然起火，胡兵前来偷袭。胡骑在前路挖下陷阱，夜黑难以分辨，汉军多半跌了下去。李广利虽然没有坠下，也觉得无路可走，前有深沟，后有大火。心中暗想，侥幸逃脱也是一死，不如投降

---

[①] 范夫人城：是边将之妻范氏所筑，所以才有这样的名称。

匈奴，还可死里求生。打定主意后，索性下马投降。单于听说李广利是汉朝大将，特别优待。后来听说汉廷诛死李广利的妻子，便将自己的女儿许配给李广利为妻，地位在卫律之上。

卫律心怀嫉妒，想害死李广利，只是一时无机可乘。过了一年多，恰逢单于有病，医治无效。卫律就买通胡巫，叫他告诉单于，说是李广利多次入侵，得罪社稷，应该用李广利祭社，才可挽回性命。单于尊信鬼神，就把李广利拿下，李广利怒骂单于："我死后必灭匈奴！"单于还是杀死了李广利。祭祀之后，匈奴连日大雪，牲畜多被冻死，百姓遭受瘟疫。单于想起李广利生前说过的话，以为是他在作祟，命人为李广利立祠。

武帝因为李广利投降匈奴，屠戮李氏一门，连前将军公孙敖、赵破奴等人也都受到牵连。征和五年，武帝志在革新，下诏改元，不用什么祥瑞的字样，只称为复元元年，并且驾临甘泉郊外祭祀。回到长安，丞相田千秋因武帝连年用刑，中原内外不安，特与御史等人，借着上寿为名，劝武帝施德减刑，和神养志。武帝虽然没有听从他们的请求，却也知道田千秋的用意。田千秋因为这句话感悟主心，得以封侯拜相，不但汉廷视为异常，就是外邦也当做奇闻。匈奴狐鹿姑单于又派遣使臣要求和亲，武帝也遣使答报。狐鹿姑单于问汉使："听说汉朝最近封田千秋为丞相，此人一向没有什么威望，怎么能担此大任呢？"汉使回答说："田丞相上疏说事，正合皇上的意思，因此得以迁升。"狐鹿姑笑道："照你说来，汉相不必任用贤人，只需能说会道，便能升为丞相了。"汉使无言可答，回报武帝。武帝责怪他应对失辞，想将他抓捕下狱，还是田千秋代为求情，才得以赦免。田千秋善于观察时势，比以前的几位丞相较为称职，但也是遇到了机会，才有此荣光。

到了夏盛，武帝到甘泉宫避暑，躺在床上还没有起来，忽然听到一阵响声，从梦中惊醒。武帝披衣出来探视，只见两个人正在打架，一个是侍中驸马都尉金日磾，一个是侍中仆射马何罗。武帝正准备喝令他们停止，金日磾大声叫道："马何罗反了！"一面说，一面将马何罗抱住，用尽全身力气将马何罗扳倒。殿前宿卫绑住马何罗，武帝当面加以审讯，得知谋反属实，于是令左右把马何罗送交廷尉，依法治罪。

马何罗是重合侯马通的长兄，马通曾抗击太子，得以封侯，马何罗也做了侍中仆射。江充被诛族后，太子的冤情大白于天下，马何罗兄弟担心招来祸端，就起了谋逆之心。马何罗出入禁宫，多次想行刺皇上，只因金日磾时常跟随，不便下手。金日磾患病后，马何罗暗自庆幸得到

331

机会，于是与弟弟马通及三弟马安成私下谋逆，自己进去行刺武帝，嘱咐两个弟弟假传诏令发兵，作为外应。本打算深夜起事，因为殿内守卫森严，挨到清晨才怀揣利刃，从外面走入。碰巧金日䃅病情稍减，早上忽然觉得心神不安，于是折回殿中。才坐下来，就看见马何罗慌慌张张地进来，便拦住他责问。马何罗面如土色，自思骑虎难下，还想闯进武帝寝宫，偏偏手忙脚乱，怀中的利刃掉在地上，金日䃅窥破他的来意，抢前一步抱住马何罗。二人争斗多时，马何罗竟被金日䃅打倒。武帝又令奉车都尉霍光与骑都尉上官桀前去捉拿马通、马安成。二人正在宫外等着接应马何罗，不料两都尉率兵突然出来，只得束手就擒。三人按律斩首，全家被诛。

武帝遭此一吓，更加心绪不宁，心想太子死后，还没有册立储君，一旦有个不测，何人继位？膝下还有三个儿子，就数小儿子刘弗陵身躯伟岸，头脑灵活。只不过他年纪还小，他的母亲钩弋夫人又正值盛年，将来儿子被立为皇帝，她必定干预朝政，恐怕会成为第二个吕后。想来想去，只有先择一个大臣，交付托孤重任，眼前只有霍光、金日䃅二人忠厚老成，可担此大任。可金日䃅毕竟是胡人，不足以服众，不如选择霍光。于是特意绘成一图，赐给霍光。

霍光，字子孟，是前骠骑将军霍去病的弟弟，被霍去病带到都城，做了郎官，后来迁升为奉车都尉光禄大夫。二十多年间，霍光小心谨慎，不曾有过失。接到皇上所赐的图画，回家展开一看，是周公辅成王朝诸侯图，就揣知了武帝的意思。武帝见霍光接图退去，没有再回来，当然欣慰。第二步便想处置钩弋夫人，于是故意寻衅谴责。钩弋夫人前来谢罪，武帝竟翻转脸色，令左右侍女把她推出去。钩弋夫人自入宫以后，从未受过这般委屈，不由得珠泪盈眶，频频回头。武帝见她愁眉泪眼也觉得可怜，硬下心肠扬声催促道："去！去！你休想再活了！"钩弋夫人还想再说，已被侍女推出送交狱中，当夜就下诏赐死了。一代红颜，无端被杀，只落得一抔黄土。有人称钩弋夫人尸解成仙，无非是怜惜她无故枉死，所以才有这样的说法。武帝赐死她时，曾问道："外边有没有异议？"左右答道："人们都说陛下将立小儿子为太子，为何先杀死他的母亲呢？"武帝感叹道："庸才愚蠢无知，国家发生变故，多是由主少母壮导致的，你等没听说过吕后的故事吗？"左右听了，无言以对。

过了一年，武帝因春日无事，就到五柞宫游览。一连住了数日，不料风寒砭骨，病入膏肓，以至长卧不起，无力回宫。霍光侍奉在左右，哭着问："陛下还没有明说，究竟立何人为太子？"武帝答道："你不知道我送你图画的意思吗？我已决定册立小儿子，你要尽力辅助才是。"霍光叩头说："臣不如金日磾。"金日磾当时也在旁边，急忙应声道："臣是外族人，如果辅佐幼主，会使外人看轻，不如霍光合适。"武帝说："朕深知你二人忠厚，你们都应尽力辅助。"二人这才退下。武帝又想起朝上大臣，除丞相田千秋、御史大夫桑弘羊外，还有太仆上官桀颇为可信，也可以令他们辅政。于是便令侍臣拟诏，立刘弗陵为皇太子，提升霍光为大司马大将军、金日磾为车骑将军、上官桀为左将军，与丞相、御史一同辅政。

这五人的资望，上官桀最轻。上官桀是上邽人，由羽林期门郎升官未央厩令。武帝常入厩阅马，上官桀格外留意，勤加喂养。不久，武帝患病，好几天没到厩中，上官桀便疏懒下去。谁知武帝病情稍微好转，前来看马。见马儿瘦了很多，便向上官桀怒骂道："你以为我近日生病，就不会来看马了吗？"上官桀慌忙跪拜，边叩头边说："臣听说圣体欠安，日夜忧愁，所以无心喂马，还望陛下恕罪。"武帝听了，认为他忠诚可靠，不但将他免罪，还把他提升为骑都尉。

武帝安排好一切后，第二天夜里在五柞宫驾崩，享年七十一岁。武帝在位五十六年，共改元十一次。武帝罢黜百家、独尊儒术、兴太学、改正朔、定历数、作诗乐，是一位英明的君主。虽然连年用兵，征伐四夷，不免消耗粮饷，但也能拓土扬威。只是好色求仙、修筑宫殿、多次封禅、喜欢巡游、任用酷吏、暴虐人民，终落得上下交困，内外无亲。多亏晚年自知悔过，所以秦皇汉武，古今并称。

大将军霍光等人依照遗诏，奉太子刘弗陵即位，称为昭帝。昭帝年仅八岁，不能亲政，无论大小事件均归霍光主持。霍光是顾命大臣之首，见主上年少，国人猜疑，为防不测，日夜在殿中住着，不敢有丝毫疏忽。昭帝年幼，饮食起居都需要人照料。皇帝的母亲钩弋夫人早已被赐死，此外所有宫嫔都难以深信，只有盖侯王充的妻子是昭帝的长姐鄂邑公主，正在寡居，可以入宫照顾昭帝。于是加封鄂邑公主为盖长公主，让她即日入宫伴驾。霍光又追尊钩弋夫人为皇太后，谥先帝为孝武皇帝，大赦天下。

不久，就过完了这一年，照例改元，称为始元元年，这一年发生了一件谋反的案子。

## 六龄小皇后

燕王刘旦与广陵王刘胥都是昭帝的兄长。刘旦虽然聪慧博学，但性情颇为倨傲，刘胥虽有勇力，但喜欢游猎，所以武帝不册立他们为储君，竟立年仅八岁的昭帝。昭帝即位后，颁示诸侯王玺书，通报举行丧礼。燕王刘旦接到玺书，得知武帝驾崩，他不但不悲伤，反而派遣近臣寿西、孙纵之等人到长安侦察内情。

众人回报，称主上崩逝于五柞宫，众将军共立少子为帝。刘旦不等他们说完，就开口问道："你们可曾见到鄂邑公主？"寿西答道："公主已经入宫，无法见到。"刘旦假装吃惊地说："主上驾崩，难道没有遗嘱？并且又没有见到鄂邑公主，岂不是怪事？"于是又派遣中大夫入都上疏，请各郡国立武帝庙。大将军霍光料知刘旦心怀不轨，没有批答，只传诏赐钱三千万，加封一万三千户。此外如盖长公主及广陵王刘胥，也照燕王刘旦的标准加封。刘旦与中山哀王的儿子刘长、齐孝王的孙子刘泽密谋变乱，谎称现在登上王位的并不是武帝要立的储君，而是由大臣们擅自决定的，希望天下人共同起兵讨伐。

刘旦又派刘泽写檄文，传布各处。刘泽没得到封爵，只是浪迹齐、燕，到处为家。此次已与燕王订约，自己回到齐地纠集党羽响应燕王。燕王刘旦汇集奸人，收聚铜铁，私铸兵器，操练士兵，准备择日起兵。郎中韩义等共计十五人先后进谏，都被他杀死。刘旦正打算冒险举事，不料刘泽赶到齐国后，竟被青州刺史隽不疑抓住，奏报朝廷，眼见逆谋败露，大事不能成。

隽不疑向来有贤名，曾由暴胜之举荐，官至青州刺史。他听说刘泽谋反的事情后，急忙上告，又派人四处侦捕。也是刘泽时运不济，立即被拿下，拘禁在青州狱中。隽不疑飞报都中，朝廷派遣使臣前来查办，一经严审，水落石出，刘泽当场伏法。刘旦本来难逃死罪，大将军霍光等人因为昭帝刚刚登基，只让刘旦入京谢罪。迁升隽不疑为京兆尹，加封刘成食邑。

车骑将军金日磾曾由武帝遗诏封为秺侯。金日磾认为皇上年幼，不敢受封，推辞不受。谁知他竟突然得了重病，霍光急忙禀告昭帝，请旨将他封侯。金日磾躺在床上接受官印，才过一天便去世了。他的两个儿子年纪都小，一个名叫金赏，封为奉车都尉；一个名叫金建，封为驸马都尉。昭帝时常召来二人做伴，并与他们同床共卧。金赏承袭父爵，得到两个官印。金建当然不能与哥哥相比，昭帝也想封金建为侯，特意对霍光说："金氏兄弟只有两个人，不妨都给他们封赏吧？"霍光答道："大儿子袭承爵位，所以有两个官职；其他的儿子按照惯例难以封侯。"昭帝笑道："想要封侯，还不是凭我和将军一句话。"霍光严肃地说："先帝有约，无功不得封侯！"昭帝于是就不再提此事了。

第二年，昭帝封霍光为博陆侯，上官桀为安阳侯。时光易过，转眼间已是始元四年，昭帝已经十二岁了。上官桀有一儿子名叫上官安，娶霍光的女儿为妻，生下一女，已经六岁，上官安想把她纳入宫中，希望将来能当上皇后。可霍光认为上官安的女儿太小，不适合入宫。上官安扫兴回来，心中暗想，机会难得，怎么能失去？想了很久，竟得了一条门路，跑到盖侯门客丁外人家，投递书信求见。丁外人祖籍河间，颇有才智。盖侯王文信与他熟识，就把他领到幕中。谁知被盖长公主瞧见，不由得淫心大动，她中年守寡，怎能耐住寂寞？况且有那美貌郎君在儿子的门下，正好朝夕勾引，享受鱼水之欢。

丁外人生性狡猾，正好移篙近舵，男有情、女有意，自然凑合成双。有宫人将此事告知霍光，霍光秘密探询，才知公主私通丁外人。暗想此事非同小可，但照顾皇帝的事情更大，索性叫丁外人一起入宫，好叫公主满足私欲，然后一心一意地照顾昭帝。于是诏令丁外人入宫为宿卫。上官安洞悉此情，特访丁外人，想托他告知公主，代为玉成。凑巧丁外人出宫在家，得以与他叙谈。彼此密谈一会，丁外人乐得顺便卖个人情，满口应承。盖长公主本想将已故周阳侯赵兼的女儿配给昭帝，此次为了情夫的面子，只好舍己从人，一力促成。便召上官安的女儿入宫，封为婕妤，不久就立为皇后。

上官安也得以迁升，居然被封为车骑将军。上官安格外感激丁外人，便替他谋划，求一个侯爵。有时上官安进见霍光，就极力推荐丁外人。霍光对立上官安的女儿为皇后，本不赞成，只不过这属于后宫内事，不便坚持己见。再加上是自己的外孙女儿得立为皇后，因此任他安排布置。可若把丁外人封为侯，那就大大地违背了汉朝的法例，因此任凭上官安说得天花乱坠，始终不肯轻易答应。上官安拗不过霍光，只好请求自己的父亲与霍光商议。他的父亲上官桀与霍光同时受命辅佐幼主，两人不但是儿女亲家，还是莫逆之交，有时霍光有事回家，上官桀就代他处理一些事情。丁外人封侯一事，霍光非但不答应上官安的请求，就是上官桀出面周旋，霍光也始终不肯答应。上官桀降格相求，打算封丁外人为光禄大夫，霍光生气地说："丁外人无功无德，怎么能封官晋爵？希望你不要再说了！"上官桀不免有些尴尬，但又不便将丁外人的好处据实说明，只得默然退回。从此父子二人与霍光的关系大不如前了。

京兆尹隽不疑威望很高，百姓畏服。每年巡视属县，带着犯人回署审问，他人也不敢过问。隽不疑的母亲在官舍留养，经常向隽不疑问起，有没有平反冤狱，是否救活人命？隽不疑一一回答。如果他能开脱数人，母亲必定心喜，多进饮食，否则母亲就整日不吃饭。隽不疑向来很严厉，因为不敢违忤母命，只好略微从宽发落。

始元五年春正月，忽然有一个男子乘车进京，自称是卫太子。公车令急忙进去禀报，大将军霍光不胜惊疑，传令大小官员打探虚实。百官都去探视，有说是真的，有说是假的，始终不能确定。甚至都中百姓听说卫太子出现，也都出来聚集观看，议论纷纷。不一会儿，有一个官吏乘车到来，大致一瞧，便喝令随从把这个男子拿下。随从不敢违背，立即把他绑起来，百官吃惊地前去观看，原来是京兆尹隽不疑。有一个朝臣，与隽不疑关系很好，急忙走上前对他说："是非尚未可知，不要操之过急。"隽不疑大声说道："就算他真是卫太子，也不必忧虑。试想春秋列国时候，卫蒯聩得罪灵公，逃奔到晋国，等灵公死后，就据国拒父，《春秋》也不以为他做得不对。如今卫太子得罪先帝，逃亡不死，现在亲自前来，也应当定罪，怎么能不拿下问罪呢？"众人听了，都佩服隽不疑的高见，就散去了。

隽不疑将这个男子送到狱中，经廷尉再三审问，终于水落石出，雾解云消。这名男子是夏阳人，姓成名方遂，流落到湖县，以算命为生。当时有个太子舍人向他卜问，看了成方遂的长相，不禁诧异道："你长得很像卫太子。"成方遂听到这句话，忽生奇想，便将卫太子在宫中的情况大致问明，想假充卫太子得到富贵。偏偏碰到隽不疑，求福不成反遭祸，弄得自己身陷狱中无法解脱。起初他还不肯如实招供，后来经湖县人张方禄等归案辨认，才真相大白。依照汉朝律法，将成方遂在东市腰斩。这个案子解决后，隽不疑名重朝廷，霍光听说他丧偶未娶，便想将自己的女儿许配给他，隽不疑却一再推辞，始终没有接受。后来他称病回家，不再出仕，寿终而死。

霍光器重文人。谏议大夫杜延年，请求重用文帝俭约宽和的政策，霍光就令郡国访问民间疾苦，举荐有才的文人，让他们上陈国家利弊。一群有名的士人、儒生前来请愿，乞求废除盐、铁、酒的税收均归官有的政策。御史大夫桑弘羊还要坚持原议，说是安抚边境，全靠这个政策。霍光听取众人的意思，不再重用桑弘羊，此后轻徭薄赋，百姓的生活大有好转。

匈奴狐鹿姑单于病死，遗命说儿子年幼，应立弟弟右谷蠡王。偏偏阏氏颛渠与卫律密谋，把单于的遗命藏起来，竟立狐鹿姑的儿子壶衍鞮为单于，召集诸王祭祀天地鬼神。右谷蠡王及左贤王等人不服幼主，屡召不到。颛渠阏氏担心引起内乱外患，就想与汉廷和亲，派遣使臣来到汉廷。汉廷遣使答复，要回苏武、常惠等人，才允许言和。至此苏武被困已经有十九年了。

以前卫律多次强迫苏武投降，苏武誓死不从。后来李陵战败，投降胡人，匈奴封李陵为右校王，让他到北海劝苏武投降胡人。苏武与李陵关系很好，一见面，自然重叙旧情。李陵带有酒食，摆设出来，对坐同饮。酒过数巡，李陵故意问起苏武的状况，苏武欷歔说："我在这里苟且偷生，无非是想再见皇上一面，那时我死也甘心！这么多年的苦楚难以描述，多亏单于的弟弟于軒王可怜我，给我衣食，才得以忍耐到今天。如今于軒王已经逝世，丁灵人又来偷我的牛羊，不知此生还能不能重归故国啊。"李陵乘机进言道："单于听说我与你的交情很好，特意让我前来劝你。试想，你孑身一人，居住在此地，白白受困受苦，虽有忠义，又有何人知道？况且你的长兄苏嘉曾是奉车，因为折断了车辕，就以大不敬罪迫使他自杀。你的弟弟苏贤没有抓到罪犯，无法复命，最后服毒身亡。太夫人已经去世，尊夫人也改嫁了，只剩下两女一男，存亡尚未可知。人生如朝露，你为何还要白白地在此受苦呢？我战败后，投降匈奴，起初也心痛不已，觉得自己有负国家，听说母亲、妻子都被拘禁，更加伤心。可朝廷不察苦衷，杀死我全家，使我无家可归，不得已才留居此地。子卿①！子卿！你的家人死的死，逃的逃，还有什么值得你留恋的呢？不如听从我的话，投降了匈奴吧，不要再被拘禁在此地受苦了！"

苏武听说母死妻嫁，兄死弟亡，禁不住潸潸泪下，但仍誓死不肯投降胡人。苏武忍泪答道："苏武父子本没有功德，因主上成全，才位至

---

①子卿：苏武的字。

将军、爵列通侯，兄弟又都入侍宫中。苏武常想肝脑涂地，也不足以报答主恩。你就不要再说了！"李陵见劝不动他，只好与他饮酒闲谈。今日饮完，明日又饮，大约过了三五天。李陵又开口说道："子卿何妨听我的话呢？"苏武慨然答道："苏武已将生死置之度外，你如果一定想要苏武投降，今日喝完酒后，我就死在你的面前！"李陵见他语意诚挚，不禁长叹道："你真是个义士啊！我与卫律罪过太大了！"说着，声泪俱下。

不久，李陵让胡妇出面，赠给苏武牛羊几十头，又劝苏武纳一胡女为妻。苏武想起李陵的话，担心绝后，就听从了李陵的建议，纳了一名胡女。武帝去世的消息传到匈奴，李陵报知苏武，苏武朝南悲声痛哭，甚至吐血。后来匈奴易主，主张与汉廷修和，汉朝与匈奴的使节往来，苏武却全不知道。汉使索要苏武等人，胡人谎称苏武已死，幸亏常惠得到消息，设法买通胡虏的官吏，于当天夜里拜见汉使，说明详情，并向汉使献计。

第二天汉使前去拜见单于，指名要索回苏武，壶衍鞮单于回答说："苏武已经病死很久了。"汉使生气地说："单于休得相欺！大汉天子在上林苑中，射到一只大雁，爪上系有帛书，乃是苏武亲笔书写，称自己在北海中牧羊。如今单于既想言和，为何还想欺人？"一席话说得单于大惊失色，忙对左右说："苏武的忠诚，竟能感动鸟兽吗？"赶忙向汉使谢罪道："苏武确实安然无恙，请你不要怪罪！我立即送他回国。"汉使趁势进言道："既然肯放回苏武，常惠、马宏等人也请一律放归，这样匈奴与汉廷才能言和。"单于立即答应，汉使于是退下。

李陵奉单于之命，到北海召还苏武，备酒前去道贺，边饮边说："你如今扬名匈奴，显功汉室，实是古今第一人，只恨我不能与你一同还朝！子卿是我的知己，此别恐怕成永诀了！"说到这里，泣下热泪数行，苏武听了，也为之泪下。喝完酒后，苏武便与李陵前去觐见单于，告别南归。

之前苏武出使匈奴，随行者共有一百多人，此次回去，除常惠陪同外，只剩九人，其中马宏是在苏武之后被匈奴拘禁的。马宏在武帝晚年与光禄大夫王忠一同出使西域，路过楼兰，被匈奴发兵截击，王忠战死，马宏被擒。匈奴威胁马宏投降，马宏誓死不从，于是被拘留，现在得以与苏武一同生还，重入都门。苏武出使时，才四十岁，如今胡须、眉毛全白了，手中还拿着出使时武帝颁发的符节，都中之人无不赞叹。苏武入朝觐见昭帝，缴还符节，朝廷下诏让苏武拜祭武帝的陵庙，赐钱二百万，公田二顷，宅院一座。常惠被封为郎中，徐圣、赵终根二人所封官职与常惠相同，此外的几个人，因已经年老，各赏钱十万，令他们回家去了，终身免除劳役。

苏武的儿子苏元，听说父亲回来，当然出来迎接。苏武回家后，虽然父子得以团聚，但想到老母、前妻以及死亡的兄弟，不免伤感。又想起胡妇有孕在身，未曾跟随他一同回来，更觉得凄伤不已。多亏战争已经平息，汉廷与匈奴往来不绝，才得以收到李陵的书信，知道胡妇已生下一男，心里稍稍宽慰了些。苏武于是写信回复，给胡妇生的儿子取名为苏通国，托李陵照顾，并劝李陵伺机归汉。

大将军霍光、左将军上官桀与李陵有同僚之谊，特派遣李陵的故人任立政等前往匈奴，名为出使，实是招李陵回国。李陵与任立政等宴饮数次，任立政见李陵穿的是胡人的衣服，梳的是胡人的发型，怅然不已。又因卫律时常在李陵旁边，不便进言。等到有机可乘，开口相劝，李陵担心再次受到侮辱，无志归国，任立政等于是告别李陵，南还中原。霍光、上官桀听说李陵不肯回来，只好作罢。

苏武回国以后，只隔一年，上官桀与霍光争权，酿成大祸，连苏武的儿子苏元也一同被判刑。


## 内忧外患

上官桀父子为了丁外人不得封侯的事怨恨霍光，盖长公主听到这个消息后，也埋怨霍光不肯通融。他们内外联合，视霍光如眼中钉、肉中刺。霍光还不知晓，只照自己的意愿做事。一天，昭帝自己下诏，加封上官安为桑乐侯，食邑一千五百户。霍光事先虽没有听说，但想到上官安是皇后的父亲，得以封侯，也是常例，所以并没有谏阻。

上官安从此傲慢自大。当时，太医监充国无故入殿，被捕下狱。充国是上官安的外祖父所宠爱的人，外祖父出面营救，请上官安父子代为设法。上官安和父亲上官桀前去拜见霍光，请求赦免充国，霍光不肯答应。充国经廷尉定罪，要处以死刑，急得上官桀仓皇失措，只好密求盖长公主。盖长公主替充国献马二十四匹赎罪，减去死刑。此后上官桀和上官安父子更加感念盖长公主的恩惠，与霍光的仇怨也变得更深。上官桀又想到自己从前的职位不低于霍光，现在父子都是将军，孙女又贵为皇后，声势显赫，却事事被霍光控制，心中不免愤愤不平。于是秘密布置，打算广结内外官僚与霍光作对，好乘机把他除去。

当时燕王刘旦没有得到帝位，常常心怀怨恨。御史大夫桑弘羊因霍光撤销榷酤官，子弟等多半失职，想另谋职位，又被霍光从旁限制。二人不能如愿，也与霍光有了过节。上官桀得知这些隐情，一面就近联络桑弘羊，一面派人勾结燕王，串通一气，再加上有盖长公主作为内援，真的是内外有人，不怕霍光不入网中。

那时正值霍光到广明校阅羽林军，上官桀与桑弘羊就想趁机发难。只是急于一时无从下手，就打算由桑弘羊代修一书，谎称燕王刘旦上疏弹劾霍光的过错。书信还没有呈入，霍光已经回京，上官桀只好延迟数日，等霍光放假回家时才将书信呈进去。那一年本是始元七年，因改元五凤，称为五凤元年，昭帝已有十四岁。

昭帝看了又看，想了多时，竟将奏章搁置，并不答复。上官桀等候半天，见毫无动静，就入宫探问。昭帝只是微笑，并不作答。第二天霍光入朝，听说燕王刘旦上疏弹劾自己，不免有些担心，就前往殿西画室中坐等消息。画室里悬着武帝托孤的图画，霍光在这里坐着，自有深意。

不一会儿，昭帝临朝，单单不见霍光，便开口询问，上官桀应声道："大将军被燕王刘旦弹劾，所以不敢进来。"昭帝急忙命左右召入霍光，霍光来到皇帝座前跪下，摘冠谢罪。只听昭帝说道："将军尽可放心，朕知将军无罪！"霍光又喜又惊，抬头问道："陛下怎么知道臣没有罪？"昭帝答道："将军到广明校阅，往返不到十日。燕王远居蓟地，怎么能知晓？倘若将军真有叛逆之心，何须用校尉？这明明是有人谋害将军，假借燕王之名写了这道奏章。朕虽然年少，但也不至于愚蠢到这种地步！"霍光听完，很是佩服。文武百官都没想到幼主如此年少竟能察出其中的情弊。众臣虽然不知何人作假，也觉得可疑，只有上官桀与桑弘羊心怀鬼胎，特别惊慌。到霍光起身就位，昭帝又命人将奏章拿去研究，然后退朝。

上疏的人是上官桀与桑弘羊差遣的，一听到彻查的消息，立即到他们两家躲藏起来，试问此案怎么能破获呢？可昭帝连日催促，要求务必把此事查个水落石出。上官桀进宫对昭帝说："这是小事，不值得追究。"昭帝不肯听从，仍然下诏快速捉拿罪犯，并认为上官桀有二心，渐渐与他疏远，只亲信霍光。上官桀忧恨交并，又嘱咐内侍诉说霍光的罪过，昭帝发怒道："大将军是当今忠臣，先帝嘱咐他辅佐朕，如果有谁再敢妄说是非，立即判刑！"

内侍等碰了钉子，不敢再进言，只好如实回复上官桀。上官桀索性想出一条毒计，与儿子上官安秘密商议几次后，计划杀死霍光、废掉昭帝，然后把燕王诱入京城刺死，再将帝位据为己有。又告知盖长公主，说要杀霍光、废昭帝，迎立燕王刘旦，盖长公主竟也依从。上官桀又请求盖长公主设宴请霍光前来，事先埋伏好士兵，乘机行刺。然后派人通报燕王，叫他准备入都。

燕王刘旦大喜过望，回信说定会如约到达，事成后封上官桀为王，同享富贵。刘旦又与燕相平商议谋反之事，平阻止说："大王以前与刘泽共谋，刘泽喜欢自夸，又喜欢侮辱人，导致大事不成。现在左将军生性轻佻，车骑将军年少骄横，臣担心他们也与刘泽相似，未必能成事。就算侥幸成事，他们也难免反叛大王，愿大王三思而后行！"刘旦不肯相信，并且反驳道："我是先帝的长子，天下都知道，何必担心别人反叛呢？"平无话可说，只好退下。

过了几天，刘旦又对群臣说："最近接到盖长公主的密报，说想举大事，只担心大将军霍光与右将军王莽①。如今右将军已经病逝，丞相又有病在身，正好乘机发兵，大事一定能成。不久便会召我进京，你们赶快准备，不要错失时机！"众臣只好听命，各自去办理。偏巧天象传来警报，燕都里面，经常有怪异的事发生。一会儿大雨倾盆，有一条彩虹下垂到宫中的井里，井水瞬间干涸，众人都说井水是被彩虹饮尽；一会儿有一群猪突然从厕所里冲出来，闯入厨房，毁坏灶台；一会儿乌鸦、喜鹊争斗，纷纷坠死在池中；一会儿老鼠在殿门前跳舞而死。宫妃宫女无不惊慌，刘旦也吓得生了病，派人去祭祀葭水、台水。门客吕广擅长占卜，对刘旦说："今年恐怕会有兵马围城，时间在九月、十月之间，汉廷会有大臣被杀，祸在眼前了！"刘旦大惊失色地说："谋事不成，妖象显见，怎么办！怎么办！"正忧虑间，忽然有急报从长安传来。说上官桀父子的逆谋败露，连累多人，燕国的使臣孙纵之等都被抓住了。刘旦吓出一身冷汗，忙再遣心腹去探听确切消息。

原来，盖长公主听了上官桀的话，打算邀请霍光饮酒，乘机将他刺死。上官桀父子静坐等待成功的消息，准备庆贺。不料谏议大夫杜延年竟得知了他们的阴谋，赶忙去告诉了霍光。于是上官桀父子几年的经营，毁于一旦。

---

① 这个王莽是天水人，与下文的王莽不同。

杜延年的消息是从搜粟都尉杨敞那里得来的，杨敞又是听燕苍说的。燕苍以前是稻田使者，卸职闲居，有一个儿子是盖长公主的舍人，首先听到这个消息，辗转传达，最后被杜延年告发。霍光一听说这个消息，马上进宫禀告昭帝，昭帝便与霍光商定，密令丞相田千秋逮捕逆党。

丞相的征事任宫，先假意邀请上官桀，把他引入府门，然后传诏将他斩首。丞相少史王寿也如法炮制，去引诱上官安入府门，然后一刀将他处死。上官桀父子被诛杀后，霍光派遣相府吏役前去往捉拿御史大夫桑弘羊。桑弘羊无法脱身，只好束手就擒，也做了一个无头鬼。盖长公主听说后，自杀身亡。丁外人自然也难免一死。苏武的儿子苏元也参与谋逆，使苏武受到连累，被免去官职。上官桀的党羽全部被处死后，霍光又去追缉燕使孙纵之等，把他们抓入狱中，然后昭帝特派使臣拿着玺书交给燕王刘旦。

朝使还未到来，刘旦就已经得到了心腹的急报，于是召燕相平进来商议，想要发兵。平答道："左将军已经死了，我们没有了内应。吏民都知道叛逆的事情，如果再起兵，恐怕大王的家族都难保了！"刘旦也觉得起兵无济于事，就在万载宫摆置酒席，外宴群臣、内宴妃姜。酒入愁肠，随口作歌，唱到最后一句，宠姬华容夫人起舞，也续歌一首。座下的人听到歌声，都痛哭流涕。华容夫人更是伤心欲绝，泪流不止。喝完酒后，刘旦就想自杀，左右上前宽慰，妃姜等齐声阻拦。此时，忽然有人禀报说朝廷派来的使臣到了，刘旦只得出去迎接。朝使入殿，当面把玺书交给他，刘旦急忙展开阅读。

刘旦看完后，将玺书交给大臣，自悲自叹道："死了！死了！"于是自缢而死，妃姜等随他死去的有二十多人。朝使即日返报，昭帝谥刘旦为刺王，赦免刘旦的儿子，把他们废为平民，削国为郡。盖长公主的儿子王文信也被撤销了侯爵。只有上官皇后未曾通谋，且是霍光的外孙女，没有受到连累。

霍光有志休养生息，不愿再打仗，可乌桓校尉奏报说乌桓部众不服管束，时有叛心。乌桓是东胡后裔，曾为冒顿单于所破。剩余的人后来逃到乌桓、鲜卑二山，于是分为乌桓、鲜卑两个部落，仍是匈奴的属国。武帝时，攻入匈奴各地，将乌桓民众迁到居上谷、渔阳、右北平、辽东四郡的塞外，特设置乌桓校尉就地监护，使他们与匈奴断绝往来。后来乌桓渐渐强大，就想反叛。

霍光正在踌躇，凑巧投降的匈奴人上言说乌桓侵掠匈奴，挖掘前单于的坟墓，匈奴想发兵报复，派出二万骑兵前去攻打乌桓。霍光心生一计，表面上攻击匈奴，暗地里却对付乌桓。聚集众大臣商议，护军都尉赵充国说不宜出师，中郎将范明友却极力主张出击。霍光告知昭帝，封范明友为度辽将军，率领两万骑兵，赶赴辽东。且当面嘱咐范明友："匈奴多次说和亲，可仍然侵掠我国边境，你不妨声明他们的罪行，然后讨伐。如果匈奴退去，你便可直击乌桓，趁他不备，定能取胜。"范明友领命离去。

走到塞外，果然听说匈奴兵已经退去，范明友立即领兵攻入乌桓。乌桓才与匈奴交战过，正是兵疲力乏，汉兵又来攻打，难以据守，只好纷纷逃窜。范明友砍杀一阵，斩获六千多人，班师凯旋。范明友因此被封为平陵侯，平乐监傅介子也得立战功，获得奖赏。

傅介子是北地人，少年好学，后来认为读书无益，于是从军，得了一官职。听说楼兰、龟兹两国叛服无常，多次杀死汉使，使朝廷不能与大宛互通音信，就上疏自请效命。霍光颇为欣赏，便命他出使大宛，顺路到楼兰、龟兹传诏责问。傅介子受命辞行，先到楼兰。楼兰是西域要塞，自从被赵破奴征服后，便向汉称臣。又害怕匈奴侵犯，只得一面事汉，一面与匈奴和好，两处各派遣一个儿子作为人质。武帝征和元年，楼兰国王去世，楼兰人请求汉廷遣还王子继位。可王子犯了汉朝的律法，身受宫刑，不便遣归，汉廷就设词答复，叫他另立新王。汉廷又责令楼兰再派遣一个王子入汉都，新王于是又派儿子入汉都做人质，同时派遣另一个儿子前往匈奴。不久，新王又死了，匈奴释放王子，令他回楼兰做王。王子名叫安归，回到国中，继承父位。

夷人的习俗是把继母娶作妻子，安归也不能免俗，就将继母据为妻室。忽然有汉使来到，让他入朝。安归犹豫不决，他的妻子从旁劝阻道："先王曾派遣两个儿子到汉朝，至今都没有回来，您怎么还能再去汉朝呢？"安归于是拒绝汉使，又担心汉朝责怪，索性归附匈奴，并为匈奴拦杀汉使。傅介子到楼兰后，严厉谴责，并说大军将要前来讨伐。安归理屈词穷，连忙谢罪。傅介子于是辞别安归，转赴龟兹，龟兹王也愿意服罪。当时有匈奴使者自乌孙到龟兹，恰被傅介子听说，傅介子夜里率领从吏，将匈奴使者杀死，拿着他们的人头回都。汉廷奖赏傅介子，升官中郎，得为平乐监。

傅介子对霍光说："楼兰、龟兹反复无常，前几次只是出言责备，不足以惩戒他们。我上次到龟兹，见国王坦率近人，容易受骗。我愿意前去行刺该王，威示各国。"霍光答道："龟兹路途遥远，不如去楼兰。你若有这样的胆略，可先去试一试。"傅介子于是招募一百个壮士，拿着金帛，说是颁赐各国，奉诏西行。走到楼兰，楼兰王安归听说傅介子又来了，立即出来相见。傅介子与他交谈几句，看安归左右卫士甚多，不便下手，就退出去了。

傅介子假意对番官说："我奉天子之命，远道而来，颁发赏赐，你王应该亲自出来迎接，为何如此怠慢？我明天便动身去其他的地方。"番官听了这话，急忙报知安归。安归探知傅介子带了许多金帛，就起了贪心，立即命令备办酒席，前去邀请傅介子。可傅介子不肯应召，连夜整装，似乎行色匆匆。到了第二天，安归先派人挽留，然后亲自率领左右近臣到客帐中回拜傅介子，并将酒肴带来，款待傅介子。傅介子怡然就席，故意将金玉锦绣陈列席前，指给安归看。安归目眩神迷，开怀畅饮。等到将醉的时候，傅介子起座对他说："天子还有密诏传达，请大王退去左右，好当面陈述。"

安归酒后糊涂，竟令左右退出帐外。只见傅介子突然把酒杯扔在地上，之后便有十多个壮士从帐后持刀进来，安归正想喊救命，那刀尖已经刺进心窝，猛叫一声，倒地死去。帐外的番官听到叫声都吓走了，傅介子放胆出来，大声对众人说："你们的大王安归私下勾结匈奴，多次杀死汉使，得罪天子，所以汉廷派遣我来诛杀他。如今你们的大王已死，但你等无罪。你们大王的弟弟尉屠耆在汉廷做人质，现在已由大军送回，由他继承王位，你等若敢轻举妄动，难免玉石俱焚！"众人听完他的话，连连点头。傅介子于是命番官各就原职，等候新王尉屠耆，自己砍下安归的人头与壮士策马入关。

霍光非常欢喜，转达昭帝，命人将安归的首级悬示出去，并封傅介子为义阳侯。昭帝即日召见尉屠耆，特赐鄯善王印，并把宫女许配给他做夫人，还派兵护送他登程。尉屠耆在汉朝做了多年人质，无意中得此荣耀，自然叩头拜谢，上车西去。从此楼兰国改名为鄯善，不再反叛汉朝了。

尉屠耆西行回国，汉廷连遇凶丧，昭帝也得病归天。

## 短命皇帝

元凤四年，昭帝十八岁，提早举行冠礼，大将军霍光等人入宫道贺。丞相田千秋患有重病，不能到来。冠礼告成，田千秋却去世了。继任丞相一职的是御史大夫王䜣。王䜣由邑令起家，后来迁升为御史大夫，以至做到丞相，受封宜春侯，确实是平步青云，毫无阻碍。谁知官居极品后才过一年，竟得病而死。搜粟都尉杨敞那时已升任御史大夫，就接任丞相一职。杨敞懦弱无能，只知谨慎行事，好在国家大事都由大将军霍光主持，所以杨敞得以安享太平岁月。

元凤七年，改元始平，下诏减免税赋，宽养民力。昭帝在位十多年，节财省事，国库渐渐充实，所以决定减赋，这也是昭帝仁爱的表示。

孟春过后便是仲春，天空中忽现出现一颗星星，像月亮一样大，向西飞去，后面有很多小星星随行，万目共睹，众人都很惊异。谁知这星象应在了昭帝身上，昭帝年仅二十一岁，竟得了一种绝症，医治无效，于始平元年四月间在未央宫驾崩。昭帝共计在位十三年，改元三次。上官皇后年仅十五岁，未曾生育，此外虽有两三个妃嫔，但也没有生下一男。群臣都认为后继无人，很是忧虑。有人说昭帝没有儿子，只好再立武帝的其他儿子，幸亏还有广陵王刘胥，是武帝亲生儿子，可以继位。可霍光不以为然，有一个郎官窥透霍光的意思，上疏说："广陵王不适合做一国之君，所以孝武帝才不让他继承大统，现在怎么可以立他为帝呢?"霍光于是决意不立广陵王，心想可以继位的人，只有昌邑王刘贺了。刘贺是武帝的孙子，刘髆的儿子，刘髆死后刘贺袭封，刘贺与昭帝有叔侄情谊，以侄承叔，正好作为昭帝的继子。于是假借上官皇后的命令，特派少府史乐成、宗正刘德、光禄大夫丙吉、中郎将利汉等，前去迎接昌邑王刘贺入都主持丧礼。霍光另一种意思是立刘贺为帝，他的外孙女便可做皇太后了。

昌邑王刘贺五岁受封，居国已经十多年了，却是一个狂纵无度的人，平时喜欢游玩、打猎。中尉王吉多次直谏，也不见听从。郎中令龚遂也经常规劝，刘贺掩耳入内，不愿听取。龚遂不肯离去，选了郎中张安等人，哭着求刘贺将他们作为内用。刘贺不得已命他们侍奉左右，可没几天，就把他们全部撵出来了，只与驺奴、宰夫嬉戏作乐。

一天，刘贺在宫中，忽然看见一只大白犬，有些像人，头戴方山冠，屁股上没有尾巴，不禁诧异起来。询问左右，左右却都说没有看见，于是召来龚遂询问，龚遂随口答道："这是上天垂戒大王，意思是说大王的左右都是一群戴帽子的狗，万万不可用，否则难免亡国了!"刘贺将信将疑。

过了几天，刘贺又看见一只大白熊。仍然召问龚遂，龚遂答道："熊是野兽，来到宫室，只被大王看见，也是危亡的预兆。天戒甚是明了，请王赶快修德免灾！"刘贺仰天长叹道："不祥之兆，为何多次显示？"龚遂叩头道："大王曾读《诗经》三百零五篇，其中为人、称王之道，无一不有。大王平日的所作所为，试问何事符合诗中的要求？大王位列侯王，行为、人品还比不上一个平民，臣担心难存易亡，应赶快修省才是啊！"刘贺也觉得惊慌，但仅过半天，便把这事抛在脑后。

史乐成等人由长安到来，已经是夜深，因事关紧要，就叫开城门，直入王宫。一群厨夫、士卒听说长安使臣到来召昌邑王继位，都到宫中叩头道贺，并且请求将他们带入京城。刘贺当然答应，匆匆收拾行装，等到天明就起程离去。王吉忙修书一封，嘱咐刘贺不要轻易说话，国家大事都交给大将军处决，千万不要轻举妄动，等等。刘贺大致看了一遍，就把它扔在一边，扬鞭离去，施展生平绝技，风驰电掣一般向前奔去，一口气跑了一百三十五里。到了定陶，回头一看随从等都远远落在后面，只得停住脚步，到驿站等候。等到傍晚，才见朝使等人赶来，还有随从三百多人，陆续赶来。

第二天走到济阳，刘贺却要买长鸣鸡、积竹杖。这二物是济阳有名的土产，对于刘贺来说毫无用处，可刘贺竟停车购办，认为越多越好。龚遂从旁谏阻，只买了长鸣鸡数只，积竹杖两柄，再次起程。抵达弘农时，刘贺见路上有很多美妇人，暗派大奴善①物色佳丽，送入驿中。大奴善接了刘贺的命令，前去探视民间妇女，稍有姿色的，就强拉上车，用帷遮着送到驿舍。刘贺如获至宝，顺手搂住，不管她们愿与不愿，强迫她们与自己交欢。一个弱女子怎能敌得过候补皇帝的威势，只好忍气吞声，任他为所欲为。

事情被朝使史乐成等人知道后，便责备昌邑相安乐不加谏阻。安乐转告龚遂，龚遂当然进去询问，刘贺自知犯错，开口抵赖。龚遂严肃地说："真的没有此事，就是大奴善招摇撞骗。"当时大奴善就站在刘贺的旁边，龚遂亲自动手把他推出正法，并搜出几名妇女，让她们回家。刘贺不便干预，只得睁着两眼，任由龚遂处置。

案子已办完，一行人重新起程，到达宫中。上官皇后下谕，立刘贺为皇太子，择良辰登基，尊上官皇后为皇太后。过了几天，就将昭帝下葬到平陵，庙号为孝昭皇帝。

刘贺登位以后，封昌邑相安乐为长乐卫尉，随来的各个吏属都做了

---

① 善：是官奴的头目，所以称为大奴。

内臣，刘贺整日与他们游玩。见有美貌宫女，便召进来，令她陪酒侍寝。又把乐府中的乐器全部取出，鼓吹不休。龚遂想上疏，却得不到通报，就秘密地对长乐卫尉安乐说："大王被立为天子后，日益骄淫，屡谏不听。现正值国丧期内，余哀未尽，他每天与近臣饮酒作乐，淫戏无度，倘有内变，我等都不免被杀头！你是陛下原来的丞相，理应据理力谏，不能再拖延了！"安乐也为之动容，但转念一想，龚遂力谏尚且无益，自己又何必多碰钉子，还是袖手旁观，由他去吧。

　　大将军霍光见刘贺淫荒无道，很是忧愁，就与大司农田延年商议善后方法。田延年说："将军身为国家的支柱，既知君主不配为皇帝，为何不告诉太后，重选有贤能的人继位？"霍光于是与张安世秘密商议，准备废掉皇帝。张安世是霍光一手提拔的，已升官车骑将军，当然与霍光联成一气，毫无二心。此外没有其他人得知这个计划。

　　一天，刘贺正要出去游玩，光禄大夫夏侯胜进言说："连日阴天却不下雨，臣子必有逆谋，陛下要去何处？"刘贺听到此话，极为恼怒，斥责他妖言惑众，立即命左右将夏侯胜绑住，交给有关部门查办。又转告霍光，霍光不禁起疑，暗想夏侯胜这句话好像另有他意，或许是张安世泄露机密也未可知。于是召来张安世责问，张安世没有与夏侯胜说起，极力说自己是冤枉的，愿与夏侯胜当面对质。霍光就提夏侯胜到来，亲自加以审讯，夏侯胜从容答道："《洪范传》里说，皇上的位置坐不稳时，常常会连阴不下雨，并有下人谋代上位。臣不便明言，所以只说臣下会逆谋。"霍光不觉大吃一惊，就是张安世也暗暗称奇。于是将夏侯胜释放，官复原职。

　　夏侯胜一番进谏，几乎把霍光的密谋道破，废立大事不宜再拖延。霍光就命田延年前去告诉杨敞。杨敞虽然身居相位，却没有胆识，听了田延年的话，身上的冷汗已吓出了不少。当时正值盛夏，田延年起座更衣，杨敞的妻子是司马迁的女儿，颇有才能，她急忙从东厢走出，对杨敞说："大将军已经决定，特派九卿来通知你，你若不答应，就祸在眼前了！"杨敞还是迟疑未决，碰巧田延年更衣回座，杨敞的妻子来不及回避，索性坦然相见，与田延年当面约定，愿奉大将军的命令。田延年回去禀报霍光，霍光就令田延年、张安世二人写好奏章，妥善安排。

　　第二天早上，霍光到未央宫传召丞相、御史、列侯，及中二千石、大夫博士一同入宫商议，苏武也被叫去。百官多半不知是何原因，纷纷应召聚集宫中。霍光对众人说："昌邑王淫恶昏庸，恐怕将危及社稷，这该怎么办？"大众听了，面面相觑，都不敢发言，只答了几个"是"字。田延年愤然起座，拿着剑上前说道："先帝把幼儿托付给将军，委托将军全权负责，无非是因为将军忠贤，足以安定刘氏江山。现在群下鼎沸，社稷危急，将军若不另谋大计，坐令汉家江山动摇，试问将军死后还有何面目去见先帝？今天要议定良谋，群臣中如有人不应声服命，臣将拔剑诛杀，毫不留情！"霍光拱手称谢道："九卿应该责备霍光，天下不安，霍光应当首先遭祸！"众臣才知霍光将有大变，志在必行，如果不相从，定会遭到杀害，便都离座叩首道："宗社百姓全靠将军，只要是大将军的命令，我们无不遵从！"

霍光令群臣起来，从袖中取出奏议，拿给群臣看，让丞相杨敞带头，然后依次署名。名字签完后，又领群臣到长乐宫进见太后，细说昌邑王淫乱之事，说他不应继位。太后年仅十五岁，会有什么主见，只是一味听从霍光的话行事。霍光请太后驾临未央宫，并传诏昌邑群臣，不得擅自入内。

刘贺听说太后驾到，不得不入殿朝拜。刘贺朝拜完毕退下，回到殿北温室中，霍光从后面追上，指挥门吏将室门关住，不让昌邑群臣入内。刘贺惊讶地问："为什么关门？"霍光跪下来答道："皇太后有诏，不接纳昌邑随陛下来的大臣。"刘贺说："这也不是什么大事，何必这样？"霍光不再与他多说，转身走出。车骑将军张安世聚集羽林兵，将昌邑群臣全部拿下，共二百多人，连龚遂、王吉一起送交廷尉整治。霍光传来昭帝的侍臣，嘱咐他小心看护，不要让刘贺自尽，免得自己落个杀主的恶名。

刘贺还不知废立的事情，见了新来的侍臣，就问道："昌邑群臣犯了何罪，竟全部被大将军赶走？"侍臣只答说不知。不一会儿，有太后的诏旨传到，召刘贺前去责问。刘贺这才惶恐起来，忙问诏使："我有何罪，太后要召见我？"诏使模糊对答。刘贺无奈，只好随他们前去。走到承明殿，远远地看见上官太后坐在武帐中。刘驾不知发生了什么事，战战兢兢地走到殿前，跪听诏命。只听见尚书令拿着奏章，大声宣读。上官太后才听到一半，就发起怒来，命尚书令暂且停止宣读，高声责备刘贺道："为人臣子，怎么能如此悖乱呢？"刘贺又惭又怕，倒退数步，仍然趴在地上。尚书令又接着读下去。

尚书令读完后，刘贺急忙抬头说道："古语有言，天子有诤臣七人，虽然无道，仍不失天下……"霍光不等他说完，便接口说："皇太后已下诏废帝，你怎么还能自称天子？"说着，就走到刘贺身旁，解下御玺，交给太后。又派左右扶刘贺下殿，走出金马门，群臣将他送到宫外。群臣又请命把刘贺迁到汉中，霍光奏请太后仍让刘贺回到昌邑，只是削去王号，另给食邑二千户。昌邑群臣陷王于不义，一并处斩。只有中尉王吉、郎中令龚遂屡次劝谏有功，得以减轻处罚，只受城旦①之刑。

刘贺被废去后，朝廷无主，霍光请太后暂时亲政，并且迁升夏侯胜为长信少府，封为关内侯，令他给太后讲述经书。夏侯胜是鲁人，从小学习《尚书》，现在正好将生平所学教给太后。可太后毕竟是女流之辈，不能长久处理政务，百官经过商议，又选出了一位新皇帝。

## 狱中长大的天子

霍光废去昌邑王刘贺，汉廷无主，不得不商议另立新君。光禄大夫丙吉对霍光说："将军身受托孤重任，尽心辅政，不幸昭帝早崩，迎立的又是一个昏庸之人。如今社稷宗庙及百姓的性命均取决于将军。臣听外人私议，说宗室王侯大多数没有德望，只有武帝的曾孙刘病已受养掖庭②外家，现在十八九岁，精通经书，很有才能。希望将军征求众人的意见，先让他入宫侍奉太后，然后再决定大计！"霍光又询问群臣，太仆杜延年也知刘病已有德，劝霍光迎立。霍光见没有人反对，就会同丞相杨敞等人将此事上奏太后。

上官太后少不经事，不过名义上被推为内主，其实都是霍光一人拿主意，霍光的建议，太后无不依从。皇曾孙刘病已就是卫太子刘据的孙子，太子刘据曾纳史女为良娣③，生下一子名叫刘进，称为史皇孙。史皇孙纳王夫人，生有一个儿子叫刘病已，称皇曾孙。太子刘据起兵败死，史良娣、史皇孙、王夫人全部遇害，只有刘病已因为还在襁褓中，于是被关押于狱中。

恰值廷尉监丙吉奉诏到狱中查看，见了这个呱呱婴儿，心生怜悯。就选择女犯中的赵、胡二妇轮流乳养，刘病已才得以保全。后来武帝养病五柞宫，听术士说长安狱中有天子之气，于是命令长安各狱，将犯人无论长幼，一律处死。丙吉见诏使到来，闭门不见，只传话给诏使郭穰：

---

① 城旦：秦、汉时刑名。一种筑城四年的劳役。
② 掖庭：皇宫中的旁舍，嫔妃居住的地方。
③ 良娣：是东宫的姬妾，地位在妃子之下。

"天子以好生为大德，无辜之人，尚不可滥杀，何况狱中还有皇曾孙呢？"郭穰只得回报武帝，武帝倒也省悟："这真是天命所在了！"于是令狱中所有罪犯一律免死。

皇曾孙已有几岁时，常常生病，多亏丙吉多方医治，才得以痊愈。丙吉因他常留狱中，终属不便，仔细调查，得知史良娣的母亲贞君和儿子史恭居住在故乡，于是将皇曾孙送给史氏，让她好生抚养。史贞君虽然年老，但见了外曾孙，仍格外怜惜，振作起精神，全心抚养。武帝驾崩后，遗诏上说把曾孙刘病已收养在掖庭，刘病已这才入都，归掖庭令张贺看管。

张贺是右将军张安世的兄长，以前曾服侍卫太子，追念旧恩，格外爱护皇曾孙，令他入塾读书。皇曾孙倒也发愤好学。张贺知道他定有一番作为，有意将自己的女儿许配给他为妻。张安世不同意，张贺于是另为他选择配偶。恰有暴室啬夫①许广汉生有一女，已许给欧侯氏的儿子为妻，尚未成婚。后来欧侯氏的儿子染病身亡，婚约中断，许广汉之女仍然待字闺中。许广汉与张贺以前都因一些大案受到牵连，身受宫刑。掖庭令与暴室啬夫官职虽分高下，但同为宫役，时常见面，免不得杯酒相邀，互谈心曲。

一天，二人喝酒聊天，张贺便向许广汉说："皇曾孙已长大成人，将来很有可能会做关内侯。听说你有女儿待字闺中，何不许配给她为妻呢？"许广汉已有三分酒意，慨然答应。喝完酒回家，与妻子谈起这件事，妻子十分恼怒，极力阻止。许广汉不肯悔约，而且掖庭令是上级官长，不好违命，于是将皇曾孙说得极其尊贵光荣。妇人家心存势利，听到这么多的好处，也喜笑颜开。张贺又拿出自己的私钱为皇曾孙聘娶许女，择日成礼。两情缱绻，鱼水谐欢。皇曾孙多了一个岳家，有了倚靠，便到东海澓中翁那里学习《诗经》，闲时出游三辅，偶尔也拿斗鸡走马作为消遣。他常常留心风俗，所有闾里奸邪、吏治得失，都一一记下来，如数家珍。他还有一个异于常人的地方，就是遍体长毛，起居处多次有光闪耀，旁人很惊奇，皇曾孙也因此自豪。

昭帝元凤三年正月，泰山有一块大石头自己立了起来，上林苑中大柳树已死，忽然重生。柳叶上虫吃成一串文字，大致能辨认，是"公孙病已立"五个字，天下人莫不惊疑。符节令眭孟曾跟从董仲舒学习《春秋》，精通谶纬学，上奏称大石自立、僵柳复活，必有匹夫起来为天子，

---

① 暴室啬夫：暴室，宫中负责织染的地方；啬夫，小吏。是宫中的一个小官。

350

应该赶快求取贤人，继承帝位。大将军霍光说他妖言惑众，将眭孟抓来处斩。谁知他所说的话果然灵验。元平元年孟秋，宗正刘德迎入皇曾孙到未央宫进见太后。九死一生的皇曾孙，居然龙飞九五，坐登大宝，后来因他庙号孝宣，就称为宣帝。

　　宣帝继位后，按例须拜见高庙。大将军霍光同行，宣帝坐在车中，如芒刺在背，很是不安。等到礼毕归来，车骑将军张安世代替霍光陪同，宣帝才安心入宫。侍御史严延年弹劾霍光擅自废立，无人臣之礼。宣帝看到这个奏章，不便批答，只好搁置不提。

　　不久，丞相杨敞病终，宣帝升御史大夫蔡义为丞相，封他为阳午侯，晋升左冯翊、田广明为御史大夫。蔡义那年已经八十多岁，伛偻曲背，像一个老太婆。有人说是霍光想专权，所以用一个老翁为相。有人将这些话向霍光禀报，霍光解释说："蔡义精通经书，从前孝武皇帝曾令他教昭帝，他既然能做皇帝的老师，难道不配做丞相吗？"当时上官太后还居住在未央宫，由宣帝尊为太皇太后。只是后位未定，群臣多想册立霍光的小女儿，就是上官太后也有此意。宣帝已略有所闻，于是下诏访求故剑。这乃是宣帝不弃糟糠之意，特借故剑为名，表明自己的意思。群臣倒也聪明，就请求立许氏为皇后。宣帝先册封许氏为婕妤，不久就立她为皇后。并想援引先朝旧例，封皇后的父亲许广汉为侯。霍光出来阻止，称许广汉已受宫刑，不应再封侯。宣帝拗不过他，只好将此事放下不提。蹉跎过了一年多，才封许广汉为昌成君。霍光见宣帝遇事谦退，为人谨慎，料想他也没有意外的举动，就请上官太后还居长乐宫。上官太后还驾后，霍光又派兵保卫长乐宫，戒备非常严密。不久新皇帝依照惯例改元，号为本始元年，下诏赏赐功臣。增封大将军霍光食邑一万七千户；车骑将军张安世食邑一万户。此外列侯加封食邑，共计有十人，得以封侯的有五人，赐爵关内侯的有八人。

　　霍光请求辞去辅助大臣的职务，宣帝不答应，下令诸事都先禀明霍光，然后再上奏。霍光的儿子霍禹以及霍光兄长的孙子霍云、霍山，都被封官。霍光的女婿、外孙，陆续被提升，盘踞朝廷。大司农田延年因第一个提倡废立刘贺，晋封为阳城侯，不免趾高气扬，自鸣得意。哪知被冤家告发，说他办理昭帝大丧时，侵吞公款三千万钱。丞相蔡义依法论罪，拿他下狱查办。田延年不肯下狱，不久又听说严延年弹劾他，竟负气自杀。后来御史中丞责备严延年，说他既然知道田延年有罪，为何放纵田延年犯法，也应当受到惩罚。严延年弃官逃走，朝廷也不加追究。

宣帝心中暗想，自己的长辈还没有号谥，就令群臣妥为商议。有人应诏上奏，陛下继位，奉祀陵庙，亲谥只宜称悼，母号悼后，已故皇太子谥曰戾，史良娣号为戾夫人。宣帝准奏，但重新改葬，特意设置园邑，留作报本的纪念。重立燕王刘旦的太子刘建为广阳王，广陵王刘胥的小儿子刘弘为高密王。第二年又下诏追崇武帝，打算增添庙宇，令列侯二千石博士商议，群臣都称遵诏办理。只有长信少府夏侯胜反驳说："孝武皇帝虽然曾征服蛮夷，开拓疆域，但士兵死伤过多，竭尽财力，不宜重增庙宇。"这几句话说出来后，群臣顿时哗然，都说他毁谤先帝，罪该诛族。丞相长史黄霸不肯署名，也被众臣弹劾，众人请命让他与夏侯胜一起受罚。宣帝下令将夏侯胜、黄霸二人逮到狱中。群臣又请求尊武帝庙为世宗庙，并且提出在武帝巡行的四十九个郡国，一概建立庙宇，号为盛德文始五行舞，世世祭祀，与高祖太宗庙祀相同。宣帝也都准奏，令他们照办。

夏侯胜、黄霸二人被拘禁在狱中，好长时间也没听说查办他们。二人同在一处，彼此攀谈，却也不至寂寞。黄霸字次公，祖籍阳夏，从小学习律法，长大后得以为官，迁任河南郡丞，一向宽和待民。宣帝即位后，就把他召为廷尉正，兼署丞相长史。此时被逮捕下狱，亲友都替他发愁。他遇到经师夏侯胜，正好乘闲请教，请求夏侯胜传授经学。夏侯胜说："我们身犯重罪，快要死了，何必学习经书？"黄霸答道："朝闻道，夕死犹可。况且今夜还未必死哩！"夏侯胜于是为他讲授《尚书》，日日如此。直至本始四年，二人才被放出来。

乌孙国王岑陬以前纳继母江都公主为妻，仍然臣服于汉朝。几年之后，江都公主病死，岑陬又乞求和亲，汉廷于是将楚王刘戊的孙女解忧封为公主，嫁给岑陬。解忧还没有生育，岑陬却患了绝症，一病不起。岑陬有一个儿子名叫泥靡，是胡妇所生，只因年龄太小，不能担当大任，就令堂弟翁归靡暂时为王。等到泥靡长大成人后，再归还主位。

岑陬一死，翁归靡立即称王，他见解忧年轻貌美，就把她占为己妻。解忧入乡随俗，与翁归靡结为夫妇，好合数年生下三子二女。长子名叫元贵靡，留在国中；次子名叫万年，被封为莎车王；最小的儿子名叫大乐，被封为左大将。昭帝末年，匈奴因乌孙附汉，就联合车师，一起攻打乌孙，乌孙忙发兵守御。然后由解忧公主出面，请求汉朝派兵支援。汉廷得到书信后，正准备调兵前去，恰逢昭帝驾崩，国事纷纭，无暇外顾。

宣帝即位后，解忧夫妇又上疏催促。宣帝与霍光商议，命御史大夫田广明为祈连将军，率领四万多兵马去西河；度辽将军范明友，率领三万多兵马去张掖；前将军韩增，率领三万多兵马去云中；后将军赵充国为蒲类将军，率领三万多兵马去酒泉；云中太守田顺为虎牙将军，率领三万多兵马去五原。五路大军，共计十六多万人，杀往匈奴。再派遣校尉常惠，通报乌孙夹攻匈奴。

匈奴主壶衍鞮单于听说汉军到来，急忙将牧民的牲畜迁徙到漠北。汉五路大军赶到塞外，只见秋高木落，遍地荒凉，并没有什么胡兵胡马。好不容易进入胡境，抓到几个人，也不过是老弱病残。五将陆续班师回朝，汉廷赏罚分明，田广明领兵先回，田顺谎报俘虏的人数，都被查出，吓得立即自杀。范明友、韩增、赵充国三人也是半路折回，无功有罪。宣帝想到已诛杀二将，不想滥用刑罚，特下令从轻发落。

校尉常惠监护乌孙五万多兵马，直入右谷蠡王庭内，抓住单于伯叔及嫂嫂居次、名王犁污，斩杀、俘获都尉千长以下三万九千多人，马、牛、羊、驴七十多万头，饱载西归，返入乌孙。乌孙将所得的战利品，全部据为己有，没有分给常惠。常惠无从追究，垂头丧气地返回长安。自料此番回都，必遭重罪，硬着头皮返报宣帝。宣帝却好言抚慰，当即封常惠为长罗侯，常惠谢恩而退，喜出望外。

不久常惠奉诏再次出使乌孙，带着金帛犒赏乌孙将士。常惠乘机进奏，说龟兹国以前杀死朝使，未曾讨伐，应该顺路前去攻打。宣帝担心他惹事，不肯准奏。霍光却秘密告诉常惠，准许他伺机行事。常惠于是前往乌孙，宣诏颁赏；又假传命令，让乌孙发兵，联合西域各国攻击龟兹。龟兹已经改换主人，后王绛宾说先人误听姑翼的话，才得罪汉朝。立即将姑翼捆绑，送到军前，交与常惠处置。常惠喝令将姑翼斩首，然后罢兵回国。宣帝知道后，本想责备他擅作主张，后来听说是霍光暗中指使，便不再提起此事。

霍光专政，情有可原。可霍光的妻子霍显却是个阴险泼辣的悍妇，她密谋诡计，毒害宫闱。霍光的元配东闾氏，生下一个女儿，后来嫁给上官安为妻。东闾氏早死，有一个婢女名叫霍显，十分狡黠。霍光很喜爱她，先把她纳为妾，因为她生有子女数人，霍光便将霍显升做继室。霍显有一个小女儿，叫霍成君，尚未许配人家，满心希望宣帝登基后，将女儿纳入后宫，做个现成的皇后。可宣帝下诏求取故剑，把故妻许氏立为皇后，霍显心中愤愤不平。日思夜想，打算把许后除去，怎奈一时没有机会，只好拖延过去。

本始三年正月，许皇后怀孕期满，将要分娩，忽然身体不适，寝食难安。宣帝顾念患难夫妻的情义，遍召御医前去诊治，并采募女医入宫侍奉。掖庭户卫淳于赏的妻子，单名为衍，精通医理，应招入宫。衍常到大将军家，与霍显认识很多年。淳于赏见妻子将要入宫，便对她说道："你去与霍夫人辞行，为我求得安池监一职。如果霍夫人肯在大将军面前说些好话，安池监定能由我接任。"衍遵照丈夫的嘱咐，来到霍家拜见霍显，说她将要入宫侍奉皇后，并请求大将军派给丈夫安池监的空缺。霍显想到自己的心事，暗暗欢喜，便把衍领到密室，请她毒死皇后。衍为了丈夫能升任安池监一职，就答应了她的请求。衍回去后，来不及告知自己的丈夫，便私下取了附子，捣成碎末，藏入衣袋中，然后前往宫中。

许皇后临盆，生下一个女儿，母女安然无恙。不过产后乏力，还须调理，御医拟定一个药方，制成药丸，让她进服。衍趁机将附子取出，掺入丸内。附子虽然有毒，但可作药饵，只是不利于产后服用。许皇后哪里知晓，取来药丸便吞了下去，等到药性发作，顿时喘急起来。御医见皇后的脉搏已经散乱，额上冷汗淋漓，也不知是何原因。过了片刻，许皇后两眼一翻，竟一命归天！幸亏她微贱时已生下一个男孩，总算留得一线血脉。

## 显贵无比的霍氏一族

宣帝正悲悼许皇后，忽然有人呈入奏章，说皇后突然去世，是众医官无能，应该从严惩治。宣帝立即批准，派有关部门拿问众医。衍私下出宫，报知霍显，霍显把衍领到自己家里面，向她道谢。只因一时不便重酬，只好与她订约。衍告别回家，才进家门，便有捕吏把她抓去。问官审讯几次，衍抵死不肯供认，其他的医官并不知其中的内情，自然同声喊冤。问官没办法，将这些人全部囚禁在狱中。

霍显得知衍被拘禁，惊慌得不得了，只好将事情的经过告诉霍光。霍光听了，不禁咋舌，责备霍显为何不事先与他商量。霍显哭着说："木已成舟，后悔也来不及了，还望将军代为疏通，不要让衍在狱中时间太长。她如果说出实情，定会连累我们全家。"霍光默不做声，心中暗想，此事关系重大，如果直接去自首，就算保全家人，那娇滴滴的爱妻总要人头落地，不如暂时隐瞒，把衍等人全部释放，免得惹出祸端。

霍光于是入朝觐见宣帝，说皇后崩逝，是命数注定，如果一定要把众御医治罪，不免有失皇上的仁慈，况且御医们也没有这么大胆，敢毒害中宫。宣帝于是传诏赦免众御医，然后依礼治丧，将许皇后下葬杜南，谥为恭哀皇后。霍显见事情已经过去，才将一颗心放下，密召衍到家里，给了她许多金钱，后来又替她营造居室，购置田宅、婢仆。衍还不满足，可霍家的钱财却已耗费了许多。

霍显见阴谋已成，便为小女置办嫁妆，准备了许多珠玉锦绣，将霍成君装束停当，送入宫中。所有衣饰器具，也一齐送进去。从来少年无丑妇，况且是相府的娇娃，总有一些秀媚姿态。宣帝年仅逾冠，正是好色年华，虽然还追忆前妻，但看了这个如花似玉的佳人，怎能不情动神移？于是优礼相待，逐渐宠幸。过了一年，竟将霍成君册立为皇后。霍显终于如愿以偿了。

那一年丞相蔡义病逝，宣帝提升大鸿胪韦贤为丞相，把他封为扶阳侯。大司农魏相为御史大夫，颍川太守赵广汉为京兆尹。又因郡国地震，山崩水溢，宣帝大赦天下，下诏求取精通经术的人才。夏侯胜、黄霸才得以出狱，夏侯胜受命为谏大夫，黄霸出任扬州刺史。

宣帝很信任夏侯胜，常叫他先生，夏侯胜出的主意，宣帝多半听从。不久又把他迁升到太子太傅，夏侯胜至九十高龄去世。上官太后感念师恩，赐钱二百万，服丧五天。宣帝也特意赐给他坟地，将他葬在平陵。夏侯胜是鲁人，受教于同一宗族的叔叔夏侯始昌。夏侯始昌曾做昌邑王的太傅，精通《尚书》，后来就把平生所学传授给夏侯胜，当时世人称他们为大小夏侯学。

宣帝本始四年冬季，决定改元，第二年称地节元年。朝政清平，国家无事，只有刑狱还沿袭以前，不免烦苛。宣帝有志减轻刑罚，特升水衡都尉于定国为廷尉。于定国字曼倩，东海郯县人。父亲于公曾为郡曹，判案廉明，百姓无不佩服。郡人特为他立祠，号为于公祠。

当时东海郡有个孝妇周青，年轻守寡，对自己的婆婆非常好。婆婆因家况贫寒，全靠周青纺织为生，很过意不去，加上周青无子女，就劝她改嫁。一连说了几次，周青仍决定守节，誓死不再另嫁别人。谁知婆婆为了不连累周青，竟然上吊自尽了，致使周青孤苦伶仃，不胜悲苦。周青有个小姑，已经嫁人，平时好搬弄是非，竟控告寡嫂，说她逼死老母。县官不分青红皂白，便将周青抓起来，当堂审问。周青连声喊冤，县官怀疑她是在抵赖，下令动用大刑。周青暗想自己活下去也没什么意思，就决定随婆婆而去，于是开口承认，县官把她定为死罪，上报太守。太守也同意这么判，只有于公据理力争："周青侍奉婆婆十多年，是有名的孝女，肯定不会做逼死婆婆的事情，请太守驳斥原案，不要令她含冤而死！"太守不肯听从。于公无计可施，手拿案卷，在府署痛哭一场，然后辞官离去。

周青枉死以后，冤气冲天，当地三年没有下雨。后任太守为民祈雨，全无效果，就想请人占卜。碰巧于公求见，太守把他召进来说了自己的想法，于公就将周青的冤案从头讲明。太守立即命人到周青墓前祭祀，并亲自为她祷告。等祭祀完回署，便见天空中乌云密布，之后连续下了好几天的雨。那一年粮食喜获丰收，百姓都很感念于公。

于公欣然回家，正值里门朽烂，需要加以修治。家人凑足钱财，准备修理，于公笑着说："现在修筑里门，应该比以前高大，可容得下驷马高车。"家人问他是何原因，于公说道："我生平断案，秉公无私，平反冤案不下一百个，所以我的子孙必定兴旺，要把里门修得高大一些。"家人一向敬重于公，便按照他的话办理。果然，于公死后，他的儿子于定国位列公卿，后来做了廷尉，定罪从宽，与张汤、杜周等人，大不相同。都中有传言说："张释之为廷尉，天下没有受冤的百姓；于定国为廷尉，百姓自认为不冤。"

于定国喜欢喝酒，虽多不乱。冬天大审时，案子越重大，他喝的酒越多，他所作的判断越清明。他恨自己没有熟读经书，就向经师请教，学习《春秋》，因此为人文质彬彬，谦和儒雅，大将军霍光很看重他。

地节二年三月，霍光病重，生命垂危。宣帝亲自前去问候，见他已近弥留之际，不禁痛哭流涕。宣帝御驾还宫后，接到霍光的谢恩书，说愿分出食邑三千户，移封给兄长孙子，也就是奉车都尉霍山。宣帝将原信发出，交给丞相、御史大夫商议，即日封霍光的儿子霍禹为右将军。不久，霍光去世，宣帝与上官太后亲自前去祭奠，派大中大夫任宣等人拿着符节护丧，二千石以下的官吏都到墓地跪拜。出葬的时候，用辒辌车①载运灵柩，其他一切礼仪都如天子一般，并赐谥为宣成侯。墓前设置园邑三百家，派兵看守。

丞相韦贤等人请旨依从霍光的谢恩书，把食邑分给霍山。宣帝不忍分置，令霍禹为博陵侯，食邑像以前一样，又封霍山为乐平侯，仍做奉

---

① 辒辌车：是天子的丧车，车中有窗，把它关上就暖和，打开就凉爽，所以叫辒辌车。

车都尉，领尚书事。御史大夫魏相担心霍禹专政，特请命封张安世为大司马大将军，继任霍光的职位。宣帝也有此意，就准他所奏。张安世得知这个消息，慌忙入朝推辞。宣帝不肯答应，只取消"大将军"三个字，令张安世为大司马车骑将军，领尚书事。张安世小心谨慎，事事不敢擅自做主，全部上禀，宣帝才得以亲政。

地节三年，宣帝立许皇后所生的儿子刘奭为皇太子，晋封许皇后的父亲许广汉为平恩侯。又怕霍皇后心中不平，封光孙中郎将霍云为冠阳侯。霍氏虽然一门三侯，心中仍不满足。第一个贪得无厌的人就是霍光的妻子霍显。自霍禹承袭爵位后，她就做了太夫人，异常骄奢，任意妄为。白天驱车游行，逍遥快活，夜间难免寂寞，便招来俊仆冯殷与她交欢。冯殷生性狡猾，与王子方都是霍家的奴仆。霍光在时，见二人伶俐，就令他们管理家中琐事。不过王子方的相貌比不上冯殷，冯殷面容姣好，如美妇一般，所以绰号叫子都。霍显是霍光的继室，年纪较轻，一双媚眼早已看中冯殷。冯殷也知情识意，经常乘霍光入宫值宿的时机，与霍显偷寒送暖。霍光死后，他二人自然无所顾忌，相偎相抱，颠倒鸳鸯。霍禹、霍山也淫纵得很，放荡无度。霍云当时还是一个少年，整日带领门客东游西逛。有时该入朝了，也不愿前去，只派遣家奴到朝堂，称病请假。朝臣都知道他在欺骗主上，却不敢弹劾。霍禹的姐妹仗着娘家势力，任意出入太后、皇后宫中。霍显更加横行，视两宫如自己家一般，出入自由，不拘礼节。种种事情，免不得有人出来反对，上疏弹劾。

弹劾书是许广汉呈入的，但署名并非许广汉，而是御史大夫魏相。魏相字弱翁，定陶人氏，少年时就开始学习《易经》，被举荐为良才，官至茂陵令。后来迁任河南太守，惩奸除恶，令人畏服。已故丞相田千秋的次子，那时是雒阳武库令，听说魏相治郡严格，担心自己遭到弹劾，就辞官入都，告诉霍光。霍光以为是魏相器量狭小，不肯容纳故相的次子，立即写信责备。此后又有人弹劾魏相滥用刑罚，霍光便令人将魏相押解进京。在都城当仆役的河南卫士，听说魏相被抓，都乘霍光出来时，拦车说愿意多做一年的仆役，希望能替太守赎罪。霍光好言抚慰，将他们遣散，不久又接到函谷关吏的报告，称有河南老弱一万多人，要入关上疏，请求赦免魏相。霍光只得说魏相还没有定罪，只不过拿他审问，如果真的无罪，自会让他回去，等等。关吏把这话转述一番，众人才散去。魏相被逮捕下狱，因没有证据，所以侥幸不死。冬天时被赦免，仍

357

为茂陵令，调迁扬州刺史。宣帝即位后，召他为大司农，后来迁升到御史大夫。他愤然上疏，并非是报私仇，实在是霍氏太嚣张了。

宣帝心里也忌恨霍家，只是念及霍光的功劳，一再包容，看到魏相的书信，自然没有异议。魏相又托许广汉进言，乞求除去吏民副封。原来汉朝时，凡吏民上疏，必须具有正副两封书信，先由领尚书事将副封展阅一遍，如果里面所说的不合意，就把正封搁置，不再上奏。魏相因霍山正领尚书事，担心他扣住奏章不上报，所以才有这样的请求。宣帝依从他的建议，变更旧制，并且令魏相为给事中。霍显得知此事，便召来霍禹和霍云、霍山说："你们不思继承大将军的事业，日夜苟且偷安，如今魏大夫晋升为给事中，如果有人进谏闲言，你等还能自救吗？"霍禹与霍云、霍山不以为然。

不久，霍氏家奴与御史家奴抢道，互相争吵起来，霍家家奴蛮横无理，竟然闯入御史府中辱骂。魏相出来赔礼，令家奴叩头谢罪，才算平息争执。过了一段时间，丞相韦贤年老多病，乞求告老还乡，宣帝特意派人把他送回去，然后提升魏相为丞相。御史大夫一职，就由光禄大夫丙吉担任。

丙吉曾保护宣帝，但他从不曾自述前恩，此次不过是照例迁升，与魏相同心夹辅，各尽忠诚。霍显暗暗心惊，担心魏相会伺机报复。太子刘奭被册立以后，霍显曾悄悄入宫与霍皇后见面，叫她毒死太子，免得日后被他压制。霍皇后依从母命，拿着毒物，屡召太子赐食，准备乘机下毒。可宣帝早已防着，密嘱侍从随时保护，每当霍皇后给太子食物，必由侍从先尝。霍皇后无从下手，只好背地咒骂，怨恨不已。宣帝留心伺察，发现霍皇后不喜欢太子，便起了疑心。并且渐渐听到宫廷内外，确实有些言语，因此与魏相密商，想出了一个釜底抽薪的计策。

当时度辽将军范明友是未央卫尉，中郎将任胜是羽林监，还有长乐卫尉邓广汉，光禄大夫、骑都尉赵平，都是霍光的女婿，掌管着兵权。光禄大夫给事中张朔是霍光的姐夫，中郎将王汉是霍光的孙婿。宣帝先迁任范明友为光禄勋，任胜为安定太守，张朔为蜀郡太守，王汉为武威太守；又调邓广汉为少府，收回霍禹右将军的军印，表面上仍尊他为大司马，与他的父亲是一个官衔；特命张安世为卫将军，所有两宫卫尉，城门屯兵，北军八校尉，都归张安世统管。又将赵平的骑都尉官印，也一并撤回，只让他做光禄大夫。另派许、史两家的子弟为军将。

霍禹因兵权被夺、亲戚调迁，郁愤得很，托病不去上朝。过了几天，霍禹假期已满，只得入朝。天下事盛极必衰，势盛时无人不巴结奉承，势衰后必遭到怨恨、诽谤。况且霍氏不知收敛，怎能不受人非议？因此弹劾霍家的事，经常发生。霍禹、霍山、霍云无法拦阻，愁得日夜不安，只好转告霍显。霍显勃然大怒："想必是魏丞相暗中唆使，要灭我全家，难道他就没有罪过吗？"霍山答道："丞相生平廉正，确实没有罪过，我家兄弟亲属行为不谨，容易受人诽谤。最奇怪的是朝中竟有人说是我家毒死许皇后，究竟此说从何而来呢？"霍显不禁起座，把霍禹等人领到内室，详细地叙述衍下毒的实情。霍禹等人大吃一惊，齐声说道："这……这……这事果然是真的吗？为何以前没有告知我们？"霍显又愧又悔，一张粉饰的黄脸，急得红一块、青一块，与无盐、嫫母①一般。

## 灭 门

霍显做贼心虚，悔惧交加，霍禹、霍山、霍云也急得没有办法。霍禹年纪较大，胆气较粗，暗想一不做二不休，将错就错，索性把宣帝废去，免除祸患。这时却忽然听见赵平进来，慌张地说："我家有一个门客名叫石夏，善观天文。他说据天象显示，太仆奉车都尉将有灾难，不是被罢免，就是被杀死。"霍山当时正为奉车都尉，听了赵平的话，更加惊慌。霍禹、霍云也生怕自己不能免祸。正在秘密商议，又有一个人进来，是霍云舅舅的好友，名叫张赦。张赦见霍云神色仓皇，料知他心中有事，就出言探试，霍云便说出了其中的隐情。张赦替他出主意说："如今丞相与平恩侯擅权用事，可请太夫人速速进言上官太后，杀掉这两个人，剪去宫廷羽翼，天子自然势孤力单。只须上官太后下一道诏旨，便能将他们废去。"霍云欣然受教，张赦也告别离去。

不料隔墙有耳，此事竟被霍氏家的马夫听见，在夜间私下议论。长安亭长张章与马夫相识，因落魄无聊，前来探望。马夫留他住下，他在睡梦中听到了马夫的密谈。第二天张章与马夫作别，然后修书一封，呈给皇上。宣帝看到张章的上疏后，就让廷尉查办此事。廷尉派执金吾②前去捕捉张赦、石夏等人，不久宣帝又下令禁止抓捕。

霍氏知道阴谋已泄露，更加惊慌。霍山等人聚集在一起商议说：

---

① 无盐、嫫母是古代的丑妇人。
② 执金吾：官名。

"县官碍于太后的情面，所以才不愿追究。但我等已被怀疑，且有毒死许皇后一案，就算主上宽仁，难保左右不从中揭发，一旦事情大白于天下，必定会被诛族。现在不如先发制人，或许会有一条活路！"于是派众女儿各报知自己的夫婿，劝他们一同举事。各婿家也担心受到牵连，情愿如约举事。当时霍云的舅舅李竟与诸侯王私相往来，因得罪请侯王被抓了起来。案子与霍氏相连，霍云、霍山被免官，霍氏更加失势。只有霍禹一人，还得以入朝议事。百官对霍禹已不如从前礼敬，再加上宣帝又当面责问，说霍家女出入长信宫如何无礼，霍家奴冯子都等人如何不法，说得霍禹大汗淋漓，只得免冠谢罪。

退朝回来，霍禹将此事告知霍显等人，胆小的都吓得发抖，胆大的邪心更盛。那时，霍家白天有很多老鼠出来，庭院里的树上有乌鸦聚集，宅门无故自坏，屋瓦无风自飞……种种怪异，相继显现。

地节四年春天，宣帝找到外祖母王媪及舅舅无故与武，当即称王媪为博平君，封无故为平昌侯，武为乐昌侯。许、史以外，又多了王门贵戚，顿使霍家相形见绌，日夜愁烦。霍山只怨恨魏相，气愤地说："丞相擅自减少宗庙祭品，从前曾有定例，臣下擅自议论宗庙，罪当杀头。现在丞相不遵从旧制，何不弹劾他呢？"霍禹、霍云说这样做只能涉及魏相，不足以保家。于是又另设一计，想让上官太后邀博平君饮酒，召入丞相、平恩侯等，然后乘机令范明友、邓广汉领兵进去，处斩他们，趁势废去宣帝，立霍禹为天子。此计定好后，还没实行，宣帝就颁下诏书，命霍云为玄菟太守、任宣为代郡太守，紧接着又查出了霍山的罪过。不如意的事，纷沓而来。张章又探得霍禹等人的逆谋之事，前去禀告期门①董忠，董忠转告左曹杨恽，杨恽又转达侍中金安上。金安上是前车骑将军金日磾的侄子，深得宣帝宠信。得知此事后，立即奏明宣帝，并与侍中史高同时献计，请命囚禁霍氏族人，不让他们出入宫廷。侍中金赏是金日磾的二儿子，曾娶霍光的女儿为妻，一得此信，慌忙进宫上奏，说愿意与霍女离婚。

宣帝立即派人四处抓捕霍氏族人，范明友先得到风声，跑到霍山、霍云家里报告祸事。霍山与霍云闻风丧胆，正在设法安排，又有家奴进来说："太夫人的府宅已被吏役围住了！"霍山知道无法逃难，取毒先服，霍云与范明友随后也服下。等到捕役到来，几人已经毒发身亡，只

---

① 期门：官名。

360

搜得他们的妻妾子弟。霍显母子事先没有得到这个消息，被打入狱中，审出真相后，霍禹受腰斩，霍显也遭到诛杀，所有霍氏众女儿及女婿、孙婿，全部被处死。甚至近戚远亲也辗转受到连累，诛灭不下千家。冯子都、王子方等当然也做了刀头鬼。金赏已经与妻子离婚，所以免受株连。霍皇后因此被废，迁居昭台宫。金安上等告逆有功，都得到封赏，金安上被封为都成侯、杨恽被封为平通侯、董忠被封为高昌侯、张章被封为博成侯，侍中史高也受封乐陵侯。

霍光辅政二十多年，尽忠汉室。宣帝得以被立为帝，虽由丙吉提议，终究由霍光决定。只是悍妻骄子没有严加管束，毒杀许皇后一案，知道后却不举报，这是霍光一生最大的错误。不过宣帝既然早已暗暗忌恨霍光，就应该早点令他交出政权，或等霍光死后，不让霍氏子弟盘踞朝廷，只赏赐他们一个郡县，使他们无从谋逆。为何开始时滥赏，后来又滥罚呢？最终连累千家，血流成河。像霍光一样忠诚的人竟然绝了后代，甚至连一向与宣帝情投意合的霍皇后也被打进冷宫。过了十二年，又将她禁锢在云林馆，迫使其自杀。

宣帝诛灭霍家后，下诏大赦，到昭帝的陵庙行秋祭礼。走到半路，前面骑士的佩剑忽然无故出鞘，剑柄落地，插入泥中，光闪闪的锋头指向宣帝的乘舆，顿时导致御马惊跃，不敢前进。宣帝心知有异，赶忙召郎官梁邱贺，让他占卜吉凶。梁邱贺是琅玡人，曾跟随大中大夫京房苦修易学。梁邱贺布卦之后，说即将有人作乱，车驾不宜前行。宣帝于是派人代他祭祀，自己沿路折回。

众臣到了庙中，留心察看，果然查获了刺客任章。任章是前大中大夫任宣的儿子，任宣因霍氏受到连累，已经被杀。任章曾做过公车丞，逃往渭城。一直想为父报仇，所以混入都中，乘宣帝出去祭祀的机会，假扮成郎官，意图行刺。经法司查出之后，任章当然只有死路一条。宣帝多亏梁邱贺，才能免遭不测，于是提升梁邱贺为大中大夫。

为了立后一事，宣帝踌躇了一两年。当时后宫妃嫔，有数人得宠。张婕妤最受宠爱，生下一子名叫刘钦；其次为卫婕妤，生下一子名叫刘嚣；再次为公孙婕妤，生下一子名叫刘宇；此外还有华婕妤，只生有一个女儿。宣帝本想立张婕妤为后，但想到张婕妤有儿子，若怀私意，便与霍氏一样，怎么能保全储君呢？于是就决定选一个既没有儿子又不遭人嫉妒的宫妃为皇后。

拣来拣去，还是长陵人王奉光的女儿最合适。王女入宫多年，已被封为婕好，可让她继任皇后之位，领养太子。王奉光的祖宗曾随高祖入关，得以封侯。到王奉光时，家道中落，落拓生涯。宣帝曾寄养外家，得以与他相识。那时王奉光有一个女儿刚刚十多岁，颇有三分姿色，只是生就一个怪命，许配了两三家都克死了未婚夫婿。宣帝继位后，王奉光的女儿还没有找到合适的人。宣帝追念旧情，便把她召入后宫，命她侍寝，赐过几番雨露后，宣帝安然无恙。后来霍皇后入宫，各位婕好又接着进宫，或以贵得宠，或凭色得宠，弄得宣帝无暇顾及王女，于是王女被冷落宫中。不过宣帝却并没有忘记她，封王女为婕好，享受俸禄。王女安处深宫，没有一点儿怨言，膝下也没有子女。现在竟被宣帝选上，册封为皇后，并把太子刘奭交付给她。张婕好等人都很诧异，把这件事当做笑谈。王女虽被册封为皇后，但宣帝并不宠幸她。并且她性情甚是温和，从不与人争宠，所以张婕好等仍相安无事，徒由她挂个虚名罢了。

当时是宣帝六年，宣帝已改元两次。那时宣帝正忙于整顿内务，还没来得及排除外患。忽然卫侯使冯奉世上疏说莎车叛乱，杀死国王和中原派去的使臣，自己借陛下的威望，发兵讨伐，现已将叛王杀死，特命人把他的首级送到京城。宣帝并不曾让他讨伐莎车，不过因西域归附，以前所派遣的使臣，屡不称职，就依从前将军韩增的举荐，授郎官冯奉世为卫侯使，命他拿着符节送大宛等国使臣回国。冯奉世是上党人，少年时便开始学习春秋，熟读兵法，精通六韬三略，后来奉宣帝之命，与外使一同西行。

抵达伊循城时，听说莎车发生内乱，冯奉世便秘密地对副使严昌说："莎车王万年曾到我朝做人质。只因前王已死，这个国家的臣民请他归国继位，才由朝使奚充国送回。如今竟敢抗违朝命，大逆不道，若不发兵讨伐，将来莎车日益强大，就会成为大患，西域各国均会受到影响，岂不是前功尽弃？"严昌也赞成冯奉世的说法，便想派人上奏，请旨定夺。但冯奉世认为兵贵神速，不宜缓慢。于是假传皇上的诏令到各国，征发兵马，得番众一万五千多人，进击莎车。莎车国的臣民，本想迎立万年为王。可万年生性暴虐，先王的弟弟呼屠征乘机纠集众人，杀死万年，并杀掉汉使奚充国，自立为莎车王。并且攻打附近各国，迫使他们一起叛汉。冯奉世征集番兵来到城下，呼屠征没有一点准备，慌忙募兵抵御，已经来不及了，被冯奉世率兵攻了进去。呼屠征惶急之下自杀，国人只好乞降，献出呼屠征的头颅。冯奉世另选先王的其他后代为王，遣回各国兵士，然后命从吏带着呼屠征的人头到长安报捷，自己与大宛使臣西去大宛。大宛国王得知冯奉世杀了莎车王，对他格外尊敬，并赠送龙马①数匹，厚礼把他送回。宣帝接到冯奉世的捷报，立即召见前将军韩增，称他举荐贤人有功，并令丞相等人商议如何奖赏他的功劳。丞相魏相等均上奏道："大夫出疆，只要有利于国家，不妨擅自做主。如今冯奉世功绩显著，理应重重赏赐，可以把他封侯。"

宣帝正打算依从他们的建议，少府萧望之却谏阻道："冯奉世出使西域，皇上只令他送客回国，不曾许给他其他权利。他竟假传诏令发兵，擅自攻击莎车，虽然有幸得以立功，但毕竟不合法度。倘若把他封侯加爵，将来他人出使，因为贪功，必定效仿冯奉世，恐怕国家将从此多事了！臣认为冯奉世不能受封。"宣帝正想巩固君权，一听到张望之的谏议，就改变初衷。后来冯奉世还都复命，只让他做光禄大夫，不再封侯。

谁知一波才平，一波又起，侍郎郑吉曾由宣帝派往西域，监督渠犁城开垦田地的士兵。后来，郑吉又分出三百个士兵，到车师开垦田地。此举竟得罪了匈奴，他们多次派兵前来攻击汉兵。郑吉率领渠犁的一千五百个士兵，亲自前去营救，仍然寡不敌众，退到车师城中，被匈奴兵围困。多亏郑吉守御有方，匈奴兵围攻不下，就退回去了。可没过多久，又来攻打，往返好几次。郑吉孤守车师，不敢还击，只好飞书奏报，请宣帝增发士兵。宣帝又令群臣商议，后将军赵充国说自西域通道以后，才命人在渠犁开垦田地，目的是防止匈奴入侵。只是渠犁距车师约有一千多里，难以前去援救，最好是出击匈奴右地，让他自己撤兵回来增援，不敢再骚扰西域，到时候车师和渠犁都会没事。宣帝正在踌躇，丞相魏相上疏，否定赵充国的说法。

宣帝看完魏相的书信，就派遣长罗侯常惠带领张掖、酒泉的骑兵，前去车师迎回郑吉。匈奴兵见有汉军增援，立即退去，郑吉于是率领士兵回渠犁。只是车师的土地再次落入了匈奴的手中。

## 名臣贤吏

宣帝在位六七年，勤政息民，励精图治，最信任的大员，一个是卫将军张安世，一个是丞相魏相。霍氏被灭族，魏相参议有功，不用多说。

---

① 龙马：马的外形像龙，所以叫龙马。

张安世却为人小心谨慎，只知奉诏行事，不曾为除去霍氏献言献策，并且他的孙女张敬曾嫁给霍家。霍氏族诛时，张安世担心受到连累，整日惴惴不安，竟变得容颜憔悴，身体衰弱。宣帝察知内情后，特下诏赦免他的孙女，张安世这才放心，办事愈加谨慎。张安世的兄长张贺，当时已经病死。宣帝追念旧恩，询问张安世，才得知张贺的儿子也死了，只留下一个孙子，年仅六岁，名叫张霸。张贺在位时曾领养张安世的二儿子张彭祖，张彭祖又曾与宣帝在同一家私塾读书，宣帝问明内情后，封张彭祖为关内侯。张安世入朝推辞，宣帝说："我只是为了掖庭令，与将军无关。"张安世这才退下。

宣帝又想追封张贺为恩德侯，并设置守墓人二百家。张安世又上疏替张贺推辞，并请求减少守家到三十户，宣帝总算依从他的建议。不久，宣帝又觉得此举不足以报其德，便在次年下诏，赐封张贺为阳都侯。关内侯张彭祖袭爵，封张贺的孙子张霸为车骑中郎将，赐爵关内侯，食邑三百户。

张安世的长子张千秋与霍光的儿子霍禹都是中郎将，曾一同跟随度辽将军范明友攻打乌桓。凯旋后，霍光问张千秋战斗方略与山川形势，张千秋边说边用手比画，一点也没有遗忘。等到转问霍禹时，霍禹均已忘记。霍光不禁叹息道："霍氏必定衰落，张氏将要兴旺！"后来霍光的话果然灵验，张氏子孙代代为官。当时人称昭宣以后，汉臣要算金①、张两家最得势。

御史大夫丙吉本来与张贺一同保护宣帝，论起当时的恩德，张贺还比不上丙吉，只因丙吉为人忠厚，绝口不提前恩。宣帝幼年出狱时，还茫然无知，所以只记起收养自己的张贺，不曾想起救活自己的丙吉。掖庭宫婢则曾经保护、抱养过宣帝，那时已嫁给一个民夫，上疏自表以前的功劳。宣帝全然忘记，特交掖庭令查办，则说御史大夫丙吉知道详情。掖庭令于是领着则到御史府，查明真伪。

丙吉见到则后，面貌尚能相认，这才说起以前的事情："确有此事，但你曾因保护不善受到我的责备，如今怎能自称有功？只有渭城的胡妇、淮阳的赵征卿曾经乳养，她们才有功呢！"掖庭令于是转奏宣帝，宣帝再次召问丙吉，丙吉于是讲述胡、赵二妇当年照顾宣帝的事情。宣帝立即传诏查寻二妇，二人却都已去世，只有子孙尚存，得蒙厚赏。则虽然没有赵、胡二妇辛勤，总也有些微劳，特赐钱十万。宣帝此时才知丙吉对

---

① 金：即金日磾的子孙。

自己有大恩。等则离去后，便封丙吉为博阳侯，食邑一千三百户。并将许、史两家子弟，如史曾、史玄①、许舜、许延寿②等，曾经与宣帝有些关系的人全部封侯。就连小时候的朋友及郡狱中的工役，也都赐给了官禄、田宅、财物。升任北海太守朱邑为大司农、渤海太守龚遂为水衡都尉、东海太守尹翁归为右扶风，颍川太守黄霸、胶东相张敞，先后为京兆尹。

朱邑，字仲卿，庐江人氏，初为桐乡啬夫，廉洁平和，吏民信服。后来迁补为北海太守，政绩卓著，宣帝提升他为大司农。他性情淳厚，以德服人，遇到有人以私情相嘱托，就一概拒绝，朝臣很敬怕他。他将所得的俸禄和赏赐都接济族党，自己也很俭约。朱邑担任大司农的第五年，一病不起，临死时嘱咐儿子说："我曾做过桐乡官吏，百姓都很爱戴我，你就将我的遗骸葬在桐乡吧。"说完就去世了。儿子遵从父命，把他葬在桐乡西城，百姓果然为他立祠，祭祀不绝。

龚遂，字少卿，祖籍平阳，以前因昌邑王刘贺之事枉受刑罚，修城四年。宣帝即位以后，恰逢渤海闹饥荒，盗贼四起，郡守以下，大多不能治理。丞相、御史便将龚遂举荐上去，请他出任渤海大守。龚遂当时年已七十，体态龙钟，加上身材本来矮小，更让人觉得曲背驼腰。宣帝瞧见以后，大失所望，只是人已经召来，不得不开口询问："渤海的荒乱，很令朕担忧，你将如何处置盗贼？"

龚遂答道："海滨地处偏远，百姓被饥寒所迫，又没有好的官吏前去抚慰，不得已才沦为盗贼。如今向臣问及此事，陛下是想让臣前去剿灭他们呢？还是让臣前去抚慰他们？"

宣帝回答说："朕如今选用有才能的人，原本是想去安抚民众，并非一定要剿灭他们。"

龚遂接着说："臣听说治理乱民犹如理顺乱绳，不能操之过急。陛下既有意安抚民众，臣希望丞相、御史不要拘泥于文法，一切当因利乘便，见机行事，才能成功。"

宣帝点头称是，赐给龚遂黄金百斤，令他为渤海太守。龚遂叩谢而出，草草整装，进入渤海境内。郡吏发兵前去迎接，龚遂把他们一概遣回去。并下令属县，把捕捉盗贼的官吏全部免去，说所有操持田器的百姓都是良民，不得抓捕，只有手持兵械的才是盗贼。盗贼听到这个命令，

---

① 史曾、史玄：都是史恭的儿子。

② 许舜、许延寿：两个都是许广汉的弟弟。

闻风四散。

龚遂单车来到府中，打开粮仓，赈济贫民，对以前的吏尉，去暴留良，让他们下去安抚百姓。百姓非常高兴，都愿安居乐业，不愿以身试法。才过三四年，狱讼停止，吏民富饶。宣帝褒奖龚遂的政绩，召他回朝。龚遂奉命登程，吏民恭敬地送他出境，哭着与他告别。

议曹王生想跟随龚遂同行，王生喜欢喝酒，旁人都说他不应一起上路，龚遂不忍拒绝，就答应让他跟随。自渤海到长安的路上，王生连日饮酒，不曾进言。等到入了都门，见龚遂下车进宫，王安抢前几步，走到龚遂身后，大声对龚遂说："先不要走！希望你能听完我的话。"龚遂闻声回头，见王生脸上还有酒意，觉得莫名其妙。只听王生说道："天子如果发问，你不宜突然陈述治理盗贼的政绩，只说是圣主的恩德感化了他们，并非出自你之力，希望你不要忘记！"龚遂点头离去。

宣帝果然问到了治理的情况，龚遂便按照王生的话，答说了一番。宣帝不禁微笑道："是谁教你这样回答朕的？"龚遂不敢隐瞒，索性直说道："这是议曹教臣这样说的，臣还不知这里面的悬妙呢！"宣帝又问了几句，下令退朝。暗想龚遂已经年老，不能进任公卿，于是就任命他为水衡都尉，并封王生为水衡丞。不久龚遂就病死了。

尹翁归，字子兄，祖上世代居于平阳，后来迁住杜陵。他少年丧父，跟随叔叔生活，弱冠后充当狱吏，精通文法，又擅长击剑，无人敢挡。当时田延年为河东太守，巡行到平阳，校阅吏役，令文吏站在东边，武吏站在西边。尹翁归当时也在其中，跪下不肯起来，抗议说："尹翁归文武兼备，愿听从你的指示！"田延年暗暗称奇，令他起来，和他谈论吏事，尹翁归应对如流。田延年把他带回府舍，让他定案。尹翁归定案公平，不徇私情，田延年大加器重，封他为吏尉。田延年内调后，尹翁归就迁补为都内令，不久被封为东海太守。

尹翁归到了东海，悉心查访，把当地官民的以往表现一一载入册中，然后巡行各县，按册上的记载赏罚，善必赏、恶必惩。从此，东海大治。

扬州刺史黄霸，察吏安民，政绩优异。有诏令迁升黄霸为颍川太守，特赐车中高盖。黄霸来到颍川，宣告朝廷恩德，让邮亭乡官拿出鸡、猪，赡养贫穷孤寡之人。然后颁布条规，嘱令乡间父老按规定去做。当时有秘事需调查，黄霸派一个老成的属吏前去访察，不得泄露机密。属吏听完他的话之后就出发了，途中微服出行，不敢在驿舍吃住，饥饿的时候，只在市中买饭菜，在野地就食。一次，他正要吃饭，忽然有一只乌鸦飞下来，把他的肉块叼去，属吏来不及抢夺，只好自认晦气。等到事情调查完毕，回署复命，黄霸一见他便说：“你此去吃了很多苦，乌鸦不近人情，叼去肉食，我已知道你的委屈了!”属吏大吃一惊，以为是黄霸派人跟随，就将调查的情况和盘说出，一点也没有隐瞒。

其实黄霸并未差人跟随，不过平日在署里，常听吏民诉说一些事情。有一个乡民到署里，黄霸问他在途中看到了什么，他就顺口说起乌鸦的事，黄霸将此事记在心中，见属吏回来，正好借机提起，让他不敢欺瞒。孤寡之人，死后没有下葬的费用，乡吏上疏禀明，黄霸就说某处有大树可以做棺材，或某亭有猪可以宰祭。乡吏按照命令前去取这些东西，果然像黄霸说的一样，更把黄霸奉若神明。境内强横之人都出去躲避，所以盗贼越来越少，申诉的人也越来越少。

当时，京兆尹赵广汉因私怨杀死同县的人荣畜，被人揭发。此事交由丞相、御史查办。案子还没有定下来，赵广汉就刺探丞相的家事，暗地里想着解脱的办法。碰巧丞相府中有婢女自杀，赵广汉怀疑是丞相夫人威迫她自尽的。于是等丞相魏相出去祭祀宗庙时，特派中郎赵奉寿前去告诉魏相，想让魏相不敢再追究荣畜的冤情。可魏相不肯听从，案子越查越紧。赵广汉就弹劾魏相，说魏相逼杀婢女，宣帝当即下诏，令京兆尹查问此事。赵广汉正好大出风头，领着一群吏役，进入相府。恰逢魏相不在府中，门吏无法阻止，只好由他发威。

赵广汉进去之后坐在堂上，传魏夫人听审，魏夫人虽然惊心，也不得不出来听候质问。赵广汉仗着诏命，迫使魏夫人下跪，问她为何杀死婢女。魏夫人怎肯承认？当即开口辩驳，彼此争执一番。赵广汉毕竟不便用刑，另召相府奴婢，依次审问，也没有得到什么证据。赵广汉担心魏相回来后多费唇舌，便把奴婢十多人带回府衙。魏夫人遭到这样的屈辱，当然不肯善罢甘休。魏相回府，便边哭边说。魏相也容忍不住，立即写成奏章，呈递进去。宣帝将奏章交给廷尉，令他彻底查清此案。廷尉于定国，查得相家的婢女实是因犯罪被逐出相府，自己上吊死的，与赵广汉所说的并不相同。司直①萧望之于是弹劾赵广汉羞辱大臣，悖逆不道。宣帝正倚重魏相，自然憎恨赵广汉，当即罢去他的官职，把他依法治罪，经廷尉复核，又得知赵广汉的其他罪状，就判他腰斩之刑。

赵广汉是涿郡人，当了几任守尹，因他不畏强暴，强横狡猾、不守

---

① 司直：官名。

367

法度的人渐渐没有了，百姓安居乐业。所以罪名定下后，京兆吏民都到宫外哭泣，请求代他去死。宣帝心意已决，不肯收回成命，将吏民驱散，并下令把赵广汉正法。赵广汉至此也自悔晚节不保，但已经来不及了！

京兆尹一职，调来彭城太守接任，不到几个月，他便因失职被罢官。于是重新将颍川太守黄霸升为京兆尹。黄霸是一个好官，奉诏上任，也曾尽职尽责，小心办公。谁知都中有人从旁伺察，吹毛求疵，接连弹劾他。多亏宣帝知道黄霸清廉，不忍夺去他的职位，于是让黄霸回到原任，改选他人补缺。仅一年间，就换了好几个官吏，最终都难以胜任。后来选得胶东相张敞做了京兆尹，才算称职，连任数年。

张敞，字子高，平阳人，后来迁居茂陵，由甘泉仓长迁任太仆丞。昌邑王刘贺为帝时，滥用自己的心腹，张敞连番上谏，均不见听从。刘贺被废以后，这些奏章尚存，宣帝看到后，特提升张敞为大中大夫，后来又让他做了山阳太守。山阳本是昌邑以前的封地，昌邑王被废以后，把国降为山阳郡。只因刘贺返回此地，宣帝怕他有什么变动，特令张敞暗中监守，所以张敞随时留心，常派丞吏察看。

后来张敞又亲自前去审视，见刘贺骨瘦如柴，手中拿信，蹒跚出来，邀请张敞坐下叙谈。张敞出言试探，听刘贺随口对答，毫无他意，就不再追问。只将刘贺的妻妾子女按籍点验。轮到刘贺的女儿刘持辔时，刘贺忽然跪下，张敞急忙把刘贺扶起来，问他是何原因。刘贺答道："刘持辔的生母是严长孙的女儿。"说完这句，就没了下文。严长孙就是严延年，以前曾因弹劾霍光，负罪逃去。等霍氏被灭族后，宣帝想起严延年，又把他封为河南太守。刘贺的妻子是严延年的女儿，名叫严罗紨，他把妻子的家族说明，想必是担心连累子女，所以请求张敞从宽发落。张敞并无意加害，于是好言抚慰刘贺。等到查验完毕，共计妻妾十六人，儿子十一人，女儿十一人，此外奴婢财物，却是寥寥无几，并没有什么积蓄。料知刘贺沉迷于酒色，不会考虑别的事情。于是辞别回署，据实上奏。

宣帝这才认为刘贺不足为患，下诏封刘贺为海昏侯，食邑四千户。海昏属于豫章郡，在昌邑东面，刘贺奉诏移居后，仍像以前一样昏庸愚昧。侍中金安上奏宣帝，斥责刘贺荒废无道，不应让他继续供奉宗庙。宣帝于是只让刘贺享有赋税，不准他参加朝廷典礼。

不久，扬州刺史柯，又上奏称刘贺有异志，宣帝虽然将原奏交给法司，心中已知刘贺没有能力，不能起事，所以当法司复奏，请求立即逮捕刘贺时，宣帝已不屑于查办此事，只削夺刘贺食邑三千户。没过多久刘贺就病死了，豫章太守一面报表，一面进言说刘贺曾经暴乱，不应当册立他的后代，宣帝因此降国为县。后来元帝继位，才开始封刘贺的儿子刘代宗为海昏侯，传了几世。


## 边地战事再起

张敞在山阳守了很久，境内没有什么大事。后来听说渤海、胶东百姓因饥饿沦为盗贼。渤海已派龚遂前去担任太守，只有胶东还没有能人前去治理，盗风日盛。胶东是景帝的儿子刘寄的封土，传到曾孙刘音时，刘音少不更事，母亲王氏又喜欢游猎，政务日益松弛，张敞请命前去治理。宣帝于是迁升张敞为胶东相，赐金三十斤。

张敞一到任，便悬赏缉拿盗贼。果然盗贼平息，吏民相安。张敞又劝阻王太后出游打猎，王太后却也听从，此后深居简出，不再到处游逛。种种政绩自然被宣帝知道。恰逢当时京兆尹一职换了多人，都不称职，宣帝于是下诏，调张敞为京兆尹。张敞治理政务，严中带宽，因此百姓信服，有口皆碑。

只是张敞生性好动，不拘小节，常常策马到章台①，自在游行。有时早起无事，便为他的妻子画眉，在都城传为艳闻。一些好事之人又把这当做话柄，说他有失体统，上奏弹劾。宣帝召来张敞询问，张敞直答道："闺房之事，夫妇私情，比画眉更甚，臣还不止为妻子画眉呢！"宣帝一笑置之，张敞也退了出去。但因为这种琐事，总觉他举止轻浮，不应位列公卿，所以张敞做京兆尹差不多有八九年，始终没有迁调的音信，张敞也不计较，只求尽职。

当时太子太傅疏广与少傅疏受，本是叔侄，又都是太子的师傅，荣耀一时。太子刘奭年纪还小，平恩侯许广汉是太子的外祖父，入宫请求宣帝，打算让弟弟许舜监护太子。宣帝听到此话后犹豫不决，召问疏广，疏广面奏道："太子为国家的储君，关系甚大，陛下应慎重为他选择老师和朋友，不宜专用皇亲。况且太子宫属已备，再让许舜进来监护，反而是诏示天下私情重要，恐怕不足以培养储君的美德啊！"宣帝应声说是，待疏广退出后，便把他的话转告给丞相魏相，魏相也佩服疏广的先

---

① 章台：长安街市名。

见之明，自愧不如。

此后宣帝更加器重疏广，多次赏赐他。太子入宫朝见，疏广为前导，疏受在后面跟从，随时校正，不让太子做不合礼法之事。叔侄掌职五年，太子刘奭已经十二岁，精通《论语》、《孝经》。

有一天，疏广对疏受说："我听说知足不辱，功成身退，才合天意。如今我与你官至二千石，应该知足了，不如叔侄同归故里，终享天年！"疏受立即跪下叩头说："愿听从命令！"二人以养病为借口，乞求让他们回老家。宣帝不得已，只好准奏，加赐黄金二十斤。太子刘奭又赠送黄金五十斤，疏广与疏受接受赏金后整装出都。朝廷公卿，以及朋友、同乡人，都到东都门外为他们设宴饯行。二疏连番畅饮，谢别离去。路旁的百姓，看见送行的车马约有几百辆，众位大臣又与他们互道珍重，极其殷勤，不禁叹息道："二位大夫真是贤人啊！"

二疏离去后，卫将军大司马张安世病逝。许、史、王三家子弟，因是皇亲国戚而得宠，连连升官。谏大夫王吉以前曾与龚遂一同受刑，后来被宣帝召入，做了司谏一职。王吉认为外戚专权，将来会留下后患，已有些容忍不住。且宣帝因没有什么政事烦扰，也想仿效武帝，祭祀宗庙，转赴河东拜祭后土祠，还听信方士的话，添置神庙，花费颇多。王吉于是修书进谏，请宣帝求取贤能之人，不要只用外戚。除去奢侈之风，崇尚节俭，不要相信淫邪之说。句句切中时弊，无奈宣帝竟认为这些言论实属迂腐，置之不理。王吉就谢病告归，退居琅玡故里。

宣帝不听从王吉的建议，依然迷信鬼神。恰逢益州刺史王襄举荐蜀人王褒，说他很有才能，宣帝立即召见，令他作"圣主得贤臣"颂。王褒应命立即写成，辞藻华丽，只是篇末有永永万年，世人不能超然绝俗等话，宣帝不以为然。但既然已经召来，就暂令他待诏金马门，王褒变着法迎合宣帝，又写了一些文章歌颂，大肆铺张，才博得宣帝欢心，提升他为谏大夫。

恰在此时方士进言说，益州有金马、碧鸡二宝，是神所司掌管的东西。宣帝便命王褒前去祭祀，王褒也乐得奉诏，正好衣锦还乡。其实金马、碧鸡乃是两座山的名字，只不过一座山像马、一座山像鸡，因外形而得名，并非国宝。山上有很多神祠，王褒应诏前去祭礼，没见到金马出现、碧鸡飞翔，自己却在途中受了暑气，一命呜呼。益州刺史代为上报，宣帝很是怜惜。宝物没有求得，反而导致词臣半路去世，宣帝也渐渐醒悟，于是遣散方士，不再迷信鬼神了。

这时，西方传来警报，先零羌酋杨玉纠集乱党反叛汉朝，驱逐汉官义渠安国，入寇西部边境。羌人是三苗后裔，部族甚多，出没于湟水附近，附属匈奴。其中要算先零、罕邗二部最为繁盛。武帝开拓河西四郡后，截断匈奴右臂，不让胡、羌交往，并将羌人驱逐出境，不准再居住在湟中。

等宣帝即位后，特派光禄大夫义渠安国巡视羌人。安国复姓义渠，也是羌人，因祖父入朝做了汉臣，所以得以承袭皇恩。先零人听说义渠安国西来，就派人前去乞求，希望汉廷恩准他们渡过湟水，游牧荒地，义渠安国竟代为上奏。后将军赵充国祖籍陇西，深知羌人狡诈，一得到这个消息，马上弹劾义渠安国，说他给了敌寇生叛心的机会。于是宣帝下旨驳斥义渠安国，并召他回朝，拒绝了羌人的乞求。先零人不肯罢休，联合众羌人，准备入寇，并且绕道匈奴，请求援助。赵充国探得密报后，就趁宣帝召问的时候，说秋高马肥，羌人必定叛变，应派人前去校阅边境的士兵，预先戒备。并且告诉羌人，不要中了先零人的诡计。宣帝于是命丞相、御史选择合适的人前去。丞相魏相认为义渠安国在那里待过，就打算再让他前往，宣帝准奏，又派义渠安国西行。

义渠安国抵达羌人的居住地后，召集先零三十多个势力较大的人，责备他们居心叵测，并将他们全部处斩。又征调边境守兵，杀死羌人的首领。先零酋杨玉本已被汉朝封为归义侯，见义渠安国无端残杀，不禁怒气上冲，再加上部众从旁煽风点火，最终忍无可忍，立即率众出发，攻击义渠安国。义渠安国才到浩亹，手下士兵不过三千人，突然被羌人截杀，一时招架不住，拍马便逃。羌人乘势追击，夺去许多军用物资和兵器。义渠安国也来不及顾虑这些，只觉得逃命要紧，一口气跑到令居，闭城据守，然后飞书上奏，请求增援。

宣帝得知消息后，便派御史大夫丙吉前去询问赵充国，何人可率兵西征。赵充国慨然答道："想要西去征服羌人，现在没有比我更合适的了！"丙吉将他的话禀明宣帝，宣帝又派人问道："将军今日出征，需要多少人马？"赵充国答道："如今臣还在都中，无法决定，臣想赶到金城，窥探敌人的情况，然后再行定夺。不过羌戎小夷，逆天行事，背叛汉朝，不久必定灭亡。陛下如果真的委任老臣处理此事，臣自有办法解决。"这几句话传到宣帝耳中后，宣帝笑着答应了。

赵充国立即动身前去，直抵金城，调集一万兵马，渡河西去。又担心被敌人拦住，趁着半夜，先派遣三营人马偷偷渡河，安营扎寨，然后赵充国再率军渡河。到了天明，全军都已过河，遥见有几百名敌人前来挑战。众将请求开营接战，赵充国说道："我军远道而来，士兵疲倦，不可轻举妄动，况且敌人派来的都是精锐，明明是诱我军出营。"说罢，就下令军中，不要出击，违令者斩！士兵们接到命令后，自然坚守不出。

赵充国又暗中派遣侦骑，探知前面四望峡中并无敌人防守，就等到天黑后，悄悄地派军连夜赶去。过了四望峡，直抵落都山，才命人安营扎寨。不久又拔寨西行，来到西部都尉府，把这里作为行辕，安然住着。每天与将士宴饮，只令士兵静静守护，不准轻举妄动。羌人连番挑战，汉军始终不出一兵，直至羌众退去，赵充国才派遣轻骑追击，抓到几个活口，好言抚慰。从这些人口中得知，羌人互相埋怨，因无仗可打，各生二心。赵充国于是把他们放回去，仍然按兵不动，坐等他们内乱。

先零、罕研本是仇敌，先零想要背叛汉朝，才派人与罕研讲和。罕研酋长靡当儿半信半疑，特派遣弟弟雕库来见西部都尉，告说先零将要谋反。都尉暂时将雕库留下，派人前去侦察。过了几天，果然听说先零谋反了。又得知雕库部下也有私通先零、参与谋叛的，就把雕库抓住，不肯放回去。

赵充国将计就计，索性放出雕库，当面抚慰道："你本没有什么罪过，我可以放你回去，但你须传告各部，赶快与谋叛之人断绝关系，以免灭亡。现在天子有命，令你们自己诛灭叛党：诛杀一个大头目，得赏钱四十万；诛杀一个中头目，得赏钱十五万；诛杀一个小头目，得赏钱两万；就是诛杀一个壮丁，也能得到赏钱三千；诛杀一个女子或老人、幼儿，每个赏钱一千，并且将所俘获的女子、财物，全部给这个人。机不可失，你谨记此命，一定要把它宣告出去。"雕库听到这些话，高兴地离去了。

恰好又有诏使到来，称天子大发兵马，约有六万人，屯兵边疆，作为声援。酒泉太守辛武贤奏请宣帝，愿分兵出击罕研。赵充国与众将商议道："辛武贤远道出征，劳师费饷，怎么能取胜呢？况且先零叛汉，罕研虽然与他互通音信，并未明说帮助他叛逆，现在应暂时舍去罕研，只对付先零。先零一破，罕研自可不战而降了！"众将也认为可行。赵充国于是立即送回诏使，上疏说明自己的计策。

宣帝看完后，又把大臣们聚集在一起商议，群臣都称必须先攻破罕研，先零势孤力单，容易荡平。宣帝命乐成侯许延寿为强弩将军、辛武贤为破羌将军，合兵讨伐罕研。并且斥责赵充国逗留不前，命令他快速进兵，遥相援应。赵充国又上疏极力陈明利害关系，说先零为寇，侵略边境，但罕研未尝入犯。如今释放有罪的，却讨伐无辜的，实在不是上策。况且是先零想叛乱，所以才与罕研和好，现在如果先攻击罕研，先零必定发兵前去相助，两国同心合力，就不容易平定了，所以必须先平定先零，才能收服罕邢。宣帝见了这个奏折，才恍然大悟，于是采用赵充国的计策。

赵充国率兵到达先零时，先零已经松懈下来，以为赵充国只守不战。不料汉兵竟突然来到，先零人都惊慌逃走。部将请示赵充国，希望快速行进追上敌寇，赵充国说："这些人已经走投无路，不宜追得太急，我们如果速度过快，他们无处逃生，必然拼死搏斗，反而不妙。"众将这才没有异议，等追到湟水岸旁，先零兵各自奔命，纷纷南渡。船少人多，一半被挤到河里淹死了，再加上赵充国在后面追赶，更觉心慌。越慌越慢，越慢越乱，好几百人做了无头鬼。还有马、牛、羊十万多只，车四千多辆，都被汉兵夺来。

赵充国取胜以后，不让士兵休息，反而催促大众连夜前进，只准耀武扬威，不准侵掠。罕邢知道后，派人到赵充国的军营，表示愿意听从约束。没过几天，便得到了罕邢酋长的谢罪书，举族投降。赵充国大喜过望，率军再去讨伐先零，适值秋风肃杀，赵充国受了寒气患病在身，脚部红肿，又染上痢疾。虽然仍能筹划军情，但也不得不将此事报知宣帝。宣帝命破羌将军辛武贤为副将，定在冬季进兵。

恰在此时，先零羌人陆续前来投降，先后共有一万多人。赵充国于是改变主意，决定以安抚为主，领兵在那里开垦田地，静待敌寇不战而散。赵充国上疏禀报他的计划，并请求撤去骑兵，只留下步兵一万多人，分别屯居要害，一边耕田一边防守。这个奏章呈入宫廷后，朝臣多半反对，说他难以成就大事，宣帝于是又下诏追问："按照将军的计划，何时能消灭敌人？何时士兵能够撤回？立即复奏！"

赵充国上奏说先零精兵不过七八千人，并且兵力分散，饥寒交迫，灭亡在即。待到来年春天他们战马瘦弱，更不敢轻易率众犯边，纵使偶有侵掠，也不足为虑。现在北有匈奴，西有乌桓，都未臣服于汉朝，不能不及早防备。如果顾此失彼，两处将一事无成，对臣来说就是不忠，对于国家来说就是灾祸，请陛下明确作出决定，不要误信他人！这已是第三次奏请罢兵垦田，宣帝每得到一次奏章，必定询问朝中大臣们的意思。第一次赞成赵充国的，十人中不过二三人；第二次便有一半赞成了；第三次赞成的，十人中有八人。宣帝因此斥责以前反对的朝臣。群臣无话可说，只得叩头请罪。宣帝依从赵充国的计策，下诏撤兵垦田。

垦田的计策确定以后，偏偏还有人主张进攻。

## 匈奴内乱

宣帝派人回报赵充国，准许他撤兵垦田。这时却有两人出来从中作梗，仍主张出兵进攻。这两个人就是强弩将军许广汉与破羌将军辛武贤。宣帝不忍否定他们，两计并用，并下令二位将军率兵出击，与中郎将赵印会师后一同前进。赵印是赵充国的长子，既然皇上有旨，他也不得不从，于是三路大军一同出发。许广汉降获羌人四千多名、辛武贤斩杀羌人两千多人、赵印杀死或纳降的羌人共有两千多人。赵充国并不进兵，羌人自愿投降的却有五千多名。赵充国于是又上奏，称先零有四万多人，现在已经大半投降，再加上战阵死亡的，一共不下一万人，所以余下的只有四千人左右，羌帅靡忘写信过来，说情愿前去抓捕杨玉，不必劳驾三军，请陛下召回各路兵马，以免暴露行踪。宣帝于是令许广汉等不要进兵。

过了残冬，便是宣帝在位的第十年，宣帝已经改元三次，第五年改元元康，第九年改元神爵。赵充国西征时是神爵元年，到神爵二年五月，赵充国料知羌人气数已尽，不久必定灭亡，索性请求将士兵撤回。宣帝听从了他的建议，赵充国于是凯旋回朝。当时强弩将军许广汉已经班师，只有辛武贤贪功未归，宣帝依照赵充国的建议，令辛武贤退守酒泉，命赵充国仍为后将军。

那年秋天，先零酋长杨玉果然被他的部下杀死，剩余的四千多人由羌人若零弟泽等分别带领着归降汉朝。宣帝封若零弟泽为王，特令他们住在金城，创立破羌、允街二县，安置投降的羌人，并设置了护羌校尉一职，准备派辛武贤的二弟辛汤前去就任。赵充国当时正抱病在家，得知此事后，极力上奏阻止，说辛汤嗜酒如命，不能管理蛮夷，不如改用辛汤的兄长辛临众较为妥当。宣帝于是改命辛临众为护羌校尉。没过多久，辛临众因病归来，朝臣又推举辛汤继任。辛汤喝酒任性，侮辱羌人，果然导致羌人心生不满。

辛武贤没有得到重赏，仍任原职，满腔郁愤，想在赵充国身上发泄，只苦于无计可施。猛然记起与赵印的一番谈话，赵印曾说前车骑将军张安世多亏自己的父亲秘密保举，才得以受到重用。这件事本来无人知晓，辛武贤想正好乘此机会把赵印弹劾上去，说他泄露机密，又添加了几句谗言，然后上奏朝廷。宣帝得到奏章后，竟然禁止赵印入宫。赵印年少气盛，愤愤地跑入父亲营内，想去禀明此事。情急惹祸，以致违犯营中军规，又被弹劾，被捕下狱。赵卬更加悲愤，拔剑自刎。赵充国听说赵卬蒙冤而死，不免有些心酸，当即上疏告老还乡，宣帝答应了他的请求，赏赐他黄金六十斤。甘露二年，赵充国病重身亡。

赵充国征服西羌后，匈奴闻风丧胆，不敢再侵犯汉边。又逢壶于鞮单于病死，他的弟弟虚闾权渠继位，国中起了内乱，势力分散。壶于鞮单于的妻室颛渠阏氏，已是半老之人，但仍有淫心，她想丈夫的弟弟继位，自己不妨改嫁，仍可做个现成的阏氏。哪知虚闾权渠不喜欢颛渠，另立右大将的女儿为大阏氏。颛渠没能如愿，心生怨恨，恰逢右贤王屠耆堂拜见新主，被颛渠窥见。颛渠见他样貌壮美，正合己意，就设法勾引，将屠耆堂引诱到帐中，纵体求欢。屠耆堂不忍拒绝，就与她颠龙倒凤，成就一番好事。从此以后屠耆堂便朝出暮入，两人形同伉俪。可惜屠耆堂不能久住，绸缪了一二十天，不得不返回原镇，颛渠难以强留，只好含泪与他告别。过了很多天，才再次相会，欢娱数夕，又要分离。颛渠心中凄苦，有口难言。到宣帝神爵二年，虚闾权渠单于在位已经有几年了，按照惯例，在五月间匈奴主需在龙城集会众人，祭祀天地鬼神。屠耆堂当然也来参加祭祀，顺便与颛渠续欢。等祭祀完毕，屠耆堂又要离去，颛渠私下对他说："现在单于有病，你暂且不要回去，如果得到机缘，你便可以乘机继位！"屠耆堂非常欢喜。又耽搁了几天，凑巧单于的病情一天天加重，屠耆堂就与颛渠私下密谋，暗暗布置。颛渠的弟弟都隆奇是左大且渠①，颛渠嘱令他做好准备，伺机发兵。也是屠耆堂运气亨通，竟等到了虚闾权渠的死讯。颛渠立即召来都隆奇，拥立屠耆堂，杀掉前单于的子弟近亲，另用亲信。都隆奇执政，屠耆堂自号握于胸鞮单于，颛渠阏氏竟名正言顺地做了握于胸鞮的正室。

日逐王先贤撣据守在匈奴的西部边境，与握于胸鞮有些过节，当然不服从他的命令。于是派人到渠犁通报汉将郑吉，乞求归附汉朝。郑吉于是调发西域五万兵马，前去迎接日逐王，把他送到京城。宣帝封日逐王为归德侯，留居长安。然后命郑吉为西域都护，准允他设立幕府，驻扎在乌垒城，镇抚西域三十六国。至此西域才完全归降汉朝，与匈奴断绝往来。

匈奴单于握于胸鞮听说日逐王投降汉朝，就把日逐王的两个弟弟拿下斩首。日逐王的姐夫乌禅幕上疏乞求赦免，没有一点作用。虚闾权渠

---

① 左大且渠：匈奴官名。

的儿子稽侯狦，是乌禅幕的女婿，没被立为储君，就投奔到岳父那里。乌禅幕于是与左地贵人拥立稽侯狦，称为呼韩邪单于，并率兵攻打握于朐鞮。握于朐鞮淫暴无道，被众人怨恨。一听说新单于到来，部下纷纷逃跑，弄得握于朐鞮失去援助，仓皇而死。颛渠阏氏下落不明。都隆奇投奔了右贤王。呼韩邪集合投降的人，然后封兄长呼屠吾斯为左谷蠡王，派人告诉右地贵人，让他杀死右贤王。右贤王是握于朐鞮的弟弟，已与都隆奇商定，另立日逐王薄胥堂为屠耆单于。他发兵数万，向东袭击呼韩邪单于。呼韩邪单于战败后，带领众人向东逃奔。屠耆单于占据王庭，派前日逐王先贤撢的兄长右奥鞬王与乌籍都尉，分别屯兵东方，防备呼韩邪单于。

此时西方呼揭王前来拜见屠耆，与屠耆的手下唯犁当户一起诬陷右贤王。屠耆不问真伪，竟把右贤王召来，将他处死。右地贵人竞相抗命，共同诉说右贤王的冤情。屠耆追悔莫及，又杀死了唯犁当户。呼揭王担心受到连累，自立为呼揭单于，随后右奥鞬王自立为车犁单于，乌籍都尉自立为乌籍单于。匈奴国四分五裂，共有五个单于。

当时是汉宣帝五凤元年，汉廷大臣得知匈奴发生内乱，相继请求宣帝发兵北讨，消灭匈奴，以报前仇。只有御史大夫萧望之进言道："前单于曾经乞求与我国和亲，不幸被贼臣所杀。现在我朝若出兵讨伐，岂不是乘人之危吗？不如派遣使臣前去慰问，帮助他们消除灾难，夷狄也有人心，必定感恩戴德，自愿臣服。这也是怀柔之策啊！"宣帝一向看重萧望之，就听从了他的建议。

宣帝派遣使臣慰问匈奴，可匈奴的内乱越来越严重，汉使无法完成圣命，于是中道折回。屠耆单于用都隆奇为将，打败车犁、乌籍两位单于，两位单于全部投奔呼揭。呼揭自愿奉车犁为单于自己与乌籍同时去掉单于的名号，合力抵抗屠耆单于。屠耆单于率兵四万，亲自攻打车犁，车犁单于，再次败北。屠耆乘胜追击，不料呼韩邪单于乘虚攻入屠耆境内。屠耆慌忙回来营救，被呼韩邪迎头痛击，大败而归，最后自杀身亡。都隆奇拿着屠耆小儿子姑瞀楼的人头逃入汉关，呼韩邪单于乘胜招降车犁单于，基本上统一了匈奴。屠耆单于的堂弟休旬王，收拾余烬，自立为闰振单于；呼韩邪的兄长左谷蠡王呼屠吾斯，也自立为郅支骨都侯单于，先出兵攻杀闰振，然后转击呼韩邪。呼韩邪连年争战，部下已死伤大半，又与郅支骨都侯单于打了数次，虽然打了胜仗，但精锐将士死伤殆尽。于是听从左伊秩訾王的计划，率众南下，向汉称臣，并派遣儿子右贤王铢镂渠堂入京做人质，求汉发兵援助。郅支骨都侯单于害怕汉朝帮助呼韩邪，派儿子右大将驹于利受来到汉廷，请求汉廷不要援助呼韩邪。

当时已是宣帝甘露元年了，宣帝在五凤五年，又改元甘露。从神爵元年到甘露元年，其间一共八年，汉廷内外也没有什么变故，不过杀死盖、韩、严、杨四人，刑罚不免有些失当。其中只有河南太守严延年是残酷不仁，咎由自取，像司隶校尉盖宽饶、左冯翊韩延寿、故平通侯杨恽，并没有犯下死罪，竟也先后被杀。

盖宽饶，字次公，是魏郡人，刚正清廉，不畏权贵。宣帝好用刑法，任用宦官弘恭、石显为典中书。盖宽饶上疏说了封赏之事，发表了自己对治国、用人的一些看法。宣帝看完之后，勃然大怒，下令将盖宽饶打入狱中。盖宽饶不肯受辱，才出宫门，就拔出佩刀，刎颈自杀。

第二个是韩延寿。韩延寿字长公，由燕地迁居杜陵，相继任颍川、东海等郡的太守，教民礼义，待下宽容。左冯翊萧望之升任御史大夫后，就将韩延寿调任为左冯翊。韩延寿巡视属邑时，遇到一对兄弟因为一块田地而争吵，双方各执一词，韩延寿也不批驳，对那两个人说："我身为郡长，不能教化百姓，反使你们兄弟骨肉相争，难辞其咎啊！"说着说着，不禁潸然泪下，这兄弟二人也因此羞愧，自愿相让，不敢再争了。

韩延寿在任三年，郡中安然无事，牢狱空虚，声誉比萧望之更好。萧望之心生嫉恨，恰好萧望之的属吏到东郡调查案件，说韩延寿在东郡任期内，曾虚耗官钱一千多万，萧望之立即上奏。这件事情被韩延寿听说后，就上奏萧望之做左冯翊时，亏空官钱一百多万的事。萧望之上奏说韩延寿要挟他，乞求皇上为他主持公道。宣帝正信任萧望之，虽然也曾派官查办，终因臣下见风使舵，说萧望之是被诬陷的，甚至说韩延寿校阅骑士时有越礼的行为，骄奢不法。宣帝于是下令将韩延寿处死，命他到渭城受刑，吏民都哭着送他，把路都堵住了。韩延寿的三个儿子都是郎吏，他们一起到法场活祭自己的父亲。韩延寿嘱咐道："你们以我为戒，此后不要再做官了！"三个儿子哭着遵从父命，等父亲死后，就辞官回家了。

韩延寿死后不久，杨恽也冤死了。杨恽是前丞相杨敞的儿子，曾因揭露霍氏的逆谋，被封为平通侯，官至光禄勋。此人生平仗义疏财，廉洁无私，只有一个毛病，就是喜欢说别人的过失。他曾与太仆戴长乐有些过节，戴长乐竟弹劾杨恽诽谤朝廷，宣帝于是把杨恽贬为平民。杨恽失去官位，在家闲着无事，便以聚财自娱。友人孙会宗写信劝他闭门思

377

过，不要置办产业、交结宾客。哪知杨恽回信时出言不逊，孙会宗好心劝他，却落得这个下场，于是心生仇怨。五凤四年时，孟夏出现日食，刍马吏上告杨恽，说他不肯悔过，才招来日食。宣帝看完奏章后，便命廷尉查办此事。孙会宗把杨恽的回信呈给廷尉，廷尉又转奏宣帝，宣帝见他奏章中处处流露出怨恨，就说杨恽大逆不道，下令将其腰斩。杨恽因为出言不逊招来杀身之祸倒也罢了，他的家人也被派到酒泉从军。宣帝又将杨恽在朝的亲友全部免官。

只有严延年自从被免去官职，逃回了故里。后来遇赦又出仕为官，连任涿郡、河南太守，抑强扶弱，喜欢将地方豪吏罗织成罪，一并诛杀。河南吏民非常畏怕他，称他为屠伯。

严延年是东海人，家有老母，严延年便派人前去迎接。刚到洛阳，见路旁囚犯累累，严母不禁大惊。走到都亭，就命人停住，不肯入府。严延年等了很久也不见母亲到来，只好亲自到都亭拜见母亲，严母闭门不见。严延年莫名其妙，暗想必定是自己有过，不得已长跪门外，请母亲明示。

过了很久才见严母出来开门，严延年起来进去行礼，只听严母怒声呵斥道："你有幸做了郡守，管辖方圆千里，不知仁爱待民，只知滥用刑法，难道做了父母官就能这般残酷吗？"严延年听了此话，才知母亲为何生气，连忙叩首谢罪，并请母登车到府中。严母在府中过了腊节，第二天便想还家。严延年再三挽留，母亲愤然道："你可知人命关天，不能轻易诛杀，如今你滥用刑罚，天道神明岂肯容你！不料我到了老年，还得看着自己的儿子被诛杀。我现在回家去，给你准备墓地吧！"说完就驱车离去了。

严延年把母亲送出城外，返回府舍后，暗想母亲太多虑了，仍然像以前一样不肯放宽刑罚。哪知才过了一年多，便遭遇祸殃。当时黄霸是颍川太守，与严延年离得很近。严延年一向看不起黄霸，可黄霸的名声却高出黄延年。颍川境内，连年丰收，黄霸奏称凤凰降临此地，得到朝廷的褒赏。严延年心里更加不服，恰逢河南地界发现蝗虫，府丞狐义出巡后，回来报知严延年。严延年问："颍川曾有蝗虫吗？"狐义答说没有，严延年笑道："莫非是被凤凰吃完了？"狐义又说起司农中丞耿寿昌，粮食贱时增价买入，粮食贵时减价卖出，便利百姓。严延年又笑道："丞相、御史不知道想出这个办法，何不避位让贤？耿寿昌虽然想便利百姓，也不应擅自实行这个办法。"狐义连碰了两个钉子，默然退出。暗想严延年脾气乖张，将来难免遇害，自己已年老，怎堪再遭杀戮？想到这里，就请人占卜，结果是一个凶兆。看来是死多活少，不如进京告发，死了还能留名。狐义于是匆匆登程，直至长安，弹劾严延年十大罪恶，然后服毒自尽。

宣帝将原奏交给御史丞，御史丞查知狐义自杀的实情，立即上报朝廷。宣帝再派官员到河南察访，觉得狐义所奏，并非诬告。于是依法断案，定了一个诽谤的罪名，诛死了严延年。

严母之前回到故里时，曾转告族人，说严延年不久必死，族人还半信半疑，至此才知严母果有先见之明。严母有五个儿子，都位列高官，严延年是长子，次子严彭祖，官至太子太傅，其余的都是二千石，东海人称严母为万石严妪。

严延年死后，黄霸升任御史大夫。


## 旷古奇女冯夫人

御史大夫一职，本由萧望之担任。萧望之自恃才高，常常戏弄谩骂丞相丙吉，丙吉已经年老，也不与他计较。萧望之心里还不满足，又上奏说很多穷人沦为盗贼，原因在于三公失职，言外之意是斥责丙吉。宣帝这才知道萧望之爱嫉恨他人。丞相司直緐延寿向来不喜欢萧望之，于是乘机揭发萧望之的私事，萧望之就被降官为太子太傅。黄霸因此得以应召入京，代任御史大夫一职。

才过一年，丙吉病情加重，卧床不起。丙吉为人宽宏大度，抑恶扬善，待属下有恩，因此威望很高。丙吉死后，黄霸代为丞相。为相之道与做郡守不同，黄霸虽治郡有方，但却不是一个相才，所以采取的一切措施，都比不上魏相和丙吉。一天，他看见有鹖雀飞到相府，雀的外形像野鸡，黄霸平生从未见过，怀疑它是神雀，想上疏称瑞。后来得知鹖雀是从张敞家飞来的，才将此事搁置不提，但已被众人作为笑谈。

不久黄霸又举荐侍中史高，说他可做太尉，遭到宣帝驳斥："太尉一职废除已久，史高是朕的近臣，朕当然深知，何劳丞相荐举。"说得黄霸羞愧满面，免冠谢罪，此后不敢再上奏其他的事情。黄霸为相时，已晋封为建成侯，任职五年去世。

廷尉于定国先迁任为御史大夫，黄霸病死后，又做了丞相。当时是甘露三年，正值匈奴国呼韩邪单于入朝拜见，宣帝命公卿大夫商议接受

379

朝拜的礼节。丞相以下的众官都说应按照诸侯王的礼节接见他，只有太子太傅萧望之称应以客礼待他。宣帝有怀柔之意，于是听从萧望之的话。先到效外祭祀，然后入宫传召呼韩邪单于，令他旁坐，厚赐冠带、衣裳、弓箭、车马。待单于谢恩退出，宣帝又派遣官员陪他前往长平，留他吃住。第二天宣帝亲自到长平，呼韩邪上前接驾，赞礼官传谕单于免礼，准许番众站在一旁观看。此外还有一些投降的蛮夷王也来迎驾，从长平到渭桥，络绎不绝，都高呼万岁。

呼韩邪在汉朝逗留了一个多月，才得到命令返回塞外。呼韩邪愿意居住在光禄塞下，以凭借受降城为保障。宣帝准他所请，命卫尉董忠等人率领一万骑兵护送呼韩邪出境，并让他在受降城留下，屯兵保卫呼韩邪，然后又运粮接济呼韩邪。呼韩邪感念汉恩，甘心臣服。西域各国听说匈奴归附汉朝，自然震慑于汉朝的声威，更不敢有二心。就是郅支骨都侯单于，也惧怕呼韩邪前去入侵，远迁到坚昆，距离匈奴原来的王宫约七千里。到第二年，郅支骨都侯单于也派遣使臣到汉廷朝拜。万国来朝，汉朝在当时极为兴盛，后人称为汉宣中兴，也是为此。

宣帝因戎狄臣服，忆及功臣，先后提出十一个人，令画工描摹他们的肖像，悬挂在麒麟阁中。麒麟阁在未央宫中，从前武帝因获得麒麟，特意建筑此阁，当时是为了纪念祥瑞，后世用来记述功勋。阁上所描绘的十一个人，每个都写出了官职姓名，唯独第一人例外。

大司马大将军博陆侯姓霍氏。卫将军富平侯张安世。

车骑将军龙侯韩增。后将军营平侯赵充国。

丞相高平侯魏相。丞相博阳侯丙吉。

御史大夫建平侯杜延年。宗正阳城侯刘德。

少府梁丘贺。太子太傅萧望之。

典属国苏武。

照此看来，第一个人应当是霍光。霍家虽然灭亡，宣帝还是追念他的功勋，只是不好写上名字。此外的十个人，只有萧望之还活在世上，本应最后列名，为何竟将苏武排在最后呢？苏武有个儿子名叫苏元，曾是上官桀的同党，已经被诛死，苏武也因此被免官。后来宣帝继位，仍旧任命苏武为典属国，并将苏武在匈奴的儿子赎回，封为郎官。神爵二年，苏武已经逝世，宣帝因他忠节过人，闻名中原内外，故意放在最后。使外族人想到像苏武这样享有盛名的人，尚且排在最后，更显得汉朝多才，不容轻视。

武帝的六个儿子，只有广陵王刘胥还在人世。刘胥为人傲慢，目中无人，常想发动政变，可惜兵力单薄，所以不敢轻举妄动。五凤四年，忽然有人揭发，说他嘱咐女巫诅咒朝廷。宣帝派人查访，果有其事，便让刘胥交出女巫，刘胥竟把女巫杀死灭口。朝廷众臣联名上奏，请命将刘胥明正典刑。宣帝还没有下令，刘胥已经自缢身亡，国家被降为郡。

宣帝立次子刘钦为淮阳王、三子刘嚣为楚王、四子刘宇为东平王，虽然是按照以往的惯例册封，但毕竟是任用私亲。还有一个小儿子叫刘宽，是戎婕妤所生，因年龄太小，不好加封。在这几个儿子中，要数淮阳王刘钦最讨宣帝欢心，一半是因为刘钦的母亲张婕妤色艺兼备，所以爱母及子；一半是因为刘钦生性聪敏，喜欢阅读经书，研习律法，颇有才干，与太子刘奭的优柔懦弱大不相同。宣帝于是产生了改换储君的想法，但太子刘奭是许皇后所生，许皇后曾与他患难与共，后来又被人毒死。如果将太子废去，难免会被人说成是薄情之人，因此最终不忍废掉太子。

甘露元年，宣帝命韦玄成为淮阳中尉。韦玄成是故相扶阳侯韦贤的小儿子。韦贤有四个儿子，长子名叫韦方山，已经早死，次子名叫韦弘，三子名叫韦舜，四子就是韦玄成。韦弘曾任职太常丞，后来因犯罪入狱。韦贤死后，门生义倩等人假托韦贤的命令，让他的小儿子韦玄成袭承爵位。韦玄成当时正担任大河都尉，回来为父亲奔丧才知有袭承爵位的消息，暗想自己还有两个兄长，怎么能受封呢？于是假装痴癫，不想继承父亲的爵位。可义倩等人已将假的遗命上奏，宣帝派丞相、御史传召韦玄成入朝受封，韦玄成仍假装疯癫，不理会朝廷的命令。哪知丞相、御史已经窥出隐情，竟上奏说韦玄成并没有真疯。幸亏有一个侍郎是韦玄成的故人，担心韦玄成因抗命犯罪，急忙解释说："圣主注重礼让，应该优待韦玄成，不要使他屈志！"宣帝才知韦玄成的意思，于是派丞相、御史带领韦玄成入朝。韦玄成没有办法，只好应召进宫，宣帝当面将他褒奖一番，迫令他袭承爵位，韦玄成不好推让，这才接受。

不久，宣帝又下诏任用韦玄成为河南太守，并将韦弘释放，让他担任泰山都尉。过了一段时间，又召韦玄成入都，封为未央卫尉，调任太常。后来韦玄成因杨恽一案受到连累，被免官回家。之后又被封为淮阳中尉。宣帝因为不能废掉太子刘奭，特令退让有礼的韦玄成辅导淮阳王刘钦，省得他将来窥窃帝位，以免酿成兄弟相残的局面。这也是防微杜渐，苦心调剂。

淮阳王刘钦虽然受封，还是留居在长安，韦玄成也没有赴任。又因刘钦通晓经术，宣帝令他与众儒生到石渠阁中，讲论五经的异同。当时沛人施仇论《易》，齐人周堪、鲁人孔霸①论《书》，沛人薛广德论《诗》，梁人戴胜论《礼》，东海人严彭祖论《公羊传》，汝南人尹更始与太子太傅萧望之等论《穀梁传》。宣帝亲自加以裁决。

这时，乌孙国派来番使，呈上一信，署名竟是楚公主解忧。信中大意是她年老思乡，乞求皇上让她归葬故土。宣帝看她言辞悱恻，也凄然动容，立即派遣车队前去迎接楚公主解忧。

解忧本来嫁给乌孙王岑陬为妻，不久又改嫁翁归靡，生下三男二女。翁归靡上疏汉廷，愿立解忧所生的儿子元贵靡为储君，仍请汉朝下嫁一位公主，亲上加亲。宣帝不想与翁归靡绝交，就封解忧的侄女相夫为公主，带了很多的嫁妆前往，特派光禄大夫常惠送行。刚到敦煌，就接到翁归靡死亡的消息，元贵靡没能继位，岑陬的儿子泥靡称王，常惠不得不上奏。然后将相夫留在敦煌，自己拿着符节到乌孙国，责备他们不立元贵靡。乌孙大臣振振有词，说岑陬曾有遗言，不能立元贵靡。常惠反驳不过他们，只好还都。泥靡称王以后，性情横暴，又将解忧强逼成奸，让她做自己的妻子。解忧已经失节，也顾不上什么尊卑，连宵缱绻，又结蚌胎，十月之后生下一个男孩，取名为鸱靡。

解忧毕竟年岁较大，泥靡尚在壮年，只是一时为情欲所困，占住后母。后来渐渐移情于别的女人，便与解忧失和。泥靡任意妄为，国人称他为狂王。碰巧汉使魏和意及任昌同往乌孙国，解忧给他们讲述了狂王的种种粗暴举动，说要设计诛杀他。魏和意立即与任昌定下计谋，安排筵席，邀请狂王来饮酒。狂王也不推辞，前来赴宴。饮到半酣，魏和意嘱咐卫士用剑刺杀狂王，却没有刺中，只是刺伤了他。狂王逃出客帐，策马逃窜，不再还都。魏和意、任昌奔入都中，假传天子之命，说是前来诛杀狂王的。番官大多数都怨恨狂王无道，所以也没有异议。哪知狂王的儿子细沈瘦想为父报仇，召集守边士兵，进攻乌孙都城赤谷，赤谷四面被围。多亏西域都护郑吉从乌垒城发兵前来援助魏和意，才将细沈瘦赶跑。郑吉收兵回镇，据实上奏。宣帝派中郎将张遵等人携带医药给狂王救治，又赐给狂王许多金币，并将魏和意、任昌二人斩首。狂王只不过受了一点轻伤，按照汉医的吩咐调治，不久就痊愈了。他让张遵回

---

① 孔霸：即孔子的十三世孙。

382

朝复命，自己返回赤谷城，仍做乌孙王。可翁归靡的儿子乌就屠，在北山号召众人，乘机杀死狂王，自立为王。

乌就屠的母亲是胡妇，并非解忧，汉廷当然不想让他做乌孙王，所以就命破羌将军辛武贤带领一万五千人，出兵敦煌，声讨乌就屠。西域都护郑吉担心辛武贤出征路途遥远，士兵疲劳，难以取胜，就派人前去游说乌就屠自愿让位。这个人就是解忧身旁的一个侍女，姓冯名嫽，西域人称她为冯夫人。

冯夫人随解忧到乌孙后，嫁给乌孙右大将为妻。她生性聪慧，又知书达理。到达西域后，仅用几年时间，就把西域的语言文字、风俗习惯全部学会。解忧让她拿着汉朝的符节慰问邻近诸国，颁发赏赐，各国都称她为天人，对她格外敬重。乌孙右大将得到了这样一个有才的汉妇，自然宠爱有加。

右大将与乌就屠平时有些往来，冯夫人也认识乌就屠，所以郑吉才想到让她前去说服乌就屠。后来她果然说成了这件事。宣帝得知后，便想见一见冯夫人，于是召令她入都。冯夫人应召东来，入都朝见。只见她彬彬有礼，举止大方，口才绝佳，应对如流。宣帝非常欢喜，当面命她作为正使，前去招降乌就屠，另派谒者竺次与甘延寿为副使，一同登程。

乌就屠还在北山，未入国都，冯夫人等前去传达诏命，叫乌就屠到赤谷城下，拜会常惠。原来宣帝遣回冯夫人的同时，又命常惠赶到赤谷城，立元贵靡为乌孙王。所以冯夫人到了北山，常惠也已进入赤谷城。乌就屠见到常惠后，常惠立即宣读诏书，册封元贵靡为大昆弥，乌就屠为小昆弥。乌就屠如愿以偿，当然乐于从命。常惠又给他们分清管辖地界，大昆弥得民户六万多，小昆弥得民户四万多，划清界限，以免相争。

过了两年多，元贵靡病逝。他的儿子星靡继位为王，解忧已将近七十岁，又上疏乞求回归故里。宣帝慨然应允，并派使臣前去迎接。解忧带领孙子、孙女回到京城，入朝拜见宣帝。宣帝见她白发苍苍，倍加怜惜，特意赏赐她田宅、奴婢，以便养老。两年后，解忧病死，孙子、孙女留下来守护坟墓。

冯夫人曾追随解忧回国，解忧死后，得知乌孙王星靡懦弱无能，担心他被小昆弥杀害，又上疏说自愿出使乌孙，镇抚星靡。宣帝准奏，派遣一百多个骑兵护送她出塞，后来星靡终于得以保全。冯夫人既然已经嫁乌孙右大将，功成以后，告老回到西部边境。

第二年，有黄龙出现在广汉，因此改元黄龙。哪知不到一年，宣帝忽然生起病来。

## 宦官专权

黄龙元年冬天，宣帝卧床不起，到了残冬时候，已处在弥留之际。于是宣帝下诏任命侍中史高为大司马兼车骑将军、太子太傅萧望之为前将军、少傅周堪为光禄大夫，命他们共同辅助太子治理朝政。不久宣帝驾崩，享年四十三岁。宣帝在位共二十五年，改元七次，光大祖宗基业，使汉朝兴盛一时。不过他重用外戚，杀死名臣，尤其是任用宦官，最终酿成子孙亡国的惨剧。

太子刘奭即日继位，史称元帝，尊王皇后为皇太后。第二年改元，称为初元元年，把先帝的棺材下葬，庙号中宗，称为孝宣皇帝。立王氏为皇后，封皇后的父亲王禁为阳平侯。王禁是前绣衣御史王贺的儿子。王贺曾自称救活千人，子孙必定兴旺，果然出了一个孙女，正位中宫，使王氏一门隆盛。

这位王皇后名叫王政君，是王禁的次女，她有兄弟八人，姐妹四人。母亲李氏生王政君时，曾梦见月亮飞入怀中。政君到了十多岁，便温文尔雅，相貌不凡。她的父亲王禁不修边幅，贪酒好色，娶了很多小妾。李氏是王禁的正室，除生下女儿王政君之外，还有两个儿子，一个名叫王凤，排行最长，一个名叫王崇，排行第四。此外王谭、王曼、王商、王立、王根及王逢时，都是小妾所生。李氏生性嫉妒，多次与王禁反目。后来王禁就与李氏离婚，李氏改嫁河内人苟宾为妻。

王禁见王政君渐渐长大成人，就将她许配人家，但未婚夫刚下聘礼就死掉了。后来赵王想娶王政君为姬，才送完聘礼，又染病身亡。王禁很是诧异，特邀相士南宫大有给王政君看相。南宫大有说此女将来必定富贵。王禁于是教女儿读书、弹琴，王政君天生聪敏，一学便会。十八岁时，奉父命进入后宫。

恰逢太子良娣司马氏病情加重，生命垂危。太子刘奭最爱良娣，到处求医，也没有效果。良娣对太子说："妾死并非天命，想必是姬妾等暗中妒忌，把我诅咒死的！"说着，泪如雨下。太子刘奭也哽咽不止。不久良娣死了，太子刘奭又悲又愤，迁怒于其他姬妾，不让她们与自己相见。宣帝见太子年已逾冠，还没有儿子，这次又为了一个良娣，拒绝所有的姬妾，就嘱咐王皇后选择几个宫女，等太子朝见时，让他随意挑选。王皇后当然照办，等太子前来拜见时，就让选好的五个人站在一旁，暗令女官问太子哪个人最合意。太子刘奭思念良娣，不愿意再选他人，勉强瞧了一眼，便随口答应道："这五人中确实有一人可取。"女官问是何人，太子又默然不答。

碰巧有一个红衣女子，站在离太子最近的地方，女官以为太子看中了此人，立即向皇后禀明。王皇后就让侍中杜辅、掖庭令浊贤，送红衣女子到太子宫中。这个红衣女孩便是王政君。王政君入东宫以后，好多天都没有动静。太子刘奭悲伤稍减之后，偶然间与王政君相遇，见她态度幽娴，出尘脱俗，不禁心潮起伏，当晚就令她侍寝。二人年岁相当，联床同梦，自有一番枕席风光。说来也奇怪，太子以前有姬妾十多人，七八年也没生出一个儿子，可是王政君得幸以后，竟生下一个男孩。

甘露三年秋季，王政君生子，宫人立即报知宣帝。宣帝非常高兴，给孙子取名为刘骜。才一个多月，便令乳娘抱来相见。宣帝抚摩着婴儿的头顶，称他为太孙，此后常将太孙放在身旁。无奈祖孙缘分太浅，仅过两年，宣帝就驾崩了。太子秉承父意，决定册立刘骜为太子，就先将王政君立为皇后。册立皇后一年多，才立刘骜为太子，刘骜当时还不到四岁。

元帝分别派遣众王就国。淮阳王刘钦、楚王刘嚣、东平王刘宇，从长安起程，前往封地。宣帝的小儿子刘竟尚未成人，被封为清河王，仍留在都中。大司马史高虽位居首辅，但毫无才略，所有军国大事全凭萧望之、周堪二人决定。二人又是元帝的师傅，元帝对他们格外宠信。

萧望之推荐刘更生为给事中，让他与侍中金敞一起辅佐皇帝。金敞是金日磾的侄子，金安上的儿子，为人正直，敢于直言上谏，颇有其伯父的风范。刘更生是前宗正刘德的儿子，聪敏能文，曾为谏大夫。只有史高是外戚辅政，起初还自知才能不如别人，甘心退让。后来有位无权，国事全由萧望之、周堪二人处理，金敞、刘更生又从旁协助萧、周，更觉得彼盛我孤，相形见绌，因此史高渐渐心生不满，另结党羽援助自己。碰巧宫中有两个宦官，一个是中书令弘恭，一是仆射石显。自霍氏被诛族后，宣帝担心政权落入他人手中，特召两个阉人协助自己，两个阉人渐渐迎得主上的欢心，得以被提升。宣帝毕竟英明，虽然任用两个阉人，但不让他们专政。

元帝的英明不及自己的父亲，仍令那两个阉人盘踞宫廷。两个阉人知道元帝容易哄骗，便想勾结宫外的人，把持大权。史高有心与他们联合，三人正好串通一气，狼狈为奸。石显更是刁猾，与史高往来甚密。史高对石显言听计从，与萧望之、周堪等时有争执。萧望之等人察知内情，急忙向元帝进言，请求罢免宦官。元帝没有采取任何行动，弘恭、石显因此生疑，立即与史高商议，将刘更生先调出去。恰好宗正缺人，史高便请求皇上将刘更生调出。元帝不知隐情，立即批准。萧望之暗暗着急，忙另外寻来几个名儒，推举他们为谏官。

会稽人郑朋想巴结萧望之，乘机上疏，告发史高派人索取贿赂，并讲述了许、史两家子弟的种种放纵情形。元帝看完后，将奏章给周堪阅览，周堪说郑朋正直，可令他待诏金马门。郑朋得寸进尺，又写信给萧望之，自愿投效在他的门下。萧望之请他叙谈，郑朋满口阿谀奉承，说得天花乱坠，萧望之也很欢喜。等到郑朋离去后，萧望之担心郑朋口是心非，就派人侦察他，不久就得到回报，说他劣迹很多。萧望之于是将郑朋谢绝，并告诉周堪不要引荐此人。郑朋每天都盼望升官发财。哪知等了多日，毫无音信。再去萧、周二府时，都被拒之门外。郑朋大失所望，索性转投许、史门下。许、史两家正对郑朋恨之入骨，怎肯相容？郑朋就欺骗他们说："以前都是周堪、刘更生教我那样做的，现在我知道自己犯下大错，情愿效力赎罪。"许、史两家信以为真，把他当做爪牙。还有一个叫华龙的人，因被周堪排斥，钻入许、史门下，与郑朋同流合污，辗转攀缘，又结交了弘恭、石显。弘恭与石显于是让二人弹劾萧望之、周堪、刘更生，说他们排挤许、史两家，有意诬陷。

元帝看完奏章，立即将此事交给弘恭、石显办理。弘恭、石显奉命查问萧望之，萧望之勃然大怒："外戚在位，骄奢不法，臣只是想挽救国家，并无歹意。"弘恭、石显立即复报，说萧望之等人私结朋党，诋毁皇戚，擅自专权，请命把他交给廷尉。元帝说了一个"可"字，弘恭、石显立即传旨，命人抓萧望之、周堪、刘更生下狱。三人被拘禁了半个多月，元帝却一点也没有察觉。后来因有事想询问周堪、刘更生，派内侍前去召他们过来。内侍说二人正在狱中，元帝大惊道："何人敢将他们抓到狱中？"弘恭、石显正在旁边，慌忙下跪说："前些日子蒙陛下准奏，才敢这样做。"元帝生气地说："你等只说把他们交给廷尉，并没有说起下狱之事，怎么能擅自拘捕？"弘恭、石显于是叩头谢罪。元帝又说道："快放他们出狱做事！"弘恭、石显同声应命，起身走出，匆匆到大司马府中。二人见了史高，密议很久，又想出一个方法。

第二天清晨，史高就进宫对元帝说："陛下刚即位不久，便将师傅抓入狱中审问。现在如果说他们没罪，仍出狱任职，显得陛下举动轻率，反而会遭到群臣非议。臣认为还是将他免官，才不至于让人觉得陛下出尔反尔！"元帝听了，觉得史高的话有理，就下诏让萧望之、周堪、刘更生出狱，将他们贬为平民。郑朋因此被提任为黄门郎。

才过一月，陇西发生地震，毁坏多座城池，伤人无数，连太上皇庙也被震坍。刚过几十天，地震警报再次传来，元帝暗自后悔之前罢免师傅，触怒上苍。于是特封萧望之为关内侯，食邑六百户，朔望①入朝觐见，地位仅次于将军。又召周堪、刘更生入朝，打算封他们为谏大夫。弘恭、石显见三人又被起用，十分着急，慌忙对元帝说不宜再起用周堪、刘更失，起用他二人就等于陛下承认自己有过失，元帝默然不语。弘恭、石显更加着急，又进言说若想用周堪、刘更生，只能让他们担任中郎，不应升为谏大夫。元帝又被他们蒙蔽，只令周堪、刘更生为中郎。后来元帝想起萧望之精通经术，可以做丞相，弘恭、石显听说后，很是惶急。许、史二家也日夜不安，恨不得立即杀死萧望之。萧望之此时已经势孤得很，有一个人想帮助萧望之，结果却弄巧成拙，导致二人都遭殃。这人就是刘更生。

刘更生本来就与萧望之关系很好，担心萧望之被小人陷害，常想上疏说明，又担心被人猜疑，特意托外亲代为上奏。在奏折里称发生地震是因为弘恭、石显等人，现在应罢免弘恭、石显，重新任用萧望之，才可化灾为祥。这奏章呈入后，立即被弘恭、石显听说，二人猜测，料知是刘更生所为。他们面奏元帝，请将上疏之人抓来审问，元帝准奏，竟下令捉拿上疏之人。上疏人禁不住威吓，便供出是刘更生主使的，刘更生又被免去官职。

萧望之听说刘更生惹祸上身，担心自己受到株连，特令儿子萧伋上疏，说前次自己无辜遭到罢免，请求皇上为他申冤。元帝令群臣商议，群臣趋炎附势，说萧望之不知自省，反让儿子上疏喊冤，有失体统，应抓他下狱。元帝见群臣不为萧望之辩驳，也怀疑萧望之有罪，就令谒者前去召见萧望之。石显借机作威，发兵围住萧望之的府第。萧望之的门生朱云进来探视萧望之，萧望之想让他帮自己拿主意。朱云是鲁人，性情刚烈，竟直接劝萧望之自尽。萧望之仰天长叹："我曾官至宰相，年

---

① 朔望：农历每月的初一日和十五日。

387

过六十，还要再入牢狱，还有何面目见人？"说完便叫朱云取来毒酒，一饮而尽，不久便毒发身亡。

谒者返报元帝，元帝正在吃饭，听说萧望之的死耗，就召来弘恭、石显二人，责备他们逼死萧望之。二人假装惊慌，免冠叩头。元帝又发慈悲，不忍加罪于他们，只喝令二人退下。元帝传诏令萧望之的儿子萧伋为关内侯，每年派人祭祀萧望之的坟墓。然后提升周堪为光禄勋，并封周堪的弟子张猛为给事中。

弘恭、石显又想谋害周堪师徒，只是一时无从下手。不久弘恭病死，石显任中书令，仍像以前一样专权。他听说萧望之死后舆论不平，便结交了一位经术名家，借此掩盖之前的罪过。元帝即位后，曾召见王吉、贡禹二人。王吉不幸在半路死去，贡禹依从旨意觐见，得封为谏大夫，不久迁升为光禄大夫。朝廷大臣因贡禹通晓经书，行为廉洁，格外尊敬他。石显知道贡禹洁身自爱，便亲自去拜见。贡禹不好拒绝，就与他周旋。石显格外巴结他，多次在元帝面前赞称贡禹。

不久御史大夫陈万年另有他事，职位空出，石显就推荐贡禹继任。贡禹得以位列公卿，心中不免感念石显的恩惠，所以上疏时，只劝元帝慎重任用官员，减少劳役，修改刑法，对于宦官、外戚之事，绝口不谈。贡禹当时已经八十多岁，做了几个月的御史大夫便去世了，另有长信少府薛广德继任。

时光易逝，转眼已是初元五年的残冬，第二年便改元永光。元帝出郊祭祀，行完礼后，没有立即回宫，准备暂时留下射猎。薛广德进谏说："关东连年遇灾，百姓生活困苦，流离四方。陛下竟然出去游玩，臣认为这样做不妥！况且士兵和随从的官员已经疲劳困倦，还请陛下立即返回宫中。"元帝听从了他的建议，立即下令回宫。

那一年秋天，元帝要去祭祀宗庙，想乘船前去。薛广德急忙拦住乘舆，免冠跪下说："陛下宜过桥，不宜乘船！"元帝沉默不语，薛广德又说道："陛下如果不听从臣的建议，臣立刻自刎，血染在车轮上，恐怕陛下就难以进庙了。"元帝莫名其妙，脸上流露出恼怒的神色。光禄大夫张猛急忙上前解释说："臣听说主上圣明，臣子才敢直言上谏。乘船危险，圣主如果不想有危险，就应听从御史大夫的话。"元帝这才省悟，对左右说："为臣就应该如此。"于是令薛广德起来，下令从桥上经过。薛广德从此享誉朝廷。

自元帝继位以来，水灾、旱灾连年不断，谏官大多将这些事归咎于

388

大臣，车骑将军史高、丞相于定国以及薛广德同时请辞。元帝分别赏赐了车马金帛，准许他们还家，最终三人都得以寿终正寝。三人辞官后，元帝召用韦玄成为御史大夫，不久提升他为丞相，继承父亲的爵位为扶阳侯。

韦玄成做丞相时，处理政事比不上自己的父亲，只是文采比父亲更胜一筹，且遇事谦让，不与人争权，所以虽然位居丞相，却没有受到别人的诽谤。御史大夫一缺，就给了右扶风郑弘，郑弘为人平和静默。只有光禄勋周堪以及弟子张猛，刚正不阿，被石显忌恨。

刘更生那时已经丢官，担心周堪等人遭到陷害，忍不住又写了一篇奏折，呈入宫廷。奏章约有几千字，大意是要元帝排除奸臣，任用忠臣，趋吉避凶。石显见了此奏章，知道是指责自己，心中越想越恨。转念一想，刘更生毫无权位，不必怕他，决定先将周堪师徒除去，再作打算。于是约好许、史子弟见机行事。当时正值夏天，天气突然变得寒冷，太阳暗淡无光，石显与许、史子弟内外进谗，说周堪、张猛滥用职权，为所欲为，以致惹怒上天。元帝正信任周堪，不肯听从。谁知满朝公卿接连呈入奏章，都是弹劾周堪、张猛二人的，弄得元帝心中失去了主张，半信半疑。

长安令杨兴也有些小才能，得蒙宠幸，进宫面见元帝，常说周堪忠直可用。元帝以为杨兴必定帮助周堪，就问他说："朝中大臣多数都说光禄勋的过失，这究竟是什么原因？"杨兴生性刁猾，听了这句话，以为元帝已经想罢免周堪，就应声道："光禄勋周堪不但朝廷难容，就算退居乡里，也未必能得到好评。前次臣见群臣弹劾周堪，说他与刘更生等人离间骨肉至亲，按罪应当杀头。臣以为陛下是因为周堪曾做过少傅，所以始终宽容，不忍将他杀死，以报师恩，并非真的推崇周堪的德才！"元帝喟然道："你说得也对。只是他并无大罪，怎么能把他杀死呢？如今应该如何处置？"杨兴回答道："臣以为可赐爵关内侯，赐食邑三百户，不让他干预朝政。这样，陛下既答谢了师恩，又不令朝中大臣失望，一举两得。"杨兴辞退后，元帝暗想，连杨兴也斥责周堪，莫非周堪真的不称职。正在怀疑，忽然城门校尉诸葛丰有本上奏，也是弹劾周堪、张猛，说二人威信不够，无法服人。元帝不禁恼怒起来，可他却亲自写下诏书，反将诸葛丰贬为平民。

其实诸葛丰弹劾周堪另有原因。元帝初年，诸葛丰由侍御史提升为司隶校尉，秉性刚直，不避权贵。长安吏民见他威严，都心生畏惧。当时侍中许章自恃是外戚，结党横行，他的门客被诸葛丰抓获，案情牵连到许章身上。诸葛丰正准备上奏弹劾许章，凑巧途中与许章相遇，便想捉捕许章下狱。许章情急之下，忙叫车夫赶车到宫门。车夫加鞭急赶，诸葛丰没有追上。许章跑到宫中，觐见元帝，说诸葛丰擅自捕杀朝廷大臣。元帝正想召诸葛丰问明原因，恰有诸葛丰的奏折到来，里面说了许章的许多罪过。元帝认为诸葛丰无礼，于是不听从他的话，反而命人收回诸葛丰所持的符节，降诸葛丰为城门校尉。诸葛丰非常气愤，满心期望周堪、张猛替他申冤，可好几天也不见音信。再写信给他们，说明冤情，又不见回答。于是恨上加恨，以为周堪、张猛也落井下石，因此虽然平时常称赞周堪、张猛，现在反而弹劾他们。元帝削夺诸葛丰的官职后，马上将周堪、张猛降职调出去，令周堪为河东太守、张猛为槐里令。

周堪、张猛被贬以后，石显的气焰更加嚣张。


## 冯婕妤以身挡猛兽

石显专权，怙恶横行。当时有个人名叫贾捐之，是前长沙太傅贾谊的曾孙，多次上言诉说石显的罪过，因此待诏多年，仍没有得到一官半职。永光元年，珠崖郡叛乱，朝廷发兵前去讨伐，历久无功。珠崖郡在南粤海内，武帝平定南越后，才将它编为郡县，居民时常叛乱，朝廷也曾多次派兵讨伐。元帝因此地连年未被平定，准备大举南征，荡平南越。贾捐之上疏阻止说："臣听说秦朝因发兵远攻，外强中干，最终导致内乱；武帝秣马厉兵，志在平定四夷，却因赋税繁重，盗贼四起。前事可鉴，不宜重蹈覆辙。现今关东饥荒，百姓多卖妻卖子，这才是社稷之忧。珠崖离中土距离较远，不妨弃置不顾。希望陛下专顾根本、抚恤关东。"元帝将奏章颁示给群臣，群臣多半赞成，元帝于是下诏废除珠崖郡，不再过问。

贾捐之的话虽被采用，仍然没有得到官职，心中闷闷不乐。后来听说长安令杨兴受到圣上的宠信，便托他介绍，代为推荐。杨兴见贾捐之口才敏捷，文采风流，且是贾谊的后人，对他格外看重。彼此交往多日后，恰逢京兆尹一职暂时无人担任，贾捐之乘机对杨兴进言，并直呼杨兴的字："君兰深谙为官之道，才能非同一般，正好可任京兆尹，如果我能见到主上，必定竭力保荐。"杨兴也直呼贾捐之的字："君房妙笔生花，是世间少有的人才，倘若君房能做尚书令，应比五鹿充宗好得多。"五鹿充宗是顿丘人，与石显是朋友，石显曾引荐他为尚书令，所以杨兴特借五鹿充宗称赞贾捐之。贾捐之听到他的话大笑道："如果我真的能替代五鹿充宗，君兰定能做上京兆尹。我想京兆是郡国首选、尚书关系着天下之根本，有你我二人在，求取贤才，辅佐天子治理国家，还怕天下不太平吗？"杨兴说道："你我二人若要觐见，倒也不难，只要打通中书令，便可得志了。"贾捐之不禁愕然道："是中书令石显吗？此人奸横得很，我不愿意与他同流合污。"杨兴带着斥责的语气说："慢着！石显正受皇上宠信，如果不讨得他的欢心，我等就无法被提升。如今你暂且依从我的计策，先投奔到他门下，然后再另作打算！"贾捐之求官心切，只好屈志相从。杨兴就与他商量出一个办法，联名保荐石显，请皇上赐爵关内侯，并请皇上召用石显的兄弟为卿曹。然后再由贾捐之出面上奏，举荐杨兴为京兆尹。两道奏章先后呈进去。

谁知此事早被石显听说，他提前将贾捐之、杨兴二人的密谋上奏给元帝。元帝开始还心存疑虑，等见了二人的奏章，就相信了石显的话，立即命人把二人逮捕下狱，让皇后的父亲王禁与石显一起办理此案。王禁与石显说贾捐之、杨兴心怀不轨，觊觎王位，犯上作乱，应判死刑。元帝下诏赐死贾捐之，杨兴免去一死，罚做苦工。

第二年，日食、地震种种变异接连发生。东海郡的匡衡，刚被提升为给事中。元帝问他地震、日食的原因，匡衡便将天人感应的话说了一通，元帝因匡衡的话甚合己意，就迁升他为光禄大夫。不久又有地震、日食的警报传来，从永光二年到四年，警报不断。元帝于是想起周堪、张猛被贬在外，就责问群臣："你等以前说天气突变，罪在周堪、张猛，如今周堪、张猛被贬官数年，为何种种变异比以前有过之而无不及呢？试问这又错在何人？"群臣无词可答，只好叩首谢罪。元帝于是又封周堪为光禄大夫，领尚书事；张猛为大中大夫，兼给事中。周堪、张猛再次入朝任职，以为是元帝悔悟，自己这次总可以吐气扬眉了。哪知尚书四人，都是石显的私党。一个就是五鹿充宗，官至少府，兼尚书令；第二个是中书仆射牢梁；第三、第四个分别是伊嘉、陈顺。周堪与四人位置相同，敌众我寡。元帝那时连年多病，深居简出，周堪有事上奏，反要石显代为传达。周堪郁愤异常，有口难言。俗语说得好，忧能伤人，况且周堪年已老迈，怎么经受得起？一天忽然生病，竟说不出话来，不久就死了。张猛失去了师傅的援助，更加危险，又被石显谗言陷害。张猛不肯受辱，竟在宫车门前拔剑自刎。刘更生得知周堪、张猛死亡的消息，很是伤感，特仿照楚人屈原的《离骚》体，撰写成"疾谗救危及世颂"八篇，聊寄自己的悲伤情怀。

元帝后宫除王皇后以外，数冯、傅两位婕妤最得宠。傅婕妤是河南温县人，早年丧父，后来母亲改嫁，傅婕妤流离失所，辗转入都，得以侍奉上官太后。她非常聪敏，善察意旨，被提升为才人。上官太后将她赐给元帝，元帝即位后，便把她封为婕妤。傅婕妤凭着柔颜丽质，深得元帝欢心，就是宫中女役，也因为受到她的恩惠，感激不已。

几年后傅婕妤生下一女一男，女儿是平都公主，男孩名叫刘康，永光三年，被封为济阳王，傅婕妤也被提升为昭仪。元帝对她母子三人怜爱有加，连皇后和太子都比不上。光禄大夫匡衡曾上疏劝元帝不应得新忘旧。元帝于是令匡衡做太子太傅，但对傅昭仪母子的宠爱，仍然像以前一样。

冯婕妤的家世与傅昭仪不同，她的父亲是光禄大夫冯奉世。冯奉世曾经平定莎车，因假传诏令，没被封侯。元帝初年，才迁升他为光禄勋。不久陇西羌人因为护羌校尉辛汤嗜酒如命，性情残暴，再次造反。元帝因冯奉世熟知兵法，特令他为右将军，领兵前往陇西。冯奉世一鼓作气，打败羌人，斩杀了几千个敌人，陇西再次被平定。冯奉世班师复命，受爵关内侯，调任左将军，他的儿子野王被封为左冯翊，父子都位居高官，显赫一时。冯婕妤是冯奉世的长女，纳入后宫后，生下一个儿子，名叫刘兴，因此被封为婕妤，受宠与傅昭仪相似。

永光六年，改元建昭。到了冬令，元帝高兴地带着后宫妃嫔到长杨宫打猎，文武百官一律跟从。来到猎场，元帝在场外高坐，左有傅昭仪、右有冯婕妤，此外还有六宫美人，不计其数。文官远远站着，武官多半去猎射。

到了午后，元帝余兴未尽，又来到虎圈前观看野兽争斗，傅昭仪、冯婕妤等人当然跟随。虎圈中的各种野兽本来是各在各的栅栏内，一经聚集，立即咆哮跳跃，互相争斗。忽然有一只野熊跳出虎圈，向御座前奔来。御座外面，有牢笼拦住，熊用前爪攀住牢笼，想纵身跳出。吓得御座旁边的妃嫔魂飞魄散，争着向后面逃窜。傅昭仪也认为逃命要紧，于是飞动金莲，半倾半跌地跑往他处。只有冯婕妤挺身向前，要去挡住熊。元帝不觉大惊，正要叫她跑开躲避，恰好有武士赶来将熊杀死了。

冯婕妤花容如旧，慢慢后退。元帝问道："猛兽前来，众人都惊慌逃避，你为何反而向前呢？"冯婕妤答道："妾听说猛兽咬得一个人便会停止，妾担心熊到御座前侵犯陛下，所以情愿拼死挡住熊，免得陛下受惊。"元帝听了，赞叹不已。

此时傅昭仪等人已经返身聚集，听到冯婕好的回答，多半惊服。只有傅昭仪不免有些羞惭，后来由惭愧变成嫉妒，就与冯婕好产生过节。回宫以后，元帝封冯婕好为昭仪，封冯婕好的儿子刘兴为信都王。昭仪的名位是元帝新设的，比皇后仅差一级。以前只有一个傅昭仪，现在又有了一个冯昭仪，位均势敌，她们二人已到避而不见、两不相容的地步了。

中书令石显见冯昭仪得宠，冯奉世父子又都位列公卿，便打算倚仗自己的势力讨好冯氏。特意将野王的弟弟冯逡在圣上面前褒扬一番，冯逡已为谒者，元帝即日召见他，想将他提升为侍中。可冯逡见了元帝，极力诉说石显专权误国的罪行，触怒元帝，将他降为郎官。石显得知后，当然快慰，从此与冯氏结仇。

当时有一个郎官叫京房，因为精通经书而受到重用。京房本来与五鹿充宗都是顿丘人，又同时学习易经，只是五鹿充宗的老师追随梁邱贺，京房的老师追随焦延寿。并且五鹿充宗依附石显，京房特别憎恨他，多次想找机会进言，除去邪党。

一天元帝召来京房讲述经学，说到历史事件时，京房便问元帝："周朝的幽、厉二王，陛下知道他们危亡的原因吗？"

元帝答道："任用奸佞之臣，所以危亡。"

京房又问道："幽、厉为什么会任用奸佞之臣呢？"

元帝回答说："他把奸佞之臣误认为是贤人。"

京房接着问："如今怎么知道他们不是贤人了呢？"

元帝反问道："如果是贤人，又怎么使国家陷于危乱之中呢？"

京房于是说道："照此看来，任用贤人就能治理好国家，任用奸佞便会使国家陷于危乱之中。幽、厉为何不另求贤人，仍任用奸佞、自甘危乱呢？"

元帝笑着说："乱世之主，往往用人不明。否则从古到今，还有什么灭亡的主子呢？"

京房又说道："齐桓公与秦二世也常讥笑幽、厉二王，可偏偏一个重用竖刁，一个宠信赵高，最终致使国家大乱，他们何不用幽、厉二王的事引以为戒，早点觉悟呢？"

元帝回答说："这非明主不能做到，齐桓公、秦二世原本就不是明君。"

京房见元帝还未曾晓悟，免冠叩头说："春秋二百四十年间，多次出现灾异，原是上天的警示。现在陛下继位数年，天变人异，与春秋相似，究竟现在是盛世还是乱世呢？"

393

元帝沉思了一会儿，才说道："现在也是极乱啊！"

京房直说道："现在是因为任用了何人呢？"

元帝答道："我想现今重任的这些人，应当不会是奸佞之臣吧？"

京房又说道："后世视今，就像今世视古，还求陛下三思！"

元帝沉默半天，开口问道："现在何人足以导致国家危乱呢？"

京房答道："陛下圣明，自己必定知晓。"

元帝说："我实在不知，如果知道就不会再重用他了。"

京房既不敢直说，不说又于心不忍，只好说是陛下平日最宠信，并且经常与他商议政事的近臣。京房退出以后，满心希望元帝能从此省悟，赶走石显等人。哪知石显等人的地位丝毫没有动摇，自己反而被贬为魏郡太守。京房知道是石显等人嫉恨自己，心里暗暗担忧，于是乞求元帝让他有事仍能直接上奏，元帝答应了他的请求。

才过一个多月，朝廷就派人将京房逮捕下狱，原来是受到岳父张博的牵连。张博是淮阳王刘钦的舅舅，曾跟从京房学习《易经》，后来把女儿许配给京房。京房每次都将自己与皇上说的话给张博讲述一遍。张博为人浮滑，便将宫中的隐情转报给淮阳王刘钦。且说朝堂之上没有贤臣，灾异多次显现，天子已有意求贤，请淮阳王入朝辅助主上。刘钦被他迷惑，替张博偿还了二百万的债务。不料此事被石显听说，立即告发，张博兄弟三人全部下狱。京房也受到株连，罪名是翁婿勾结，诽谤朝廷，误导诸侯王，最终被判死刑。

御史大夫郑弘与京房关系较好，京房曾将给元帝讲述幽、厉二王的事告诉郑弘，郑弘也深表赞成。京房死后，郑弘也被罢去官职。元帝任命匡衡为御史大夫，对于淮阳王刘钦，只是传诏责备。刘钦上疏谢罪，最终安然无恙。

后来又兴起了一场冤狱，也是石显一手造成的。犯罪的是御史中丞陈咸与槐里令朱云。陈咸字子康，是前御史大夫陈万年的儿子。陈万年喜欢结交权贵，陈咸却与他的父亲不同，十八岁入补郎官，便正直敢言。陈万年担心他惹祸上身，曾在半夜将他叫到自己的房里，教他为人处世之道。陈咸在床前站着，听了很久，完全不合己意，但又不便反抗，索性置若罔闻，蒙眬睡去。哪知一打盹，头碰到屏风，竟然碰出响声，陈万年非常恼怒，起身取来棍子，要打陈咸。陈咸这才惊醒，忙跪下叩头："儿已知道您的意思，无非是教我谄媚罢了！"这话一说出，陈万年也无词可驳，只好将陈咸喝退，自己上床就寝，不再与他说话。

394

不久陈万年病死，陈咸还像以前一样刚直，却也受到元帝重用，一直被提升到御史中丞。萧望之的门生朱云与陈咸意气相投，结为好友，二人有时畅谈，酣畅淋漓地贬斥石显等人。有一次石显的同党五鹿充宗开坛讲经，仗着石显的势力，无人敢与之辩论。朱云起身进去，与五鹿充宗辩论起来，驳得五鹿充宗垂头丧气，怅然退去。从此以后，朱云的名气越来越大，连元帝也听说了，就将他封为博士。不久出任杜陵令，后来又辗转调为槐里令。

　　朱云因石显专权，丞相韦玄成等人坐视不理，就决定先弹劾韦玄成，再弹劾石显。不过，区区县令怎能扳得倒当朝宰相呢？因此朱云与韦玄成结下冤仇。恰在此时朱云因为一件事情杀了人，被人告发，元帝询问韦玄成。韦玄成正在怨恨朱云，便回答说朱云生性暴躁，作恶多端。凑巧陈咸在旁边，听他这样说，不禁替朱云着急，回家就写了一封密信通报朱云。朱云惊慌不已，回信托陈咸代为设法。陈咸立即替朱云写好奏折，并叫朱云把奏章誊写一遍，即日呈进去，请求皇上将此案交给御史中丞查办。朱云按照他的话去做，偏偏被五鹿充宗看见奏章，想借此报之前被朱云驳斥、羞辱之仇，立即将这件事告知石显，请皇上把这个案子交给丞相。陈咸见计谋没有得逞，便将结果告诉了朱云。朱云逃入京城，与陈咸面商救急的计策。丞相韦玄成派人去查问朱云，朱云却不在家，再派人探听消息，才知在陈咸家中。于是韦玄成又弹劾陈咸泄露机密，隐藏罪人，应该一起抓起来治罪。

　　元帝准奏，命令廷尉逮捕二人，二人无法逃躲，都被拿住，入狱拷问。陈咸不肯招供，受了好几次大刑，痛苦不堪。忽然有一个狱卒走过来说有医生进来探视，陈咸点头让那人进来，放眼一瞧，并不是什么医生，而是好友朱博。陈咸正想向他诉苦，朱博忙举手示意，假装给他诊视病情，然后让狱卒去取茶水，趁机问明陈咸犯罪的内情。

　　朱博，字子元，杜陵人，为人慷慨侠义，做过县吏郡曹，后来又任京兆府督邮。朱博听说陈咸下狱，就改名换姓，偷偷到廷尉府中探听消息。然后买通狱卒，谎称医生，亲自到狱中询问陈咸。后来又求见廷尉，为陈咸作证，说陈咸是被人诬告的。廷尉不相信，反而用鞭子打了朱博几百下，朱博始终咬定陈咸是冤枉的。好在韦玄成得了一场大病，卧床不起，自愿放宽陈咸的案子，陈咸这才免去一死，被罚去修城，朱云也被削职为民。

　　第二年，韦玄成病死，丞相一职由他人接任。

## 昭君出塞

韦玄成死后，御史大夫匡衡按照惯例升任丞相，朝廷另用繁延寿为御史大夫。匡衡虽然为人正直，但见石显权势巩固，也不敢与他作对，只得顺水推舟，做个好人。石显有一个姐姐，想嫁给郎中甘延寿为妻，可甘延寿看不起石显，于是婉言谢绝，石显因此心生怨恨。建昭三年，甘延寿为西域都护骑都尉，与副校尉陈汤一同出兵西域，杀死了郅支骨都侯单于。朝臣都请求封赏甘、陈二人，只有石显联同匡衡极力劝阻，于是匡衡的声望大不如前。

究竟甘、陈二人为何杀掉郅支骨都侯呢？说来也有原因。郅支骨都侯单于迁居坚昆，怨恨汉朝拥护呼韩邪，不肯帮助自己，就将汉使江乃始等人抓起来，派人要求汉朝送回儿子驹于利受。元帝答应了他的请求，并派卫司马谷吉将驹于利受送回，可郅支骨都侯竟杀死了谷吉。郅支骨都侯自知有负汉朝，又听说呼韩邪渐渐强大，害怕遭到袭击，便想迁往别处。恰逢康居国派人迎接郅支骨都侯，想与他合兵攻打乌孙。郅支骨都侯自然答应，领兵前去康居。康居王将自己的女儿嫁给郅支骨都侯，郅支骨都侯也将女儿嫁给康居王。彼此联姻后，合兵攻打乌孙，直至赤谷城下，掠夺了很多牲畜。乌孙不敢追击，就将西边的地方放弃，所有在那的居民一律东迁。

郅支骨都侯打了胜仗，就骄傲起来，蔑视康居，凌虐康居王的女儿。康居王的女儿不服气，惹怒了郅支骨都侯，郅支骨都侯拔刀将她砍死。郅支骨都侯还在都赖水滨让百姓修筑城池，稍有不如意，便斩掉役工的手足，将他们投入水中，工程历时两年多才完工。郅支骨都侯进城居住，据险自守，多次派人到大宛等国，让他们每年上贡。大宛国害怕他，不敢不听从。汉廷还以为谷吉未死，派人前去探问，才知谷吉被杀。再派人索要尸骸，郅支骨都侯不给，反将汉使抓住，假意恳求西域都护，说他愿意归附大汉，派儿子入京做事，当做缓兵之计。西域都护郑吉已经年老，因病离休，元帝于是派甘延寿、陈汤二人前去镇守乌垒城。

甘延寿，字君况，北地郁郁人。陈汤字子公，山阳瑕邱人。甘延寿擅长骑马、射箭，向来以武力著名。陈汤是文人出身，足智多谋。陈汤与甘延寿商议说："夷狄畏服大国，这是本性使然。以前西域曾臣服于匈奴。现在郅支骨都侯单于迁移到这里，自恃国家强盛，侵犯乌孙、大宛，并为康居出谋划策，想吞并二国。如果乌孙、大宛被吞并，势必会北攻伊列、西取安息、南击月氏。不出数年，西域各国就尽归郅支骨都侯所有了！且郅支骨都侯剽悍善战，日后必为西域大患，最好是先发制人，把在此地开垦田地的将士全部调过来，合同乌孙的军队，直指他的城池。他守备不严，容易攻入，乘此斩杀郅支骨都侯，上献朝廷，岂不是千载难逢的大功吗？"甘延寿也同意这样做，只是想先将此事上奏，然后再行动。陈汤又劝阻说："朝廷公卿怎知作长远打算？如果上奏，朝廷未必会听从。"甘延寿始终认为不便擅自做主，不肯行动。正想上疏奏明，忽然得了大病，只好将此事搁置。

过了好几天，甘延寿病情稍微好转，才知陈汤趁自己生病期间，假传军令把士兵都调来了。那时箭在弦上，不得不发，只好与陈汤部署士兵，把他们分为六队，即日起行。三队从南边越过葱岭，由大宛绕往康居，甘延寿与陈汤亲自率领三队，从北边经过乌孙国都，进入康居境内。走到阗池西面，恰逢康居副王抱阗领着数千兵马入侵赤谷城，抓了很多人畜，正往回走。陈汤挥兵截杀一阵，夺回四百七十人。再向西走到康居边界，得知康居贵人屠墨与郅支骨都侯不和，陈汤于是派人召他到军中，指明利害关系，屠墨自愿归附。陈汤与他歃血为盟，让他回去安抚部众，然后下令沿途士兵不得侵犯百姓。途中又得到屠墨的侄子开牟的引导，直向郅支骨都侯居住的城池进发。在距城约三十里的地方，安营扎寨。

碰巧郅支骨都侯派人到来，责问汉兵为何到此，陈汤回答道："你们单于上疏说愿意归附汉朝，并要派遣儿子到京城做人质，所以我朝特发兵相迎。只要单于送交妻儿，我们立即东归。"来人返报郅支骨都侯，郅支骨都侯本是为缓兵设下的计策，不料弄假成真，引来汉兵入境，只好派人前往汉营，说行装没有备好，须宽限几天。陈汤答应宽限两三天。期限一到又去催促，郅支骨都侯再次拖延。双方派人往来了好几次后，陈汤生气地对来使说："我们为单于远道赶来，现在到这里多日，不见一个名王、贵人前来禀报确切消息，为何单于如此怠慢客人？我等粮食将尽，人马困乏，请单于速速决定，不要耽误我们！"来使把他说的话禀报一番，郅支骨都侯虽然也知道汉兵有诈，但想汉军远道前来，粮食越来越少肯定是真的，只要这样耗下去，汉军自会退去。于是命令人马分头据守，令将士们往来巡逻。

刚布置好，就见汉兵蜂拥而来。单于手下的一百多个骑兵不知好歹，策马杀向汉兵。汉兵早有防备，连连拉弓，箭如雨下，将胡骑射退。汉兵又从后面追击，看到城上兵戈林立，汉兵毫不畏惧，纷纷登城，用箭向城上射去。城上守兵纷纷退落城下。城门内的胡兵慌忙把门关住。城有两重，外边是木城，里面是土城，木城有空隙，胡兵从里面射箭，杀死汉兵数人。甘延寿与陈汤怒不可遏，命士兵放火烧城，木城遇火，立即燃烧起来。胡兵抵御不住，多半逃进内城。

　　汉兵一齐扑入木城，扫尽胡兵，然后再攻土城。郅支骨都侯单于见汉兵气势旺盛，就想逃走。后来他想到汉兵经过康居时，没有听说两国开战，定是康居王因为女儿被杀心怀怨恨，帮助汉兵。且汉兵军中，夹着西域各国兵马，看来西域各王也都为汉朝效力，就算得以脱围，也无路可逃。因此决定死守。郅支骨都侯见兵马不足，连宫人也赶上城楼，自己全身披挂，上城指挥。大小阏氏约几十人，有几个擅长射箭的，手持弓箭射击汉兵。汉兵一得空隙便回射上去，射倒大小阏氏数人。有一箭不偏不倚，正中郅支骨都侯的鼻子，郅支骨都侯忍受不住，退入城中。宫人越来越胆怯，自然也随他退去。

　　汉兵正想顺着梯子登城，突然听说康居发兵一万多，前来营救郅支骨都侯，甘延寿与陈汤不得不下令暂停攻城。当时天已大黑，二人决定先守住营寨，以防备康居兵突然杀过来。陈汤又想出一个办法，暗中派遣副将带领一队人马，悄悄抄到康居兵的后面，举火为号，两面夹击。副将奉命乘夜行军，无人知道。康居兵只顾前面，与城中人遥相呼应，喊声震天。汉营坚守不动，等到康居兵逼近，才用硬箭射去，兼用长枪大戟迎头痛刺，任他康居兵如何强悍，也无隙可钻。康居兵一夜突击数次，都被击退。

　　天色微明时，康居兵都已经疲倦不堪，不料汉营中鼓声响起，将士们争相杀出。康居兵急忙后退，回头一望，大吃一惊，只见一片火光，浓烟中冲出许多汉兵，截住了他们的去路。康居兵进退两难，被汉兵夹击，一万多人死了八九千，只剩下一两千人，抱头逃去。

　　甘延寿与陈汤打败康居兵后，乘势攻打内城，四面架起梯子，顿时将内城捣破。军侯杜勋抢前一步，取了郅支骨都侯的首级，拿去报功。众将士陆续入宫，杀死阏氏、太子、名王以下的一千五百人，生擒一百四十五人，收降胡兵一千余人，并搜出汉朝的两柄符节和以前谷吉所带的诏书。此外金帛、牲畜等全部没收，由甘延寿、陈汤两位主将酌量奖赏，全军一片欢腾。

　　甘延寿与陈汤假传诏令发兵，他们自己已经上疏请罪，等杀了郅支骨都侯，又将人头献入长安。石显听说甘延寿立了大功，十分生气，便弹劾甘延寿、陈汤，说他们擅自发兵，罪大于功，应立即查办。

　　元帝于是令司隶校尉告诉塞上官吏，查验陈汤的将士。陈汤上疏说臣与将士一同杀死郅支骨都侯，万里还朝，本应有使臣在路旁迎接。如今却听说司隶校尉让地方官查验，这明明是在为郅支骨都侯报仇，令臣十分不解。元帝看到来信后，就收回成命，令沿途县吏置备酒席，犒赏西征回来的军士；等全师凯旋后，再论功行赏。石显、匡衡又先后上奏，说甘延寿、陈汤擅自兴兵，不仅不诛杀他们，反而加官晋爵，将来有人出使，必会效仿他们，此风万不可开，免得为国家留下后患。元帝认为甘、陈二人有功，想要加封，可石显、匡衡是内外重臣，也不便违背他们的意思，踌躇了几天，也没有定下来。此时刘更生已改名叫刘向，请求封赏甘、陈二人。这个奏折呈进去后，元帝有词可借，于是封甘延寿为义成侯，官至长水校尉；令陈汤为关内侯，官至射声校尉。然后祭祀宗庙，大赦天下，欢庆了好几天。

　　不久御史大夫繁延寿死了，朝臣多举荐大鸿胪冯野王，冯野王是冯奉世的儿子，已由左冯翊提升为大鸿胪。石显与冯氏有过节，自然仇视冯野王，得到消息后，立即对元帝说："现在九卿中，原本无人能与冯野王相比，可惜冯野王是冯昭仪的兄长，臣担心天下人怀疑陛下偏袒私亲，专用后宫亲属。"元帝听完这些话，不禁点头，于是另任太子少傅张谭为御史大夫。

　　石显为人狡黠，此次排挤冯野王，令元帝中计后，担心被别人斥责，便向元帝密奏道："夜间宫门早早关闭，宫中如果有急事，还请陛下准许我擅自开门入宫。"元帝不知有诈，便答应了。石显得到命令后，往往趁夜出去取东西，故意拖延时间，等到宫门关闭后，就传诏开门。果然有人弹劾石显，说他假传诏令。元帝付诸一笑，将奏章拿给石显看，石显忙跪在地上哭着说："陛下因为宠信我，特别委以重任，群臣无不嫉恨，争着陷害我，幸亏陛下圣明，我才活到现在。希望此后仍让我任原职，免得被他人算计。"元帝以为石显说的是真话，好言抚慰，并给予厚赏。后来遇有到有弹劾石显的奏章，一概不理。石显因此更加嚣张，毫无忌惮，牢梁、五鹿充宗等人也都更加猖狂。

　　建昭五年，改元竟宁。竟宁元年，呼韩邪单于请求入朝觐见，元帝批准后，他便从塞外起程，直抵长安。自从郅支骨都侯被杀，呼韩邪又喜又怕，所以此次觐见，当面乞求和亲，愿做汉婿。元帝也想让呼韩邪臣服，慨然答应。呼韩邪退下，元帝暗想前代曾有和亲的旧例，往往由宗室子女冒充公主嫁给单于。如今呼韩邪已经投降，今非昔比，只要随便选择一个后宫的女子，嫁给呼韩邪就行了。打定主意后，就命左右取来宫女图，随意提起御笔选了一人，命人代办嫁妆，挑选吉日。

吉日到来，宫女准备停当，便到御座前辞行。元帝瞧了一眼，发现她竟是一个绝世佳人，粉颊绯红，体态、身材堪称一流，最可怜的是两道黛眉微微皱着，似乎有些怨恨在里面。只见她柳腰轻折，拜倒座下，轻轻说道："臣女王嫱见驾。"元帝忍不住问道："你什么时候入宫的？"王嫱详细地做了回答。元帝一想，该女入宫多年，为何从未见过？可惜如此美貌反让与外夷享受。本想将她留住，又害怕失信于外族人，被臣民非议。无奈之下，只得嘱咐几句，让她起身出去。元帝又去查阅宫女图，只见十分中仅有两三分相像，还是草草描成，毫无生气。再与已经宠幸的宫人比较一番，觉得那些人的画工精美，强过本人好几分，于是恼怒地说："这些画工实在可恨，故意错画佳人容貌。如果不是作弊，肯定有其他原因！"立即传令盘查画工究竟是谁。法司遵旨将长安画工全部传来审讯，当场查出是杜陵人毛延寿。

王嫱，字昭君，是南郡秭归人王穰的女儿，当时应选入宫，按照惯例要先经过画工摹绘肖像，然后呈给皇上御览。毛延寿本是一个著名画工，只是生性贪婪，多次向宫女索取钱财，宫女巴不得入宫受宠，大都倾囊相赠。毛延寿就从笔底上做些手脚，改丑为美。只有王昭君天生貌美，不需要他作弊，加上她生性奇傲，不肯无故出钱，因此毛延寿心生怨恨，特意将她画得其貌不扬，以泄私愤。

元帝凭画选人，怎知宫中有这样的美人？到与王昭君见面，才后悔莫及，于是将毛延寿处斩。呼韩邪单于见到美人，当然欢喜，并向元帝上疏，愿替汉朝保护边塞。朝廷重臣都认为可行，只有郎中侯应熟知边关之事，极力说北塞边防万不可撤军。元帝翻然醒悟，于是令车骑将军许嘉传谕呼韩邪单于，说中原边防并非专意防御外患，实际上是怕盗贼出塞，侵犯他人，单于的好意中原自然铭记。呼韩邪单于自愿收回以前的提议，入朝辞行，然后带着王嫱出塞，称王嫱为宁胡阏氏。一年以后王嫱生下一个儿子，名叫伊屠牙斯。后来呼韩邪单于病死，长子雕陶莫继位，人称若鞮单于。若鞮单于见王昭君华色未衰，便霸占她为妻。一介女流，怎能反抗，况且胡人又有娶后母为妻的风俗，王昭君也只好降尊从俗，得过且过。不久又生下两个女儿，长女为须卜居次，次女为当于居次。王昭君后来老死塞外，墓上草色一片青葱，与别处的黄草不同，当时人们称它为青冢。

400

后人因她红粉飘零，远入夷狄，特意谱入乐府，名叫昭君怨。

元帝遣回呼韩邪以后，对王昭君念念不忘，郁郁成疾，不久就归天了。


## 外戚专权

元帝病情逐日加重，多次向尚书问起景帝立胶东王的往事。尚书等人都知道元帝的意思，应对时多半支支吾吾。原来，元帝有三个儿子，他最宠爱的是定陶王刘康，开始被封在济阳，后来迁封到定陶。刘康擅长音律，与元帝才艺相当。元帝能自己写词谱曲，常在殿下摆放小鼓，自己用铜丸向鼓上扔去，仍能击中音节，与在鼓旁敲击的相同。他人都做不到，只有刘康擅长此技，颇有父亲的风范，元帝赞不绝口，常与左右谈起刘康。驸马都尉史丹①随驾出入，每天侍奉左右，听说元帝称赞定陶王，便上前说道："陛下常说定陶王有才，臣以为最有才能的莫过于聪敏好学的皇太子，如果只以击鼓来看一个人的才能，黄门鼓吹郎陈惠、李微都高出匡衡，为何不让他们做丞相呢？"元帝听了，也不禁哑然失笑。

不久中山王刘竟得病去世。刘竟是元帝的弟弟，元帝初元二年，才受封为王，因为年幼留居都中，与太子刘骜一同学习，二人关系很好。中山王死后，元帝领着太子同去吊念，抚棺痛哭，很是悲伤。可是太子刘骜看起来却一点也不伤心，元帝十分恼怒："面对亲人去世而不悲伤，这样的人可以继承宗庙、做天下子民的父母吗？"说着，向左右看看，见史丹在旁边，便诘问道："你说太子最有才能，现在怎么样？"史丹急中生智，免冠叩谢道："臣见陛下太过悲哀，于是劝诫太子不要再哭泣，免得陛下更加伤悲，臣犯了死罪！"元帝被他瞒过，怒气才消。

元帝生病的时候，定陶王刘康与生母傅昭仪朝夕在旁边侍奉。傅昭仪狡黠过人，靠着灵心慧舌，哄元帝改换太子，好把自己的儿子立为储君。元帝被她迷惑，想援引胶东王的典故，晓示尚书。此事被史丹听说，他趁傅昭仪母子不在寝宫时，大胆走进去，跪在青蒲上面叩头。青蒲挨近御床，只有皇后才可以登上青蒲。史丹因为着急，无暇顾及这些，又仗着自己是元帝的近臣，于是冒犯规矩，直言上谏。元帝听到叩头声，睁开眼一看，竟是史丹，忙询问原因。史丹边哭边说："太子年龄最大，

---

① 史丹：是前大司马史高长子。

已经册立多年，如今竟听到流言，说太子将被废立。如果陛下真有此意，满朝公卿必然以死相争，臣甘愿先死，为群臣做个榜样！"元帝向来听信史丹的话，知道太子不能轻易废立，喟然长叹道："我并无此意，常常想到皇后勤劳谨慎，先帝又疼爱太子，我怎能废去呢？现在我病情日益加重，希望你等尽力辅佐太子。"史丹这才站起身，退出寝宫。

又过了几天，元帝驾崩，享年四十二岁，在位十六年，改元四次。太子刘骜即位，史称成帝。当时太皇太后上官氏早已去世，皇太后王氏还在，因此成帝尊皇太后王氏为太皇太后，母后王氏为皇太后，封舅舅阳平侯王凤为大司马大将军，领尚书事。把先帝的棺材下葬于渭陵，庙号为孝元皇帝。

成帝守丧期间，朝政都委任给王凤，王凤知道石显奸刁，于是请成帝将石显贬为长信太仆，夺去他手中的大权。丞相匡衡、御史大夫张谭，以前曾依附石显，见石显失势，竟弹劾石显的种种罪过，以及石显的同党五鹿充宗等人。石显于是被免去官职，遣回原籍。石显怏怏上路，病死在途中。少府五鹿充宗被贬为玄菟太守，御史中丞伊嘉被贬为雁门都尉，牢梁、陈顺也被罢免，人人拍手称快。

匡衡、张谭将石显等人弹劾后，以为这样就能掩盖之前的罪过，从此可以高枕无忧。谁知惹恼了一位正直的大臣王尊，他上奏说丞相、御史以前知道石显作恶多端，不仅没有弹劾，反而与他同流合污。如今见石显失宠，投机取巧揭发他，应该一并论罪！成帝看了奏折，也知道匡衡、张谭有过错，但想到自己刚刚即位，不便斥责他们，于是将原奏搁置不理。匡衡得知此事后，慌忙上疏谢罪，乞求告老还乡，并呈上丞相、乐安侯官印。成帝下诏抚慰挽留，仍将官印赐还给他，并把王尊贬为高陵令，以顾全匡衡的面子。匡衡这才像以前一样处理政事，但朝臣多赞同王尊，不支持匡衡。

王尊是涿郡高阳人，幼年丧父，跟着伯父生活。伯父家境贫穷，就让他去放羊。王尊边放羊边读书，得以精通文字。后来在郡中做小吏，没过多久迁补为书佐。郡守见他很有才能，特意向上举荐，王尊以敢于直言被提升为县令。接着辗转迁调，出任益州刺史。

王尊在任二年，又被调为东平相。东平王刘宇是元帝的兄弟，少年骄横，不守法度。元帝知道王尊忠直敢言，特将他迁调过去。刘宇喜欢微服出行，王尊就嘱咐厩长，不准为刘宇驾马。刘宇无可奈何，只是心中很不高兴。

一天，王尊觐见刘宇，刘宇虽然不喜欢他，也不得不请他就座。王尊窥透了刘宇的心意，便对刘宇说："我奉诏来辅助大王，朋友都为我担心。我早就听说过大王勇猛过人，也觉得自己处境危险。现在任职多日，并没有看到大王的勇猛之处，不过是凭借宠爱作威罢了，像我这样的人才算得上是真正的勇士呢！"刘宇听了王尊的话，顿时变了脸色，恨不得把王尊杀死，又怕得罪朝廷。眉头一皱，计上心来，于是强颜欢笑，对他说："你既然自称勇猛，腰里的佩刀定非寻常利器，不妨给我看一看。"王尊盯着刘宇的脸，见他脸色变了多次，料他不怀好意，就对刘宇左右的侍臣说："你们为我拔刀，呈给大王！"说完，两手高举，任由侍臣拔刀，然后又郑重地对刘宇说："大王毕竟无勇，竟想设计陷害我，说我拔刀对着大王。大王是想将这个罪名加在我身上吗？"刘宇见被王尊猜中，暗暗惭愧，又听说王尊为人正直，于是屈服于他。命左右置办酒席，邀请王尊一起宴饮。

刘宇的母亲公孙婕好只有刘宇这一个儿子，很是宠爱他，此时见王尊监管甚严，恼怒异常，不时为儿子抱屈。于是上疏弹劾王尊为人傲慢，他们母子事事受到控制，等等。元帝见她情真意切，就免去了王尊的官职。成帝即位后，大司马大将军王凤素来仰慕王尊的大名，于是把他召为军中司马。却因弹劾匡衡、张谭而被贬官，仅过几个月，王尊就借病辞官了。

王凤也知道王尊委屈，只因此事关系到丞相，不便出面，只好任由王尊离职回家。成帝对母亲的亲属格外优待，既让大将军王凤执政，又封舅舅王崇为安成侯，王谭、王商、王立、王根、王逢时也都赐爵关内侯。王凤与王崇都是太后一母同胞的弟弟，所以王凤先被封侯，王崇接着被封，各食邑一万户。王谭等人都是太后同父不同母的弟弟，所以受封较轻。其实这几个人并没有功勋，只因为是成帝母后的兄弟，所以都被封侯，群臣也不敢多说。

这一年四月，黄雾弥漫。成帝觉得奇怪，下诏询问公卿大夫，让他们畅所欲言，不必忌讳。谏大夫杨兴及博士驷胜等都说是阴气太盛。从前高祖立约，非功臣不得封侯，如今太后的弟弟无功都得以封侯，是历朝所没有的事。大将军王凤得到这个消息后，立即上疏请辞。成帝不肯批准，下诏挽留。

六月，有青蝇飞集在未央宫殿；九月，夜间出现流星，长约四五丈，形状像蛇一样弯曲，贯入紫宫。种种灾异，内外多归咎于王氏，只有成帝不为之所动，仍像以前一样。太后的母亲李氏，早已与太后的父亲王禁离婚，改嫁苟氏，又生下一个儿子，取名为苟参。太后让王凤等人迎还生母，并想援引田蚡的故事，封苟参为列侯。还是成帝稍有见识，说田蚡受封名不正言不顺，苟参不应受封，只封苟参为侍中水衡都尉。此外王氏子弟，除七侯外，无论长幼，都被封官加爵。

成帝继位时，年仅弱冠，正是戒色的时候。可他偏偏生性好色，在东宫时已经喜欢猎艳寻欢。元帝因母后许氏被毒死，特选车骑将军平恩侯许嘉的女儿为太子妃。许女秀外慧中，精通史事，擅长书法，又与成帝年纪相当，引得成帝意动神摇，好像得到了仙女一般，两人整日相亲相爱、相偎相倚，说不尽的千般恩爱、万种温存。元帝令中常侍和黄门郎前去探问两人的事情，都禀报说二人欢洽异常，元帝倍加欣慰。

过了一年多，许妃生下一个儿子，宫中设宴庆贺。哪知过没多久，这个婴儿竟然死了。前御史大夫杜延年的儿子杜钦当时正是大将军武库令，他对大将军王凤说："古礼一人娶九女，无非是为了继承祖业。现在主上正值大好年华，没有子嗣，将军何不依照古制，慎重选择淑女进宫，早做准备？现在若不早作打算，等到将来争宠夺位时，就祸变百出了！希望将军深思熟虑，不要留下后忧！"王凤听了这番话，也很赞同，就入宫告诉王太后。可王太后固守汉朝的法制，不愿效仿古人。王凤也不再争，只好作罢。建始二年三月，成帝册立许妃为皇后。

那年夏季大旱，第二年秋天又霪雨不断，连续四十多天都没放晴。长安百姓竞相传言说大水将要到来，于是纷纷逃奔，老幼妇孺互相踩踏，伤亡多人。这消息传入宫中，成帝慌忙召来群臣，商议治水的方法。王凤说："如果水势泛滥，陛下可与两宫太后乘船躲避，所有宫中妃子随驾离去，应当无忧。都中吏民，让他们登城避水就是了。"话未说完，左将军王商①接口说："古时候君王无道，水还不淹城池，如今国泰民安，大水怎么会突然到来呢？这必是民间讹言，万不能相信。"成帝这才稍稍放心。王商命人巡视城中，令民众不要轻举妄动。大约过了三五个时辰，百姓稍稍安定下来，等到日暮，并没有大水到来，才知全城惊动，实是被谣传误导。成帝因此重用王商，多次说王商有见识，王凤又惭愧又恼恨，后悔自己失言。

王商是宣帝的舅舅乐昌侯王武的儿子，王武死后他袭承爵位，并自愿把钱财分给同父异母的兄弟。群臣见他义气可嘉，上疏举荐，因此被提任为侍中中郎将。元帝当时已把他提为右将军，成帝又调任他为左将军，非常敬重他。不过成帝虽然优待王商，但他毕竟不是自己的至亲，

---

① 这个王商与王凤的弟弟是同名异人。

404

没有王凤得宠。车骑将军平恩侯许嘉与自己有双重关系①，并且又辅政多年，成帝怕他牵制王凤，特将他大司马车骑将军的官印收回。过了一年多，许嘉便去世了。许皇后仍旧得宠，后宫虽有婕妤数人，却很少能见到皇帝。偏偏许皇后不再生男，只生了一个女儿，不久又夭折了。太后与王凤等人都为成帝没有儿子而担忧，成帝却不以为意，每日退朝后，只在中宫吃住，与许皇后像以前一样恩爱。许皇后虽然不是一个心胸狭窄之人，但要让成帝把恩宠移到别的妃嫔身上，她也心有不甘，因此朝朝献媚、夜夜承欢。

建始三年十二月，发生日食，夜里又地震起来，未央宫也为之摇动。成帝深感不安，第二天下诏，令人举荐敢直言上谏之士，询问国家的弊政。杜钦和太常丞谷永同时上奏说因为皇上专宠于一人，有碍宗庙继承。成帝知道他是指斥许皇后，于是置之不理。丞相匡衡也曾上疏规劝成帝，不见成帝听从。

匡衡的儿子匡昌是越骑校尉，因酒后杀人，被捕下狱。越骑官属与匡昌的弟弟密谋，计划劫狱。不幸消息泄露，被人揭发，成帝下诏从严查办。匡衡听说后非常吃惊，赤脚入朝，免冠谢罪。成帝令他照常处理政事，匡衡谢恩退出。不料司隶校尉王骏等人又弹劾匡衡封邑超过划分的界限，擅自盗取田地，应该被罢官定罪。匡衡于是被贬为平民，其余的罪过不再追究。左将军王商接任丞相一职，少府尹忠为御史大夫。

建始四年正月，亳邑落下四块陨石，肥累降落两块陨石，成帝下令罢除中书宦官一职，特设置尚书五人。尚书本来有四人，现在又增加一人。四月间，又下起大雪，成帝让敢于直言的众臣到白虎殿商议对策。太常丞谷永又上奏一书，全是帮王凤说话。王凤揽权用事，兄弟都身居要职，当时已有人议论纷纷，说上天屡次显现变异，实是因为王氏势力太盛所致。一群商议对策的人都不敢明言指责，不过模模糊糊说了几句笼统话，敷衍塞责。谷永更是趋炎附势，极力为王氏开脱，反嫁祸到许皇后身上。此外还有武库令杜钦也与谷永是同一个论调，二人因此讨得成帝喜欢，官吏考核时谷永是第一、杜钦居第二，谷永被提升为光禄大夫。

谷永字子云，祖籍长安，是前卫司马谷吉的儿子。谷吉出使匈奴，被郅支骨都侯单于所杀。杜钦字子夏，在家饱读诗书，因一只眼瞎了，无心出仕为官。王凤听说了他的大名，就把他招到门下。郎官杜邺也字

---

① 许嘉是孝宣许皇后的堂弟，过继给平恩侯许广汉，并且是当今皇后的父亲，所以说是双重关系。

子夏，因两杜齐名，不好区别，人们特称杜钦为盲杜子夏。杜钦很讨厌别人说他的缺憾，特意改戴小冠，游行街市，于是都人改称杜邺为大冠杜子夏，杜钦为小冠杜子夏。杜钦因感激王凤的提拔之恩，就依附于王凤；谷永是由阳城侯刘庆忌举荐的。刘庆忌是已故宗正刘德的孙子，袭封阳城侯，也想倚势求荣，但比盲杜还是有些逊色。

王氏专权，灾祸接踵而至。不久黄河决口，百姓苦不堪言。

## 一心为民的王尊

黄河为害并非是从汉朝开始，历代以来黄河常常决口，汉朝开国后，也决堤了好几次。建昭四年秋天，大雨下了十多天，馆陶及东郡金堤再次决口，淹没四郡三十二县，田间水深三丈，毁坏官民房屋四万多所。各郡守飞书上报，御史大夫尹忠竟说没有什么大碍。成帝下诏斥责尹忠不知忧国忧民。尹忠见了这道严诏，惶急自杀。成帝派遣大司农调拨钱谷，赈济灾民，然后截留河南漕船五百艘，迁徙百姓。

过了不久，天晴水干，百姓回到原来的住处，准备堵塞决口。犍为人王延世擅长治水，杜钦把他保荐上去。成帝任命王延世为河堤使者，负责监工筑堤。王延世巡视河滨，估量决口，用了三十六天，河堤才修成。碰巧春天到来，成帝趁机改元为河平，并升王延世为光禄大夫，赐爵关内侯。

这时西域都尉段会宗飞书上奏，说乌孙小昆弥安犁靡叛乱，请求朝廷发兵援应边疆。究竟小昆弥为什么会叛汉呢？起先，元贵靡为大昆弥、乌就屠为小昆弥，彼此划境自守，相安无事。元贵靡死后，他的儿子星靡做了大昆弥。多亏冯夫人拿着符节前去安抚，星靡虽弱，但得以保全。等传到雌栗靡时，小昆弥末振将派人刺死了雌栗靡。末振将是乌就屠的孙子，担心日后被大昆弥吞并，所以率先下手。汉廷得知后，立即派遣中郎将段会宗出使乌孙，册立雌栗靡的叔叔伊秩靡为大昆弥，又商议发兵讨伐末振将。兵还没发，伊秩靡已暗中派人诱杀末振将，送回段会宗。

成帝认为末振将虽死，他的儿子还在，最终仍会留下后患。于是再次任段会宗为西域都尉，嘱咐他会同戊巳校尉①及各国兵马一起讨伐末振

---

① 戊巳校尉：是守边官名。

将的后代。段会宗调了几处人马，赶到乌孙境内，听说已有人做了小昆弥，是末振将兄长的儿子安犁靡。又探知末振将的儿子番邱虽没有继位，仍为贵族。段会宗暗想，若率兵进攻，安犁靡与番邱必然合兵抗拒，自己会白白浪费兵力，不如先诱杀番邱。计划定好后，就让部下扎营静候，自己率领三十个骑兵上去，派人前去召见番邱。番邱得知只有三十骑兵，便只带了数人来见段会宗。段会宗喝令左右抓住番邱，将他杀死。随从不敢去营救，慌忙返报小昆弥。小昆弥安犁靡率领几千兵马前来攻打段会宗。

　　段会宗退回军营，担心孤军深入，难免失利，就上疏请求派兵增援。成帝与王凤商议一番后，王凤便将陈汤举荐上去。陈汤与甘延寿在西域立功，仅仅得了个关内侯，总觉得赏赐太轻。甘延寿由长水校尉迁任护军都尉，不久病死。成帝继位，丞相匡衡弹劾陈汤盗取康居财物，陈汤被免官。康居王曾派儿子到京城，陈汤说康居侍子并非真王子，后来有司查验，王子确实是真的，陈汤涉嫌诬告，被判死罪。太常丞谷永替陈汤求情，他才得以出狱。关内侯的爵位因此被夺。

　　成帝宣陈汤入朝，陈汤以前曾出征郅支，两臂因受伤不能屈伸，成帝特别施恩，让他免除跪拜之礼。成帝将段会宗的原奏拿给陈汤，陈汤看完后，放在案上，当面推辞道："朝中将相九卿都是贤才，臣年老多病，不能参议！"成帝说道："现在国家有急事，召你进来商议，你不要推辞！"陈汤这才回答说："依臣看来，大可不必忧虑。"成帝询问原因，陈汤接着说道："胡人虽然强悍，但兵器不行，大约三个胡人才能抵挡我们一人。现在段会宗西行，并非没有兵马，何至于不能抵御乌孙？况且朝廷发兵，路途遥远，营救也来不及。臣料想段会宗的意思并非要朝廷派兵救急，实是希望报仇。请陛下不要担忧！"成帝说："照你说来，段会宗一定不会被围困；就算被胡人围住，也容易解决。"陈汤屈指算算："不出五天，定会有佳音传来。"成帝听他这样说，喜笑颜开，命王凤暂停发兵。

　　过了四天，果然接到军报，说小昆弥已经退去，段会宗带着番邱的首级回朝复命。成帝封赏段会宗，赐爵关内侯，并赏赐黄金百斤。王凤因陈汤有先见之明，格外器重，特上奏请成帝封陈汤为中郎，并把他引入门下，让他参议军事。后来陈汤因受贿犯罪，被贬为平民，病死在长安。段会宗后来再次出使西域，镇抚数年，在乌孙国逝世。西域各国都为他发丧立祠，段会宗平日恩威并施，所以才得此回报。

　　直臣王尊辞官在家。王凤推荐他为谏大夫，做京兆尹。那时，终南山盗贼纷起，祸害百姓，校尉傅刚奉命前去剿匪，过了一年多也没有荡平匪徒。王凤于是将王尊推荐上去，让他抓捕盗贼。王尊莅任以后，盗贼纷纷逃避，地方肃清，王尊得以提升为京兆尹。王尊在任三年，威名远扬。豪门贵族心怀不满，指使御史大夫张忠出头弹劾，说王尊不改暴虐，不应位列九卿。王尊再次被免官，吏民争着为他喊冤。湖县三老公乘机上疏，极力为王尊辩白，于是王尊又被起用为徐州刺史，不久做了东郡太守。

东郡临近黄河，全仗金堤捍卫才得以保全。王尊到东郡不过数月，忽然听说河水猛涨，冲击金堤，于是急忙前去探视。到了堤边，见水势湍急，奔腾澎湃，险些摇动金堤，王尊立即督促民夫，搬运土石堵塞。哪知流水无情，所有扔下去的土石全部被狂流卷走，还将堤身连冲了几个窟窿。王尊见危堤难保，也无计可施，便率领吏民向河神祈祷。先命左右宰杀白马，投入河中，自己高捧圭璧恭恭敬敬地站在堤上，让巫师代读祝文，情愿以身填堤，以保全一方百姓。等把祝文焚烧之后，祭祀之礼完毕，王尊索性叫左右搭起帐篷，在堤旁住下，听天由命。吏民数十万人争着向王尊叩头，请他回署，王尊始终不肯离去，坐着不动。

不到一会儿，水势越来越大，浪头像山一样，离堤面只差两三尺，堤上的泥土，纷纷堕落，形势十分危险。吏民各顾自己的性命，陆续逃散，王尊仍然坐在那里，寸步不离。他身旁有一个主簿，不敢劝王尊离去，只能低头哭泣，拼死相随。那水势却也奇怪，腾跃数回，好像害怕王尊一样，竟回流而去，然后渐渐平静，金堤得以保全。吏民听说水面恢复平静，金堤没被冲毁，于是陆续回来。王尊指着金堤的缝隙，下令修补。朱英等作为百姓的代表，上奏称太守王尊以身抵挡洪水，不避艰险，最终使河平浪退，转危为安。成帝于是给王尊加俸禄二千石，赐金二百斤。不久王尊病死，吏民争着为他立祠，每年都要祭拜。

河平二年正月，沛郡在炼铁时，铁竟然无故上飞。到了夏天，楚国下起了冰雹，竟然像锅一样大，毁坏了很多田地和房屋。成帝还没有觉悟，封所有的舅舅为侯，王谭为平阿侯、王商为成都侯、王立为红阳侯、王根为曲阳侯、王逢时为高平侯。五人在同一天受封，世人因此称他们为五侯。王禁的八个儿子，只有王曼早死，其余七个都被封侯。汉代的外戚，此时势力最强。

前宗正刘向被起用为光禄大夫，成帝下诏求取遗书，令刘向核对。刘向见王氏权位太大，想借遗书进谏，于是把尚书洪范推演的古今祥瑞灾异，称为"洪范五行论"，呈入宫中。成帝也知刘向寓有深意，但始终没有压制王氏，不曾做到防微杜渐。丞相王商虽然也是外戚，但与王凤不和，二人都恨不得将对方除去。

恰值呼韩邪病死，儿子复株累单于继位，特派遣右林王伊邪莫演去汉朝进贡财物。伊邪莫演自称甘心投降，不愿回国，朝臣多数认为可以接受他。只有谷永、杜钦二人说单于已经称臣，没有二心，现在不应留下伊邪莫演，以免产生误会，成帝于是遣回了伊邪莫演。复株累单于探知这个消息，心中很感念汉朝的恩德，因此于河平四年亲自前来朝拜。成帝在御殿召见他，彼此说了几句话，成帝便命左右领着他出朝。单于刚走出朝门，就与丞相王商相遇，立即上前行礼。王商身高八尺有余，身材魁梧、仪容端庄，与单于相互作揖之后，难免要慰劳一番。单于仰视王商，被他的威严逼退数步，立即告辞离去。有人将此事告知成帝，成帝叹息道："这才不愧为汉相啊！"这话被大将军王凤听说后，心里更加嫉恨王商。

冤家路窄。当时琅玡郡内接连出现灾异，王商派人前去查办。琅玡太守杨肜与王凤是儿女亲家，王凤担心杨肜被免官，忙到王商那里说情。王商不肯听从，并弹劾杨肜不称职，以致遭到天谴，请求立即将他罢官。成帝没有听从，王凤恨王商不留情面，于是想诬陷报复。但一时也找不到王商什么过错，后来得知他家的一点私事，就派耿定上疏揭发。成帝见没有确切证据，索性搁置不提。可王凤进宫力争，定要彻底究查，成帝于是将耿定的奏章发出，令司隶校尉查办。

王商得知消息后，也很惊慌，想起以前王太后曾想选纳自己的女儿入后宫，当时因女儿生病，没有答应。现在女儿病已痊愈，不如让女儿纳入后宫，还可作为内援。碰巧后宫侍女李平新被封为婕妤，正得皇上宠幸，便托她代为说合。哪知求荣不成反被辱，事情越弄越糟。暮春又发生日食，大中大夫张匡上疏说错在近臣。成帝派左将军史丹询问张匡。张匡说王商曾强奸父亲的婢女，并与妹妹有淫乱之事，以前耿定上疏告发的都是实情。现在皇上派人查办，王商却心怀怨恨，还托人让自己的女儿进入后宫作为内援，实在居心叵测。臣担心吕不韦的故事会在当世重新上演，所以请求将王商免官，依法查治，顺天应民，请将军代为上奏！史丹将张匡的话转达给成帝，成帝向来器重王商，料想张匡所言未必属实，便将此事搁置不提。

王凤又入宫劝说，成帝这才派遣侍臣收回丞相官印。王商将官印交出后，悔愤交加，口吐鲜血，不到三天，就一命呜呼了。王商的子弟都在朝中为官，此时全部被贬。一群趋附王凤的人，还请命夺取王商的封赏。成帝总算有些主见，不肯答应，仍命王商的长子王安为乐安侯，然后封张禹为丞相。

张禹，字子文，河内轵县人，以精通经书而著名。成帝为太子时，曾向张禹学习《论语》，所以特别宠信他，赐爵关内侯，授官光禄大夫和给事中，令他与王凤并领尚书事。张禹见王凤专权，把持朝政，心中不安，多次上疏请求休假。成帝屡次抚慰挽留，赏赐钱财，厚礼相待，张禹于是不敢再上疏请求。王商免职后，张禹竟受封安昌侯，被提升为丞相。张禹连连推辞，但成帝不答应。张禹只好勉强任职，但也不过是随声附和，保全自己的老命罢了。

第二年改元阳朔，定陶王刘康入朝觐见，成帝因兄弟情深，留他伴驾。王凤怕他参与朝政，便从旁牵制，请皇上让定陶王回国。可成帝顾及亲情，暗想先帝在时曾想立定陶王为太子，结果没有成功，定陶王却毫不介意。现在自己又没有皇子，他日兄终弟及，也未尝不可，因此将他留住。

哪知过了两个月，又遇日食。王凤乘机上疏，说定陶王久居京师，有违正道，所以遭到上天的告诫，应让定陶王赶快回国。成帝不得已，只好让刘康东归，王凤这才满意。

京兆尹王章却上疏将日食之事归罪于王凤，成帝于是又召来王章问道："你认为现在何人可辅佐朕呢？"王章答道："琅玡太守冯野王。"成帝点头说是，王章于是告退。这一席话，传到王凤耳中，王凤顿时大怒，痛骂王章忘恩负义，想趁王章入朝时，与他拼命。还是冒杜足智多谋，劝王凤暂时忍耐，并附耳说了几句，王凤才消了怒气，按照他说的话去做。

王章，字仲卿，祖籍泰山郡钜平县，宣帝时已为谏大夫。元帝初年提升为左曹中郎将，因斥责中书令石显，被石显陷害，免去官职。成帝任用王章为谏大夫，兼任司隶校尉。王凤想笼络人，特举荐他为京兆尹。

王章年轻时家境贫寒，到长安讲学，突然患病，躺在牛衣①中，觉得自己将要死了，就与妻子诀别，眼泪流个不停。他的妻子不禁发怒道："仲卿，你太没志气了！满朝公卿哪个人比你更有才能？生病是人常有的事，为什么哭个不停？"王章被她一激，陡然振作起来，病情也渐渐好转。王章做上京兆尹，虽是由王凤推荐，但他心中仍不服王凤。等到王商被罢相，定陶王被遣回国，王章终于忍无可忍，写成奏章呈上。王章

---

①牛衣：编乱麻为衣，用来遮蔽牛身。

的妻子瞧见后，连忙劝阻说："人应当知足，你难道忘了在牛衣里哭泣的情景了吗？"王章已经义愤填膺，摇头回答道："这不是你们女子所能知晓的，你不要阻止我！"第二天便将奏折呈了进去。

过了两天，王章奉诏进宫。不料祸事突然到来，王章被捕下狱。

## 汉宫飞燕

王凤痛恨王章，听了杜钦的话后，上疏请辞，暗中却到太后那里诉苦。太后终日痛哭流涕，不肯吃饭，成帝左右为难，只得下诏抚慰王凤。王太后还不肯罢休，一定要加罪于王章。成帝于是派尚书出头弹劾王章，并将王章逮捕下狱。廷尉见风使舵，将王章定成死罪，王章自知死罪难免，在狱中自尽。

王章的妻子及子女八人，全部下狱，与王章住在隔了一间屋子的监牢里。王章有一个女儿年仅十二岁，夜里突然痛哭说："前几夜狱吏检点人数，我听他数到九，今夜只数到八，我父亲性情刚烈，很可能已经去世了！"第二天去问狱吏，王章果然死了。廷尉将此事禀报成帝，成帝命人将王章的家属发配到岭南合浦，家产全部充公。

合浦出产明珠，王章的妻子就以采珠为业，积蓄了许多钱财，后来遇赦回家，得以安享晚年。冯野王在琅玡任职，听说王章因举荐自己犯罪，怕受到连累，立即上疏称病，成帝准许他告假三个月。三个月后，冯野王仍旧请假，又被批准，他就带着妻子回家医治。王凤令御史中丞弹劾冯野王擅自归家，冯野王于是被免官。不久御史大夫张忠病逝，王凤又举荐堂弟王音为御史大夫，王氏势力更大。王凤兄弟只有王崇早死，此外王谭、王商、王立、王根、王逢时五侯门第显赫，门人甚多。光禄大夫刘向上疏劝谏。

成帝知道刘向为人忠诚，看完他的奏章后，立即召他觐见，对刘向长叹道："你先不要说，容我深思一番吧！"刘向于是退出，成帝始终迟疑不决。过了一年，王凤忽然得病，卧床不起，成帝亲自前去探视，哭着说："你若有个不测，朕会让平阿侯继位。"王凤在床上叩头说："弟弟王谭虽然是我的至亲，但非常奢侈，比不上御史大夫王音。"王凤保举堂弟而不推荐亲弟，是因为王谭平时骄慢无礼，不尊重王凤，但王音却对王凤百依百顺，与王凤名为弟兄却情同父子。

不久王凤去世，成帝依照王凤的遗言，命王音接任王凤的职位，加封安阳侯。王谭没有得到大权，就与王音有了过节。王音为人小心谨慎，与王凤不同。成帝得以自由用人，于是提升少府王骏为京兆尹。王骏是前谏大夫王吉的儿子，很有才能。做京兆尹时，因他治理的地方安定繁荣，所以与赵广汉、张敞、王尊、王章齐名。都中人称王尊、王章、王骏为三王，并且赞誉道："前有赵张，后有三王。"

成帝看到国泰民安，便开始赏花醉酒，安享太平。起初是许皇后受到专宠，成帝只在中宫取乐，群臣多指责许皇后。许皇后当时正值大好年华，色艺俱佳，所以受到皇上宠爱。成帝即位十年后，许后年近三十，花容渐渐衰损，云鬓渐渐稀落，成帝生性好色，见她今非昔比，自然心生厌倦。于是移情妃妾，另宠幸一个班婕妤。

班婕妤是越骑校尉班况的女儿，聪明伶俐，秀色可餐。成帝常到后庭游览，有一次想与她同车前去，班婕妤推让道："妾听说圣帝贤王都有忠臣在旁边，没听说过与妇人一同出游的，传到三代末主，才有姬妾相随。现在陛下想与妾同车游览，几乎与三代末主相似，妾不敢奉命！"成帝听她这样说，不禁拍手叫好。王太后听了班婕妤的话，心里很是欢喜，开口称赞道："古有樊姬①，今有班婕妤！"

班婕妤受宠多年，生下一个男孩，但不久就夭折了。恰好侍女李平已经成人，丰姿绰约，也为成帝所喜爱，班婕妤于是让她侍寝。得蒙宠幸，李平也被封为婕妤，赐姓为卫。此外还有王凤推荐的张美人，成帝普施雨露，却始终没有一个人生下儿子。成帝渐渐觉得她们索然无味。

侍中张放，是已故富平侯张安世的后代，承袭侯爵，曾娶许皇后的妹妹为妻，他貌似女子，媚态动人。成帝常与他同寝，爱他胜过嫔妃，于是提升张放为中郎将。张放知道成帝喜欢游玩，乘机怂恿，劝他微服出行。成帝决定试一试，先嘱咐期门郎在外面等候，自己身穿便装与张放一同出宫，乘小车、骑快马，带着期门郎等人在集市逍遥自在。以前成帝由王凤管着，不便轻举妄动。此时王凤已经去世，王音只求无过，哪会管天子微服出行之事。成帝第一次出去，感觉非常畅快，当然不肯罢休。每遇闲暇之时，必与张放在都市游玩，斗鸡走狗，随意寻欢。

那一年又改换年号，称鸿嘉元年。丞相张禹年老多病，乞求休假，让出相位。成帝允许他朔望入朝拜见，并赏赐他很多东西，另用御史大夫薛宣为相，封薛宣为高阳侯。薛宣字君，东海郯人，曾做过守令，后

---

① 樊姬：是楚庄王夫人，上谏阻止庄王游玩，见刘向《列女传》。

来升为左冯翊。光禄大夫谷永说他能断国事，成帝就召他做少府，接着提拔为御史大夫，后来又让他做了丞相。

第二年三月，有野鸡聚集在庭中，绕着未央宫承明殿飞行，然后又飞到将军、丞相、御史府中。车骑将军王音上疏劝阻成帝微服出行。成帝游兴正浓，怎肯停止，依然我行我素。一天经过一座花园，见园中耸出高台，台下有山，好像与宫中的白虎殿相似，不禁诧异起来。他指着这座花园问从吏："这是谁家的花园？"从吏答称曲阳侯王根家的。成帝非常生气，立即下令回宫，召来车骑将军王音，严厉斥责道："我以前见到成都侯的府第，已觉得十分奢侈，不合臣礼。现在曲阳侯竟仿建白虎殿，更加不近情理了。如此下去，成何体统！"王音哑口无言，只好免冠谢罪。

王音出来后，将此话告知王商、王根，王商、王根非常害怕。正在这时，有人进来报告说尚书传诏，指责司隶校尉及京兆尹放纵五侯、不知揭发，现在他们都入宫谢罪去了。王商与王根更加着急，随后有人交给王音一封信。王音展开一看，里面最重要的几句是："外家越来越强，宫廷越来越弱，不得不按律施行。"王音大惊失色，详细询问朝使，才知是成帝下给尚书的诏令。王商与王根抖个不停，还是王音比较有主见，先派人入宫请太后想办法，然后和王商、王立、王根一同进宫请罪，听候发落。过了一两个时辰，内廷传出旨意，赦免他们的罪过。四人才叩头谢恩，欢喜离去。

成帝将舅舅们惩戒一番后，照常微服出行。一次到阳阿公主家宴饮，公主召来几个歌女助兴。其中有一个女子，歌声娇脆、舞态轻盈，成帝用一双色眼仔细端详，果真是妖艳绝伦，见所未见。宴饮完毕，成帝便向公主要这个歌伎一同入宫，公主自然答应。成帝非常欢喜，就把她带回宫中。芙蓉帐里，款摆柔腰，腾挪玉体，直令成帝喜极欲狂，惊为奇遇。清晨起来，露出美人本色，弱不胜娇，眉目传情。成帝越看越喜欢，立即下旨封她为婕好。这个女子就是古今闻名的赵飞燕！

相传赵飞燕原本姓冯，母亲是江都王的孙女姑苏郡主，曾嫁给中尉赵曼，暗地里却与舍人冯大力的儿子冯万金私通，生下两个女儿。分娩后不便留养，就将她们放在郊外。两个女婴放在外面三天竟没有死，只好又把她们领回去抚养。长女名叫宜主，次女名叫合德。

过了几年，赵曼病死，这两个女孩都被送回冯家。又过了好几年，冯万金也死了。冯氏家道中落，二人无家可归，流落长安，投到阳阿公主家里，学习歌舞。宜主身材婀娜，体态蹁跹，当时人们见她像一只燕子，因此称她为飞燕。合德肌肤莹泽，遇水不湿，与她的姐姐体态不同，

413

但也是个绝世娇娃。

赵飞燕入宫受宠，赵合德还在阳阿公主家里。当时后宫有一个女官叫樊嫕，与赵飞燕是表姐妹，成帝因她是赵飞燕的亲戚，对她另眼相看。樊嫕于是大献殷勤，将赵合德的美貌告诉皇上。成帝忙命舍人吕延福用百宝凤舆前去迎接赵合德。赵合德却装腔作势，说必须有姐姐的命令，才敢入宫。

吕延福回宫复命，成帝料知赵合德是怕遭来姐姐的嫉妒，于是与樊嫕商议。先赏赐给赵飞燕许多奇珍异宝，又腾出一所宫殿，装饰得非常华丽，取名为远条馆，让赵飞燕居住，以买动赵飞燕的欢心。然后让樊嫕乘机进言，借口说至今还没有皇子降世，正好将赵合德迎进宫中，为日后打算。赵飞燕依从了樊嫕的话，便派宫人召来赵合德。赵合德打扮得齐齐整整，朝见皇上。成帝睁开龙目，见她鬓若层云，眉若远山，脸若朝霞，肌若晚雪，宛如仙女一般，成帝的魂魄早被勾了去。就是左右侍卫，也不禁目荡心迷，失声称赞。只有披香博士淖方成站在成帝背后轻轻地说："这是祸水，将来定要有事了！"成帝勉强定了定神，低声叫她起来。随后让宫人把她带入后宫，自己也随后跟进去。

好容易等到天晚，成帝迫不及待地将赵合德拥入绣帏。比与她姐姐欢会时，更有一番风味，因此赐号为温柔乡。

赵合德入宫数日，也被封为婕妤，二姐妹轮流侍寝，连夜承欢。此外的后宫粉黛，成帝不屑一顾，她们也只好自悲命薄，暗地伤心。正位中宫的许皇后从前与成帝何等亲昵，此时遭到冷落，心有不甘。她有一个姐姐名叫许谒，曾为平安侯王章的妻子，闲暇之时入宫拜见许皇后，许皇后与她谈起心事，许谒也替她忧愁，暗中请巫师诅咒赵飞燕姐妹。不幸被内侍听说，报知赵家姐妹。赵婕妤飞燕正想恃宠夺位，得到这个消息，立刻告发，竟把诅咒宫廷的罪名加在许皇后身上，并牵连到班婕妤。成帝十分恼怒，王太后也主张严办，于是立即将许谒拿下，定成死罪，并下诏废后，然后传讯班婕妤。班婕妤从容说道："妾听说生死由命，富贵在天，为何还要做这些邪恶之事？若鬼神有知，岂肯听信谗言？万一他们不知，诅咒又有何用，妾不但不敢做，也不屑于做！"成帝听她这样说，颇为感动，于是命班婕妤退出后宫，不再追究。班婕妤虽然得以免罪，心想有赵氏姐妹在，将来难免被诬告，就想了一个保全自己的方法，请命到长信宫伺奉太后。成帝准她所请，班婕妤于是移居长信宫，无事时就吟诗作赋，借此消磨光阴。

414

许皇后被废，当然轮到赵飞燕入主中宫。成帝想择日册立，可王太后嫌她出身微贱，不肯答应。成帝不便擅自做主，只好找一个说客先到太后那里说情。卫尉淳于长是太后姐姐的儿子，天生一张利嘴，说动太后答应。成帝于是改鸿嘉五年为永始元年，先封赵飞燕的义父赵临为成阳侯，然后册立皇后。赵临是阳阿公主的家令，赵飞燕进入公主家，因为与赵临同姓，就拜他为义父。

谏大夫刘辅上疏抗议，被成帝下令打入狱中，判处死罪，多亏大将军辛庆忌、右将军廉褒、光禄勋师丹、大中大夫谷永联名保救，才将刘辅从狱中救出，但还是受鬼薪①之刑。从此无人敢再上谏，赵飞燕被封为皇后，赵合德被封为昭仪。一对姐妹花同时受宠，风流天子尝尽温柔滋味，快乐无比！

成帝特命人在太液池中造一大船，带着赵飞燕登舟游玩，让她唱歌跳舞。又命侍郎冯无方吹笙，自己拿着簪子敲击玉杯伴奏。船走到中间时忽然刮起一阵大风，吹得赵飞燕裙带飘扬，险些将她刮飞。成帝急忙让冯无方救护赵飞燕，冯无方将笙放下，两手握住赵飞燕的双脚。赵飞燕本来就喜欢冯无方，见他紧握自己的双脚，索性临风狂舞，边跳边唱。不一会儿，风渐渐小了，舞也渐渐停了，后人称赵飞燕能在掌上跳舞，便是由此而来。成帝与赵飞燕携手入宫，厚赐冯无方，并准许他自由出入中宫。

赵飞燕生性淫荡，难免会有暧昧情事，成帝置若罔闻，任由她胡作非为。赵飞燕得陇望蜀，又见侍郎庆安世年轻貌美，擅长弹琴，便借学习弹琴为名，请成帝准许他自由出入宫中，成帝也答应了。赵飞燕与庆安世眉挑目逗，趁成帝留宿在妹妹那里时，留住庆安世，共享鱼水之欢。赵飞燕因连年不育，便想借种，查到多子的侍郎宫奴，往往诱使他们共寝，逐日更换人选。赵飞燕恐被成帝知道，于是另置一间密室，说是供神，祈祷降生儿子，无论何人不得擅自进入。其实是密藏少年，恣意淫乱，好好一朵娇花，勾引狂蜂浪蝶，哪里还能生下儿子！

## 成帝绝后之谜

赵合德被封昭仪以后，成帝让她居住在昭阳宫，那里用黄金为槛、白玉为阶，壁间横木上都嵌着蓝田璧玉，并以明珠翡翠作为装饰。此外

---

① 鬼薪：秦汉时的一种刑罚。为宗庙砍柴，刑期为三年。

415

一切构造，无不玲珑巧妙，光怪陆离。摆放的几案、帷幔，都是世间罕有的珍宝，最奢侈的是百宝床、九龙帐、象牙箪、绿熊席，均香气袭人。再加上赵合德的体态丰若有余，柔若无骨，怪不得成帝沉迷在这温柔乡中，情愿醉生梦死。

赵合德的性情与姐姐相似，不过因刚受到皇帝的宠爱，自然稍加敛束，只要能将成帝笼络住，叫他夜夜到来，便算达到目的。赵飞燕天天想着借种，远条馆中藏着数十名男妾，恣意欢娱，巴不得成帝不到自己这里来，就算成帝驾临，她也不过是勉强应承。成帝觉得赵飞燕的柔情比不上赵合德，所以常到昭阳宫里，反而渐渐疏远远条馆。

一天夜里，成帝与赵合德叙情谈心，说起赵飞燕，流露出不满。赵合德担心赵飞燕的事情被成帝发觉，连忙解释说："姐姐生性刚烈，容易招来仇怨，难免会有人诬告、陷害。倘若陛下听信他人的话，赵氏就没有后人了！"说到这，潸然泪下。成帝慌忙取出罗巾，替赵合德擦泪，并好言劝慰，发誓不会听信流言。有几个莽撞之人，得知赵飞燕的奸情，出来告发，都被处斩。赵飞燕于是公然淫纵，毫无忌惮。

后来赵合德把自己在成帝面前说的话转告姐姐，赵飞燕因为感激她，特意推荐宫奴燕赤凤给赵合德，表示感谢。燕赤凤身强力壮，擅长跳跃，能跃过几重楼阁。赵飞燕与他交欢非常畅快，不忍独自享乐，就把他推荐给妹妹。赵合德倒也领情，趁成帝到远条馆时，便约燕赤凤前来相会，果然满身舒畅，与众不同。

此后燕赤凤往来于两宫之间，专替成帝效劳。只是远条馆与昭阳宫相隔太远，赵合德怕燕赤凤的行踪被人发现，于是乞求成帝另外修筑一处宫殿，与远条馆相连。成帝自然乐于听从，立即命人赶造，几个月就建成了，取名为少嫔馆。赵合德便移住在那里，于是两处消息灵通，燕赤凤的踪迹也随成帝的转移而转移。后来成帝因赵氏姐妹得宠多年也没有生下一男半女，不能不另有所属，随意召幸宫人，希望生下一男。

远条、少嫔两馆中，都不见成帝的踪迹，燕赤凤虽然健壮有力，也没有分身之法。两姐妹含酸吃醋，几乎要失和。多亏樊嬺极力为她们调解，劝赵合德向姐姐谢罪，她们才和好，丑事总算没被张扬出去。

光禄大夫刘向摘取诗书所记载的贤妃烈女，淫妇嬖妾，编成《列女传》，共八篇，后来又著有《新序说苑》五十篇，呈给成帝。并多次上疏，无非是请成帝轻色重德，修身治国。成帝也并非不赞同，但赞同而不采用，也是枉然。

成帝由于用人不当，种下了亡国祸根，此人就是王太后的侄子王莽！王莽是王曼的次子。王曼死得早，没有被封侯，他的长子也是短命之人。王莽字巨君，很孝顺母亲，对待守寡的嫂子，也很体贴。至于侍奉伯父、叔叔，交结朋友，更是礼貌周到。他又向沛人陈参学习礼节、经书，勤学好问，所穿的衣服和贫苦的读书人一样。当时五侯的子弟都很奢侈，只有王莽喜欢节俭，以此博取了盛名。伯父王凤病危时，王莽日夜在旁边侍奉，有药端上来，必先亲自品尝，王凤非常怜爱他。弥留之时，在太后、皇帝面前极力夸奖他。成帝于是封王莽为黄门郎，后来提升为射声校尉。叔父王商也称王莽懂得节俭，待人有礼，情愿将自己的食邑分给王莽。就是朝中一些有名的大臣也都上疏举荐，成帝因此又封王莽为新都侯，授官光禄大夫。王莽更加谦卑，并把所得俸禄分给宾客，家里没有多余的钱财，名声却越来越大。

成帝优待外戚，王谭死后，就让王商接替王谭的职位。不久王音又死，成帝提升王商为大司马卫将军，令王商的弟弟王立带领城门士兵。王商见成帝贪恋酒色，淫荒无度，大为担忧，常进宫拜见王太后，请她当面告诫成帝。太后训告过数次，王商也从旁劝谏，只是成帝流连忘返，依旧我行我素。

永始二年二月，陨石如雨点般坠落，并且再次发生日食。恰逢凉州刺史谷永进朝谈论政事。成帝让尚书询问谷永，王商乘机嘱咐谷永，叫他上疏规劝。谷永有恃无恐，便将成帝的过失，一一揭露出来，极力请求除旧纳新。成帝十分恼怒，令侍御史把谷永打入狱中。王商事先得到消息，急忙让谷永离开都城回凉州。谷永匆匆上路，侍御史命人追赶，却已经来不及了，只好回宫复命。成帝怒火渐渐平息，也就不再追究，仍旧像以前一样沉湎于酒色。

侍中班伯是班婕妤的弟弟，因病告假，假满以后入宫觐见，碰巧成帝与张放等人正在宴饮，任意谈笑。班伯跪拜之后，也不说话，只盯着右边的屏风，目不转睛地看。成帝让他一同饮酒，班伯虽然嘴上答应，两眼仍盯着屏风上的画。成帝还以为屏风上有什么奇怪的东西，连忙看去，只见屏风上有一幅商纣与妲己的夜饮图。当即就看透了班伯的意思，故意问道："此图在告诫人们什么呢？"班伯才对成帝道："沉湎于酒色，最终亡国。诗书中说淫乱都是从饮酒开始的！"成帝喟然叹息道："我好久没有见到班伯，现在又能听他直言了！"张放等人正恼恨班伯多嘴，不料成帝却被他感动，张放只好以换衣服为借口，怏怏退出。

成帝去拜见王太后，太后痛哭流涕地说："皇帝近来身材削瘦，脸色暗淡，应知道保养自己，不要再沉湎于酒色。班伯生性忠直，皇上要优待他。富平侯理应回国，不要再让他逗留在宫中了！"成帝回到自己宫中，仍不肯将张放派出去。丞相薛宣、御史大夫翟方进，都由王商授意，联名弹劾张放，成帝不得已将张放贬为北地都尉。过了几个月，张放回来探视生病的母亲。他母亲病体痊愈后，成帝调任他为河东都尉。不久又召为侍中。那时丞相薛宣已被免职，翟方进升任丞相，再次弹劾张放。成帝上怕太后、下畏丞相，于是赏赐张放五百万钱，令他出京上任。张放感念皇帝的恩德，日日不忘。在成帝驾崩后，张放天天哭泣，因哀伤过度而死。

翟方进字子威，河南上蔡人，因为精通经书而为官，为人心胸狭窄，总是与人结怨。做丞相之后，给事中陈咸、卫尉逢信、后将军朱博、钜鹿太守孙闳等都被他弹劾。陈咸忧愤成疾，暴病身亡。总之，只要与翟方进有仇的，都遭到他的排挤。不过翟方进曾弹劾红阳侯王立，说他扰乱朝政，可算他不畏权贵。

永始四年秋天，发生日食，第二年改元元延。元旦那天再次发生日食，夏天没有乌云而听到雷声，流星随着日光向东南划去，像下雨一般，从下午三四点一直持续到黄昏。随后，种种天变接连显现，成帝也觉得心惊，不得不询问群臣。刘向正任中垒校尉，应诏上言，归咎于外戚。谷永任北地太守，也应诏上奏，归咎于后宫。成帝不想惩处外戚和后宫，只好得过且过。

这时，王商病死，王立继任。王立在南郡开垦了几百顷田地卖给县官，得了一亿多钱，被丞相司直孙宝揭发。成帝于是不再重用王立，提升王根为大司马骠骑将军。王根与前安昌侯张禹不和。成帝特别优待张禹，前后赏赐无数，遇到国家大事，必派人询问他。张禹倚老卖老、求福得福，置办田产多达四百顷，还是贪心不足，要找一块死后葬身的土地。他觉得平陵①旁的肥牛亭最合意，便上疏请求将这块地拨赐给他。

成帝正要答应，王根上谏阻止，说肥牛亭与平陵临近，不应拨给张禹，应当另赐别地，等等。成帝不肯听从，将肥牛亭的地赐给张禹。王根更加嫉恨张禹，多次诉说张禹的短处。成帝暗暗厌恨王根，王根每诋毁张禹一次，成帝必派人慰问张禹一次。后来因刘向等人多次斥责王氏，成帝准备亲自去张禹家找张禹面谈。到了张禹家，成帝出言慰问，

---

① 平陵：就是昭帝陵。

张禹叹息道："老臣衰朽，死不足惜。膝下共有四个儿子一个女儿，其中三个儿子都蒙恩做官，一个女儿远嫁张掖太守萧咸。老臣平日最喜爱这个女儿，只怕老臣临死也不能见女儿一面，所以心中不安啊！"成帝说："这有何难！我调回萧咸就是了。"张禹不能起身，就让小儿子代为拜谢。

张禹还想替小儿子求官，因难于说出口，只用两眼盯着小儿子，做沉思状。成帝窥透他的意思，当面封张禹的小儿子为黄门郎给事中。张禹心中只这两件事割舍不下，此时全部如愿，自然欢喜。

待到张禹病体痊愈，成帝又亲自到张禹家，张禹急忙出门迎接。成帝问他身体如何，张禹把承蒙天恩的套话回答一番。成帝退去左右，从袖中取出几篇奏章让张禹看，都是弹劾王氏专政的。张禹看完，不禁踌躇起来，暗想自己年老子弱，何苦再与王氏结怨呢？不如替他辩护，以德报怨，让他心存感激。于是回答说："春秋二百四十年间，日食三十多次，地震五次，有人认为是因为诸侯相争，有人认为是因为夷狄内侵。实是天意如此，人又怎么能轻易知道呢？像子贡这样贤能之人，尚且不知上天的意愿，更何况是平常人！陛下只要勤修政事，就足以感动上苍，希望陛下不要轻信他人的谗言！"说着，就将奏章还给成帝，王氏因此得以安然无恙。张禹卖了一个人情，不免将此事告知亲友。后来传到王根耳朵里，王根果然被笼络，亲自前去拜谢张禹，二人从此和好。王氏子弟从此也多往来于张禹家。

前槐里令朱云因陈咸而被罚去修筑城池，刑满回家，得知张禹袒护王氏，朋比为奸，不禁愤然上疏，求见成帝。碰巧成帝临朝，群臣站在两旁，朱云行过跪拜之礼，便大声说道："满朝公卿，上不能辅助君主、下不能安抚百姓，毫不中用！臣希望赐给上方斩马剑，砍掉佞臣的头颅，警戒群臣！"成帝听他出言莽撞，心生不悦，生气地问："佞臣是谁？"朱云直答道："安昌侯张禹！"成帝更加恼怒："你竟敢以下犯上，当廷侮辱朕的老师，这还了得！"说着，对左右说："此人罪在不赦，立即拿下斩首！"御史奉命要将朱云拖出殿外。朱云抱住殿槛，不肯松手，因用力过猛，竟将殿槛折断。

朱云大声呼道："臣能够追随比干同游地下，也甘心情愿！但不知圣朝将成为何朝？"说到这句时，已被御史拖去。群臣被朱云讥讽，都很恼怒，只有左将军辛庆忌还有些侠气，赶忙免冠到御座前解下官印，叩头上谏："朱云向来以正直闻名当世，他的话也有些道理，本不应被诛杀。就算是他口出狂言，也乞求陛下大度包容！"成帝怒气未消，不肯答应。直至辛庆忌把头碰出血，成帝才回心转意，命人将朱云赦免。后来修理殿槛，成帝当面嘱咐："不必换新的，只要把坏的地方修补完整就可以了，用它警示直臣！"朱云回家后，不再出仕为官，常坐着牛车到处闲游，七十多岁时在家寿终。

元延三年春天，岷山崩塌，土石堕落江中，水路被堵了三天。刘向听说后，私下叹息道："周朝岐山崩塌，三川干涸，不久周朝灭亡。岐山是周朝的龙兴之地，所以它预示着周朝的兴亡。如今汉家起自蜀郡，蜀地山崩川干，便是汉朝灭亡的预兆啊！"

成帝仍旧寻欢作乐，可年过四十，仍没有一个儿子，不免担忧起来。赵家姐妹又爱嫉妒，自己招纳男妾，却不许成帝去会其他宫人。成帝鬼鬼祟祟，偷偷召来宫婢曹晓的女儿曹宫，交欢了两三次，结下珠胎，生了一个男孩。成帝听说后，暗自欢喜，特意派了六个宫女服侍曹宫。不料被赵合德察觉，假传诏令把曹宫打入后宫的狱中，逼她自尽，所生的婴儿也被处死，连六位婢女都不肯留下活口。成帝惧怕赵合德，不敢出面相救，眼睁睁看着曹宫母子命丧黄泉。

还有一个许美人，住在上林涿沐馆中，成帝每年必临幸她数次，她也生下一个男孩。成帝让中黄门靳严带着医生、乳娘到涿沐馆照料，叫许美人静心调养。成帝又担心被赵合德听说，踌躇多日，决定亲自告诉她，求她留些情面，以免许美人母子遭到毒手。成帝打定主意后，来到少嫔宫，先与赵合德温存一番，等到赵合德高兴时，才将许美人生了儿子一事说出来。话还没说完，就见赵合德竖起柳眉，转喜为怒，起身指着成帝说："你常骗我说是从中宫来，如果在中宫，许美人怎么会生下儿子？好！好！你去立许美人为皇后吧！"一面说，一面哭，并且用手捶胸，用头撞柱，闹得一塌糊涂。侍婢将她扶到床上，她又从床上滚下，口口声声说要回去。

成帝呆如木鸡，过了好久才开口说："我好心好意告诉你，你为何这样？实在令我不解！"赵合德只是哭闹，并不回答他的话。当时天色已晚，宫人端来晚饭，赵合德不肯吃。成帝只好坐在一旁，好言相劝。赵合德边哭边说："陛下为什么不吃饭呢？陛下常发誓说不辜负我，如今还有何话说？"成帝答道："我定会依从以前的约定，不会册立许氏，你尽管放心！"赵合德这才停止哭泣，又经侍婢极力劝解，才勉强就座，吃了几口饭菜。成帝只吃了一点，便下令将饭菜撤去。当夜留宿在少嫔宫。

此后，成帝每夜都与赵合德同寝，大约过了三五天，竟命中黄门靳严向许美人索要婴孩，用芦苇编成小箱子，悄悄地把婴儿带入少嫔宫中。成帝与赵合德私下打开察看，不让别人知道，过了好一会儿竟在小箱子上贴上封条，命令侍婢带出去，交给掖庭狱丞籍武，让他悄悄埋葬在偏僻的地方。籍武遵旨而去，以前都中曾有童谣："燕飞来，啄皇孙！"果然灵验。


## 赵合德之死

元延四年正月，中山王刘兴及定陶王刘欣同时入朝。刘兴是成帝的小弟弟，是冯昭仪所生，由信都移封到中山。刘欣是定陶王刘康的儿子。刘康中年病死，正妻张氏没有儿子，只有小姜丁姬生下一子，就是刘欣，由祖母傅昭仪抚养成人，继承父亲的爵位。傅昭仪颇有才智，听说成帝没有儿子，便想把自己的孙儿过继过去，因此乘刘欣入朝时，一同前往，并让傅相中尉一路跟从。而中山王刘兴，只带了太傅一个人。

刘兴和刘欣两人同时拜见成帝，成帝见刘欣年少俊逸，非常喜欢，特意问道："你为何带了这么多官吏？"刘欣从容答道："诸侯王入朝，须让二千石随行，臣想傅相中尉的俸禄都是二千石，所以让他们一同前来。"成帝又问道："你平日学习什么经书呢？"刘欣回答说学习诗歌。成帝随意找了几章诗歌让他背诵，刘欣早已记得滚瓜烂熟，不仅全部背诵了出来，还能讲解大义。成帝连连称好，然后问刘兴："你为何只带了太傅一人？"刘兴竟不能说出理由。成帝又问他曾学习什么经书，刘兴答称《尚书》。成帝让他背诵几篇，他只断断续续地答了几句，一半已经忘记。成帝暗想，刘兴已经三十有余，为何这般呆笨？反不如一个十六七岁的少年！于是就挥手让他退出去。刘欣也随同刘兴一起走出。

成帝回到宫中，碰巧刘欣的祖母傅昭仪也来拜见，成帝问她路途是否辛苦，并且夸她的孙儿才思敏捷。傅昭仪谦逊一番，说陪同刘欣入朝，一是顺便向皇上问安，二是怕刘欣失礼，可以随时教导。成帝感谢她的厚意，把她留住在宫中。傅昭仪已拜过王太后，又到赵皇后、赵昭仪的住处问安，并嘱咐刘欣入宫拜见一遍，还让他前去问候大司马王根。他们随身带来的金帛珍玩，一半赠给了赵氏姐妹，一半用来贿赂王根。俗话说得好，钱可通灵。赵氏姐妹虽然锦衣玉食，但得到这许多珍宝，也不免动心。王根贪得无厌，格外欢喜。于是赵氏姐妹和王根相继进言，都说刘欣有才，可以继承帝位。成帝并非没有此意，但仍希望赵氏姐妹能够生下男孩。于是只为刘欣行了冠礼，便把他遣回定陶，傅昭仪自然随刘欣回去。赵家姐妹殷勤送别，席间傅昭仪又婉言相托。刘欣东返时，刘兴早已回去了。

又过了一年，赵氏姐妹仍然没有生下孩子，二人一再怂恿，劝成帝立定陶王刘欣为太子。王根也上疏奏请，成帝于是决定册立刘欣，改元绥和，让执金吾任宏拿着符节召刘欣进京。刘欣的祖母傅昭仪及母亲丁姬，护送刘欣到都城。御史大夫孔光上疏请求册立中山王，成帝不肯听从，把孔光贬为廷尉，只加封中山王刘兴食邑三万户。同日册立刘欣为皇太子，让他居住在东宫。成帝心想刘欣已经过继，不能承祀共王刘康[①]，另立楚孝王的孙子刘景为定陶王，让他供奉共王刘康。

傅昭仪与丁姬留居定陶府中，不能随刘欣进宫，因此快快不乐。傅昭仪于是入宫，恳求王太后允许她与太子相见。王太后与成帝商议此事，成帝说道："太子继承大统，不应再顾及私亲。"王太后说："太子小时候全靠傅昭仪抱养，祖孙感情很深，让她见见太子，想必也无妨。"成帝不想违背母亲的意思，准允傅昭仪进宫看望太子。不过丁姬却不能。

孔光遭贬以后，成帝改任京兆尹何武为御史大夫。何武，字君公，蜀郡郫县人，向来奉公守法，颇有名气。做了御史大夫后，上疏说世事烦琐，宰相的才能比不上古人，却令他兼职三公，有些不妥，应仿照古代的制度设立三公官员。成帝认为王根已是大司马，仍令他守职，只是罢去了他骠骑将军的官衔。任命何武为大司空，封汜乡侯，罢去御史大夫官衔，俸禄和丞相一样，与丞相并称三公。

不久王根因病离职，一时无人接替。侍中王莽想接任王根的职位，又担心被淳于长夺去。于是对王根说淳于长见叔父因病离职，常面带喜色，夸口说自己必定能接替叔父的职位。王根当然动怒，让王莽入宫向王太后禀明淳于长的行径。淳于长是王太后的外甥，赵飞燕立后时，多亏他出力疏通，赵飞燕感恩不已，曾劝成帝封赏淳于长。成帝于是封淳于长为定陵侯。淳于长得到内援，权倾朝野，成帝经常赏赐他，再加上诸侯王每年赠送的东西，家财多达亿万。他还广蓄娇妻美妾，恣意淫乐。

龙侯韩宝的妻子许嬷是废后许氏的姐姐，丧夫寡居，姿色未衰，淳

---

① 共王刘康：刘康死后，谥号为共。

于长借吊问之名，一再勾引。妇人多半势利，见淳于长尊荣无比，情愿委身于他，甘做小妾。淳于长将她纳为妾，许嬷不知羞耻，堂而皇之地去探视胞妹，毫不避讳这件事。她的胞妹是废后许氏，被迁居到长定宫后，寂寞无聊，还想再承雨露，渴望被封为婕妤。于是取出以前的积蓄托姐姐转送给淳于长，请淳于长到成帝面前说情。淳于长明知这件事难以说成，只因见财起意，就谎称将乘机入宫，恳求皇上重新立她为皇后，并让许嬷转告许氏。

许氏以为淳于长不会骗她，日夜盼望，有时召许嬷入宫询问，让她回去催促。淳于长觉得厌烦，故意让许嬷入宫慰问。接连写信给许嬷，内容多半是揶揄许氏，说她求欢太急，何不降尊就卑。许氏对他有所求，只好含羞忍气。不料有人将此事传出，竟被王莽得知。王莽向王根报明，并将此事一五一十地告诉王太后。太后非常恼怒，让王莽转告成帝。成帝偏爱淳于长，不想治罪于他，只让他离京任职。

淳于长自知没有回旋的任地，只好收拾行装准备登程。忽然王立的长子王融，前来向他索求车马。王融以为淳于长既然远行，必不能把车骑全部带去，不如叫他留赠给自己。淳于长与王融本是表兄弟，所以见面时倒也应答了这件事。淳于长还想留住在都中，于是要王融恳求他的父亲代为周旋，并取出许多珍宝送给王融。王融一力承担，就将珍宝带回家中，并向父亲告知此事。

王立以前不得辅政，怀疑是淳于长暗中诬告他，常在成帝面前揭发淳于长的过错。此次见了珍宝，得意忘形，赶忙进宫去为淳于长喊冤。成帝起了疑心，默然不答，待王立退出后，命人彻底查究此事。最后明察暗访，得知王融私受贿赂，便要派人捉拿王融。王立悔恨莫及，怨恨王融惹下祸事，连累家人。王融无话可说，自知闯了大祸，服毒自杀。吏役到了王融家，见王融已死，便去回报成帝。成帝越想越疑，索性抓捕淳于长下狱，一再审讯。淳于长将奸淫贪诈的事情和盘托出，被判死刑，后来死在狱中。淳于长的妻子移居合浦，母亲回归故里，许嬷下落不明。成帝让廷尉孔光拿着毒酒到长定宫，赐死废后许氏。可怜许皇后在位十四年，听了两个姐姐的话，却导致先失去中宫位置，后丧失性命。红阳侯王立离京任职。

王莽揭发有功，王根推荐他接任自己的位置，王莽因而被封为大司马。王莽把持朝政后，想让自己的声誉高出叔伯，于是聘请远近名士作为幕僚，并将所得赏赐全部分给宾客，自己则格外节俭，吃的穿的都与平民相同。

有一次，王莽的母亲生病，公卿列侯都派遣夫人前去探望，大都衣着华丽。王莽的妻子王氏，是前相宜春侯王诉的曾孙女，听说各位夫人前来，急忙出门相迎，衣不曳地，裙子刚刚遮住膝盖。各位女宾还以为她是仆妇，等密问左右，才知她是大司马夫人，都不禁诧异起来。王莽的妻子接待女宾分外周到，只是所用的茶点不过是寻常货色。众人问过太夫人，陆续告辞回去，都说大司马家非常节俭。王莽听到这话，心中暗暗欢喜。

绥和二年仲春，上天再次显示异象。丞相议曹李寻上疏丞相，说灾祸将至，君侯难免会有灾难，应立即与全府官员商议趋吉避凶的良策。丞相翟方进异常惶惑，不知所措。果然不到数日，便有郎官贲丽上奏说天象有变，急需移祸给大臣。成帝听了，立即召翟方进入朝，责备他为相多年，不能调理阴阳，导致种种灾异降临，让他赶快做好打算。翟方进免冠叩谢，惶然退出，回到相府，自知难免一死，但还心存侥幸，不肯贸然自杀。谁知过了一夜，便有朝使带来诏书，严加责备，并且赏赐酒十石、牛一头，叫他自尽。翟方进接到牛和酒，想着汉家故例，牛和酒赐给相臣，就是赐死的意思。无奈之下，只得硬着头皮，取出一杯毒酒喝下去，不一会儿毒发身亡。成帝对外说丞相暴病身亡，下令厚葬，并亲自前去吊丧。

翟方进死后，丞相一职空缺，成帝在群臣之中选择，觉得还是廷尉孔光为官恭谨，可以为相。于是先提升他为左将军，再命人准备策文、打铸侯印，指日封赏孔光。当时梁王刘立①、楚王刘衍②入朝，成帝已召见了他们几次。刘立、刘衍二人准备第二天早上前去辞行。成帝在少嫔馆留宿，天色大明时，赵合德先起床，成帝也起身，才把袜带系好，忽然扑倒在地。赵合德不知怎么回事，连声呼喊，成帝并不应声，用手摸摸，已经气息全无，赵合德急命内侍宣召御医。等到医官前来探视，皇上的身体已经僵硬，只好将此事报知太后及内外要人。太后急忙前来探望，亲手抚摸成帝的尸体，见身体像冰一样凉，于是号啕大哭。皇后赵飞燕等陆续赶来，陪哭一场。

等办理棺殓后，太后召入三公，独缺丞相。王莽禀明原因，称丞相

---

① 刘立：是梁王刘揖的七世子孙。
② 刘衍：宣帝的孙子，即楚王刘嚣的儿子。

已择定由孔光接任。于是太后召来孔光，在灵前任命他为丞相，封为博山侯。好在策文、官印都已备好。孔光拜谢后，就与王莽等人料理丧事。过了一夜，太后下诏，令王莽、孔光和掖庭令一起查明皇帝的起居及暴病的原因。王莽接到诏旨，正好从严查治，连派属吏到少嫔馆调查，诘问赵合德。赵合德虽然没有毒死成帝，但想到从前所做的亏心事断难隐瞒，觉得除死以外已别无他法，于是召集贴身侍婢，给了赏赐，嘱咐她们不要谈起以前的事，然后自己喝药自杀。

　　成帝在位二十六年，改元七次，寿终四十五岁。他本来体质强壮，样貌魁梧，俨然一个威严天子，无奈酒色过度，丧失元气，最终乐极亡身，后来奉葬延陵。太子刘欣入宫继位，史称哀帝。尊太后王氏为太皇太后，皇后赵氏为太后。太皇太后王氏生性优柔寡断，傅昭仪为孙儿处心积虑，常到长信宫伺候王氏，就是丁姬也承欢献媚，对太皇太后孝敬有加。因此哀帝继位后，太皇太后王氏便令傅昭仪、丁姬二人，十天到未央宫一次，与哀帝相见，又传旨询问丞相孔光及大司马何武，定陶太后应居住在哪里。孔光知道傅昭仪才略过人，如果居住在宫中，将来必定干预政事，挟制君主，所以回复说应另外选择地方修筑宫殿。何武不知孔光的心意，称不如在北宫居住，省得费事。太皇太后依从了何武的话，于是让哀帝下诏迎接定陶太后。傅昭仪即日移入北宫，丁姬也随她同来。

　　北宫有紫房复道与未央宫相通，傅昭仪得以与哀帝日夜往来，多次向哀帝要求，想称尊号，并封赏自家亲属。哀帝刚刚继位，不敢自作主张，所以犹豫不决。高昌侯董宏得知这个消息，想乘机迎合，上疏援引秦朝庄襄王的故事，称庄襄王本来是夏氏所生，过继给华阳夫人，即位以后，两个母亲并称太后，如今应以此为例，尊定陶共王后为太后。哀帝正想听从他的建议下诏，可大司马王莽、左将军师丹联名弹劾董宏，说皇太后乃是至尊，独一无二。董宏竟引用亡秦的弊政蛊惑皇上，说应以大不敬论罪。哀帝虽然心中不快，可王莽毕竟是太皇太后的侄子，就将董宏贬为平民。

　　傅昭仪得知这个消息后十分恼怒，立即到未央宫责备哀帝，定要定下尊号。哀帝无奈，只得告诉太皇太后。太皇太后准他所请，于是尊定陶共王为共皇，定陶太后傅氏为定陶共皇太后，共皇妃丁姬为定陶共皇后。傅太后是河内温县人，早年丧父，母亲改嫁，没有亲兄弟姐妹，只有三个堂弟，一个名叫傅晏，一个名叫傅喜，一个名叫傅商。哀帝为定

425

陶王时，傅太后想亲上加亲，特让傅晏的女儿做了哀帝妃，现在又册立傅晏的女儿为皇后，封傅晏为孔乡侯。追封傅太后的父亲为崇祖侯，丁皇后的父亲为褒德侯。丁皇后有两个兄长，长兄丁忠已经去世，丁忠的儿子丁满也被封为平周侯，次兄丁明方正值中年，被封为阳安侯。哀帝的外家亲戚已经加封，不得不将皇太后赵氏的弟弟赵钦也封为新城侯，赵钦兄长的儿子赵䜣为成阳侯。于是王、赵、丁、傅四家子弟地位显赫，都在京城为官。

太皇太后王氏在未央宫置办酒席，计划邀请傅太后、赵太后、丁皇后等人一同宴饮。在安排座位时，太皇太后坐在正中，毫无疑义，第二位就是傅太后，内者令在正座旁摆了位子，预备给傅太后坐。此外赵太后、丁皇后等人辈分较低，当然坐在左右两边。座位定下后，忽然来了一个人，巡视一周，便生气地对内者令说："上面为何有两个座位？"内者令答道："正中间是太皇太后的座位，旁边是定陶傅太后的座位。"话未说完，便听见一声大喝："定陶太后乃是藩妾，怎么能与至尊并坐？快给我把座位移下来！"内者令不敢违背，只好将座位移在左边。这是何人在发怒呢？原来是大司马王莽。王莽见座位改回来才出去。

不一会儿，太皇太后王氏及赵太后、丁皇后等都已前来入席，哀帝也带着皇后傅氏一同侍宴。只有傅太后没来，差人至北宫催请，好几次都被拒绝，显然傅太后是为了座位不肯前来赴席。太皇太后无暇久等，就嘱令大家饮酒。天子的家宴自然丰盛得很，只因傅太后负气不来，反使满座不欢，不多时就散席了。傅太后余怒未平，又威胁哀帝，叫他赶走王莽。哀帝还没有下诏，王莽已得到风声，主动请辞。哀帝下诏批准，特赏赐黄金五百斤，让他朔望入朝参拜，如同三公。公卿大夫都称王莽刚正不阿，有古大臣的风范。

王莽免职以后，群臣都寄希望于傅喜。傅喜当时是右将军，品行端正，颇有人缘，傅家子弟数他最有名望。可傅太后因傅喜经常谏净，与自己意见不合，不想让他辅政，就提升左将军师丹为大司马，封他为高乐侯。傅喜也托病辞官，交还右将军官印，哀帝下诏赏赐黄金一百斤，让他领取光禄大夫的俸禄，在家养病。大司空何武、尚书令唐林都上疏挽留傅喜，说傅喜忠君忧国，不应无故让他隐退，致使众人失望。哀帝也知道傅喜是正直之臣，但一时被祖母所控制，只得以后再作打算。

过了几天，哀帝接到司隶校尉解光的奏章，指名弹劾两个有名的外戚。

## 冯昭仪含冤自尽

司隶校尉解光见王莽离职，丁、傅二家专权，也来迎合局势，弹劾曲阳侯王根及成都侯王况①。

哀帝即位后，见王氏势力太盛，也想加以抑制。王莽免官后，解光又来弹劾王根，当然正中圣意，于是派遣王根就国，把王况贬为平民。九月庚申日，忽然发生地震，三十多个城池被震坍，压死四百多人。哀帝因灾异过大，下诏询问群臣，待诏李寻有书上奏，指斥时弊。

哀帝开始执政时，也想力除前弊，崇尚节俭，海内人士都把希望寄托在他身上。可傅太后干预朝政，称尊号、用私亲，闹个不停，使哀帝六神无主，渐渐荒怠政务。仅过半年，便改变了初衷。李寻所言，明明是借变异劝勉哀帝，指斥傅太后。哀帝也知道李寻忠直，就将他提升为黄门侍郎，只是削减外戚势力，实在无此能力，只好含糊混过去。但朝臣已分为两派，一派是排斥傅氏，不让她干预朝政；一半是依附傅氏，对她唯命是从。傅太后一心想揽权，见有反对自己的大臣就驱除出去，好叫公卿大夫联络一气，免受牵制。

大司空汜乡侯何武为人正直，不肯阿谀奉承，傅太后心生不乐，密令心腹调查何武的过失。恰好何武有一个后母在家乡，何武多次派人迎接，她却不愿到京城。近臣于是弹劾何武对亲人不能尽孝，难以担当三公的重任。哀帝也想改换大臣，就将何武免官，调大司马师丹为大司空。师丹是琅玡东武县人，字仲公，从小跟随匡衡学诗，多次被提升，曾为太子太傅，教授哀帝。师丹升任大司空后，也与傅氏不合，前后上了数十回奏章，无非是援引继位前三年不改朝政的古训，说哀帝改政太急，滥封丁、傅二家。哀帝并非不感动，只是被傅、丁两后压迫，无可奈何。

侍中傅迁是傅太后的侄子，为人奸邪刁滑，哀帝于是将傅迁罢职，遣归故里。不料傅太后出来干涉，硬要哀帝将傅迁官复原职，留在宫廷。哀帝无法，只好将傅迁留下。孔光与师丹入朝上奏，称诏书前后自相矛盾，只会让天下人疑惑，请命将傅迁放回故里。哀帝不能说出苦衷，只得装聋作哑。

---

① 王况：是王商的儿子。

掖庭狱丞籍武见赵合德多次杀死皇上的儿子，于心不忍。曾与掖庭令吾丘遵密商，计划将此事告发。无奈官卑职小，怕惹出祸事，只好将此事搁置。吾丘遵后来病死，籍武孤掌难鸣，只得作罢。哀帝继位，赵合德自杀后，籍武就把宫中秘事泄露出去。辗转流传，被司隶校尉解光听说，正好借此扳倒赵家外戚，使傅太后独享尊荣。主意打定后，解光立即上疏，弹劾赵昭仪心狠手辣，曾害死成帝的两个儿子，不但中宫女史曹宫等人冤死，此外后宫怀孕的人，都被赵昭仪用药堕胎。赵昭仪畏罪自杀，但她的家属还像以前一样尊贵，国法何在？应立即依法惩治。

　　依照他的意思，连赵太后都不能幸免，赵钦等人更不用说了。哀帝因自己继位时，曾得到了赵太后的帮助，于是仅将赵钦、赵䜣夺去爵位，贬为平民，充军辽西，赵太后没有受到牵连。当时朝廷已经改元，号称建平元年，三公中缺少一人，朝臣多推荐光禄大夫傅喜，于是哀帝任命傅喜为大司马，封高武侯。郎中令冷褒、黄门郎段犹见傅喜位列三公，傅氏权势越来越大，正好乘机献媚。上疏说共皇太后与共皇后不宜再加"定陶"二字，所有车马衣服都应称皇，并应为共皇在京城立庙。哀帝诏令群臣商议是否可行，群臣随口赞成，只有大司空师丹出头抗议。

　　大司空师丹的话原本极为公正，丞相孔光极力赞同，大司马傅喜也认为师丹所言甚是。只是傅太后及傅晏、傅商等痛恨师丹等人，想把他们都赶出去。如今得了机会，第一个便先从师丹下手，探知师丹奏章的草稿曾经被属吏私下抄出传给外人看，当即把这件事上奏，弹劾师丹不敬。又因有傅太后做后盾，哀帝被迫下诏，免去师丹的官职，削夺侯位。给事中申咸、博士炔钦联名上奏，称师丹忠诚无比，敢于直谏，奏折的草稿泄露，错在簿书，与师丹无关。为这件事罢免师丹，恐怕会失去人心。哪知哀帝下诏斥责二人，反将他们的俸禄减为二等。尚书令唐林看不过去，上疏说师丹罪过较轻，受罚太重，众臣也都说应恢复师丹的爵位，希望陛下加恩于师丹，以抚慰众心。哀帝于是封师丹为关内侯，食邑三百户，提升京兆尹朱博为大司空。

　　之前朱博因搭救陈咸，声名远扬。陈咸做了大将军长史后，将朱博引荐上去。朱博受到王凤的赏识，做了栎阳长安的县令，后来升为冀州刺史、琅玡太守。朱博亲政爱民，吏民都很畏服。后来，朱博奉召做了光禄大夫，迁升为廷尉，他担心自己会被属吏欺骗，故意召集属吏，取出历年积累的旧案，重新判断。属吏见他明察秋毫，不敢相欺。隔了一年，朱博被提升为后将军。因红阳侯王立被免官回家，哀帝征用朱博为光禄大夫，兼任京兆尹。傅氏专政后，想联络几个大臣作为羽翼，孔乡侯傅晏便与朱博往来，结为至交。师丹被罢免后，推荐朱博为大司空。朱博平时看重私情，不识大体，此次与傅晏结交，也是如此。从此朱博的位置越来越高，声名反而大不如前，后来居然变成了傅家的走狗。

傅太后除去师丹后，便想排斥孔光，因为孔光曾请求成帝册立中山王刘兴为太子。刘兴当时已经病死，刘兴的母亲冯昭仪还在。从前因为替成帝挡熊一事，傅太后私下惭恨冯昭仪，却未曾报复，现在大权在手，不但要内除孔丞相，还要外除冯昭仪。

中山王刘兴加封食邑不久，就得病去世。王妃冯氏生下两个女儿，却没有儿子。刘兴另纳卫姬后，卫姬为他生下一男，取名刘箕子，承袭封地。刘箕子年幼丧父，且体弱多病，医生说是肝厥症。刘箕子的病时常发作，每次发作就会手足痉挛，指甲变青，连嘴唇也会变色。冯昭仪只有这一个孙子，当然怜爱有加。见他病根不断，医药难以治愈，无奈之下，只好向神灵祈祷。

哀帝听说刘箕子有病，特遣中郎谒者张由带着御医前去诊治。来到中山，冯昭仪依礼相待，不曾怠慢。张由有疯病，留居数日，见医生没有治愈，异常愁烦，导致旧病复发。过了一两天，竟命从人收拾行装，匆匆回都，入朝复命。哀帝问起刘箕子是否痊愈，张由回答说没有痊愈。哀帝十分恼怒，呵斥他退出去，另派遣尚书责问他为何这么快回来。张由连碰钉子，吓得清醒起来，疯病也好了一大半，暗想自己病得糊涂，无端返回京城，如果没有理由的话，定要受到处罚。事已至此，宁可我负人，不让人负我，于是就说中山王太后冯氏私下嘱令巫师诅咒皇上及傅太后，事关机密，所以匆匆回报。尚书得到口供，慌忙入宫禀报。哀帝还未着急，傅太后已经怒不可遏，急忙召御史丁玄入内，嘱咐几句，叫他速去中山，依法查办。

丁玄是共皇后丁氏的侄儿，与傅氏互相勾结。一到中山，就将宫中吏役以及冯氏子弟全部拘禁，共有一百多人。丁玄逐日提审，过了好几天也没有头绪，无从回奏。傅太后等了十几天，见丁玄没有回信，又派中郎谒者史立与丞相长史大鸿胪丞同去审问。史立日夜兼程赶到中山，先与丁玄会谈。丁玄因没有供词，皱着眉头对史立叹息。史立暗暗嘲笑他，认为这样一个美差，办成后可被封侯，可丁玄竟然如此没用。

想到这里，史立跃跃欲试。当日提来案卷，升堂审问，一群"人犯"齐声喊冤。史立不分青红皂白，严刑拷打，接连死了数人，还没有供词。

史立也觉得为难，急中生智，竟令众人一齐退下，只将男巫刘吾提进来，用了种种欺骗、恐吓的手段，让他把罪推到冯昭仪身上，供称诅咒是事实。刘吾被史立所骗，按照他的话招供。史立得到供词以后，再将冯昭仪的妹妹冯习及守寡的弟妹君之提到堂上，硬说她们与冯昭仪通谋。冯习大怒，开口痛骂史立，史立十分恼怒，命令左右动刑，一介弱妇怎么熬受得了，当场死去。史立见冯习死去，也很惊慌，于是立即命人将君之押回狱中。史立想了很久，想到一个办法，就召来医生徐遂成，与他密谈一番。徐遂成是张由带来的，还未曾回京，这次受史立嘱托，便出面做证人，按照史立的嘱咐说："冯习与君之曾秘密对我说：'武帝时有名医修氏，医好皇帝的疾病，才赏赐了两千万。如今听说主上多病，你在京想必会入宫为他诊治，就算是将他治愈，也不会被封侯，不如毒死主上，使中山王取代帝位，你必定会被封侯！'"史立以此为借口，叫出冯昭仪，当面责问，冯昭仪怎肯甘心受诬陷，自然与史立辩白。史立冷笑道："从前挺身挡熊，拼死相救，多么勇敢！今日为何这般胆怯呢？"冯昭仪听了他的话猛然省悟，也不屑与他争辩，愤然回宫，对左右说道："挡熊乃前朝之事，且是宫中所说的话，史立怎么知道呢？这定是宫内有人陷害我！我知道了，我死就是了！"于是服毒自杀。

史立将冯昭仪等人诅咒谋逆之事，胡乱奏报一番，有大臣就请命诛杀冯昭仪。哀帝不忍心，只下诏把她贬为平民，迁居云阳宫。哪知冯昭仪已经死去，史立第二次奏报再次到来。哀帝认为冯昭仪自尽在被贬前，所以仍用太后之礼安葬她，然后让冯参到廷尉那里受审。冯参精通尚书，曾做过黄门郎，守卫十多年，严肃有威，就连王氏五侯也都惧他三分，这次无辜被诬陷，不肯受辱，于是拔剑自刎。弟媳君之与冯习的丈夫及儿子全都受到株连，有的自尽，有的被杀，共死了十七人。冯参的女儿是中山王刘兴的妃子，被贬为平民，与冯氏宗族迁回故里。

司隶校尉孙宝，目睹这件冤案，心中甚是不平，立即上奏请求复审。傅太后正在得意，偏偏孙宝出来干涉，当然恼怒，便令哀帝下诏将孙宝打入狱中。尚书令唐林上疏力争，被贬为敦煌鱼泽障侯。大司马傅喜虽是傅太后的堂弟，因为良心不安，便与光禄大夫龚胜一同进谏，请哀帝将孙宝官复原职。哀帝转告傅太后，傅太后还是不肯答应。经哀帝一再求情，才勉强点头。张由揭发有功，被封为关内侯，史立迁为宫中太仆。有几个公正之人，背地里都骂张由、史立二人伤天害理。二人却得意扬

430

扬，自诩计谋得逞。直至哀帝驾崩，孔光弹劾二人的罪过，张由、史立才被削去官职，贬到合浦。只是冯氏冤案，始终没有昭雪，冯昭仪也没被追封。毕竟是乱世纷争，只能黑白混淆了。

傅太后报仇之后，又想赶走孔光。因为傅喜不肯帮助自己，反而帮助对手，心中越想越气，就与傅晏商议，设计陷害孔、傅二人。傅晏于是和朱博一起先后进谗，指责孔光，弹劾傅喜。

建平二年三月，傅喜出都就国。四月，丞相孔光被贬为平民。朱博曾上奏请求罢免三公的官职，仍按照先朝旧制，设置御史大夫，撤销大司空一职。朱博因此被提升为御史大夫，丁明升为大司马卫将军。不久哀帝升任朱博为丞相，用少府赵玄为御史大夫。朱博与赵玄登殿受封，忽然殿中传出怪响，声如洪钟。众人惊慌四顾，不知是从何处发出的声者，朱博与赵玄也吓得心惊肉跳，不知是怎么回事。


## 争宠后宫的美男

朱博、赵玄登殿受封，听到殿上发出怪声，都提心吊胆，匆匆拜谢回去。哀帝令左右查验钟鼓，并无人敲击，为何无故发出声响？于是召回黄门侍郎扬雄及待诏李寻，李寻回答说："这是《洪范传》中所谓的鼓妖！"哀帝问他什么是鼓妖，李寻说道："君主不辨是非，被众人迷惑，便会招来鼓妖。臣认为应该罢免丞相，以应天变。否则，一年以后，陛下也难辞其咎啊。"哀帝默然不答，扬雄进言说："李寻所说并非是无稽之谈，希望陛下三思！像朱博这样的人，是将才而不是相才，陛下应因才任用，不要招来凶灾！"哀帝始终不做答，拂袖退朝。

朱博晋封为阳乡侯，感念傅氏厚恩，请命将傅、丁二后的尊号除去"定陶"二字。傅太后大喜过望，令哀帝下诏，尊共皇太后傅氏为帝太太后，居住在水信宫；共皇后丁氏为帝太后，居住在中安宫。并在京城设立共皇庙，将"定陶"二字全部删去。于是宫中共有四个太后，各设少府太仆，俸禄都是二千石，傅太后位列至尊以后，更是目中无人，有时谈起太皇太后，竟直称老妪。多亏王政君生性大度不与她计较，所以二人相安无事。赵飞燕势孤力单，失去援助，就去奉承傅太后，买动她的欢心，因此常常到永信宫问候。太皇太后虽然懊恼，但因傅氏权势正盛，也只有勉强容忍，任她为所欲为。

朱博与赵玄又接连上奏，请恢复前高昌侯董宏的封爵，称董宏首次提出帝太太后尊号，却被王莽、师丹弹劾，王莽、师丹胆敢贬抑至尊，有损孝道，极为不忠，应将王莽、师丹的爵位夺去，以示惩戒，仍赐还董宏的爵位。哀帝当即将师丹贬为平民，令王莽出都就国。谏大夫杨宣上疏说先帝择贤继位，原想陛下侍奉东宫。如今太皇太后已七十多岁，屡经挫折，非常忧伤。现在陛下又下令让她的亲属引退，借以躲避丁、傅二家，陛下试着登高望远，对着先帝陵庙能没有惭愧吗？说得哀帝也为之动容，于是封王商的儿子王邑为成都侯。

哀帝屡患疾病，好长时间不能临朝。待诏黄门夏贺良拿着齐人甘忠可的遗书，谎称上知天文，说汉朝中衰，应赶快改元易号，才能久保平安。哀帝被他迷惑，于建平二年六月，改元太初，自称陈圣刘太平皇帝。哪知好运未到，凶祸先来。皇太后丁氏得病，不到半个月便逝世了。哀帝带病主持丧礼，忙碌了几天，身体更加不适，竟躺在床上不能起身。多亏御医多方调治，才渐渐痊愈，哀帝命左右调查夏贺良的履历。

仔细查考后，哀帝才知道他不过是个妖言惑众的匪人。夏贺良平生并无技能，只靠甘忠可的遗书，到处行骗。甘忠可也是个妖民，曾编制《天官历》、《包平太平经》，都是随手乱写的，文字似通非通。光禄大夫刘向曾斥责甘忠可欺骗皇上，迷惑民众，上奏请求将他逮捕。甘忠可下狱不久就死了。刘向在哀帝初年去世，夏贺良乘机出头，将甘忠可的邪说重新提起，碰巧长安令郭昌与他是同窗，就请司隶解光、待诏李寻代为举荐。解光、李寻便将夏贺良举荐上去，奉旨令夏贺良待诏黄门。

经过这次调查，哀帝已知夏贺良学说不正。夏贺良还不知死活，又上奏说丞相、御史不知天命，不足以担当重任，应改用解光、李寻辅政。哀帝更加恼怒，命人将夏贺良抓入狱中。夏贺良被定成死罪，解光、李寻被贬到敦煌郡。

傅太后减削王、赵两家外戚后，独揽国权，自然快慰。只有堂弟傅喜始终不肯归顺，实在可恨，傅太后心想只有将他的爵位夺去，才能出心中恶气。傅太后立即让孔乡侯傅晏与丞相朱博商议，要他弹劾傅喜，夺去傅喜的侯封。朱博欣然领命，待傅晏离去后，就邀御史大夫赵玄前来，请他联名弹劾傅喜。赵玄迟疑道："事情已经过去了，好像不应再提起。"朱博生气地说："我已答应孔乡侯了。君子一言，驷马难追。你怕死，我可不怕！"赵玄见他声色俱厉，心生胆怯，只好唯命是从。朱博担心只弹劾傅喜，哀帝会起疑心，索性将氾乡侯何武也牵入案中，立即写成奏章，称何武、傅喜以前职居高位却不懂如何治理国家，不应让他们再有爵位，请皇上立即将他们贬为平民。奏折呈进去之后，满以为会与弹劾师丹、王莽一样，很快批准下来。不料复诏未下，尚书令却奉了密旨召赵玄彻底盘问。赵玄开始还含糊作答，等得知是皇上的意思时，才将真相老实说出。尚书回报哀帝，哀帝立即下诏，免去赵玄的死罪，抓朱博入狱，削去傅晏封地的四分之一。让谒者拿着符节把朱博抓入掖庭狱中。朱博才知大错铸成，已经没有回旋的余地，只好当着谒者的面，服毒身亡。

谒者见朱博已死，就回宫交差。哀帝特提升光禄勋平当为御史大夫，不久就升他为丞相。平当，字子思，祖籍平陵。被提升为丞相时，正是建平二年的冬季，依据汉朝的制度，冬天不能封侯。第二年他就得了重病，哀帝召他入朝，想要加封，平当因有病不能起来接受封赏。家人请平当为了子孙，强打起精神来接印，平当喟叹道："我虽然身居要职，但如履薄冰。你等劝我为子孙打算，哪知我不接受侯印，正是为子孙打算！"说罢，就命长子平晏上奏，请求告老还乡。哀帝下诏抚慰、挽留，平当最终没有痊愈，晚春时病死。哀帝提升御史大夫王嘉为丞相。

王嘉，字公仲，与平当同乡，也以明经射策①封为郎官。经过多次迁升，竟然做了丞相，受封新甫侯。才过几个月，发生一起重大案件，许多人含冤枉死。王嘉为相不久，不便直言上劝，只好袖手旁观，付诸一叹。

先是东平王刘宇②受封三十三年去世，他的儿子刘云做了东平王。建平三年，无盐县中出了两件怪事：一是山上的土忽然压在草上，看上去像驰道一样平坦；一是瓠山中间有大石转侧起立，高九尺六寸、宽约四尺，从原来的位置移动了一丈。无盐属东平管辖，东平王刘云得知此事，怀疑有神在那里，就准备了祭品，带着王后谒等一同到瓠山，对着石头祈祷。回宫之后，就在宫中建了一座土山，仿照瓠山的形状立了一个石像，把它看做神主，随时祈祷。消息传入都中后，竟有两个人想乘此升官发财，步张由、史立的后尘。这二人一个叫息夫躬，是河阳人；一个叫孙宠，是长安人。息夫躬与孔乡侯傅晏籍贯相同，又曾读过《春秋》，粗通文墨，机缘巧合，得以待诏京城。

---

① 明经射策：汉代考试取士的方式。由主考者出题写在简策上，分为甲乙科，应试者随意取出试题回答，然后由主考者确定优劣。

② 刘宇：宣帝的儿子。

孙宠做过汝南太守，犯事后被免官，流落都门，与息夫躬都在待诏，二人成了朋友。"待诏"并非实官，不过叫他留住在都城，听候录用。二人都眼巴巴地渴望得到一官半职，可好多天也不见入选，随身携带的钱财将要用尽了，整日抑郁无聊。得到东平王祭石的消息后，息夫躬认为机会来了，神秘地对孙宠说："我们很快就会被封侯了！"孙宠不相信："你是痴心妄想吧？"息夫躬生气地说："我何曾痴心妄想过？老实告诉你，确实有一个绝好的机会。"孙宠还是不肯相信，息夫躬把他领到偏僻的地方，耳语多时，孙宠心服口服，情愿与息夫躬同谋。息夫躬于是悄悄写成奏折，托中郎右师谭转交中常侍宋弘，请他代为呈入。

这个奏折写得确实高明，就算是聪明的君主也难免被他欺骗，何况哀帝平庸软弱。哀帝立即命人前去严办，结果自然是屈打成招，说东平王后谒暗中让巫师祭祀神灵、诅咒朝廷，替刘云求取天子之位。这种案词复奏上来，东平王夫妇哪还能幸免于难？哀帝下诏把刘云废为平民，迁居房陵。刘云的妻子谒与伍弘一并被处死。廷尉梁相急忙上谏阻止，说案情没有真相大白，应委任公卿复审。尚书令鞠谭、仆射宗伯凤都与梁相的观点相同，上奏请求复审。哀帝非但不从，反说三人持观望态度，不知讨伐乱贼，应削职为民。三人被免官后，还有何人敢再据理力争？东平王刘云一气之下自杀身亡。谒与伍弘落得个身首异处，含冤地下。息夫躬因此做了光禄大夫，孙宠做了南阳太守。就是宋弘、右师谭也得以升官。

哀帝想借此案封一个近臣。此人是谁？乃是云阳人董贤。董贤的父亲名叫董恭，曾任御史一职。董贤做太子舍人时，只不过十五六岁。宫中侍臣说他年少无知，不让他做事，所以哀帝只听说他的姓名，没有见过他本人。哀帝即位后，董贤做了郎官，又厮混了一两年。

有一天，董贤站在殿下，正巧被哀帝从殿中瞧见，还以为是个貌美的宫人扮作男儿模样。立即将他召入殿中，问明姓氏，不禁惊道："你就是舍人董贤吗？"嘴里这样问，心中却想入非非，暗自惊叹董贤的俊美，心想就是六宫粉黛也相形见绌。于是当即封董贤为黄门郎，让他服侍左右。

董贤虽是男儿，却天生有一种女性的温柔，几番搔首弄姿，惹得哀帝欲火中烧，居然与他同床共寝，相狎相亲。董贤的父亲董恭当时已是云中侯，哀帝向董贤问明后，就将董恭召为霸陵令，升任光禄大夫。董贤一个月内被提升三次，升任为驸马都尉侍中，与哀帝常常出宫同车、入宫同床。

一天，董贤与哀帝同床而睡，哀帝醒后，见董贤还在睡着，不忍惊动他。无奈衣袖被董贤压住，无法取出，哀帝暗想衣服有价，好梦难寻，竟从床头拔出佩刀，将衣袖割断，悄然离去。后人称男子喜欢男色为断袖之癖，引用的就是哀帝的故事。董贤睡醒后，见身下压着断袖，更加感念哀帝的厚恩。此后更是卖弄殷勤，不离哀帝左右，就是假期到来，也不肯回家，只说哀帝多病，需在旁边小心伺候。哀帝听说他已有妻室，让他回去欢聚，三番五次地说，董贤始终不肯。哀帝过意不去，破例让董贤的妻子住在宫中。又查知董贤有一个妹妹，还没有许配人家，就令董贤把妹妹送进宫，连夜召见。哀帝凝眸细看，见她的面貌与兄长相似，桃腮带赤、杏眼留青，娇态动人，就留她侍寝，一夜春风，绾住柔情，第二天就封她为昭仪，地位仅次于皇后。皇后的宫殿一向称为椒房，董贤妹妹居住的地方，特赐号为椒风，与皇后的名号相联。连董贤的妻子也得到特许，能够自由出入禁宫。青年妇女总有几分姿色，何况哀帝平日赏赐董贤的无非是金银珠宝，董贤回去自然都给妻子。年轻女子一经装饰，格外漂亮。哀帝不禁有些心动，让她与董贤一同侍奉左右。董贤不惜己身，又怎么会舍不得妻子？只要能博得皇帝宠幸，还管什么妻子的名节，因此妻、妹二人轮流侍奉哀帝。

哀帝给董贤的赏赐不计其数，又提升董贤的父亲为少府，赐爵关内侯。甚至董贤妻子的父亲也做了将作大臣，董贤的妻弟为执金吾。哀帝还替董贤修建府第，规模与宫室相同。然后命人在自己的万年陵旁边，另筑一座坟墓，使董贤与自己能够生死相伴。只是董贤还没封侯，因他一时无功可说，不便贸然赏赐。

过了一两年，正值东平案发，冤死了许多人，告发的人，都受到封赏。侍中傅嘉见风使舵，请哀帝将董贤的姓名加入告发的人中，便能封董贤为侯了。哀帝非常高兴，就把宋弘除名，说董贤也曾告逆，应与息夫躬、孙宠一同受赏，封为关内侯。又怕傅太后出来诘责，特将傅太后最小的堂弟傅商封为汝昌侯。不料尚书仆射郑崇却入朝进谏道："从前成帝连封五侯，黄雾漫天，太阳中有黑气。现在傅商无功受封，破坏祖上的规矩，逆天行事，违背人心，万万不可行！"说着，竟将诏书案①提起，不让哀帝下诏，然后扬长而去。

---

① 诏书案：是用来放诏书的，形状像短几，长约三寸。

郑崇是平陵人，由前大司马傅喜推荐，正直敢言。每次觐见必穿走路有声的鞋子。哀帝还没见到人，一听见鞋声，就笑着对左右说："郑尚书的鞋声传来，想必又来进言了！"话刚说完，果然见郑崇来到座前。对他的谏言，哀帝十次依从七八次。连此次上谏阻止封侯，哀帝也想听他的，偏偏被傅太后得知此事，愤怒地对哀帝说："你身为天子，反而要被一个小臣控制吗？"哀帝被她一激，就决定封傅商为侯。

傅太后的母亲曾改嫁给魏郡郑翁，生下一个儿子名叫郑恽。郑恽又生有一子名叫郑业，哀帝封他为信阳侯，并追尊郑业的父亲郑恽为信阳节侯。郑崇虽不能上谏阻止封傅商，但他生性耿直，不肯就此住口，见董贤太过受宠，又进宫弹劾董贤。哀帝最爱董贤，怎肯听从，当然要将他驳斥。尚书令赵昌喜欢谄媚，与郑崇两不相容，于是乘机诬陷郑崇勾结宗族，将有阴谋。哀帝召来郑崇责问道："你门庭若市，为何想规劝主上呢？"郑崇慨然道："臣门庭若市，但臣心如止水，愿陛下明察！"哀帝见郑崇出言不逊，命人将他关到狱中。狱吏迎合上意，严刑拷问，打得郑崇皮开肉绽，郑崇誓死不肯招供。司隶孙宝知道郑崇被赵昌诬陷，上疏营救，说郑崇快被打死了也没有招供，百姓都替郑崇喊冤。自己担心郑崇与赵昌有过节，因此遭到诬陷，希望将赵昌查办，以释众疑。哀帝竟批驳道："司隶孙宝竟然庇护犯人，应贬为平民！"于是孙宝被贬，郑崇竟病死在狱中。

哀帝又想加封董贤，先将傅太后的尊号改为皇太太后，借以使祖母欢心，再令孔乡侯傅晏拿着封贤诏书，给丞相、御史看。丞相王嘉还在为东平冤狱愤愤不平，此时见诏书上面又提到董贤告逆有功，大为恼火，因此与御史大夫贾延一起上疏，极力阻止。哀帝不得已将封赏之事拖延数月，后来还是毅然下诏封赏。


## 是非颠倒


谏大夫鲍宣，字子都，是渤海人。他勤奋好学，精通经书，但家境清苦。少年时曾跟随桓氏学习，师徒情同父子。桓氏有一个女儿叫桓少君，许配给鲍宣为妻。结婚时桓少君装束很华丽，鲍宣反而闷闷不乐，当面对桓少君说："你家境富裕，衣饰华美，我出身贫贱，不敢担当此礼！"桓少君回答说："家父平日看重的，无非是你的高尚品行，妾既然奉命侍奉你，自然唯命是从！"桓少君于是卸去盛装，改穿布衣短裙，与鲍宣同归故里。鲍宣家里只有一个老母，桓少君按礼仪拜见她，并拿着桶出去打水，以尽妇道，乡里都称桓少君为贤妇。

不久鲍宣做了郎官，大司马王商听说鲍宣品行高尚，推荐他为议郎，大司空何武又举荐他为谏大夫。鲍宣不屑巴结奉承，所以上疏直谏。哀帝置之不理，鲍宣也无可奈何。忽然息夫躬上疏说近年灾异连连显现，恐怕会有大的祸事降临，应派遣大将军巡边，斩杀一个郡守，树立威望，以应天变。哀帝召问丞相王嘉，王嘉当然上奏阻止，可哀帝只听信息夫躬，不听从王嘉。

建平四年冬，哀帝决定改元，次年元日改称元寿元年，下诏升任傅晏为大司马卫将军、丁明为大司马骠骑将军。两位大将军同日被选拔出来，是因为哀帝想派出其中一人出巡边疆，依从息夫躬的话。哪知当天下午发生日食，哀帝不得不诏令群臣直言。丞相王嘉上疏弹劾董贤，哀帝心中不快。丹阳人杜邺称日食是阳被阴掩盖的灾象，现在众多外戚手握重权，又设置两个大司马，任命时遇到日食，不可不防灾难！哀帝厚待丁、傅二家，不过是因为他们是皇戚。若论到真心宠爱，丁、傅二家当然比不上董贤，所以董贤被弹劾，他全不理睬，丁、傅两家倒使他有些起疑。

没过多久，太皇太后傅氏生起病来，不到十天，就呜呼哀哉了。傅氏死后，哀帝不禁想起孔光，特派公车召他前来。孔光入朝后，哀帝就询问他日食的原因，孔光的意思也是说阴盛阳衰。哀帝这才相信，封孔光为光禄大夫。董贤也乘机进言，将日食归咎于傅氏。于是哀帝下诏，收回傅晏的官印，将他罢官。丞相王嘉、御史贾延又上疏诉说息夫躬、孙宠的罪恶，息夫躬、孙宠已失去援助，无人保救，自然被免去官职。息夫躬带着老母妻儿仓皇上路，到了宜陵，却没有宅第，只好寄居在邱亭。当地匪徒见他行装累累，暗暗垂涎，夜间常去查探，吓得息夫躬胆战心惊。

幸好有河内掾吏贾惠路过这里，他与息夫躬是同乡，进亭问候。见息夫躬神色慌张，问明原因，便让他折取东南桑枝，在上面画上北斗七星。每夜披散头发，面向北拿着桑枝念咒语，说这样可以驱除盗贼。息夫躬信以为真，谢别贾惠，就按他的话夜夜诅咒，好似疯人一般。有人上疏告发，指责他诅咒朝廷。哀帝派人捉捕息夫躬，将他关入洛阳狱中。问官提审息夫躬，只见他仰天大叫，叫声未断，已经倒在地上。吏役赶忙去察看，他的耳、鼻、口中都已出血，咽喉已断，不能救活了。问官

437

见息夫躬扼喉自尽，更认为他诅咒属实，不敢替他辩白，因此又审问息夫躬的母亲，老人白发苍苍，被问官威吓，身子抖个不停。问官逼她招供，只说是母子同谋，大逆不道，判处她死刑。息夫躬的妻子被发配到合浦。哀帝驾崩后，孙宠及右师谭也被有关部门弹劾，追查东平冤狱，夺去了他们的爵位，二人死在合浦郡中。

谏大夫鲍宣请求哀帝起用何武、师丹、彭宣、傅喜，并派遣董贤就国。哀帝任命鲍宣为司隶校尉，征召何武、彭宣。只是对那位亲亲昵昵的董贤格外开恩，非但不肯让他离去，还要加封食邑二千户，谎称是太皇太后的遗命。丞相王嘉极力斥责董贤，哀帝于是想找王嘉的过失，想起中山案中梁相、鞠谭、宗伯凤三人全部被免官，王嘉替他们开脱，行为近似欺君。于是召王嘉到尚书那里接受审问，王嘉只得免冠谢罪。

不料光禄大夫孔光觊觎相位，想把王嘉除去。竟邀同左将军公孙禄、右将军王安、光禄勋马宫等联名弹劾王嘉，斥责他欺君罔上，应交给廷尉查办。哀帝竟听从孔光等人的意见，让王嘉到廷尉监狱接受审问。

当时，相府下属劝王嘉自裁，并把毒药捧到王嘉面前。王嘉不肯服下，主簿哭着对他说："将相不应该向狱官诉说冤情，这是规矩，望君侯赶快自行了断！"王嘉摇头不答。内使坐在门口，催促王嘉赶快去狱中。主簿又把药给王嘉，王嘉将它扔在地上说："丞相位列三公，如果犯罪，就应当在集市服刑，借以惩戒众人！为何要服药寻死呢？"说完，就去廷尉那里，交出丞相官印，束手就擒。

内使将官印呈给哀帝，哀帝本以为王嘉接到命令后，会立即自尽，得知他在狱中后，更加气愤。立即命将军以下至二千石，一同追查此事。王嘉不能忍受这样的侮辱，仰天长叹："我位居宰相，上不能超过贤人，下不能除去不肖之人，已是辜负国恩，死有余辜了！"众人问他贤人和不肖之人的名字，王嘉回答道："孔光、何武是贤人，董贤父子是不肖之人！我不能超过孔光、何武，又除去董贤父子，罪该杀头，死也无恨了！"众人听王嘉这样说，倒也不能定罪。王嘉在狱中待了二十多天，吐血身亡。

哀帝听说王嘉的遗言后，就封孔光为丞相、何武为举将军、彭宣为御史大夫。彭宣，字子武，淮阳人氏，由前丞相张禹举荐为博士，后来升任大司农光禄勋右将军。之前哀帝本想任命他为左将军，但又想把这个位置给丁、傅子弟，于是将彭宣赐爵关内侯，遣回故里。现在又将他召来，罢免御史大夫贾延，让彭宣继任。

丞相孔光巡视园陵时，从吏在驰道中乱跑，有违法度，恰被司隶鲍宣看见，便喝令左右抓住相府从吏，并把车马充公。孔光不甘受辱，虽然没有上疏弹劾鲍宣，但与同僚谈起此事，常埋怨鲍宣不近人情。有人为了奉迎丞相，将此事禀报给哀帝。哀帝正信任孔光，就命御史中丞查办此事。御史派人逮捕鲍宣的从侍，却吃了一个闭门羹。御史气愤不过，立即奏明哀帝，弹劾鲍宣大胆无礼，应以大不敬罪论处。哀帝不问曲直，立即命人抓鲍宣入狱。王咸等都说鲍宣依法办事，没有什么罪过，就在太学中竖起长幡，号召说："如果想救鲍司隶，请聚集在这个幡下！"众人听了这话，争相前去，霎时间就聚集了一千多人。众人乘孔光入朝时，拦住他的去路，要他营救鲍宣。孔光见人多势众，不便驳斥，只好假装听从众人的意见，说立即入朝请命，定让鲍司隶安然无恙。众人这才让出一条道，让孔光进去。孔光怎肯为鲍宣讲情呢？众人又上疏为鲍宣喊冤。哀帝只答应免去鲍宣的死罪，将他流放到上党。鲍宣见上党适合放牧，又没有盗贼，就将家属迁到上党一同居住。孔光报了私怨以后，自然高兴，从此感激皇恩，只要能博得哀帝欢心，他无不从命。

哀帝又想荣宠董贤，使他身居要职，恰逢大司马丁明怜惜王嘉，被哀帝听说，就将丁明免官，让董贤接任。董贤故意推辞，哀帝便提升光禄大夫薛赏为大司马，薛赏才上任几天，忽然死亡。于是哀帝决定任命董贤为大司马。

那时董贤年仅二十二岁，竟得以位列三公、掌握兵权，真是汉朝开国以来，前所未有。董贤的父亲董恭迁升为光禄大夫，俸禄二千石，董贤的弟弟董宽信代为驸马都尉。这次董氏亲属都得以入都，地位显赫。以前丁、傅两家外戚，虽然地位显赫，却没有董氏提升得迅速。

当时，外戚王氏失势，只有平阿侯王谭的儿子王去疾仍为侍中，王去疾的弟弟王闳为中常侍，王闳妻子的父亲为中郎将萧咸。萧咸是前将军萧望之的儿子。董恭仰慕萧咸的威名，想娶萧咸的女儿为二儿媳，特意托王闳做媒，前去说合。王闳不便推辞，只好转告萧咸，萧咸慌忙摇手。口中连说不敢当，然后退去左右，对王闳说："董贤做大司马时，册文中有'允执其中'一句，这是尧传舜继位的文字，朝中老臣莫不惊奇！我女儿怎么能与董公兄弟相配？烦你为我推辞掉吧！"王闳听了，暗想策文中确实有这一句，难道汉室江山真要让给董贤。他越想越惊奇，又好笑，又好气。然后到董恭那里回报，替萧家推辞，只说是不敢高攀。董恭还以为是萧家故意谦虚，再向王闳中说一番，王闳就是不答应。董恭非常生气，自叹道："我董家并没有辜负天下，为何人们如此畏惧我们？"王闳见董恭有些恼怒，便告辞离去。

过了几天，哀帝在麒麟殿置酒，召集董贤父子及一群皇亲国戚共同宴饮，王闳也在内。酒至半酣，哀帝笑着对董贤说："我想效仿尧把位子传给舜的先例，你认为怎么样？"董贤听了这句话，异常欢喜，但一时又不知如何答对。此时，忽然有一个人进言道："天下乃是高皇帝的天下，并非陛下私有。陛下上承宗庙应该传给子孙，然后世世相继。天子岂可说这样的戏言？"哀帝放眼一看，是中常侍王闳，马上沉下脸来将王闳赶出去，不让他侍宴。左右都为王闳发愁，生怕王闳因此受罚。太皇太后王氏听说这件事后，代王闳谢罪，哀帝这才又召王闳入侍。王闳却不肯中止，继续上疏劝谏。

哀帝很不高兴，只因王闳是太皇太后的侄子，不得不格外包容。且因为效仿尧舜一句，确实有些失言，便想含糊过去。当时匈奴单于囊知牙斯和乌孙大昆弥伊秩靡入朝求见。囊知牙斯是复株累单于最小的弟弟，复株累死后，传位给弟弟且糜胥，且糜胥又传位给弟弟且莫车，且莫车再传给弟弟囊知牙斯，称为乌珠留单于。匈奴国势日益衰落，因此历代臣服于汉朝。参拜完毕，哀帝传旨赐宴，群臣都在旁边作陪。乌孙大昆弥只顾饮酒，无暇张望。囊知牙斯年少好奇，左顾右盼，忽然看见群臣中有一个青年唇红齿白，秀丽过人，居然为百官之首，心中不禁诧异，于是指着向译员问道："这位大员叫什么名字？"译员还没有来得及回答，已被哀帝看见。问明原因，便命译员回答说："这就是大司马董贤，年刚逾冠，德才兼备，是我朝的大贤士。"囊知牙斯哪晓得什么内情，一听完这句话，便出席起来祝贺汉朝得到贤臣，哀帝满心欢喜。宴饮之后，赏赐囊知牙斯的礼品比乌孙王丰厚，两个番主谢恩回国。

董贤已是大司马，不能在宫中留宿，所以公事一了，就回家休息。有一天，刚走到门口，忽然听到一声怪响，门竟然坍倒。董贤吓了一跳，暗想门是刚刚修筑的，很坚固，怎么会突然坏掉呢？再让左右检验土木，牢固得很，不知为何坏了，董贤心中甚是不安。

第二天哀帝就有诏令颁出，乃是重设三公职位。董贤仍为大司马，哀帝改称丞相为大司徒，立即让孔光任职。迁升御史大夫彭宣为大司空，封为长平侯。诏令与董贤毫无关系，董贤当然没有什么忧虑。

又过了一二十天，仍没有变动，董贤便把大门坏掉的怪事渐渐忘记了。谁知内报传来，哀帝一病不起，急得董贤神色慌张，立刻入宫探视。只见哀帝躺在床上，精神异常委靡，一时不好细问，只是请安。哀帝不愿多说，含糊答了几句，口中呻吟不绝。董贤觉得不妙，但想到哀帝这么年轻，也不至于一病就死，就在宫中留下侍奉了几天。偏偏哀帝病势日益严重，于元寿二年六月中归天，年仅二十六岁，在位只有六年。

傅皇后及董昭仪等人到寝宫痛哭，董贤感念哀帝厚恩，也在寝门外大哭不止。忽然太皇太后王氏前来抚尸举哀，然后把御玺藏在袖中。召问董贤丧事该如何办理。董贤从未办过大丧，且因哀帝驾崩，他像寡妇失去情夫一般，三魂已失去两魂，当然回答不出。太皇太后说："新都侯王莽曾办理过先帝的丧事，我让他前来帮助你。"董贤忙免冠叩头说："这样太好了!"太皇太后立即派人召来王莽。王莽日夜兼程来到都城拜见太皇太后，说董贤无功无德，极不称职，太皇太后点头称是。王莽于是借太皇太后旨意，命尚书弹劾董贤，当即禁止董贤出入宫殿。董贤得到这个消息，慌忙免冠谢罪。王莽竟传来太皇太后的命令，收回董贤的官印，罢去他的官职。董贤怅然回家，暗想王莽如此心狠手辣，一定是报复前仇，将来自己的性命总要被他取去，不如自尽，免得被杀。于是与妻子说明自己的意思，妻子也知道事情不可挽回，情愿一同死去。二人对哭一场，先后自杀。

家人还以为有大祸临门，不敢报丧，就将董贤夫妇的棺殓趁夜埋葬。此事被王莽听说，怀疑董贤是诈死，嘱咐有司开棺验尸，见果然不假，又见他棺用朱漆，殓用珠璧，触犯了皇家的规矩，于是把董贤的尸体拖出棺外，剥去衣物，用草席包裹，乱埋了事。又弹劾他的父亲董恭骄恣不法、弟弟董宽信淫逸无能，几人全部被贬职，迁往合浦。家产由官府估卖，大约值四千三百亿缗。大司徒孔光专知阿谀献媚，当即邀同百官推举王莽为大司马。前将军何武、后将军公孙禄说不宜把政权交给外戚，互相举荐对方。可太皇太后已决定重用王莽，竟封王莽为大司马，掌管尚书之事。王莽从此手握大权，逐渐使出手段来了。

## 王莽只手遮天

王莽专政以后，马上与太皇太后商议，准备迎立中山王刘箕子。刘箕子是哀帝的堂弟、刘兴的儿子。刘兴的母亲冯婕妤死后，刘箕子幸免于难，仍袭承爵位。王舜是王音的儿子、王莽的堂弟，太皇太后向来疼爱王舜，所以特意派他前去迎接刘箕子，好让他借此立功。

王舜奉命前去，宫中无主，太皇太后年纪又大，一切政事全由王莽独断独行。王莽将皇太后赵氏贬为孝成皇后，逼皇后傅氏迁居桂宫。赵太后的罪名是与妹妹赵昭仪专宠横行，残害成帝的儿子。傅后的罪状是纵容他的父亲傅晏骄恣不法。罪名宣布以后，没有一个人敢反对。王莽索性追贬傅太后为定陶共王母，丁太后为丁姬，所有丁、傅两家子弟一律免官，遣回故里。傅晏罪名最大，令他与妻子一同迁居合浦，只褒扬了前大司马傅喜，并将他召入都中，加以任用。此后又将傅太后、赵皇后贬为平民，二后相继自杀。太皇太后王氏平时受尽傅、赵二后的恶气，还以为王莽是为自己泄愤，暗暗欢喜。

王莽连贬四后，为所欲为，见孔光是三朝老臣，又被太皇太后敬重，不得不假装尊崇他。特命孔光的女婿甄邯为侍中，兼奉车都尉。从此以后，凡朝廷百官，只要与王莽不合，王莽就罗织罪名，让甄邯拿着草案前去给孔光看。孔光不敢不依从他的意思，王莽便拿着孔光的奏章禀告太皇太后，无不得到批准。于是何武、公孙禄因互相标榜被免官；董宏的儿子董武，曾是高昌侯，受父亲连累被夺去侯爵；关内侯张由、史太仆史立等因中山冯太后冤案，被削职为民，发配合浦；红阳侯王立是王莽的叔叔，成帝时令王立就国，哀帝时已召他回京，王莽不免畏忌，又令孔光上奏弹劾王立，仍让王立出京任职。太皇太后的亲弟弟，只有王立一人，因此太皇太后不愿准奏。王莽从旁撺掇，说不宜专顾私亲，太皇太后无可奈何，只好命王立回国。王莽于是任用王舜、王邑①为心腹，手下还有甄邯、甄丰、平晏、刘歆、孙建等爪牙。平时王莽想做什么，只要稍一提示，党羽就按照他的意思，写入奏章。太皇太后要褒奖王莽，王莽假意推让，叩头哭着推辞。其实是上欺姑母、下瞒吏民，口是心非。

大司空彭宣见王莽专横无礼，目中无人，不愿在朝为官，于是上疏乞求休假。王莽恨他无故求退，入宫禀明太后，免去彭宣的官职，令他到长平任职。彭宣在长平生活了四年，最终得以寿终正寝。傅喜奉诏入都，觉得势孤力单，情愿回国，王莽也允许他归去，傅喜因此也得以寿终正寝。王莽提升左将军王崇②为大司空，封为扶平侯。

---

① 王邑：王商的儿子。

② 王崇：是王吉的孙子，与王太后的弟弟王崇同名异人。

不久，中山王刘箕子到来，王莽召集百官，拿着太皇太后的诏命拥他登基。刘箕子改名为刘衍，改元元始，史称平帝。平帝年仅九岁，不能亲政，就由太皇太后临朝。奉葬哀帝于义陵，谥为孝哀皇帝。王莽位居首辅，百官对他唯命是从。大司徒孔光又忧又怕，上疏辞官。孔光被调为帝太傅，兼给事中，掌管宿卫，供奉禁宫。所有朝政大权都落在王莽手中，孔光没有任何实权。王莽心想，自己权势虽大，但没有功德，必须找一个好办法，才能笼络人心。

　　踌躇几天后，王莽终于想到一计。他暗中派人到益州，命令地方官吏买通塞外蛮夷，叫他假称越裳氏献上白雉。地方官立即照办。平帝元始元年正月，塞外蛮人入都，说是越裳氏瞻仰天朝，特带来白雉上贡，王莽立即禀报太皇太后，将白雉放进宗庙。从前周成王时，越裳氏前来朝拜，也曾进献白雉，王莽想自比周公，所以想出了这个办法。

　　群臣果然仰承王莽的意思，上疏说王莽恩德四方，与周公旦不相上下。周公旦辅佐周朝有功，所以称他为周公，现在大司马王莽安定汉朝，应加称安汉公，增封食邑。太皇太后立即准奏，王莽故意上疏推辞，只说自己与孔光、王舜、甄丰、甄邯等人共同商议迎立中山王，现在请为孔光等人叙功。太皇太后看了王莽的奏章，有些迟疑。甄丰、甄邯等急忙上疏，说王莽功劳最大，不应落在人后。太皇太后于是让王莽不要推辞。王莽再三推辞，定要将封赏让给孔光等人，不久称病不起。

　　太皇太后因此封孔光为太师、王舜为太保、甄丰为少傅、甄邯为承安侯，然后又召王莽入朝受封。王莽还是托病不到，群臣又奏请加封王莽，太皇太后即日下诏，命王莽为太傅，赐号安汉公，加封食邑二万八千户。王莽才出来接受官爵名号，但将封邑让还，并且为东平王刘云申冤，让刘云的儿子刘开明袭为东平王，为刘云祭祀。又立中山王刘宇的孙子、桃乡侯的儿子刘成都为中山王，为中山王刘兴祭祀。又将宣帝子孙三十六人，统统列为公侯。此外种种恩德，都是王莽提议施行，朝野上下交口称颂，都说安汉公仁慈，却把老太后、小皇帝二人的恩德一概抹杀。王莽又暗示公卿，说太皇太后年纪太大，不方便亲自处理小事，此后只将封爵之事上报，其他事都归安汉公裁决。太皇太后下令批准。从此，朝中只知有王莽，不知有汉天子了。

　　当时群臣偶有私议，说平帝继承大统，他的生母卫姬却未被加封，不免失礼。王莽怕卫姬一入宫，又要册封外戚，外戚干预国政，重蹈丁、傅二家的覆辙，但如果不加封卫姬，又不能堵住众人之口。于是派遣少傅甄丰到中山，封卫姬为中山孝王后，皇帝的舅舅卫宝、卫玄，赐爵关内侯，仍然留居中山，不能来京城。申屠刚直言上谏："皇帝年龄这么小，便让他与亲人分离，有伤慈孝。现在应迎入中山太后，让她居住在别宫，让皇帝能够时时朝见，共叙天伦之乐。并召来冯、卫二族，亲自宿卫，免得发生其他祸患。"这几句正中王莽忌讳，王莽当然驳斥，但他又不想自己出面，特请太皇太后下诏，斥责申屠刚胡言乱语，违背大义，因此将他放归故里。申屠刚被免官还乡，还有何人敢再多说？

第二年二月，黄支国献来犀牛。群臣都很惊异，说黄支国在南海中，距离京城三万里，向来未曾入朝上贡，现在特意献上犀牛，想来又是安汉公的威德。正要上疏奉承，又接到越嶲郡的奏折，说有黄龙出现在江中。太师孔光与新任大司徒马宫，以及甄丰、甄邯等人正打算上疏称瑞，归功王莽。大司农孙宝说："周公是圣人，召公是贤人，两人都有不合的时候。现在无论遇到什么事，都异口同声，难道今人果然都胜过周、召二公吗？"众人听了，莫不大惊失色，于是暂将上疏一事搁置。

其实犀牛入献，是王莽买通黄支国；黄龙游江，则未必真有其事。甄邯本与王莽同谋，自己觉得心虚，所以很恨孙宝，就嘱咐党羽，暗地里观察孙宝的过失。恰逢孙宝派人迎接老母和妻子，母亲在路上旧病复发，于是孙宝让母亲回弟弟家养病，只让妻子入都。司直陈崇得知此事，立即上疏弹劾，斥责孙宝宠妻忘母。王莽立即将此事告知太皇太后，将孙宝免官。

盛夏大旱，飞蝗为灾，王莽只得派人前去查看，准备赈灾。然后奏请太皇太后，节衣缩食，为万民做表率。自己也连日吃素，并且自愿拿出钱财一百万，田地三十顷，交给大司农接济灾民。满朝公卿见王莽如此慷慨，也不得不捐钱赈灾。但第一个发起的，总归是安汉公王莽，一群灾民便说王莽功德及人。不久，天降大雨，群臣联名上疏，请太皇太后照常穿衣吃饭，说安汉公修德赈灾，感动上天，降下甘霖。

碰巧匈奴有使臣到来，拜见王莽。王莽问起王昭君的两个女儿是否还在，来使回答说都已嫁人，安然无恙，王莽乘机说："王昭君是我朝嫁过去的，既然有两个女儿在世，就应该让她们前来探望亲人，顾全亲情，烦你转告单于。"来使连连点头，谢别而去。

过了一个多月，匈奴单于囊知牙斯依从王莽的意思，派遣王昭君的长女须卜居次入宫觐见。关吏飞书上报，王莽得知这个消息后，非常欢喜，令地方官好生接待，派人将她护送进京。等须卜居次来到，王莽就禀明太皇太后，说匈奴遣女入宫，应该召见。太皇太后听到后，心生欢喜，立即召见须卜居次。须卜居次虽是番装，面貌还是颇像王昭君，生得楚楚动人。再加上中原的语言她也通晓几句，就连寻常礼节，也大致都知道。所以见到太皇太后，跪拜应对，太皇太后更加欢喜，赐她旁座，问过了许多话，然后赐给她衣饰等物，令她留住在宫中。

须卜居次生长在匈奴，吃的住的无非是毳帐酪浆，这次能够到皇宫中居住几个月，穿罗绮、戴金珠，饱尝美味佳肴，又怎么会不愿意呢？安汉公的走狗又说得天花乱坠，把这归功于安汉公，说他能让外人心悦诚服。太皇太后也认为王莽威名远扬。一时间，上下被欺，王莽的计策再次得逞。

时光易逝，转眼又是一年，须卜居次怀念故乡，恳请回去。太皇太后也不阻止，准许她北返，临别时又赏赐她许多东西。平帝年仅十二岁，情窦未开。须卜居次前来时，平帝见她言谈举止半华半夷，很是奇怪，所以每次与她相见，都盯着她看。王莽瞅着机会，请太皇太后为平帝择婚，太皇太后自然没有异议。王莽依据古礼，说应援引天子一次娶十二女的制度，才能多生男孩，所以就令有关部门选世家良女，把名字呈进来。

采选数日，找了几十人，按年龄顺序编好，呈了上去。王莽先行展阅，见所选的女孩，多是豪门望族，有一半是王氏女儿，连自己的女儿也在里面。王莽眉头一皱，计上心来，立即拿着名册入宫面奏太皇太后："臣本无德，女儿也无才，不配入选。"太皇太后听了，以为王莽不想令外戚为皇后，就下令王氏女子都不得选入。哪知王莽的本意，正要自己的女儿为后，不过因为选名册中有很多王氏女儿，只怕鱼目混珠，被他人夺去。可太皇太后误会了，竟下令将王氏女儿一概除去，岂不是弄巧成拙吗？

就在王莽忧虑的时候，朝中却有许多大臣上疏，请求立安汉公的女儿为皇后，吏民也竞相附和，说得太皇太后不能不从。王莽开始还推辞，后来见太皇太后已经打定主意，又说就算立臣的女儿为后，也应当另选十一人，才符合古制。群臣又找出古礼，说古时候皇后的父亲受封百里，现在应当把新野的二万五千六百顷田地加封给安汉公，王莽慌忙推辞，于是太皇太后不再加封。

皇后已经确定，太史选定婚期，定在第二年仲春。王莽家听说后，开始准备嫁妆，自然有一番忙碌。不料一天夜里，门吏出去时，看见一个人站在门前，才打了一个照面，那人便立即逃去。门吏认识人，他是

445

王莽的长子王宇的妻兄吕宽，平时常常往来，今日为何鬼鬼祟祟、逢人就逃呢？正在怀疑，忽然闻到一阵血腥气。慌忙取来火把一看，见门上血迹淋漓，连地上也都是血，不禁毛骨悚然，急忙去禀报王莽。王莽连夜派人缉拿吕宽。

第二天人就被抓到，仔细盘问，竟是王莽的儿子王宇唆使他来的。以前王莽迎入平帝，只封平帝的母亲卫姬为中山王后，却不许她入都。卫王后只有这一个儿子，不忍远离，难免上疏请求，王莽仍然不答应。王莽的儿子王宇不赞成自己的父亲，怕将来平帝长大，心怀怨恨，就想提前谋划，省得将来后悔。于是与老师吴章及吕宽私下商议良策。吴章默想多时，说道："论理应由你进谏，但你的父亲脾气倔犟。现在只有趁夜里把血洒在门上，让你父亲暗中生疑，向我问起，我才好进言，劝他迎入卫后。"吕宽拍手叫道："此计甚妙，可以照行。"王宇知道王莽迷信鬼神，也连声说好，就托吕宽办理。吕宽于是找来猪、羊、狗的血，夜间洒在王莽门上。谁料竟被门吏撞见，吕宽不得不把责任推在王宇身上。他想王宇是王莽的儿子，一定可以免罪。谁知王莽毫不留情，立刻将王宇召来，问谁是主谋。王宇回答说是吴章。王莽竟将王宇捆绑，送到狱中，连王宇的妻子吕焉也受到牵连。第二天王莽就逼王宇自杀，因吕焉怀有身孕，才下令缓期行刑，又把吴章抓来，在集市砍头。

吴章祖籍平陵，精通《尚书》，入选为博士，门生大约有一千多人。王莽把吴章的门生当做同党，下令囚禁他们。众生纷纷抵赖，不肯承认是吴章的弟子，只有大司徒掾属云敞自认是吴章的徒弟，并且替吴章收尸，买棺殓葬。都中人士因此赞誉云敞，连王莽的堂弟王舜也说云敞重情重义，足以与栾布相比。王莽沽名钓誉，听说云敞被众人称颂，倒也不敢加罪于他。

甄邯等人禀告太皇太后，说王莽大义灭亲。太皇太后又下诏褒奖王莽，这一道诏旨，更激起王莽的狠心。一不做，二不休，王莽索性杀尽卫氏亲属，只留下卫王后一个人。元帝的妹妹敬武公主，是高阳侯薛宣的继妻，薛宣死后，她在京城居住，多次说到王莽专权。王莽查得薛宣的儿子薛况与吕宽是好朋友，就将他母子株连，逼迫敬武公主自尽，并判薛况死刑。

此外像王莽的叔父红阳侯王立及堂弟平阿侯王仁、乐昌侯王安，与王莽不和，王莽假传太皇太后诏旨，将他们全部赐死。又杀死前将军何武、前司隶鲍宣、护羌校尉辛通、函谷都尉辛遵、水衡都尉辛茂、南郡太守辛伯等人。所有人的罪名都是与卫氏通谋。

第二年便是元始四年，平帝大婚的日子到来。太皇太后特派大员，前去迎接王莽的女儿。

## 前汉灭亡

元始四年二月，平帝大婚。特派遣大司徒马宫、大司空甄丰等到安汉公府第恭迎皇后。王莽令女儿装扮齐整，接受皇后大印，登舆入宫。典礼官按照仪式，领着十三岁的小皇帝与王莽的女儿成婚。王莽的女儿与平帝年龄相差不多，也不通晓礼节，全赖男女傧相随时指导。礼成以后，颁诏大赦，三公以下一律加赏。

太保王舜邀集吏民八千多人，请求加封安汉公王莽，将王莽让还的田地作为赏赐，任命王莽为宰衡，位居上公，封王莽的母亲为功显君、王莽的儿子王安为褒新侯、王临为赏都侯，增加皇后的聘金三千七百万。太皇太后立即准奏，并亲临前殿封赏。王莽领着两个儿子入朝辞让，不肯受赏。退出后，王莽又上了一道奏章，只愿接受母亲功显君的称号，其余的都不接受。

太师孔光又出来奉承王莽，对太皇太后说："安汉公勋德绝伦，所议封赏，还不足以报答他的功劳。安汉公虽然谦虚退让，朝廷也应该加封!"太皇太后又准奏，王莽仍然求见太皇太后，叩头哭泣，坚决不接受封赏。太皇太后又召问孔光，孔光认为应再派大员前去，劝王莽不要推让。太皇太后于是再命大司徒马宫、大司空甄丰，拿着符节规劝王莽，王莽这才接受。只是从所受的聘金中取出一千万用来答谢众人，上至太皇太后、下至宫娥彩女，无不受到他的好处。王莽还请命尊太皇太后的姐姐君侠为广恩君、妹妹君力为广惠君、弟弟为广施君。妇人女子得了好处，当然大喜过望，交口称誉王莽。于是内外一致，莫不称王莽为天下第一好人。

王莽又谄媚太皇太后，暗想老年妇人处在深宫，定会乏味，于是入宫请求太皇太后出巡，慰问孤寡之人。太皇太后果然很高兴，带领皇后及列侯的夫人，乘辇出巡。王莽命人预备好钱帛随辇出发，到处查问孤儿寡妇，酌情赐给东西。一群穷民，欢呼万岁。太皇太后所到之处，都是

447

长安城外的名胜，有山可眺、有水可观，还有草木鸟兽，无奇不有，怎叫她不欢喜呢？想到王莽只是一个侄儿，能这般孝顺，真是难能可贵！

王莽不仅要取悦太皇太后，还想笼络天下士人，便以种种名义，招罗天下俊杰才秀，齐集京师。群臣上奏说周公摄政七年，制度才定下，如今安汉公辅政四年，大功告成，应提升为宰衡，位置在诸侯王之上。太皇太后立即答应。王莽心想自从辅政以来，虽然四处活动，南献白雉、犀牛，匈奴也遣女入宫，但东、西两方还未入朝上贡，应该再招揽他们。于是又派遣心腹拿着金帛，贿赂东夷西羌。于是东献方物，西献鲜水海、允谷盐池等地，王莽特增置西海郡，派人前去治理。一片荒地，毫无生机，朝廷就下令将罪犯迁居到那里，迫使他们垦荒放牧。每年派去的人多则几万，少则几千，罪犯不够，就用边疆的百姓。百姓渐渐有了怨言。

第二年孔光病死，马宫接任了他的职位。马宫比孔光还会谄谀，他暗中嘱咐吏民陆续上疏，请求加赏安汉公。仅过一月，上疏的人数高达四十八万七千多名，究竟是虚是实，太皇太后也无从查起。她见朝野上下都恭维王莽，于是决定行九锡之礼。这是古今以来极高的厚赏，由太皇太后在殿上亲自授封。王莽上殿拜封，也不推辞，太皇太后又将楚王的府第赐给王莽。王莽下令重新修筑，粉刷一新，又仿照宫殿规模改造祖庙。不久，采风使陈崇、王恽等八人回朝复命，这八人是王莽派去考察民情的。他们窥透王莽的本意，出去游览一番，胡乱编成几句歌功颂德的民谣，前来回报。王莽将他们全部封侯。

当时郡国丞相、四方守令，均受采风使嘱托上疏称瑞。众人纷纷遵命，只有广平相班稚不肯相从，琅玡太守公孙闳也奏报灾荒。大司空甄丰便弹劾公孙闳捏造不祥，班稚不响应众人，都应该抓来杀头。王莽立即批准。还是太皇太后有些慈心，与王莽谈起此事，说班稚是班婕妤的弟弟，贤妃的家属应得到宽恕。王莽才将班稚放回，只将公孙闳处死。

元始五年夏季，王莽又想挖掘丁、傅二后的坟墓，太皇太后不肯听从。王莽愤然力争："傅氏、丁氏曾拿着太皇太后、帝太后的玺绶，现在已下旨将她们废掉，如果不将玺绶毁掉，怎么能算她们服法？并且傅氏应该迁葬到定陶。"太皇太后只好答应，但不准他更换棺材，还要求他用猪、牛、羊祭祀。王莽默然退出，命人监督工役，挖掘二后坟墓。傅太后合葬在渭陵①。工役挖掘时，突然听到一阵声响，土石崩塌，压死了

---

① 渭陵：即元帝陵。

数百人，其余的人全部逃回。丁姬合葬共皇园，才挖通外棺，忽然有火光射出，火焰高达四五丈。工役都吓得四处躲避，监工官下令救火，众人才用水浇火。等到火灭烟消，仔细一看，棺中的器物已全部毁坏，只有棺木原封不动。

两处都遇到怪象，王莽还不知悔改，反而说傅氏生前骄横，触怒上天，所以才坍陷；丁姬下葬也不合古制，所以火焚外棺。太皇太后信以为真，居然答应取出棺木里面的珠宝、玺绶，改换棺材。傅氏、丁姬棺中的臭味远达数里。吏役不得不捂住鼻子取出玺绶、珠宝，把尸骨放在另外的棺材中，草草下葬。奇怪的是丁姬棺上突然飞来了几千只燕子，都衔泥投入棺中，工役也为之感动，尽力为她修建坟墓。王莽担心众人私下议论，就在二后墓上种上荆棘，垂诫后人。

太师马宫以前曾参与商议傅太后的尊谥，此时见王莽追翻前案，心里不安，于是上疏自首，辞官回家。王莽因事事顺利，已无心追究，偏偏马宫胆小如鼠，主动来请罪，于是请太皇太后下诏，免去太师的官职。

此时，平帝已经十四岁，智识渐开。听说王莽挖掘二后坟墓，心中非常不平，又见王莽杀尽舅家的人，只剩下生母卫王后，还不许他们母子相见，如此歹毒，实属难以容忍。所以与王莽见面时，常常流露出恼怒的神色，背地里也有怨言。宫中侍役多是王莽的耳目，当然有人将此事报知王莽。王莽一想，皇帝小小年纪竟然怨恨我，将来长大成人，那还了得！况且汉室江山，已在自己的掌握之中，不如先发制人。打定主意后，也不与他人商议，等到腊日①进献椒酒时，暗中投毒。平帝当然不知，见酒便喝，一杯下肚，夜间便大叫肚子痛，辗转呻吟。第二天宫中传言说平帝得了急病，医治无效。王莽暗暗心喜，又怕被人瞧出破绽，假意入宫探病，泪如雨下。平帝的一条性命，就这样被王莽断送，肚子疼了几天，就驾崩了。平帝在位五年，仅活到十四岁。

王莽参加平帝的丧事时，假装哭得十分悲伤，又尊谥他为孝平皇帝，奉葬康陵，命官吏服丧三年。太皇太后因平帝无子，特召群臣商议册立储君之事。当时元帝的后代已绝，只有宣帝曾有五个孙子为王，及列侯四十八人。群臣计划在五王、列侯中推选一人，但王莽厉声说道："五王、列侯都是皇帝的兄弟，不能继位，应该在宣帝的玄孙中选取。"群臣听他这样说，都不敢出声。王莽志在立幼，所以才这样说。

---

① 腊日：汉以大寒后戌日为腊，并非除夕。

宣帝玄孙有二十三人，王莽就找出最小的玄孙刘婴，让他为嗣子。刘婴是楚王刘嚣的曾孙、广戚侯刘显的儿子，年仅两岁。王莽借口说卜得吉兆，应立刘婴为嗣子。群臣怎敢抗议，全体赞成。

泉陵侯刘庆上疏，说应让安汉公摄政，效仿周公辅佐相成王的故例。此事还没有定下来，谢嚣上奏说在武功县的井中捞上来一块白石，上面有"告安汉公莽为皇帝"八个字。谢嚣是王莽荐举的，于是就迎合王莽，捏造此事。王莽令王舜转告太皇太后，太皇太后生气地说："这是欺人的话，不能照行！"王舜说："事已至此，无可奈何。王莽也只是摄政，镇服天下，别无他意。"太皇太后不得已，只好颁下了一道诏旨。

群臣接到诏书，认为安汉公应穿天子的衣服，出入用皇上的銮舆，一切都如天子一般；祭祀时，应称假皇帝，臣民称他为摄皇帝，安汉公自称予；如果朝见太皇太后、皇帝、皇后，仍自称臣。这种不伦不类的礼仪呈上去后，竟然被批准了。

转眼间已是正月，改元为居摄元年。王莽穿戴整齐，坐着銮驾，前呼后拥，到南郊祭祀先帝。一直到晚春，才立宣帝的玄孙刘婴为皇太子，称为孺子。尊平帝的皇后为皇太后，命王舜为太傅左辅、甄丰为太阿右拂、甄邯为太保后承。这几个特别的官名，都是王莽创造出来的。

才过一个月，安众侯刘崇起兵讨伐王莽。刘崇是长沙定王刘发①的第六代子孙，听说王莽做了假皇帝，就与丞相张绍商议："王莽必定会危及刘氏。天下人都知道王莽奸猾，没有一个敢起兵，我应当为宗族倡义，号召天下，一同诛杀奸贼！"张绍很赞成，刘崇不顾利害，率部下一百多人，进攻宛城。宛城守兵有几千人，刘崇及张绍寡不敌众，都死在乱军中。

刘崇的同族父辈刘嘉、张绍的堂弟张竦，未被杀死，害怕王莽追究，就上疏谢罪。王莽想笼络人心，下诏赦免。张竦擅长做文章，又替刘嘉写了一篇奏章，极力奉承王莽，并愿杀死刘崇的宫室，垂诫世人。王莽看完奏折后异常欢喜，立即批准，还褒封刘嘉为率礼侯、张竦为淑礼侯。都中人替他们作歌："想求封，无过张伯松；力战斗，不如巧为奏！"伯松便是张竦的字。群臣乘机上奏，说刘崇谋逆是因为安汉公的权力太轻，现在应给他重权，才可镇抚天下。太皇太后一想，王莽已居摄政之职，还有何权可加？于是召来王舜等人询问，王舜等人都说应除去臣字，朝见时也称假皇帝。太皇太后已不能控制王莽，只好由着他。

---

① 刘发：是景帝的儿子。

此时，东郡又有义兵崛起，为首的翟义是前丞相翟方进的儿子，他字文仲，为官正直。听说王莽的种种要求后，知道他定会篡夺汉室江山，于是发兵起义。他有一个外甥叫陈丰，年仅十八岁，却胆力双全。翟义担心陈丰一人不能济事，又约东郡都尉刘宇、严乡侯刘信、刘信的弟弟刘璜一同起事。然后招募郡中的勇士，准备出发，自称大司马柱天将军，立刘信为天子。刘信是东平王刘云的儿子，东平一案人人都知道他家的冤情，所以翟义将他立为天子，方便号召众人。翟义又传令郡国，说王莽毒杀平帝，想灭掉汉室江山，现在天子已立，应一同讨伐王莽。远近义士见他名正言顺，也慨然顺从。翟义即日兴师，从东郡到山阳，约得了十万多人。

警报传到长安，王莽寝食难安，慌忙召集党羽，封轻车都尉孙建为奋武将军、成都侯王邑为虎牙将军、明义侯王骏为强弩将军、城门校尉王况为震威将军、忠孝侯刘宏为奋冲将军、震羌侯窦况为奋威将军，并把关东的士兵全部发出，分头进攻翟义。

就在翟义陆续进兵的时候，又有三辅土豪赵朋、霍鸿等人与翟义遥相呼应，趁都中空虚，前来攻打长安。王莽远近受敌，更加惊慌，急忙令卫尉王级为虎贲将军、大鸿胪阎迁为折冲将军，领兵抵御义军。赵朋、霍鸿气势汹汹，人数不下十万，到处放火，连未央宫前殿都能望见火光。王莽令甄邯为大将军，总掌天下兵马，屯兵城外。王舜、甄丰昼夜巡行殿中。王莽抱着孺子刘婴到郊庙日夜祷告，并仿照《周书》，写诏书颁示天下，表明还位给孺子。

王莽的阴谋再次得逞，士兵争相效力。七将军聚集陈留，与翟义等大战一场，先斩杀刘璜，后抓获翟义，只有刘信逃得不知去向。翟义被押到都中，砍死在集市。七将军班师西行，移兵攻打三辅。赵朋、霍鸿探知翟义兵败，已经气馁，再加上王莽大军都聚集在一起，赵、霍二人勉强支持到过了年，终落得兵败身亡。

王莽连得捷报，大喜过望，立即封赏众将，并想即日篡位。这时他的母亲功显君得病，王莽只好在家侍奉母亲，假意尽孝。到了秋天，功显君去世，王莽只令长孙王宗主服丧三年。

广饶侯刘京、车骑将军千人①扈云、太保属吏臧鸿，先后上疏称瑞。刘京说齐郡临淄县亭长辛当梦见天神对他说："摄皇帝当为真皇帝，如

---

① 车骑将军千人：官名。

果不信，亭中的新井便是证据。"第二天早晨，辛当起来前往亭中查看，果然有一口新井，深一百多尺。扈云说巴郡有石牛出现，上面刻有丹文。臧鸿也说在一块雍石上看到了文字。石牛、雍石一并呈上，王莽欣然迎接，还要加造几句，奏明太皇太后，说雍石上共有八个字，是"天告帝符，献者封侯"。看来天意难违，此后天下人不必称摄，并改居摄三年为初始元年，以应天命。太皇太后已经省悟，但大权尽在王莽手中，不能不从。期门郎张充忠肝义胆，秘密会聚五个人刺杀王莽，想改立楚王刘纡为帝。不幸密谋外泄，六人全部被杀。

初始元年十二月，王莽率领群臣到高祖庙祭祀，回来见了太皇太后，说了一派胡言。太皇太后正想反驳，王莽已改穿天子龙袍，大摇大摆地走到未央宫前殿，坐上龙椅。一群趋炎附势的官僚居然向王莽朝贺。王莽喜笑颜开，立即命左右写好诏旨，颁布定国号为新，改十二月朔日为始建国元年正月朔日。此诏一下，群臣争相呼喊新皇帝万岁。

王莽下座回宫，暗想自己虽然侥幸做了天子，但传国御玺还在太皇太后手中，应该向她索要，便召王舜入内，嘱咐了几句。王舜听命行事，到长乐宫中向太皇太后索取御玺。太皇太后骂王舜说："你等父子兄弟承蒙汉室厚恩，不思报答，如今竟敢乘机篡夺帝位。如此下去，恐怕将猪狗不如，天下岂有像你们这样的兄弟？况且王莽既已做了新皇帝，大可以自己去打造御玺，还要这亡国御玺何用？我是汉家老寡妇，死在眼前，想与这个御玺一同下葬，你们不要痴心妄想！"说着，泪流不止，侍女纷纷落泪，王舜也俯首欷歔。

过了一会儿，王舜抬起头说："事已至此，局势已无法挽回。如果王莽一定想得到御玺，太后岂能始终不给吗？"太皇太后沉吟半晌，竟取出御玺，狠狠地摔在地上，开口大骂道："我是快要死了，你兄弟就不会被灭族吗？"王舜也不回答，拾起御玺退了出去。

王莽见御玺上缺了一角，问明王舜，得知是被太皇太后扔碎的，不得不用金修补，最终还是留下了一条疤痕。这御玺乃是秦朝遗物，由秦子婴献给汉高祖，汉高祖传给子孙，此时暂归王莽所有。

王莽改称太皇太后为新室父母皇太后，不久废孺子刘婴为定安公，称孝平皇后为定安太后，西汉至此灭亡。

总计前汉有十二位君主，共历二百一十年。

# 秦 朝 世 系 图

(公元 221 年—公元 206 年)

(1)始皇嬴政　　　　(2)二世胡亥　　　(3)子婴

# 前 汉 世 系 图

(公元 206 年—公元 25 年)

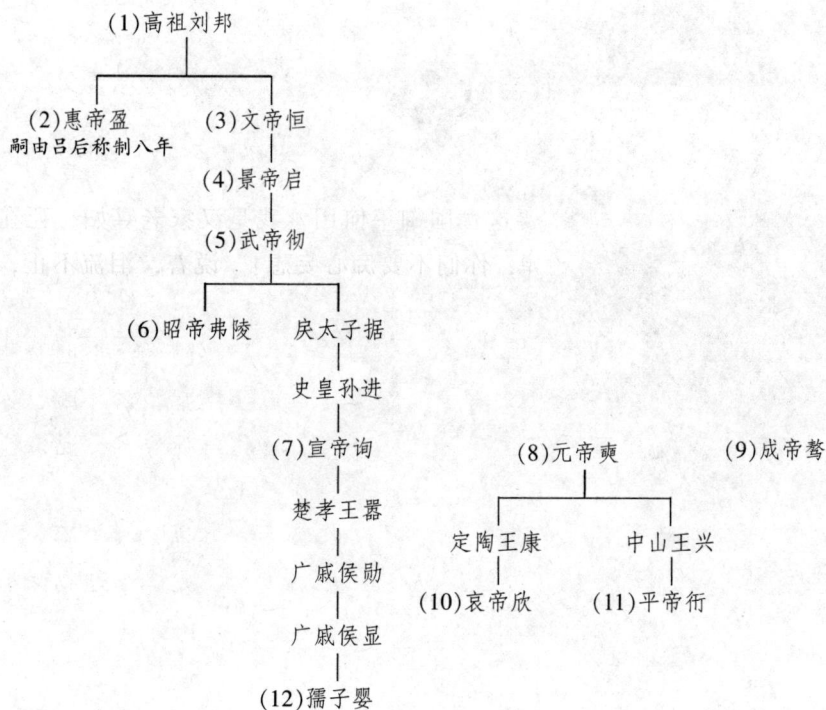

(1)高祖刘邦

(2)惠帝盈　　　(3)文帝恒
嗣由吕后称制八年

(4)景帝启

(5)武帝彻

(6)昭帝弗陵　　　戾太子据

史皇孙进

(7)宣帝询　　　　　　(8)元帝奭　　　　(9)成帝骜

楚孝王嚣

定陶王康　　　中山王兴

广戚侯勋

广戚侯显　　　(10)哀帝欣　　　(11)平帝衎

(12)孺子婴

图书在版编目（CIP）数据

前汉 / 蔡东藩著；丰君才译释. — 北京：北京联合出版公司，
2014.10（2019.3重印）
（蔡东藩中华史）
ISBN 978-7-5502-3359-1

Ⅰ．①前… Ⅱ．①蔡… ②丰… Ⅲ．①章回小说－中国－现代 Ⅳ.
①I246.4

中国版本图书馆CIP数据核字(2014)第173259号

# 前汉

出版统筹：新华先锋
责任编辑：张　萌
特约编辑：王亚松
封面设计：王　鑫
版式设计：朱明月

北京联合出版公司出版
（北京市西城区德外大街83号楼9层　100088）
大厂回族自治县德诚印务有限公司印刷　新华书店经销
字数419千字　787毫米×1092毫米　1/16　29印张
2019年3月第2版　2019年3月第2次印刷
ISBN 978-7-5502-3359-1
定价：69.00元